Furneth ha Fînder Brÿs

Moy a lyvrow Kernowek dhyworth Evertype

Furneth ha Fînder Brÿs

Gans
Jane Austen

Trailys dhe Gernowek gans
Nicholas Williams

Delînyansow gans
Hugh Thomson

evertype

Dyllys gans/*Published by* Evertype, 19A Corso Street, Dundee, DD2 1DR, Scotlond/*Scotland*. *www.evertype.com.*

Mamditel/*Original title: Sense an Sensibility.* London: Thomas Egerton, 1811.

An dyllans-ma/*This edition* © 2025 Michael Everson.

Versyon Kernowek/*Cornish version* © 2025 Nicholas Williams.

Kensa dyllans Mis Kevardhu 2025.
First edition December 2025.

Y kefyr covath rolyans rag an lyver-ma dhyworth an Lyverva Vretennek.
A catalogue record for this book is available from the British Library.

ISBN-10 1-78201-335-0
ISBN-13 978-1-78201-335-8

Olsettys in/*Typeset in* Caslon & Caslon Openface gans/*by* Michael Everson.

Delînyansow/*Illustrations:* Hugh Thomson, 1896.

Cudhlen/*Cover:* Michael Everson.

Rol an Lyver

Rol an Delînyansow

Raglavar an Trailyor

In mesk oberow Jane Austen nyns yw *Furneth ha Fînder Brÿs* an whedhel moyha estêmys gans crytycoryon, kyn feu va an kensa a'y whe novel dhe vos dyllys. In lies fordh bytegyns yth ywa an novel moyha kerys genef vy a oberow Jane Austen. Yma an narracyon ow presentya dhyn dyw whor. Y yw genys in chy brâs in soth a Bow an Sowson saw dre rêson a lahys ertans usy ow favera mebyon dres myrhes, ymowns ow kelly aga thrigva enesek ha res yw dhodhans ha dh'aga mabm chaunjya aneth rag bos tregys in penty pell dhe'n west. An dhyw whor yw fest dyhaval an eyl dhyworth hy ben. Elynor, an vowes cotha yw doth ha hy a yll controlya hy omdhegyans. Mary-An, an whor yonca, wàr an tenewen aral, yw dyscypyl gwresak a'n Oos Romantek. Nyns yw a les dhedhy ma's emôcyon ha passyon ha scant ny yll meur a'y fara bos comendys. Dre rêson a'y stauns yma hy ow settya oll hy holon wàr dhen yonk nag yw wordhy a'y herensa. Pelha in hy sùffrans nyns usy hy ow consydra gwynvÿs hy theylu. Yma hy whor gotha ow codhevel yn frâs kefrÿs saw heb alowa dh'y thristans bos begh rag hy whor na'y mabm. A les ywa inwedh ow tùchya an dhew dhen yonk ha caradow i'n whedhel, fatell yns y lymytys der ûsadow socyal aga oos. Rag ensampel nyns o alowys dhe dhen i'n dedhyow-na cably den vÿth aral rag avauncya y lowender y honen. Warbarth gans an chif-caracters benow ha gorow, yth eson ny ow metya lies person erel, y oll dyhaval dhyworth y gela saw y lînednys yn lybm gans geseth aswonys an auctour.

Dell yw ûsys res yw dhybm aswon meur ras dhe Michael Everson rag y olsettyans spladn.

Nicholas Williams
Mis Kevardhu 2025

Translator's Foreword

Sense and Sensibility was the first of Jane Austen's novels to be published. Although it is not considered by many critics to be the most brilliant of her works, this novel has much to recommend it.

The narrative introduces us to two sisters. They are born in a large house in the south of England, but because laws of inheritance at the time favoured sons rather than daughters, the sisters together with their mother are compelled to leave their native place and to move far away to the south west. The two sisters are very unlike each other. Elinor, the elder is sensible and is able at all times to exercise self-control. Marianne, the younger, is a convinced devotee of the Romantic Age. Her overriding characteristics are feeling and passion, and as a result some of her behaviour is of questionable propriety. Her nature leads her to fall desperately in love with a young man who is unworthy of her affection. Furthermore in her suffering she is wholly indifferent to the well-being of her mother and sister. The elder sister suffers as well from unrequited love, but she is determined at all times not to let her misery affect her family. Also of interest in the novel is way in which honourable young men in the narrative are severely limited by the conventions of the age. For example, no man may openly discredit another simply to advance his own happiness. As well as the protagonists the reader is presented with a number of minor characters, all different from one another and depicted with the author's customary perspicacity and irony.

As ever I must give great thanks to Michael Everson for his splendid typesetting.

Nicholas Williams
December 2025

Chaptra I

Teylu Dashwood o anedhys in Sùssex termyn hir. Brâs o aga estât, ha tregys êns y in Park Norlond in cres aga fosessyon. I'n tyllerna yth esens ow pêwa in maner mar wordhy mayth êns y consydrys gans oll aga hentrevogyon dhe vos pobel dâ aga gnas. Perhednak dewetha a'n estât-na o den dydhemeth, a vêwas bys in oos pòr vrâs. Dres lies bledhen y whor y honen o y gowethes ha gwethyades y jy. Saw pàn verwys hy, tra a wharva deg bledhen kyns ès y ancow y honen, y vêwnans a jaunjyas meur; rag may halla va lenwel le y whor, ev a elwys dhe gesvêwa ganso teylu y noy, Mêster Henry Dashwood, er estât Norlond herwyth laha, ha'n den o va ervirys dhe gemyna an estât dhodho. Y feu dedhyow an den coth spênys yn fordh blegadow ha'y gerensa rag y woos nessa a encressyas. Attendyans heb cessya Mêster Dashwood ha'y wreg—neb tra a wrêns y dysqwedhes dhodho rag aga les ha dre rêson a dhader aga holon kefrŷs, a ros dhodho confort mar dhâ ha mar fyrm dell ylly ev gwetyas in y henys; pelha jolyfter an flehes a wrug moghhe joy y vêwnans.

Awos y kensa maryach Mêster Henry Dashwood a'n jeva udn vab: gans y secùnd gwreg yth o dhodho teyr myrgh. Yth o dhe'n mab, den yonk sad ha wordhy, ertons brâs dhyworth y vabm, rag brâs o hy fortyn hy hag ev a gafas an hanter anodho pàn dheuth ev in oos. Awos y varyach kefrŷs, neb a wharva yn scon warlergh hedna, y rycheth a voghhas. Dre rêson a hedna nyns o bern dhodho kebmys perhenogeth Norlond dell o dh'y whereth. Rag aga fortyn y a via bian, avês dhe'n myns a vydna aga thas eryta a'n estât-na. Ny's teva aga mabm tra vŷth oll, ha nyns o dh'aga thas a'y vona y honen ma's seyth mil buns yn udnyk. An hanter aral a fortyn y kensa gwreg o destnys dh'y mab hy kefrŷs ha ny'n jeva ev ma's les rag y vêwnans ino.

An den jentyl coth a verwys ha'y gemyn a veu redys; kepar ha pùb kemyn aral ogasty, an kemyn a ros tùll mar vrâs avell plesour. Nyns o an den coth mar gamhensek dhe ry y estât dhe nebonen ken ès y noy; —saw ev a'n gasas dhodho wàr dermow neb a dhystrôwas hanter a'y

1

valew. Yth esa Mêster Dashwood ow whansa an kemynadow moy rag les y wreg ha'y vyrhes ès ragtho y honen pò rag y vab;—saw y feu an estât fastys rag y vab ha rag mab y vab, flogh peder bloodh, in maner na ylly ev provia rag an re-na o an moyha kerys dhodho; rag yth o dhodhans otham brâs a brovians dhyworth an mona benthygys wàr an estât pò dre wertha radn a'y gosow drûth. Yth o oll an estât kelmys rag prow an flogh-na, neb a wainyas kerensa vrâs y worôwnter wàr vysytys traweythys gans y das ha'y vabm dhe Norlond; dre omdhegyans plegadow, dell yw ûsys in flehes dyw vloodh pò teyr bloodh: leveryans anperfeth, an whans a gafos bodh y vrŷs, lies cast sley ha meur a dros. Yth o an taclow-na moy a bris ès oll an attendyans kefys gans an den coth dhyworth y nith in laha ha'y myrhes. Nyns o va whensys bytegyns dhe vos dynatur, hag avell tôkyn a'y gerensa rag an teyr mowes, ev a asas mil buns dhe genyver onen anodhans.

Tùll Mêster Dashwood kyns oll a veu brâs; saw y natur o lowen ha leun govenek; hag yth esa ev ow qwetyas bêwa lies bledhen whath ha mar qwre va bêwa in maner sparus, ev a ylly gorra sùmen vrâs in bàn dhyworth ascor an estât, neb o ledan hag a ylly bos gwelhës dystowgh ogasty. Saw ny wrug ev enjoya an rycheth, a veu mar lent ow tos, ma's dres an spâss a dhêwdhek mis. Ny wrug ev bêwa pelha ès y ôwnter ma's udn vledhen, ha nyns esa ow remainya, an kemynroyow dewetha comprehendys, ma's deg mil buns rag y wedhowes ha'y vyrhes

Y feu y vab kerhys kettel veu godhvedhys ev dhe vos in newores, ha Mêster Dashwood a gomendyas dhodho, gans oll an frethter ter a ylly cleves erhy, may whrella ev gwil gweres dh'y altrewan ha dh'y les-whereth.

Nyns o emôcyons Mêster Jowan Dashwood mar grev avell remnant an teylu, saw ev a veu kemerys yn frâs gans geryow gwiryon y das i'n termyn kepar ha hedna, hag ev a bromyssyas y whre va oll y ehen rag aga honfort. Pàn glôwas y das an promys-na, ev a veu attês; i'n eur-na Mêster Jowan Dashwood a gafas an chauns dhe ombredery py gebmys a ylly ev dre dhothter ry dhodhans.

Nyns o va den drog y gnas, marnas yw drog-gnas an keth tra avell den dhe sensy ino colon nebes yêyn hag ev dhe vos nebes honenus; saw dre vrâs ev a'n jeva hanow dâ; rag y omdhegyans o onest pàn vedha ev ow collenwel y dhûtas kenvyer jorna. Mar teffa ev ha demedhy benyn moy caradow, ev a via martesen moy wordhy whath ès dell o: —ev y honen a alsa bos rendrys moy hegar; rag ev o pòr yonk pàn wrug ev demedhy, hag ev a gara y wreg yn frâs. Saw Mêstres Jowan Dashwood o geslun crev anodho y honen;—moy cul hy brŷs ha moy crefny.

Mab y mab, flogh peder bloodh.

Pàn wrug ev promyssya dh'y das, ev a ombrederys ino y honen dhe encressya fortyn y whereth gans ro a vil buns dhe bùb mowes. I'n eur-na ev a gresy in gwir fatell ylly ev gwil indelha. An govenek a'n jeva a beder mil pùb bledhen, warbarth gans an secùnd hanter a rycheth y vabm, a dobmas y golon hag a wrug dhodho omglôwes abyl dhe vos hel. "Eâ, yn certan ev a vydna ry dhodhans teyr mil buns: hedna a via larj ha bryntyn! Lowr via rag êsya aga bêwnans yn tien. Teyr mil buns! Ev a alsa sparya sùmen mar vrâs heb meur a ancombrynsy." Ev a brederys a'n towl-na dres oll an jëdh, ha dres lies dëdh moy ha ny gemeras ev edrek.

Kettel veu encledhys y das, Mêstres Jowan Dashwood, heb danvon avîsyans vÿth dhe altrewan hy gour, a dhrehedhas Norlond gans hy flogh ha'ga servysy. Ny alsa den vÿth dyspûtya hy gwir dhe dhos; hy gour a veu perhednak an chy mar scon dell verwys y das; saw dyscortesy hy omdhegyans a veu oll dhe vrâssa, ha dhe venyn in stât Mêstres Dashwood, tender hy emôcyons, hy fara o fest anwhek; saw yth esa in brÿs Mêstres Dashwood sens a onour mar lybm, ha larjes mar romantek, mayth o offens a'n par-na, na fors pyw a'n ros na pyw a'n recêvas, dyflassys fast. Ny veu Mêstres Jowan Dashwood meurgerys gans esel vÿth a deylu hy gour ty, saw ny gavas hy chauns vÿth bys i'n eur-na a dhysqwedhes dhodhans pana vohes esa hy owth attendya dhe gonfort pobel erel pàn ve otham.

Mêstres Dashwood a gemeras an omdhegyans ùngrassys-na mar sherp, ha hy a dhysprêsyas gwre'ty hy lesvab mar freth, mayth o hy parys dhe forsâkya an chy rag nefra, na ve cùssul hy myrgh gotha, neb a wrug dhedhy ombredery adro dhe onester a dhyberth, ha hy herensa dhown rag oll hy theyr myrgh a wrug dhedhy remainya wàr an dyweth ha ragthans y dhe avoydya torrva gans aga broder.

Elynor, an vyrgh gotha-na, mayth o hy hùssul mar effethus, a's teva skians crev ha furneth breus, ha dre rêson a hedna, kyn nag o hy ma's nawnjek bloodh, hy o cùssulyadores hy mabm, ha hy a ylly yn fenowgh fetha fowt preder hy mabm, ha hèn o prow ragthans oll. Rag frethter Mêstres Dashwood a wrussa lêdya dhe anfurneth. Colon Elynor o dâ dres ehen—kerenjedhek o hy holon ha crev o hy emôcyons; saw hy a wodhya aga rêwlya. Hèn o skians nag o deskys whath gans hy mabm; hag onen a'y whereth o determys na wrella hy nefra y dhesky.

Yth o teythy Mary-Àn egwal dre vrâs dhe deythy Elynor. Mary-Àn o fur ha skentyl, saw freth o hy in pùb tra; hy galarow, hy lowena, ny yllens y bos frodnys. Hy o larj, caradow, a les brâs. Hy o pùb tra marnas doth. Ass o hy kepar in kenyver fordh dh'y mabm!

Elynor a wely gans fienasow fatell o re grev fînder brÿs hy whor. Saw Mêstres Dashwood a bredery meur anodho in hy secùnd myrgh hag a wre y jersya. I'n termyn-na y aga dyw a wre kentrydna an eyl hy ben in crefter aga duwhan. Pain an tristans neb a's fethas wostallath, y a wre nowedhy gans màl, y a wre y whelas, ha'y dhaswil arta hag arta. Y a omros aga honen yn tien dh'aga galarow, ow whansa encressyans aga anken in pùb preder a ylly y brovia, hag y a erviras heb bos confortys nefra i'n dedhyow esa ow tos. Elynor inwedh o grêvys brâs; saw hy a ylly strîvya, hy a ylly controllya hy honen. Hy a wre omgùssulya gans hy lesvroder, recêva y wre'ty ev pàn dheuth hy, ha'y dyghtya gans an attendyans ewn. Pelha hy a ylly sordya hy mabm dhe strîvya indelha kefrÿs, ha'y henertha dhe dhysqwedhes perthyans kepar.

Margaret, an tressa whor, o mowes jolyf, dâ hy gnas; saw evys gensy solabrÿs o meur a romans Mary-Àn, heb bos dhedhy meur a'y skians. Nyns esa hy omdhegyans ytho ha hy tredhek bloodh yn udnyk ow promyssya hy dhe vos haval dh'y whereth pàn ve hy nebes cotha.

Chaptra II

I'n eur-na gwre'ty Jowan Dashwood a fastyas hy honen avell mêstres an chy in Norlond; hag altrewan ha leswhereth hy gour a veu iselhës dhe'n stât a vysytyoryon. Y a vedha dyghtys gensy indelha bytegyns dre gortesy cosel; ha gans hy gour ty gans kebmys caradôwder dell ylly ev clôwys ino y honen dhe dhen vŷth avês dhodho y honen, y wreg ha'ga flogh. Ev a's inias fest lowr dhe gonsydra Norlond avell aga thre aga honen. Dre rêson na welas Mêstres Dashwood towl vŷth a hevelly mar fur dhedhy avell gortos le mayth esa, erna alla hy provia chy rygthy hy honen i'n pow adro, hy a dhegemeras y alow ev.

Remainya in tyller mayth esa kenyver tra ow remembra dhedhy hy lowender kyns, o an dra poran rag plêsya hy brŷs. In termyn jolyfter ny ylly colon vŷth bos lowenha ages hy brŷs hy, an govenek certan-na a lowender neb yw lowender y honen. Saw in galarow res o dhedhy bos controllys inwedh dre hy fancy, hag yth esa hy mar bell dhyworth confort dell vedha hy dhyworth anken vŷth in hy flesour.

Nyns o Mêstres Jowan Dashwood acordys poynt gans towl hy gour ow tùchya y leswhereth. Mar teffa ev ha kemeres teyr mil buns dhyworth rycheth aga mab bian wheg, y fia ev worth y vohosokhe yn uthyk. Hy a'n pesys dhe dhaspredery adro dhe'n mater. Fatell ylly ev cafos ino y honen dhe robbya y flogh, y udn flogh dell wharva, a sùmen mar vrâs? Ha pana wir a's teva an Mêstresygow Dashwood, nag esa ma's y leswhereth, hag in hy brŷs hy nag o hedna colm goos vŷth, dhe enjoya y larjes a sùmen mar vrâs a vona. Aswonys o gans pùbonen na dalvia bos kerensa vŷth inter an flehes a dhen vŷth dre dhemedhyansow dyvers. Ha prag y codhvia dhodho shyndya y honen ha'ga Harry bian truan, tre ry oll y vona dh'y leswhereth?

"Y feu hedna desîr dewetha ow thas ragof," hy gour a worthebys, "me dhe wil gweres dh'y wedhowes ha dh'y vyrhes."

"Dre lycklod ny wodhya ev pandr'esa ev ow leverel. Gwirhaval yw fatell o scav y bedn i'n eur-na. A pe y vrŷs compes, ny vynsa ev

6

bythqweth predery a dra kepar ha te dhe gemeres hanter dha rycheth
dhyworth dha udn flogh."

"Ny wrug ev gorhebmyn sùmen arbednyk, a Fany wheg; ny wrug ev
ma's ow fesy dre vrâs dhe wil gweres dhodhans, may fe aga stât dhe
voy attês ès dell ylly ev y wil. Martesen y fia gwell, mar teffa ev ha gasa
oll y fortyn genef vy. Scant ny alsa ev cresy, me dhe vos logh in aga
hever. Saw drefen ev dhe erhy an promys dhyworthyf, ny yllyn vy y
sconya; dhe'n lyha hèn o ow thybyans vy i'n eur-na. An promys a veu
rÿs ha res yw dhybm y gollenwel. Res yw dhybm gwil neb tra ragthans,
pàn wrellons y gasa Norlond rag bos tregys in ken chy."

"Dâ lowr, bedhens neb tra gwrÿs ragthans; saw nyns yw res an dra-
na dhe vos teyr mil buns. Gwra predery," hy a addyas, "pàn vo an
mona hepcorys, ny ylla nefra dewheles. Dha whereth a wra demedhy,
ha gyllys vÿdh an mona bys vycken. Mar kyll ev bos restorys nefra
dh'agan mab bian truan—"

"Dar, rag leverel an gwiryoneth," yn medh hy gour ty fest sad,
"hedna a vynsa gwil dyffrans brâs. An prÿs a vydn dos martesen pàn
vo Harry edrygys sùmen mar vrâs dhe vos gyllys in kerdh. Mar teu va
ha cafos lies flogh, rag ensampyl, an mona a via sùmen a brow."

"Bia in gwir."

"I'n câss-na, martesen y fia gwell rag kenyver onen, a pe an sùmen
lehës a hanter.—Pymp cans puns a via encressyans marthys dh'aga
rycheth!"

"Ô! Hedna a via moy ès marthys! Pana vroder a vynsa gwil hanter
kebmys rag y whereth, a pêns y whereth in gwiryoneth! Ha dell yw
taclow—nyns yns y ma's leswhereth!—Saw yma dhis spyrys mar larj!"

"Ny garsen gwil travÿth crefny," ev a worthebys. "Gwell via gwil re
ès gwil re vohes. Ny yll den vÿth tyby na wrug vy lowr ragthans: y aga
honen, scant ny yllons y gwetyas moy."

"Ny yll den vÿth desmygy pandra a wrowns y gwetyas," yn medh an
venyn, "saw ny dal dhyn predery a'n pÿth usons y ow qwetyas. Yth yw
an qwestyon, pandra ylta affordya dhe wil."

"In gwir—ha me a grÿs na vÿdh dres ow fÿth mar teffen ha ry pymp
cans puns dhe genyver onen. Kepar dell usy taclow i'n tor'-ma, heb
mona vÿth dhyworthyf, y a's tevyth adro dhe deyr mil buns pàn wrello
merwel aga mabm—fortyn fest plesont rag benyn yonk vÿth."

"Fest plesont in gwir; ha rag leverel an gwiryoneth, yth hevel
dhybm nag eus otham dhodhans a vona moy. Y fÿdh dhodhans deg mil
buns rag radna intredhans. Mar towns y ha demedhy, sur yw y dhe
gafos lùck dâ. Ha mar ny wrowns y demedhy, y oll a yll bêwa attês
warbarth war an oker a dheg vil buns."

"Hèn yw pòr wir ha rag hedna, ny worama na via gwell, mar teffen ha gwil neb tra rag aga mabm pàn vo hy ow pêwa, kyns ès ragthans y—neb tra kepar ha bledhendal, yth esoma ow mênya. Ow whereth a vynsa bos gweresys inwedh dredho. Cans puns pùb bledhen a wrussa aga gwil attês yn tien."

Y wreg a hockyas nebes bytegyns, kyns ès ry cubmyas rag an towl-na.

"In gwir," yn medh hy, "gwell via hedna ès hepcor pymthek cans puns oll warbarth. Saw mar teu Mêstres Dashwood ha bêwa pymthek bledhen moy, ny a vŷdh in drogstât."

"Pymthek bledhen! A Fany wheg; ny alsa hy bêwnans bos a valew mar vrâs."

"Ny alsa heb wow; saw mar teuta ha meras, yma pobel ow pêwa rag nefra pùpprŷs pàn vo bledhendal dhe be dhodhans; ha hy yw por grev ha yagh, ha scant nyns yw hy dewgans bloodh. Bledhendal yw negys poos; y fŷdh ow tos bledhen warlergh bledhen ha ny ylta bos ryddys anodho. Nyns esta ow convedhes an pŷth esta ow qwil. Aswonys dhybm yw meur a'n anken ow longya dhe vledhendalow; y fedha ow mabm vy lettys gans an pemont a dry bledhendal dhe servysy coth omdednys herwyth kemynro ow thas; ha marthys anwhek o an mater dhedhy. Dywweyth kenyver bledhen an bledhendalow a resa bos pes; hag ena hy a gefy meur anken orth aga fe dhodhans; ha leverys veu fatell o marow onen anodhans, ha warlergh hedna dyscudhys veu nag o hedna gwir màn. Ow mabm a veu gwalgh a'n negys. Nyns o hy mona hy mona hy honen, yn medh hy, gans gorholeth a'n par-na warnodho. Hag anwhek o towl ow thas, rag heb hedna ow mabm a alsa gwil gans hy mona poran kepar dell vynsa hy, heb lymytyans vŷth. An negys-na a wrug dhybm casa bledhendalow, ha certan oma na wrussen vy kelmy ow honen dhe be onen anodhans rag oll an bŷs."

"In gwir mater casadow yw," Mêster Dashwood a worthebys, "dhe wodhevel dha vona ow lehe indelha kenyver bledhen. Dell lever dha vabm yn ewn, nyns osta perhednak a'th fortyn dha honen. Nyns yw plegadow te dhe vos kelmys dhe be sùmen kepar pùb dëdh rent. Dha anserhogneth yw defolys indelha."

"Heb dowt vŷth; ha wosa pùptra ny gefyth grâssow vŷth. Y a grŷs y aga honen dhe vos diogel, ny wrêta tra vŷth moy ès a vo gwaitys, ha nyns usy hedna ow sordya grassyans vŷth. A pen vy i'th savla jy, pynag oll dra a wrussen vy, a via gwrës herwyth ow dôwys ow honen yn tien. Ny vynsen kelmy ow honen dhe rauntya tra vŷth dhodhans kenyver bledhen. Martesen y fŷdh pòr ancombrus certan bledhydnyow dhe sparya cans puns pò hanter-cans puns mes a'gan pegans agan honen."

"Me a grÿs bos an gwir dhis, a guv colon; gwell via heb ry bledhendal vÿth dhedhy i'n câss-ma; pynag oll a wrellen ry dhodhans dhia dermyn dhe dermyn a vÿdh moy a brow ès alowans bledhednek, rag ny wrussens ma's spêna moy, a pêns y certan y dhe gafos rent brâssa, hag orth dyweth an vledhen ny viens whednar moy attês. Hedna in gwir a via an fordh welha. Ro a hanter-cans puns traweythyow a wra aga gwetha rag bohosogneth, ha me a vÿdh ow collenwel yn larj an promys a wrug avy ry dhe'm tas."

"Bedhyth surly. Ha rag leverel an gwiryoneth, hag inof ow honen, yth esoma ow cresy nag esa dha das ow qwetyas te dhe ry mona vÿth dhodhans. Dre lycklod nyns esa ev ma's ow predery a neb tra a alses dre rêson ry dhodhans; rag ensampyl, te dhe whelas chy bian plesont ragthans, dh'aga gweres ow môvya aga thaclow ha dhe dhanvon dhodhans royow a bùscas ha gam, hag erel, pàn vêns y in sêson. Wàr ow fay, nyns esa ev ow mênya te dhe wil tra vÿth pelha. Ny res dhis, a Vêster Dashwood wheg, ma's consydra pana attês a yll dha altrewan ha'y myrhes bêwa wàr an oker a seyth mil buns, heb reckna an vil buns a vÿdh ow longya dhe genyver onen a'n mowysy. Hedna a wra ry dhodhans hanter-cans puns pùb bledhen ha heb mar y a wra pe aga mabm rag aga boos in mes a'n sùmen-na. Oll warbarth y a's tevyth pymp cans puns intredhans, ha pana otham a vÿdh dhe beder benyn moy ès dhe hedna?—Ny wra aga bêwnans costya ma's very nebes! Ny wra aga chy costya tra vÿth. Ny's tevyth naneyl caryach na mergh, ha scant ny vÿdh servont vÿth dhodhans; ny wrowns y sensy company vÿth, ha ny vÿdh res dhodhans pe costow vÿth! Gwra desmygy pana attês a vedhons! Pymp cans puns i'n vledhen! Ny allama tyby in pana vaner a wrowns y spêna hanter an sùmen-na. Hag ow tùchya te dhe ry moy dhodhans, gocky via te dhe bredery anodho. Liesgweyth moy lyckly vÿdh y dhe allos ry neb tra dhyso jy."

"Wàr ow ena," yn medh Mêster Dashwood, "yth esoma ow cresy te dhe leverel an gwiryoneth. Ny alsa ow thas porposya tra vÿth moy dhyworthyf ès an dra esta ow compla. Apert yw an negys dhybm i'n tor'-ma. Ha my a vydn collenwel ow fromys yn stroth der ow gweres ha'm caradôwder dhodhans, dell wrusta derivas dhybm. Pàn wrella ow lesvabm remôvya bys in ken chy, me a vÿdh parys dhe wil gweres dhedhy gwelha gallaf. Nebes royow bian a stoff chy a vÿdh a brow dhodhans inwedh."

"In gwir," Mêstres Dashwood a worthebys. "Saw res yw dhis perthy cov a udn dra. Pàn wrug dha das ha'th vam môvya dhe Norlond, kyn feu gwerthys oll gùtrel Stanhill, oll an lestry pry, an plât arhans ha'n

"Ny allama tyby in pana vaner a wrowns y spêna hanter an sumen-na."

lienyow lin a veu selwys, ha gesys veu dhe'th vabm. Hy chy hy ytho a
vÿdh provies yn tien ogasta kettel wrello hy y gemeres."

"Hèn yw mater a bris heb dowt. Kemynro a valew brâs in gwir! Ha
whath radn a'n plâtyow arhans a via addyans teg dh'agan stock ny
obma."

"Eâ, ha'ga lystry pry hawnsel yw dywweyth tecka ès an stoff usy ow
longya dhe'n chy-ma. Re deg, dhe'm brÿs vy, rag tyller vÿth a allons y
affordya avell trigva. Saw, yth yw an negys indelha. Ny wrug dha das
ma's predery anodhans y. Ha res yw dhybm leverel dhis hebma: nyns
yw grâssow vÿth dendylys ganso dhyworthys, ha ny res dhis gwil vry a
vodh y vris. Rag ny a wor yn tâ, a calla ev y wil, ev a vynsa kemyna
pùptra ogasty dhodhans y."

Ny ylly an argùment-na bos gorthsevys. Ev a ros dh'y borpos
pynagoll ervirans esa ow lackya kyns ena; ev a dhetermyas ytho nag o
res dhodho poynt, mar nyns o an negys dysonest yn tien, gwil tra vÿth
moy rag y wedhowes ha rag myrhes y das ès an sortow a actys caradow
comendys gans y wreg.

Chaptra III

Mêstres Dashwood a remainyas in Norlond nebes mîsyow; ny veu hedna dre rêson nag o hy whensys dhe jaunjya chy, rag yth esa pùb tyller in Norlond ow cessya warlergh termyn dhe sordya inhy emôcyons crev; pàn wrug hy spyrys dallath gwelhe, ha pàn ylly hy predery a gen taclow ès a'n tristans a wre hy sùffra wostallath warlergh ancow hy gour, yth esa hy ow yêwny dhe dhyberth. Hy a wre sarchya chy ewn i'n côstys-na; rag ny ylly hy tyby a viajya re bell dhyworth an plâss meurgerys. Saw ny glôwas hy a dyller vÿth a via plesont hag attês lowr dhedhy, ha neb a vydna servya furneth hy myrgh gotha. Rag breus doth an vyrgh a sconyas nebes treven awos y dhe vos re gostly, kyn fia hy mabm parys dh'aga hemeres.

Hy gour tremenys a dherivas dhe Vêstres Dashwood fatell wrug y vab promyssya yn solem dhodho y whre va aga scodhya, ha hedna a vydna confortya y brederow dewetha i'n norvÿs-ma. Nyns esa hy ow towtya gwiryoneth an dedhewadow-ma tabm vÿth moy agesso y honen. Ha hy o plêsys pàn wrella hy predery a'n promys tro ha'y myrhes, kynth esa hy ow cresy rygthy hy honen y fedha meur le ès seyth mil buns lowr dh'y sensy attês. Rag kerensa aga broder inwedh, rag kerensa y golon y honen y whre hy lowenhe; ha hy a wre rebukya hy honen na wrug hy trestya dh'y larjes, ha fatell esa hy ow cresy na ylly ev bos hel. Y omdhegyans kerenjedhek in hy hever ha tro ha'y whereth, a wrug dhedhy cresy fatell o bern dhodho aga les; ha dres termyn hy yth esa hy ow scodhya wàr larjes y borpos.

An dysdain esa hy ow clôwes nans o termyn hir tro ha gwreg hy lesvab, a veu moghhës yn frâs warlergh hy aswon dhe well dres an whe mis a spênas hy in hy theylu; ha martesen, in spît dhe bùb cortesy ha dh'y herensa avell mabm, ny alsa an dhyw wreg bos tregys warbarth, na ve cyrcùmstans aral dhe wil dhe Vêstres Dashwood cresy y fedha gwell rag hy myrhes remainya pelha in Norlond.

An cyrcùmstans o hebma: hy myrgh cotha ha broder Mêstres Jowan Dashwood dhe vos ow codha in kerensa an eyl gans y gela. Ev o den yonk cortes ha hegar neb a veu presentys dhodhans yn scon warlergh hy whor dhe vos anedhys in Norlond, hag alena rag yth esa ev ow passya an radn vrâssa a'y dhedhyow ena.

Radn a vabmow a vynsa kenertha an sergh dre rêson a les, rag yth o Edward Ferrars an mab cotha a dhen o pòr rych pàn verwys ev; ha radn a wrussa y gompressa dre rêson a dhothter, rag avês dhe sùmen vian, yth esa oll y fortyn ow powes wàr sians y vabm. Saw nyns o bern dhe Vêstres Dashwood onen vŷth a'n dhew breder-na. Lowr o dhedhy ev dhe vos hegar ha dhe gara hy myrgh, hag Elynor dh'y gara ev. Contraryùs o dh'y crejyans hy may whrella dyffrans a rycheth kescar den ha mowes dhyworth y gela hag y tednys warbarth dre hevelepter aga natur; pelha yth esa hy ow cresy fatell wrussa pùbonen convedhes merytys Elynor, mar teffa ev ha metya gensy.

Nyns o Edward Ferrars dhe braisya drefen y vos sêmly pò helavar. Nyns o teg y form ha res o y aswon yn tâ kyns aswon gwywder y omdhegyans. Ev o re vethek dhe bresentya y honen yn tâ; saw pàn ve y omdhegyans methek settys adenewen, y vanerow a vydna declarya y golon dhe vos gwiryon ha kerenjedhek. Dâ o y skians ha gwelhës veu dre adhyscans. Saw nyns o y deythy na'y nas parys rag collenwel bodh y vabm ha'y whor, rag yth ens ynsy whensys dh'y weles avell den wordhy—saw scant ny wodhyens in pana fordh. Y a garsa may whrella ev fygùr gwyw i'n bŷs in neb maner. Y vabm a garsa y weles avell polytygor, ev dhe vos dôwysys avell esel a'n seneth pò kelmys gans radn a vrâsyon an oos. Mêstres Jowan Dashwood a garsa an keth tra; saw erna wrella hedna wharvos, lowr via gensy y weles ow marhogeth adro in baroush. Saw nyns o bern dhe Edward naneyl brâsyon na baroushys. Confort in tre ha cosoleth a'n bêwnans pryveth o oll bolùnjeth y golon. I'n gwelha prŷs ev a'n jeva broder yonca esa moy a bromys ino.

Yth esa Edward tregys i'n chy nebes seythednow, kyns ès Mêstres Dashwood dh'y verkya yn frâs. Yth esa hy in kebmys anken, na vedha hy war a'n taclow adro dhedhy. Ny wely hy ma's ev dhe vos cosel ha dywel, ha hedna meur a's plêsya. Ny wrug ev ania hy sùffrans dre gescows mes a dermyn. Y feu hy constrînys dhe veras orto ha moy dh'y braisya, pàn leverys Elynor neb tra adro dhodho: an dyffrans brâs intredho ev ha'y whor. Hèn o contrast neb a'n comendyas fest crev dh'y mabm.

"Lowr yw," yn medh hy, "lowr yw leverel nag ywa kepar ha Fany. Yma hedna ow ry dhe ùnderstondya kenyver tra garadow. Me a'n car solabrŷs."

"Me a grŷs ev dhe'th plêsya," yn medh Elynor, "pàn vo va gwell aswonys genes."

"Ev dhe'm plêsya" hy mabm a worthebys in udn vinwherthyn. "Ny allama clôwes emôcyon a gomendyans le ès kerensa."

"Te a yll y estêmya."

"Ny wrug avy bythqweth desky dhe wil dyffrans inter estêmyans ha kerensa."

I'n eur-na Mêstres Dashwood a strîvyas dhe aswon Edward dhe well. Hy manerow o plesont ha hedna a wrug pelhe y vethecter yn scon. Heb let hy a gonvedhas oll y verytys; ev dhe gara Elynor a's gweresas dhe wil indelha; saw in gwir hy a veu certan a'y wywder: ha'n cosoleth-na in y omdhegyans, neb o contrary bys ena in hy brŷs hy dhe oll hy thybyansow ow tùchya personoleth ûsys tus yonk. Ha nyns o oll hedna bern dhedhy, pàn welas hy y golon dhe vos tobm ha kerenjedhek y gnas.

Kettel wrug hy percêvya an tôknys a gerensa in y fara tro hag Elynor, hy a veu sur y dhe vos ow cara an eyl y gela; hag yth esa hy ow qwetyas fatell esa aga maryach ow nessa yn uskys.

"Wosa nebes mîsyow, a Mary-Àn wheg," yn medh hy, "dre lycklod y fŷdh Elynor parys rag hy bêwnans. Trist vedhyn wàr hy lergh saw hy a vydh lowen."

"Ogh! A Vabmyk, pandra wren ny hepthy?"

"Scant ny vŷdh hedna kescar. Ny a vŷdh tregys pelder cot dhyworty, ha ny a wra metya gensy pùb dëdh oll. Te a gav broder, gwirvroder kerenjedhek. Yma dhybm respect uhel rag colon Edward. Saw yth esta ow meras sad, Mary-Àn. Osta dysplêsys gans dôwys dha whor?"

"Martesen," yn medh Mary-Àn, "yth esoma ow meras orth an mater nebes sowthenys. Edward yw fest caradow, ha me a'n car yn frâs. Saw whath—nyns ywa an sort a dhen yonk—yma neb tra ow lackya dhodho—nyns yw marthys y fygùr; ny'n jeves ev tra vŷth a'n grâss a vynsen vy gwetyas i'n den a via ow whor worth y gara yn town. Yma ow lackya dh'y lagasow an spyrys-na, an tan-na usy ow teclarya vertu ha skentoleth. Ha pelha, a Vabm, nyns yw decernyans vŷth dhodho. Yth hevel nag usy mûsyk orth y dhynya poynt, ha kynth usy ev ow praisya delînyansow Elynor yn frâs, nyns yw hedna an prais a nebonen a yll convedhes aga valew. Kyn fe va yn fenowgh ow meras orty ha hy ow lînya, apert yw na wor ev tra vŷth a'n mater. Yma va owth aga estêmya avell caror adar avell arbenygor. Rag ow flêsya vy, res via dhe'n dhew dra-na bos udnys. Ny alsen vy bos contentys gans gour na ve y dhecernyans owth acordya in pùb fordh gans ow decernyans vy. Res via dhodho kesradna genef oll ow emôcyons, y codhvia an keth lyfrow ha'n keth mûsyk agan delîtya agan dew. Ogh! a Vabm, ass o gwadn ha dyfreth an fordh may whrug Edward redya dhyn newher! Me a gemeras pyteth brâs a'm whor. Saw hy a'n porthas mar glor. Yth hevelly na wrug hy scant y verkya. Cales o dhybm remainya a'm eseth ha me ow clôwes an gwersyow teg-na, a wrug yn fenowgh ow muskegy ogasty, ùttrys mar cosel, mar uthyk mygyl!"

"In gwir ev a wrussa redya yêth plain sempel ha chast liesgweyth gwell. Me a brederys hedna i'n eur-na. Saw why a ros Cowper dhodho."

"Nâ, a Vabm, mar ny vÿdh ev bêwhës dre Cowper!—saw ny a res alowa dyffransow in decernyans. Ny's teves Elynor ow emôcyons vy, ha martesen hy a wra sevel orth aswon an dra, ha bos lowen ganso. Saw y fia terrys ow holon vy, ow coslowes orto ow redya gans mar nebes fînder brÿs. A Vabm, dhe voy a welaf a'n bÿs, dhe voy esoma ow cresy na allama nefra metya gans gour a allama cara in gwiryoneth. Yma otham dhybm a gebmys! Res yw dhodho dysqwedhes oll vertus Edward ha res yw dh'y berson ha dh'y vanerow afîna y dhader gans pùb son possybyl."

"Porth cov, a guv colon, nag osta seytek bloodh whath. Re avarr yw i'th vêwnans dhe gemeres dyglon ow tùchya bos lowenek. Prag y fia res dhis bos moy anfusyk ès dha vabm? In udn mater yn udnyk, a Mary-Àn, re bo dha dhestnans jy dyhaval dhyworth hy destnans hy!"

Chaptra IV

" **A**ss yw dieth, Elynor," yn medh Mary-Àn, "na'n jeves Edward decernyans vÿth ow tùchya lînednans."

"Na'n jeves ev decernyans vÿth!" Elynor a worthebys, "Prag yth esta ow prederey hedna? Nyns usy ev ow lînedna y honen in gwir, saw ev a'n jeves plesour brâs ow qweles pobel erel orth ywil. Ha me a lever dhis, yma dhodho lowr a dhecernyans naturek, kyn na gafas ev an chauns a'y encressya. A pe va bythqweth i'n fordh may halsa ev desky, me a grÿs y fia ev ow lînedna pòr dhâ. Nyns usy ev ow trestya dh'y vreus y honen in materow a'n par-ma, hag ytho ny vÿdh ev parys dhe ry y opynyon a byctour vÿth. Saw yma composter ha sempleth genesyk in y dhecernyans, ha dell yw ûsys, yma hedna worth y gevarwedha fest ewn."

Own a's teva Mary-Àn a offendya hy whor ha ny leverys hy ger vÿth moy a'n mater; saw an sort a brais a leverys Elynor dhe vos sordys ino dre dhelînynsow pobel erel, o pell dhyworth an delît meur y lowena o gwirdhecernyans herwyth Mary-Àn. Ha hy ow minwherthyn dhedhy hy honen ow tùchya an errour, hy a wrug onora hy whor awos an gerensa dhall-na rag Edward a wrug derevel an tybyans inhy.

"Yma govenek dhybm, Mary-Àn," yn medh Elynor pelha, "nag esta ow cresy Edward dre vrâs dhe lackya decernyans. In gwir, me a breder na ylta jy gwil indelha, rag dha omdhegyans tro hag ev yw pòr garadow, hag a pesta ow cresy indelha, ny alses bos cortes dhodho."

Scant ny wodhya Mary-Àn in pana vaner a godhvia dhedhy gortheby. Ny vynsa hy poynt pystyga colon hy whor, saw wàr an tenewen erel ny ylly hy leverel neb tra nag esa hy ow cresy. Wàr an dyweth hy a leverys:

"Na vÿdh offendys, Elynor, mar nyns yw ow frais ragtho eqwal dhe'th sens a'y verytys. Ny gefys vy chauns mar venowgh avelos a jùjya an poyntys munys a'y vrÿs, y volùnjeth ha'y dhecernyans. Saw yma dhybm opynyn pòr uhel a'y dhader hag a'y skians. Me a'n crÿs dhe vos wordhy ha hegar in pùptra.

16

"Sur oma," yn medh Elynor gans minwharth, "na via y gothmans kerha dyscontentys gans hedna, ha ny welaf vy fordh vÿth may halses derivas dha dybyansow anodho fest tobma."

Lowen veu Mary-Àn pàn welas hy hy whor dhe vos plêsys mar êsy.

"Ny yll den vÿth," yn medh Elynor ow pêsya, "me a grÿs, neb a'n gwelas liesgweyth hag a wrug kestalkya menowgh lowr ganso dowtya y skians ha'y dhader. Nyns yw y skentoleth spladn ha penrêwlys bryntyn kelys ma's yn udnyk der y vanerow methek. Te a wor lowr anodho dhe jùjya y wywder yn ewn. Saw an poyntys munys a'y vrÿs, dell esta worth aga henwel, dre rêson a cyrcùmstancys arbednyk re beu cudhys dhyworthys moy ès dhyworthyf vy. Ny, ev ha me, ny re beu tôwlys warbarth traweythyow, saw te re beu inies der ow mabm dhe gonsydra y gerensa ragof. Me re welas meur anodho, me re studhyas y dybyansow ha re glôwas y vrusyansow ow tùchya lien ha decernyans; ha dre vrâs, yth esoma ow pedha dhe leverel y vrÿs dhe vos deskys dâ ha'y dhecernyans dhe vos fin ha glân. Dhe voy a vÿdh nebonen worth y aswon, dhe voy usy y deythy ow qwellhe in pùb fordh warbarth gans y omdhegyans ha'y berson. Nyns usy y vanerow ha'y fordh dhe bresentya y honen skyla rag sowthan; hag in gwir ny yll ev bos consydrys dhe vos sêmly, erna vo merkys golow y dhewlagas, neb yw dâ dres ehen, ha whecter y gowntnans. I'n tor'-ma aswonys pòr dhâ ywa dhybm, ha me a'n tyb dhe vos sêmly, pò dhe'n lyha ogas dhe vos sêmly. Pandra leverta, Mary-Àn?"

"Me a vydn y gonsydra sêmly yn scon, Elynor, mar nyns esoma worth y gresy dhe vos sêmly solabrÿs. Pàn wrelles erhy dhybm may whrellen y gara kepar ha broder, ny vanaf vy na felha gweles moy a fowt in y fâss ès dell esoma ow qweles i'n tor'-ma in y golon."

Elynor a veu amôvys der an declaracyon-na, hag a gemeras edrek a'n tomder a ûsyas hy rag côwsel anodho. Hy a gresy fatell esa Edward pòr uhel in hy opynyon. Yth esa hy ow cresy fatell esa ev ow sensy an keth worshyp tro ha hy. Saw res via dhedhy bos surha anodho kyns ès crejy an gwir dhe vos dhe Mary-Àn ow tùchya an gerensa intredhans. Hy a wodhya hebma: an pÿth an wrella desmygy Mary-Àn ha'y mabm, y dhe gresy dystowgh—gansans yw udn dra ow whansa ha perthy govenek ha perthy govenek o an keth tra avell gwetyas. Hy a whelas egery gwirstât an mater dh'y whor.

"Ny whelama denaha," yn medh hy, "me dhe bredery meur anodho—me dh'y estêmya yn frâs, ev dhe'm plêsya."

Ena Mary-Àn a dardhas in mes nebes cot—

"Y estêmya! Bos plêsys ganso. Ass yw yêyn dha golon, Elynor! Lacka ès yêyn! Yth esa ow kemeres sham a vos moy! Gwra devnyth a'n geryow-na arta, ha me a vydn gasa an rom-ma dystowgh." Ny ylly Elynor sevel orth wherthyn. "Ascûs vy," yn medh hy, "ha bÿdh sur nag en vy porposys dhe'th offendya ha me ow côwsel yn whar a'm emôcyons. Crÿs y dhe vos creffa ès dell wrug avy derivas. Wàr verr lavarow crÿs ow sergh dhodho dhe vos mar vrâs avell y verytys—hag y dhe assûrya dhybm y revrons ragof vy dhe vos mar vrâs dell allama soposya heb folneth na foly. Saw res yw dhis heb cresy tra vÿth moy. Nyns oma certan poynt ev dhe'm cara. Yma termynyow pàn vyma dowtys a'y gerensa; hag erna vo y emôcyons aswonys yn town, te a yll convedhes ow bosama lent dhe egery ow worshyp, worth y elwel moy dell yw. Nyns esoma ow clôwes dowt vÿth a'y sergh. Saw yma poyntys erel dhe gonsydra avês dh'y volùnjeth. Pana sort benyn yw y vabm ny woryn ny; saw dhyworth an taclow complys dhia dermyn dhe dermyn gans Fany adro dh'y omdhegyans hy ha'y opynyons, ny wrussyn ny cafos an argraf bythqweth a'y bos hy fest hegar. Ha mar nyns oma camdybys, Edward y honen a wor y fedha meur a galeterow in y fordh, a pe va whensys dhe dhemedhy gans benyn heb rycheth ha heb degrê."

Mary-Àn a veu sowthenys pàn gonvedhas hy pana belha o avauncys hy desmygyans ha desmygyans hy mabm ès an gwiryoneth.

"A nyns owgh why agas dew ambosys an eyl dh'y gela?" yn medh hy. "Saw in gwir hedna a wra wharvos yn scon. Saw dew dra a brow a vydn dos dhyworth an dylâtyans ma. Ny wrama dha gelly mar scon, hag Edward a gav an chauns dhe wellhe an decernyans genesyk rag lînednans yw mar gerys genes, rag res vÿdh hedna dhe fest'he agas lowender warbarth. Ô! a pe va kentrydnys gans dha ableth dha honen dhe dhesky lînedna, assa via bryntyn hedna!"

Elynor a ros hy gwirdybyans dh'y whor. Ny ylly hy consydra hy sergh rag Edward dhe vos mor avauncys dell o cresys gans Mary-Àn. Traweythyow y fedha ev ow tysqwedhes dyglon, ha mar nyns o hedna mygylder, yth o va neb tra mar dhrog ogasty. A pe va ow towtya hy herensa, ny godhvia dhodho ma's bos nebes anês. Ny via an dowtys-na lowr dh'y drist'he mar venowgh. Moy lyckly o ev dhe omglôwes y honen in stât serhak, hag ytho dyfednys via dhodho dysqwedhes kerensa dhedhy. Elynor a wodhya fatell esa y vabm owth omdhon in y gever in maner na vydna gwil y dre gensy dhe vos re blesont, na ny vydna gwil dhodho godhvos y hylly ev bêwa dystak dhyworty heb collenwel bodh hy holon ow tùchya y hanow dâ i'n bÿs. Dre rêson hy dhe gonvedhes oll hedna, ny ylly Elynor omsensy contentys. Pell o hy

dhyworth bos sur a'y gerensa rygthy, kerensa esa hy mabm ha'y whor
ow tyby dhe vos certan. Nâ, dhe belha hy hag Edward dhe vos
warbarth, dhe voy diantel a hevelly dhedhy y sergh ev. Ha
traweythyow rag tecken yth hevelly dhedhy nag esa ev ma's orth hy
honsydra dhe vos cothman dâ.

Saw pynag oll o kerensa Edward tro hag Elynor, pàn ve y estêmyans
merkys gans y whor ev, lowr o dh'y ancrêsya hy, ha moy menowgh
whath, dh'y gwil dyscortes. Hy a sêsyas an kensa chauns a gafas hy a
offendya altrewan hy gour, ow côwsel orty a'n govenek brâs a's teva
Mêstres Ferrar a'y sowena, ha fatell esa hy ow qwetyas hy dew vab
dhe dhemedhy yn tâ, hag a'n peryl a venyn yonk vŷth a whelas y
gachya. Mar ancrêsys o Mêstres Dashwood na ylly hy fâcya na welas
hy an offens, na ny vedha hy cosel naneyl. He a's gorthebys in fordh a
dhysqwedhas hy dysdain, ha hy a asas an rom dystowgh. Hy a
dhetermyas pelha, na fors pana ancombrus na pana gostly a dhyberth
heb let, na vedha hy Elynor veurgerys constrînys dhe sùffra udn
seythen moy a dhespîtyans a'n sort-na.

Pàn esa spyrys Mêstres Dashwood i'n stât-na y feu delyfrys dhedhy
dhyworth sodhva an post lyther hag ino profyans in prŷs pòr dhâ.
Offrys veu dhedhy chy munys wàr ambosow êsy gans cosyn dhedhy,
den jentyl rych hag a brís in Dewnan. An lyther a dheuth dhyworth an
den jentyl y honen, ha screfys veu in spyrys caradow. Ev a wodhya
fatell esa otham dhedhy a aneth, ha kynth o an chy offrys dhedhy tra
vŷth moy ès penty, ev a's assûryas y fcdha pùptra res gwrŷs dhe'n chy,
a pe hy contentys ganso. Ev a's inias yn freth, warlergh ry dhedhy oll
an manylyon ow tùchya an chy ha'n lowarth, dhe dhos gans hy myrhes
dhe Bark Barton, y jy y honen, hag alena hy a yll jùjya rygthy hy honen
mars o otham a jaunjyans vŷth in Penty Barton, rag yth esa an dhew jy
i'n keth pluw. Ev a hevelly whensys in gwir dhe brofya trigva dhedhy,
hag y feu y lyther yn tien yn maner mar garadow, na ylly y gosyn heb
bos plêsys ganso. Spessly i'n very termyn-na pàn esa hy ow codhevel
in dadn omdhegyans yêyn hag aflythys hy goos nessa. Nyns o otham
vŷth dhedhy a omgùssulyans nag a whythrans. Hy ervirans a veu gwrŷs
pàn esa hy ow redya. Tyller kepar ha Barton in conteth mar bell
dhyworth Sùssex avell Dewnan, o comendyans brâs i'n eur-na dhedhy,
kyn fia aflês brâs nebes eurys kyns. Nyns o drog dhedhy na felha
dyberth dhyworth pow Norlond—in contrary part tra dhe whansa o va.
Bedneth o in comparyson gans an anken a remainya avell ôstyades hy
lesvyrgh. Kynth o Norlond meurgerys gensy, gwell via dhedhy dyberth
rag nefra alena, ès remainya i'n tyller pò dhe vos ogas dhodho, pàn o
va in dadn arlottes benyn kepar. Hy a screfas heb let dhe Syr Jowan

Myddelton rag aswon grass dhodho ha dhe dhegemeres y brofyans. Ena hy a fystenas dhe dhysqwedhes y lyther ev ha'y gorthyp hy dh'y myrhes ha warlergh cafos aga acord hy a dhanvonas hy gorthyp dhodho.

Yth esa Elynor ow cresy pùpprÿs y fedha furha ragthans dhe vos tregys pell dhyworth Norlond ès ogas dhe'n bobel aswonys i'n eur-na gansans. Rag an rêson-na ytho ny leverys hy tra vÿth warbydn porpos hy mabm a vos anedhys in Dewnan. An chy inwedh neb a ros acownt Syr Jowan anodho o fest sempel ha'n rent marthys isel ha rag hedna ny's teva hy argùment vÿth wàr y bydn, kyn nag o towl a ros plesour vÿth dh'y fancy. Kyn nag esa hy whensys in gwiryoneth dhe forsâkya Norlond, ny whelas hy dysswâdya hy mabm dhyworth danvon an lyther a dhegemeryans.

Chaptra V

Kettel veu danvenys hy gorthyp, y whrug Mêstres Dashwood chersya hy honen ha declarya dh'y lesvab ha dh'y wreg fatell o chy kefys gensy, ha na wre hy aga ancrêsya ma's erna ve parys kenyver tra i'n chy dhe vos tregys ino. Sowthenys fest vowns pàn glôwsons hedna. Ny leverys Mêstres Jowan tra vÿth; saw hy gour a wetyas na vedha hy anedhys pell dhyworth Norlond. Assa veu hy lowen dhe leverel dhodho hy dhe viajya dhe Dhewnan. —Edward a drailyas dhedhy dre hast pàn glôwas ev hedna, hag in lev sowthenys hag ancrêsys, a ylly hy convedhes, ev a dhasleverys, "Dewnan! Esowgh why ow mos dy in gwir? Mar bell alebma? Pana radn a'n pow?" Hy a dherivas an negys dhodho. Yth esa an chy le ès peder mildir dhe'n north a Keresk.

"Nyns yw ma's penty," yn medh hy ow pêsya, "saw yma dhybm govenek a weles lies huny a'm cothmans ino. Ny vÿdh cales addya chambour pò dew dhe'n chy; ha mar ny vÿdh cales dhe'm cothmans viajya mar bell rag ow gweles, sur oma na vÿdh cales dhym aga ôstya."

Hy a wrug gorfedna gans galow hegar dhe Vêster ha dhe Vêstres Jowan Dashwood dh'y vysytya in Barton. Ha dhe Edward hy a ros galow liesgweyth moy hegar. Kyn whrug hy hescows dewetha gans gwreg hy lesvroder gwil dhedhy ervira remainya gansans termyn mar got dell o possybyl, ny wrug hedna dhedhy chaunjya hy brÿs poynt ow tùchya towl gwreg hy lesvroder. Yth o an towl-na mar bell dhyworth hy holon avell bythqweth; ha hy a garsa dhysqwedhes dhe Vêstres Jowan Dashwood der an galow kerenjedhek-na dh'y broder hy, fatell esa hy ow tespîtya hy opynyon a'n demedhyans.

Mêster Jowan Dashwood a leverys arta dh'y altrewan pana dhrog o ganso hy dhe gemeres chy mar bell dhyworth Norlond na ylly ev bos a servys dhedhy ow tùchya carya hy stoff chy dh'y thrigva nowyth. Yth esa y gonscyans orth y vexya in gwir; rag an ober lyha mayth o va whensys dhe gollenwel y bromys dh'y das dredho a veu gwrÿs impossybyl der an restryans-ma. —Y feu oll an pÿth chy danvenys adro

21

wàr dhowr. Yth o hedna dre vrâs lienyow chy, plât arhans, lystry pry ha lyfrow, warbarth gans pyanô teg ow longya dhe Mary-Àn. Mêstres Jowan Dashwood a welas an fardellow ow tyberth hag a hanajas. Ny ylly hy heb omglôwes trist, pàn vedha rent Mêstres Dashwood mar vohes, hy dhe vos perhednak a vebyl bryntyn vŷth.

Mêstres Dashwood a gemeras an chy rag an spâss a vledhen; yth o va meblys solabrŷs ha hy a ylly bos tregys ino dystowgh. Ny veu caleter vŷth wàr denewen vŷth a'n acord; ha ny wrug hy gortos ma's erna ve restrys hy thaclow in Norlond, ha dhe dhetermya hy mêny devedhek, kyns ès hy dhe dhyberth dhe'n west; ha drefen hy dhe vos pòr uskys ow performya tra vŷth a les dhedhy, pùptra a veu gwrŷs adhesempys. An vergh gesys dhedhy gans hy gour a veu gwerthys yn scon warlergh y vernans. Ha chauns a wharva i'n eur-na a wertha hy haryach, ha hy a agrias dh'y werth kefrŷs wàr gùssul hy myrgh gotha. Mar teffa hy hag predery a'y myrhes yn udnyk, gwell via gensy y wetha, saw furneth Elynor a brevailyas. Furneth Elynor inwedh a lymytyas nyver a'n servysy dhe dry: dyw vowes hag udn gwas, ha'n re-na a veu provies dhodho in mes a'n servysy arvedhys in Norlond.

Y feu an gwas hag onen a'n mowysy danvenys dystowgh dhe Dhewnan, rag parusy an chy dhe dhevedhyans aga mêstres; ha drefen Arlodhes Myddelton dhe vos ùncoth yn tien dhe Vêstres Dashwood, gwell o gensy mos heb let dhe'n penty ès vos vysytyores in Park Barton. Hag yth esa hy ow trestya mar leun dhe dhescrefans Syr Jowan a'n chy, nag esa hy whensys dhe whythra an chy erna wrella entra ino avell trigva. Hy ewl dhe dhepartya dhyworth Norlond a veu gwethys yn fêw der an lowena apert a wreg hy lesvab hy dhe vos dyberthys; saw y feu an lowena-na cudhys der an faintys gwadn a'y gelwel yn yêyn dhe remainya. Otta an prŷs ma hylly bos collenwys yn compes promys hy lesvab dh'y das. Dre rêson ev dhe ankevy y bromys, pàn dheuth ev ha'y wreg wostallath dhe'n estât, dyberth y altrewan a ylly bos consydrys an ocasyon ewn rag y gollenwel. Saw yn scon Mêstres Dashwood a dhalathas kelly pùb govenek a'y wil tra vŷth rygthy, ha hy a veu perswâdys awos y eryow kenyver jorna, na vedha y weres moy ès hy sensy gans hy myrhes in Norlond dres whe mis. Ev a gowsy mar venowgh a encressyans a gostow an chy ha'n gorholeth heb cessya a vedha gwrŷs wàr y bors—tra a via res dhe dhen vŷth a fortyn sùffra. Yth hevelly ytho fatell o an otham a'n jeva ev a vona, moy ès an chauns a gefy ev a ry mona dhyworto.

Nebes seythednow wosa Syr Jowan Myddelton dhe dhanvon y kensa lyther dhedhy, y feu pùptra restrys ow tùchya aga aneth dhevedhek, hag ytho Mêstres Dashwood ha'y theyr myrgh a ylly dallath aga viaj.

Y a scùllyas meur a dhagrow hag y ow leverel farwel dhe'n tyller meurgerys. "Norlond ker wheg!" yn medh Mary-Àn, ha hy ow qwandra hy honen oll dhyrag a chy an gordhuwher dewetha a'ga bos tregys ena, "pana dermyn a wra ma cessya dhe berthy hireth war dha lergh!—Pana dermyn a allama desky dhe omsensy in tre in ken tyller vŷth! Ogh, a jy lowen, gojy na wodhesta me dhe wodhevel kebmys ha me ow meras orthys a'n le-ma, na wrama dhe weles dhyworto nefra arta! Ha why, why gwëdh mar aswonys!—Saw why a vydn gortos an keth—Ny wra dêlen vŷth pedry drefen ny dhe vos ow tyberth, na ny wra scoren vŷth cessya dhe waya, kyn na vedhon ny abyl dh'agas gweles bŷth moy!—Nâ, why a vydn pêsya kepar dell owgh; dyswar a'n plesour pò a'n edrek esowgh why ow causya, ha heb godhvos chaunj vŷth i'n re-na usy ow kerdhes in dadn agas skeus!—Saw pyw a vydn gortos rag cafos delît inowgh?"

Chaptra VI

An kensa radn a'ga viaj a veu gwrÿs in maner re drist dhe vos tra vÿth ken ès hager ha sqwîthus. Saw pàn esens y ow tedna bys in y dhyweth, aga les i'n pow a vedhens y tregys ino a fethas aga anken, ha vu a Valy Barton, hag y owth entra ino, a's lowenhas. Tyller teg ha froothus o va, gans meur a wëdh ha rych in glaswels. Wosa gwia in rag dres moy ès mildir, y a dhrehedhas aga chy. Nyns esa dhyragtho ma's lowarth bian gwer, hag y a entras dre yet bian kempen.

Kynth o va bian, Penty Barton o kempen ha leun confort; saw anperfeth o avell penty, rag an byldyans o pedrak, nyns o gwer keasow an fenestry, ha nyns o an fosow cudhys dre wyfos. Yth esa tremenva gul ow lêdya yn tydro der an chy bys i'n lowarth adhelergh. Wàr bub tu a'n entrans yth esa rom esedha, adro dhe whêtek troos'hës pùb fordh; in hans dhe'n re-na yth esa an sodhow ha'n stairys. An chy a'n jeva peswar chambour ha dew dalyk. Ny veu va byldys ma's nebes bledhydnyow alena hag yth esa ev in stât dâ. In comparyson gans Norlond, bohosak o ha bian in gwir—saw an dagrow scùllys pàn wrussons y entra i'n chy rag an kensa prÿs a veu desehys yn scon. Y a veu lowenhÿs dre joy an servysy worth aga gweles, ha pùbonen o determys dhe omdhysqwedhes lowenek rag kerensa an re erel. Pòr avarr o in mis Gwydngala, teg o an gewar, ha dre rêson y dhe weles an tyller in dadn howl, y oll a gafas argraf plesont anodho. Hedna a vydna servya rag y gomendya dhedhans i'n dedhyow esa ow tos.

Savla an chy o dâ. Yth esa brynyow uhel a'ga sav adhelergh dhodho, hag ogas lowr dhodho a bùb tu. Radn a'n brynyow o gonyow lobm, re erel o gonedhys ha cudhys gans cosow. Yth esa pendra Barton wàr onen a'n brynyow-na, ha teg o an wolok warnedhy dhyworth fenestry an penty. An vu dhyrag an chy o moy ledan; y hylly an valy yn tien bos gwelys alena hag aberth i'n pow abell. Degês o an nans der an brynyow adro dhe'n chy. Saw yth esa an valy in dadn hanow aral owth istyna in mes inter an dhew vryn moyha serth.

24

Mêstres Dashwood o contentys dre vrâs gans myns ha gans mebyl an chy. Kynth o otham a lies amendyans dhe'n chy warlergh an sort bêwnans a's teva hy in Norlond, amendya hag addya a vedha hy delît, hag yth o dhedhy lowr a vona rag provia afînans dhe'n rômys. "Ow tùchya an chy in gwir," yn medh hy, "re vian ywa rag agan teylu, saw ny a vydn gwil agan honen attês lowr rag an present termyn. Re holergh i'n vledhen yw dhe welhe taclow. Martesen i'n gwaynten, mar pÿdh mona lowr dhybm, kepar dell esoma ow qwetyas, ny a vydn predery a vyldya. Yth yw an parledhow-ma re vian rag an festow gans agan cothmans a garsen cùntell obma; hag yma dhybm preder a dôwlel an dremenva aberth in onen anodhans, hag a asa remnant y gela rag entrans; hedna ha rom esedha nowyth, neb a vÿdh addys yn êsy, ha chambour ha tâlyk avàn a vydn y wil penty bian cles. Me a garsa an stairys dhe vos teg. Saw res yw dhe nebonen heb gwetyas kenyver tra; kynth esoma ow cresy na via re gales aga ledanhe. Me a welvyth i'n gwaynten fatla vÿdh ow mona, ha ny a wra tôwlel agan amendyansow herwyth hedna."

I'n mêntermyn, erna ve oll an trailyansow-na gwrÿs gans an mona erbysys dhyworth rent a bymp cans puns i'n vledhen gans benyn na wrug erbysy mona bythqweth in hy bêwnans, y o fur lowr dhe vos contentys gans an chy kepar dell o; hag yth esa kenyver onen anodhans ow restry hy thaclow hy honen, hag ow whelas dre settya adro dhedhans aga lyfrow ha pÿth aral gwil tre ragthans aga honen. Y feu pyanô Mary-Àn kemerys in mes a'n mailyans ha gorrys in y dyller ewn; hag y feu lînenansow Elynor fastys dhe'n fosow a'ga rom esedha.

Pàn êns y bysy indelha ternos, y feu goderrys aga gwythres gans perhednak aga chy. Ev a vysytyas an penty rag aga wolcùbma dhe · Barton, ha dhe offra dhedhans pùb êsyans dhyworth y jy ha'y lowarth mars esa lack vÿth in aga aneth. Syr Jowan Myddelton o den teg y semlant adro dhe dewgans bloodh. Ev a wrug aga vysytya in Stanhill lies bledhen alena, saw hèn o re bell rag y gosyns yonk dh'y remembra. Y gowntnans o fest caradow ha'y vanerow o mar gerenjedhek avell gîss y lyther. Yth hevelly ev dhe vos pòr gontentys gans aga devedhyans, ha dâ o ganso aga gwil mar attês dell ylly. Ev leverys meur ow tùchya y volùnjeth dh'aga gweles tregys yn lowen gans y deylu, hag ev a's inias yn caradow dhe gynewel gansans kenyver jorna in Park Barton erna vêns y kevanedhys yn cles i'n penty. Kyn whrug ev aga inia mar venowgh may fe va ogas dygortes, ny yllens y y offendya. Nyns o y garadôwder lymytys dhe eryow, rag ajy dhe our wosa y dhyberth, canstel vrâs leun a frût ha losow debry a dheuth dhyworth an Park, ha hodna a veu sewys kyns dyweth an jëdh gans

Mar vethek dhyrag company.

gam avell ro. Ev a eryas ortans inwedh dhe alowa dhodho dhe dhry aga
lytherow dhe'n post ha dhyworto, hag ev a bromyssyas y whre danvon
y baper nowodhow dhodho pùb dëdh.

Arlodhes Myddelton a dhanvonas messach pòr gortes dredho, ow
leverel hy dhe vysytya Mêstres Dashwood kettel ve hy certan na wre
hy vysyt hy ancrêsya poynt. Hag awos an messach-na dhe vos
gorthebys in fordh mar gortes, y feu hy arlodheseth presentys
dhodhans an nessa jorna.

Heb mar yth êns y fest whensys dhe weles benyn a vedha kebmys
a'ga honfort in Barton ow powes warnedhy, ha hy semlant hy o mar
afînys dhe acordya gans aga bolùnjeth. Nyns o Arlodhes Myddelton
moy ès whe pò seyth warn ugans bloodh; hy fâss o teg, hy fygùr uhel
ha sêmly, ha'y omdhegyans grassyùs. Hy manerow a's teva oll an
afînans esa ow lackya dh'y gour ty. Saw y a via amendys dre neb radn
a'y gnas egerys ha'y wres; ha hir lowr a veu hy vysyt dhe lehe nebes
aga estêmyans anedhy, rag y a bercêvyas, kynth o hy cortes lowr, hy o
omrêwlys ha yêyn; ha ny's teva hy tra vÿth dhe leverel avês dhe
lavarow ha qwestyonow kebmyn.

Ny veu otham a gescows bytegyns, rag yth o meur dhe Syr Jowan
dhe leverel, hag Arlodhes Myddelton yn fur a dhug gensy hy flogh
cotha, maw brav adro dhe whe bloodh, ha hedna a ros mater dhe'n
benenes dhe gôwsel adro dhodho pàn ve otham. Res o dhedhans pesy
y hanow ha'y oos, praisya y decter ha govyn qwestyons orto—neb a
veu gorthebys gans y vabm, pàn esa ev ow cregy y bedn, dhe sowthan
brâs hy arlodheseth, rag coynt o dhedhy ev dhe vos mar vethek dhyrag
company, rag ev a ylly gwil tros lowr in tre. Doth yw dhe bobel wàr
bùb vysyt furvus dry flogh gansans rag yma an flogh ow provia mater a
gescows. I'n present ensampyl y a gemeras deg mynysen dhe
dhetermya o an mab moy haval dh'y das pò dh'y vabm, hag in pana
fordh o va haval dhodhans, ha pùbonen a veu sowthenys gans brusyans
an re erel.

Yn scon chauns a veu rÿs dhe deylu Dashwood a dhyspûtya ow
tùchya an flehes erel, rag ny vydnas Syr Jowan gasa an penty heb cafos
promys dhywortans y dhe gynyewel ternos i'n Park.

Chaptra VII

Yh o Park Barton adro dhe hanter-mildir dhia an penty. An benenes a wrug passya in y ogas wàr aga fordh an valy a-hës, saw kelys o dhyworth aga golok dre vryn. An chy o brâs ha teg; hag yth esa teylu Myddelton ow pêwa in maner hel hag afînys. An larjes o rag plêsya Syr Jowan, ha'n afînans rag hy gwre'ty. Scant ny vedhens y bythqweth heb cothmans owth ôstya i'n chy gansans hag y fedhens y ow cowethya moy gans pobel a bùb sort ès ken teylu vÿth i'n côstys-na. Yth o otham a hedna rag aga lowena; kynth o an gour ha'y wre'ty fest dyhaval, yth hevellens yn crev dh'y gela ow tùchya an lack dien a deythy hag a dhecernyans. Ytho aga gwythres o fest strothys, avês dhe'n possybyltas offrys dhedhans der aga ôstysy. Syr Jowan o helghyor, Arlodhes Myddelton o mabm. Yth esa ev owth helghya hag ow setha, ha hy a wre chersya hy flehes. Nyns o dhedhans ma's an gwythresow-na yn udnyk. Arlodhes Myddelton a ylly chersya hy flehes re dres oll an vledhen; saw ny ylly Syr Jowan ma's practycya y hobbys hanter an termyn. Metyansow heb cessya bytegyns in tre hag alês a lenwy an ajwiow in natur hag in adhyscans; hedna a sensy Syr Jowan yn lowen, hag a re chauns dh'y wreg dhe dhysqwedhes hy norter fin.

Arlodhes Myddelton o prowt a afînans a'y bord hag a restrans hy chy, ha hèn o hy chif-delît in oll an partys restrys gansans. Saw moy gwiryon o plesour Syr Jowan in company, rag ev a gara cùntell adro dhodho moy pobel yonk ès dell ylly fyttya in y jy, ha dhe voy tros a wrêns, dhe voy a vedha ev plêsys. Ev o bedneth rag oll tus yonk an pow, rag i'n hâv yth esa ev pùb termyn ow restry kyffewy dhe dhebry mordhos yêyn pò yar yêyn wàr ves, hag i'n gwâv y dhauncys pryveth o lies lowr rag benyn yonk vÿth, mar ny vedha hy ow sùffra an whans dres ehen a bymthek bloodh.

Devedhyans a deylu nowyth dhe'n pow a vedha skyla rag lowender dhe Syr Jowan, hag yth o va plêsys dres ehen gans an dregoryon a veu kefys ganso rag y benty in Barton. Yth o Mêstresygow Dashwood yonk, teg ha dyflows. Hèn o lowr ragtho dh'aga estêmya yn frâs; ragtho ev lowr o rag mowes teg dhe vos dyflows, hag yth o hy brÿs mar dhynyak avell hy ferson. Caradôwder y natur a'n gwrug lowen dhe êsya an re-na neb o anfusyk in comparyson gans aga thermyn tremenys. Ev a omglôwas contentys ow tysqwedhes y natur hegar dh'y gosyns; ha pelha drefen ev dhe ôstya gobrenoresow yn udnyk in y benty, ev a veu dhe voy lowen avell helghyor. Yma helghyor owth estêmya gwesyon yn udnyk mars yns y helghyoryon inwedh, saw bohes venowgh y carsa ev alowa helghyoryon dhe vos tregys in chy ajy dh'y vanor y honen.

Y feu Mêstres Dashwood ha'y myrhes dynerhys orth daras an chy gans Syr Jowan hag ev a's wolcùbmas dhe Barton Park gans caradôwder sempel; ha pàn esa ev orth aga hùmbrank aberth i'n rom esedha ev a dherivas arta dhedhans y edrega na allas ev cafos gwesyon yonk ha teg rag metya gansans. Ny vydnens y, yn medh ev, cafos dhyragthans ma's udn den jentyl avês dhodho y honen; cothman arbednyk nag o naneyl pòr yonk na jolyf. Syr Jowan a leverys bos govenek dhodho y dhe ascûsya dhodho myns bian an bagas dhyragthans. Certan o na wre hedna wharvos nefra arta, saw kynth êth ev dhe lies teylu rag cafos moy esely rag an party, yth o termyn loorgan hag yth o pùbonen bysy. I'n gwelha prÿs yth o devedhys mabm Arlodhes Myddelton nebes mynys alena, ha hy o benyn lowenek ha plesont. Dre lycklod ytho ny via an gordhuwher re dhyfreth. Y feu an mowysy yonk contentys gans dew stranjer ha ny garsens poynt metya gans moy.

Mêstres Jenyngs, mabm Arlodhes Myddelton, o benyn goth, hy jolyf, mery, ha tew; yth esa hy ow côwsel meur hag hy o nebes comen. Leun o hy a wharth ha ges, ha kyns o dewedhys kydnyow leverys o gensy lies tra dhydhanus ow tùchya gwer ha caroryon; yth o govenek dhedhy na wrussons y gasa aga holon aga honen wàr aga lergh in Sùssex, ha hy a fâcyas y dhe rudhya, pàn na wrussons rudhya poynt. Vexys veu Mary-Àn orth hedna rag kerensa hy whor, ha hy a drailyas tro hag Elynor dhe weles in pana vaner esa hy ow recêva an assaultyansow-na. Saw frêthter golok Mary-Àn a bainyas Elynor liesgweyth moy ès deraylyans kebmyn Mêstres Jenyngs.

Ny hevelly Cornal Brandon, cothman Syr Jowan, bos gwywha avell y gothman ev, ès Mêstres Jenyngs dhe vos mabm Arlodhes Myddelton. An Cornal o tawesek ha dywharth. Nyns o dysawor y semlant bytegyns, kynth esa Mary-Àn ha Margaret ow predery y vos bacheler purra coth, rag yth esa ev wàr an tenewen cabm a bymthek warn ugans. Nyns o teg y fâss, saw yth esa sens dâ in y gowntnans ha fest cortes o y omdhegyans.

Nyns esa tra vÿth in onen vÿth a'n party a ylly aga homendya avell
cowetha dhe deylu Dashwood; saw anvlas yêyn Arlodhes Myddelton
o mar anwhek, mayth o tawesecter Cornal Brandon ha merth meur y
dros a Syr Jowan ha'y wheger o a les in comparyson. Yth hevelly na veu
sordys dhe lowender Arlodhes Myddelton erna dheuth ajy hy feswar
flogh warlergh kydnow; y a wre hy herdhya, sqwerdya hy dyllas ha
gwil gorfen a bùb kescows marnas tra vÿth esa ow pertainya dhedhans
aga honen.

I'n gordhuwher, y feu dyscudhys fatell ylly Mary-Àn seny an pyanô,
ha hy a veu pesys dhe seny. An pyanô a veu dialwhedhys, hag yth o
kenyver onen parys dhe vos plêsys. Mary-Àn, neb a's teva lev teg, a
wrug seny ha cana an radn vrâssa a'n canow degys gans Arlodhes
Myddelton aberth i'n chy pàn wrug hy demedhy; ha dre lycklod yth
esa an keth canow ow crowedha i'n keth tyller wàr an pyanô dhia an
termyn-na. Yth hevelly fatell wrug hy arlodheseth cessya dhe seny an
pyanô an very prÿs-na, kyn leverys hy mabm fatell ylly hy seny fest dâ
ha fatell gara hy an pyanô yn frâs.

Performyans Mary-Àn a veu praisys yn crev. Yth o Syr Jowan uhel
gans y brais orth dyweth kenyver cân; ha mar uhel kefrÿs in y gescows
gans an re erel pàn esa Mary-Àn ow cana. Arlodhes Myddelton a'n
rebukyas yn fenowgh, hag a leverys na ylly hy convedhes fatla ylly
nebonen heb goslowes orth an mûsyk dres tecken kyn fe, hag ena hy
a besys Mary-Àn may whrella hy cana cân arbednyk, neb o nowyth-
gorfednys gans Mary-Àn an very prÿs-na. Cornal Brandon yn udnyk a
woslowas orth Mary-Àn hag a's praisyas der y attendyans dhedhy. Kyn
nag o y blesour ev haval dhe dhelît ecstatyk Arlodhes Myddelton, y
dhecernyans ev o dhe nôtya in comparyson gans an lack a attendyans
dysqwedhys gan an bobel erel. Mary-Àn o teg lowr dhe avowa fatell o
den pymthek warn ugans bloodh re goth dhe omglôwes lymder
emôcyon ha perfethter enjoyans. Saw parys o hy dre dhenseth dhe vos
tregeredhus dhodho awos y oos avauncys.

Chaptra VIII

Mêstres Jenyngs o gwedhowes a's teva kemynadow brâs dhyworth hy gour. Nyns o dhedhy ma's dyw vyrgh, ha drefen y dhe vos demedhys yn wordhy, nyns o dhedhy tra vÿth dhe wil ma's provia kespar rag remnant an bÿs. Rag avauncya an towl-ma hy o mar dhywysyk dell ylly hy bos; ha ny gollas hy bythqweth chauns dhe brofusa maryajys inter oll an bobel yonk aswonys dhedhy. Pòr uskys o hy ow tyscudha kerensa inter gwesyon ha mowysy, ha hy a gafas plesour yn fenowgh a sordya rudhyans ha vanyta lies mowes dre gompla hy dhe gonqwerrya colon neb den yonk. Ha'n skentoleth-ma a alowas dhedhy dhe dheclarya prÿs cot warlergh hy dhe dhrehedhes Barton, fatell esa Cornal Brandon in kerensa dhown gans Mary-Àn Dashwood. Hy a wrug desmygy an mater dhe vos indelha an kensa gordhuwher y dhe vos warbarth, drefen ev dhe woslowes orty yn hegol pàn esa hy ow cana dhodhans; ha pàn wrug teylu Myddelton kynyewel i'n penty, yth o cler dhedhy an mater dhe vos certan, dre rêson ev dhe woslowes orty arta unweyth. Res yw an dra dhe vos gwir. Certan o hy anodho. Assa via spladn an demedhyans, rag ev o rych ha hy o teg! Mêstres Jenyngs o whensys dhe weles Cornal Brandon demedhys yn tâ, bythqweth dhia bàn wrug Syr Jowan y bresentya ev dhedhy; ha hy a garsa yn frâs cafos gour ty dâ rag pùb mowes sêmly.

An prow dydro dhedhy hy honen o brâs lowr, rag yth esa an negys ow provia dhedhy ges dydhyweth wàr aga fydn aga dew. I'n Park hy a wre ges a'n Cornal, hag i'n penty a Mary-Àn. Dhe'n Cornal y fedha hy deraglans, dell hevelly, mar bell dell esa ow pertainya dhodho y honen, mater dybos; saw dhe Mary-Àn yth o hy ges kyns oll anconvedhadow, saw pàn wrug hy y ùnderstondya, ny wodhya hy a dalvia dhedhy wherthyn adro dhe'n gockyneth pò rebukya an tauntyans. Rag yth esa Mary-Àn ow cresy an ges dhe vos cruel dhe oos avauncys an Cornal ha dh'y stât truan avell bacheler coth.

31

Ny ylly Mêstres Dashwood consydra den pymp bledhen yonca
agessy hy honen dhe vos mar auncyent dell hevelly ev dh'y myrgh,
hag ytho hy a whelas absolvya Mêstres Jenyngs a wil ges a'y oos.

"Saw dhe'n lyha, a Vabmyk, ny ylta denaha gockyneth an acûsacyon,
kyn nag esta ow predery y dhe vos spîtys dre dowl. In gwir yth yw
Cornal Brandon yonca ès Mêstres Jenyngs, saw ev yw coth lowr dhe
vos ow thas vy. Ha mars o va bythqweth mar vewek dhe vos in
kerensa, res yw emôcyons a'n sort-na dhe vos forsâkys ganso pell
alebma. Re wocky yw an dra! Pana dermyn a vŷdh den saw dhyworth
ges a'n par-na, mar ny wra cothenep ha gwanegreth y wetha
dhyworto?"

"Gwanegreth!" yn medh Elynor, "esta ow cresy Cornal Brandon
dhe vos anyagh? Êsy yw dhybm cresy ev dhe apperya cotha dhyso jy
ès dhe'm mabm; saw scant ny ylta cresy fatell yw ûsyans y esely kellys
ganso!"

"A ny wrusta y glôwes ow croffolas a'n rèm? Hag a nyns yw hedna
an cleves moyha kebmyn i'n bêwnans a vo ow qwadnhe?"

"A flogh, a guv colon," yn medh hy mabm gans wharth, "indelma res
yw dha vos ow perthy own pùpprŷs a'm dyfyk vy. Dre lycklod te a grŷs
y vos marth me dhe vêwas bys i'n oos a dhewgans bledhen."

"A Vabmyk, nyns osta teg dhybm. Me a wor yn tâ nag yw Cornal
Brandon coth lowr dhe wil dh'y gothmans bos anês ev dhe verwel yn
scon. Ev a wra bêwa ugans bledhen moy martesen. Saw nyns usy
pymthek warn ugans ow pertainya dhe dhemedhyans."

"Martesen," yn medh Elynor, "nyns yw ewn rag pymthek warn
ugans ha seytek predery a vos demedhys warbarth. Saw mar pŷdh
benyn heb demedhy ha hy seyth warn ugans, ny vynsen cresy Cornal
Brandon dhe vos pymthek warn ugans bloodh dhe vos rêson vŷth rag
y wetha dhyworth demedhy gensy."

"Ny yll benyn seyth warn ugans bloodh," yn medh Mary-Àn, wosa
powes rag tecken, "gwetyas nefra arta dhe glôwes kerensa na dh'y
inspîrya, ha mar ny vŷdh hy thre re blesont, pò mar pŷdh bian hy
fortyn, me a alsa soposya fatell wre hy alowa hy honen dhe gollenwel
dûtas a glâvjiores, rag provia dhedhy hy honen an bêwnans diogel a
wre'ty. Ny via tra vŷth cabm ytho mar teffa ev ha demedhy benyn
kepar ha hodna. Kevambos êsyans a via hedna, ha'n bŷs a via
contentys. I'm lagasow vy ny via maryach vŷth, saw ny vynsa hedna
reckna poynt. Dhybmo vy ny havalsa hedna ma's keschaunj
kenwerthek, mayth esa pùbonen a'n dhew barty whensys dhe gafos
prow wàr gòst y gespar."

"Me a wor, fatell vedha impossybyl," yn medh Elynor, "dhe wil dhis convedhes y halsa benyn seyth warn ugans bloodh clôwes inhy hy honen tra vÿth kepar ha kerensa rag den seytek warn ugans may halla hy acordya dh'y recêva avell kespar wordhy. Saw res yw dhybm sconya an fordh esta ow tampnya Cornal Brandon ha'y wre'ty dhe jambour den clâv pùpprÿs, yn udnyk drefen ev dhe groffolas de (jorna glëb ha por yêyn) a glôwes hynt a rèm in onen a'y dhywscoth."

"Saw ev a gôwsas a grispowyow gwlanen," yn medh Mary-Àn, "ha ragof vy yth yw crispows gwlanen kelmys pùb termyn gans painys, godrabm, rèm ha pùb sort a gleves usy ow crêvya an bobel goth ha'n bobel wadn."

"A pe va grêvys gans fevyr uthyk, ny vynses poynt y dhysprêsya kebmys. Menek, a Mary-Àn, a nyns eus neb tra a les dhis i'n vogh rudhys, an lagas cow ha pols uskys an fevyr?"

Yn scon warlergh hedna, warlergh Elynor dhe asa an rom, "Mabmyk," yn medh Mary-Àn, "yma dhybm own ow tùchya cleves, na allama keles dhyworthys. Sur oma nag usy Edward Ferrars in poynt dâ. Yth eson ny obma dyw seythen ogasty, saw ny wrug ev agan vysytya whath. Ny alsa tra vëth ma's cleves bos an rêson rag an dylâtyans-ma. Pandra avês dhe hedna a alsa y sensy in Norlond?"

"Eses ow cresy y fydna ev dos mar scon?" Mêstres Dashwood a wovydnas. "Nyns esen vy. I'n contrary part, mars esen vy ow clôwes anês vÿth ow tùchya an mater, yth o oll hedna na wre va dysqwedhes plesour vÿth pàn wrellen y elwel dh'agan vysytya in Barton. Usy Elynor orth y wetyas solabrÿs?"

"Ny wrug vy compla an qwestyon gensy, saw heb mar yma hy worth y wetyas."

"Me a grÿs dha vos camdybys, rag pàn esen vy ow côwsel orty de a brena tanvaglen nowyth rag an chambour gwag, hy a leverys nag o res fystena, drefen nag o lyckly bos otham a'n chambour bys pedn termyn hir lowr."

"Ass yw coynt hedna! Pandr'usy ow styrya? Saw oll aga omdhegyans an eyl gans y gela re beu anstyradow! Assa veu yêyn hag omrêwlys an farwèl dewetha a wrussons y keschaunjya! Assa veu dyfreth aga hescows an gordhuwher dewetha y dhe vos warbarth! Pàn wrug Edward gasa cubmyas genen, ny veu dyffrans vÿth inter Elynor ha me; ev a leverys pùb bolùnjeth dâ dhyn ny agan dyw avell broder kerenjedhek. Me a'm gasas dywweyth warbarth dre dowl an myttyn dewetha, ha'n dhew brÿs ev a'm sewyas vy in mes a'n rom heb rêson vÿth. Ha pàn wrussyn ny departya dhyworth Norlond ha dhyworth Edward, ny wrug Elynor ola kepar ha me. I'n very tor'-ma yma hy ow controllya hy honen yn tien. Pana dermyn a vÿdh hy trist? Pana dermyn a vÿdh isel hy spyrys? Pana dermyn a vÿdh hy ow whelas goheles company pò owth apperya dybowes pò drog-pÿs dhyrag pobel?"

Chaptra IX

Yth o Teylu Dashwood anedhys in Barton i'n eur-na hag y attês lowr. Aswonys dâ gansans o an chy, an lowarth hag oll an tyleryow adro, ha'n gwythresow neb a re Norlond hanter aga flesour dhodhans, yth esens y ow qwil arta saw gans moy lowena ès in Norlond warlergh mernans aga thas. Y whre Syr Jowan Myddelton aga vysytya kenyver jorna dres an kensa dyw seythen. Nyns o va ûsys dhe weles y wreg ow qwil nameur, ha rêson rag sowthan dhodho fatell vedha Teylu Dashwood bysy pùpprÿs.

Y ny's teva lies vysytyor marnas dhyworth Park Barton; in spît dhe iniadow freth Syr Jowan may whrellens kemysky dhe voy gans an bobel i'n pow adro hag ev dh'aga assûrya fatell vedha y garyach parys dhedhans pùpprës, yth o spyrys Mêstres Dashwood mar anserhak may whre hy sconya dhe vysytya mêny vÿth pelha dhywortans ès viaj wàr droos; ha creffa o an ervirans-na ès hy bolùnjeth dhe brovia cowethas rag hy myrhes. Nyns esa meur a bobel tregys an pelder-na dhywortans ha ny yllens drehedhes pùbonen anodhans. Adro dhe vildir ha hanter dhia an penty nans gwiùs Allenham ahës, valy esa jùnys dhe nans Barton, yw descrefys a-uhon, an mowysy wàr onen a'ga herdhow moyha avarr a dhyscudhas mansyon auncyent teg. Yth o va nebes haval dhe Norlond, ha hedna a sordyas aga imajynacyon hag a's inias dhe aswon moy anodho. I'n gwetha prÿs y a dhescas, pàn wrussons govyn, fatell o perhenoges an chy benyn goth wordhy, ha fatell o hy re glâv dhe gemesky gans hy hentrevogyon, hag ytho na wre hy nefra gasa hy olas hy honen.

Yth o oll an pow adro dhodhans leun a gerdhow teg. Yth esa gonyow uhel orth aga dynya dhyworth kenyver fenster an penty ogasty may whrellens mos in mes ha tastya an plesour in air fresk aga thopyow. Hèn o ken dôwys plesont pàn esa an nansow aga honen degës gans lis. Udn myttyn a bris Mary-Àn ha Margaret êth tro hag onen a'n gonyow, hag y tednys gans an howl ow spladna inter an cowosow; rag sqwith êns y a'n glaw dydhyweth a'n dhew jorna dewetha. Nyns o an gewar

dâ lowr dhe dhynya an dhyw erel dhyworth aga fluven blobm ha'ga
lyver, kyn leverys Mary-Àn y fedha an gewar teg alena rag, ha fatell
vedha gyllys pùb clowd dhyworth an brynyow. An dhyw vowes a
dhalathas wàr aga fordh.

Y a ascendyas an gonyow, in udn lowenhe in aga furneth, pàn
wrellens gweles pùb splat a ebron vlou; ha pàn wrussons cachya in aga
fâss an gwyns crev dhia an soth-west, y a dhampnyas an own
dysqwedhys gans aga mabm ha gans Elynor dhyworth enjoya an keth
sensacyon gansans.

"Eus lowender vŷth i'n bŷs," Mary-Àn a wovydnas, "gwell ès
hebma—Margaret, ny a vydn kerdhes obma dres dew our dhe'n lyna."

Margaret a agrias, hag y a sewyas aga fordh warbydn an gwyns, ow
strîvya wàr y bydn gans wharthow ugans mynysen. Saw ena yn sodyn,
an clowdys a dheuth warbarth a-ughtans ha glaw herdhya a's gweskys
i'n fâss. Vexys ha sowthenys, y a veu constrînys oll a'ga anvoth dhe
drailya adro rag nyns esa goskes vŷth nessa dhedhans agès aga chy aga
honen. Y a's teva udn solas bytegyns, hèn o dhe bonya scaffa gyllens
leder serth an wûn war nans, esa ow ledya bys in yet aga lowarth.

Y a dhalathas ponya. Wostallath Mary-Àn a's teva chauns dâ, saw hy
a gemeras stap yn cabm ha codha. Ny ylly Margaret stoppya rag gwil
gweres dhedhy. Oll a'y anvoth hy a fystenas in rag hag a dhrehedhas
goles an wûn yn salow.

Yth esa den jentyl, godn in y dhêwla, ha dew gy poyntya ow resek
adro dhodho owth ascendya an bryn ajy dhe nebes lathow dhe Mary-
Àn. Pàn welas ev an droglabm, ev a settyas an godn wàr an dor ha mos
dh'y gweres. Hy a dherevys dhyworth an dor, saw wrestys o hy ufern,
ha scant ny ylly hy sevel in bàn. An den jentyl a offras y servys dhedhy;
ha pàn welas hy bos methek dhe alowa dhodho gwil a veu res, ev a's
kemeras in bàn in y dhywvregh heb let ha'y don an bryn wàr nans. Ena
ev a bassyas dre an yet, o gesys yn egerys gans Margaret, ha'y don
strait aberth i'n chy, mayth o Margaret entrys, ha ny wrug ev gasa
Mary-Àn erna wrug ev hy settya in chair i'n parleth.

Elynor ha'y mabm a savas in bàn yn sowthenys pàn wrug an den
jentyl ha Mary-Àn entra, ha pàn esa lagasow an dhyw erel fastys
warnodho gans marth hag estêmyans cudh awos y semlant, ev a om-
ascûsyas ev dhe herdhya ajy heb cubmyas hag ev a dheclaryas prag y
whrug ev indelha in maner mar egerys ha mar grassyùs, may fowns y
hudys pelha der y lev ha'y gows. A pe va coth, hager ha comen y
honen, y fia grassyans ha caradôwder Mêstres Dashwood dendylys
ganso dre rêson a'y attendyans dh'y flogh; saw y yowynkneth, y decter
ha'y afînans a wrug argraf brâs wàr hy emôcyons.

Hy a aswonas grâss dhodho arta hag arta; hag gans hy geryow hegar, dell o ûsys gensy, hy a'n pesys dhe vos esedhys. Saw ev a sconyas dhe wil indelha drefen ev dhe vos mostys glëb. Mêstres Dashwood a wovydnas i'n eur-na dhe byw o hy sensys dhodho. Y hanow ev o Wyllowby, ev a worthebys, hag yth esa ev tregys i'n prÿs-na in Allenham. Hag yth o govenek dhodho, ev a leverys, a gafos an onour a dhos dh'aga vysytya avorow dhe wodhvos pelha adro dhe stât Mêstresyk Dashwood. Y feu an onour-na grauntys dhodho dystowgh hag ev a dhepartyas, ow qwil y honen dhe voy ocasyon a les, in dadn gowas poos.

Y decter gouryl ha'y semlant grassyùs a veu skyla heb let a estêmyans; ha'n wharthow derevys gans y gortesy tro ha Mary-Àn a veu bewhës der semlant teg y berson. Mary-Àn hy honen a welas le a'y semlant ès an re erel, rag an ancombrynsy neb a rudhyas hy fâss pàn wrug ev hy lyftya in y dhywvregh, a gemeras dhyworty an abylta dhe veras orto wosa ev dhe entra i'n chy gensy. Saw hy a welas lowr anodho dhe jùnya dhe'n re erel in aga brusyans uhel anodho, gans oll an dywysycter o teythiak dhedhy. Yth esa y berson ha'y omdhegyans owth acordya yn tien gans hy fancy a'n gorour a'y whedhel moyha kerys. Ha'y wrians orth hy don hy aberth i'n chy heb furvuster vÿth, a dhysqwedhas scafter preder a dhendylas moy gormola dhyworty. A les dhedhy ow pùptra esa ow pertainya dhodho. Dâ o y hanow, yth esa y aneth in aga fendra moyha kerys, ha Mary-Àn a gonvedhas yn scon fatell o jerkyn setha an gwysk moyha sêmly. Bysy o hy desmygyans, hy frederow o plesont, ha nyns o tra vÿth an pain a ufern tednys.

Syr Jowan a's vysytyas kettel alowas an nessa spàn dhodho dhe vos im mes a'n chy; ha pàn veu droglabm Mary-Àn derivys dhodho, y feu govydnys orto mars o aswonys dhodho den jentyl henwys Wyllowby a jy Allenham.

"Wyllowby!" Syr Jowan a grias, "pywa—usy ev i'n pow? Hèn yw nowodhow dâ; me a vydn marhogeth adreus avorow ha'y elwel dhe gynyewel genen nessa de Yow."

"Aswonys ywa dhywgh ytho," yn medh Mêstres Dashwood.

"Ev yw aswonys dhybm surly. Dar, y fÿdh wàr nans obma kenyver bledhen."

"Ha pana sort gwas yonk ywa?"

"Ev yw den mar dhâ dell yll bos, me a lever dhywgh. Sethor fest skentyl, ha nyns eus marhak gwell in Pow an Sowson yn tien."

"Hag yw hedna pùptra a yllowgh why leverel in y gever?" a elwys Mary-Àn nebes vexys. "Saw pandr'yw y omdhegyans pàn wrellowgh y aswon dhe well. Pÿth yw y wrians, y deythy ha'y natur?"

Syr Jowan o nebes ancombrys.

"Wàr ow ena," yn medh ev, "ny worama nameur in y gever ow tùchya oll hedna. Saw ev yw gwas hegar ha caradow. Hag yma dhodho an welha gast dhu a gy poyntya a welys vy bythqweth. Esa hy in mes ganso hedhyw?"

Saw ny ylly Mary-Àn y gontentya ev ow tùchya colour ky poyntya Mêster Willough bŷth moy ès dell ylly Syr Jowan descrefa lywyow y vrŷs.

"Saw pyw ywa?" yn medh Elynor. "A bleth usy ev ow tos? An jeves ev chy in Allenham?"

Syr Jowan a wodhya moy ow tùchya an negys-na; hag ev e dherivas dhedhans nag esa tiryow vŷth i'n pow; nag esa ev tregys ena marnas pàn esa ev ow vysytya na venyn goth in Lŷs Allenham, rag hy o goos nessa dhodho, hag ev a vydna eryta hy ferhenogeth hy. Hag ev a addyas, "Eâ, eâ, ev a dal y gachya, me a lever dhywgh, a Vêstresyk Dashwood; yma dhodho estât bian teg dhodho y honen in Gwlas an Hâv. Hag a pen vy in agas tyller why, ny vynsen y dhascor dhe'm whor yonca vy, in spît dhe oll an codha-ma an brynyow wàr nans. Ny goodh dhe Vêstresyk Mary-Àn gwetyas sensy oll an wesyon dhedhy hy honen. Brandon a vŷdh envies, mar ny wra hy kemeres with."

"Ny gresaf poynt," yn medh Mêstres Dashwood, ha hy ow minwherthyn yn hegar, "y fŷdh Mêster Wyllowby vexys gans onen vŷth a'm myrhes hag y ow whelas y gachya, dell leverowgh why. Ny vowns y megys rag ober a'n sort-na. Yma an wesyon fest salow genen ny, na fors pana rych a vowns. Dâ yw genef bytegyns clôwes dhyworthowgh why fatell ywa den yonk wordhy, ha gwyw yw dhe vos aswonys dhyn."

"Ev yw gwas mar dhâ, me a grŷs, dell vêwas bythqweth," Syr Jowan a leverys arta. "Yma cov dhybm Nadelyk dhewetha pàn veu dauns bian i'n Park, ev a dhauncyas dhia êth our gordhuwher bys i'n peswar our myttyn heb esedha unweyth."

"A wrug in gwir?" Mary-Àn a grias ha'y dewlagas ow spladna, "ha gans spyrys, gans afînans?"

"Eâ, heb dowt. Hag ev a savas arta orth eth our rag mos ow setha."

"Hèn yw neb tra usy worth ow flêsya. Y talvia dhe den yonk bos indelha. Na fors pandra vo y dhêdys, y dhywysycter, y frêthter inhans a dalvia bos heb musur ha ny godhvia dhodho sqwitha inhans."

"Eâ, eâ, me a wel fatell vŷdh taclow," yn medh Syr Jowan. "Me a wel fatell vŷdh an negys. Why a vŷdh ow settya agas cappa tro hag ev, ha ny wrewgh why nefra remembra Brandon truan."

"Hèn yw lavar, Syr Jowan," yn medh Mary-Àn yn amôvys, "neb yw
fest cas genef. Yth esoma owth hâtya pùb lavar kebmyn mayth yw ges
intendys ganso. Ha'n lavarow 'settya cappa tro ha den' ha 'gwil
conqwest' yw an lavarow haccra oll dhybm. Tanow yw aga mênyng; ha
mars o skentyl bythqweth aga styr, oll skentoleth inhans re beu
dystrôwys gans passyans an termyn."

Scant ny wrug Syr Jowan convedhes an rebuk-na, saw ev a wharthas
yn colodnek kepar ha pàn wrug ev y gonvedhes yn tien. Ena ev a
worthebys,

"Eâ, why a vydn gwil lies conqwest yn certan, me a grÿs, udn fordh
pò neb fordh aral. Brandon truan! Ev yw gweskys solabrÿs, ha gwyw
ywa dhe settya agas cappa tro hag ev, me a lever dhywgh, in spît dhe
oll an codha-ma ha'n wrestya-ma a ufernyow."

Chaptra X

Savyour Mary-Àn, dell esa Margaret gans moy afînans ès kewerder owth henwel Wyllowby, a vysytyas an penty myttyn ternos. Mêstres Dashwood a'n recêvas yn cortes dres ehen; hag gans caradôwder sordys dre acownt Syr Jowan ha dre hy grassyans hy honen; ha pùptra i'n vysyt a wrug dhodho convedhes an sens, an afînans, kerensa pùb esel an eyl dh'y ben ha confort chy an teylu presentys dhodho der an droglabm. Ny veu otham a'n secùnd vysyt rag y berswâdya a'ga dynyansow personek. Mêstresyk Dashwood a's teva crohen vludh, cowntnans kemesurek ha fygur teg dres ehen. Mary-Àn o tecka whath. Hy form, kyn nag o hy mar gewar avell form hy whor, rag nyns o hy mar uhel, o moy dynyak ha'y fâss hy o mar delycyùs, pàn vedha hy gelwys mowes teg, nyns o an descrefans mar bell dhyworth an gwiryoneth dell o ûsys. Hy crohen hy ow fest gell, saw mar voll mayth o spladn; pùb part a'y fâss o teg; hy minwharth o wheg ha dynyak; hag in hy dewlagas tewl yth esa spyrys, dywysycter, na ylly den gweles heb bos hudys. Wostallath y feu gwethys dhyworth Wyllowby natur hy golok dre rêson a'n ancombrynsy ow tùchya y weres dhedhy. Saw pàn wrug hedna passya in kerdh, pàn veu hy spyrys cosolhës, pàn welas hy ino megyans perfeth an den jentyl, ha fatell esa ev owth udnya ino y honen franchys ha bewecter; ha dres pùptra ken pàn glôwas hy ev dhe dheclarya y gerensa dhydhyweth rag mûsyk ha rag dauncya, hy a veras orto gans kebmys plesour, may whrug ev kevradna gensy yn udnyk an part brâssa a'y gescows oll remnant y vysyt.

Nyns o res ma's compla onen vÿth a'y hobbas moyha kerys rag hy inia dhe gôwsel. Ny ylly hy tewel pàn ve complys taclow a'n par-na. Nyns esa hy ow perthy meth nag anvoth i'n kescows. Y a dhyscudhas yn scon fatell esens y aga dew ow telîtya in mûsyk hag in dauncya, ha fatell esa aga brusyans ow tùchya an dhew dra owth acordya yn tien. Hy a veu inies dre hedna dhe wovyn pelha adro dh'y dybyansow, ha hy êth in rag dh'y besy ow tùchya an lyfrow kerys ganso. Hy a gomplas an auctours esa hy ow preferrya, ha hy a gôwsas anodhans gans kebmys delît may fia cales rag den yonk pymp warn ugans bloodh heb bos gwirblêsys gansans, kyn fowns y dysprêsys ganso kyns. Pòr haval o aga decernyans. Gordhys gansans o an keth lyfrow ha'n keth chaptras— mars esa dyffrans vŷth intredhans ny wre va durya ma's erna wrug omdhysqwedhes power hy argùmentys ha splander hy dewlagas. Ev a acordyans gans oll hy dywysycter; ha pell kyns ès an vysyt dhe dhewedha, yth esens y ow kestalkya avell cothmans aswonys pell dh'y gela.

"Wèl, Mary-Àn," yn medh Elynor, kettel wrug ev departya, "why re wrug dâ lowr rag udn vyttyn. Te re dhyscudhas opynyon Mêster Wyllowby ow tùchya pùb negys a bris ogasty. Te a wor pandr'usy ev ow predery adro dhe Cowper ha Scott; te yw sur ev dhe estêmya aga thecter mar dhâ dell dheseth, ha te re gafas an certuster nag usy ev ow praisya Pope tabm vŷth moy ès dell yw compes. Saw fatla vŷth sensys in bàn agas cowethyans, mar peu ervirys mar uskys pùb devnyth rag debâtya? Pùb mater poos a vŷth determys yn scon. Udn mêtyans moy, ha te wodhvyth y dybyansow adro dhe decter pyctùresk ha secùnd demedhyansow, hag ena ny'fŷdh tra vŷth moy dhe wovyn orto."

"Elynor," Mary-Àn a elwys, "yw hedna teg dhyworthys? Yw hedna ewn? Yw ow frederow mar nebes? Saw me a wel an pŷth esta ow mênya. Me re beu re êsy, re lowen, re frank. Me re behas warbydn an brusyans kebmyn a onester. Me re beu egerys ha gwiryon, saw y talvia dhybm bos omrêwlys, dyfreth, heb spyrys ha gowek—mar teffen vy ha sconya dhe gôwsel adro gen tra vŷth ès an gewar ha'n fordhow, ha mar teffen ha côwsel unweyth yn udnyk in pùb deg mynysen, ny wrusses ow rebukya indelha."

"A guv colon," yn medh hy mabm, "res yw dhis heb bos offendys gans Elynor—nyns esa hy ma's ow qwil ges. Me a vynsa hy thavasa ow honen, mar mydna hy checkya dha gescows gans agan cothman nowyth."—Y feu Mary-Àn medhelhës heb let.

Wyllowby wàr y denewen y honen a re pùb tôkyn ev dhe gafos plesour orth aga aswonvos, rag apert o ev dhe vydnes y efanhe. Ev a dho dhodhans kenyver jorna. Rag godhvos a stât Mary-Àn o y ascûs wostallath; saw ev a veu kentrydnys dre domder y wolcùm pùb dëdh oll, ha nyns o otham a ascûs vŷth, kyns ès hy dhe vos gwelhës yn tien. Constrînys veu hy nebes dedhyow dhe wortos tre, saw bythqweth ny veu carharans moy plesont. Teythy Wyllowby o spladn, lybm y dhesmygyans, bewek y spyrys, ha frank ha hegar y omdhegyans. Ev o formys yn perfeth rag conqwerrya colon Mary-Àn. Warbarth gans oll y semlant teg, ev a'n jeva brŷs gwresek ha hedna a veu moghhës der an exampyl a spyrys Mary-Àn, ha hedna a'n comendyas dhedhy dres pùptra aral.

Nebes ha nebes y feu cowethyans gans Wyllowby plesour brâssa Mary-Àn. Y a wre redya warbarth, kescôwsel ha cana warbarth. Ev a'n jeva meur ableth in mûsyk; hag ev a wre redya gans fînder ha spyrys, taclow i'n gwetha prŷs esa ow lackya dhe Edward.

In brŷs Mêstres Dashwood, yth o Wyllowby mar berfeth avell in opynyon Mary-Àn. Ny wely Elynor tra vŷth ino dhe rebukya marnas an ûsadow a'n jeva—neb tra a'n hevelly dh'y whor hag o skyla rag lowena dhedhy—a leverel re wàr bùb ocasyon, heb attendya dhe'n persons na dhe'n cyrcùmstancys. Dre hast ev a wre jùjya pobel ha derivas y vrusyans inwedh, hag indelha ev a wre sacryfia cortesy kebmyn dhe'n plesour a vos merkys gans pobel erel; pàn wrella ev settya adenewen onester ûsys, ev a wre dhysqwedhes lack a dhothter na ylly Elynor praisya, awos oll geryow Mary-Àn in y favour.

Mary-Àn a dhalathas i'n eur-na convedhes fatell o dybreder ha fâls an dyspêr neb a's sêsyas pàn o hy whêtek ha hanter bloodh, na vydna hy nefra gweles den a alsa contentya hy thybyansow a berfethter. Yth o Wyllowby pùptra desmygys gensy i'n prŷs trist-na ha wosa hedna in dedhyow moy lowen avell den a ylly hy cara; hag yth esa y omdhegyans ow teclarya dhedhy ev dhe vos mar whensys dhe vos kerys gensy dell o crev y deythy.

Yth esa hy mabm inwedh, wosa kyns pedn udn seythen ow qwetyas Mary-Àn dhe dhemedhy, kyn nag o an govenek-na sordys poynt gans an possybylta a rycheth; hag yn pryveth yth esa hy ow keslowenhe hy honen fatell wainyas hy avell deuvyon vryntyn Edward ha Wyllowby.

Kerensa Cornal Brandon rag Mary-Àn, tra a veu dyscudhys mar scon gans y gowetha, a dhalathas bos hewel dhe Elynor rag an kensa prŷs, pàn esa y gowetha worth y ankevy. Aga attendyans ha'ga ges a veu lyftys dhywarnodho ha drŷs dh'y gesstrîvyor moy fortydnys. Remôvys veu aga deraglans kettel veu rêson percêvys ragtho. Res o dhe Elynor a'y anvoth avowa fatell o dyfunys gans hy whor i'n Cornal an emôcyons ascrîbys dhodho gans Mêstres Jenyngs rag hy solas hy honen. Pelha Elynor a verkyas fatell o an havalder in natur inter Mary-Àn ha Willough an skyla rag an gerensa intredhans, saw nag esa an dyffrans efan inter hy ha'n Cornal ow lettya y sergh rygthy. Elynor a veu ancrêsys der an convedhes; pana jauns a'n jeva den tawesek pymthek warn ugans bloodh in kesstrif gans den jolyf a bymp warn ugans? Ha dre rêson na ylly hy whansa y dhe spêdya, hy a garsa y vos mygyl. Yth esa ev orth hy flêsya—awos y sevureth ha'y omgontrollyans. Kynth o sad y vanerow, y o clor, ha'y omrêwlyans a

Y a wre cana warbarth.

hevelly dhedhy dhe vos sordys der iselder spyrys kyns ès tristans vÿth a'y natur. Syr Jowan a hyntyas dhedhy fatell sùffras an Cornal pystygow ha tùll, ha hedna a scodhyas hy opynyon y feu va anfusyk. Ytho hy a'n dyghtya gans revrons ha pyteth.

Yth esa hy ow perthy dhe voy pyteth anodho drefen ev dhe vos despîtys gans Wyllowby ha gans Mary-Àn. Yth esens orth y dhampnya dre rêson nag o va naneyl yonk na bewek, hag ytho nyns esens y worth y estêmya lowr.

"Brandon yw an sort a dhen," yn medh Wyllowby udn jëdh, pàn esens y ow kestalkya anodho, "mayth usy pùbonen ow praisya saw nag o bern dhe dhen vÿth; den yw kenyver onen plêsys dhe weles, saw nag esa den vÿth ow côwsel orto."

"Hèn yw ow opynyon vy anodho poran," yn medh Mary-Àn.

"Saw na wra bôstya anodho," yn medh Elynor, "rag camhenseth ywa inowgh why agas dew. Ev yw estêmys brâs gans oll mêny an Park ha nyns esoma nefra ow mêtya ganso heb kemeres an trobel dhe gestalkya ganso."

"Poynt in y favour heb dowt ev yw dhe'th plêsya jy," yn medh Wyllowby, "saw ow tùchya an re erel, rebuk yw ino y honen. Pyw a vynsa omry dhe vos kerys gans benenes kepar hag Arlodhes Myddelton ha Mêstres Jenyngs heb bos sconys gans pùbonen aral?"

"Saw martesen an abûsyans dhyworthys jy ha dhyworth Mary-Àn a wra amendys rag estêmyans Arlodhes Myddelton ha'y mabm. Mars yw cabel aga gormola y, martesen yth yw cabel agas gormola why. Mars yw bohes aga decernyans y, why wàr an tenewen aral yw cledhek hag anewn."

"In defens a'th den faverys te a yll bos ow tauntya."

"Ow gwas preferys, dell esta worth y henwel, yw den skentyl; ha skentoleth a wra ow dynya nefra. Eâ, Mary-Àn, skentoleth in den inter deg warn ugans ha dewgans bloodh. Ev re welas meur a'n bÿs, ev re redyas, hag y fÿdh y vrÿs ow predery. Me a'n gafas abyl dhe ry dhybm enwedhow ow tùchya lies tra dyvers; ha bythqweth ev re worthebys ow qwestyons gans megyans dâ ha natur cuv."

"Hèn yw dhe styrya," yn medh Mary-Àn gans despît, "ev dhe dherivas dhis fatell yw tobm an aireth i'n Eyndaow Ÿst ha'n gwybes dhe ry trobel brâs."

"Ev a vynsa ry an skians-na dhybm, heb dowt, mar teffen ha govyn an taclow-na orto, saw dell usy ow wharvos, yth êns y godhvedhys genef solabrÿs."

"Martesen," yn medh Wyllowby, "y halsa y lavarow istyna mar bell avell nabobys, mohorow ha chairys scodhow."

"Me a yll leverel fatell êth y lavarow liesgweyth pelha ès an examplys complys genes. Saw prag yth ywa cas genes? "Nyns ywa cas genama poynt. I'n contrary part, yth esoma worth y gonsydra den fest wordhy; ev a'n jeves ger dâ pùbonen saw nyns usy den vŷth orth y verkya. Yma dhodho moy mona ès dell yll ev spêna, moy a dermyn ès dell wor ev passya, hag y fŷdh dhodho dew vantel nowyth pùb bledhen."

"Hag addys dhe hedna," Mary-Àn a grias, "nyns eus awen na decernyans na spyrys dhodho. Nyns eus splander vŷth in y skians, nyns eus gwres vŷth in y emôcyons ha nag eus helavarder vŷth in y lev."

"Yth esowgh why ow reckna oll y fowtys warbarth," Elynor a worthebys, "ha wàr an fùndacyon a'gas desmygyans. Rag hedna ny allama ry comendyans dhodho gormola a vo yêyn ha dyflas lowr. Ny allama ma's y dheclarya y vos den skentyl, dâ y vegyans, ledan y dhyscans, clor in y omdhegyans ha, me a grŷs, a golon hegar."

"A Vêstresyk Dashwood," Wyllowby a elwys, "yth esowgh why i'n tor'-ma worth ow dyghtya in fordh dhynatur. Yth esowgh ow whelas ow diarva dre rêson ha dhe'm perswâdya oll a'm anvoth. Saw ny wra hedna servya. Why a vydn ow throuvya vy mar stordy dell owgh why codnek. Yma dhybm try rêson mayth yw cas dhybm Cornal Brandon; ev a wrug ow braggya gans glaw, pàn esen vy ow tesîrya kewar deg; ev a wrug cably crog ow haryach, ha ny allama y gonstrîna dhe brena ow hasek gell. Mars yw plesour vŷth dhywgh hebma; me a grŷs in poyntys erel y natur dhe vos dynam. Me yw parys dh'y veneges. Hag avell aqwytyans rag hedna, neb yw tydn dhybm, ny yllowgh why kemeres dhyworthyf an gwir a'y hâtya kebmys ha kyns."

Chaptra XI

Scant ny wrug Mêstres Dashwood ha'y myrhes cresy, pàn dheuthons y kyns oll dhe Dhewnan, y dhe gafos mar lies metyansow dhe lenwel aga dedhyow yn tien; ha nyns esens ow tesmygy mar lies galow dhe vos rÿs dhedhans na vedha meur a dermyn gesys dhedhans rag gwythres sad in tre. Saw indelha y wharva. Kettel veu ufern Mary-Àn yaghhës yn tien, y feu settys in môcyon gans Syr Jowan in tre hag alês oll an taclow tôwlys ganso. I'n eur-na y talathas an dauncyow pryveth i'n Park. Ha warlergh hedna y feu arayes mar lies viaj wàr an dowr dell o possybyl in mis glëb Hedra. Gelwys vedha Wyllowby dhe genyver metyans a'n sort-na; ha heb mar y bresens ev a voghhas y gowethyans gans teylu Dashwood; hag ev a gefy meur a ocasyons dhe veras gans plesour orth tecter Mary-Àn; hy a bercêvya y gerensa rygthy, ha y fedha ev dhe voy sur a'y sergh hy ragtho ev.

Ny vedha Elynor sowthenys der an colm intredhans. Assa via gwell gensy a pe va gwethys dhe voy pryveth; hag unweyth pò dywweyth hy a vedhas dhe gomendya dhe Mary-Àn an onester a neb omgontrollyans. Saw cas o dhe Mary-Àn keladow a sort vÿth, pàn nag esa bysmêr vÿth ow pertainya dhe fara ôpyn. Pelha yth hevelly dhedhy ober in vain ha compressans methek an assay dhe sùppressya emôcyons nag o dhe gably inhans aga honen. Yth esa Wyllowby ow predery an keth, hag y whre aga omdhegyans pùb termyn dysqwedhes aga thybyans i'n mater.

Pàn esa Wyllowby i'n company ny's teva Mary-Àn lagas rag ken den vÿth. Compes o kenyver tra a wre va. Skentyl o pùptra leverys ganso. Mars esa gordhuwher i'n Park ow tewedha gans gwary cartednow, ev a wre castya y honen ha pùbonen aral rag provia cartednow dâ dhedhy. Mars esens y ow tauncya, y a wre dauncya warbarth hanter an termyn; ha mars o res dhedhans bos keskerys rag dauns pò dew, y a gemera with a sevel warbarth heb leverel ger vÿth dhe gen den vÿth ogasty. Heb mar omdhegyans a'n par-na a's gwrug testen a vockyans; saw ny wre mockyans aga shamya, ha scant ny wre va aga serry.

Mêstres Dashwood a lowenhas adro dh'aga sergh ha ny veu gesys dhedhy whans vÿth dhe jeckya an dysqwedhyans-na anodho. Dhedhy hy nyns o aga fara ma's an frût a gerensa grev in colonow yonk ha crev. Hèn o an sêson a lowender rag Mary-Àn. Wyllowby a'n jeva posessyon a'y holon yn tien, ha'n gerensa vrâs rag Norlond drÿs gensy dhyworth Sùssex, a veu medhelhës moy ès dell ylly hy gwetyas der an plesour offrys dh'y aneth present der y gompany ev.

Nyns o Elynor mar lowenek. Nyns o hy mar attês ha nyns o hy mar gontentys glân in aga gwrians. Nyns esa aga gwythresow ow ry aqwytyans vÿth rag pùptra gesys gensy wàr hy lergh, pò a alsa hy lêdya dhe remembra Norlond gans le a edrek. Ny ylly Arlodhes Myddelton na Mêstres Jenyngs provia kescows dhedhy in le a'n kescows kellys gensy; kynth o Mêstres Jennyng ûsys dhe gôwsel heb cessya, ha dhyworth an dallath hy a dhysqwedhas caradôwder arbednyk dhe Elynor ha dre rêson a hedna hy a wre kestalkya gensy moy ès gans ken den vÿth. Mêstres Jenyngs a dherivas dhedhy tergweyth pò pedergweyth hy story hy honen, hag yn avarr in aga howethyans Elynor a wodhya an poyntys munys a gleves dewetha Mêster Jenyngs ha'y eryow dh'y wreg pols dhyrag y ancow. Moy plesont o Arlodhes Myddelton ès hy mabm yn udnyk drefen hy dhe vos moy tawesek. Elynor a gonvedhas yn scon fatell esa hy lack a gows ow tos dhyworth yêynder hy brÿs adar dhyworth skentoleth vÿth. Ny levery Arlodhes Myddelton tra vÿth nag o leverys gensy an jëdh kyn. Nyns o dyweth vÿth dh'y dyfrethter, ha hy spyrys a remainya heb chaunjya pùpprÿs. Kyn na leverys hy tra vÿth warbydn an metyansow restrys gans hy gour, wàr an condycyon pùptra y dhe vos gwrÿs in maner afînys ha'y dhew flogh cotha dhe dhos gensy, bythqweth ny apperyas hy dhe vos moy plêsys gans an gùntellyans ès dell alsa hy bos mar teffa hy ha remainya a'y eseth in tre; pelha ny wrug presens Arlodhes Myddelton addya dhe blesour an bobel erel der hy lavarow; in gwir traweythyow ny wrêns y remembra hy dhe vos i'n party marnas yn udnyk awos hy fienasow ow tùchya hy mebyon troblus.

Ny gafas Elynor den vÿth in mesk oll an bobel nowyth-aswonys gensy marnas in Cornal Brandon neb a ylly hy in fordh vÿth clôwes revrons ragtho, na sordya inhy an whans rag cowethya ganso. Nyns o Wyllowby wordhy a hedna. Yth esa hy ow sensy meur anodho avell whor, saw ev o caror; yth esa y attendya ow longy dhe Mary-Àn yn udnyk. Gwas yonk le sêmly a alsa hy plêsya dhe voy. I'n gwetha prÿs ny vedha Cornal Brandon kentrydnys dhe bredery a Mary-Àn. In y gescowsow gans Elynor ev a gefy an confort brâssa rag fowt les hy whor ino.

Tregereth Elynor anodho a encressyas, rag yth esa hy ow tyby fatell o aswonys dhodho solabrŷs an tristans a gerensa dùllys. Y feu an tybyans-na affyrmys dre nebes geryow ùttrys ganso dre wall neb gordhuwher i'n Park, pàn esens y owth esedha warbarth, ha'n re erel ow tauncya. Yth o y dhewlagas fastys wàr Mary-Àn, ha wosa nebes mynys a daw, ev a leverys, minwharth gwadn wàr y anow, "Me a glôw nag usy dha whor owth acordya gans secùnd kerensa vŷth."

"Nag usy," Elynor a worthebys, "romantek yw oll hy opynyons."

"Poken yma hy ow cresy kyns na yll secùnd kerensa wharvos nefra."

"Eâ, in gwir. Saw ny worama in pana vaner a yll hy cresy hedna heb consydra story hy thas hy honen, rag ev a'n jeva dyw wreg. Kyns pedn nebes bledhydnyow hy opynyons a vŷdh restrys wàr an fùndacyon a sens kebmyn hag a experyens. Ena dre lycklod hy thybyansow a vŷdh clerha ha moy êsy dhe jùstyfia gans ken persons ès hy honen yn udnyk."

"Dre lycklod hedna a vŷdh gwir," ev a leverys, "saw whath yma neb tra mar wheg in ragvreusow an brŷs yonk, mayth yw drog gans nebonen aga gweles ow plêgya dhe dybyansow kebmyn an bŷs."

"Ny allama agria poynt genes i'n negys-na," yn medh Elynor. "Yma ancombrynsy ow pertainya dhe'n sort a emôcyons usy Mary-Àn ow tysqwedhes, ha ny yll oll hus ha dywysycter hy yowynkneth aga aqwytya. I'n gwetha prŷs yma oll hy frederow crev owth inclynya dhe settya onester adenewen. Yma govenek dhybm hy dhe aswon an bŷs dhe well alebma rag, ha hedna a vŷdh a brow brâs dhedhy."

Warlergh tewel tecken ev a gôwsas arta hag a leverys—

"Usy agas whor ow cably pùb ensampyl a secùnd kerensa? Pò usy hy ow consydra an dra dhe vos casadow in pùb câss? An re-na neb a gafas tùll in aga kensa dôwys, dre rêson a dhyslelder pò dre veschauns yw res dhedhans bos heb sergh vŷth remnant aga dedhyow?"

"Wàr ow ena, nyns yw aswonys dhybm an poyntys munys a'y frederow. Ny worama ma's hebma: ny wrug hy alowa bythqweth secùnd kerensa vŷth dhe vos pardonadow."

"Ny yll hedna durya," yn medh ev, "saw chaunjyans dien a opynyon—nâ, nâ, nyns yw hedna dhe dhesîrya. Pàn vo afînans romantek a'n brŷs yonk constrînys dhe omry, ass ywa sewys gans opynyons re gebmyn ha re beryllys! Yth esoma ow côwsel dhyworth ow experyens ow honen. Aswonys o dhybm termyn alebma benyn yonk o fest haval dh'agas whor ow tùchya natur ha colon. Yth esa hy ow predery hag ow jùjya kepar ha hy saw hy a veu constrînys dhe jaunjya hy frederow dre rêson a veschauns ha cales lùck—" I'n eur-na ev a cessyas yn sodyn, hag ev a apperyas dhe gresy ev dhe leverel re, ha'y gowntnans a wrug dhe Elynor desmygy taclow, na ve hedna, na wrussa entra in hy fedn. Dre lycklod ny wrussa Mêstresyk Dashwood consydra an arlodhes yonk-na, na ve ev dhe leverel taclow na godhvia passya y wessyow. Kepar dell esa taclow, nyns o res dhe Elynor ma's ombredery tecken rag godhvos fatell esa an Cornal ow remembra benyn veurgerys ganso i'n dedhyow tremenys. Ny leverys Elynor tra vŷth moy. A pe Mary-Àn in hy thyller hy, oll an whedhel a via dasformys gensy in hy fedn, hag oll an negys a via fastys avell istory a gerensa anfusyk.

Chaptra XII

Pàn esa Elynor ha Mary-Àn ow kerdhes warbarth nessa myttyn, Mary-Àn a ros nowodhow dh'y whor, hag awos oll a wodhya hy ow tùchya natur dybreder hag anfur Mary-Àn, an nowodhow a's sowthanas yn frâs. Mary-Àn a dherivas dhedhy fatell o margh rÿs gans Wyllowby dhedhy, margh megys ganso wàr y estât in Gwlas an Hâv, hag a veu porposys poran dhe dhon benyn. Heb consydra nag o tôwlys gans hy mabm dhe sensy margh vÿth, ny wrug hy convedhes, mar teffa hy ha degemeres an ro-na y fedha res dhe Vêstres Dashwood prena udn margh moy rag an servont, ha wosa pùptra byldya stâbel rag aga recêva. I'n contrary part Mary-Àn a venegas fatell wrug hy acceptya an ro dystowgh hag a dherivas dh'y whor pana lowen o hy adro dhodho.

"Yma va ervirys dhe dhanvon y was bys in Gwlas an Hâv heb let rag y gafos," hy a addyas, "ha pàn dheffa an margh, ny a vydn marhogeth pùb jorna. Te a wra y gevradna genef. Desmyk, a Elynor wheg, pana deg a vÿdh ponya wàr geyn margh wàr an gonyow-ma."

Nyns o hy whensys dhe dhyfuna in mes a'n hunros lowena-na, dhe gonvedhes oll gwiryonedhow anfusyk an negys. Dres termyn pell nyns o hy parys dh'aga degemeres. Ow tùchya servont moy, trufyl vedha an còst; ny vydna hy mabm nefra hy denaha ha margh vÿth a vydna y servya. Ev a ylly cafos margh i'n Park hag ow tùchya stâbel, ny vedha otham ma's a grow a'n sort moyha sempel. I'n eur-na Elynor a bêsyas ha leverel nag esa owth apperya onest recêva margh dhyworth den nag o aswonys yn tâ pò dhe'n lyha nag o aswonys dhedhy ma's termyn cot.

"Camdybys osta, Elynor," yn medh Mary-Àn yn cres, "pàn wres soposya na worama nameur a Wyllowby. Nyns ywa aswonys dhybm termyn hir, saw me a wor moy anodho ès dell worama a dhen aral vÿth i'n bÿs, te ha Mabm exceptys. Nyns yw aswonvos a berson gwrÿs dre dermyn ha dre jauns—natur an person yn udnyk yw mater moyha a bris. Ny via seyth bledhen lowr rag gwil dhe certan re aswon an eyl y gela, ha seyth jorna a via lowr rag pobel erel. Me a vynsa consydra ow honen moy gylty dhe dhegemeres margh avell ro dhyworth ow

50

lesvroder ès dhyworth Wyllowby. Ny worama ma's very nebes a Jowan, kyn wrussyn ny bêwa warbarth dres bledhydnyow. Saw ow brusyans a Wyllowby re beu formys termyn pell."

Elynor a brederys an gùssul welha heb côwsel adro dhe'n poynt pelha. Mar teffa hy ha settya orth mater tyckly a'n par-na, ny vynsa ma's gwil dhe Mary-Àn cales'he hy opynyon hy honen. Rag hedna hy a wrug appêl dhe gerensa Mary-Àn rag hy mabm, an ancombrynsy dre lycklod a via hy ow tedna warnedhy hy honen rag plêsya hy myrgh, mar teffa hy hag acordya dhe encressyans an mêny. Mary-Àn a veu fethys wàr an dyweth; ha hy a bromyssyas na wre hy temptya hy mabm dhe anfurneth der ewn caradôwder, mar teffa hy ha meneges an margh offrys. Hy a bromyssyas inwedh y whre hy derivas dhe Wyllowby fatell o res dhedhy sconya y ro.

Mary-Àn a ros hy ger ha pàn vysytyas Wyllowby an penty ternos, Elynor a's clôwas hy, isel hy lev, ow meneges hy thùll dhodho, drefen bos res dhedhy heb acceptya an margh. An rêsons rag hy sconyans a veu derivys inwedh hag apert o na ylly ev hy fesy na felha. Y edrega o cler, bytegyns, hag ev a leverys in keth lev isel,—"Saw Mary-Àn, te a bew an margh whath. Pàn wrylly gasa Barton rag bos tregys in dha jy dha honen, Myternes Màb a wra dha recêva."

Oll hedna a veu clôwys in dadn gel gans Mêstresyk Dashwood. In oll y eryow, in y fordh rag aga derivas, hag i'n vaner may whrug ev hy gelwel gans hy hanow bejyth, Elynor a welas cowethyans mar stroth, mênyng mar apert rag sygnyfia acord perfeth intredhans. Alena in rag yth o hy sur aga bos ambosys dhe dhemedhy gans y gela. Ny wrug an preder-na hy sowthanas poynt marnas hebma: y feu res dhedhy hy ha dhe esely erel an teylu dyscudha an ambos inter copel mar egerys dre hap yn udnyk.

Margaret a dherivas neb tra dhe Elynor ternos, a wrug clerhe an negys pelha whath. Wyllowby a spênas gordhuwher newher in aga hompany, hag y feu Margaret gesys i'n parleth gansans aga dew. Ha hy a dheclaryas dh'y whor gotha taclow a welas hy pàn vowns y warbarth wosa hedna.

"Ô, Elynor!" Margaret a grias. "Yma dybm kevrîn dhe dherivas dhis ow tùchya Mary-Àn. Sur oma fatell vŷdh hy demedhys dhe Vêster Wyllowby yn scon."

"Yth esta ow leverel hedna kenyver jorna ogasty dhia bàn aga metyans kensa wàr Wûn Eglos Uhel. Nyns êns y aswonys an eyl dh'y gela ma's seythen yn udnyk ha te o certan fatell esa Mary-Àn ow qwysca portreyans anodho adro dh'y hodna, saw y feu dyscudhys na veu ma's pyctour a'gan gorêwnter."

"Saw hèm yw neb tra dhyffrans yn tien. Sur oma y dhe dhemedhy yn scon rag yma ganso cudyn a'y blew hy."

"Kebmer with, a Margaret. Martesen nyns yw ma's cudyn neb gorêwnter dhodho."

"Saw Elynor, certan oma an cudyn dhe vos blew Mary-Àn. Newher warlergh tê, pàn wrug Mabm ha te gasa an rom, yth esens y ow whystra hag ow kestalkya warbarth scaffa gyllens, hag yth hevelly fatell esa ev ow pesy neb tra worty. Ha tecken warlergh hedna ev a gemeras in bàn hy gweljow ha trehy dhyworty cudyn hir a'y blew, rag yth esa hy blew oll codhys hy heyn wàr nans. Hag ev a abmas dhe'n cudyn, ha'y vailya in darn a baper gwydn ha gorra aberth in y digen."

Ny ylly Elynor dowtya an manylyon-na rŷs gans kebmys auctoryta. Ha nyns o hy whensys dh'aga dowtya rag ytho an negys owth agria yn tien gans an taclow clôwys ha gwelys gensy hy honen.

Ny veu skentoleth Margaret dysqwedhys bythqweth in fordh mar blegadow dh'y whor. Udn gordhuwher pàn wrug Mêstres Jenyngs hy inia yn crev dhe dhysclôsya hanow an gwas yonk o kerys gans Elynor, neb tra o hy whensys dhe dhyscudha termyn hir, Margaret a worthebys ha leverel, "Yth yw res dhybm heb y leverel, a nyns yw, Elynor?"

Heb mar pùbonen a wharthas pàn glôwsons hedna. Hag Elynor a whelas wherthyn kefrŷs. Saw nyns o hy attês orth y wil. Certan o hy fatell o dôwysys gans Margaret den yonk arbednyk ha poos via gans Elynor mar teffa y hanow ev dhe vos gwrŷs ges perpetùal gans Mêstres Jenyngs.

Mary-Àn a omsensys ancombrys rag hy whor; saw hy a wrug moy drog ès dâ dhe Elynor, pàn rudhyas hy yn town ha trailya dhe Margaret in udn leverel,

"Porth cov pynag oll dhesmygyansow a vo gwrŷs genes, nyns eus gwir vŷth dhis aga dasleverel."

"Ny wrug vy bythqweth desmygy tra vŷth ow tùchya an mater," Margaret a worthebys. "Te dha honen a dherivas dhybm adro dhodho."

Kenyver onen present a wharthas creffa whath, ha Margaret a veu inies dhe leverel nep tra moy.

"Dar, y praydha, a Vêstresyk Margaret, derivowgh dhyn oll adro dhodho," yn medh Mêstres Jenyngs. "Pandr'yw hanow an den jentyl yonk?"

"Me ny'm beus an cubmyas dhe leverel, a venyn vas. Saw me a wor yn tâ pŷth ywa gelwys; ha me a wor kefrŷs ple ma va."

"Eâ, eâ, ny a yll desmygy ple ma va. Yma va in y jy y honen in Norlond in gwir. Dre lycklod ev yw cùrat an bluw."

Ev a gemeras hy gweljow ha trehy dhyworty cudyn hir a'y blew.

"Nag yw. Nyns yw galwans vÿth dhodho."

"Margaret," yn medh Mary-Àn yn lybm, "te a wor fatell veu oll hebma desmygys genes dha honen, ha nag eus den a'n par-na i'n bÿs."

"Wèl, ev a verwys agensow, Mary-Àn, rag me yw certan y feu den yonk avel hedna i'n bÿs kyns lebmyn, hag yth esa y hanow ow tallath gans an lytheren F."

Yth esa Elynor owth aswon grâss inhy hy honen dhe Arlodhes Myddelton rag hy a leverys i'n very prÿs-na fatell "esa ow qwil glaw yn poos," kynth esa hy ow cresy na dheuth an geryow-na dhyworth hy arlodheseth drefen hy dhe attendya dhe Elynor, saw drefen nag o plegadow dhedhy an gesyans dyflas o kerys gans hy mabm ha gans hy gour. Preder an glaw bytegyns dalethys gensy a veu sewys dystowgh gans Cornal Brandon, rag yth esa ev pùpprës war a'n emôcyons a bobel erel; hag ev hag Arlodhes Myddelton a leverys meur ow tùchya an glaw. Wyllowby a egoras an pyanô ha pesy Mary-Àn dh'y seny. Indelha dre rêson a'n assay a bobel dhyvers dhe stoppya an devnyth, an mater a veu ankevys, saw ny veu êsy rag Elynor dhe yaghhe warlergh bos ancrêsys.

Party a veu restrys an gordhuwher-na dhe viajya ternos dhe weles plâss spladn adro dhe dhewdhek mildir dhyworth Barton, esa ow longya dhe vroder dâ Cornal Brandon. Ny ylly an tyller bos gwelys heb an Cornal, rag yth esa an perhednak dres mor i'n eur-na, hag ev a asas ordyr stroth indelha. Y feu an tiryow declarys dhe vos fest teg, ha Syr Jowan, esa worth aga fraisya yn frâs, a wrug restry partys rag aga vysytya dywweyth i'n hâv dres an spâss a dheg bledhen. Yth esa lydn brâs bryntyn i'n manor hag y a vydna golya warnodho in myttyn; boos yêyn ha dewas a vedha degys gansans ha ny vedha ûsys ma's caryajys ôpyn. Pùp tra a vedha arayes i'n fordh ewn rag party a blesour.

Dhe radn a'n gowethas yth hevelly an vysyt dhe vos viaj hardh, awos sêson an vledhen. Yth esa ow qwil glaw dres an dhyw seythen dremenys—hag yth esa anwos dhe Vêstres Dashwood solabrÿs, hag Elynor a's perwâdys dhe wortos tre.

Chaptra XIII

An viaj porposys dhe Whytwell a wharva in fordh nag esa Elynor ow qwetyas. Yth o hy parys dhe vos glëb dhe'n grohen, dhe vos sqwith hag ownekhës, saw an wharvedhyans a veu moy anfusyk whath, rag nyns êthons dy poynt.

Warbydn deg eur myttyn yth o oll an party cùntellys i'n Park hag i'n eur-na y êth dhe dhebry hawnsel. Teg lowr o an myttyn, kyn codhas glaw dres nos, rag yth esa an cloudys ow kescar hag yth esa an howl owth omdhysqwedhes yn fenowgh. Yth o spyrys kenyver onen jolyf ha lowen, hag y oll o moy parys dhe sùffra ancombrynsy ha dysconfort ès ken tra vŷth.

Pàn esens orth bord an hawnsel y feu drŷs an lytherow ajy. In mesk an re erel yth esa onen rag Cornal Brandon—ev a'n kemeras, meras orth an drigva screfys warnodho ha gasa an rom heb let.

"Pandr'yw an mater gans Brandon?" yn medh Syr Jowan.

Ny ylly den vŷth leverel.

"Yma govenek dhybm na gafas ev drog-nowodhow," yn medh Arlodhes Myddelton. "Res yw bos neb tra goynt rag gwil Cornal Brandon dhe asa ow bord hawnsel vy mar sodyn."

Wosa adro dhe bymp mynysen ev a dhewhelys.

"Nyns ywa drog-nowodhow, a Gornal, yth esoma ow qwetyas," yn medh Mêstres Jenyngs, pàn entras ev i'n rom.

"Nag yw màn, a venyn dhâ, gromercy dhywgh."

"A dheuth an lyther dhyworth Avignon? Yma govenek dhybm nag yw lacka agas whor why."

"Na dheuth, a venyn dhâ. Y teuth dhyworth Loundres ha nyns yw ma's lyther a negys."

"Saw fatla wrug an dornscrefa agas ancrêsya kebmys mar nyns o ma's lyther negys. Deus, deus, ny wra hebma servya, a Gornal. Gesowgh ny dhe glôwes an gwiryoneth."

"A vadama guv," yn medh Arlodhes Myddelton, "perthowgh cov a'gas geryow."

"Martesen yma va ow leverel dhywgh fatell yw demedhys Fany, agas kenytherow?" yn medh Mêstres Jennyng heb gwil vry a rebuk hy myrgh.

"Nâ, nag usy."

"Wèl, i'n eur-na, me a wor pyw a'n danvonas dhywgh, a Gornal. Yma govenek dhybm hy dhe vos in poynt dâ."

"Pyw esowgh why ow styrya, a venyn dhâ?" yn medh ev in udn rudhya nebes.

"Dar, why a wor pyw yw intendys genef."

"Pòr dhrog yw genef, a venyn dhâ," yn medh ev ow côwsel orth Arlodhes Myddelton, "me dhe recêva an lyther hedhyw, rag yma va ow pertainya dhe negys usy ow reqwîrya me dhe viajya dhe Loundres dystowgh."

"Dhe Loundres!" Mêstres Jenyngs a grias. "Pandra yll bos agas negys in Loundres in prŷs-ma a'n vledhen?"

"Pòr vrâs yw an coll dhybm," ev a bêsyas, "bos res dhybm forsâkya party mar blegadow avell hebma. Saw moy a anken ywa dhybm, rag yma otham a'm presens vy may hallowgh why bos amyttys dhe Whytwell."

Assa veu hedna strocas poos warnodhans oll!

"Saw mar tewgh why ha screfa nôtyans dhe'n wethyades chy, a Vêster Brandon," yn medh Mary-Àn yn tywysyk, "a ny vŷdh hedna lowr?"

Ev a shakyas y bedn.

"Res yw dhyn mos dy," yn medh Syr Jowan.—"Ny vŷdh a dylâtys pàn eson ny mar ogas. Ny ylta jy mos dhe Loundres ma's bys avorow, Brandon, hèn yw oll."

"Dâ via genama in gwir an negys dhe vos assoylys mar êsy. Saw ny'm beus an gallos dhe dhylâtya ow viaj udn jorna kyn fe."

"Mar teffowgh why ha derivas dhyn pandr'yw agas negys," yn medh Mêstres Jenyngs, "ny a alsa gweles ywa possybyl dhe vos dylâtys, ywa pò nag ywa."

"Ny viowgh why ma's whe our holergh," yn medh Wyllowby, "mar teffowgh why ha dylâtya agas viaj erna wrellyn dewheles."

"Nyns usy i'm power kelly udn our kyn fe."

I'n eur-na Elynor a glôwas Wyllowby ow leverel isel y lev dhe Mary-Àn: "Yma pobel i'n bŷs na wodhons perthy party a blesour. Brandon yw onen anodhans. Dre lycklod, yth esa ev ow perthy own ev dhe gachya anwos, hag ev a dhesmygyas an cast-ma rag y avoydya. Ow gaja a hanter-cans gyny dhis, fatell screfas ev an lyther y honen."

"Heb dowt, me yw sur anodho," Mary-Àn a worthebys.

"Ny yllowgh why bos perswâdys dhe jaunjya agas brÿs, Brandon," yn medh Syr Jowan. "Me a wor hedna dre experyens coth, pàn vowgh why determys wàr neb tra. Yma govenek dhybm bytegyns, why dhe bredery adro dhodho arta. Merowgh, otobma yma an dhyw Vêstresyk Carey devedhys obma dhyworth Newton, an teyr Mêstresyk Dashwood kerdhys in bàn dhia an penty, ha Mêster Wyllowby a savas dew our dhyrag y brÿs ûsys may halla ev mos dhe Whytwell."

Cornal Brandon a leverys arta fatell o drog ganso bos an skyla rag an gowethas dhe vos tùllys; saw ev a levery inwedh na ylly an dra bos gohelys.

"Ytho pana dermyn a wrewgh why dewheles?"

"Yma govenek dhyn y whren ny agas gweles in Barton," hy arlodheseth a addyas, "mar scon dell vo possybyl dhywgh dhe asa Loundres. Res vÿdh dhyn dylâtya an party erna wrellowgh why dewheles."

"Why yw pòr garadow. Saw yth yw an negys mar dyckly, ny allama leverel pana dermyn a vyma abyl dhe dhewheles."

"Dar! res vÿdh dhodho dewheles ha dewheles ev a wra," Syr Jowan a elwys. "Mar ny vÿdh obma warbydn dyweth an seythen, me a vydn mos rag y gerhes."

"Eâ, gwrewgh hedna, Syr Jowan," yn medh Mêstres Jenyngs, "hag ena martesen why a vydn dyscudha pandr'yw y negys."

"Ny vanaf vy whythra negys neb mater pryveth a nebonen aral. Yth hevel dhybm y vos neb tra mayth usy ev ow kemeres meth anodho."

Servont a dheclaryas mergh Cornal Brandon dhe vos parys.

"Nyns esowgh why ow mos dhe Loundres wàr geyn margh, esowgh?" Syr Jowan a wovydnas.

"Nag esof. Dhe Honyton yn udnyk. Warlergh hedna me â gans caryach an post."

"Wèl drefen why dhe vos determys dhe dhyberth, re bo viaj dâ dhywgh. Saw gwell via dhywgh chaunjya agas brÿs."

"Cresowgh dhybm, na allama gwil hedna."

I'n eur-na ev a asas cubmyas teg gans oll an gowethas.

"A nyns eus chauns vÿth dhybm a'gas gweles why ha'gas whereth in Loundres an gwâv-ma, a Vêstresyk Dashwood?"

"Yma own dhybm, nag eus chauns vÿth."

"I'n câss-na, res yw dhybm leverel farwèl dhywgh pelha ès dell garsen."

Ny wrug ev ma's plêgya dhe Mary-Àn heb leverel ger vÿth.

"Dewgh, a Gornal," yn medh Mêstres Jenyngs, "kyns ès dyberth, leverowgh prag yth esowgh why ow tepartya."

Ev a whansas myttyn dâ dhedhy, ha gasa an rom warbarth gans Syr Jowan.

Ena an croffolas ha'n lamentacyon sùppressys dre gortesy bys i'n eur-na, a dardhas in mes dhyworth pùbonen. Ha y oll a acordyas pana droblus o dhe vos tùllys indelha.

"Me a yll bytegyns desmygy pandr'yw y negys," yn medh Mêstres Jenyngs yn lowen.

"A yllowgh why, a venyn dhâ," yn medh pùb hunys ogasty.

"Gallaf. Yma va ow pertainya dhe Vêstresyk Wyllyams, me yw certan."

"Ha pyw yw Mêstresyk Wyllyams?" Mary-Àn a wovydnas.

"Pywa! A ny wodhowgh why pyw yw Mêstresyk Wyllyams? Sur oma fatell wrussowgh why clôwes anedhy kyns lebmyn. Hy yw goos nessa an Cornal, a guv colon. Goos pòr ogas. Ny vanaf leverel pana ogas rag dowt diegry an benenes yonk." Hag ena owth iselhe hy lev nebes hy a leverys dhe Elynor, "Hy yw y vyrgh dhyreth."

"In gwir!"

"Eâ, ha hy yw pòr haval dhodho. Dre lycklod an Cornal a wra kemyna oll y fortyn dhedhy."

Pàn dhewhelys Syr Jowan, ev a jùnyas yn crev gans an edrek jeneral adro dhe wharvedhyans mar anfusyk. Wàr an dyweth ev a leverys fatell o res dhedhans gwil neb tra rag aga lowenhe, drefen y oll dhe vos cùntellys warbarth. Warlergh omgùsullya rag tecken, y feu acordys na ylly lowender bos collenwys ma's i'n Whytwell, saw fatell yllens y martesen coselhe aga brŷs dre dhrîvya adro i'n pow. Y feu an caryajys erhys. Caryach Wyllowby a veu an kensa ha ny apperyas Mary-Àn bythqweth mar lowen dell omdhysqwedhas hy owth ascendya ino. Ev a dhrîvyas der an Park toth dâ, hag y fowns y mes a wel yn scon. Ny veu tra vŷth moy gwelys anodhans erna wrussons dewheles ha hedna a wharva warlergh oll an remnant dhe dhos wàr dhelergh. Y aga dew a hevelly bos pŷs dâ gans aga throyll; saw ny lavarsons y ma's y dre vrâs dhe sensy dhe'n bownderyow pàn êth pobel erel wàr an gonyow.

Determys veu fatell vedha dauns an gordhuwher-na ha fatell dalvia dhe genyver onen bos fest lowen dres olll an jëdh. Nebes esely moy a Deylu Carey a dheuth dhe gynyewel, ha pàn wrussons y oll esedha orth an bord, y o ugans in nùmber, tra a gampollas Syr Jowan contentys brâs. Wyllowby a gemeras y dyller ûsys inter an dhyw Vestresyk Dashwood cotha. Mêstres Jenyngs a esedhas adhyhow dhe Elynor; ha nyns êns y a'ga eseth termyn pell, pàn wrug Mêstres Jenyngs posa adhelergh dhedhy ha dhe Wyllowby, ha leverel dhe Mary-Àn uhel

"Awos oll agas castys me re dhycudhas ple whrussowgh why passya an myttyn."

lowr ragthans y dh'y clôwes, "Awos oll agas castys me re dhyscudhas ple whrussough why passya an myttyn."

Mary-Àn a rudhyas ha gortheby dystowgh, "Ple dhana?"

"A ny wodhyowgh why," yn medh Wyllowby, "fatell êthon ny in mes i'm côcha bian?"

"Eâ, me a wodhya, a Vêster Tauntyans. Me a wodhya hedna yn tâ, ha me o porposys dhe wodhvos ple whrussowgh why mos. Yma dhybm govenek fatell wrug agas chy agas plêsya, a Vêstresyk Mary-Àn. Fest brâs yw, me a wor. Ha pàn wryllyf dos rag agas vysytya, yth esoma ow qwetyas why dh'y dacla anowyth. Pàn veuma ena nans yw whe bledhen, yth o otham brâs a stoff chy."

Mary-Àn a drailyas in kerdh fest ancombrys. Mêstres Jenyngs a wharthas yn colodnek. Elynor a dhyscudhas, may halla hy godhvos ple fowns, Mêstres Jenyngs a erhys hy mowes hy honen dhe wovyn orth gwas Mêster Wyllowby. Hy a dhescas fatell êthons y dhe Allenham, ha spêna termyn pell ena ow qwandra i'n lowarth hag ow mos oll adro i'n chy.

Scant ny ylly Elynor cresy hedna dhe vos gwir, rag ny hevelly bos lyckly Wyllowby dhe gomendya na Mary-Àn dhe agria dhe entra i'n chy pàn esa Mêstres Smyth ino, rag nyns o hy awonys poynt dhe Mary-Àn.

Kettel wrussons y gasa rom an kydnyow, Elynor a wovydnas adro dhe'n mater; ha hy a veu sowthenys brâs pàn dhescas hy fatell o gwir kenyver tra derivys gans Mêstres Jenyngs. Mary-Àn a veu nebes serrys Elynor dh'y dhowtya.

"Prag yth esta ow tesmygy, Elynor, na wrussyn ny mos dy, pò na wrussyn ny gweles an chy? A nyns yw hedna a pŷth a garses gwil dha honen yn fenowgh?"

"Yw, a Mary-Àn, saw ny vynsen mos dy pàn esa Mêstres Smyth ena, ha heb ken coweth ès Mêster Wyllowby."

"Mêster Wyllowby, bytegyns, yw an udn peson a'n jeves a gwir dhe dhysqwedhes an chy. Ha drefen ev dhe vos dy in caryach egerys, ny ylly ev kemeres cowethes aral ganso. Ny wrug vy bythqweth spêna myttyn moy plegadow in oll ow bêwnans."

"Yma own dhybm," Elynor, "nag yw plesour an wharvedhyans an keth tra avell y onester."

"I'n contrary part, ny yll ken tra vŷth bos prov creffa anodho, Elynor. A pe dysonester vŷth in pŷth a wrug vy, me a vynsa y aswon orth an prŷs. Me a wor pùpprŷs pan vyma ow qwil neb tra gabm, hag a pen vy owth omglôwes hedna, ny gafsen plesour vŷth.

"Saw, a Mary-Àn wheg, ev re wrug dha egery dhe lowr a lavarow taunt. A nyns esta i'n tor'-ma ow kemeres edrek a'th omdhegyans?"

"Mars yw lavarow taunt Mêstes Jenyngs an prov a dhysonester in omdhegyans, yth eson ny oll owth offendya pùb mynysen a'gan bêwnans. Nyns yw hy rebuk moy a valew dhybm ès hy habel. Nyns esoma owth omsensy me dhe wil cabm pàn wrug vy kerdhes dre diryow Mêstres Smyth, na pàn whythrys vy hy chy. Mêster Wyllowby a vÿdh perhednek an chy neb jorna, ha—"

"A pesta dha honen perhenoges a'n tiryow ha'n chy, ny vies jùstyfies i'n dra yw gwrÿs genes."

Hy a rudhyas pàn glôwas hy an hynt-na kynth o apert hy dhe vos pÿs dâ ganso. Ha warlergh deg mynysen a ombrederyans down, hy a dheuth arta dh'y whor ha leverel, egerys hy spyrys, "Martesen ny wrug vy jùjya yn ewn pàn êth vy dhe Allenham. Saw Mêster Wyllowby a garsa spessly dhe dhysqwedhes an tyller dhybm; ha chy sêmly ywa, me a lever dhis. Yma udn rom esedha fest teg avàn; a'n myns ewn hag attês rag ûsyans kenyver jorna, hag a pe mebyl nowyth ino, y fia delycyùs. Rom cornet ywa hag y'n jeves fenestry wàr an dhew denewen. Wàr an eyl tu yth esta ow meras in mes dres an glesyn, adhelergh dhe'n jy, bys i'n coos teg wàr an bryn, ha wàr an tenewen aral te a wel an eglos ha'n bendra, hag in hans dhedhans an gonyow teg bryntyn-na wrussyn ny gormel mar venowgh. Ny welys vy an rom in y stât gwelha, rag ny ylly tra vëth moy truedhek ès an stoff chy—saw a pe va restrys anowyth—nebes cansow a bunsow, Wyllowby a leverys y fedha onen a'n romys hâv moyha plesont in oll Pow an Sowson."

Mar calla Elynor goslowes orty heb ken den vÿth dh'y ania, Màry-Àn a vynsa descrefa dhedhy pùb chambour i'n chy gans delît kehaval.

Chaptra XIV

Dyweth sodyn vysyt Cornal Brandon dhe'n Park ha'y borpos fast a geles an skyla, a lenwys brÿs Mêstres Jenyngs ha gwil dhedhy govyn orty hy honen dres nebes dedhyow pandr'o an rêson. Hy ûsadow o dhe dhesevos taclow pùpprÿs rag hèn yw gîss benyn usy ow predery yn town adro dhe negys pùbonen aswonys dhedhy. Yth esa hy ow tesmygy heb cessya pandra ylly bos caus an wharvedhyans; sur o hy fatell gafas an Cornal neb drog-nowodhow, ha hy a wrug desevos pùb sort a anfeus a alsa hapnya dhodho, ha certan o hy na alsa ev goheles kenyver onen anedhans.

"Res yw bos an negys neppÿth pòr drist, me yw certan," yn medh hy. "Me a'n gwelas wàr y fâss. An den truan! Yma own dhybm y savla dhe vos fest drog. Ny veu estât Delaford recknys bythqweth moy ès dyw vil buns i'n vledhen, ha'y vroder a asas kenyver tra uthyk kemyskys. Yth esoma ow predery fatell veu va somonys ow tùchya negyssyow mona, rag pandra ken a ylly an mater bos? Ny worama mars yw taclow indelha. Assa via dâ genef godhvos an gwiryoneth. Martesen yma va ow pertainya dhe Vêstresyk Wyllyams, ha wàr neb cor, yth esoma ow predery hedna dhe vos gwirhaval, rag ev a apperyas mar vethek pàn wrug vy compla hy hanow hy. Martesen yma hy whath in Loundres; ny via ken tra vÿth mar lyckly, rag yth esoma ow cresy fatell vÿdh hy nebes anyagh yn fenowgh. Ow gaja dhywgh, yth esa an negys ow pertainya dhe Vêstresyk Wyllyams. Ny hevel dhybm ev dhe vos ancombrys ow tùchya mona i'n tor'-ma, rag ev yw pòr dhoth. Ny worama pandr'o. Martesen yth yw y whor in Avignon gwethhës, ha hy dh'y gerhes dhedhy. Yma y dhyberth mar uskys ow rendra hedna pòr lyckly. Wèl, me a garsa y weles delyfrys dhyworth oll an anken-ma hag ev dhe gafos gwre'ty dhâ inwedh."

Mêstres Jenyngs a brederys indelha ha hy a gowsas oll an taclow-na. Y whre hy opynyon chaunjya gans pùb desmygyans nowyth. Y oll a hevelly gwirhaval pàn vedhens complys. Elynor, kynth o sowena Cornal Brandon a les dhedhy, ny veu hy mar sowthenys avell Mêstres

Jenyngs ev dhe dhyberth yn sodyn. Rag in hy brÿs hy nyns o an wharvedhyans mater rag kebmys marth, ha pelha yth esa ken tra yn tien ow lenwel oll hy frederow. Prag yth esa Wyllowby ha'y whor hy ow tewel ow tùchya mater a les dhedhans oll. An taw-ma dhywortans a bêsyas dëdh wosa dëdh hag yth hevelly dhe voy stranj ha dhe le kesson gans an gwythres dysqwedhys gansans aga dew. Ny ylly Elynor desmygy prag na vydnens y avowa dh'y mabm ha dhedhy hy honen an dra esa aga omdhegyans ow teclarya dhe vos gwir.

Hy a ylly cresy nag êns y abyl dhe dhemedhy heb let. Kynth o Wyllowby anserhak, nyns o rêson vÿth dhe gresy ev dhe vos rych. Syr Jowan a recknas estât Wyllowby dhe dylly adro dhe whe cans pò seyth cans pun i'n vledhen, saw yth esa ev ow spêna moy ès dell ylly bos scodhys gans an sùm-na. Hag ev a wrug croffolas yn fenowgh ev dhe vos bohosak. Saw ny ylly Elynor ùnderstondya poynt an keladow-ma dhywortans ow tùchya aga demedhyans i'n dedhyow esa ow tos; ha pelha nyns esa an taw ow cortheby dh'aga ûsadow ha dh'aga omdhegyans. Dre rêson a hedna yth esa hy ow towtya aga bos ambosys an eyl dh'y gela; hag ytho poos o gensys govyn adro dhe'n mater orth Mary-Àn.

Ny ylly tra vÿth hyntya an gerensa intredhans dhe vos creffa ès omdhegyans Wyllowby. Rag Mary-Àn yth o y fara leun a sergh tender a garor, ha dhe remnant an teylu yth o va attendyans caradow a vab ha broder. Yth hevelly an penty dhe vos kerys ganso kepar ha'y olas; ev a spênas moy termyn ena ès in Allenham, ha mar nyns o res dhodho mos dhe'n Park, ev a vydna mos dhe'n penty, ha passya remnant an jorna ryb Mary-Àn ha'y gy poyntya meurgerys orth hy threys.

Udn gordhuwher arbednyk, adro dhe seythen wosa Cornal Brandon dhe asa an pow, colon Wyllowby a hevelly bos moy ôpyn ès bythqweth dhe sensacyons kerenjedhek dhe'n taclow in y gerhyn. Ha pàn gampollas Mêstres hy forpos dhe amendya an penty i'n gwaynten, ev a settyas yn crev warbydn chaunjya tyller esa ev ow consydra dhe vos perfeth.

"Pywa!" ev a grias—"Gwelhe an penty-ma! Nâ. Ny vanaf vy nefra agria dhe hedna. Res yw heb addya udn men kyn fe dh'y fosow, nag udn vêsva dh'y vyns, mar pedhowgh why ow kemeres with a'm bolùnjeth vy."

"Na vedhowgh anês," yn medh Mêstresyk Dashwood, "ny vÿdh tra vÿth a'n sort-na gwrÿs. Rag ny's tevyth ow mabm mona lowr rag y wil."

"Dâ yw genama y glôwes," ev a elwys. "Re bo hy nefra bohosek, mar ny yll hy ûsya hy rycheth dhe well."

"Gromercy dhywgh, Wyllowby. Saw res yw dhywgh convedhes na vynsen vy nefra sacryfia poynt vŷth a'gas kerensa why, nag a gerensa person vŷth kerys genef rag oll an amendyansow i'n bŷs. Why a yll bos certan pynag oll mona a vŷdh gesys dhybm, pàn wryllyf reckna ow acowntys i'n gwaynten, gwell via dhybm y settya adenewen heb gwil devnyth anodho, ès y ûsya in fordh a vŷdh casadow dhywgh. Saw esowgh why in gwir ow cara an chy-ma mar vrâs, na yllowgh why gweles fowt vŷth ino?"

"Esof," yn medh ev. "Perfeth ywa dhybmo vy. Nâ, yth esoma worth y gresy an udn ehen a jy may halsa nebonen bos lowen ino. Hag a pen vy rych lowr, me a vynsa tedna Combe dhe'n dor, ha'y dasterevel arta warlergh devîs an chy-ma yn tien."

"Gans y stairys tewl ha cul ha gans kegyn usy ow megy, me a sopos," yn medh Elynor.

"Eâ," ev a grias i'n keth lev dywysyk, "gans kenyver tra usy ow longya dhodho;—ny dalvia bos gwelys in êsyans vŷth pò in ancombrynsy vŷth an lyha dyffrans. Ena in dadn dô kepar ha hedna me a alsa bos mar lowen in Combe dell veuma in Barton."

"Yth esoma ow flattra ow honen," Elynor a worthebys, "why dhe gafos agas chy agas honen mar berfeth avell an chy-ma, kyn fowgh why in dadn an aflês a rômys gwell hag a stairys moy ledan."

"Yma certan taclow," yn medh Wyllowby, "a vynsa gwil dhybm dh'y gara yn frâs; saw an chy-ma a'n jevyth an kensa tyller i'm colon, na'n jevyth ken chy nefra."

Mêstres Dashwood a veras gans plesour orth Mary-Àn, rag yth o hy dewlagas spladn fastys wàr Wyllowby, ha hedna a dhysqwedhas fatell esa hy worth y gonvedhes yn tien.

"Pana lies torn," ev a addyas, 'pàn esen vy owth ôstya in Allenham bledhen alebma, a wrug a vy whansa may fe anedhys penty Barton! Ny wrug vy passya in y ogas heb meras orth y savla, ha heb lamentya nag esa den vŷth tregys ino. Bohes a brederyn vy i'n eur-na, pàn wrellen dos an nessa prŷs bys i'n pow-ma, me dhe glôwes kyns oll dhyworth Mêstres Smyth, fatell o kemerys penty Barton. Ha dystowgh me a glôwas inof lowender ha'n whans dhe wodhvos adro dhe'n mater. Ha ny veu hedna ma's sort dargan a'n lowena a vydnen prevy ino. A nyns yw res an negys dhe vos indelha, a Mary-Àn?" ow côwsel orty isel y lev. Ena ev a bêsys in y lev ûsys hag a leverys: "Saw why a garsa defolya an chy-ma, a Vêstres Dashwood. Why a garsa ladra dhyworto y sempelder dre welheans pretendys! Ha'n parleth wheg-ma may whrussyn ny kyns oll aswon y gela, ha may whrussyn ny passya kebmys ourys delycyùs warbarth, why a garsa uvelhe dhe entrans kebmyn, hag indelha pùbonen a vydna passya dres an rom-ma, neb a brovias moy êsyans ha moy confort ès ken chambour vÿth in oll an bÿs."

Mêstres Dashwood a'n assûryas arta na vedha gwrÿs chaunjyans vÿth.

"Why yw benyn vas," ev a worthebys yn colodnek. "Yma agas promys orth ow hebaskhe. Gwrewgh y istyna nebes whath. Leverowgh dhybm fatell wra aga chy gortos heb chaunj, ha pelha fatell wrama nefra agas cafos why ha cafos aga theylu heb chaunjya warbarth gans agas aneth. Leverowgh dhybm why dhe'm dyghtya gans an caradôwder a wrug pùb tra usy ow longya dhywgh mar gerys dhybm."

Y feu an promys rÿs dystowgh, ha fara Wyllowby dres oll an gordhuwher a dheclaryas y gerensa ha'y lowena.

"A vydnyn ny agas gweles avorow rag kynyewel genen?" yn medh Mêstres Dashwood, pàn esa ev ow tyberth dhywortans. "Ny wrama agas gelwel dhe dhos myttyn avorow, rag res vÿdh dhyn kerdhes dhe'n Park rag vysytya Arlodhes Myddelton."

Ev a acordyas dh'aga vysytya warbydn peder eur dohajëdh.

Chaptra XV

Ternos Mêstres Dashwood a vysytyas Arlodhes Myddelton ha dyw a'y myrhes êth gensy. Saw Mary-Àn a sconyas bos esel a'n party, wàr neb ascûs trufyl a wil neb ober. Hy mabm a dhetermyas fatell o promys rŷs dhedhy gans Wyllowby an gordhuwher kyns ev dhe elwel warnedhy pàn vêns y adre. Hy o pòr lowen ytho Mary-Àn dhe wortos tre.

Pàn wrussons dewheles dhyworth an Park, y a gafas caryach Wyllowby ha'y servont ow cortos dhyrag an penty, ha Mêstres Dashwood o certan fatell o compes hy desmyk. Bys i'n eur-na yth o pùb tra dell o gwaitys gensy, saw pàn entras hy i'n chy, hy a welas neb tra rag hy sowthanas. Kettel dheuthons y aberth i'n dremenva, Mary-Àn a dheuth dre hast in mes a'n parleth dell hevelly in anken brâs, hy lien dorn dhyrag hy lagasow; heb aga merkya hy a bonyas an stairys in bàn. Ancrêsys brâs y a entras i'n rom nowyth-gesys gensy, le may cafsons Wyllowby ow posa wàr an glavel ha'y geyn tro hag y. Ev a drailyas orth aga clôwes owth entra, ha'y fâss a dhysqwedhas fatell esa ev ow sùffra an emôcyon crev may feu Mary-Àn fethys dredho.

"Yw tra vŷth an mater gensy?" Mêstres Dashwood a elwys, "Yw hy clâv?"

"Yth esoma ow qwetyas nag yw," ev a worthebys ow whelas apperya lowen; ha gans minwharth constrînys ev a addyas dystowgh, "Me a yll kyns gwetyas bos clâv—rag yth esoma ow codhevel in dadn dùll poos!"

"Tùll?"

"Eâ, rag ny allama collenwel hedhyw ow fromys gwrŷs genowgh. Mêstres Smyth re enjoyas an gwir a rycheth wàr cosyn serhak bohosak. Yma hy worth ow danvon dhe Loundres. Me re gafas namnygen ow ordrys dhyworty, ha res yw dhybm leverel farwèl dhe Allenham. Ha lebmyn me yw devedhys dhe asa cubmyas genowgh why."

"Dhe Loundres!—hag esowgh why ow tyberth myttyn hedhyw?"

"Dystowgh ogasty."

Dell hevelly in anken brâs.

"Ass yw hebma anfusyk. Saw res yw dhywgh obeya dhe Vêstres Smyth—hag yth esoma ow qwetyas na vydn hy negys hy agas sensy dhyworthyn termyn hir."

Ev a rudhyas ha gortheby, "Why yw pòr hegar saw ny'm beus preder vŷth a dhewheles dhe Dhewnan heb let. Ny vedhama ow vysytya Mêstres Smyth ma's unweyth pùb bledhen."

"Saw yw Mêstres Smyth an udn gowethes? Yw Allenham an udn chy i'n pow-ma a vedhowgh why wolcùbmys ino? Rag sham, Wyllowby, a vedhowgh why ow qwetyas dhe gafos galow dhe'n chy-ma?"

Y fâss a rudhyas moy; ha gans y lagasow fastys wàr an dor ev a worthebys: "Why yw re dhâ."

Mêstres Dashwood a veras orth Elynor gans sowthan. Elynor a veu sowthenys inwedh. Pùbonen a dewys rag tecken. Mêstres Dashwood a veu an kensa dhe gôwsel.

"Ny vanaf vy, a Wyllowby wheg, ma's addya, y fedhowgh why wolcùm in penty Barton pùpprŷs. Ny wrama agas inia dhe dhewheles obma heb let, rag why yn udnyk a wor mar pŷdh hedna plegadow dhe Vêstres Smyth. Dre rêson a hedna ny wrama dowtya why dhe vos constrînys kyns ès whensys."

"Yth yw ow gwythresow i'n tor'-ma," Wyllowby a worthebys yn maner gemyskys, "a'n ehen na allama flattra ow honen—"

Ev a dewys. Mêstres Dashwood a gemeras re a varth dhe gôwsel hag y feu powes moy. Wyllowby a dorras an taw hag a leverys, gwadn y vinwharth, "Foly yw dhybm strechya indelma. Ny wrama tormentya ow honen na felha dre remainya in mesk cothmans nag allama kemeres plesour in aga hompany."

Ev a leverys farwèl ha gasa an rom. Y a'n gweles owth ascendya in y garyach, ha wosa mynysen gyllys o va mes a wel.

Mêstres Dashwood a glôwas mar amôvys na ylly hy côwsel ha dystowgh hy a asas an parleth rag ombredery hy honen oll a'n fienasow hag a'n anken sordys gans an dyberth sodyn-na.

Yth o Elynor ancrêsys avell hy mabm. Hy a brederys a'n wharvedhyans nowyth-ma gans anken ha dowt. Hy a veu anies dre omdhegyans Wyllowby hag ev ow tyberth dhywortans, y ancombrynsy, an fordh may fâcyas ev dhe vos lowenek, y anvoth a dhegemeres galow hy mabm, y worthyp hockus nag o kepar hag omdhegyans caror, nag o haval dhodho y honen. Par termyn yth esa hy ow perthy own nag o va bythqweth porposys dhe dhemedhy hy whor; par termyn yth esa hy ow tyby fatell sordyas neb sort a strif anfusyk intredhans aga dew; —an anken in Mary-Àn pàn asas hy an rom a ylly

bos causys dre strif, saw pàn wrug hy predery a gerensa grev Mary-Àn
rag Wyllowby, strif a'n par-na a apperyas ùnpossybyl ogasty.

Pynag oll dra a yll bos an rêson ragthans dhe gescar, anken hy whor
o certan; ha hy a brederys gans an tregereth moyha tender a'n tristans
poos, esa Mary-Àn ow sùffra ha dre lycklod owth encressya inhy hy
honen avell devar.

Adro dhe hanter-our wosa hedna hy mabm a dhewhelys, ha kyns o
rudh hy lagasow, nyns o trist hy howntnans.

"Yth yw agan Wyllowby cuv nebes mildiryow lebmyn dhyworth
Barton," yn medh hy ha hy owth esedha dhe lavurya, "ha pana boos
yw y golon hag ev ow viajya?"

"Ass ywa coynt! Ev dhe vos gyllys mar sodyn! Yth hevel na veu ma's
negys udn prÿjweyth. Hag ev o mar lowen, mar jolyf, mar gerenjedhek
genen newher! Saw lebmyn warlergh gwarnyans a dheg mynysen
gyllys ywa heb ervira dewheles! Res yw fatell wharva neb tra moy ès
y gendon dhyn. Ny gowsas ev, ny wrug ev omdhon avello y honen. Res
yw fatell wrusta jy inwedh gweles an dyffrans. Pandr'o an skyla? A
wrussons strîvya? Mar ny wrussons, prag na veu va whensys dhe recêva
dha alow dhodho obma?"

"Nyns esa bolùnjeth ow lackya dhodho, Elynor. Apert o hedna
dhybm. Ny ylly ev degemeres an galow. Me re beu ow consydra oll an
dra, hag i'n tor'-ma me a yll styrya pùptra usy owth omdhysqwedhes
coynt dhyn."

"A ylta jy in gwir!"

"Gallaf. Me re wrug y styrya dhybmo ow honen in fordh fest
plegadow. Saw te, Elynor, te a gar dowtya in pùb le—ny wra ow
styryans dha gontentya vy, me a wor, saw ny wrêta gwil dhybm sconya
dh'y gresy. Perswâdys oma nag yw Mêstres Smyth pÿs dâ gans y
gerensa rag Mary-Àn, cas yw gensy y sergh rygthy (martesen yma
dhedhy towl aral ragtho) ha dre rêson a hedna dâ via gensy y dhanvon
in kerdh dhyworty. Hag ytho an negys a ros hy dhodho dhe gollenwel
yw ascûs rag y asa dhe wary. Hên yw an dra a gresaf a wharva. Ev a wor
inwedh nag yw hy plêsys gans y golm gans Mary-Àn, hag ytho nyns
usy ev ow pedha meneges dhedhy fatell ywa ambosys dhedhy. Pelha
yma va owth omsensy constrînys drefen y vos serhak dhedhy, dhe
omry dh'y thowlow ha departya in mes a Dhewnan rag pols. Me a wor
fatell wrêta leverel dhybm na wharva hedna pò martesen y wharva in
gwir; saw ny wrama goslowes orth rêson vÿth rag y sconya, erna wrylly
dysqwedhes dhybm rêson mar dhâ rag styrya an mater. Lebmyn, a
Elynor, pandra ylta leverel?"

"Ny allama leverel tra vÿth rag te re dheuth dhyragof."

"Ken maner te a vynsa leverel dhybm fatell wharva indelha pò na wharva. Ogh, Elynor, pàna dewel yw dha dybyansow! Gwell yw genes desmygy an drog ès an dâ. Gwell yw genes gwetyas anken rag Mary-Àn ha cabluster rag Wyllowby truan, ès dyharas ragtho. Determys osta dhe bredery y vos dhe vlâmya, drefen ev dhe leverel farwèl dhyn gans le a gerensa ès dell yw ûsys. A nyns on ny sensys dhe dhysqwedhes pyteth dhodho ha'y spyrys dhe vos isel drefen an tùll a sùffras ev? A ny yllyn ny degemeres taclow gwirhaval, yn udnyk dre rêson nag yns y certan? A nyns on ny sensys dhe bardona taclow dhe dhen a dal dhyn y gara, ha nag eus skyla vŷth dhyn dh'y jùjya yn lybm? A ny res dhyn y berthy rag rêsons kyn nag yns y aswonys dhyn whath? Warlergh pùptra, pandr'yw ev dhe vlâmya ragtho?"

"Scant ny allama y dherivas dhybmo ow honen. Saw heb dowt yma drog-dybyans ow tos dhyworth an chaunjyans brâs-na a welsyn ny namnygen. Yma gwiryoneth bytegyns i'n geryow leverys genes dhybm ow tùchya an pardon a dal dhyn ry dhodho. Dâ yw genef pùpprŷs bos ôpyn ow jùjya kenyver onen. Dre lycklod yma rêson dâ dhe Wyllowby rag y fara, hag yma govenek dhybm hedna dhe vos gwir. Saw moy haval via rag Wyllowby y veneges yn egerys. Keladow a yll bos doth martesen, saw coynt yw dhybm keladow dhyworth Wyllowby.

"Na wra y vlâmya drefen ev dhe vos dyhaval dh'y natur, le may ma otham a hedna. Saw yth esta owth avowa an ewnhenseth a'n pŷth a leverys vy rag y dhyffres? Me yw contentys hag ev yw delyfrys."

"Nag esof yn tien. Martesen yth yw ewn rag keles dhyworth Mêstres Smyth aga bos ambosys (mars yns y ambosys) ha mars yw hedna gwir, res yw y vos fur rag Wyllowby dhe spêna termyn cot yn udnyk in Dewnan i'n tor'-ma. Saw nyns eus ascûs vŷth rag keles hedna orthyn ny."

"Y geles dhyworthyn ny! A flogh ker, esta owth acûsya Wyllowby ha Mary-Àn a geladow? Hèn yw coynt in gwir, pàn wrusta passya dëdh wosa dëdh orth aga rebukya rag aga lack a furneth."

"Nyns yw res dhybm godhvos adro dh'aga herensa," yn medh Elynor; "saw dâ via genef godhvos mars yns y ambosys."

"Me yw contentys yn tien ow tùchya an dhew dra."

"Saw ny veu ger vŷth leverys dhis ow tùchya an negys gans onen vëth anodhans."

"Ny veu otham dhybm a eryow pleth esa fara ow côwsel mar apert. A ny wrug y omdhegyans tro ha Mary-Àn ha tro ha ny oll, dres an dhyw seythen dhewetha-ma, declarya dhyn y gerensa rygthy hag ev dhe veras orty avell y wre'ty alebma rag? A ny wrussyn ny y ùnderstondya yn tien? A ny wrug ev pesy ow hubmyas rag an maryach gans y wolok, y vanerow ha'y worshyp kerenjedhek ragof vy? A Elynor wheg, ywa possybyl ragon dhe dhowtya aga bos ambosys? Fatla ylta jy predery neb tra kepar? A yllyn ny cresy fatell wrug Wyllowby gasa dha whor bys pedn mîsyow, heb derivas dhedhy y vos in kerensa gensa—spessly pàn ywa sur hy dh'y gara ev? Ywa possybyl ev dhe dhyberth dhyworty heb meneges y sergh—heb y dhe geschaunchya warbarth fydhyans an eyl dhe gela ow tùchya an gerensa intredhans?"

"Yth esoma ow meneges," Elynor a worthebys, "fatell yw kenyver tra in favour a'ga bos ambosys—kenyver tra marnas onen; saw hèn yw an taw dien dhywortans aga dew adro dhe'n mater."

"Ass yw hebma coynt! Res yw te dhe dhespîtya Wyllowby in gwir, warlergh pùptra a wharva intredhans, mar kylta dowtya an condycyons usons y ow kescowethya warnodhans. Esa ev owth actya gans y omdhegyans tro ha'th whor oll an termyn-ma? Esta ow cresy y golon dhe vos mygyl in hy hever?"

"Nag esof; ny allama cresy hedna. Res yw ev dh'y hara, me yw certan."

"Saw coynt yw y gerensa glor in hy hever, mar kylla departya dhyworty gans kebmys yêynder, ha kebmys lack a breder rag an dedhyow usy ow tos, kepar dell esta jy ow soposya."

"Res yw dhis perthy cov, a vabm wheg, na wrug vy bythqweth consydra an negys-ma dhe vos certan. Yma dowtys dhybm, me a'n avow, saw moy faint yns ès kyns. Ha martesen y a vŷdh dylës yn tien yn scon. Mar qwelyn ny y dhe vos ow kesscrefa, y fŷdh remôvys oll ow own."

"Godhevyans hûjes brâs in gwir. Mar teffes ha'ga gweles dhyrag an alter, te a vynsa desevos y dhe vos ow temedhy. Mowes ùngrassys! Saw ny'm beus vy otham a brov a'n par-na. Ny wrug tra vŷth passya dhe reqwîrya prov mar grev. Ny veu keladow vŷth whelys; pùptra re beu ôpyn ha heb kevrîn. Ny ylta jy dowtya whansow dha whor. Res yw ytho fatell esta ow towtya Wyllowby. Saw praga? A nyns ywa den wordhy ha sensytyf? A veu dygessenyans vŷth dhyworto dhe sordya brawagh inon? A yll ev bos gowek?"

"Yma govenek dhybm na yll. Me a grŷs na yll," Elynor a grias, "Me a gar Wyllowby, me a'n car in gwir, ha ny vŷdh dowt ow tùchya y wiryoneth a vŷdh mar fyrm dhybmo vy avell dhyso jy. Saw an dowt a dheuth oll a'm anvoth, ha ny vanaf vy y gentrydna. Me a'n avow, fatell veuma diegrys der an chaunjyans in y vanerow myttyn hedhyw—ny wrug ev côwsel avello y honen, ha ny wrug ev gortheby dha garadôwder gans colon dhâ vŷth. Saw y hyll oll hedna martesen bos

styrys der y stât kepar dell wrusta comendya. Ev o nowyth-dyberthys
dhyworth ow whor, hag ev a's gwelas orth y asa grêvys brâs. Mars esa
ev ow consydra y honen constrînys rag dowt a offendya Mêstres
Smyth, dhe sevel orth dewheles obma yn scon, ha whath mar teffa ev
ha sconya dha wolcùm jy, dre leverel ev dhe vos gyllys bys pedn
termyn hir, ev dhe omdhysqwedhes dyscortes, ena naturek via ev dhe
omdhon yn ancombrys ha vexys. I'n câss-na y fia moy onorys dhyworto
dhe veneges y galeterow, me a grŷs, ha moy kepar ha'y gnas ûsys—saw
ny vanaf vy dampnya nebonen wàr fùndacyon mar asper, ha leverel y
fara dhe vos dyhaval dhyworth an pŷth esen ow consydra ewn ha
kesson."

"Yth esta ow côwsel fest compes. Nyns usy Wyllowby ow tendyl ny
dh'y dhowtya. Kyn nag ywa aswonys termyn hir, nyns yw stranjer vŷth
i'n côstys-ma, ha pyw a wrug bythqweth côwsel drog anodho? A pe va
in stât may hyllyn ev gwythresa yn anserhak ha demedhy heb let, y fia
coynt martesen ev dhe dhyberth dhyworthyn heb ev dhe veneges
pùptra dhybm dystowgh; saw nyns yw hedna an studh. Yth yw ambos
na veu dalethys yn ewn, rag res yw aga maryach dhe vos pell
dhyworthyn ha diantel, ha martesen fur yw keladow, mar bell dell yll
bos gwethys."

Aga geryow a veu goderrys dre entrans Margaret; hag Elynor o frank
dhe ombredery adro dhe dybyansow hy mabm, dhe avowa fatell o
lyckly meur anodhans, ha dhe wetyas kenyver onen anodhans dhe vos
gwir.

Ny welsons tra vŷth a Mary-Àn bys in prŷs kydnyow, pàn entras hy
i'n rom hag esedha orth an bord heb leverel ger vŷth. Rudh ha
whethfys o hy lagasow, hag yth hevelly scant nag esa hy ow controllya
hy dagrow. Y whre hy goheles golok pùb benyn anodhans, ny ylly hy
naneyl debry na côwsel, ha warlergh pols, pàn wrug hy mabm gwasca
hy dorn dre byteth tawesyk, fethys veu hy holon yn tien. Hy a godhas
in olva ha gasa an rom.

An ancrês gwyls-ma a'y spyrys a dhuryas dres oll an gordhuwher. Hy
o heb power vŷth, rag ny ylly hy controllya hy honen poynt. Pàn veu
an dra lyha complys esa ow pertainya dhe Wyllowby in fordh vŷth, hy
a veu overcùmys dystowgh. Kynth esa esely hy theylu ow whelas hy
hebaskhe, ny yllens y hy honfortya. Mar qwrussons y leverel tra vŷth,
y whrêns y avoydya pùb mater esa hy emôcyons orth hy helmy ganso.

Chaptra XVI

Ny vynsa Mary-Àn pardona hy honen poynt, mar calla hy cùsca tùch vÿth an kensa nos warlergh Wyllowby dhe dhepartya. Hy a wrussa kemeres sham ow meras orth hy theylu, mar teffa hy ha sevel myttyn ternos heb otham a voy powes ès pàn wrug hy gorwedha an gordhuwher kyns. Saw an emôcyons neb a vynsa gwil meth a gosoleth, ny wrussons alowa dhedhy aga frevy. Yth o hy dyfun dres nos hag yth esa hy owth ola der an vrâssa radn anedhy. Pàn savas hy, hy a's teva drog pedn, ny ylly hy côwsel, ha ny vydna hy debry tra vÿth; hèn o skyla rag anken dh'y mabm ha dh'y whereth; ha defendys o dhedhans whelas dh'y honfortya. Crev lowr o fînder hy brÿs.

Pàn o dewedhys hawnsel, hy a wandras alês hy honen oll bys in pendra Allenham, ha hy dres an radn vrâssa a'n myttyn owth omjersya hy honen dre govyon a blesour tremenys.

An gordhuwher a dremenas in omjersyans kehaval a emôcyon. Hy a wrug seny pùb cân wheg a wre hy seny dhe Wyllowby, pùb ton may fedha jùnys aga levow moyha menowgh warbarth. Hy a esedhas orth an pyanô ow meras orth kenyver lînen a vûsyk a veu screfys in mes rygthy ganso, erna veu hy holon mar boos na ylly hy gwainya tristans moy; an megyans-ma a anken a vedha practycys pùb jorna. Hy a spêna our wosa our worth an pyanô par termyn ow cana, par termyn owth ola. Y fedha hy lev cowlfethys yn fenowgh der hy dagrow. In lyfrow kefrÿs, hy a wre helghya an mysery provies dhedhy der an dyffrans inter an termyn passys ha'n termyn present. Ny wre hy redya tra vÿth marnas an taclow redys gansans warbarth.

Ny ylly anken mar wyls bos scodhys rag nefra; an galarow sherp a godhas warlergh nebes dedhyow bys in tristans moy clor. Saw an taclow a wre hy pùp dëdh, hy herdhow dygoweth ha'y ombrederyans tawesek a wre causya shôrys a anken traweythyow o mar lybm avell bythqweth.

Ny dheuth lyther vÿth dhyworth Wyllowby; ha dell hevelly, ny veu lyther vÿth gwaitys gans Mary-Àn. Hy mabm a veu sowthenys, hag

Elynor a veu ancrêsys. Saw Mêstres Dashwood a ylly desmygy styryansow pynag oll dermyn a vêns y reqwîrys, ha hy hy honen dhe'n lyha a vedha contentys dredhans.

"Porth cov, Elynor," yn medh hy, "pàna lowr torn a vo Syr Jowan ow kerhes agan lytherow dhyworth sodhva an post hag orth aga dry dy. Acordys on ny solabrŷs bos res keladow; ha res yw dhyn ny avowa na alsa keladow bos gwethys, a pe aga lytherow ow passya dre dhêwla Syr Jowan."

Ny ylly Elynor naha an gwiryoneth-na, ha hy a whelas gweles ino rêson lowr rag aga thaw. Saw yth esa udn main mar gler, mar sempel hag in y brusyans hy mar effethus rag godhvos gwirstât an negys, na ylly hy sevel orth y gomendya dh'y mabm.

"Prag na vynta govyn orth Mary-Àn dystowgh" yn medh hy, "yw hy ambosys dhe Wyllowby, yw hy pò nag yw? Ny vynsa an qwestyon hy offendya, rag y fŷdh ow tos dhyworthys jy, hy mabm, eâ ha mabm mar garadow ha mar guv. An qwestyon a via an frût a'th kerensa rygthy. Ûsyans Mary-Àn a vedha heb keladow vŷth ha spessly genes dhejy."

"Ny vynsen govyn an qwestyon-na rag oll an bŷs. Mar nyns yns y ambosys, assa via tydn govynadow a'n par-na! Wàr neb cor, ny via larj. Ny vynsen nefra arta dendyl hy fydhyans, warlergh hy honstrîna dhe avowa dhybm neb tra yw ervirys dhe vos ùncoth dhe bùbonen. Aswonys dhybm yw colon Mary-Àn; me a wor fatell usy hy worth ow hara, ha na vedhama an person dewetha dhe wodhvos an negys, pàn vo possybyl y dhyscudha. Ny vynsen constrîna den vŷth, ha spessly ow flogh, dhe egery taclow kelys dhybm. Hy sens a dhevar dhybm a vynsa lettya an sconyans desîrys gensy."

Elynor a gonsydras fatell esa hy mabm ow mos re bell, spessly drefen hy whor dhe vos pòr yonk. Hy a inias hy mabm neppŷth moy, saw heb spêda. Skians kebmyn, les kebmyn, furneth kebmyn, y oll o budhys in medhelder romantek Mêstres Dashwood.

Nebes dedhyow a bassyas erna veu hanow Wyllowby complys gans esel vŷth a'n teylu. In gwir ny vedha Syr Jowan ha Mêstres Jenyngs mar dender. Aga gesyans a wre addya pain dhe lies our tydn. Saw udn gordhuwher Mêstres Dashwood a gemeras in bàn lyver a wariow Shakespeare ha dre wall a grias,

"Ny wrussyn ny bythqweth dewedha Hamlet a Mary-Àn. Agan Wyllowby ker a dhepartyas kyns ès ny dhe allos y worfedna. Ny a wra y settya adenewen ha pàn wrella ev dewedhes…saw mîsyow martesen a wra passya kyns ès hedna."

"Mîsyow!" Mary-Àn a elwys gans sowthan crev. "Nâ—na lies seythen naneyl."

Drog o gans Mêstres Dashwood drefen an dra o leverys gensy; saw
an dra a blêsyas Elynor, rag y feu tednys in mes a Mary-Àn gorthyp a
fydhyans in Wyllowby hag a skians a'y borpos.

Udn myttyn, adro dhe seythen wosa Wyllowby dhe asa an pow, y feu
Mary-Àn inies dhe jùnya dh'y whereth orth aga herdh ûsys in le a
wandra alês gensy hy honen. Bys i'n eur-na Mary-Àn a wrug goheles
cowethes vÿth wàr hy gwandryans. Mars o hy whereth porposys dhe
wandra wàr an gonyow, hy a wre slynkya in mes bys i'n bownderyow;
mars esens ow côwsel adro dhe'n valy, otta hy ow crambla heb let wàr
an brynyow ha ny ylly hy bythqweth bos kefys pàn wrellens dallath
wàr aga fordh. Saw wàr an dyweth Elynor, na vedha pÿs dâ gans hy
unycter dydhyweth, a wrug soweny dh'y honstrîna dhe dhos gansans.
Y a gerdhas i'n fordh der an nans, dre vrâs heb leverel ger vÿth, rag ny
ylly brÿs Mary-Àn bos controllys, ha contentys warlergh gwainya udn
poynt, poos o gans Elynor whelas tra vÿth moy. In hans dhe entrans an
valy, ple nag o an pow mar wyls saw moy egerys, kynth o rych whath,
y a gerdhas wàr radn an fordh may whrussons y kerdhes pàn
dheuthons y dhe Barton kyns oll. Yth esa an pow-na istynys in mes
dhyragthans hag pàn wrussons drehedhes an tyller, y a stoppyas may
hallens meras oll adro. An spot mayth esens o mar mar bell avell aga
vu dhyworth an chy; ny wrussons y bythqweth kyns ena y dhrehedhes
adroos.

In mesk an taclow i'n vu y a verkyas neb tra vew; den wàr geyn
margh ow marhogeth bys dhedhans. Wosa nebes mynys y a welas
fatell o va den jentyl; ha pols warlegh hedna Mary-Àn a grias, meur hy
joy,

"Hèn yw ev in gwir;—me a wor y vos ev"—hag yth esa hy ow
fystena rag metya ganso, pàn grias Elynor,

"In gwir, Mary-Àn, me a grÿs dha vos camdybys. Nyns ywa
Wyllowby. Nyns yw an den uhel lowr dhe vos ev, ha nyns ywa haval
dhodho."

"Yw, yw," Mary-Àn a grias, "Sur oma a hedna. Y semlant, y vantel, y
vargh. Me a wodhya y to va yn scon."

Hy a gerdhas in rag ha hy ow côwsel. Namnag o Elynor certan nag o
Wyllowby an den jentyl. Hy gachyas Mary-Àn ma na ve hy ancombrys.
Heb let y fowns y le ès deg lath warn ugans dhyworth an den. Mary-
Àn a veras arta; hy holon a godhas inhy; yn sodyn hy a drailyas adro hag
a fystenas wàr dhelergh, pàn glôwas hy lev hy dyw whor ow comendya
yn uhel dhedhy sevel. An tressa lev, aswonys dhedhy mar dhâ avell lev
Wyllowby, a jùnyas dhedhans ha'ga fesy dhe stoppya. Hy a drailyas
hag a veu sowthenys dhe weles ha dhe wolcùmba Edward Ferrars.

Ev o an udn den i'n bŷs a ylly i'n eur-na bos pardonys nag o va Wyllowby. Ev o an udn den a ylly gwainya minwharth dhyworty; saw hy a sehas hy dagrow ha minwherthyn dhodho. In lowender hy whor, hy a ancovas rag pols hy thùll hy honen.

Ev a skydnyas, ry y vargh dh'y servont, ha kerdhes gansans wàr dhelergh dhe Barton; rag yth o va porposys dh'aga vysytya ena.

Ev a veu wolcùbmys gansans yn colodnek, saw spessly gans Mary-Àn, neb a dhysqwedhas caradôwder tomha dhodho ès dell wrug Elynor hy honen. In brŷs Mary-Àn nyns o an metyans inter Edward ha'y whor ma's pêsyans a'n yêynder anstyradow a verkyas hy yn fenowgh in aga howethyans in Norlond. Spessly wàr denewen Edward y feu lack a'n fara gwaitys dhyworth caror orth ocasyon a'n par-na. Ev a hevelly bos ancombrys, ha scant ny apperyas ev leun a blesour orth aga gweles. Nyns o y semlant lowenek na jolyf, ny gôwsy ev ma's bohes pàn vedha qwestyons govydnys orto. Ny wre va dysqwedhes tôknys arbednyk a gerensa tro hag Elynor. Mary-Àn a veras ha goslowes orth Edward ha'y marth a voghhas. Hy a dhalathas sensy cas tro hag Edward inhy hy honen. Ha pùb emôcyon inhy a dhewedhas pàn wrella hy perthy cov a Wyllowby, rag y vanerow ev o dyhaval yn tien dhyworth omdhegyans y vroder devedhek.

Wosa taw cot warlergh an sowthan ha'n qwestyons a'gan metyans, Mary-Àn a wovydnas orth Edward mars esa ev ow tos strait dhyworth Loundres. Nâ, ev a veu dyw seythen in Dewnan.

"Dyw seythen!" hy a leverys wàr y lergh, ha marth dhedhy ev dhe vos mar bell in keth conteth avell Elynor heb hy gweles bys i'n eur-na.

Ev a veras nebes anês hag ev a addyas fatell esa ev owth ôstya gans nebes cothmans ogas dhe Plymoth.

"A veusta in Sùssex agensow?" yn medh Elynor.

"Me a veu in Norlond adro dhe vis alebma."

"Ha fatl'usy Norlond wheg oll?" Mary-Àn a wovydnas.

"Dre lycklod," yn medh Elynor, "yma Norlond wheg oll ow meras poran kepar dell yw ûsys i'n sêson-ma. Yth yw an cosow ha'n trûlerhow cudhys yn town gans dêlyow marow."

"Ô!" Mary-Àn a elwys, "ass o nevek ow sensacyons kyns lebmyn orth aga gweles pàn vedhens ow codha! Assa vedha delît ragof aga gweles drîvys in cowosow dhyrag an gwyns! Pana emôcyons re beu inspîrys gansans y, gans an sêson ha gans an air! I'n tor'-ma nyns eus den vŷth rag aga merkya. Y yw gwelys yn udnyk avell plag, hag y a vŷdh scubys yn uskys in kerdh, drîvys mar bell dell vo possybyl dhyworth golok an dus."

"Ny'n jeves pùbonen dha yêwnadow jy rag dêlyow marow."

Ha'ga fesy dhe stoppya.

"Na'n jeves. Nyns yw ow emôcyons vy kevrydnys na convedhys gans kenyver onen. Traweythyow yns y bytegyns." Pàn leverys hy hedna, hy a godhas pols bian in hunros dëdh. Saw hy a dherevys hy honen arta hag a leverys, "Now, Edward," ow try y vrŷs dhe'n vu, "Ot ena valy Barton. Mir in bàn bys dhodho, ha bŷdh cosel mar kylta. Mir orth an gonyow-na! A wrusta bythqweth gweles aga far? Yma Park Barton aglêdh, in mesk an cosow ha'n lowarthow-na. Te a yll gweles tu an chy. Hag ena, in dadn an bryn pelha-na, usy ow terevel mar stâtly, yma agan penty ny."

"Pow teg ywa," ev a worthebys, "saw res yw an strasow-na i'n gwâv dhe vos fest lîsak."

"Fatl'ylta predery a lis, pàn vo vuys kepar dhyragos?"

"Dre rêson," ev a worthebys gans minwharth, "in mesk an taclow erel dhyragof, yth esoma ow qweles bownder pòr lisak."

"Ass yw hedna coynt!" yn medh Mary-Àn dhedhy hy honen ha hy ow kerdhes in rag.

"Eus pobel garadow dhywgh i'n côstys-ma? Yw teylu Myddelton plegadow?"

"Nag yns, nag yns poynt," Mary-Àn a worthebys. "Ny alsen ny bos moy anfusyk."

"Mary-Àn," hy whor a grias, "fatl'ylta jy côwsel indelha? Fatl'ylta jy bos mar anewn? Y yw teylu wordhy, a Vêster Ferrars. Hag y re wrug agan dyghtya i'n fordh moyha hegar. A wrusta ankevy, a Mary-Àn, pana lowr jorna plesont a wrussons provia ragon?"

"Na wrug," yn medh Mary-Àn, isel hy lev, "na pana lowr termyn tydn."

Ny wrug Elynor merkya hedna; saw ow trailya dh'aga vysytyor, hy a whelas sensy neb tra kepar ha kescows ganso, dre dherivas dhodho a'ga present chy, oll an êsyansow ino, h.e. Ha hy a dednas in mes anodho nebes lavarow ha gorthebow. Painys veu hy yn frâs der y yêynder ha'y daw. Hy a veu vexys ha namna sorras hy ganso, saw hy a dhetermyas rêwlya hy omdhegyans ganso herwyth an dedhyow passys kyns ès der an present termyn. Indelha hy a avoydyas an semlant a envy pò dysplesour. Hy a'n dyghtyas kepar dell o ewn, drefen ev dhe vos kelmys gans hy theylu dre dhemedhyans.

Chaptra XVII

Ny veu Mêstres Dashwood sowthenys ma's tecken pàn welas hy Edward. Rag yth esa hy ow cresy y vysyt dhe Barton dhe vos an dra moyha natùral i'n bÿs. Hy lowender ha'y haradôwder dhodho a dhuryas pelha ès hy sowthan. Pòr wresek o hy wolcùm ragtho; ha ny ylly y vethecter na'y yêynder sevel warbydn recêvans a'n par-na. Yth esa an dhew dra ow fyllel pàn entras ev i'n chy, hag y fowns fethys in tien dre fara hegar Mêstres Dashwood. In gwir ny alsa den vÿth bos in kerensa gans onen vÿth a'y myrhes heb istyna an gerensa bys dhedhy hy. Y feu pÿs dâ Elynor yn scon orth y weles moy haval dhodho y honen. Y gerensa ragthans oll a apperyas bewekhe arta, ha hewel veu y les in aga bêwnans. Nyns o y spyrys ev in poynt dâ bytegyns. Ev a wormolas aga chy, ha praisya an vuys dhyworto; saw nyns o va lowen whath. Oll an teylu a'n merkyas, ha Mêstres Dashwood a'n ascrîbyas dhe neb lack a larjes in y vabm, ha hy a esedhas orth an bord serrys gans oll mabmow honenus.

"Pandr'yw towlow Mêstres Ferrars ragowgh why i'n present termyn, Edward?" yn medh hy, warlergh kydnyow, pàn êns y esedhys adro dhe'n tan. "Yw res dhywgh whath bos arethyor brâs in spît dhywgh agas honen?"

"Nag yw. Yma govenek dhybm ow mabm dhe vos perswâdys na'm beus an teythy na'n whans rag bêwnans poblek."

"Saw fatla vÿdh fowndys agas hanow brâs? Rag res yw dhywgh dendyl hanow brâs rag contentya oll agas teylu. Ha pàn nag yw whans vÿth dhywgh dhe spêna mona, ha why heb kerensa rag stranjers ha heb omfydhyans, cales vÿdh an negys dhywgh."

"Ny wrama y assaya. Ny'm beus bolùnjeth vÿth dhe vos a bris brâs; ha me yw sur na'm bÿdh nefra. Meur râss dhe Dhyw! Ny allama bos constrînys dhe vos awenyth na den helavar."

"Nyns yw uhelwhans vÿth dhywgh, me a wor yn tâ. Oll agas whansow yw temprys."

79

"Mar demprys avell pobel erel i'n bÿs, me a grÿs. Yth oma whensys dhe vos mar lowen avell pùbonen, saw kepar ha pùbonen erel, res yw hedna dhe dhos i'm fordh ow honen. Ny wra brâster ow rendra lowenek."

"Coynt via brâster dhe wil hedna," Mary-Àn a grias. "Pana golm eus inter rycheth pò brâster ha lowena?"

"Ny'n jeves brâster ma's bohes," yn medh Elynor, "saw yma rycheth ow pertainya yn frâs dhe lowena."

"Rag sham, Elynor," yn medh Mary-Àn, "Ny yll mona ry lowena ma's le nag eus ken tra vÿth rag hy frovia. Moy ès lowrder, ny yll mona ry plegadow vÿth, ow tùchya nebonen y honen."

"Martesen," yn medh Elynor gans minwharth, "ny a yll agria. Dha lowrder jy ha'm rycheth vy yw pòr haval an eyl dh'y gela, me a grÿs. Ha hepthans y, kepar dell yw an bÿs i'n present termyn, acordys vedhyn ny y fÿdh pùb confort ow lackya. Nyns yw ma's dha dybyansow dhe vos nôbla ès ow thybyansow vy. Deus, pÿth yw dha lowrder jy?"

"Adro dhe êtek cans puns i'n vledhen pò dyw vil. Ny via moy ès hedna."

Elynor a wharthas. "*Dyw* vil i'n vledhen! *Udn* vil yw ow rycheth vy! Me a dhesmygyas te dhe leverel hedna."

"Saw dyw vil i'n vledhen yw rent fest temprys," yn medh Mary-Àn. "Ny yll teylu bêwa re dhâ wàr le a vona. Me yw sur nag oma owth erhy re. Lowr a servysy, carych pò dew, ha mergh helghya—ny alsens bos scodhys wàr sùm byhadna."

Elynor a vinwharthas arta pàn glôwas hy hy whor ow compla aga spênansow devedhek in Combe Magna.

"Mergh helghya!" a dhasleverys Edward—"saw pana otham a vÿdh a vergh helghya? Ny vÿdh kenyver onen owth helghya."

Mary-Àn a rudhyas hag a worthebys, "Saw yma an radn vrâssa a dus owth helghya."

"Govy," yn medh Margaret, ow tallath devnyth nowyth, "na vydn den vÿth ry fortyn brâs dhe bùbonen ahanan!"

"Govy na vydn!" Mary-Àn a grias, hy dewlagas ow spladna yn few, hag yth esa hy dywvogh ow tywy gans an joy desmygys.

"Ny yw oll unverhës ow tùchya an whans-na," yn medh Elynor, "in spît dhe dhylowrder mona."

"A Dhuw!" yn medh Margaret, "assa vien lowenek! Ny worama pandra dalvia dhybm gwil ganso!"

Mary-Àn a apperyas nag esa hy ow towtya adro dhe'n negys.

"Me a via ancombrys dhe spêna fortyn mar vrâs," yn medh Mêstres Dashwood, "a pe ow myrhes rych lowr solabrÿs heb gweres dhyworthyf."

"Te a resa dallath dha welheansow i'n chy-ma," yn medh Elynor, "hag ena dha galeterow a vynsa dyberth dystowgh."

"Assa via bryntyn i'n câss-na an arhadow ow mos dhyworth an teylu-ma dhe Loundres!" yn medh Edward, "Assa via lowenek an varchons a lyfrow, a vûsyk ha'n shoppys a bryntys! Why, a Vêstresyk Dashwood, a vynsa ry comyssyon jeneral rag pùb prynt nowyth a bris dhe vos danvenys dhywgh—hag ow tùchya Mary-Àn, me a wor nôbylta hy ena: ny via lowr a vûsyk in Loundres rag hy hontentya. Ha lyfrow!—Thomson, Cowper, Scott—hy a vynsa aga frena arta ha arta; hy a vynsa prena kenyver copy, me a grÿs, rag dowt copy vÿth dhe godha inter dêwla ùnwordhy. Hy a vynsa prena pùb lyver a vo ow styrya an fordh dhe veras gans plesour orth gwedhen stubmys goth. A ny vynsowgh, a Mary-Àn? Gevowgh dhybm, mars oma taunt. Saw me a garsa dysqwedhes dhywgh nag o ankevys genef agan strîvyow coth."

"Dâ yw genef remembra an termyn eus passys, Edward,—be va trist pò jolyf, dâ yw genef perthy cov anodho—ha ny wrewgh why nefra ow offendya dre gompla an dedhyow kyns. Yma an gwir genowgh pàn wrewgh why desmygy an fordh may fÿdh spênys ow mona vy—radn anodho dhe'n lyha—ow bathow munys a vÿdh ûsys rag gwellhe ow hùntellyans a vûsyk hag a lyfrow."

"Ha'n radn vrâssa a'gas fortyn a vÿdh spênys wàr vledhendalow an auctours ha'ga êrys."

"Nâ, Edward, me a'm bia taclow erel dhe wil ganso."

"Martesen i'n câss-na why a vynsa y vossawya avell reward dhe'n den-na a vydna screfa an defens gwelha rag agas lavar coth kerha: na yll den vÿrh nefra cara moy ès unweyth in y vêwnans—nyns yw agas opynyon wàr an poynt-na chaunjys, me a sopos?"

"Nag yw in gwir. Orth ow oos vy, yma ow opynyons fast dre vrâs. Nyns yw lyckly me dhe weles na dhe glôwes taclow a wra aga chaunjya."

"Yth yw Mary-Àn mar stedfast dell veu hy bythqweth, dell welowgh why," yn medh Elynor, "Nyns yw hy chaunjys poynt."

"Nyns yw hy ma's gyllys nebes moy sad."

"Nâ, Edward," yn medh Mary-Àn, "ny res dhywgh ow rebukya. Nyns owgh why re jolyf agas honen."

"Prag yth esowgh why ow predery hedna?" ev a worthebys in udn hanaja. "Saw ny veu jolyfter bythqweth part a'm natur."

"Ha ny gresaf vy y dhe vos part a natur Mary-Àn naneyl," yn medh Elynor. "Scant ny vynsen hy gelwel mowes jolyf—hy yw fest dywysyk, fest sevur in pùptra a vo hy ow qwil—hy a vŷdh ow côwsel yn frêth ha gans bewecter brâs—saw ny vŷdh hy lowenek yn fenowgh."

"Me a grŷs an gwir dhe vos genes," ev a worthebys, "saw whath me re's consydras mowes vewek bythqweth."

"Menowgh lowr me re gachyas ow honen ow qwil errours a'n parna," yn medh Elynor, "ha me ow myskemeres natur nebonen yn tien in neb poynt. Me re dhesmygyas pobel dhe vos liesgweyth moy jolyf pò moy sevur, pò moy skentyl pò moy gocky ès dell yns y in gwiryoneth. Ha scant ny allama leverel fatla dheuth an camùnderstondyng. Traweythyow yth yw nebonen hùmbrynkys der an taclow leverys gans pobel in aga hever aga honen, pò gans pobel erel anodhans, heb alowa dhe'n person termyn lowr rag ombredery ha rag brusy."

"Saw me a brederys y vos ewn, Elynor," yn medh Mary-Àn, "dhe vos gedys yn tien dre opynyons pobel erel. Yth esen ow cresy agan brusyansow dhe vos rŷs dhyn yn udnyk may hallen ny obeya dhe vrusyansow agan kentrevogyon. Hedna a veu dha dhyscans jy bythqweth, me yw certan."

"Na veu, Mary-Àn, ny veu bythqweth. Ny veu ow dyscans bythqweth tôwlys dhe strotha an ùnderstondyng. Ny wrug vy whelas bythqweth ma's dhe rêwlya an omdhegyans. Res yw dhis heb kemysky ow styr. Me yw gylty, me a'n avow, a whansa yn fenowgh te dhe dhyghtya an persons aswonys dhyn gans moy a attendyans; saw pana dermyn bythqweth a wrug vy comendya dhis dhe recêva aga thybyansow pò agria gans aga brusyans in maters a bris?"

"Ny wrussowgh why soweny dhe berswâdya agas whor dh'agas towl a gortesy dhe genyver onen," yn medh Edward dhe Elynor. "A nyns esowgh why ow spêdya poynt?"

"I'n contrary part," Elynor a worthebys, ha hy a veras orth Mary-Àn gans golok leun a vênyng.

"Yma oll ow breus vy," ev a worthebys, "wàr agas tenewen why a'n qwestyon-ma; saw yma own dhybm me dhe wil dhe voy kepar ha'gas whor. Ny garsen vy nefra offendya, saw me yw mar vethek ha fol, mayth esoma yn fenowgh owth omdhysqwedhes lows, pàn nag oma mas constrînys der ow cledhecter naturek. Me re brederys yn fenowgh fatell veuma intendys der ow natur dhe gowethya gans company isel, rag me a vŷdh mar anês in mesk stranjers jentyl!"

"Ny's teves Mary-Àn methecter vŷth rag ascûsya an fowt a attendyans dhyworty,' yn medh Elynor.

"Aswonys re dhâ gensy yw hy valew rag perthy meth gow," Edward a worthebys. "Nyns yw methecter ma's an sens a iselneth in neb fordh. Mar callen perswâdya ow honen ow manerow dhe vos pòr êsy ha grassyùs, ny vynsen perthy kebmys meth."

"Saw why a via tawesek whath," yn medh Mary-Àn, "ha lacka yw hedna."

Edward a veu sowthenys—"Tawesek! Oma tawesek, Mary-Àn?"

"Owgh, ha fest omrêwlys."

"Ny worama agas ùnderstondya," ev a worthebys in udn rudhya— "Omrêwlys. In pana vaner, fatla? Pandra lavaraf dhywgh. Pandr'esowgh why ow styrya?"

Elynor a apperyas dhe gemeres marth ow clôwes y emôcyon; saw hy a whelas gorfedna an mater dre wharth. Hy a leverys dhodho, "A nyns yw ow whor aswonys dâ lowr dhywgh rag why dhe gonvedhes hy mênyng? A ny wodhowgh why fatell usy hy ow kelwel pùbonen omrêwlys, mar nyns usy ev ow côwsel mar uskys avelly, pò mar nyns usy ev ow cafos kebmys plesour i'n taclow mayth usy hy ow cafos fancy nevek i'ga semlant?"

Ny worthebys Edward ger. Y omdhegyans dywharth ha prederus a dhewhelys dhodho mar grev dell ylly bos—hag ev a esedhas rag pols sogh ha heb côwsel.

Chaptra XVIII

Elynor a veu ancrêsys brâs pàn welas hy iselder spyrys hy hothman. Ny ros y vysyt ma's bohes solas dhedhy, hag yth hevelly ev dhe vos heb meur a blesour orth hy vysytya. Apert o ev dhe vos trist; ha dâ via gensy ev dhe dhysqwedhes an keth kerensa rygthy a hevelly bos ino kyns. Pelha nyns o diogel na felha y breferryans rygthy. Par termyn ev a vedha omgontrollys in hy hever, saw par termyn aral y golon a hevelly bos moy sacrys dhedhy.

Ev a jùnyas dhedhy ha dhe Mary-Àn i'n rom hawnsel ternos vyttyn kyns ès an re erel dhe skydnya; ha Mary-Àn, neb a garsa pùpprÿs avauncya aga lowena warbarth yn scon a's gasas gansans aga honen. Saw kyns ès hy dhe vos hanter-fordh an stairys in bàn, hy a glôwas daras an parleth owth egery, ha pàn wrug hy trailya, y feu hy sowthenys dhe weles Edward ow tos in mes.

"Yth esoma ow mos aberth i'n bendra rag gweles ow mergh," yn medh ev, "drefen nag owgh why parys rag hawnsel whath. Me a vydn dewheles dystowgh."

Edward a dhewhelys dhedhans gans gormola nowyth rag an pow ader dro. Pàn esa ev ow kerdhes bys i'n bendra, ev a welas lies vu teg a'n valy; ha'n bendra hy honen, meur uhelha ès an penty, a ros dhodho golok wàr oll an nans, ha hedna a'n plêsyas yn frâs. Hèn o devnyth a les brâs dhe Mary-Àn, ha hy a dhalathas descrefa fatell esa an vuys-na worth hy delîtya. Hy êth in rag dhe wovyn orto pana daclow yn arbednyk a wrug ev merkya. Edward a dheuth dhyrygthy hag a leverys, "Ny res dhis ow examnya re bell, a Mary-Àn—porth cov na worama tra vÿth a'n pyctùresk, ha me a wra dha offendya der ow fowt a skians hag a dhecernyans, mar teun ny ha côwsel a'n poyntys munys. Me a vydn leverel an brynyow dhe vos serth, saw y a dalvia bos bold; todnow dhe vos coynt hag ùncoth a dalvia bos afrêwlys ha gwyls; taclow abell hag in mes a wel, a dalvia bos dysclêr dre nywl medhel an air. Res yw dhis bos contentys gans pynag oll wormola a yllyf ry. Me a'n gelow pow fest bryntyn—serth yw an brynyow, an cosow a hevel

84

bos leun predn, ha'n nans yw attês ha cles—rych an prasow ha gans
treven tiogow compes obma hag ena. Yma va ow cortheby poran
dhe'm tybyans vy a bow brav, rag ino yma tecter ha prow jùnys
warbarth—ha dre lycklod yth ywa pyctùresk kefrÿs, rag yth esta worth
y braisya. Me a yll heb caletter desmygy y vos leun carygy ha
pentiryow, a gewny loos ha prysk, saw nyns usy an re-na ow styrya tra
vÿth dhybmo vy. Ny worama tra vÿth a'n pyctùresk."

"Re wir ywa, yma own dhybm" yn medh Mary-Àn, "saw prag yth
esta ow qwil bôstow anodho?"

"Yth esoma ow tesmygy," yn medh Elynor, "ma na wrella va fâcya
wàr udn fordh, yma va ow fâcya fordh aral. Drefen ev dhe gresy bos
meur a bobel ow fâcya y dhe gonvedhes moy a decter a'n bÿs naturek
ès dell usons y ow convedhes in gwiryoneth, ha drefen ev dhe vos
dyflasys gans bobauns a'n par-na, yma va ow fâcya ev dhe gonvedhes
bohes ha dhe allos decernya le ès dell yw gwir. Ev yw conceytus hag
ev a'n jeves y vobauns y honen."

"Pòr wir ywa," yn medh Mary-Àn, "nag yw prais a decter an pow i'n
dedhyow-ma ma's flows. Yma kenyver onen ow whelas dysqwedhes
ev dhe sensy hag ow whelas descrefa an fînder a'n den-na a wrug
prevy kyns oll pandr'o tecter pyctùresk. Cas yw dhybm oll gerednow
a'n par-na ha traweythyow me a wethas ow thybyansow i'm pedn, dre
rêson na yllyn cafos an cows ewn dh'aga descrefa marnas geryow o
ûsys ha coth ha heb styr vÿth."

"Me yw sur," yn medh Edward, "fatell esta ow clôwes inos oll an
delît in golok deg esta ow meneges. Saw wàr an tenewen aral, dha
whor a dal grauntya dhybm heb clôwes inof vy tra vÿth moy ès an
taclow esoma ow meneges. Yma golok deg worth ow flêsya, saw nyns
esoma ow leverel hedna wàr penrêwlys pyctùresk. Nyns eus gwëdh
cabm ha shyndys ow plêkya dhybm. Gwell yns y genef mars yns y
uhel, êwn ha yagh. Nyns usy pentiow dystrôwys myshevys orth ow
flêsya. Nyns yw dâ genef lynas, ascal na coton an ûn. Gwell yw dhybm
chy tiak cles na tour gôlyas—ha bùsh a diogow lowen yw gwell genef
ès an ladron Italyan moyha bryntyn in oll an bÿs."

Mary-Àn a veras orth Edward, meur hy sowthan, hag yth o trueth
dhe redya wàr hy fâss. Ny wrug Elynor ma's wherthyn.

Ny wrussons contynewa gans an mater-na; ha Mary-Àn a wortas
owth ombredery heb leverel ger, erna wrug hy merkya neb tra nowyth.
Yth o hy esedhys ryb Edward ha pàn gemeras ev hanaf a dê dhyworth
Mêstres Dashwood, y dhorn a bassyas dhyrygthy poran, ha pòr hewel
wàr onen a'y besyas o besow ha plethen a vlew in y gres.

"A Edward, ny welys vy besow wàr dha dhorn bythqweth kyns. Yw hedna blew Fany? Yth esoma ow remembra hy dhe bromyssya y whre hy ry nebes a'y blew dhis. Saw me vynsa cresy lyw hy blew hy dhe vos moy tewl."

Pàn gôwsas Mary-Àn indelha, yth esa hy ow leverel hy thybyans hy honen saw heb predery re dhown—saw pàn welas hy fatell wrug hy ancrêsya Edward yn frâs, hy a veu moy anês ow tùchya hy geryow dybreder ès dell veu ev orth aga clôwes. Ev a rudhyas yn town, ha warlergh meras pols pòr got orth Elynor, ev a worthebys, "Eâ, hèn yw blew ow whor. Yma an desedhans i'n besow ow chaunjya an lyw, te a wor."

Elynor a veras orth y dhewlagas ha hy a veu ancombrys. Hy a wrug cresy dystowgh fatell o an blew hy blew hy hy honen ha hy a veu mar certan anodho avell Mary-Àn. Ny veu ma's udn dyffrans intredhans. Yth esa Mary-Àn ow cresy an blew dhe vos ro frank dhyworth Elynor, saw Elynor a wodhya fatell veu va kemerys dhyworty in dadn gel. Nyns o hy whensys bytegyns dhe vos offendys. Hy a fâcyas na verkyas hy an pÿth a wharva. Hy a gôwsas dystowgh a gen mater, hag a dhetermyas inhy hy honen dhe gemeres pùb chauns offrys dhedhy a whythra an blew, ha dhe assûrya hy honen fatell o color an blew heb dowt vÿth an lyw poran a'y blew hy honen.

Ancombrynsy Edward a dhuryas termyn hir, ha wàr an dyweth y feu va moy cosel whath. Ev o dywharth oll an myttyn. Mary-Àn a wrug cably hy honen rag an pÿth a leverys hy; saw hy gyvyans dhedhy hy honen a via moy uskys, mar teffa hy ha godhvos pana vohes o an offens rÿs gensy dh'y whor.

Kyns ès hanter-dëdh, Syr Jowan ha Mêstres Jenyngs a's vysytyas, rag y a glôwas fatell dheuth den jentyl dhe'n penty ha devedhys êns y dhe whythra an ôstyas nowyth. Gans gweres y wheger, nyns o pell erna dhyscudhas Syr Jowan fatell esa an hanow Ferrars ow tallath gans an lytheren F ha hedna a vydna provia dhodho ha dhedhy lanwes a vockyans warbydn Elynor. Saw drefen Edward dhe vos presentys dhodhans nans o pols cot yn udnyk, ny dhalathsons gêsya dystowgh. Saw Elynor a gonvedhas, pàn wrussons y meras gans mênyng an eyl orth y gela, pana dhown o aga godhvos, byldys dell o wàr dherivas Margaret.

Ny dheuth Syr Jowan bythqweth dhe vysytya teylu Dashwood heb aga gelwel dhe gynyewel i'n Park ternos pò dhe eva tê ganso an gordhuwher-na. Wàr an present ocasyon, rag intertainya aga ôstyas nowyth mar dhâ avell possybyl, ev a garsa aga gelwel dhe wil an dhew dra.

Devedhys êns y dhe whythra an ôstyas nowyth.

"Res yw dhywgh eva tê genen ny haneth," yn medh ev, "rag ny a vŷdh agan honen oll—hag avorow res yw dhywgh kynyewel genen, rag ny a vŷdh bùsh brâs."

Mêstres Jenyngs a booslevas an devar-na. "Ha pyw a wor, martesen why a yll darbary dauns," yn medh hy. "Ha hedna a wra agas temptya why, a Vêstresyk Mary-Àn."

"Dauns!" Mary-Àn a grias. "Ny yll hedna bos! Pyw a wra dauncya?"

"Pywa? Why agas honen ha Teylu Carey ha Teylu Whytaker in gwir—Dar! Esewgh why ow predery na ylly den vŷth dauncya, drefen person arbednyk—na vŷdh henwys genef—dhe vos gyllys!"

"Govy, govy," Syr Jowan a grias, "nag usy Wyllowby in agan mesk arta."

"An geryow-na ha Mary-Àn dhe vos ow rudhya, a wrug dhe Edward drogdyby. "Ha pyw yw Wyllowby?" yn medh ev, isel y lev, dhe Vêstresyk Dashwood, esa owth esedha ryptho.

Hy a'n gorthebys gans nebes geryow. Yth esa moy dhe redya wàr fâss Mary-Àn. Edward a welas lowr dhe gonvedhes styr an re erel, ha pelha golok Mary-Àn kyns ena. Pàn wrug aga vysytyoryon aga gasa, ev êth strait bys dhedhy, hag a leverys dhedhy in udn whystra, "Me re beu ow tesmygy. A wrama derivas dhis pandra wrug vy desmygy?"

"Pandr'esta ow styrya?

"A wrama derivas dhis?"

"Gwrês yn certan."

"Wèl dhana. Yth esoma ow tesmygy fatell vŷdh Mêster Wyllowby owth helghya.

Y feu Mary-Àn sowthenys ha kemyskys, saw ny ylly hy sevel orth minwherthyn ow tùchya coyntys cosel y eryow. Warlergh tewel pol, hy a leverys,

"Ogh, Edward! Fatla ylta jy? Saw yma govenek dhybm fatell vydn termyn dos...ha sur oma ev dhe'th plêsya.

"Ny'm beus dowt vŷth adro dhe hedna," ev a worthebys, hag ev nebes sowthenys der hy dywysycter ha'y gwres. Rag ev a gonsydras an mater dhe vos ges in mesk an bobel aswonys dhedhy, nag o growndys ma's wàr neb tra trufyl inter Mêster Wyllowby ha hy honen. A pe va ow cresy an dra dhe vos sevur, ny wrussa ev bythqweth y gompla.

Chaptra XIX

Edward a remainyas seythen i'n penty. Mêstres Dashwood yn freth a'n inias dhe wortos pelha; saw kepar ha pàn esa ev ow whelas trist'he y honen, ev a hevelly bos porposys dhe dhyberth, kynth o y blesour in mesk y gothmans i'n pryck uhelha. Y spyrys i'n dedhyow dewetha o gwelhës, kyn nag o va lowen pùpprÿs—yth esa ev ow tevy dhe voy ha dhe voy kelmys dhe'n chy ha'n pow adro—ny gowsas ev bythqweth bos res dhodho departya heb hanaja—ev a dheclaryas y dermyn dhe vos frank yn tien—ha kefrÿs ev a leverys na wodhya ev poran dhe bana dyller o va determys dhe viajya—saw res o dhodho departya bytegyns. Bythqweth, yn medh ev, ny bassyas seythen mar uskys—scant ny ylly ev cresy hy dhe vos gyllys. Ev a leverys an keth tra yn fenowgh; ev a leverys taclow erel kefrÿs a dhysqwedhas an chaunj in y emôcyons hag a gontradias y omdhegyans. Ny'n jeva ev lowender vÿth in Norlond, yn medh ev; cas o Loundres dhodho; saw res o dhodho mos dhe Norlond pò dhe Loundres. Fest plegadow dhodho o caradôwder Teylu Dashwood, hag ev o lowen dres ehen in aga hompany. Res o dhodho aga gasa orth pedn an seythen bytegyns, awos oll aga whansow hag a'y anvoth y honen, ha heb remainya udn jëdh pelha.

Elynor a ascrîbyas omdhegyans coynt Edward dhe stauns y vabm; ha dâ o dhedhy y vabm ev dhe vos mar ùncoth dhedhy, rag y hylly hy consydra coyntys hy mab dhe vos ascûsys dre natur an vabm nag o aswonys dhedhy. Kynth o hy vexys ha dysplêsys gans ancertuster omdhegyans Edward in hy hever, parys o hy dhe veras orth oll y wrians gans perthyans larch, kepar ha'n godhevyans tednys in mes anedhy gans hy mabm hy honen rag omdhegyans Wyllowby. An fowt a spyrys ha'n lack a ôpynsys hag a gessenyans in Edward. a vedha ascrîbys gans Elynor dhe serhogneth Edward wàr y vabm, yn arbednyk drefen na wodhya hy tra vÿth ow tùchya teythy Mêstres Ferrars. Berrder vysyt Edward ha'y borpos crev dh'aga gasa, hy a gresy bos causys der fînyow y franchys, ha'n otham a'n jeva dhe wil warlergh bolùnjeth y vabm.

89

Yth o pùptra dhe reckna avell an power a dhevar warbydn whans hag a vabm warbydn flogh. Assa via dâ dhe Elynor godhvos pana dermyn a vydna cessya an caleterow-na—pana dermyn a vedha reformys Mêstres Ferrars, ha'y mab gesys dhe vos lowen. Saw whansow a'n parna o in vain, ha res o dhedhy rag confortya hy honen dhe drailya dh'y fydhyans crefhës hy in kerensa Edward rygthy, ha dhe genyver golok pò ger a sergh dhyworto, pàn esa ev in Barton ha dres pùptra dhe'n prov a'y gerensa gwyskys ganso adro dh'y vës.

"Me a grÿs," yn medh Mêstres Dashwood, pàn esens y ow tebry hawnsel an myttyn dewetha, "why a via lowenha, a pe neb galow dhywgh rag lenwel agas termyn ha rag ry dhywgh negys a les. Nebes dysconfort dh'agas cothmans a vynsa dos dhyworth hedna martesen— ny alsowgh why sacra kebmys a'gas termyn dhodhans. Saw," a leverys hy gans minwharth, "why a wrussa godhvos ple halsowgh why mos, warlergh why dh'aga gasa."

"Me a vydn agas assûrya," ev a worthebys, "fatell wrug avy ombredery termyn hir wàr an mater-ma. Yth yw anken poos ragof hag y feu anken poos bythqweth, na gefys vy negys vÿth dhe'm ocûpya, galwans vÿth dhe ry dhybm whel dhe wil, na provia dhybm neb tra kepar hag anserhogneth. Saw ow folneth ow honen, ha folneth ow theylu re'm gwrug an pÿth oma, den dyweres, dylavur. Ny yllyn ny bythqweth acordya adro dhe'n galwans ewn ragof. Gwell o an eglos dhybm pùpprÿs, hag yth esoma worth hy dôwys whath. Saw nyns o hodna spladn lowr rag ow theylu. Y a wre comendya an lu. Hèn o liesgweyth re spladn ragof vy. Y o parys dhe veneges fatell o an laha spladn lowr. Yth esa lies den yonk, neb a's teva chambour's in Templa, owth omdhysqwedhes i'n kelhow uhelha hag y ow trîvya adro in Loundres in caryajys bryntyn. Saw ny veuma inclynys bythqweth tro ha'n laha, i'n radnow moyha sempel anodho dhe'n lyha kyn fe. Ow tùchya an morlu, yth o va fassyonus lowr, saw me o re goth pàn veu va complys rag an kensa prÿs. Ytho wàr an dyweth, drefen nag o otham vÿth a alwans ragof, ha drefen me dhe allos bos mar sêmly ha mar scùllyak heb côta rudh i'm kerhyn, y feu sygerneth declarys dhe vos an stât gwelha ha moyha onorys ragof, ha dre rêson nag yw den yonk êtek bloodh whensys, dell yw ûsys, dhe vos bysy, me a veu danvenys dhe Ûnyversyta Resohen ha me yw syger bythqweth alena rag."

"Hag ytho, me a sopos," yn medh Mêstres Dashwood, "drefen na wrug sygerneth provia lowender dhywgh, fatell vÿdh agas mebyon megys dhe gebmys galwans, arfeth ha trâd avell Colùmella."

"Y a vỹdh megys," yn medh ev yn sad, "may hallons y bos mar dhyhaval dhyworthyf vy dell vo possybyl. In emôcyon, in gwrians, in stât, in pùptra."

"Deus, deus. Te a lever hedna, Edward, yn udnyk drefen dha spyrys dhe vos isel. Trist yw dha jer; hag yth esta ow tesmygy may fỹdh lowen pynag oll na vo kepar ha te. Saw porth cov fatell vỹdh an pain a dhyberth dhyworth cothmans clôwys gans kenyver onen traweythyow, na fors y stât na'y dhyscans. Gwra godhvos dha lowender dha honen. Nyns yw otham dhis ma's a berthyans—pò rag ry ken hanow dhodho—govenek. Pàn dheffa an termyn, dha vabm a wra provia dhis an anserhogneth esta ow tesîrya mar dhywysyk. Hèn yw hy devar hy, ha wàr an dyweth hy a vỹdh lowen dhe lettya na vo dha yowynkneth spênys in dysconfort. A ny wra nebes mîsyow collenwel hedna?"

"Me a grỹs," Edward a worthebys, "fatell allama chalynjya lies mis dhe'm avauncya poynt."

An dyspêr in colon Edward, kyn nag o va abyl dh'y gemenessa dhe Vêstres Dashwood, a encressyas an pain prevys gansans oll in udn dhepartya dhyworth y gela, tra a wharva heb let. An dyberth a asas argraf hegas wàr Elynor ha res o dhedhy spêna termyn ha strîvyans rag y fetha. Saw hy o determys dh'y fetha, ma na wrella hy apperya dhe sùffra moy ès esely erel hy theylu pàn wrug ev dyberth. Ny wrug hy an pỹth gwrỹs gans Mary-Àn wàr ocasyon aral—dhe encressya ha dhe fastya hy thristans dre whelas taw, unycter ha sygerneth. Yth o aga manerow mar dhyhaval avell objetys aga herensa saw êwn ragthans aga dyw.

Elynor a esedhas orth hy bord lînedna mar scon dell o va gyllys mes a'n chy. Hy a wrug lînedna dres oll an jëdh, heb whelas goheles y hanow. Hy a omdhysqwedhas dhe vos ow kemeres les in negyssyow ûsys an teylu; ha mar ny wrug hy indelha lehe hy thristans, dhe'n lyha ny veu hedna encressys heb otham, ha hy a selwys hy whereth ha'y mabm dhyworth meur a anken rag hy herensa.

Ny apperyas an omdhegyans-na, mar gontraryùs dh'y fara hy honen, dhe vos tra vỹth moy wordhy dhe Mary-Àn ès dell hevelly dhedhy hy honen hy omdhegyans hy honen. Mary-Àn a recknas an mater a omgontrollyans heb caletter vỹth. Nyns o va possybyl gans emôcyons crev; gans emôcyons cosel ny'n jeva omgontrollyans meryt vỹth. Ny ylly hy denaha fatell o cosel emôcyons hy whor, kyn whre hy rudhya worth y veneges dhedhy hy honen. Ha prov a grefter hy emôcyons o cler in hebma: fatell o hy whor kerys hag estêmys gans Mary-Àn whath, kynth esa hy ow convedhes an tybyans anfusyk-na.

Heb degea hy honen in bàn dhyworth hy theylu, heb gasa an chy may halla hy aga goheles ha boshy honen oll rag, pò heb growedha dyfun dres nos rag budhy hy honen in ombrederyans, Elynor a dhyscudhas y re pùb jorna lowr a jauns dhedhy dhe bredery a Edward, hag a'y omdhegyans in pùb form dell ylly bos herwyth stât hy holon i'n termynyow dyvers. Hy a bredery anodho gans medhelder, pyteth, comendyans, cabel ha dowt. Y fedha lies termyn, pàn o hy mabm ha'y whereth present saw ow tewel, ha'n termynyow-na o kepar ha bos dygoweth. Frank o hy brŸs; ny ylly hy chainya hy frederow dhe daclow erel; yth esa hy ow perthy cov a'n dedhyow passys hag ow tyby a'n dedhyow dhe dhos. I'n euryow-na hy a wre tyby, remembra, ombredery ha desmygy.

Udn myttyn, yn scon warlergh Edward dhe dhyberth, pàn esa Elynor owth esedha orth hy bord tedna, hy a veu dyfunys in mes a hunros a'n sort-na der an devedhyans a gompany. Dell wharva yth o hy hy honen oll. An yet bian aberth i'n gort wer dhyrag an chy a veu degës, tra a dherevys hy dewlagas dhe'n fenster pàn welas hy party brâs ow kerdhes in bàs bys i'n daras. In mesk an bobel yth esa Syr Jowan, Arlodhes Myddelton ha Mêstes Jenyngs, saw yth esa dew berson erel in aga mesk, den jentyl ha benyn nag o aswonys poynt dhedhy. Yth esa Elynor esedhys ryb an fenster, ha kettel wrug Syr Jowan hy fercêvya, ev a asas remnant an bagas ha kerdhes dres an glesyn ha'y honstrîna dhe egery an fenster may halla va côwsel orty. Mar got o an pelder inter an daras ha'n fenster, na ylly ev côwsel orty heb alowa dhe'n bobel erel clôwes y eryow.

"Wèl," yn medh ev, "ny re dhros stranjers dhywgh. Fatl'usons y worth agas plêsya?"

"Whyst! Y a vydn agas clôwes."

"Na fors mar qwrowns clôwes. Nyns yns y ma's Mêster ha Mêstres Palmer. Charlotte yw fest teg, me a lever dhywgh. Why a yll hy gweles mar tewgh why ha meras an fordh-ma."

Dre rêson Elynor dhe wodhvos y whre hy hy gweles dystowgh, ny wrug hy meras saw pesy dhe vos ascûsys.

"Ple ma Mary-Àn? Yw hy ponys in kerdh drefen ny dhe dhos? Me a wel fatell yw egerys hy fyanô."

"Me a grŸs hy bos ow kerdhes."

Y a veu jùnys i'n eur-na gans Mêstres Jenyngs. Hy ny's teva perthyans lowr dhe wortos erna ve egerys an daras kyns ès hy dhe dherivas hy whedhel. Hy a dheuth in udn gria bys i'n fenster. "Lowena dhywgh, a guv colon. Fatl'yw Mêstres Dashwood? Ple ma agas whereth? Pywa! Owgh why agas honen oll! Why a vŸdh plêsys

dhe gafos nebes cowethas dhe esedha genowgh. Me re dhros ow mab
ha'm myrgh aral dh'agas vysytya. Prederowgh a'ga dos mar sodyn! Me
a gresys me dhe glôwes caryach newher, pàn esen ny owth eva agan tê,
saw ny wrug vy bythqweth predery y dhe vos devedhys. Ny wrug vy
tyby a dra vÿth marnas martesen fatell o Cornal Brandon dewhelys.
Rag hedna me a leverys dhe Syr Jowan, me a grÿs me dhe glôwes
caryach. Yth ywa Cornal Brandon dewhelys martesen—"
    Res veu dhe Elynor trailya dhyworty in cres hy whedhel, may halla
hy wolcùbma an vysytyoryon erel. Arlodhes Myddelton a bresentyas
an dhew stranjer dhedhy. Mêstres Dashwood ha Margaret a skydnyas
an stairys an very prÿs-na; hag y oll a esedhas dhe veras an eyl orth y
gela, pàn esa Mêstres Jenyngs ow pêsya gans hy whedhel ha hy ow
kerdhes an dremenva ahës bys i'n parleth gans Syr Jowan.
    Mêstres Palmer o nebes bledhydnyow yonca ès Arlodhes
Myddelton, saw nyns o hy haval dhedhy in poynt vÿth oll. Hy o isel ha
heb bos tanow. Hy fâss o pòr deg hag yth esa an natur moyha caradow
possybyl dhe redya warnodho. Nyns o hy manerow mar fin avell
manerow hy whor saw yth esens liesgweyth moy dynyak. Pàn entras
hy, yth esa hy ow minwherthyn, hag yth esa hy ow minwherthyn pàn
wrug hy dyberth. Hy gour ty o den yonk pymp pò whe warn ugans
bloodh; ev a hevelly bos moy fassyonus ha moy skentyl ès y wreg, saw
ny hevelly ev dhe vos whensys dhe blêsya na dhe vos plêsys. Ev a
entras i'n rom gans semlant gothys, plêgya nebes dhe'n benenes, ha
warlergh whythra an benenes ha'ga farleth, ev a gemeras paper
nowodhow dhywar an bord, hag a dhuryas orth y redya mar bell dell
remainyas ev gansans.
    I'n contrary part, Mêstres Palmer, neb o endûys gans desîr dhe vos
cortes ha lowen pùpprÿs, mar scon dell veu hy esedhys ogasty, a
dhalathas praisya an parleth ha pùptra ino.
    "Dar! Ass yw bryntyn an rom-ma! Bythqweth ny welys vy tra vÿth
mar deg. Preder, a Vabm, pana welhës ywa abàn veun ny obma an
dewetha prÿs. Yth esen ow cresy bythqweth fatell o va tyller mar
wheg" (ow trailya dhe Vêstres Dashwood), "saw why re'n gwrug fest
moy dynyak! Mir, a whor, ass yw bryntyn kenyver tra! Dâ via genama
chy kepar hebma ragof ow honen. A ny via dâ genowgh why, a Vêster
Palmer?"
    Ny wrug Mêster Palmer gorthyp vÿth dhedhy. Ny wrug ev derevel
y lagasow dhywar an paper nowodhow kyn fe.
    "Ny'm clôwas Mêster Palmer," yn medh hy in udn wherthyn. "Ny
wra va ow clôwes traweythyow. Ass ywa wharthus!"

Hèn o tybyans nowyth dhe Vêstres Dashwood. Bythqweth ny gafas hy ges i'n fowt a attendyans den vÿth, ha ny ylly hy sevel orth meras ortans aga dew gans marth brâs.

I'n mêntermyn Mêstres Jenyngs a dhuryas ow clappya uhelha gylly, hag a bêsyas ow terivas aga sowthan, an gordhuwher newher, pàn welas hy hy myrgh ha'y gour. Ny cessyas hy erna veu pùptra leverys gensy. Mêstres Palmer a wharthas yn colodnek ow remembra aga sowthan, ha pùbonen a acordyas, dywweyth pò tergweyth, fatell veu plesont an sowthan.

"Why a yll cresy pana blêsys veun ny dh'aga gweles," Mêstres Jenyngs a addyas, ow posa in rag tro hag Elynor, hag ow côwsel isel hy lev orty, kepar ha pàn o hy porposys na ve hy clôwys gans ken den vÿth, kynth o hy hag Elynor owth esedha wàr denwednow erel a'n rom. "Saw, bytegyns, me a vynsa preferrya na wrellens viajya mar uskys, rag y oll a dheuth adro dre Loundres, wàr neb ehen a negys, rag why a wor" (ow pendroppya gans styr hag ow poyntya tro ha'y myrgh) "nag o hedna dhe gomendya in hy stât hy. Me a garsa hy dhe wortos tre ha powes hedhyw myttyn. Saw hy a garsa dos genen. Whensys o hy kebmys dh'agas gweles oll!"

Mêstres Palmer a wharthas hag a leverys na vydna an vysyt hy fystyga poynt.

"Yma hy ow qwetyas cafos hy flogh nessa mis Whevrel," yn medh Mêstres Jenyngs.

Ny ylly Arlodhes Myddelton perthy kescows a'n par-na hag ytho hy êth in rag dhe wovyn orth Mêster Palmer esa nowodhow vÿth i'n paper.

"Nag eus, nowodhow vÿth," ev a worthebys ha contynewa ow redya.

"Ot obma Mary-Àn," Syr Jowan a grias. "Lebmyn, Palmer, te a vydn gweles mowes uthyk teg.

Dystowgh ev a entras i'n dremenva, egery daras an chy ha'y humbrank ajy. Kettel wrug hy omdhysqwedhes, Mêstres Jenyngs a wovydnas orty mars êth hy dhe Allenham; ha Mêstres Palmer a wharthas mar golodnek, dhe dhysqwedhes fatell wrug hy ùnderstondya an qwestyon. Mêster Palmer a veras orty pàn dheuth hy aberth i'n rom, meras stark orty nebes mynys, hag ena dewheles dh'y baper nowodhow. I'n eur-na Mêstres Palmer a verkyas an pyctours cregys adro dhe'n rom. Hy a savas may halla hy aga whythra.

"Dar, ass yw teg an pyctours-ma! Dar, pana dhynyak! Na wra ma's meras, a Vabmyk! Me a lever aga bos fest bryntyn. Me a alsa meras ortans bys vycken." Hag ena hy a esedhas arta hag yn scon hy a's ancovas dhe vos i'n rom.

"Me a lever aga bos fest bryntyn."

Pàn wrug Arlodhes Myddelton sevel in bàn rag departya, Mêster
Palmer a savas inwedh, settya an paper wàr an bord, istyna y honen ha
meras orth kenyver onen.

"A guv colon, a veusta in cùsk?" yn medh y wreg gans wharth.
Ny ros ev gorthyp vŷth dhedhy. Ny wrug ev ma's leverel, wosa
whythra an rom oll adro, fatell o an nen por isel ha cabm kefrŷs. Ena
ev a blêgyas ha dyberth.

Syr Jowan a wrug aga inia dhe bassya an jëdh ternos gansans i'n
Park. Mêstres Dashwood, neb o porposys dhe sevel orth kynyewel
gansans moy menowgh ès dell wrêns y kynyewel gansans i'n penty, a
sconyas qwît rygthy hy honen. Saw hy myrhes a ylly gwil oll herwyth
aga bodh. Saw nyns êns y whensys dhe weles fatla wre Mêster ha
Mêstres Palmer debry aga hydnyow, ha nyns esens y ow qwetyas cafos
plesour vŷth dhyworth an wolok. Y a assayas ytho dhe om-ascûsya aga
honen. Diantel o an gewar, ha dre lycklod ny vedha dâ. Saw ny vydna
Syr Jowan bos contentys—y fedha an caryach danvenys ha res vedha
dhodhans dos. Arlodhes Myddelton inwedh, kyn na wrug hy inia aga
mabm, a wrug aga inia y. Mêstres Jenyngs ha Mêstres Palmer a jùnyas
dhedhans gans an pejadow. Yth hevelly fatell o pùbonen dhyworth an
Park whensys dhe avoydya party teylu ha'n benenes yonk a veu
constrînys dhe omry.

"Prag yth o otham dhodhans agan gelwel?" yn medh Mary-Àn kettel
vowns y gyllys. "Me a wor bos rent an penty-ma isel; saw yma va dhyn
wàr an termow moyha cales, mars yw res dhyn kynyewel i'n Park pàn
vo nebonen owth ôstya genen ny, pò nebonen owth ôstya gansans y."

"Nyns yw intendys gansans der an lies galow-ma tra vŷth moy ès an
caradôwder ha'n cortesy" yn medh Elynor, "a wrussons y dysqwedhes
dhyn nebes seythednow alebma. Nyns eus chaunj vŷth inhans y, mars
yw aga fartys gyllys re hir ha sqwîthus. Res yw dhyn cafos an chaunj in
ken tyller."

Chaptra XX

Ternos pàn wrug Mêstresygow Dashwood entra i'n rom esedha an Park der udn daras, Mêstres Palmer a entras in udn bonya der an daras aral. Yth esa hy owth omdhysqwedhes mar jolyf ha plesont dell o hy kyns. Hy a's kemeras er an dorn, ha leverel hy dhe vos fest lowen dh'aga gweles arta.

"Ass oma plêsys dh'agas gweles!" yn medh hy, ha hy owth esedha inter Elynor ha Mary-Àn, "rag yth yw an gewar mar dhrog, hag yth o own dhybm na vydnowgh why dos, ha tra uthyk a via hedna, drefen ny dhe dhyberth avorow. Res yw dhyn dyberth, rag y fÿdh Teylu Weston orth agan vysytya nessa seythen, why a wor. Tra sodyn veu agan devedhyans obma, ha ny wodhyen vy tra vÿth anodho ernag esa an caryach ow tos bys i'n daras, hag ena Mêster Palmer a wovydnas orthyf mar mydnen vy dos ganso dhe Barton. Ass ywa wharthus! Nyns usy ev nefra ow terivas tra vÿth dhybm! Drog yw genef na yllyn ny gortos pelha. Yma govenek dhybm bytegyns ny dhe vetya arta in Loundres yn scon."

Res veu dhodhans denaha an possybylta-na.

"Ny wrewgh why mos dhe Loundres!" Mêstres Palmer a elwys. "Me a vÿdh tùllys yn tien mar ny wrewgh. Me a alsa cafos ragowgh an chy tecka in oll an bÿs ryb agan chy-ny in Plâss Hanôver. Res yw dhywgh why dos in gwir. Me yw sur y fedhama parys dh'agas hùmbrank adro termyn vyth erna vyma in golovas, mar ny garsa Mêstres Dashwood mos in mesk pobel."

Y a ros grâssow dhedhy, saw res veu dhodhans heb acordya dh'y desîr.

"Dar, a guv colon," Mêstres Palmer a grias dh'y gour ty neb a entras i'n room i'n eur-na—"res yw dhis ow gweres ow perswâdya Mêstresygow Dashwood dhe viajya dhe Loundres an gwâv-ma."

Ny wrug hy huv colon gortheby màn, ha wosa plêgya nebes dhe benenes, ev a dhalathas croffal adro dhe'n gewar.

97

"Ass yw grysyl oll hebma!" yn medh ev. "Yma kewar a'n sort-ma ow rendra hegas pùptra ha pùbonen. Yth yw dyfrethter gwrŷs kebmys gans an glaw wàr jy avell wàr ves. Yma an glaw ow qwil dhe nebonen casa kenyver onen aswonys dhodho. In hanow an Jowl, prag na'n jeves Syr Jowan rom bylyardys in y jy? Ass yw tanow an dus a wor pandr'yw confort! Yth yw Syr Jowan mar dalsogh avell an gewar."

An bobel erel a entras yn scon.

"Yma own dhybm, a Vêstresyk Mary-Àn," yn medh Syr Jowan, "na gefsowgh why chauns dhe gerdhes dell yw ûsys dhe Allenham hedhyw."

Mary-Àn a apperyas dywharth ha ny leverys hy tra vŷth.

"Dar, na vedhowgh mar fel dhyragon," yn medh Mêstres Palmer, "rag ny a wor oll adro dhodho, me a lever dhywgh. Hag yth esoma ow comendya agas decernyans, rag me a grŷs y vos pòr sêmly. Nyns usy agan chy i'n pow fest pell dhyworto. Nyns ywa moy ès deg mildir dhyworto, me a grŷs."

"Moy haval dhe dheg mildir warn ugans," yn medh hy gour.

"Wèl, nyns eus meur a dhyffrans. Ny veuma bythqweth in y jy saw pobel a lever y vos plâss wheg ha teg."

"Spot mar hager dell welys vy bythqweth," yn medh Mêster Palmer.

Ny leverys Mary-Àn ger vŷth, saw apert veu dhyworth hy fâss an negys dhe vos a les dhedhy.

"Ywa pòr hager?" Mêstres Palmer a bêsyas—"Res yw ytho neb tyller aral dhe vos teg, me a grŷs."

Pàn êns y esedhys i'n rom kynyewel, Syr Jowan a leverys gans edrega nag êns yw ma's eth person warbarth.

"A guv colon," yn medh ev dh'y wreg, "vexys oma ny dhe vos mar danow. Prag na wrusta pesy Mêster ha Mêstres Gilbert dhe dhos dhyn hedhyw?"

"A ny wrug vy derivas dhis, Syr Jowan, pàn eses ow côwsel orthyf adro dhe'n mater namnygen, na ylly hedna bos gwrŷs? Y a wrug kynyewel genen an prŷs dewetha."

"Why ha me, Syr Jowan," yn medh Mestres Jenyngs, "nyns yw res dhyn cortesy a'n par-na dhe vos bern dhyn."

"I'n câss-na why a via fest dydhysk," Mêster Palmer a elwys.

"A guv colon, yth esta ow contradia kenyver onen," yn medh y wreg gans hy wharth ûsys. "A wodhesta te dhe vos pòr dhyscortes."

"Ny wodhyen vy me dhe gontradia den vŷth, pàn levery dha vabm dhe vos dydhysk."

"Eâ, why a yll ow abûsya kepar dell vydnowgh," yn medh an venyn, dâ hy gnas, "why re wrug kemeres Charlotte in mes a'm dêwla, ha ny yllowgh why hy ry dhybm arta. Rag hedna yth owgh why fethys genef."

Charlotte a wharthas yn colodnek ow tyby na ylly hy gour bos ryddys anedhy, ha gans joy hy a leverys nag o bern dhedhy pana serrys a ve va gensy, rag res o dhodhans bêwa warbarth. Ny ylly den vÿth bos moy êsy hy natur pò moy determys dhe vos lowen ès Mêstres Palmer. Ny wre fowt les, dyscortesy ha dyscontent fâcys hy gour ty hy fystyga poynt. Ha pàn wrella ev hy deragla pò hy rebukya, hy a wre wherthyn yn colodnek.

"Ass yw wharthus Mêster Palmer!" yn medh hy ow whystra dhe Elynor. "Ev a vÿdh vexys pùpprÿs."

Nyns o Elynor parys, warlergh nebes whythrans, dhe gresy yth o Mêster Palmer mar growsek na mar dhyscortes dell garsa ev omdhysqwedhes. Martesen y feu ev vexys nebes pàn dhyscudhas ev, kepar ha lies gwer erel, dre rêson a'y volùnjeth dhe dhemedhy benyn deg, ev dhe gemeres avell gwreg benyn fest gocky—saw Elynor a wodhya fatell o camgemeryans a'n sort-na pòr venowgh hag ytho na vedha den skentyl pystygys yn town dredho. In contrary part yth hevelly fatell garsa ev bos consydrys den a bris ha rag hedna ev dhe omdhon y honen gans dysdain tro ha kenyver onen hag dhe dhysprêsya pùptra. An whans a omdhysqwedhes gwell ès pobel erel o towl re gebmyn dhe vos skyla rag sowthan. Saw mar qwrug an omdhegyans spêdya dh'y fast'he avell den dyscortes dres ehen, nyns o y fara lyckly dhe wainya an gerensa a gen person vÿth avês dh'y wre'ty.

"Ô, Mêstresyk Dashwood wheg," yn medh Mêstres Palmer yn scon warlergh hedna, "Me a garsa reqwîrya neb tra ahanowgh hag a'gas whor. A vydnowgh why dos ha passya nebes dedhyow in Clêvlond genen nessa Nadelyk? Me a'gas pÿs—ha dewgh pàn vo Mêster ha Mêstres Weston genen. Ny yllowgh why desmygy pana lowen a vedhama! Pòr dhelycyùs vÿdh!—A guv colon," yn medh hy dh'y gour ty, "a ny vynses jy wolcùbma Mestresygow Dashwood dhe Clêvlond?"

"Heb dowt vÿdh," ev a worthebys gans scorn—"Hèn yw an udn dra a'm dros bys in Dewnan."

"Otta,"—yn medh y wre, "why a wel fatell vÿdh Mêster Palmer worth agas gwetyas; ny yllowgh why ytho sconya dhe dhos."

Y aga dyw a dhenahas hy galow yn tywysyk hag yn crev.

"Saw in gwir why a res dos. Me yw certan fatell wra hedna agas plêsya dres pùptra. Mêster ha Mêstres Weston a vÿdh genen ha pòr dhelycyùs vÿdh. Ny yllowgh why desmygy pana wheg yw Clêvlond; ha ny yw pòr jolyf i'n tor'-ma, rag yma Mêster Palmer ow mos adro ow canvassya rag an dôwysyans hag yma meur a dus ow tos rag kynyewel genen na welys vy bythqweth kyns, ha pòr spladn yw! Saw an gwas truan! Yma an negys worth y sqwîtha! Rag yth yw otham dhodho a wil dhe genyver onen y gara." Scant ny ylly Elynor sevel orth wherthyn pàn acordyas hy fatell o cales an devar.

"Assa via bryntyn," yn medh Charlotte, "pàn vo va i'n seneth! A ny vÿdh! Assa vÿdh coynt gweles oll an lytherow danvenys dhodho ha E.S. screfys warnodhans—saw a wodhowgh why, ev a lever na wra va nefra frankya lytherow ragof. Yma va ow teclarya na wra. A nyns esowgh why, a Vêster Palmer?"

Ny wrug Mêster Palmer hy merkya poynt.

"Ny yll ev perthy screfa, why a wor," hy a bêsyas, "ev a lever screfa dhe vos scruthus."

"Na lavaraf," yn medh ev, "bythqweth ny leverys tra vÿth mar wocky. Na wra ow acûsya a vos dhe vlâmya rag oll dha abûsyans a'n tavas."

"Otta va. Why a wel pana wharthus ywa. Hèn yw y ûsadow pùpprÿs! Traweythyow ny wra va côwsel orthyf dres hanter an jëdh warbarth, hag ena yma va owth ùttra neb tra mar wharthus—adro dhe bynag oll dra in oll an bÿs."

Hy a sowthanas Elynor yn frâs pàn esens owth entra arta i'n rom esedha, rag hy a wovydnas orty nag esa Mêster Palmer orth hy flêsya dâ dres ehen.

"Usy in gwir," yn medh Elynor; "Ev a hevel bos fest plegadow."

"Wèl—me a yw lowen dhe glôwes hedna. Yth esen ow cresy ev dh'agas plêsya why; ev yw fast plegadow; hag yth esowgh why ha'gas whereth meur ow plêkya dhodho, me a lever dhywgh, ha ny yllowgh why desmygys pana drist a vÿdh ev mar ny wrewgh why dos dhe Clêvlond. Ny allama convedhes prag y whrewgh sconya dhe dhos."

Res veu dhe Elynor sconya hy galow; ha dre jaunjya devnyth an kescows hy a spêdyas dhe dhewedha hy fejadow. Elynor a predery, drefen y dhe vos tregys i'n keth conteth, Mêstres Palmer martesen dhe allos ry moy manylyon ow tùchya gnas jeneral Wyllowby ès dell ylly bos dyscudhys dhyworth teylu Myddelton, nag o va ma's nebes aswonys dhedhans. Whensys o hy dhe dhesky dhyworth person vÿth i'n bÿs lowr a'y vyrtu hag a'y dhader dhe dhylyfra Mary-Àn dhyworth own in y gever. Hy a dhalathas dre wovyn mars esens y ow qweles meur a Vêster Wyllowby in Clêvlond, ha mars o va aswonys dâ gansans.

"Eâ in gwir, ev yw aswonys pòr dhâ genef," Mêstres Palmer a
worthebys;—"Kyn na wrug vy bythqweth côwsel orto. Saw me re'n
gwelas liesgweyth in Loundres. Wàr neb cor ny wharva bythqweth ny
dhe vos owth ôstya in Barton pàn esa ev in Allenham. Mabmyk a'n
gwelas unweyth obma kyns lebmyn;—saw yth esen vy gans ow ôwnter
in Weymoth i'n eur-na. Me a vynsa cresy, ny dh'y weles yn fenowgh in
Gwlas an Hâv, na ve i'n lacka prŷs ny hag ev dhe vos i'n pow orth
termynyow dyffrans. Ny vŷdh ev in Combe ma's bohes venowgh, me
a grŷs; saw a pe va moy menowgh i'n tyller-na, me a grŷs na vynsa
Mêster Palmer y vysytya, rag yma va i'n Enebyans, why a wor, ha
pelha yth yw Combe mar bell dhyworthyn. Me a wor fest dâ prag yth
esowgh why ow govyn adro dhodho. Agas whor y destnys dhe
dhemedhy ganso. Ass oma lowen adro dhe hedna, rag i'n câss-na agas
whor a via kentrevoges dhybm, why a wor."

"Wàr ow fedh," Elynor a worthebys, "why a wor moy a'n negys dell
worama, mars eus skyla vŷth dhywgh dhe wetyas an maryach."

"Na wrewgh fâcya nag ywa gwir, rag why a wor an demedhyans dhe
vos an denvyth usy pùbonen ow côwsel anodho. Yth esoma worth agas
assûrya, me dhe glôwes anodho wàr ow fordh dre Loundres."

"Mêstres Palmer wheg!"

"War ow ena me a'n clôwas.—Me a vetyas gans Cornal Brandon
myttyn De Lun in Strêt Bond, prŷs cot kyns ès ny dhe asa Loundres,
hag ev a dherivas an mater dhybm."

"Yth esowgh why worth ow sowthanas yn frâs. Cornal Brandon dhe
dherivas dhywgh anodho! Surly why yw myskemerys. Ny vynsen
gwetyas màn Cornal Brandon dhe ry enwedhow a'n par-na dhe
nebonen nag yw kelmys gans an negys, a pe va gwir kyn fe."

"Saw me a lever dhywgh y feu va gwir bytegyns. Me a vydn derivas
dhywgh fatell wharva. Pàn wrussyn ny metya ganso, ev a drailyas ha
kerdhes genen. Hag indelha ny a dhalathas kestalkya a'm broder hag
a'm whor, hag a udn dra ha'y gela ha me a leverys dhodho, 'Ytho, a
Gornal, yma teylu nowyth devedhys dhe benty Barton, dell glôwaf vy,
ha Mabmyk a dhanvonas ger dhybm y dhe vos fest teg, ha fatell vŷdh
onen anodhans demedhys dhe Vêster Wyllowby a Combe Magna. Yw
hedna gwir, y praydha? Rag heb mar res yw dhywgh godhvos rag why
re beu in Dewnan agensow'."

"Ha pandra leverys an Cornal?"

"Ô—ny leverys ev nameur; saw ev a hevelly fatell wodhya y vos
gwir. Ytho dhyworth an termyn-na me a'n consydras y vos certan. Assa
vŷdh delycyùs, me a grŷs! Pana dermyn a wra va wharvos?"

"Yth o Mêster Brandon in poynt dâ, yth esoma ow qwetyas?"

"Ô in gwir. Hag ev o leun a'gas prais why; ny wrug ev tra vŷth ma's leverel taclow bryntyn ahanowgh."

"Flattrys oma der y brais. Ev a hevel den jentyl heb par, ha me a'n cav dhe vos den plegadow dres ehen.

"Me inwedh. Ev yw fest plesont. Trueth yw y vos mar dhywharth ha trist. Mabmyk a lever fatell esa ev in kerensa gans agas whor. Yth esoma worth agas assûrya fatell yw hedna gormola vrâs, mars usy ev in kerensa gensy, rag scant nyns usy ev ow codha in kerensa gans mowes vŷth."

"Yw Mêster Wyllowby aswonys dâ in agas radn why a Wlas an Hâv?" yn medh Elynor.

"Eâ, ev yw aswonys pòr dhâ. Hèn yw dhe styrya: me a grŷs nag ywa aswonys dhe lies huny, drefen Combe Magna dhe vos mar bell. Saw ymowns y oll orth y gara, rag y a'n crŷs fest plegadow, me a lever dhywgh. Nyns yw den vŷth moy kerys ès Mêster Wyllowby, na fors ple fŷdh ev ow mos, ha why a yll derivas hedna dh'agas whor. Ass yw hy uthyk fortydnys pàn wrug hy y gafos, wàr ow fedh; saw ev yw moy fortydnys, rag hy yw mar sêmly ha plegadow, na yll tra vŷth bos dâ lowr rygthy. Scant nyns esoma worth hy cresy dhe vos tecka agesowgh, bytegyns; rag me a grŷs why agas dyw dhe vos fest sêmly. Hag yma Mêster Palmer owth agria genef, me yw certan, kyn na yllyn ny gwil dh'y avowa newher."

Nyns o enwedhow Mêstres Palmer ow tùchya Wyllowby re gompes, saw dùstuny vŷth in favour dhodho, kyn fe va very nebes, o plegadow dhedhy.

"Ass oma lowen dh'agas aswon why wàr an dyweth," Charlotte a bêsyas.—"Ha lebmyn yma govenek dhybm why ha me dhe vos cothmans brâs. Ny yllowgh why desmygy pana veur esen ow yêwny dh'agas gweles why! Bryntyn yw why dhe vos tregys i'n penty! Ny yll tra vŷth bos haval dhodho, me a grŷs! Ha me yw pòr lowen fatell vŷdh agas whor why demedhys yn tâ! Yma govenek dhybm y fedhowgh why in Combe Magna yn fenowgh. Tyller wheg ywa, dell lever pùbonen."

"Yth yw Cornal Brandon aswonys dhywgh nans yw pell, a nyns yw?"

"Yw in gwir, termyn pell, bythqweth abàn wrug ow whor demedhy. Ev o cothman specyal brâs dhe Syr Jowan. Me a grŷs," hy a addyas isel hy lev, "ev a via pòr lowen dhe'm demedhy vy, mar calla. Yth esa Syr Jowan hag Arlodhes Myddelton orth y whansa yn frâs. Saw ny bredery Mabmyk an maryach dhe vos dâ lowr ragof, poken Syr Jowan a vynsa y gompla dhe'n Cornal, ha ny a via demedhys dystowgh."

"A ny wodhya Cornal Brandon adro dhe gomendyans Syr Jowan dh'agas mabm, kyns ès y vos gwrÿs? A ny wrug ev bythqweth confessya y gerensa ragowgh dhywgh why agas honen?"

"Na wrug. Saw mar qwrussa Mabmyk acordya gans an comendyans, me a grÿs ev dhe vos plêsys ganso. I'n eur-na ny wrug ev ow gweles moy ès dywweyth, rag y wharva hedna kyns ès me dhe asa an scol. Saw me yw liesgweyth lowenha kepar dell ov. Mêster Palmer yw an sort a dhen a garaf vy."

Chaptra XXI

Ternos Mêster ha Mêstres Palmer a dhewhelys dhe Clêvlond, ha'n dhew deylu in Barton a veu gesys dhe intertainya aga honen. Saw ny wrug hedna durya pell. Scant nyns o aga vysytyoryn dhewetha gorrys in mes a'y fedn gans Elynor, scant ny wrug hy cessya dhe wil marthùjyon y hylly Charlotte bos mar lowenek heb skyla vÿth, hag yth esa hy whath owth ombredery adro dhe'n anwywder coynt a ylly bos merkys yn fenowgh inter gour ha gwreg, pàn wrug dywysycter Syr Jowan ha Mêstres Jenyngs provia rygthy persons nowyth dhe weles ha dhe studhya.

Wàr viaj myttyn bys in Keresk, y a vetyas gans dyw venyn yonk may feu Mêstres Jenyngs plêsys dhe dhyscudha anodhans aga bos cosyns dhedhy. Hèn o lowr rag Syr Jowan hag ev a's gelwys dhe'n Park kettel veu dewedhys aga metyansow i'n eur-na. Aga negys in Keresk a veu ankevys dhyrag galow a'n par-na; hag Arlodhes Myddelton a veu ownekhës der an galow, pàn dhewhelys Syr Jowan ha pàn glôwas hy y whre hy recêva yn scon vysyt dhyworth dyw vowes na welas hy bythqweth kyns, ha nag esa prov vÿth dhedhy a'ga fînder nag a'ga jentylys. Kyn whrug hy mabm ha'y gour ty hy assûrya i'n mater, nyns o aga geryow a valew vÿth. Lacka o an dra drefen y dhe vos esely a deylu hy mabm; hag ytho nag o fùndacyon fast vÿth in dadn confort hy mabm, kyn whre hy leverel na resa dh'y myrgh bos concernys mars o an mowysy fassyonus, rag yth êns y oll cosyns warbarth hag y dalvia perthy an eyl y gela. Drefen na ylly Arlodhes Myddelton aga gwetha rag dos, hy a blêgyas dhe'n tybyans kepar ha benyn megys dâ, ha ny wre hy ena ma's rebukya yn clor hy gour ow tùchya an mater pymp pò whe treveth kenyver jorna.

An benenas yonk a dheuth. Nyns o aga semlant heb jentylys na fassyon. Aga gwysk o kempen, y manerow o cortes. Y a veu fest plêsys gans an chy, ha delîtys gans an gùtrel, ha dell wharva yth esens y ow cara flehys yn frâs, hag ytho y a wainyas opynyon dâ Arlodhes Myddelton kyns ès y dhe vos our i'n Park. Hy a's declaryas mowysy fest plegadow, ha dhyworth hy arlodheseth hèn o prais gwiryon.

Fydhyans Syr Jowan in y vrusyans y honen a encressyas gans an gormola dobm-na hag ev a dhalathas dystowgh dhe gerdhes dhe'n penty may halla ev derivas dhe'n Mêstresygow Dashwood adro dhe dhevedhyans Mêstresygow Steele. Pelha ev a's assûryas fatell êns y an mowysy whecka oll i'n bÿs. Nyns esa nameur dhe dhesky dhyworth prais a'n par-na; Elynor a wodhya yn tâ fatell ylly an mowysy whecka i'n bÿs bos kefys in pùb radn a Bow an Sowson, in dadn pùb form, fâss, temper hag ùnderstondyng. Syr Jowan a garsa may whrella an teylu yn tien kerdhes dhe'n Park heb let rag meras orth y ôstyadesow. Ass o va caradow den-gar! Cales o dhodho sensy tressa cosyn dhodho y honen.

"Gwrewgh dos i'n tor'-ma," yn medh ev—"dewgh me a'gas pÿs—res yw dhywgh dos—me a lever dhywgh y whrewgh why dos—Ny yllowgh why tyby pana veur a wrowns y agas plêsya. Lûcy yw uthyk sêmly, ha hy yw fest hegar ha plesont! Yma an flehes cregys warnedhy solabrÿs kepar ha pàn ve hy aswonys dâ dhedhans termyn pell. Hag ymowns y aga dyw ow yêwny aga gweles why dres pùptra, rag y a glôwas in Keresk fatell owgh why an mowysy tecka in oll an bÿs. Ha me re dherivas dhedhans fatell yw gwir oll hedna, ha lies tra ken. Why a vÿdh delîtys gansas, me yw certan. Y re dhros lanow a'n caryach a wariellow rag an flehes. Fatla yllowgh why bos mar growsek ma na vydnowgh why dos? Dar, y yw agas cosyns why, wàr neb cor. Why yw cosyns dhybm hag y yw cosyns dhe'm gwreg, rag hedna res yw why oll dhe vos kerens pell dh'y gela.

Saw ny allas Syr Jowan prevailya. Ny allas ma's gwil dhodhans promyssya y dhe vysytya an Park kyns ès pedn dëdh pò dew, hag ena ev a's gasas sowthenys brâs der aga mygylder. Ev a gerdhas tre rag bôstya anowyth a'ga dynyans dhe'n Mêstresygow Steele, kepar dell wrug ev solabrÿs bôstya a'n Mêstresygow Steele dhodhans y.

Pàn wrussons vysytya an Park, kepar dell o promyssys gansans, ha pàn veu an benenes yonk-na presentys dhodhans, ny welsons tra vÿth dhe braisya in semlant an whor gotha, neb o deg warn ugans bloodh ogasty, ha'y fâss o plain hag anfur. Nyns o an whor yonca moy ès dew pò try warn ugans bloodh, saw y a aswonas inhy tecter lowr; sêmly o hy fâss, ha hy a's teva lagas skentyl lybm, ha omdhegyans bew. Kyn na re hedna kempensys na jentylys dhedhy, yth esa ow lendya roweth dh'y ferson. Aga manerow o cortes dres ehen, hag yn scon Elynor a wrug grauntya dhodhans bos doth lowr, pàn verkyas hy pana dhywysyk ha fur o an fordh mayth esens y ow whelas plêsya Arlodhes Myddelton. Yth êns y hudys heb cessya gans hy flehes, owth praisya aga thecter, ow tanta aga attendyans hag ow chersya aga sians; ha pan vedhens

frank a'n gorholeth poos-na, y a bassya aga thermyn in udn whythra
gans delît pynag oll dra esa hy arlodheseth ow qwil, mars esa hy ow
qwil tra vŷth, pò ow nôtya an patron a neb pows bryntyn nowyth,
gwyskys an jëdh kyns gans gensy, may whrug hy semlant inhy aga
thôwlel in tranjyak dydhyweth. I'n gwelha prŷs, rag an re-na a vo ow
flattra dre wockyneth a'n par-na, mabm gerenjedhek pàn vo hy ow
whansa prais rag hy flehes, yw an person moyha crefny in oll an bŷs.
I'n kettermyn hy yw an moyha hegol inwedh, rag hy a wra lenky tra
vŷth. An gerensa ha'n perthyans dres musur a'n Mêstresygow Steele
tro ha'y issew ytho a vedha gwelys gans Arlodhes Myddelton heb spot
vŷth a sowthan nag a skeus. Hy a wely gans plêsour mabmyl oll an fara
dyveth ha'n castys dregynus perthys gans hy hosyns. Hy a wely aga
gwrugysow lowsys, aga blew tednys adro dh'aga scovornow, aga
seghyer sarchys, aga gweljevyow ha kelly ledrys in kerdh, hag a
bredery heb dowt pùptra dhe vos enjoyes gans pùbonen. Ny vedha hy
sowthenys marnas dre fowt bern Elynor ha Mary-Àn in udn esedha yn
cosel rypthans, heb kemeres radn in tra vŷth.

"Ass yw uhel spyrys Jowan hedhyw!" yn medh hy, pàn wrug ev
sêsya lien dorn Mêstresyk Steele ha'y dôwlel in mes a'n fenster—"Ev
yw leun castys."

Hag yn scon warlergh hedna, pàn wrug an nessa mab pynchya onen
a vesias an keth mowes, hy a leverys yn caradow, "Ass yw jolyf Wella!"

"Hag ot obma ow Ana-Maria vian wheg," yn medh hy, in udn jersya
mowes vian teyr bloodh, na wrug tros vŷth dres dyw vynysen; "Ha hy
yw clor ha cosel pùpprŷs—Bythqweth ny veu flogh bian mar gosel!"

I'n gwetha prŷs pàn wrug hy hy chersya indelha, pydn in pednwysk
hy arlodheseth a wrug cravas codna an flogh, ha'n patron-ma a glorder
a worras in mes anedhy scrîjow mar uthyk, scant na alsens bos excêdys
gans creatur avowys dhe vos trosek. Anken an vabm a veu dres musur;
saw ny ylly hedna passya brawagh Mêstresygow Steele; y feu pùptra
gwrŷs gansans aga theyr, in gorotham mar vrâs, dhe lehe painys an
vyctym munys. Hy a veu gorrys a'y eseth in barlen hy mabm, cudhys
gans abmow, hy brew golhys in dowr lavant gans onen a'n
Mestresygow Steele, esa wàr hy dêwlin rag hy attendya, y feu hy
ganow stoffys gans plùmednow shùgra gans hy ben. Awos hy dhe vos
rewardys indelha rag hy dagrow, an flogh o re fur dhe cessya ola. Hy a
scrîjas hag a olas, pôtya hy breder pàn whelsons hy thùchya. Ny wrug
oll an menystrans servya màn erna remembras Arlodhes Myddelton i'n
gwelha prŷs a wharvedhyans haval dhe hedna an seythen kyns pàn veu
gorrys kyfeyth owraval wàr denewen pedn an flogh. Y feu an keth
remedy comendys rag an cravas anfusyk-ma, ha'n vowes vian, pàn

Castys dregynus.

glôwas hy a hedna, a wrug astel hy scrîjow. Pùbonen a wetyas na vedha an remedy-na sconys. Hy a veu degys in mes a'n rom in dywvregh hy mabm, rag cafos an ely, ha'n dhew vaw a's sewyas, kyn pesys aga mabm may whrellens gortos le mayth esens. I'n eur-na y feu an peder benyn yonk gesys warbarth in cosoleth na veu aswonys i'n rom dres lies our.

"An creatur truan bian!" yn medh Mêstresyk Steele, kettel vowns gyllys. "Y halsa bos droglabm pòr drist."

"Scant ny worama fatla," Mary-Àn a grias, "marnas in cyrcùmstancys dyffrans yn tien. Saw hèm yw an fordh ûsys dhe encressya brawagh, pàn nag eus rêson vÿth in gwir dhe gemeres own."

"Ass yw benyn wheg Arlodhes Myddelton!" yn medh Lûcy Steele.

Mary-Àn a dewys. Ny ylly hy leverel tra vÿth nag esa hy ow sensy inhy hy honen; ytho wàr Elynor yth esa ow powes oll an devar a leverel gow pàn ve cortesy worth y dhemondya. I'n câss-ma hy a wrug oll hy ehen, ha hy a gowsas a Arlodhes Myddelton gans moy gwres ès dell esa hy ow prevy, kynth o hedna liesgweyth le ès gwres Mêstresyk Lûcy.

"Ha Syr Jowan kefrÿs," an whor gotha a elwys, "ass ywa den hegar!" Obma inwedh, ny veu prais Mêstresyk Dashwood ma's sempel ha gwiryon, hag ùttrys veu heb tomder vÿth. Ny leverys hy ma's ev dhe vos den dâ y gnas ha caradow.

"Hag ass yw plegadow aga theylu bian! Bythqweth ny welys vy flehes mar spladn in oll ow dedhyow—me a lever ow bos hudys gansans solabrÿs, hag in gwir yma flehes orth ow gorhana yn frâs."

"Me a grÿs hedna," yn medh Elynor gans minwharth, "dhyworth an dra a welys vy hedhyw myttyn."

"Me a breder," yn medh Lûcy, "why dhe gresy flehes Myddelton dhe vos chersys nebes re. Martesen yth yns y chersys bys i'n amal avês a lowrder. Saw yth yw hedna mar naturek in Arlodhes Myddelton. Ha dhe'm breus vy, dâ yw gweles flehes bew ha leun spyrys. Ny allama aga frevy, mars yns y dov ha cosel."

"Yth esoma ow meneges," Elynor a worthebys, "hadre vyma in Park Barton, nag esoma nefra ow predery a flehes dov ha cosel gans abhorryans vÿth."

Powes cot a sewyas an lavar-na, hag y feu Mêstresyk Steele an kensa dhe gôwsel, rag hy a hevelly bos whensys dhe gestalkya. Hy a leverys yn sodyn, "Ha fatl'usy Dewnan worth agas plêsya, a Vêstresyk Dashwood? Me a sopos fatell veu pòr dhrog genowgh forsâkya Sùssex."

Sowthenys veu Elynor nebes der an qwestyon personek-na, pò
dhe'n lyha der an fordh may feu va govydnys, ha hy a worthebys yth o
drog gensy.

"Norlond yw tyller uthyk teg, a nyns ywa?" Mêstresyk Steele a
addyas.

"Ny re glôwas Syr Jowan orth y braisya yn frâs," yn medh Lûcy, rag
yth hevelly hy dhe gresy bos otham a dhyharas rag franchys hy whor.

"Me a grÿs bos res y braisya dhe bynag oll a wrella y weles," yn
medh Elynor avell gorthyp, "saw ny yll bos soposys fatell wor an den-
na estêmya y decter kepar ha ny."

"Esa meur a garoryon gempen dhywgh ena? Me a sopos nag eus
kebmys anodhans i'n côstys-na. I'm breus vy yth yns y addyans brâs
pùpprÿs."

"Saw prag th'esta ow pedery," yn medh Lûcy, ow kemeres sham rag
hy whor, "nag es mar lies den yonk jentyl in Dewnan 'vell in Sùssex?"

"Nâ, a guv colon, me yw sur nag eroma ow lavarel nag es. Me yw sur
bos cals a garoryon gempen in Keresk; saw te a wor, pa'vaner yllyn
leverel pyseul caror brentyn es 'dro dhe Norlond. Nag eren vy ma's ow
towtya y fedha taclow sqwîthus in Barton rag Mêstresygow Dashwood,
mar na vien jy kebmys anodhans avell kyns. Saw martesen nag yw
bern dhe'n benenes yonk an garoryon, hag y dhe breferrya bos hepth
anjy ès gans anjy. Dhe'm breus vy, me a grÿs aga bos fest plegadow,
mar pedhanjy gwyskys kempen hag omdhon cortes. Saw na allama
perthy aga gweles mostys plos. Now yma Mêster Rose in Keresk, den
yonk uthyk kempen, caror in gwir, scrifwas dhe Vêster Sympson, te a
wor, saw mar teuta ha metya ganso myttynweyth, nyns ywa wordhy
dhe vos gwelys. Me a sopos dell o caror ewn agas broder why, a
Vêstresyk, kyns ès ev dhe dhemedhy, drefen ev dhe vos mar rych."

"Wàr ow ena," Elynor a worthebys, "ny allama leverel dhywgh, rag
nyns esoma owth ùnderstondya perfeth mênyng an ger 'caror.' Saw me
a yll leverel hebma, mars o va caror bythqweth kyns ès demedhy, ev
yw onen whath, rag nyns eus an chaunj moyha munys ino kyn fe."

"A Dhuw! Nag eus den vÿth nevra ow consydra tus demedhys dhe
vos caroryon—yma neb tra ken dhe wil gans anjy."

"In hanow an Tas, Anne," hy whor a grias, "ny elta jy cowsel a dra
vëth ken 'vell caroryon;—te a vedn gwil dhe Vêstresyk Dashwood
cresy na wrêta clappya a gen tra vëth." Hag ena rag trailya an kescows
hy a dhalathas praisya an stoff chy.

An exampyl-na a Vêstresygow Steele o lowr. Nyns esa comendyans
vÿth in franchys kebmyn ha gockyneth an whor gotha. Pelha ny veu
hy dallhës dre decter na dre wolok sley an whor yonca, ha drefen nag

o hy lack a jentylys hag a semplelder dhe gomendya naneyl, Elynor a
asas an chy heb whans vŷth dh'aga aswon dhe well.

Nyns o haval bolùnjeth Mêstresygow Steele. Y a dheuth dhyworth
Keresk, leun a brais rag Syr Jowan Myddelton, y deylu hag oll y
gerens, ha meur a'n prais-na a veu deverys in mes wàr y gosyns teg. Y
a's declaryas dhe vos an mowysy tecka, fînha, moyha skentyl ha moyha
plegadow a welsons y bythqweth. Hag y a garsa lebmyn aga aswon
pelha. Hag Elynor a dhyscudhas yn scon fatell o aga destnans dhe vos
aswonys dhe well. Rag yth esa Syr Jowan ow scodhya whansow
Mêstresygow Steele hag ytho ny yllens sevel orth agria ganso. Res
vedha dhe Elynor ha dhe Mary-Àn omry dhe gowethya gansans. Y a
rêsa ytho esedha warbarth gansans i'n keth rom dres our pò dew
kenyver jorna. Ny ylly Syr Jowan gwil tra vŷth moy; ny wodhya ev bos
otham a gen tra vŷth. In y bedn ev, bos warbarth o bos aswonys yn tâ.
Pàn spêdya y wythres dh'aga dry warbarth, ny vedha ev ow towtya
poynt y dhe vos cothmans fast.

Rag bos teg dhodho, ev a wrug oll y ehen dhe avauncya aga howeth-
yans, rag ev a dherivas dhe Vêstresygow Steele pùptra o godhvedhys
ganso ow tùchya an manylyon munys adro dh'y gosyns. In gwir nyns
êns y gwelys gans Elynor moy menowgh ès dywweyth kyns ès an whor
gotha dhe whansa joy dhedhy drefen hy whor hy dhe wil conqwest a
garor pòr gempen abàn dheuth hy dhe Barton.

"Assa via dâ hy dhe vos demedhys mar yonk in gwir," yn medh hy,
"ha me a glôw ev dhe vos caror bryntyn hag uthyk sêmly. Ha ma
govenek dhybm why gàs honen dhe gawas lùck mar dhâ gàs honen yn
scon—saw martesen ma cothman i'n gornel dhywgh solabrŷs."

Ny ylly Elynor desmygy y fe moy poos gans Syr Jowan declarya hy
herensa rag Edward na kerensa Mary-Àn rag Wyllowby. In gwir sergh
inter hy hag Edward o an ges moyha kerys ganso, drefen y vos
nowytha ha moy a dhamcanieth. Dhia bàn wrug Edward aga vysytya,
ny wrussons bythqweth kynyewel warbarth heb ev dhe eva dh'y haror
hy gans meur a bendroppyans hag a wynkyans rag sordya les in pùb
onen. Y fedha an lytheren F complys inwedh, hag a vedha kefys dhe
vos penfenten a'n gesyans brâssa ha'y natur avell an lytheren moyha
wharthus i'n abecedary o establyshys rag Elynor.

Dell esa hy ow qwetyas, y whre an Mêstresygow Steele cafos oll an
prow a'n gesyans-na. Ena an whor gotha a wovydnas pandr'o hanow an
den jentyl complys. Kyn feu an qwestyon-na gwrŷs taunt lowr, y feu va
owth acordya yn perfeth gans hy govydnuster ow tùchya manylyon aga
theylu. Saw ny wrug Syr Jowan gwary re bell gans an whans dhe

Dhe eva dh'y haror hy.

wodhvos a gara ev dhe sordya, rag ev a'n jeva kebmys plesour ow terivas an hanow dell y's teva Mêstresyk Steele orth y glôwes. "Ferrars yw y hanow ev," yn medh ev ow whystra yn heglêw, "saw na wra y gompla, rag kevrîn brâs yw." "Ferrars!" a grias Mêstresyk Steele. "Mêster Ferrars yw an den fusyk, ywa? Pywa! Broder agas whor dre laha, a Vêstresyk Dashwood? Den yonk fest plegadow in gwir. Aswonys ywa yn tâ dhybm." "Fatl'ylta jy lavarel hedna, Anne?" Lûcy a grias. Hy o ûsys dhe amendya oll lavarow hy whor. "Kyn whrussyn ny y weles unweyth pò dywweyth in chy ow ôwnter, re yw declarya ev dhe vos aswonys dâ genen."

Elynor a glôwas oll hedna gans rach ha gans sowthan. "Ha pyw o an êwnter-na? Pleth esa ev tregys? Fatla wharva y dhe vos aswonys dh'y gela?" Assa via dâ gensy may fe pêsys an devnyth, kyn na wrug hy dôwys dhe jùnya dhe'n kescows. Saw ny veu ger vŷth moy leverys adro dhodho. Rag an kensa prŷs in oll hy bêwnans, hy a gresys Mêstres Jenyngs dhe dhysqwedhes fowt a whans godhvos a'n mater pò a'n desîr dh'y lêsa. An fordh may whrug Mêstresyk Steele côwsel a Edward a encressyas hy whans hy honen a wodhvos, rag yth hevelly dhedhy fatell o kelys in hy geryow neb drocoleth, hèn yw, an venyn yonk dhe wodhvos, pò dhe gresy hy honen dhe wodhvos neb tra dh'y aflês.—Saw ny spêdyas hy whans dhe glôwes moy, rag ny leverys Mêstresyk Steele tra vŷth pelha a hanow Mêster Ferrars, pàn vedha ev complys yn egerys gans Syr Jowan.

Chaptra XXII

Scant ny ylly Mary-Àn perthy tauntyans, fowt jentylys, folneth pò dyffrans dhyworth hy thast hy honen, hag i'n eur-na, spessly dre rêson a iselder hy spyrys, nyns o hy pÿs dâ gans Mêstresygow Steele, ha nyns o hy whensys dhe genertha aga howethyans. Awos hy fara yêyn in aga hever, neb a stoppyas pùb attent dhywortans dhe vos hy hothmans, y a wre preferrya Elynor (dell esa Elynor ow qweles), ha hedna o apert in aga manerow aga dyw, saw yn arbednyk in manerow Lûcy. Ny wre Lûcy kelly chauns vÿth a gestalkya gans Elynor nag a encressya hy aswonvos anedhy dre gôwsel a'y thybyansow orty yn êsy hag yn egerys.

Herwyth natur Lûcy o sley; hy lavarow yn fenowgh a vedha ewn ha wharthus; hag avell cowethes dres hanter-our Elynor a's kefy liesgweyth dhe vos plegadow; saw ny gafas hy gnas gweres vÿth dhyworth dyscans; hy o dyskians hag anlettrys; ny ylly bos kelys dhyworth Mêstresyk Dashwood hy lack a bùb amendyans brÿs, hy fowt a avîsyans ow tùchya an manylyon kenyver jorna, in spît dh'y attentys pùb termyn dhe omdhysqwedhes fest skentyl. Elynor a wely hag a berthy pyteth anedhy dre rêson a'n otham a wonys a'y gallos teythiak, a alsa bos rendrys wordhy dre dhyscans. Saw Elynor a wely, le hy thrugareth, an otham dien a fînder, a ewnhenseth ha gwiryonsys brÿs, dyskevrys der hy assays, hy dywysycter ha'y flattrans i'n Park. Ytho ny ylly Elynor bos contentys in gwir in company mowes esa ow jùnya fâlsury dhe nîcyta; hy lack a dhyscans a's gwetha y rag metya in kescows avell persons eqwal an eyl dh'y ben. Hag omdhegyans Lûcy tro ha pobel erel, a wre pùb assay dhyworth Lûcy dhe attendya ha dhe omry dhe Elynor heb valew vÿth oll.

"Dre lycklod why a vedn pedery ow qwestyon dhe vos coynt," yn medh Lûcy dhe Elynor udn jêdh hag y ow kerdhes warbarth dhia an Park dhe'n pentry—"bùs praydha, yw mabm agas whor dre laha, Mêstres Ferrars, aswonys dhe why?"

In gwir Elynor a brederys an qwestyon dhe vos fest coynt, hag y feu hedna dhe redya wàr hy bejeth; hy a leverys na wrug hy bythqweth gweles Mêstres Ferrars.

"In gwir!" Lûcy a worthebys; "hèn yw marth dhe vy, rag me a vensa crejy why dh'y gweles in Norlond traweythyow. Rag hedna, mettesen, na ellowgh why lavarel dhe vy pana sort benyn yw hy?"

"Na allaf," Elynor a worthebys, rag poos o gensy derivas hy gwirvrusyans a vabm Edward, ha nyns o hy whensys dhe gontentya hy whans taunt dhe wodhvos; "Nyns yw hy aswonys poynt dhybm."

"Me yw sur why dhe grejy me dhe vos fest stranj, ow covyn 'dro dhedhy indelha," yn medh Lûcy, ha hy ow meras stark orth Elynor pàn esa hy ow côwsel; "bùs mettesen yma dhe vy rêsons—me a garsa derivas. Bùs ma govenek dhe vy why dhe alowa nag oma porposys dhe vos taunt."

Elynor a's gorthebys yn cortes, hag y a gerdhas in rag dres nebes mynys heb leverel ger, Y feu an taw terrys gans Lûcy. Hy a wrug nowedhy an devnyth in udn hockya,

"Na allama perthy why dhe'm consydra taunt ha whensys dhe wodhvos. Sur oma me dhe wil tra vŷth i'n bŷs kyns ès ow bosama consydrys taunt gans person, yw hy breus dâ ahanama dhe vos a gebmys valew dhe vy. Ha sur oma kefrŷs na via an dowt lyha dhe vy rag trestya inowgh. In gwir me a via pòr lowen dhe glôwes gàs cùssul ow tùchya stât dygonfort eroma ina. Nag eus caus vŷth rag gàs ania. Drog yw genama nag yw Mêstres Ferrars aswonys dhe why."

"Drog yw genef, nag yw," yn medh Elynor gans marth brâs, "a pe va a les brâs dhywgh dhe wodhvos pandr'esoma a predery anedhy. Saw in gwir ny wrug vy convedhes bythqweth colm vŷth dhe vos intredhowgh ha'n teylu-na; yth yw mater rag marth dhybm, why dhe wovyn orthyf mar sad ow tùchya hy gnas hy."

"Me a grës yth yw, ha certan oma nag yw hedna marth. Bùs mar teffen ha lavarel dhe why, na wrussowgh why kemeres marth. Nag yw Mêstres Ferrars tra vŷth dhe vy i'n tor'-ma—bùs an prŷs a vedn dos—pana scon a vedn powes warnedhy hy honen—pàn ven ny kelmys stroth an eyl dh'y ben."

Hy a veras dhe'n dor ow leverel hedna, in fordh vethek caradow, heb aspias orth hy howethes ma's unweyth adenewen, dhe weles fatla wrug hy lavar obery warnedhy.

"Re Dhuw a'm ros!" Elynor a grias, "pyth esowgh why ow mênya? Yw Mêster Robert Ferrars aswonys dhywgh? A yll ev bos aswonys dhywgh?" Ha nyns esa hy ow omglôwes re lowen der an preder a'y bos hy hy whor dre laha.

In fordh vethek caradow.

"Nag yw," yn medh Lûcy, "nag yw Mêster Robert Ferrars aswonys dhe vy—byscath na wrug avy y weles, bùs," ow fastya hy dewlagas wàr Elynor, "th'eroma ow mênya y vroder cotha."

Pandra veu emôcyon Elynor i'n prÿs-na? Sowthan, tydn ha crev kefrÿs, na ve hy ow sconya dhe gresy an dra. Hy a drailyas tro ha Lûcy gans marth tawesek, heb gallos desmygy an rêson pò an towl rag an declaracyon-na; ha kyn whrug lyw hy fâss chaunjya, hy fowt crejyans a savas fast, ha nyns o lyckly hy dhe godha gwadn na sùffra shôra sterycks.

"Ma marth dhe why mettesen," Lûcy a bêsyas, "rag sur yw nag erowh why ow tyby anodho kyns lebmyn; dre lycklod na wrug ev byscath hyntya dhe why na dhe esel vêth a'gas teylu; rag intendys o pùpprës dhe vos sêcret brâs, ha heb dowt hedna re beu gwethys genama yn lel bys i'n tor'-ma. Ny wodhya den vêth a'm goos nessa adro dhe'n negys bùs Anne, ha byscath na wrussen vy y gompla dhe why, na ve me dhe fydhya yn tien in gàs gwiryonsys why. Hag in gwir, th'eren ow consydra me dhe wovyn mar lies qwestyon orthowgh why ow tùchya Mêstres Ferrars dhe hevelly coynt, ha rag hedna me a rêsa y styrya. Ha me a grÿs pelha na vêdh Mêster Ferrars dysplêsys, pàn wrella va clôwes me dhe drestya dhe why, rag me a wor fatell uja va ow sensy an opynyon moyha uhel a'gas teylu yn tien, ha fatell uja ow meras orthowgh why hag orth an Mêstresygow Dashwood erel avell y whereth y honen." Hy a bowesas.

Elynor a dewys dres nebes mynys. Hy sowthan orth an dra clôwys gensy o re vrâs rag geryow. Saw wàr an dyweth hy a gonstrînas hy honen dhe gôwsel ha dhe gôwsel gans rach; hy a leverys, cosel hy lev, neb a gelas hy sowthan ha'y anken—"A allama govyn mar peu agas ambos gwrÿs pell alebma?"

"Ny yw ambosys dhe dhemedhy nanj yw peder bledhen."

"Peder bledhen!"

"Eâ."

Kyn feu Elynor diegrys, ny ylly hy whath y gresy.

"Ny wodhyen vy," yn medh hy, "why agas dew dhe vos aswonys dh'y gela bys agensow."

"Bùs ny yw aswonys nanj yw lies bledhen. Th'era va in dadn with ow ôwnter, why a wor, termyn pell."

"Agas ôwnter?"

"Eâ. Mêster Pratt. A ny wrugo why byscath y glôwes ow côwsel a Vêster Pratt?"

"Me a grÿs y whrug," Elynor a worthebys, gans assay, rag hy emôcyon a veu moghhës.

"Ev a veu peder bledhen gen ow ôwnter, neb yw tregys in Longstaple, ogas dhe Plymoth. I'n tyller-na me a wrug y aswon kyns oll, rag me ha'm whor, th'eren ny owth ôstya yn fenowgh gans ow ôwnter. Hag ena inwedh a veu gwrës agan ambos, kyn na veu hedna erna wrug ev gara ow ôwnter avell dyssypel. Bùs ev a vedha genen pùpprës ogasty. Nag en vy whensys dhe vos ambosys ganso, dell ellowgh why desmygy, heb cubmyas ha comendyans y vabm; bùs me o re yonk hag th'eren vy orth y gara re dhâ dhe vos mar fur dell godhvia dhe vy bos. Kyn nag ywa aswonys mar dhâ dhe why avell dhe vy, a Vêstresyk Dashwood, res yw dell wrugo why gweles lowr anodho dhe wodhvos fatell ell ev heb dowt vëth gwil dhe venyn codha in kerenja ganso."

"In gwir," Elynor a worthebys heb godhvos yn ewn pandr'esa hy ow leverel. Saw warlergh ombredery tecken, hy a veu certan a lendury hag a gerensa Edward rygthy hy honen, ha'y howethes dhe leverel gowegneth—ytho hy a addyas, "Ambosys dhe Vêster Edward Ferrars!—res yw dhybm meneges ow bos vy sowthenys yn tien der agas geryow—gevowgh dhybm, saw in gwir res yw bos errour ow tùchya person pò hanow. Ny yllyn ny bos ow referrya dhe'n keth Mêster Ferrars."

"Na ellen ny bos ow referrya dhe gen den vëth," yn medh Lûcy gans minwharth. "Mêster Edward Ferrars, mab cotha Mêstres Ferrars, a Strêt an Park, ha broder dh'agas whor dre laha, Mêstres Jowan Dashwood, yw an den styrys genama. Res yw dhe why acordya nag oma lyckly dhe vos in errour ow tùchya hanow an den uja oll ow lowender kelmys ganso ev."

"Coynt yw," Elynor a worthebys in ancombrynsy sherp, "na wrug vy bythqweth y glôwes ow compla agas hanow why kyn fe."

"Nâ, pàn wrewgh why consydra an stât eren ny etta, nag o coynt. Agan chîf-towl pùpprës re beu dhe wetha an negys in dadn gel. Nag en vy ha nag o ow theylu vy aswonys poynt dhe why, ha rag hedna nag era ocasyon vëth rag compla ow hanow vy dhe why. Ha drefen ev dhe berthy own pùpprës y whre y whor ev kemeres skeus, ev a vydna kemeres rach pùb termyn na wrella ev compla ow hanow vy dhe why."

Hy a dewys.—Surneth Elynor a godhas, saw ny wrug hy omgontroll-yans codha ganso.

"Why yw ambosys nans yw peder bledhen," yn medh hy, crev hy lev.

"On, ha Duw a wor pyseul hirha a vëdh res dhyn gortos. Edward truan! Ma an negys ow qwil dhodha kemeres dyglon." Ena hy a gemeras pyctour munys in mes a'y focket ha hy a addyas, "Rag lettya an possybylta a errour, me a'gas pës dhe veras orth an fâss-ma. Ev yw tecka ès hebma, heb mar, saw me a grës na ellowgh why bos tùllys ow tùchya an person a veu va tednys ragtho. Yma va genen an teyr bledhen-ma."

Pàn esa hy ow côwsel hy a worras an paintyans inter dêwla Elynor, ha kettel welas hy an pyctour, pynag oll dhowtys a's teva ow tùchya ervirans re hastyf, pò hy bolùnjeth dhe dhecernya falsury, nyns o dowt vÿth an dra dhe dhysqwedhes bejeth Edward. Hy a ros an pyctour wàr dhelergh dhe Lûcy dystowgh, hag a avowas an semlant dhe vos Edward.

"Na yllyn vy byscath ry ow fyctour vy dhodh'ev," Lûcy a bêsyas, "hag yth oma vexys dre hedna, rag ev a garsa kebmys y gafos dheworthama. Bùs porposys oma dhe esedha ragtha kettel vo possybyl."

"Why a lever an gwiryoneth," yn medh Elynor yn cosel. Y êth nebes stappys in rag heb leverel ger. Lûcy a veu an kensa dhe gôwsel.

"Me yw sur," yn medh hy, "na goodh dhybm dowtya poynt why dhe wetha an sêcret-ma yn lel. Rag why a wor y vos a bris brâs dhybm, na wrella y vabm godhvos adro dhe'n mater. Ny vensa hy comendya an ambos intredhon, me a grÿs, ha me yw heb fortyn vÿth ha hy yw benyn fest gothys."

"In gwir ny wrug vy pesy agas fydhyans," yn medh Elynor, "saw nyns esowgh why ma's orth ow fydhya inof yn ewn, pàn esowgh why ow tesmygy me dhe vos dhe drestya. Agas kevrîn yw salow genama, saw gevowgh dhybm mars oma sowthenys why dhe gevradna agas sêcret genef heb otham. Res yw why dhe gresy na vynsa hedna crefhe sawment an sêcret."

Pàn leverys hy hedna, hy a veras freth orth Lûcy, gans an govenek a weles neb tra in hy bejeth, martesen an radn vrâssa a'y derivas dhe vos fâls. Saw ny jaunjyas cowntnans Lûcy in fordh vÿth.

"Th'eren vy ow kemeres own why dhe bedery me dhe gemeres franchys brâs in agas kever," yn medh hy, "pàn wrug avy derivas oll hebma dhe why. Gwir yw nag owgh why aswonys dhebm termyn hir, yn personek wàr neb cor; bùs aswonys owgh why dhe vy hag oll agas teylu dre dhescrefans nanj yw pell. Ha kettel wrug vy agas gweles why, me a omglôwas why dhe vos cowethes coth ogasty. Ha pelha, i'n present câss, th'eren ow cresy bos otham a neb styryans rag me dhe wovyn orthowgh mar dhywysyk ow tùchya mabm Edward, ha me yw pòr anfusyk, na'm beus person vëth dhe besy cùssul dhyworto. Na wor den vëth a'n negys bùs Anne ha ma pùb breus ow lackya dhedhy. In gwir ma hy ow qwil moy a dhrog dhebm es a dhâ, rag th'eroma ow perthy own pùpprës hy dhe'm traita. Na wor hy, dell welowgh why, sevel orth clappya, hag me a gemeras scruth agensow, pàn veu hanow Edward complys gans Syr Jowan, rag dowt hy dhe dheclarya pùptra. Why a ell desmygy pygebmys eroma ow sùffra in ow brës. Marth yw genama me dhe vos whath ow pêwa warlergh kenyver tra godhevys genama rag kerenja Edward an peder bledhen dhewetha-ma. Ma pùb tra mar dyckly ha diantel. Ha nag eroma worth y weles bùs anvenowgh—scant ny yllyn ny metya moy ès dywweyth i'n vledhen. Marth yw nag yw trogh ow holon dhe dybmyn."

Ena hy a gemeras in mes hy lien dorn; saw ny glôwas Elynor inhy hy honen pyteth vÿth anedhy.

"Par termyn," Lûcy a bêsyas ow seha hy dewlagas, "me a grës y fedha gwell ragon dhe derry an ambos yn tien." Pàn leverys hy hedna hy a veras yn egerys orth hy howethes. "Bùs ena par termyn ny'm beus coraj lowr dh'y wil. Na allama perthy an preder a'y drist'he kebmys, rag me a wor pandra vensa an dorrva gwil dhodha. Ha dhe vy ow honen inwedh—rag th'yw ev mar ger dhebm—me a grës na alsen y wil. Pandra vensowgh why gwil i'n câss-na, a Vêstresyk Dashwood? Pandra vensowgh why gwil agas honen?"

"Gevowgh dhybm," Elynor a worthebys, sowthenys der an qwestyon: "sow ny allama ry cùssul vÿth dhywgh i'n câss. Agas breus agas honen a dal agas gedya."

"Rag leverel an gwiryoneth," Lûcy a bêsyas warlergh y dhe dewel nebes mynys, "res vêdh dh'y vabm dhe brovia dhodha neb termyn. Bùs ma Edward ow kemeres dyglon adro dhe'n mater! A ny wrugo why pedery y spyrys dhe vos fest isel pàn era va in Barton? Ev o pòr drist pàn wruga gàn gara in Longstaple rag viajya dh'agas vysytya why. Own a'm beu why dh'y gonsydra clâv."

"A dheuth ev ytho dhyworth chy agas êwnter, pàn wrug ev agan vysytya?"

"Deuth in gwir. Ev a wrug ôstya dyw seythen genen. A wrugo why cresy ev dhe dhos strait dhyworth Loundres?"

"Na wrug," Elynor a worthebys, hag y ow sensy dhe voy ha dhe voy sur a wiryoneth Lûcy. "Yma cov dhybm ev dhe dherivas dhyn fatell wrug ev remainya dyw seythen gans cothmans ogas dhe Plymoth." Hy a remembras inwedh, fatell veu hy sowthenys i'n prÿs-na, ha na wrug ev compla tra vÿth moy a'n cothmans-na; fatell dewys ev ow tùchya henwyn an keth cothmans.

"A ny wrugo why cresy y spyrys dhe vos fest isel?" a wovydnas Lûcy arta.

"Gwrussyn in gwir, ha spessly pàn wrug ev agan drehedhes wostallath."

"Me a'n pesys dhe strîvya dhe apperya lowen, rag dowt why dhe dhyscudha pandr'o an mater gansa; bùs hedna a'n trist'has yn frâs, na allas ev remainya bùs dyw seythen genen, hag ev orth ow gweles vy fest dyglon. An gwas truan! Ma own dhe vy nag yw y stât chaunjys poynt, rag ma va ow screfa dhe vy pòr isel y spyrys. Me a glôwas dhyworta strait kyns ès me dhe forsâkya Keresk," ha hy a gemeras in mes a'y focket hag ow tysqwedhes an drigva yn tybreder dhe Elynor. "Why a wor y dhornscrefa, dell hevel—spladn ywa; bùs nag yw hedna screfys mar dhâ dell yw ûsys. Ev o sqwith me a grës, rag ev a lenwys an folen mar leun dell ylly ev."

Elynor a welas an screfa dhe vos gwrŷs gans dorn Edward, ha ny ylly hy dowtya na felha. An pyctour, hy a alowas hy honen dhe gresy, y halsa bos kefys dre gast; martesen nyns o va res ganso dhedhy; saw keschaunjyans a lytherow intredhans, ny ylly hedna bos styrys marnas dre ambos fast. Dres nebes mynys Elynor o fethys. Scant ny ylly sevel; saw res o dhedhy strîvya. Ha hy a omladhas mar stowt warbydn anken hy emôcyons, may spêdyas hy yn scon hag yn tien rag an present.

"Kesscrefa," yn medh Lûcy ow corra an lyther wàr dhelergh in hy focket, "yw an solas udnyk eus dhyn in kescar mar bell. Eâ, ma moy confort dhe vy in y byctour, bùs ny'n jeves Edward hedna kyn fe. Ev a lever a pe ow fyctour dhodha, y fia contentys. Me a ros cudyn a'm blew dhodha settys in besow, pàn esa ev in Longstaple an dewetha prŷs, ha th'yw hedna nebes confort dhodha, saw nag ywa mar dhâ avell portreyans. Why a verkyas an besow mettesen pàn wrugo why y weles?"

"Gwrug," yn medh Elynor, sad hy lev, saw in dadno yth o kelys emôcyon hag anken lacka ès ken tra vŷth a glowas hy bythqweth. Hy o ancombrys, diegrys, fethys.

I'n gwelha prŷs y o devedhys dhe'n penty ha ny ylly an kescows durya na felha. Warlergh esedha gansans nebes mynys, an Mêstresygow a dhewhely dhe'n Park, hag ena yth o Elynor frank dhe ombredery ha dhe omsensy truedhek.

Chaptra XXIII

Na fors pana wadn o trest Elynor in gwiryoneth Lûcy, ny ylly hy, warlergh ombredery yn town, y dhowtya i'n present câss, drefen na via prow vÿth rag Lûcy rag devîsya fâlsury mar wocky. Ytho an pÿth declarys gans Lûcy a dalvia bos gwir. Ny ylly Elynor y dhowtya na felha, rag yth o va scodhys a bùb tu dre lycklod ha dre brov. Ny ylly bos contradies marnas gans hy whansow hy honen. Y dhe vetya y gela in chy Mêster Pratt o an fùndacyon a bùb tra aral, certan hag ankensy; vysyt Edward dhe dyller ryb Plymoth, iselder y spyrys, y dristans ow tùchya an bledhydnyow devedhek, y omdhegyans diantel in hy hever hy, an Mêstresygow Steele dhe wodhvos kebmys adro dhe Norlond hag adro dhe esely erel Teylu Dashwood, taclow a wrug sowthanas Elynor yn fenowgh, an pyctour, an lyther, an besow, oll warbarth a formyas dùstuny mar grev na ylly bos dowtys; hag y oll dhe fastya avell gwiryoneth derivas Lûcy, na ylly faverans vÿth settya adenewen. Res o dhedhy avowa y whrug Edward hy thebel-dhyghtya.—hy sorr dre rêson a'n fara-na, hy dhe vos tùllys ganso, y whrug dhedhy rag pols kemeres pyteth anedhy hy honen yn udnyk; saw warlergh termyn ken tybyansow, prederow dyffrans a sordhyas inhy. Esa Edward dre dowl orth hy decêvya? A wrug ev fâcya kerensa rygthy nag esa ev ow clôwes? O y ambos gans Lûcy colm gwrÿs ganso gans leungolon? Nag o. Pynag oll o y sergh rag Lûcy i'n dedhyow passys, ny ylly Elynor cresy ev dh'y hara whath. Yth esa ev orth hy hara hy yn udnyk. Ny ylly hy bos tùllys i'n mater-na. Hy mabm, hy whereth, Fany, y oll a welas in Norlond fatell a'n jeva ev kerensa rygthy. Nyns o hodna tarosvan in hy imajynacyon hy honen. Yth esa ev worth hy hara heb dowt vÿth oll. An certuster-na a wre medhelhe hy holon. A ny ylly hedna hy themptya dhe ava dhodho? Ev o dhe vlâmya pàn wrug ev remainya in Norlond wosa ev dhe dhallath clowes y gerensa rygthy dhe vos ow tevy. Ny ylly ev bos ascûsys; saw mar qwrug ev hy fystyga hy, py seul dhe vrâssa a wrug ev pystyga y honen. Mars o ankensy hy stât hy, y stât ev o skyla rag dyspêr. Y folneth a's trist'has rag termyn, saw dell hevelly ev a ladras dhyworto y honen kenyver chauns a vos lowen. Hy a ylly warlergh nebes termyn dascafos cosoleth in hy holon, saw pandr'esa ow tegensewa ragtho ev? A alsa ev bos lowenek gans Lûcy Steele? A pe y gerensa rygthy hy honen settys adenewen yn tien, a alsa ev, gans y ewnhenseth, y fînder ha skentoleth, bos contentys gans gwreg kepar ha Lûcy—anlettrys, fel ha honenus?

Heb mar kerensa fol a dhen nawnjek bloodh a vydna y dhallhe dhe bùb tra marnas dh'y thecter ha'y natur lowen; saw an peder bledhen warlergh hedna—a pêns y spênys ganso in maner fur, a vynsa gwelhe y gonvedhes yn frâs hag ytho egery y dhewlagas dhe'n lack a dhyscans inhy. An keth bledhydnyow-na spênys gensy in cowethas pobel dhydhysk, trufyl aga gwythresow, a vynsa dre lycklod ladra dhyworty an sempleth-na neb o addyans a bris dh'y semlant teg.

A pe brâs an caleterow metys ganso dhyworth y vabm hag ev whensys dhe dhemedhy Elynor, py seul dhe vrâssa a viens ha'n vowes dôwysys ganso avell gwreg dhe vos liesgweyth lacka agessy ow tùchya teylu ha fortyn. Ny vynsa an caleterow-na grêvya re y berthyans, ha'y golon mar yêyn tro ha Lûcy; saw trist o stât an den a via envy hag anwhecter y deylu consydrys ganso avell le a vexyans!

Pàn esa hy ow predery adro dhe'n taclow trist-ma an eyl warlergh y gela, hy a wrug ola ragtho ev kyns ès rygthy hy honen. Scodhys der an tybyans crev na wrug hy tra vŷth dhe dhendyl hy thristans present, ha confortys der an grejyans na wrug Edward tra vŷth dhe gelly hy estêmyans uhel anodho, yth esa hy ow cresy whath in dadn an kensa strocas poos, y hylly omgontrollya hy honen lowr dhe wetha hy mabm ha'y whereth rag godhvos an gwiryoneth. Hy a ylly collenwel an promys-na dhedhy hy honen mar dhâ dew our wosa hy dhe sùffra an mernans a oll hy govenek; ny vydna den vŷth soposya dhyworth semlant hy whereth, fatell esa Elynor ow lamentya hy dhe vos keskerys rag nefra dhyworth an den kerys gensy. Hag in kettermyn yth esa Mary-Àn owth ombredery a berfethter an den, esa worth hy hara yn tien, dell esa hy ow cresy, hag esa hy ow qwetyas gweles in pùb caryach ow viajya in ogas dh'aga chy.

Res o dhedhy keles dhyworth hy mabm ha dhyworth Mary-Àn an dra a veu delyfrys dhedhy in dadn gel. Kynth esa hedna ow reqwîrya strîvyans pùb termyn, ny wre va moghhe hy anken. In contrary part confort vedha dhedhy, na rêsa dhedhy derivas dhodhans negys a vynsa aga fystyga kebmys, ha pelha frank o hy a'n res a glôwes aga dampnacyon a Edward. Dre lycklod hedna a via fest poos, ha ny alsa hy scant y berthy.

Hy a wodhya na vedha gweres vÿth dhedhy naneyl aga hùssul nag
aga hescows. Aga thristans y a vydna moghhe hy anken, ha ny vydna
hy omgontrollyans recêva kenerthans vÿth dhyworth aga exampyl na
dhyworth aga frais. Crefha o hy hy honen oll, ha'y dothter hy honen a's
scodhya yn tâ, ma na veu crehyllys hy ferfter. Y fedha hy semlant a
lowender mar grev dell ylly bos, awos an edrega mar dhown ha mar
nowyth a gafas hy.

Kyn whrug hy sùffra yn frâs dhyworth an kensa kescows gans Lûcy
adro dhe'n negys, hy a omglôwas yn scon an desîr dh'y dhasnowedhy;
ha rag moy ès udn rêson. Hy o whensys dhe glôwes oll manylyon a'ga
bos ambosys dh'y gela. Hy a garsa convedhes dhe well pandr'o
emôcyons Lûcy tro hag Edward; esa fùndacyon vÿth in hy declaracyon
a'y sergh tender ragtho? Spessly hy a garsa gwil dhe Lûcy cresy, der hy
bolùnjeth dhe gôwsel adro dhe'n mater ha'y hosoleth orth y dhyghtya,
nag o bern dhedhy aga bos kelmys dh'y gela marnas avell cothman
dhodhans. Rag yth esa own dhe Elynor hy amôvyans sodyn an myttyn-
na dhe wil dhe Lûcy tyby hy dhe gara Edward. Apert o dhedhy fatell
esa Lûcy gorvydnek in hy hever; cler o na wrug Edward côwsel
anedhy ma's gans brusyans uhel. Hy a wodhya hedna kyns oll
dhyworth geryow Lûcy hy honen ha pelha drefen hy dhe fydhya
sêcret personek dhedhy warlergh hy aswon termyn mar got. Ha res o
dhe'n taclow leverys gans Syr Jowan avell gesyans bos a bris.
Kynth o Elynor certan inhy hy honen yth esa Edward orth hy hara, nyns o res
predery a gen tra vÿth dhe wil natùral gorvyn Lûcy. Prov a hedna o hy
fydhyans inhy. Pana rêson aral a's teva Lûcy dhe dherivas dhe Elynor
a'n ambos, marnas dh'y assûrya hy a'n clem brâssa a's teva hy rag
kerensa Edward, ha dhe dhesky dhedhy bos res dhedhy y avoydya
alena rag? Nyns o cales gans Elynor convedhes kebmys a forpos hy
hescarores. Kynth o Elynor ervirys dhe omdhon tro ha Lûcy herwyth
pùb penrewl a onour hag a onester, ha dhe strîvya warbydn hy herensa
rag Edward ha dh'y weles mar anvenowgh dell vedha possybyl, ny ylly
hy heb confortya hy honen die wil dhe Lûcy cresy nag o pystygys
poynt hy holon. Ha lebmyn, abàn o clôwys gensy an taclow moyha
sherp dhedhy, hy o certan y hylly hy dasclôwes oll an manylyon heb
apperya amôvys.

Saw ny gafas Elynor chauns dhe wil indelha dystowgh, kynth o Lûcy
parys dhe gescôwsel gensy pynag oll brÿs a vydna dos. Nyns o an
gewar teg lowr yn fenowgh rag alowa dhedhans mos wàr gerdh, hag
ena separatya aga honen dhyworth an remnant; ha kyn whrèns y metya
pùb secùnd gordhewher i'n Park pò i'n penty, ha dre vrâs i'n Park, ny
vedhens soposys dhe vetya rag kescôwsel. Ny vynsa preder kepar ha

hedna entra in pedn Syr Jowan nag in pedn Arlodhes Myddelton
naneyl; hag ytho ny vedha rŷs ma's pòr vohes termyn dhe gescows a
bùbonen oll warbarth, ha ny veu prŷs rŷs dhe gescows pryveth.
Yth esens ow cùntelles rag debry, eva ha wherthyn warbarth, ha rag gwary
cartednow pò 'sewyansow'—pò ken rag neb gwary aral a vydna gwil
lowr a dros.

Y wharva nebes metyansow a'n sort-na, heb provia chauns vŷth dhe
Elynor kescôwsel yn pryveth gans Lûcy. Hag ena udn myttyn Syr
Jowan a vysytyas an penty hag a's pesys in hanow cheryta may
whrellens y oll kynyewel gans Arlodhes Myddelton an jorna-na,
drefen ev dhe vos constrînys dhe attendya an clùb in Keresk, ha'y
wreg a via hy honen oll, avês dh'y mabm ha Mêstresygow Steele.
Elynor a welas fatell vedha hedna ocasyon dâ rag an dra tôwlys gensy;
in cùntelles a'n par-na, dell hevelly, hy ha Lûcy a vedha moy frank dhe
gescôwsel warbarth in presens cosel ha cortes Arlodhes Myddelton ès
dell viens, a pe hy gour ty worth aga henertha dhe wary warbarth gans
meur a dros. Elynor ytho a dhegemeras an galow. Margaret gans
cubmyas hy mabm o mar bŷs dâ avell Elynor. Ha Mary-Àn, kyn na
garsa hy bythqweth jùnya dh'aga metyansow, a veu perswâdys gans hy
mabm, na vydna may fe hy keskerys dhyworth solas vŷth, dhe vysytya
an Park kefrŷs.

An benenes yonk êth dhe'n Park hag y feu Arlodhes Myddelton
fries yn lowen dhyworth an unycter uthyk esa worth hy godros. Anvlas
in gwir o an mêtyans poran kepar dell esa Elynor ow qwetyas; ny
wruga provia preder na lavar nowyth vŷth, ha ny ylly tra vŷth bos moy
sqwîthus ès an kescows i'n gynyowva hag i'n rom esedha kefrŷs. An
flehes a dheuth gansans bys i'n rom esedha, ha hadre vêns y ena,
Elynor a wodhya na ylly hy tedna attendyans Lûcy warnedhy hy
honen. Ny wrug an flehes departya erna veu remôvys an daffar tê. Ena
y feu settys bord an cartednow, hag Elynor a wrug omwovyn a vydna
hy nefra cafos chauns rag kescows pryveth i'n Park. Y oll a savas in bàn
rag gwary rônd.

"Ass oma lowen," yn medh Arlodhes Myddelton dhe Lûcy, "nag
owgh why ervirys dhe worfedna basket Ana-Maria vian haneth; rag sur
oma y whre va hùrtya agas dewlagas dhe wrias neusran in dadn wolow
cantol. Ha ny a vydn aqwytya an vowes vian whegoll avorow, hag ena
yma dhybm govenek na vêdh bern dhedhy."

Lowr veu an hynt-na. Lûcy a remembras hy honen dystowgh ha
gortheby, "Yn certan why owgh camgemerys yn tien, a Arlodhes
Myddelton. Nag eren bùs ow qwetyas dhe weles a aljowgh why gwil
aga party heboma; poken me a via ow qwil ow neusran solabrŷs. Na

venjen vy tùlla an elyk wheg rag oll an bŷs. Ha mars yw otham ahanam orth bord an cartednow i'n tor'-ma, me yw porposys dhe dhewedha an basket woja con."

"Why yw pòr hegar. Yma govenek dhybm na wra va pystyga agas dewlagas—a wrewgh why seny an clehyk rag nebes cantolyow gonys? Ow myrgh vian a via tùllys yn truan, me a wor, na ve an basket cowlwrŷs avorow, rag kyn leverys vy dhedhy na vedha yn sur, me yw certan hy dhe gresy y fŷdh gwrŷs."

Dystowgh Lûcy a dednas hy bord gonys bys dhedhy hag esedha arta gans màl hag yn lowen. Dell hevelly, hedna a styryas na ylly hy tastya joy brâssa ès gwil basket neusran rag flogh gorbeskys.

Arlodhes Myddelton a gomendyas gwary fyt Cassînô dhe'n re erel. Ny gôwsas den vŷth warbydn hedna marnas Mary-Àn yn udnyk. Gans hy dysdain ûsys a gortesy hy a grias, "Agas Arlodheseth a vydn ow ascûsya—why a wor bos cas genef gwariow cartednow. Me â dhe'n pyanô. Ny wrug vy y dùchya abàn veu tonys." Ha heb leverel ger vŷth moy, hy a drailyas adenewen ha kerdhes dhe'n pyanô.

Arlodhes Myddelton a apperyas hy dhe ry grâssow dhe Dhuw na gôwsas hy bythqweth mar dhyscortes.

"Ny yll Mary-Àn gwetha hy honen re bell dhyworth an pyanô, dell wodhowgh why, a vadama," yn medh Elynor, ow whelas lehe an offens; "ha nyns yw marth hedna, rag yth ywa an pyanô gwelha y don a glôwys vy bythqweth."

Res veu i'n eur-na dhe'n pymp person gesys tedna aga hartednow.

"Martesen," Elynor a bêsyas, "mar teuma ha sevel orth kemeres radn i'n gwary, me a yll gwil gweres dhe Vêstresyk Lûcy Steele, ow rolya hy faperyow rygthy. Yma kebmys whath dhe vos gwrŷs dhe'n basket, ha ny alsa hy gorfedna oll hy lavur haneth hy honen oll. Me a garsa gwil an whel yn frâs, mar qwrella hy alowa dhybm y radna gensy."

"In gwir me a vynsa aswon meur râss dhe why a'gas gweres," Lûcy a grias, "rag me re gavas fatell eus moy dhe wil ès dell eren vy ow crejy. Assa via dieth tùlla Ana-Maria wheg warlergh pùptra."

"Ogh! Assa via hedna uthyk in gwir," arsa Mêstresyk Steele. "An ena vian wheg, assoma worthy hy hara hy!"

"Why yw pòr garadow," yn medh Arlodhes Middleton dhe Elynor; "ha dell esowgh why in gwir ow cara an whel, martesen ny vydnowgh why gwary genen bys i'n nessa fyt, poken a wrewgh why gwary i'n tor'-ma?"

Elynor a veu pŷs dâ dhe acordya gans an kensa comendyans. Indelha dre nebes a'n sleyneth na alsa Mary-Àn iselhe hy honen dhodho, hy a wainyas hy thowl ha plêsya Arlodhes Middleton i'n kettermyn. Lûcy a brovias spâss dhedhy yn lowen, ha'n dhyw gescarores teg a veu esedhys an eyl ryb hy ben orth an keth bord, hag in cowl-ûnyta; y a dhalathas orth an keth ober. Yth esa Mary-Àn esedhys orth an pyanô hag ankevys o gensy pobel erel dhe vos i'n rom gensy. I'n gwelha prŷs yth o an pyanô mar ogas dhodhans, may whrug Mêstresyk Dashwood jùjya y hylly hy in dadn scoos an mûsyk egery an devnyth o a les dhedhy, heb peryl vŷth a vos clôwys gans den vŷth adro dhe vord an cartednow.

Chaptra XXIV

Gans lev fyrm, saw ow mos wàr hy habm, Elynor a dhalathas côwsel indelma: "Ny vien wordhy a'n fydhyans a wrussowgh why ow onora dredho, mar ny garsen contynewa ganso, pò na ve me dhe whansa godhvos moy adro dhodho. Ytho ny vanaf vy om-ascûsya me dhe gompla an negys arta."

"Gromassy dhe why," a grias Lûcy yn tobm, "rag why dhe derry an yey. Why re wrug êsya ow holon; rag th'era own dhe vy me dh'agas offendya wàr neb fordh gen an taclow a wrug vy derivas dhe why de Lun tremenys."

"Ow offendya! Fatl'yllowgh soposya hedna? Cresowgh dhybm,' hag Elynor a gôwsas gans oll lendury, "na alsa tra vŷth bos pelha dhyworth ow forpos vy ès dhe ry dhywgh preder a'n par-na. Esa skyla vŷth dhywgh why rag ow threstya vy, nag o wordhy hag esa ow tysqwedhes prais ragof?"

"Saw th'eroma worth agas assûrya," Lûcy a worthebys, hy dewlagas bian leun a styr, "th'hevelly dhe vy bos yêynder ha dysplesour in agas fara, neb a'm gwrug vy fest anês. Me o sur why dhe vos serrys genama, hag th'eren vy owth argya genama ow honen alena rag drefen me dhe gemeras franchys mar vrâs genowgh dh'agas trobla gans ow negyssyow. Bùs me yw lowen dhe dhyscudha nag o bùs ow fancy vy yn tien ha nag erowgh why worth ow blâmya. Mar teffowgh why ha convedhes pana vrâs o an confort dhe vy dhe scaffe ow holon ow côwsel orthowgh why a'n taclow eroma pùpprës ow predery anodhans kenyver mynysen i'm bôwnans, gàs pyteth a vensa gwil dhe why heb settya oy a dra vëth aral."

"In gwir nyns yw cales dhybm cresy y feu confort pòr vrâs dhywgh dhe veneges agas savla dhybm. Bedhowgh certan na gefowgh why ocasyon nefra dhe gemeras edrek a hedna. Agas câss why yw fest ankensy; yth hevel dhybm caleterow dhe vos oll adro dhywgh, ha fatell vŷth otham dhywgh a'gas kerensa an eyl dh'y gela rag agas scodhya inhans. Me a grŷs Mêster Ferrars dhe vos in dadn dhanjer y vabm yn tien."

"Na'n jeves ev ma's dyw vil buns a'y vona y honen; ha muscotter via demedhy wàr an sùmen-na. Bùs ragoma ow honen, me a alsa dascor pùb govenek a vona moy. Ûsys oma dhe begans fest bian, ha me a alsa strîvya gans bohojogneth rag y gerensa ev. Bùs me a'n car re dhe vos an rêson a'y robbya mettesen a bùptra a vensa y vabm ry dhodho, mar teffa ev ha demedhy rag hy flêsya hy. Dre lycklod res vëdh dhyn ny gortos lies bledhen. Gans gwas vëth aral hedna a via gwaityans uthyk. Bùs me a wor na yll tra vëth kemeres dhywortama kerensa ha lendury Edward."

"An grejyans-na a dal bos pùptra dhywgh. Ha heb mar ev yw scodhys der an keth trestyans in nerth agas kerensa ragtho. Mar qwrella aga kerensa an eyl dh'y gela fyllel, kepar dell usy ow wharvos gans lies kespar ambosys dres peder bledhen, agas stât a via fest truedhek."

Lûcy a veras in bàn, saw yth esa Elynor ow qwetha hy bejeth gans meur a rach na wrella hy geryow apperya leun a skeus.

"Kerensa Edward ragoma," yn medh Lûcy, "re beu prevys dâ lowr der agan bos keskerys an eyl dhort y gela mar bell dhia bàn veun ny ambosys, hag th'yw fest stedfast, may fia anpardonadow dhe vy y dhowtya lebmyn. Me a yll leverel in gwiryoneth na ros ev prŷs vëth byscath dhe vy dhort an dallath dhe vos ancrêsys ow tùchya hedna."

Scant ny wodhya Elynor a godhvia dhedhy minwherthyn pò hanaja pàn glôwas hy an geryow-na.

Lûcy a bêsyas, "Ow natur vy yw gorvydnek inwedh, ha dre rêson a'gan bos in stâtys pòr dhyffrans, ev dhe vos moy in mës i'n bës avelof vy, hag awos agan bos keskerys pùb termyn, me a vedha parys dhe gemeres skeus, dhe dhyscudha an gwiryoneth heb let vëth, mars esa chaunjyans byhadnha in y omdhegyans i'm kever pàn wrellen ny metya, poken iselder in y spyrys vëth na yllen styrya, pò mars esa ev ow côwsel a vowes moy ès a vowes aral, poken ev dhe apperya le lowen in Longstaple avell i'n dedhyow coth. Nag eroma ow lavarel ow bosa vy fest sherp na lybm ow lagasow, bùs i'n câss-na sur oma na alsen vy bos decêvys."

"Oll hebma," Elynor a brederys, "yw pòr deg, saw ny ylla perswâdya onen vŷth ahanan."

"Saw pandra," yn medh hy wosa pols, "yw agas tybyansow why? Pò a ny'gas beus govenek vŷth marnas gortos erna wrella merwel Mêstres Ferrars—ha hedna a via tra uthyk dhe wetyas? Yw hy mab hy parys dhe berthy hedna, ha dhe wetyas mar lies bledhen kyns ès peryllya

agas honen dre hy sorr hy termyn cot ha meneges an gwiryoneth
dhedhy?"

"A pen ny certan na via bùs termyn cot! Bùs Mêstres Ferrars yw
benyn stordy ha fest gothys. Ha dre lycklod, pàn wrella hy clôwes an
gwiryoneth, hy a via serrys brâs ha ry oll fortyn Edward dhe Robert.
Ma hedna ow qwil dhe vy perthy own, hag ow fêsya pùb whans a wil
tra vëth hastyf rag kerensa Edward."

"Ha rag agas kerensa why inwedh, pò esowgh why ow mos re bell
gans agas larjes?"

Lûcy a veras orth Elynor arta hag a dewys.

"Yw Robert Ferrars aswonys dhywgh?" Elynor a wovydnas.

"Nag yw, nag yw poynt—na wrug avy byscath y weles; bùs me a grës
nag ywa haval dh'y vroder—gocky yw ha bobba brâs"

"Bobba brâs!" Mêstresyk Dashwood a dhasleverys, rag hy scovarn a
gachyas onen a'n geryow-na in powes sodyn a vusyk Mary-Àn. "Dar,
mown jy ow côwsel a'ga haroryon moyha kerys, me a grës."

"Nag eron, a whor," Lûcy a grias. "Myskemerys osta ena. Nag yw
gàn caroryon cobbys in fordh vëth."

"Me a yll agas assûrya nag yw caror Mêstresyk Dashwood cobba
màn," yn medh Mêstres Jenyngs ow wherthyn yn colodnek, "rag ev
yw onen a'n dus yonk moyha uvel ha gwelha y omdhegyans a welys vy
bythqweth. Saw ow tùchya caror Lûcy, hy yw mar fel, na yller
dyscudha pyw yw kerys gensy."

"Dar," Mêstresyk Steele a grias, ha hy a veras adro ortans gan styr
brâs, "me a grës caror Lûcy dhe vos mar uvel ha mar dhâ y
omdhegyans avell caror Mêstresyk Dashwood."

Elynor a rudhyas in spît dhedhy hy honen. Lûcy a wrug dynsel hy
gwelv ha meras yn serrys orth hy whor. Y oll a dewys pols. Lûcy a
dorras an taw kensa hag a leverys isel hy lev, kynth esa Mary-Àn ow ry
dhodhans an scoos galosek a gonchertô spladn—

"Me a vedn laveral in gwiryoneth dhe why a dowl neb yw devedhys
aberth i'm pedn rag avauncya taclow. In gwir res yw dhe vy radna an
sêcret rag th'erowgh why ow pertainya dhe'n negys. Dell hevel why re
welas lowr a Edward dhe wodhvos fatell wre va preferrya an eglos dhe
bùb galow aral. Now, ow ervirans vy yw may whrella ev kemeres
ordrys kettel vo possybyl, hag ena dre gàs les why, ha me yw certan
why dh'y ûsya awos agas kerensa vrâs ragtho, hag awos why dhe'm
cara vy nebes inwedh, gàs broder a vëdh perswâdys dhe ry benfys
Norlond dhodho. Me a wor y vos fest dâ, ha nag yw lyckly an mab lien
present dhe vêwa re bell. Hedna a via lowr ragon dhe vêwa warnodho,
ha ny a alsa trestya dhe'n termyn ha dhe jauns rag an remnant."

"Me a yll agas assûrya," yn medh Mêstres Jenyngs.

"Me a via lowen pùpprÿs," Elynor a worthebys, "dhe dhysqwedhes dhywgh tôkyn vÿth a'm estêmyans ha kerensa rag Mêster Ferrars. Saw a ny yllowgh why gweles na vedha les vÿth genama i'n câss-ma? Ev yw broder dhe Vêstres Dashwood—ha hedna a dal bos comendyans lowr dh'y gour hy."

"Bùs na venja Mêstres Jowan Dashwood bos plêsys mar teffa Edward ha kemeres ordrys."

"Rag hedna yth hevel dhybm na vydna ow homendyans vy avauncya an negys."

Y a dewys lies mynysen warlergh hedna. Wàr an dyweth Lûcy a grias, down hy hanajen,

"Me a grës dell vedha gùssul welha dewedha an negys yn tien ha dygelmy an ambos tredhon ny. Ny a hevel bos strothys dre galeterow a bùb tu; ny a via moy lowen wàr an dyweth, kyn fen ny fest trist rag prës. Bùs a ny vydnowgh why ry gàs cùssul dhebm, a Vêstresyk Dashwood?"

"Na vanaf," a worthebys Elynor gans minwharth, esa emôcyons pòr ancrêsys in dadno, "ny vanaf agas cùssulya ow tùchya an negys-ma. Why a wor yn tâ na vynsa ow opynyon amowntya, na ve ev dhe acordya dh'agas bolùnjeth why."

"In gwir th'erowgh why ow qwil cabm dhebm," yn medh Lûcy yn solem. "Nag eus den vëth aswonys dhe vy eroma owth estêmya y vrusyans mar vrâs dell eroma owth estêmya agas breus why. Pelha mar teffowgh why ha laveral dhe vy, 'Ow hùssul dhe why yw in gwir dhe dhewedha agas ambos gans Edward Ferrars; hedna a vynsa encressya gàs lowena gàs dew,' me a vynsa y gollenwel dystowgh."

Elynor a rudhyas ow clôwes an falsury a wre'ty dhevedhek Edward. Ha hy a worthebys, "An gormola-na dhyworthowgh a vynsa gorra own inof na wrellen ry cùssul vÿth adro dhe'n negys, a pe cùssul vÿth formys genef. Yma va owth exaltya re ow opynyon vy. An gallos a gescar dew dhen mar gerenjedhek dh'y gela yw ober re vrâs rag person heptu."

"Dre rêson why dhe vos heptu," yn medh Lûcy nebes serrys, ha hy ow poosleva an ger 'heptu', "gàs geryow a vynsa bos mar alosek ragoma. Mar teffen ha soposya nag owgh why newtral ow tùchya agas emôcyons, na via valew vëth i'gàs cùssul."

Elynor a gonsydras y vos fur heb gortheby hedna, rag dowt y dhe brovôkya an eyl hy ben dhe encressyans a ancrês hag a ôpynsys. Hag in part hy a veu porposys heb compla an negys nefra arta. Rag hedna y feu taw dres termyn pell, ha Lûcy a veu an kensa dh'y dhewedha.

"A vedhowgh why in Loundres an gwâv-ma, a Vêstresyk Dashwood?" yn medh hy mar gompes dell o ûsys.

"Na vedhaf màn."

"Drog yw genama hedna," hy howethes a worthebys, hag yth esa hy lagasow ow spladna, "plesour brâs via dhe vy gàs metya why ena! Bùs dre lycklod gàs broder ha'gàs whor a wra gàs gelwel dh'aga vysytya."

"Ny vedhama abyl dhe dhegemeres aga galow, mar qwrowns y ow gelwel."

"Ass yw hedna anfusyk! Th'en vy certan a'gàs metya in Loundres. Anne ha me, ny a vedn mos dy orth dyweth Genver dhe nebes kerens ujy ow tesîrya ny dh'aga vysytya termyn pell! Bùs na wrama mos dy bùs rag gweles Edward. Ev a vëdh in Loundres in mis Whevrel, poken ny via plesour vëth ragoma ena. Na via whans vëth dhebm bos in Loundres."

Yn scon Elynor a veu gelwys dhe vord an cartednow, pàn veu gorfednys an kensa fyt. Rag hedna yth o dewedhys kescows pryveth an dhyw venyn yonk. Y aga dyw a veu plêsys dre hedna, rag nyns o leverys tra vŷth gans an eyl na'y ben a vydna gwil dhe'n venyn aral dysprêsya hy howethas i'n kescows moy ès kyns. Elynor a esedhas orth an bord gans an grejyans trist nag esa Edward ow cara an vowes a vedha y wreg, ha pelha na'n jeva ev an chauns lyha a vos lowen gensy avell kespar. Apert o dhe Elynor nag esa Lûcy ow qwetha Edward avell hy gour intendys ma's awos hy les hy honen yn udnyk, rag cler o hy dhe wodhvos yn tâ ev dhe vos sqwith a'n ambos intredhans.

Ny veu an negys complys arta gans Elynor. Pàn wrella Lûcy dallath côwsel anodho, ha hy a wre y compla mar venowgh dell o possybyl, hy a gemera with pùpprës a dherivas dhe Elynor pana lowenek o hy pàn wrella hy recêva lyther dhyworth Edward. I'n eur-na an mater a vedha dyghtys gans Elynor yn cosel hag yn fur, ha hy a wre gorra dyweth dhe'n devnyth mar scaffa dell ylly hy heb bos dyscortes. Rag yth esa Elynor ow crejy kescowsow a'n par-na dhe vos chersyans nag o dendylys gans Lûcy, ha dhe vos peryllys rygthy hy honen.

Y feu vysyt Mêstresygow Steele dhe Barton Park strechys yn frâs dres an termyn comendys wostallath. An faverans ragthans a encressyans ha ny ylly teylu Barton aga hepcor. Ny gara Syr Jowan clôwes a'ga dyberth, hag awos oll aga metyansow porposys in Keresk hag awos an otham a'ga hollenwel dystowgh, tra a vedha leverys orth dyweth pùb seythen, y a veu perswâdys dhe remainya i'n Park dew vis ogasty, ha dhe gemeres radn i'n degol-na usy ow reqwîrya meur a dhauncys pryveth ha meur a gynyewow brâs rag declarya y roweth.

Chaptra XXV

Kynth o Mêstres Jenyngs ûsys dhe spêna meur a'n vledhen in treven hy myrhes ha'y howetha, hy a's teva hy thrigva y honen. Dhia bàn verwys hy gour ty, neb o marchant a spêda vras in radn le fassyonus a Loundres, hy a wre remainya pùb gwâv in hy chy in onen a'n strêtys ogas dhe Blâss Portman. Pàn dheuth mis Genver hy a drailyas hy brÿs dhe'n chy-na, hag udn jëdh yn sodyn ha heb y dh'y wetyas, hy a besys an Mêstresygow Dashwood cotha mars ens y whensys dhe dhos gensy dhe ôstya in hy chy in Loundres. Heb meras orth Mary-Àn ha heb merkya na vedha poos gans hy whor dos gans Mêstres Jenyngs, Elynor a worthebys gans grâssow na vydna onen vÿth anodhans dos gensy, rag yth esa hy ow cresy hy hy honen dhe gôwsel ragthans aga dyw. An rêson a ros hy a veu nag o hy parys dhe asa aga mabm hy honen oll i'n sêson-na a'n vledhen. Sowthenys veu Mêstres Jenyngs gans an gorthyp ha hy a ros hy galow dhedhy arta dystowgh.

"A Dhuw! Me yw sur agas mabm a yll gwil hebowgh heb caletter vÿth, ha me a'gas pÿs dhe'm favera gans agas company, rag yth esoma worth y dhesîrya yn frâs. Na gresowgh why dhe'm ancombra poynt, rag ny vynsen chaunjya ow ûsadow in fordh vÿth oll i'gas kever why. Ny wrama ma's danvon Betty gans an côcha—ha nyns yw hedna dres ow fÿth! Ny agan teyr a yll mos i'm caryach vy, ha pàn ven ny in Loundres, mar ny vedhowgh why parys dhe dhos genef pùb le, na fors, why a yll mos gans onen a'm myrhes. Me yw sur na wra agas mabm côwsel warbydn an towl, rag me a gafas kebmys lùck ow ryddya ow honen a'm myrhes, may whra agas mabm why predery me dhe vos an person ewn dh'agas ry inter ow dêwla; ha mar ny wrama spêdya dhe fanja gour ty rag onen ahanowgh dhe'n lyha kyns ès why dhe dhepartya dhyworthyf, ny vedhama dhe vlâmya. Me a vydn agas praisya why dhe oll an dus yonk, why a yll bos certan a hedna."

"Yth hevel dhybm," yn medh Syr Jowan, "na vynsa Mêstresyk Mary-Àn côwsel warbydn an towl-na, mar teffa hy whor gotha ha kemeres radn ino. Pòr gales yw na vŷdh plesour vŷth gensy, drefen y vos poos gans Mêstresyk Dashwood. Rag hedna me a vynsa agas cùssulya agas dyw dhe dhallath wàr agas fordh dhe Loundres, pàn vowgh why sqwith a Barton, heb leverel ger vŷth dhe Vêstresyk Dashwood a'n mater."

"Nâ!" Mêstres Jenyngs a grias. "Me yw sur y fedhama uthyk lowen gans company Mêstresyk Mary-Àn, mar mydn Mêstres Dashwood dos genen pò mar ny vydn, saw dhe voy ahanan dhe lowenha, me a lever, hag yth esen ow cresy y fedhens moy attês warbarth, rag a pêns y sqwith ahanaf vy, y a alsa côwsel an eyl orth hy ben, ha wherthyn adro dhe'm gîssyow coynt adhelergh dhe'm keyn. Saw y fŷdh otham dhybm a onen anodhans! Re Dhuw a'm ros! Fatl'allama bêwa ow honen oll, pàn en vy ûsys bys i'n gwâv-ma dhe gafos Charlotte ow pêwa genef. Deus, a Vêstresyk Mary-Àn, gesowgh ny dhe shakya dêwla wàr an bargen, ha mar mydn Mêstresyk Dashwood chaunjya hy brŷs yn scon, kebmys dhe well."

"Gromercy dhywgh, a venyn dhâ," yn medh Mary-Àn gans gwres. "Agas galow re fastyas grâssow dhyworthyf rag nefra, ha me a vynsa perthy meur joy, eâ, an brâssa joy a alsen clôwes, mar callen y dhegemeres. Saw ow mabm, ow mabm guv—Me a grŷs lavar Elynor dhe vos gwir, hag a pe ow mabm dhe le lowen, dhe le attês drefen agan bos ow lackya dhedhy—Ogh! nâ, ny vynsa tra vŷth ow themptya dh'y forsâkya. Ny dal bos strif ragof."

Mêstres Jenyngs a leverys arta y hylly aga mabm aga hepcor heb caletter vŷth. Elynor, esa i'n eur-na ow convedhes brŷs hy whor, pàn welas hy fatell esa hy ow sconya dhe aswon pùptra aral dre rêson a'y bolùnjeth dhe vos gans Wyllowby arta, ny ùttras hy ger vŷth moy warbydn an towl, saw hy a'n referryas dhe vrusyans hy mabm. Nyns esa Elynor ow qwetyas hy mabm dhe scodhya vysyt Mary-Àn dhe Loundres ha rygthy hy honen yth esa hy whensys dh'y avoydya. Pynag oll dra a garsa Mary-Àn, hy mabm a vynsa avauncya—ny ylly Elynor gwetyas cùssulya hy whor dhe warya in negys, na wrug hy bythqweth hy ferswâdya dhe gemeres mystrest ino; ha pelha ny vedhas hy bythqweth styrya dh'y whor an rêson y vos poos gensy hy honen mos dhe Loundres. Conceytus dell o hy hag owth aswon gîssyow Mêstres Jenyngs yn tâ ha dyflasys pùp termyn gansans, Mary-Àn o parys dhe settya adenewen oll an taclow a vydna pystyga fînder hy holon. Apert o dhe Elynor dre hedna pana grev o an towl a'n vysyt dh'y whor—hag awos pùptra o wharvedhys, ny garsa Elynor bos dùstuny anodho.

Pàn dhescas Mêstres Dashwood adro dhe'n galow, hy a veu perswâdys y whre an viaj provia meur a blesour rag hy dyw vyrgh, ha hy a wodhya warlergh oll hy attendyans kerenjedhek dh'y secùnd myrgh, pygebmys o colon Mary-Àn ow tesîrya an dra, ny vydna ny clôwes a'ga sconya an galow rygthy hy honen. Ny wrussa tra vŷth hy hontentya ma's y aga dyw dhe dhegemeres galow Mêstres Jenyngs heb let. Hag ena hy a dhalathas, gans oll hy lowender ûsys, dhe brofusa lies sort a brow dhe dhos dhodhans oll dhyworth an kescar-ma. "Me yw fest plêsys gans an towl," hy a grias, "ev yw an dra poran esoma ow tesîrya. Margaret ha me, ny a vŷdh maga gweresys ganso avellowgh why. Pàn vowgh why ha teylu Myddelton gyllys, ny a wra mos in rag yn cosel hag yn lowen warbarth gans agan lyfrow ha'gan mûsyk! Why a vydn cafos Margaret gwelhës, pàn wrellowgh why dewheles! Yma dhybm preder bian dhe jaunjya agas chambours kefrŷs, hag y hyll hedna bos gwrŷs lebmyn heb ancrêsya den vŷth. Pòr ewn yw why dhe vos dhe Loundres. Dâ via genama a pe pùb mowes yonk a'gas stât i'n bŷs dhe aswon manerow ha plesours Loundres. Why a vŷdh in dadn with a venyn vabmyl dâ, ha nyns esoma ow towtya poynt hy haradôwder tro ha why. Ha dre bùb lycklod why a vydn gweles agas broder, ha pynag oll a vo y fowtys pò fowtys y wreg, pàn wryllyf remember pyw o y das, nyns oma pŷs dâ why dhe vos estrednyon dhyworto."

"Gans dha whans crev rag agan lowender," yn medh Elynor, "te re beu ow remôvya pùb caletter dhyrag an present towl. Saw yma whath udn rêson warbydn an present towl, ha dhe'm breus vy, ny yll hedna bos remôvys mar êsy."

Bejeth Mary-Àn a godhas.

"Ha pandra," yn medh Mêstres Dashwood, "usy ow Elynor guv doth ow mos dhe gomendya? Pana let uthyk brâs a vydn hy dry in rag? Bydner re wrellen vy clôwes ger vŷth a'n còst a'n viaj."

"Ow rêson rag bos warbydn an viaj yw hebma: kynth eus revrons brâs dhybm rag Mêstres Jenyngs ha'y holon, nyns yw hy benyn a yll hy hompany ry meur a blesour dhyn ny, ha pella ny wra hy gwith hy meur agan avauncya."

"Hèn yw pòr wir," hy mabm a worthebys, "saw scant ny vŷdh res dhywgh cowethya gensy heb pobel erel, ha pùpprŷs ogasty why a vydn apperya dhyrag tus warbarth gans Arlodhes Myddelton."

"Mar pŷdh Elynor fêsys drefen nag yw kerys gensy Mêstres Jenyngs," yn medh Mary-Àn, "dhe'n lyha ny wra hedna ow gwetha vy dhyworth degemeres hy galow hy. Nyns oma troblys dre scrûplys a'n par-ma, ha me yw sur y hallaf vy perthy pùb dysplesour a'n sort-na heb meur a strîvyans."

Ny ylly Elynor omwetha dhyworth minwherthyn pàn glôwas hy
Mary-Àn ow leverel hy nag o bern dhedhy omdhegyans benyn, a
vedha caletter dhedhy hy honen hy ferswâdya yn fenowgh dhe
omdhon dhyrygthy gans bohes cortesy kyn fe.

Hy a erviras inhy hy
honen, mar teffa hy whor ha durya gans an towl a viajya dhe Loundres,
hy dhe viajya gensy, rag nyns o ewn, dell esa hy ow tyby, may fe Mary-
Àn gesys dhe jùjya taclow warlergh hy jùjment personek yn udnyk. Ha
pelha nag o ewn whath Mêstres Jenyngs dhe vos forsâkys dhe vercy
Mary-Àn rag an solas a'n dhedhyow spênys in hy chy. Y feu Elynor dhe
voy reconcîlys dhe'n ervirans-na pàn remembras hy na vedha Edward,
warlergh acownt Lûcy, in Loundres kyns ès mis Whevrel; ha'ga vysyt
a alsa yn êsy bos gorfednys dhyrag an termyn-na.

"Dâ via genef why agas dyw dhe viajya dhe Loundres," yn medh
Mêstres Dashwood; "ass yw gocky an rêsons rag sconya dhe viajya!
Why a gav meur a blesour in Loundres, ha spessly drefen why dhe vos
warbarth; hag a pe Elynor parys dhe lowenhe, hy a vynsa cafos delît in
lies fordh. Hy a vynsa martesen plêsya hy honen owth aswon dhe well
teylu hy whor dre laha."

Y fedha Elynor whensys yn fenowgh dhe lehe surneth hy mabm ow
tùchya an gerensa inter Edward ha hy honen, may fe hy dhe le diegrys
pàn ve dyscudhys dhedhy oll an gwiryoneth. I'n eur-na hy a dhalathas
constrîna hy honen dhe wil an assay, ha hy a leverys mar grev dell ylly
hy, "Pòr ger yw Edward Ferrars dhybm, ha me a vŷdh plêsys pùpprŷs
dh'y weles; saw ow tùchya remnant y deylu, nyns yw bern dhybm
poynt, mar pedhama aswonys dhodhans nefra pò na vedhama."

Mêstres Dashwood a vinwharthas heb leverel ger. Mary-Àn a
dherevys hy dewlagas meur hy sowthan hag Elynor a dhesmygyas
fatell via gwell mar teffa hy ha tewel yn tien.

Warlergh nebes kescows moy, y feu acordys may fe degemerys an
galow. Mêstres Jenyngs a recêvas an nowodhow gans meur a lowender,
ha hy a's assûryas a'y gwith caradow. Ha ny veu an nowodhow skyla rag
joy dhedhy hy yn udnyk. Syr Jowan a lowenhas yn frâs, rag ev o den
mayth o y fienasow lacka an own a vos y honen oll. Ytho dew berson
dhe vos addys dhe dregoryon Loundres o neb tra rag gwil dhodho
rejoycya. Arlodhes Myddelton hy honen a droblas hy honen dhe
lowenhe, tra esa worth hy ancrêsya nebes—hag ow tùchya an
Mêstresygow Steele, ha spessly Lûcy, ny vowns y bythqweth mar
lowen in oll aga dedhyow, pàn glôwsons an nowodhow.

Elynor a omros hy honen dhe'n restryans warbydn hy bolùnjeth ha
nyns o an dra mar boos gensy dell esa hy ow qwetyas. Rygthy hy
honen, nyns o bern dhedhy mars esa hy ow mos dhe Loundres, esa pò

nag esa, ha pàn welas hy hy mabm mar blêsys gans an towl ha'y whor delîtys dredho, ha'y semlant, hy lev ha'y omdhegyans restorys dh'aga bewder ûsys, ha hy lowena derevys moy whath, ny ylly Elynor bos dyscontentys gans an rêson, ha scant ny vydna hy kemeres skeus a'n sewyansow.

Yth o joy Mary-Àn uhelha es lowena ogasty, mar amôvys o hy spyrys ha mar got hy ferthyans dhe vos departys. Nyns o ma's udn rêson rygthy dhe gosolhe hy honen—nag o hy whensys dhe forsâkya hy mabm, ha pàn wrug hy dybarth wàr an dyweth, brâs dres ehen o hy anken. Scant nyns o le tristans hy mabm, hag yth o Elynor an udn person a'n teyr esa ow cresy an dhyberthva dhe vos tra vÿth cot'ha ès eternal.

Y a dhepartyas i'n kensa seythen a vis Genver. Yth o Teylu Myddelton dhe sewya warlergh seythen.

Chaptra XXVI

Ny ylly Elynor cafos hy honen i'n caryach gans Mêstres Jenyngs, hag ow tallath wàr viaj dhe Loundres in dadn hy gwith hy hag avell ôstyades, heb gwil marthùjyon ow tùchya hy savla hy honen, rag nyns êns y aswonys an eyl dh'y ben ma's termyn cot, hag y o mar dhyffrans in oos hag in natur, ha hy a leverys mar lowr a daclow warbydn an viaj nans o nebes dedhyow yn udnyk! Saw oll an poyntys warbydn an negys-na re beu settys adenewen yn freth gans Mary-Àn in hy yowynkneth, hag yth esa hy mabm owth acordya i'n keth tomder-na gensy. Elynor, awos an dowtys a's trist'has traweythyow ow tùchya lendury Wyllowby, ny ylly hy merkya an lowena nevek in lagasow Mary-Àn heb predery pana dhyfreth o hy govenek hy honen. Assa via dâ gensy radna gans Mary-Àn an keth gwaityans ha'n keth possybylta a wovenek. Saw lebmyn nyns o otham a dermyn pòr got dhe dhyscudha pandr'o porpos Wyllowby. Dre lycklod yth esa ev in Loundres solabrÿs. Apert o dhyworth whans Mary-Àn dhe dhepartya ha dhe viajya dhe Loundres dystowgh, yth esa hy certan a'y drouvya ena. Pelha yth o Elynor ervirys dhe obtainya gwelha gylly skians adro dh'y nas ha dre veras orth y omdhegyans dhe wodhvos pandr'o ev ha pandr'o intendys ganso. Mara qwre Elynor determya der hy whythrans freth nag o porpos Wyllowby faverus rag hy whor, hy a vydna gwil oll hy ehen dhe egery dewlagas Mary-Àn. Saw mar qwre hy conclûdya y intentys dhe vos faverus dhe Mary-Àn—nena res vedha dhedhy goheles pùb comparyson honenus, ha gorra dhyworty kenyver edrega a alsa lehe hy flesour in lowender hy whor.

Y a spênas try dêdh wàr aga viaj dhe Loundres hag yth o omdhegyans Mary-Àn tro ha Mêstres Jenyngs exampyl a'y fara devedhek dhedhy. Hy a esedhas heb côwsel in udn ombredery oll an fordh ogasty, saw unsel pàn wely hy golok teg dres ehen hag ena hy a gôwsas orth hy whor yn udnyk. Rag aqwytya an dyscortesy-ma Elynor a omros hy honen dhe vos jentyl ha plesont tro ha Mêstres Jenyngs. Hy a gowsy orty ha wherthyn gensy ha goslowes orty mar venowgh

dell ylly hy. Mêstres Jenyngs hy honen a's dyghtyas aga dyw yn
caradow, hag a wre trobla y honen ow tùchya aga flesour ha'ga honfort.
Ny vedha hy vexys ma's pàn na ylly hy gwil dhodhans orth kydnyow
i'n ostel dôwys sowman kyns ès barvus na mabyâr bryjys kyns ès
golythyon leugh. Y a dhrehedhas Loundres warbydn try eur dohajëdh
an tressa jorna, hag y lowen dhe vos relêssys dhyworth viaj mar hir, hag
yth êns parys dhe gafos plesour in tan brâs.
Teg o an chy ha'n stoff chy o bryntyn kefrÿs. Y feu chambour pòr
attês rÿs dystowgh dhe'n dhyw venyn yonk. An rom o chambour
Charlotte kyns ha yth o pyctour gwrÿs in owrlyn lywys whath cregys a-
ugh an glavel. Hèn o prov fatell wrug hy spêna gans nebes sowena
seyth bledhen in scol vrâs in Loundres.
Drefen na vedha kydnyow parys bys pedn dew our warlergh aga
devedhyans, Elynor a erviras passya an termyn ow screfa dh'y mabm
ha hy a esedhas rag gwil indelha. Mary-Àn a wrug an keth tra. "Yth
esoma ow screfa tre, a Mary-Àn," yn medh Elynor, "A ny via gwell
dhis heb screfa dha lyther jy bys pedn dëdh pò dew?"
"Nyns yw porposys genef dhe screfa dhe'm mabm," Mary-Àn a
worthebys dre hast, kepar ha pàn ve hy whensys dhe woheles
qwestyons moy, Ny leverys Elynor ken tra vÿth. Hy a brederys
dystowgh fatell esa Mary-Àn i'n câss-na ow screfa dhe Wyllowby, hag
ytho res o y dhe vos ambosys dh'y gela. Kyn nag o Elynor sur a'n
determyans, y feu va plesour dhedhy, ha hy a bêsyas ow screfa hy
lyther yn uskys. Lyther Mary-Àn a veu gorfednys kyns pedn nebes
mynys. Ow tùchya hirder ny ylly an lyther bos moy ès nôten. Y feu va
plegys ha sêlys hag y feu an drigva screfys warnodho. Elynor a
brederys y hylly hy decernya W brâs wàr an drigva. Kettel veu an
lyther parys, Mary-Àn a wrug seny an clehyk, ha pàn dheuth an gwas
servya, hy a'n pesys may fe an lyther degys dhe'n post deneren.
Hedna a dhetermyas an negys heb let.
Hy spyrys a bêsyas dhe vos pòr uhel saw yth esa sort a frobmans ino,
ha hedn a'n gwethas rag ry meur a blesour dh'y whor. Ha'n amôvyans-
na a voghhas bys i'n gordhuwher. Scant ny ylly hy debry soper vÿth,
ha pàn wrussons wàr an dyweth dewheles dhe'n rom esedha, hy a
hevelly bos ow coslowes orth an sownd a bùb caryach.
Pÿs dâ o Elynor Mêstres Jenyngs dhe vos bysy in hy rom hy honen
hag ytho na welas hy ma's bohes a'n fara-na. Y feu taclow an tê degys
ajy ha solabrÿs Mary-Àn o tùllys moy ès unweyth dre gnouk wàr dharas
onen a'n gentrevogyon, pàn veu pethyk crev clôwys yn sodyn, hag
apert o hedna dhe dhos dhyworth aga daras arâg aga honen. Sur o
Elynor an knouk dhe dheclarya devedhyans Wyllowby, ha Mary-Àn a

labmas in bàn ha kerdhes tro ha'n daras. Y feu taw na ylly bos perthys ma's pols cot. Mary-Àn a egoras an daras, kemeres nebes stappys tro ha'n stairys, ha wosa goslowes tecken, entra i'n rom arta ha gans oll an frobmans a'y crejyans hy dh'y glôwes, Mary-Àn a grias, "Dar, a Elynor. Wyllowby yw, eâ in gwiryoneth!" Hy a apperyas dhe vos parys dhe dôwlel hy honen inter y dhywvregh ogasty, pàn wrug Cornal Brandon omdhysqwedhes.

Re dhiegrys o Mary-Àn dhe berthy hedna yn cosel, ha hy a asas an rom heb let. Tùllys veu Elynor kefrŷs saw i'n kettermyn hy estêmyans brâs rag Cornal Brandon a styryas may feu ev wolcùbmys gensy; ha hy a omglôwas fest painys fatell welas den, esa ow cara hy whor kebmys, na gemeras hy tra vŷth ma's anken ha tùll orth y weles. Elynor a verkyas dystowgh ev dh'y weles hedna, hag ev dhe gonvedhes Mary-Àn dhe forsâkya an rom gans kebmys tristans na wrug ev scant remembra dhe dhynerhy hy whor yn cortes.

"Yw clâv agas whor?" yn medh ev.

Elynor nebes ancrêsys a worthebys fatell o hy clâv, hag ena hy a gowas a'y drog pedn, iselder spyrys ha'y sqwîthans; ha kenyver tra aral a ylly hy ascrîbya omdhegyans hy whor dhodho.

Ev a woslowas orty meur y attendyans, saw owth hevelly dhe remembra y honen, ny leverys ev tra vŷth moy a'n mater, saw dallath côwsel dystowgh a'y blesour a'ga gweles in Loundres. Ena ev a wovydnas adro dh'aga viaj hag a'n gowetha o gesys gansans wàr aga lergh.

Yn clor indelha y a bêsyas ow kestalkya, heb meur a les dhyworth onen vŷth anodhans, y aga dew yn trist hag ow predery a gen taclow. Elynor o whensys brâs dhe wovyn esa Wyllowby i'n eur-na in Loundres, saw hy a's teva own a'y ankenya dre gwestyon vŷth adro dh'y gescaror. Wàr an dyweth, may halla hy leverel neb tra, hy a wovydnas orto a veu ev in Loundres dhia bàn wrug hy y weles an prŷs dewetha. "Beuv," yn medh ev nebes methek, "heb hedhy marnas nebes dedhyow a spênys vy in Delaford. Saw ny yllys vy bythqweth dewheles dhe Barton."

Hedna ha'n fordh may whrug ev y dherivas, a dhros dystowgh dhe gov Elynor oll cyrcùmstancys a'y dhyberth dhyworth an tyller-na, hag a oll an ancrês ha'n skeus sordys in Mêstres Jenyngs. Hy a gemeras own an qwestyon dhe hyntya hy dhe whansa dhe wodhvos moy a'n negys ès dell garsa hy.

Yn scon Mêstres Jenyngs a entras. "Ô, a Gornal," yn medh hy gans hy jolyfter ûsys, "Uthyk lowen oma dh'agas gweles why—drog yw genama na yllyn dos dhe sconha—gevowgh dhybm, saw me re beu constrînys dhe veras adro dhybm ha dhe restry negyssyow. Termyn pell yw abàn veuma tre, ha why a wor fatell vŷth cals a daclow bian dhe wil, pàn vo nebonen gyllys adre termyn pell. Res veu dhybm aqwytya Cartwright. A Dhuw, me re beu mar vysy avell wenynen wosa kydnyow! Saw yn praydha, a Gornal, fatla wrussowgh why desmygy me dhe vos in Loundres hedhyw?"

"Me a gavas an plesour a'y glowes in chy Mêster Palmer, may whrug vy kynyewel."

"Ô, in gwir? Wèl, fatl'êns y oll i'n chy-na? Fatl'yw Charlotte? Ow gaja dhywgh, yth yw hy brâs lowr warbydn lebmyn."

"Mêstres Palmer a hevelly bos in poynt dâ. Hag y a erhys dhybm leverel dhywgh why dh'y gweles heb dowt vŷdh avorow."

"Eâ, in gwir, yth esen ow cresy indelha. Wèl, a Gornal, me re dhros genef dyw venyn yonk, dell welowgh why—hèn yw dhe styrya, na welowgh ma's onen anodhans i'n tor'-ma, saw yma ken onen in neb le. Agas cowethes kefrŷs, Mêstresyk Mary-Àn—ha ny vŷdh drog genowgh clôwes hedna. Ny worama pandra wrewgh why ha Mêster Wyllowby intredhowgh in hy hever hy. Eâ, tra spladn ywa bos yonk ha teg. Wel! Me a veu yonk kyns lebmyn, saw ny veuma bythqweth re deg—govy. Saw me a gafas gour fest dâ, ha ny worama fatla yll an venyn decka in oll an bŷs soweny dhe voy. Ogh, an den truan, ev a verwys eth bledhen ha moy alebma. Saw, a Gornal, ple fewgh why abàn wrussyn ny kescar? Fatl'usy agas negys ow procêdya ? Dewgh, bydner re bo secrêtys inter cothmans."

Ev a worthebys hy qwestyons yn clor, dell o ûsys ganso, saw heb hy hontentya in onen vŷth anodhans. Elynor i'n eur-na a dhalathas gwil an tê ha Mary-Àn a veu constrînys dhe apperya arta.

Pàn entras hy, Cornal Brandon a veu moy tawesek ha gyllys in prederow ès kyns, ha ny ylly Mêstres Jenyngs gwil dhodho remainya termyn pell. Ny dheuth ken vysytyor an gordhuwher-na, ha'n benenes a acordyas dhe vos yn avarr dh'aga gwely.

Mary-Àn a savas ternos vyttyn gwell hy spyrys ha lowenek hy bejeth. Dell hevelly ankevys o gensy tùll an gordhuwher newher drefen hy dhe wetyas wharvedhyans an jëdh-na. Nyns o gorfednys aga hawnsel termyn pell, pàn stoppyas baroush Mêstres Palmer dhyrag an daras arâg ha warlergh nebes mynys hy a entras i'n rom; mar lowenek o hy nag o êsy dhe leverel a gafas hy an moyha plêsour in udn vêtya arta gans hy mabm pò gans Mêstresygow Dashwood. Sowthenys veu hy worth aga gweles in Loundres, kynth esa hy ow qwetyas pùpprŷs y dhe dhos. Serrys o hy y dhe dhegemeres galow hy mabm pàn wrussons

sconya hy galow hy honen, saw i'n kettermyn bythqweth ny vynsa hy
gava dhedhans mar ny wrellens dos.

"Mêster Palmer a vŷdh fest lowen dh'agas gweles why," yn medh
hy. "Pandra gresowgh why ev dhe leverel pàn glôwas ev why dhe dhos
warbarth gans Mabmyk? Ankevys ywa genef lebmyn, saw neb tra por
wharthus veu!"

Warlergh our pò dew passys in kescows plegadow, hèn yw dhe styrya
pùb ehen a gwestyon dhyworth Mêstres Jenyngs adro dhe oll an bobel
aswonys dhedhans ha wherthyn heb rêson dhyworth Mêstres Palmer,
an venyn dhewetha-na a gomendyas may whrellens y oll mos gensy
dhe'n shoppys mayth esa negys dhedhy an myttyn-na. Mêstres
Jenyngs hag Elynor a agrias yn parys; ha Mary-Àn, kyn whrug hy
sconya wostallath, a veu perswâdys dhe dhos gansans.

Pynag oll dyller a wrussons y mos, apert o Mary-Àn dhe vos ow
sarchya pùpprŷs. In Strêt Bond yn arbednyk, rag yth esa meur a'ga
negys ena, yth esa hy lagasow ow whythra heb cessya. Na fors pana
shoppa esens y ino, ny vedha Mary-Àn ow predery a'ga negys, ha nyns
o bern dhedhy tra vŷth a wrella leverel y gowethesow. Dybowes o hy
ha dyscontentys ha ny ylly hy whor cafos dhyworty hy opynyon ow
tùchya gwara vŷth esens y ow prena, kyn fe an dra a les dhedhans aga
dyw. Ny gafas hy plesour in tra vŷth. Yth esa hy whensys heb
perthyans dhe vos tre arta, ha scant ny ylly controllya hy crowsecter tro
ha sqwîthuster Mêstres Palmer. Rag y fedha lagas Charlotte kechys
gans pùptra, be va teg, côstly pò nowyth, ha hy o gwyls dhe brena pùp
tra, ny ylly hy dôwys tra vŷth ha hy a wre strechya hy thermyn in delît
ha fowt determyans.

Holergh o i'n myttyn kyns ès y dhe dhewheles tre, ha kettel
wrussons drehedhes an chy Mary-Àn a fystenas an stairys in bàn, ha
pàn wrug Elynor hy sewya, hy a's cafas ow trailya dhyworth an bord
trist hy bejeth, drefen nag o devedhys Wyllowby.

"A ny veu lyther vŷth gesys obma ragof dhia bàn êthon ny in mes?"
a wovydnas hy orth an gwas esa owth entra gans an fardellow. Hy a
gafas gorthyp negedhek dhyworto. "Owgh why sur a hedna?" yn
medh hy, "na wrug servont na porthor vŷth gasa lyther pò nôtyans?"

An den a worthebys na wrug.

"Ass yw hedna coynt!" yn medh hy, isel ha tùllys hy lev, ha hy a
drailyas in kerdh dhe'n fenester.

"Ass ywa coynt in gwir!" Elynor a leverys dhedhy hy honen, ha hy
ow meras orth hy whor yn ancrêsys. "Na ve hy dhe wodhvos yth esa
ev in Loundres, ny vynsa hy screfa dhodho. Hy a vynsa screfa dhe
Combe Magna; ha mars usy ev in Loundres, ass ywa coynt nag usy ev

naneyl ow tos nag ow screfa! Ogh, a vabm guv, res yw te dhe vos myskemerys dhe alowa ambos demedhyans inter myrgh mar yonk ha den mar vohes aswonys dhe vos pùrsûys in fordh mar gevrînek! Dâ via genef govyn orty; saw in pana vaner a vÿdh perthys ow mellyans vy?"

Elynor a erviras, warlergh ombredery, mar qwre an semlant a daclow procedya indelha lies dëdh pelha in fordh mar hager, hy dhe berswâdya hy mabm dhe wovyn orth Mary-Àn dhe egery dhedhans oll manylyon an negys.

Mêstres Palmer ha dyw venyn goth aswonys dhe Vêstres Jenyngs, may whrug hy metya gansans ha'ga gelwel an myttyn-na, a dheuth dhe gynyewel gansans. Mêstres Palmer a dhepartyas yn scon wosa tê may halla hy collenwel hy devar a vysytya. Ytho Elynor a veu constrînys dhe weres ow provia bord whyst rag an re erel. Nyns o Mary-Àn a brow vÿth wàr ocasyons a'n sort-na, rag ny vydna hy bythqweth desky an gwary. Saw kynth ylly hy passya hy thermyn kepar dell o dâ gensy, ny gafas hy plesour vÿth moy ès Elynor, rag y feu an gordhuwher spênys i'n fienasow a wetyas hag in painys a dùll. Hy a wre whelas redya traweythyow, saw y fedha an lyver tôwlys adenewen yn scon, ha hy a dhewhelys dhe'n ober moy plegadow a gerdhes in rag ha wàr dhelergh dres an rom, ow stoppya pàn wrella hy dos bys i'n fenester, in govenek a glôwes an knouk gwaitys mar bell.

Chaptra XXVII

"Mar teu an gewar egerys-ma ha durya dhe voy," yn medh Mêstres Jenyngs, pàn esens y ow tebry hawnsel ternos vyttyn, "ny vÿdh Syr Jowan pÿs dâ dhe asa Barton an dyweth seythen usy ow tos. Tra drist yw rag den sportya kelly udn jëdh a blesour. An dus truan! Yma pyteth dhybm anodhans pùpprÿs pàn wrella hedna wharvos. Yth hevel y dhe vos mar dùchys adro dhe'n negys."

"Hèn yw gwir," Mary-Àn a grias, lowenek hy lev, ha hy a gerdhas bys i'n fenester ha hy ow côwsel. "Ny wrug vy predery a hedna. An gewar-ma a vydn sensy meur a dus sportya wàr ves i'n pow."

Fortydnys o an remembrans-na, hag oll hy lowender a veu restorys dredho. "Bryntyn yw an gewar ragthans in gwir," hy a bêsyas, ha hy owth esedha orth bord an hawnsel, jolyf hy bejeth. "Ass usons y ow cafos plesour dredhy! Saw," ha nebes fienasow a dhewhelys dhehy, "ny yllyn ny gwetyas y whra hy durya re bell. I'n sêson-ma a'n vledhen, ha warlergh kebmys glaw, ny a gav pòr vohes anedhy, me yw certan. Rew a wra dos yn scon, hag dre lycklod rew fest cales. Kyns pedn nebes dedhyow martesen. Ny yll an gewar vygyl durya pelha—na martesen ny a gav rew haneth!"

"Wàr neb cor," yn medh Elynor, ha hy whensys dhe lettya Mêstres rag gweles prederow hy whor mar gler dell y's gwelas hy honen, "dre lycklod y fÿdh Syr Jowan hag Arlodhes Myddelton in Loundres kyns pedn nessa seythen."

"Bÿdh, a guv colon, me a lever dhywgh. Yma Maria pùpprÿs ow cafos hy bolùnjeth."

"Ha lebmyn," Elynor a dhesmygyas yn cosel dhedhy hy honen, "hy a wra screfa dhe Combe gans post an jëdh hedhyw."

Saw mar qwrug hy indelha, y feu an lyther screfys ha danvenys in kerdh mar bryveth, na ylly Elynor percêvya an dêda. Pynag oll o an gwiryoneth, ha kyn nag o Elynor re lowen adro dhe'n mater, hadre ve Mary-Àn owth apperya lowenek, ny ylly hy bos re ancrêsys. Hag yth o Mary-Àn fest lowen, ha lowenha whath ow qwetyas kewar rewys.

Mêstres Jenyngs a bassyas an myttyn in udn asa cartednow in treven an bobel aswonys dhedhy, may whrellens y godhvos hy dhe vos in Loundres. Oll an termyn-na yth o Mary-Àn bysy ow merkya qwartron an gwyns, ow meras orth semlant an ebron hag ow tesmygy chaunj i'n aireth. "A nyns esta ow predery, a Elynor, y vos yêynha ès dell o myttyn hedhyw? Yth hevel dhybm bos dyffrans brâs devedhys. Scant ny allama gwetha tobm ow dêwla i'm mùff. Nyns o an gewar indelha de. Yth hevel fatell usy an cloudys ow scattra inwedh. Y fÿdh an howl gwelys dystowgh, ha ny a gav dohajëdh spladn."

Y fedha Elynor dydhanys ha painys i'n kettermyn, saw Mary-Àn a wrug pêsya, ha hy a welas pùb gordhuwher i'n golowder an tan ha pùb myttyn in semlant an aireth, tôknys sur a'n rew esa ow tos.

Plêsys o Mêstresygow Dashwood gans gîss bêwnans Mêstres Jenyngs, ha gans hy omdhegyans in aga hever inwedh, rag hy a vedha caradow pùb termyn. Y fedha pùb tra in hy chy restrys yn larj, hag avês dhe nebes cothmans coth, na veu ankevys bythqweth gensy, ar wu Arlodhes Myddelton, ny wrug hy vysytya benyn vÿth na ylly bos presentys heb hockyans dh'y howethesow yonk. Drefen hy stât i'n negys-na dhe vos gwell ès dell esa hy ow qwetyas, Elynor a ylly perthy an lack a blesour a gefy hy in partys gordhuwher Mêstres Jenyngs. Rag ny vedha an partys-na sensys ma's rag gwary cartednow ha nyns esa meur a dhydhanans rygthy inhans.

Cornal Brandon a'n jeva galow dhe jy Mêstres Jenyngs, hag y fedha ev gansans kenyver jorna ogasty; y whre va dos rag meras orth Mary-Àn ha dhe gôwsel orth Elynor. Yn fenowgh hy a gefy moy plesour ow kestalkya ganso ev es dhyworth tra vÿth ken in oll an jëdh-na. Saw Elynor a wely inwedh y gerensa berfeth rag hy whor. Yth esa hy ow perthy own y gerensa dhe vos owth encressya. Hy a vedha ancrêsys dhe weles pana dhywysyk a wre va meras orth Mary-Àn hag apert o y spyrys dhe vos fest moy dywharth ès pàn veu va in Barton.

Adro dhe seythen warlergh y dhe dhrehedhes Loundres, apert veu fatell o Wyllowby devedhys kefrÿs. Yth esa y garten wàr an bord pàn wrussons y dewheles tre wosa aga thro vyttyn i'n caryach.

"Re Dhuw a'm ros," Mary-Àn a grias, "ev re beu obma pàn ên ny gyllys adre." Elynor a lowenhas dhe dhesky ev dhe vos in Loundres, ha hy a vedhas leverel, "Bÿdh certan fatell wra va gelwel arta avorow." Saw dell hevelly scant ny wrug Mary-Àn hy clôwes, ha pàn entras Mêstres Jenyngs, Mary-Àn a scappyas ha'n garten brecyùs in hy dorn.

Kyn whrug an wharvedhyans-na derevel spyrys Elynor, an dra a wrug encressya frobmans hy whor. Dhyworth an termyn-na in rag ny bowesas hy brŷs bythqweth. Drefen hy dhe wetyas y weles pùb our a'n jëdh, ny ylly hy settya hy brŷs wàr gen tra vŷth. Ny wre tra vŷth hy flêsya ma's hy dhe vos gesys in tre ternos vyttyn pàn êth an re erel in mes.

Pàn êns y departys in mes a'n chy in Strêt Berkely, ny ylly Elynor predery a dra vŷth ma's pynag oll esa ow wharvos ena; saw pàn wrussons y dewheles, apart veu dhedhy dhyworth bejeth Mary-Àn nag o an secùnd vysyt gwrŷs gans Wyllowby dy. I'n very prŷs-na y feu nôten drës ajy ha settys wàr an bord.

"Dhymmo vy!" yn medh Mary-Àn ow kerdhes in rag yn uskys.

"Nâ, a venyn dhâ, dhe'm mêstres vy."

Saw nyns o perswâdys Mary-Àn ha hy a's kemeras in bàn.

"Yth ywa intendys dhe Vêstres Jenyngs. Ass yw casadow hedna!"

"Yth esta ow qwetyas lyther ytho?" Yn medh Elynor, na ylly tewel na felha.

"Esof, nebes—nyns yw crev ow govenek"

Warlergh powes cot: "Nyns esta ow trestya dhybm, Mary-Àn."

"Nâ, a Elynor, yth esta worth ow rebukya—te nag eses ow trestya dhe dhen vŷth!"

"Me!" Elynor a worthebys yn ancombrynsy. "In gwir, a Mary-Àn, me ny'm beus tra vŷth dhe leverel."

"Ny'm beus vy tra vŷth naneyl," Mary-Àn a worthebys. "Rag hedna yth eson ny i'n keth stât. Ny's teves onen vŷth ahanan tra vŷth dhe dherivas. Te, drefen nag esta ow terivas tra vŷth, ha me drefen nag esoma ow keles tra vŷth."

Elynor a veu ancrêsys der an acûsacyon, na's teva hy an cubmyas dhe styrya. Pelha ny wodhya hy fatla ylly hy i'n câss-na inia Mary-Àn dhe vos moy ôpyn.

Mêstres Jenyngs a omdhysqwedhas yn scon ha'n nôten a veu rŷs dhedhy. Hy a's redyas dhodhans. Danvenys veu gans Arlodhes Myddelton, rag derivas y dhe vos devedhys in Strêt an Condyt newher. Yth esa hy ow pesy hy mabm ha'n benenes yonk dh'y vysytya an gordhuwher-na. Ny ylly hy aga vysytya y in Strêt Berkeley drefen Syr Jowan dhe vos re vysy gans y negyssyow ha hy hy honen dhe vos drog-anwosys. Degemerys veu an galow saw pàn nessas an termyn, kynth o res dhe'n dhyw vowes dre gortesy mos gans Mêstres Jenyngs, cales o dhe Elynor perswâdya hy whor dhe dhos gensy, rag whath ny veu Wyllowby gwelys gensy, ha dre rêson a hedna nyns o hy whensys dhe asa an chy rag bos dydhanys hag ytho martesen dhe vos adre pàn wrella Wyllowby arta aga vysytya.

Elynor a dhyscudhas pàn o dewedhys an gordhuwher, nag yw spyrys nebonen chaunjys meur dre jaunjyans a drigva. Kyn nag o va tregys in

Loundres ma's termyn cot, Syr Jowan a spêdyas dhe gùntell adro dhodho bagas a ugans den yonk, ha dh'aga dydhana dre dhauns. Hèn o mater nag o Arlodhes Myddelton pỹs dâ dredho. Y hylly ascûsya dauns heb parusy; saw in Loundres, le mayth o moy a brîs hanow dâ rag afînans ha moy cales dhe obtainya, yth esen y ow peryllya re rag plêsya nebes mowysy, der an nowodhow y whrug Arlodhes Myddelton ry dauns bian a eth pò a naw copyl, gans dew growd ha boos yêyn wàr an bord lestry.

Yth esa Mêster ha Mêstres Palmer in mesk an bobel i'n cùntellyans. Nyns o gwelys gansans Mêster Palmer dhia bàn dheuthons dhe Loundres, rag ev o whensys dhe woheles attendyans vỹth dhe vabm y wreg, hag ytho ny dheuth ev bythqweth nes dhedhy. Pàn wrussons y entra, ny ros ev tôkyn vỹth ev dh'aga aswon. Ev a veras ortans tecken, heb apperya dhe wodhvos pyw êns y. Ny wrug ev ma's pendroppya dhe Vêstres Palmer dhyworth tenewen pelha an rom. Mary-Àn a veras adro dhe'n rom pàn dheuth hy ajy. Hedna a veu lowr. Nyns esa Wyllowby i'n tyller. Hy a esedhas ha nyns o hy parys dhe gafos plesour na dhe radna plesour gans pobel erel. Wosa adro dhe our, Mêster Palmer a gerdhas in lent bys i'n Mêstresygow Dashwood rag leverel ev dhe gemeres marth aga gweles in Loundres, kyn feu derivys dhe Gornal Brandon in y jy ev aga bos devedhys. Mêster Palmer y honen a leverys neb tra fest wharthus pàn glôwas ev y whrêns y dos.

"Yth esen ow cresy why agas dyw dhe vos in Dewnan," yn medh ev.

"Esewgh?" Elynor a worthebys.

"Pana dermyn a wrewgh why dewheles?"

"Ny worama." Hag indelha aga hescows a worfednas.

Bythqweth in oll hy bêwnans ny veu mar boos gans Mary-Àn dauncya dell o an gordhuwher-na. Ha bythqweth ny veu hy mar sqwîthys gans an omassayans. Hy a wrug croffolas anodho pàn esens y ow tewheles dhe Strêt Berkeley.

"Eâ, eâ," yn medh Mêstres Jenyngs, "ny oll a wor fest dâ an rêson rag hedna. A pe nebonen ena, na vỹdh henwys genen, ny viowgh why sqwith màn. Ha rag leverel an gwiryoneth, ny veu va re garadow dhyworto heb dos dhe vetya genowgh, abàn veu ev gelwys."

"Gelwys!" Mary-Àn a grias.

"Hedna a veu derivys dhybm gans ow myrgh vy, Arlodhes Myddelton. Yth hevel fatell wrug Syr Jowan metya ganso i'n strêt neb le hedhyw myttyn." Ny leverys Mary-Àn ger vỹth moy, saw hy a apperyas trom-bystygys. Whensys dell o Elynor dhe wil neb tra rag confortya hy whor, hy a erviras yn scon dhe screfa ternos vyttyn dh'y mabm. Yth o govenek dhedhy dre sordya own in hy mabm ow tùchya yêhes Mary-Àn dh'y hentrydna dhe wovyn an qwestyons o strechys mar bell. Hy a veu inies moy dhe wil indelha, pàn welas hy prÿs hawnsel ternos, fatell esa Mary-Àn ow screfa arta dhe Wyllowby. Ny ylly Elynor soposya hy dhe vos ow screfa dhe gen den vÿth.

Adro dhe hanter-dëdh, Mêstres Jenyngs wàr neb negys êth in mes hy honen oll hag Elynor a dhalathas hy lyther dystowgh. In kettermyn, Mary-Àn, re dhybowes rag ober vÿth, ha re brederus rag kestalkya, a wre kerdhes dhyworth udn fenester dh'y ben, pò esedha ryb an tan gyllys down in prederow trist. Fest freth o Elynor in hy lyther dh'y mabm, ha hy a dherivas pùb tra o wharvedhys, hag a dheclaryas hy skeus adro dhe dhyslelder Wyllowby. Hy a inias hy mabm awos kerensa ha devar, dhe wovyn orth Mary-Àn gwiryoneth ow tùchya hy howethyans ganso.

Scant ny veu gorfednys hy lyther, pàn wrug knouk wàr an daras profusa vysytyor hag y feu declarys Cornal Brandon. Mary-Àn a'n gwelas dhyworth an fenester, ha drefen company a sort vÿth dhe vos cas gensy, hy a asas an rom kyns ès ev dhe entra. Y semlant o moy dywharth ès dell o ûsys. Ev a leverys y vos lowen dhe gafos Mêstresyk Dashwood hy honen oll, kepar ha pàn o dhodho neb tra arbednyk dhe dherivas dhedhy; ev a remainyas owth esedha termyn pell heb leverel ger. Yth esa Elynor ow cresy fatell o neb tra dhodho rag leverel dhedhy ow tùchya hy whor, ha hy a wrug gortos an messach heb hirberthyans. Ny veu hedna an kensa prÿs dhedhy dhe glôwes crejyans a'n sort-na. Moy ès unweyth solabrÿs, ev a wrug dallath côwsel gans an geryow "Yma agas whor ow meras clâv hedhyw," pò "yth hevel agas whor dhe vos in iselder spyrys hedhyw," hag ev a apperyas dhe vos parys dhe dhysclôsya neb tra, pò dhe wovyn neb tra adro dhedhy. Warlergh powes a nebes mynys, y feu an taw terrys ganso hag ev a wovydnas orty in lev frobmus pana dermyn a dalvia dhodho hy heslowenhe hy dhe gafos broder nowyth. Nyns o Elynor parys rag qwestyon a'n par-na, ha dre rêson na's teva hy gorthyp vÿth, hy a veu constrînys dhe wovyn orto yn sempel pandr'esa ev ow mênya. Ev a whelas minwherthy pàn worthebys ev, "Ambos agas whor gans Mêster Wyllowby yw godhvedhys gans kenyver onen."

"Ny yll hedna bos godhvedhys gans kenyver onen," Elynor a worthebys, "rag nyns ywa godhvedhys gans hy theylu hy honen."

Ev a omdhysqwedhas sowthenys ha leverel, "Gevowgh dhybm. Yma own dhybm fatell veu taunt ow govynadow. Nyns esen vy ow soposya bos res keladow vÿth, rag ymowns y ow screfa an eyl dh'y gela, hag yth yw complys aga maryach gan pùbonen."

"Fatla yll hedna bos? Pyw a wrug y gompla dhywgh?"

"Lies huny a'n complas—ha nyns yw aswonys poynt dhywgh radn
anodhans, saw yth yw radn aral aswonys dâ genowgh, Mêstres
Jenyngs, Mêstres Palmer ha Syr Jowan hag Arlodhes Myddelton.
Saw whath martesen ny vynsen y gresy, rag mars yw poos gans an brÿs bos
perswâdys, y whra va pùpprÿs cafos rêsons rag dowtya.
Saw pàn wrug
an servont egery an daras dhybm hedhyw, me a welas lyther in y dhorn
ha trigva Mêster Wyllowby warnodho screfys in dornscrefa agas whor.
Me a dheuth rag govyn saw me a gafas an gorthyp sur kyns ès me dhe
allos demondya. Yw pùptra restrys? Ywa ùnpossybyl dhe—? Saw me
ny'm beus cubmyas vÿth ha ny via chauns vÿth dhybm. Gwrewgh ow
ascûsya, a Vêstresyk Dashwood. Me a grÿs fatell veuma myskemerys
ow leverel kebmys, saw scant ny worama an pÿth ewn dhe wil, hag yth
esoma ow scodhya yn tien wàr agas furneth. Leverowgh dhybm fatell
yw pùptra cowlrestrys—nag us ow remainya ma's keladow, mars yw
possybyl hedna."

An geryow-na a styryas dhe Elynor heb dowt vÿth ev dhe vos in
kerensa gans hy whor, ha hy a veu tùchys brâs dredhans. Ny ylly hy
leverel tra vÿth dystowgh, ha pàn veu dasvêwys hy spyrys, hy a
omgùssulyas termyn hir gensy hy honen pandr'o an gorthyp ewn
rygthy dhe ry dhodho. Ny wodhya hy yn compes adro dhe'n gwir-stât
a daclow inter Wyllowby ha'y whor, ha mar teffa hy ha styrya hedna,
dre lycklod hy a vynsa leverel re pò re vohes. Hy o certan bytegyns
fatell esa Mary-Àn ow cara Wyllowby hag ytho na ylly Cornal Brandon
soweny gensy, na fors pana vrâs o y gerensa rygthy. Saw i'n kettermyn
Elynor o whensys dhe dhyffres hy whor rag cabel. Wosa predery ytho
yn town, yth esa hy ow cresy y fedha doth ha hegar dhe leverel moy
ès dell wodhya hy. Hy a avowas, kyn na veu an negys egerys yn ewn
dhedhy gansans, fatell esens y ow cara an eyl y gela. Pelha na veu hy
sowthenys poynt dhe dhesky y dhe vos ow keschaunjya lytherow.

Ev a woslowas orty yn tywysyk. Pàn dewys hy, ev a savas in ban
dhywar y jair, ha wosa leverel yn amôvys, "Yth esoma ow whansa pùb
lowender i'n bÿs dhedhy; ha dhe Wyllowby may whrella ev assaya
dh'y dendyl hy." Ena ev a wruga gasa farwèl ha departya.

Ny gafas Elynor confort vÿth dhyworth an kescows-ma ha ny veu
anken hy brÿs lehës poynt. I'n contrary part hy a veu gesys gans argraf
morethek a dristans Cornal Brandon. Pelha ny ylly hy desîrya y voreth
dhe vos sawys, drefen hy dhe yêwny an very wharvedhyans a vynsa hy
assûrya a dhywaityans y savla.

Chaptra XXVIII

Ny wharva tra vÿth i'n nessa try dëdh pò peswar dëdh dhe wil dhe Elynor kemeres edrek a'n pÿth a wrug hy, ow pesy hy mabm. Ny dheuth Wyllowby ha ny screfas ev naneyl. Y a veu gelwys orth dyweth an termyn-na dhe vos gans Arlodhes Myddelton dhe fest nos, na ylly Mêstres Jenyngs dos gansans dhedhy awos hy myrgh yonca dhe vos clâv. Yth esa Mary-Àn in iselder spyrys, ha nyns o bern dhedhy hy semlant. Mygyl o hy kefrÿs a vydna hy dos gans hy whor pò na vydna. Hy a wrug ombarusy hag yth hevelly nag esa hy ow qwetyas plesour vÿth. Warlergh prÿs tê hy a esedhas ryb tan an parleth heb gwaya ha heb chaunjya hy stauns. Yth o hy gyllys down in prederow, heb percêvya hy whor dhe vos in hy ogas. Wàr an dyweth pàn veu derivys dhedhans yth esa Arlodhes Myddelton orth an daras, hy a labmas dre sowthan, kepar ha pàn o ankevys gensy y fedha nebonen ow tos.

Y a dhrehedhas adermyn an tyller tôwlys, ha kettel wrug an lînen a garyajys dhyragthans alowa dhodhans skydnya, y a ascendyas dhia udn pedn stairys dh'y gela. Y a glowas aga henwyn declarys yn uhel hag a entras in rom golowys yn spladn, leun a bobel ha tobm dres ehen. Warlergh collenwel aga devar a jentylys dre wil cortesy dhe venyn an chy, y a gafas an chauns dhe gowethya gans an cùntellyans, ha sùffra nebes ancres a domder an rom. Wosa termyn cot heb leverel na gwil nameur, Arlodhes Myddelton a esedhas dhe wary Cassînô. Dre rêson nag o Mary-Àn whensys dhe gerdhes adro, y a spêdyas dhe gafos chairys hag esedha ogas lowr dhe'n bord.

Ny vowns y re bell indelha, pàn verkyas Elynor Wyllowby a'y sav nebes lathow dhywortans hag ev ow kestalkya yn tywysyk gans benyn yonk fest fassyonus. Wyllowby a verkyas Elynor yn scon hag ev a blêgyas dhedhy. Ny assayas ev poynt dhe gôwsel orty na dhe dhos nes dhe Mary-Àn, saw apert o ev dh'y gweles. Ena ev a bêsyas ow côwsel orth an keth benyn yonk. Elynor a'y anvoth a drailyas dhe Mary-Àn may halla hy gweles mar peu Wyllowby percêvys gensy. Ena poran hy a verkyas Wyllowby rag an kensa prÿs, ha'y bejeth a spladnas gans

150

Ena poran hy a verkyas Wyllowby rag an kensa prÿs.

lowender sodyn. Hy a vynsa kerdhes bys dhodho, na ve hy whor dh'y dhalhedna.

"Re Dhuw a'm ros!" hy a grias. "otta va ena—otta va ena. Ogh! prag nag usy ev ow meras orthyf? Prag na allama côwsel orto?"

"Bÿdh cosel, dell y'm kerry," yn medh Elynor, "ha na wra dyskevra dhe genyver onen pandr'esta ow clôwes inos. Martesen ny wrug ev dha verkya whath."

Ny ylly hy cresy hedna, ha dhe remainya cosel o dres gallos Mary-Àn. Nyns o hy whensys dhe remainya clor. Hy a esedhas in anken ha perthyans cot, dell o apert dhywar hy fâss.

Wàr an dyweth ev a drailyas arta ha meras ortans aga dyw. Mary-Àn a labmas in bàn hag ow cria y hanow ev yn kerenjedhek, a istynas hy dorn tro hag ev. Ev a nessas hag ow côwsel orth Elynor kyns ès orth Mary-Àn, kepar ha pàn ve va whensys dhe woheles hy golok, ev a wovydnas dre hast adro dhe Vêstres Dashwood, ha dervyn pana lies dëdh esens y in Loundres. Y omdhegyans a ladras dhyworth Elynor pùb gallos dhe gôwsel, ha hy a dewys yn tien. Saw emôcyons hy whor a veu ùttrys heb let. Hy a rudhyas yn town ha cria, "A Dhuw! A Wyllowby, pandr'usy hebma oll ow styrya? A ny wrusta cafos ow lytherow? A ny vynta shakya dêwla genef?"

Ny allas ev y avoydya, saw tùch hy dorn a hevelly bos pain dhodho ha ny sensas hy dorn ma's tecken. Yth esa ev oll an termyn-na ow strîvya dhe hebaskhe y honen. Elynor a whythras y vejeth hag a welas y semlant kyns ès ev dhe devy dhe voy clor. Wosa pols ev a gôwsas dre galmynjy.

"Me a ros dhybm ow honen an onour a'gas vysytya in Strêt Berkeley de Merth dewetha, ha fest drog veu genef na gefys vy an plesour a'gas cafos why agas dyw nag a gafos Mêstres Jenyngs tre. Yma dhybm govenek na veu kellys ow harten."

"Saw a ny wrusta cafos ow nôtednow?" Mary-Àn a grias in anken brâs. "Ot obma neb errour, me yw sur—neb myskemeryans uthyk. Pandr'usy va ow mênya? Lavar dhybm, Wyllowby; rag kerensa Duw, lavar dhybm pandr'yw an mater?"

Ny worthebys ev poynt. Lyw y fâss a jaunjyas hag oll y ancombrynsy a dhewhelys dhodho. Saw pàn verkyas ev dhe veras orto an venyn yonk esa ev ow kestalkya gensy kyns ena, ev a bercêvyas yth o res dhodho crefhe hy honen, hag ev a leverys, "Eâ, me a gafas an plesour a recêva derivadow ow tùchya agas bos in Loundres, a wrussowgh why yn caradow danvon dhybm," hag ena ev a blêgyas yn scav, trailya adenewen yn uskys ha jùnya dh'y gowethes arta.

Warbydn an termyn-na yth esa bejeth Mary-Àn ow meras uthyk gwydn. Ny ylly hy reamainya a'y sav saw a wrug sedhy in hy chair. Yth esa Elynor ow qwetyas hy dhe glamdera heb let hag a whelas hy skewya dhyworth lagasow an re erel ha'y dasvêwa gans dowr lavant.

"Kê bys dhodho, Elynor," hy a grias kettel ylly hy côwsel, "ha gwra y gonstrîna dhe dhos dhybm. Lavar dhodho bos res dhybm y weles arta—res yw dhybm côwsel orto arta.—Ny allama powes—ny gafaf vy mynysen a gres erna vo styrys hebma—neb myskemeryans uthyk pò neb tra. Ogh, kê dhodho dewhans."

"In pana vaner a yll hedna bos gwrÿs? Nâ, a Mary-Àn guv colon. Nyns yw hebma an tyller ewn rag styryans. Gwra gortos bys avorow."

Scant ny allas Elynor gwetha Mary-Àn rag sewya Wyllowby hy honen; gans caletter hy a's perswâdyas dhe hebaskhe hy frobmans, dhe wortos, dhe'n lyha gans an semlant a gosoleth erna vo possybyl dhedhy côwsel orto yn pryveth ha dhe voy effethus. Ny ylly Mary-Àn sewya an gùssul-na, rag hy a bêsyas owth ùttra, isel hy lev, anken a'y emôcyons hag ow teclarya hy fonvotter. Wosa termyn cot Elynor a welas Wyllowby dhe asa an rom der an daras ryb an stairys. Hy a dherivas dhe Mary-Àn fatell o va gyllys, hag a wrug dhedhy ùnderstondya na ylly hy côwsel orto arta hag yth o hedna rêson dâ rag cosoleth. Heb let Mary-Àn a dhemondyas may whrella Elynor pesy Arlodhes Myddelton dh'aga dry tre, rag hy dhe vos re drist dhe wortos udn vynysen pelha.

Kynth esa Arlodhes Myddelton in cres fyt a'n gwary, pàn dhescas hy bos Mary-Àn anyagh, hy a veu re gortes dhe leverel tra vÿth warbydn hy dry in kerdh. Ytho hy a ros hy hartednow dhe gowethes hag y a dhybarthas kettel ylly caryach bos kefys. Scant ny veu ger vÿth côwsys wàr aga fordh dewheles dhe Strêt Berkeley. Yth esa Mary-Àn in torment tawesek, re ancrêsys dhe ola kyn fe. Saw i'n gwelha prÿs, drefen nag o Mêstres Jenyngs dewhelys tre, y êth dh'aga chambour aga honen, le may whrug corn carow hy restorya nebes dhedhy hy honen. Y feu hy dyllas kemerys dhywarnedhy ha hy settys i'n gwely. Ha dre rêson hy dhe breferrya bos hy honen oll, hy whor a's gasas ha gortos devedhyans Mêstres Jenyngs. Hy a gafas spâss ytho dhe ombredery ow tùchya an taclow wharvedhys agensow.

Ny ylly Elynor dowtya fatell esa neb sort a ambos inter Wyllowby ha Mary-Àn; pelha yth hevelly fatell o Wyllowby sqwith anodho. Kyn whre Mary-Àn kentrydna hy whansow hy honen, ny ylly Elynor ascrîbya y omdhegyans dhe vyskemeryans pò dhe gamùnderstondyng a sort vÿth. Ny ylly tra vÿth styrya an negys ma's cowl-jaunjyans in emôcyons Wyllowby. Hy a via moy vexys ganso whath, na ve hy dhe weles fatell o Wyllowby ancombrys—hag yth esa hedna ow ry dhe gonvedhes ev dhe omsensy cablus. Rag hedna ny ylly hy soposya ev dhe vos mar gamhensek nag esa ev dhyworth an dallath ma's ow sportya gans colon Mary-Àn heb towl vŷth dhe dhurya gans an cowethyans. Y o keskerys dhyworth y gela termyn pell lowr dhe wadnhe y gerensa rygthy hag ev a alsa martesen bos perswâdys dhe worfedna gensy der y les y honen, saw ny ylly hy denaha fatell esa ev worth hy hara i'n dedhyow tremenys.

Ow tùchya Mary-Àn ny ylly Elynor ombredery adro dhe'n painys rŷs dh'y whor der an metyans gans Wyllowby, hag adro dhe'n painys tydnha esa whath orth hy gortos, heb bos trist'hës yn crev. Gwell ès stât Mary-Àn o hy savla hy honen. Rag hy a ylly estêmya Edward kebmys avell kyns, kyth êns separâtys rag nefra. Saw yth esa pùptra ow tos warbarth dhe encressya galarow Mary-Àn—hy dhe vos dyberthys dhyworto dre dorrva na alsa bos amendys bys vycken.

Chaptra XXIX

Kyns ès an vowes dhe anowy an tan an nessa myttyn, ha kyns ès an howl dhe dobma nebes an yêynder a vyttyn tewl in mis Genver, yth esa Mary-Àn, hanter-gwyskys, wàr hy dêwlin warbydn onen a esedhvaow an fenestry rag cafos bohes a wolow an jëdh hag yth esa hy ow screfa scaffa gylly ha'n dagrow ow codha hy bohow wàr nans. Y feu Elynor dyfunys dre frobmans Mary-Àn hag ow qweles hy whor hy a wovydnas yn clor,

"Mary-Àn, a allama demondya—?

"Na ylta, Elynor," hy a worthebys. "Na wovyn tra vÿth ha te a woffyth pùptra."

Ny dhuryas an calmynsy dyglon-ma may feu leverys an geryow-na dredho pelha ès an lavarow aga honen. Sewys veu dystowgh gans an keth ponvos brâs. Nebes mynys a bassyas kyns ès hy dhe allos pêsya gans hy lyther ha'n shôrys menowgh a anken a's constrînas traweythyow dhe cessya screfa. Hèn o prov lowr dre lycklod fatell esa hy ow screfa dhe Wyllowby rag an prÿs dewetha.

Elynor a's attendyas yn cosel ha heb leverel ger vÿth. Hy a vynsa whelas hy honfortya dhe voy, na ve Mary-Àn dh'y fesy gans oll hy frobmans tender na wrella hy unweyth côwsel orty. Indelha gwell o ragthans aga dyw na vêns y re bell warbarth; hag ytho stât dybowes brÿs Mary-Àn a's gwethas rag remainya i'n udn chambour gans Elynor. Kettel veu hy gwyskys, drefen hy dhe reqwîrya unycter ha chaunjyans dydhyweth a dyller, hy a wrug gwandra oll adro i'n chy erna veu parys hawnsel, ha hy a avoydyas golok pùbonen.

Orth an hawnsel ny dhebras Mary-Àn tra vÿth na whelas debry neb tra. Ha nyns esa Elynor ow whelas inia Mary-Àn dhe dhebry, nag ow kemeres pyteth anedhy, saw owth assaya gwil dhe Vêstres Jenyngs attendya orty hy honen yn udnyk.

Drefen hawnsel dhe vos an prÿs boos moyha kerys gans Mêstres Jenyngs, an prÿs a dhuryas termyn pell, hag yth esens y wàr y lergh, owth esedha adro dhe'n bord ober, pàn veu lyther delyfrys dhe Mary-

Àn, neb a wrug hy dalhedna yn uskys in mes a dhêwla an servont; ow trailya gwydnyk mortal, hy a bonyas in mes a'n rom. Elynor a gonvedhas fatell o res an lyther dhe dhos dhyworth Wyllowby ha hy a omglôwas clâv i'n golon. Scant ny ylly hy sensy hy fedn in bàn; yth esa hy ow crena gans own brâs Mêstres Jenyngs dhe bercêvya hy frobmans. Ny welas an venyn dhâ-na bytegyns ma's Mary-Àn dhe recêva lyther dhyworth Wyllowby, ha hedna a apperyas dhedhy dhe vos ges brâs. Hy a leverys hy dhe wetyas y fedha an lyther plegadow dhedhy. Ny welas hy tra vŷth a anken Elynor, rag yth o hy re vysy dhe bercêvya tra vŷth ha hy ow musura worstyd rag hy strayl. Hy a besyas ow côwsel ytho wosa Mary-Àn dh'aga gasa, hag a leverys,

"Wàr ow ena, bythqweth ny welys vy benyn yonk mar dhown in kerensa in oll ow dedhyow! Nyns o ow myrhes vy tra vyth in comparyson gensy hy, hag y o gocky lowr; saw ow tùchya Mêstresyk Mary-Àn, hy yw chaunjys yn tien. Yma govenek dhybm a leun-golon, na wra va hy sensy ow cortos fest pelha, rag trist yw hy gweles owth apperya mar glâv ha mar druesy. Y praydha, pana dermyn a vedhons y ow temedhy?"

Bythqweth ny veu Elynor le whensys dhe gôwsel ès i'n prŷs-na. saw hy a gonstrînas hy honen dhe wortheby assaultyans kepar ha hedna, hag ytho in udn whelas minwherthyn hy a leverys: "Hag a wrussowgh why, a Vadama, perswâdya agas honen fatell eus ambos inter ow whor vy ha Mêster Wyllowby? Yth esen ow cresy nag o va ma's gesyans, saw yma qwestyon mar sad ow reqwîrya moy; rag hedna res yw dhybm agas pesy na wrellowgh why decêvya agas honen na felha. Me a lever dhywgh, na vydna tra vŷth ow sowthanas moy ès dhe glôwes y dhe vos parys dhe dhemedhy."

"Rag sham, rag sham, a Vêstresyk Dashwood! Fatl'yllowgh why côwsel indelha? A ny wodhon ny oll y whrowns y demedhy, fatell esens y in kerensa dhown gans y gela dhia bàn wrussons y metya wostallath? A ny wren vy aga gweles warbarth in Dewnan kenyver jorna, ha dres oll an jëdh. A ny wodhyen vy kefrŷs fatell dheuth agas whor genef dhe Loundres rag an towl a brena dyllas demedhyans? Deus, deus, ny wra hebma servya. Drefen why dhe vos mar fel adro dhe'n negys, why a grŷs nag usy ken den vŷth ow merkya neb tra. Saw nyns yw hedna gwir, me a lever dhywgh, rag yth ywa godhvedhys dres oll Loundres nans yw termyn hir. Me a dherif anodho dhe bùbonen hag yma Charlotte ow qwil an keth tra."

"In gwir, a venyn vâs," yn medh Elynor fest sad, "why yw myskemerys. In gwir yth esowgh why ow qwil tra pòr dhyguf in udn

lêsa an derivadow, ha why a gav fatell yw hedna an gwiryoneth, kyn
nag esowgh why worth ow cresy i'n tor'-ma."

Mêstres Jenyngs a wharthas arta; ny's teva Elynor colon dhe leverel
tra vŷth moy, saw whensys dell o hy dhe wodhvos pandr'o screfys gans
Wyllowby, hy a fystenas bys in aga chambour. Pàn egoras hy an daras,
hy a welas Mary-Àn istynys wàr an gwely ahës, tegys ogasty dre alarow,
udn lyther in hy dorn, ha dew pò try erel wàr an gwely rypthy. Elynor
a nessas dhedhy, saw heb leverel ger vŷth, hag owth esedha wàr an
gwely, hy a gemeras hy dorn hag abma dhedhy yn kerenjedhek moy
ès unweyth. Ena hy a omros dhe fyt ola, namna veu mar boos avell
dagrow Mary-Àn hy honen. Kyn na ylly hy côwsel, hy whor a hevelly
percêvya oll hy attendyans tender. Warlergh termyn passys in tristans
warbarth, Mary-Àn a worras oll an lytherow inter dêwla Elynor. Ena hy
a gudhas hy fâss der hy lien dorn ha scrija ogasty gans torment. Elynor
a wodhya fatell o res dhe'n gref-na resek bys in y dhyweth, kynth o va
uthyk dhe weles. Hy a wortas erna veu an sùffrans lehës nebes hag ena
trailya dhe lyther Wyllowby. Hy a redyas an geryow-ma:

"Strêt Bond, Mis Genver.

A Vadama wheg,—Me re gafas an onour namnygen a recêva
agas lyther, ha me a'gas pŷs dhe alowa dhybm aswon meur ras
dhywgh why ragtho. Pòr dhrog yw genef dhe dhesky fatell veu
tra vŷth i'm omdhegyans newher na wrug agas plêsya why.
Kyn na worama in pana boynt a veuma mar anfusyk dh'agas
offendya, yth esoma worth agas pesy dhe ava dhybm mar
qwrug avy oll a'm anvoth in tra vŷth agas dysplêsya. Ny wrama
nefra perthy cov a'm cowethyans gans agas teylu in Dewnan
heb plesour ha heb meur grâssow, hag yth esoma owth assûrya
ow honen na vŷdh hedna defolys dre vyskemeryans na dre
gamùnderstondyng genowgh why a'm gwythres. Down yw ow
estêmyans rag oll agas teylu, saw mar peuma mar anfusyk dhe
wil dhywgh cresy fatell esen vy owth omglôwes moy ès dell
esen in gwiryoneth, me a vydn rebukya ow honen na wrug vy
kemeres moy rach ha me ow teclarya an estêmyans-na. Why a
vydn acordya y vos ùnpossybyl me dhe ervira moy, pàn
wrellowgh why convedhes ow sergh dhe vos fastys in ken
tyller, ha na vŷdh pell erna vo collenwys an ambos-na. Gans
edrek tydn yth esoma owth obeya dh'agas arhadow hag ow
tanvon arta dhywgh an lytherow a wrussowgh why ow onora
dredhans, ha'n cudyn a'gas blew a wrussowgh why yn caradow

grauntya dhybm. Me yw, a Vadama wheg, agas servont gostyth
hag uvel,
Jowan Wyllowby."

Assa veu Mêstresyk Dashwood diegrys pàn redyas hy an lyther-na!
Kyn wodhya hy, kyns ès hy dhe redya an lyther, fatell o res ev dhe
veneges y dhyslelder ha dhe dheclarya y aga dew dhe vos separâtys an
eyl dhyworth y gela rag nefra, nyns esa hy ow cresy fatell ylly
Wyllowby gwil devnyth a lavarow a'n par-na! Ny ylly hy naneyl
soposya fatell ylly pùb ehen a jentylys hag a omdhegyans onest bos
ankevys ganso—fatell ylly ev remôvya y honen mar bell dhyworth
dynyta an den wordhy may whrella ev danvon lyther mar gruel, heb
compla element vŷth a edrega ino, heb confessya ino ev dhe derry
fedh gans Mary-Àn—i'n contrary part yth o lyther mayth o despît pùb
lînen ino, lyther a nôtyas an screfor dhe vos sherewa a'n camhenseth
downha.

Hy a bowesas pols, an lyther in hy dorn, ha hy serrys ha sowthenys
inwedh; ena hy a'n redyas arta hag arta; saw ny wrug pùb ocasyon ma's
moghhe hy envy rag an den. Mar wherow o hy opynyon anodho, na
allas hy trestya hy honen dhe gôwsel, rag dowt hy dhe bystyga Mary-
Àn lacka whath in udn leverel aga bos keskerys dhyworth y gela bys
vycken dhe vos diank dhyworth an drog gwetha i'n bŷs, hèn yw dhe
styrya, diank dhyworth colm rag bêwnas gans den heb moralyta,
lyfrêson certan ha bedneth a'n sort uhelha.

Drefen hy dhe vos owth ombredery a vessach an lyther, a
gorrùpcyon an brŷs a ylly y screfa, ha dre lycklod ow remembra brŷs
dyffrans an den aral, nag o kelmys poynt gans an negys marnas an
remembrans anodho in hy holon, Elynor a ancovas anken present hy
whor, hag a ancovas inwedh fatell esa try lyther nag o redys whath in
hy barlen. Pelha hy a ancovas pana bell esa hy i'n chambour; saw ena
hy a glôwas hy caryach ow nessa dhe'n daras. Hy êth bys i'n fenester
rag gweles pyw esa ow tos mar avarr i'n jëdh. Hy a welas er hy sowthan
charet Mêstres Jenyngs, rag hy a wodhyas na veu hedna erhys ma's bys
i'n onen a'n clock. Determys o Elynor na wre hy forsâkya Mary-Àn,
kyn na's teva hy govenek vŷth a gonfortya hy whor, hy a fystenas dhe
Vêstres Jenyngs rag om-ascûsya hy honen na ylly hy mos gensy, dre
rêson Mary-Àn dhe vos in drogstât. Mêstres Jenyngs gans fienasow
kerenjedhek a dhegemeras hy dyharas. Elynor awos leverel farwèl
dhedhy, a dhewhelys dhe Mary-Àn. Hy a's cafas ow whelas derevel
dhywar an gwely ha scant ny allas hy hy gwetha rag codha wàr an leur,
rag gwadn ha pednscav o hy awos fowt hir a bowes hag a sosten—rag

nans o lies jorna ny dhebras hy nameur ha nans o lies nos abàn gùscas hy yn ewn. Lebmyn pàn nag o hy brÿs leun a fevyr an ancertuster, yth esa hy ow sùffra drog pedn, pengasen wadn ha clamder nervek. Elynor a gafas gwedren a win rygthy ha hedna a's gwrug nebes moy attês. Wàr an dyweth Mary-Àn owth aswon cufter hy whor a leverys:

"Elynor druan, ass esoma worth dha drist'he!"

"Govy," yn medh hy whor, "nag eus tra vÿth a alsen vy gwil rag dha gonfortya."

Kepar ha pùptra aral, hedna a veu re rag Mary-Àn. Ny ylly hy ma's cria in anken hy holon, "Ogh! a Elynor, ass oma trist!" kyns ès hy lev dhe vos budhys in dagrow.

Ny ylly Elynor na felha meras orth an gref dydhyweth-ma ha tewel.

"Gwra crefhe dha honen, a Mary-Àn wheg," yn medh hy, "mar ny vynta ladha dha honen ha pùbonen usy worth dha gara. Preder a'th vabm; preder a'y anken hy ha te ow codhevel. Rag hy herensa hy res yw dhis crefhe dha honen."

"Ny allama, ny allama," Mary-Àn a grias. "Mars esoma worth dha ankenya, gwra ow gasa, gwra ow gasa. Gwra ow hâtya, ow ankevy, saw na wra ow thormentya indelma. Ogh, ass yw êsy rag an re-na na's teves tristans dhe gôwsel adro dhe grefhe. Ass osta fortydnys, Elynor. Ny ylta desmygy fatl'esoma ow sùffra."

"Esta worth ow gelwel fortydnys, Mary-Àn? Dar, mar teffes ha godhvos an gwiryoneth.!—Hag a ylta cresy me dhe vos fortydnys, pàn esoma worth dha weles mar ancrêsys!"

"Gav dhybm, gav dhybm," yn medh hy, in udn dôwlel hy dywvregh adro dhe godna hy whor. "Me a wor te dhe sùffra ragof; me a wor pana sort pyteth esta ow kemeres; saw whath te yw—te a res bos lowen; yma Edward worth dha gara. Pandra, ogh pandra, a yll remôvya lowena kepar ha hodna?"

"Lies, lies tra,"yn medh Elynor yn solem.

"Nâ, nâ, nâ," Mary-Àn a armas yn whyls, "yma va worth dha gara jy yn udnyk. Ny ylta kemeres tristans."

"Ny allama rejoycya pàn esoma worth dha weles i'n stât-ma."

"Ha nefra ny wrêta ow gweles vy in ken stât. Ow mysery yw neb tra na yll bos remôvys."

"Y tal dhis heb côwsel indelha, Mary-Àn. A nyns eus confort vÿth dhis? pò cothmans? Yw dha gollva mar vrâs nag yw gesys spâss vÿth rag solas? Mars esta ow codhevel i'n tor'-ma, preder pana vrâs a via dha sùffrans, a pe va dyscudhys genes pell i'n dedhyow dhe dhos—a pe agas ambos sensys rag lies mis, kepar dell alsa bos, kyns ès ev dh'y dhewedha. Pùb jorna addys a fydhyans euver a vynsa gwil an strocas dhe voy uthyk."

"Ambos!" Mary-Àn a grias, "ny veu ambos bythqweth intredhon."

"Na veu ambos vŷth!"

"Na veu, nyns yw mar ùnwordhy dell esta worth y gresy. Ny wrug ev terry fedh vŷth genef."

"Saw ev a leverys dhis ev dhe vos orth dha gara."

"Leverys—nâ—na leverys. Y fedha rŷs dhe ùnderstondya pùb jorna, saw ny veu va bythqweth declarys. Traweythyow me a wre cresy y feu va leverys, saw ny veu leverys bythqweth."

"Saw te a wre screfa dhodho?"

"Gwren: a ylly hedna bos cabm warlergh pùptra o wharvedhys. Saw ny allama côwsel."

Ny leverys Elynor tra vŷth moy, hag ow trailya arta dhe'n try lyther esa ow sordya inhy whans brâssa ès kyns dhe wodhvos adro dhedhans, hy a redyas yn uskys pùptra inhans. An kensa lyther o hedna danvenys gans Mary-Àn dhodho pàn wrussons y drehedhes Loundres kyns oll. Ot obma an geryow ino:

"Strêt Berkeley, Mis Genver.

"Assa vedhys sowthenys, a Wyllowby, pàn wrelles recêva hebma; ha me a grŷs y whrêta clôwes neb tra moy ès sowthen, pan wrelles desky ow bosama in Loundres. Udn chauns dhe dhos obma gans Mêstres Jenyngs o temptacyon na yllyn ny denaha. Dâ via genama te dhe recêva hebma adermyn dhe dhos obma haneth, saw ny wrama powes wàr hedna. Wàr neb cor me a vŷdh orth dha wetyas avorow. Rag an present termyn, Duw genes.

"M.D."

Hy secùnd nôten a veu screfys an myttyn warlergh an dauns in chy Syr Jowan hag Arlodhes Myddelton. Ot obma an geryow ino:-

"Ny allama derivas pana dùllys veuma na wrug vy dha vetya degensetê, na pana sowthenys veuma na gefys vy gorthyp vŷth dhe'm nôten a wrug vy danvon dhis moy ès seythen alebma. Me re beu ow qwetyas clôwes dhyworthys, ha moy whath dha weles jy dres oll an jëdh. Dell y'm kerry gwra gelwel arta kettel vo possybyl, ha gwra styrya an rêson ow gortos dhe vos in vain. Res vŷdh dhis dos moy avarr nessa prÿs, rag ny a vÿdh gyllys in mes dell yw usys kyns ès onen a'n clock. Ny a veu newher in chy Arlodhes Myddelton, may feu sensys dauns. Y feu leverys dhybm te dhe recêva galow dhe dhos i'n party. A yll hedna bos gwir? Res yw te dhe vos fest chaunjys abàn wrussyn ny kescar, mars yw hedna gwir, ha te heb dos. Saw ny vanaf vy soposya hebma dhe vos possybyl, hag yth esoma ow qwetyas te dhe assûrya dhybm nag yw an negys indelha.

"*M.D.*"

An tressa nôten dhyworth Mary-Àn o indelma:—

"Pandra dal dhybm desmygy, a Wyllowby, dhyworth dha omdhegyans newher? Arta yth esoma worth dha dhemondya dh'y styrya. Me o parys dhe'th vêtya gans oll an plesour sordys yn naturek drefen ny dhe vos keskerys mar bell an eyl dhyworth y gela, gans an cowethyans a wrussyn ny enjoya pàn en ny warbarth in Barton. Saw me a veu fêsys genys in very gwiryoneth! Me re bassyas nos uthyk ow whelas ascûsya dha omdhegyans na yll bos descrefys marnas avell despîtyans. Saw kyn na wrug vy spêdya whath dhe goncêvya rêson vÿth dhe'th tyharas, me yw parys yn tien dhe glôwes dhyworthys fatell yll dha omdhegyans bos jùstyfies. Te re glôwas martesen neb fâls-derivadow adro dhybm, pò martesen nebonen re wrug ow hably dhis rag iselhe dha vreus ahanaf. Lavar dhybm pÿth ywa, gwra sygnyfia dhybm an rêson rag te dhe'm dyghtya indelha, ha me a vÿdh contentys, mar pedhama abyl dhe'th contentya jy. Cales vÿdh dhybm in gwir predery drog ahanas; saw mar pÿdh res dhybm y wil, mar pÿdh res dhybm desky nag osta an den esen vy ow cresy te dhe vos, fatell o oll dha gerensa ragon ny dhe vos fâls, dha omdhegyans i'm kever dhe vos intendys dhe dùlla yn udnyk, bedhens hedna declarys dystowgh. Yma ow emôcyons in stât dywodhaf a ancertuster. Me a garsa dha dhelyfrya, saw y fÿdh certuster wàr an eyl tu pò y gela êsyans in comparyson gans ow thorment i'n tor'-ma. Mar nyns yw dha emôcyons kepar dell êns, te a wra danvon arta dhybm ow nôtednow ha cudyn ow blew usy i'th posessyon.

"*M.D.*"

Ny vydna Elynor cresy, abarth Wyllowby, fatell ylly ev gortheby indelha lyther mar leun a gerensa hag a fydhyans. Saw ny wrug hy dampnacyon anodho keles an dysonester a'ga kescrefa an eyl dh'y gela; hag yth esa hy ow tuwhanhe ow tùchya an fowt a furneth a wrug chauncya prov a sergh heb dùstuny vŷth ha neb a veu cablys yn crev wàr an dyweth der an taclow a wharva. Ena Mary-Àn, pàn bercêvyas hy fatell o an lytherow redys gans Elynor, a dheclaryas nag esa tra vŷth inhans na via screfys gans nebonen i'n keth savla.

"Me a gonsydras ow honen," hy a addyas, "dhe vos promyssys dhodho mar solem avell dre gevambos lafyl stroth."

"Me a yll cresy hedna," yn medh Elynor, "saw i'n gwetha prŷs nyns esa ev ow predery an keth tra."

"Saw ev a bredery an keth tra, Elynor—dres seythen warlergh seythen, me a wor hedna. Pynag oll dra re wrug y jaunjya lebmyn (ha ny alsa tra vŷth ma's an drocka pystry i'n bŷs y wil), me o unweyth mar gerys ganso dell ylly ow enef whansa. An cudyn-ma a'm blew, neb ywa mar barys dhe dhascor, y feu pesys dhyworthyf yn tywysyk. Gojy na wrusta gweles y bejeth, y fara, gojy na wrusta clôwes y lev i'n eur-na! Yw ankevys genys an gordhuwher dewetha a'gan bos warbarth in Barton? An myttyn inwedh pàn wrussyn ny kescar! Pàn leverys ev dhybm y fedha martesen lies seythen kyns ès ny dhe vetya arta—y anken—a allama nefra ankevy y anken?"

Rag tecken ny ylly hy leverel ger moy, saw pàn o passys an emôcyon-na, hy a addyas, creffa hy lev,

"Elynor, me re beu dyghtys yn cruel; saw ny veu hedna gans Wyllowby."

"A Mary-Àn, gans pywa marnas ganso y honen? Pyw a alsa dallath hedna?"

"Gans pùbonen i'n bŷs, kyns ès der y golon ev. Me a alsa kyns cresy pùbonen aswonys dhybm dhe jùnya warbarth rag ow myshevya vy in y vrusyans ev, ès y natur ev dhe allos bos mar gruel. An venyn, usy ev ow screfa anedhy—pynag oll a vo hy—pò nebonen ken, marnas te dha honen mar gerys dhybm, mabmyk hag Edward, a ylly bos mar asper rag ow thraita. Avês dhywgh why agas try, eus nebonen i'n bŷs a vynsen drog-dyby a dhrocoleth kyns ès Wyllowby, mayth o y golon mar dhâ aswonys genef"'

Ny vydna Elynor argya, ha ny wrug hy ma's gortheby, "Pynag oll dhen a ve mar gasadow dhis, bedhens y tùllys a'ga vyctory anwhek. A whor guv colon, gwrêns y gweles fatell usy dha inocency ha dha borpos dâ ow scodhya dha spyrys. Gooth doth ha wordhya a vydn sevel orth sherewynsy a'n par-na."

"Nâ, nâ," Mary-Àn a grias, "ponvos kepar ha'm ponvos vy ny'n jeves gooth vÿth. Nyns yw bern dhybm pyw a wor me dhe vos truedhek. Re bo egerys dhe oll an bÿs a'n wolok ahanaf indelma. Elnynor, Elynor, an re-na usy ow codhevel nebes a yll bos gothys hag anserhak mar mydnons—y a yll sevel orth despît pò gortheby gans uvelheans—saw ny allama gwil indelha. Res yw dhybm clôwes an pain inof—res yw dhybm bos truedhek—ha wolcùm yns y dhe enjoya ow anken mar kyllons."

"Saw rag kerensa ow mabm ha rag ow herensa vy—"

"Me a vynsa gwil moy rag ow herensa ow honen. Saw dhe omdhysqwedhes lowen, pàn oma mar drist—Ogh! pyw a yll reqwîrya hedna?"

Arta y aga dyw a dewys. Yth o Elynor bysy ow kerdhes, gyllys in prederow, dhyworth an tan bys i'n fenester ha dhyworth an fenester bys i'n tan, heb convedhes hy dhe vos tobmys gans an eyl pò dhe bercêvya hy dhe verkya taclow der y gela. Ha Mary-Àn esedhys orth troos an gwely, hy fedn ow powes wàr onen a'n postow, a gemeras lyther Wyllowby in bàn arta, ha wosa crena orth pùb lavar, a grias,—

"Re ywa! Ogh, a Wyllowby, Wyllowby, a yll hebma bos screfys genys! Cruel, cruel—ny yll tra vÿth dha ascûsya. Pynag oll dra a alsa ev clôwes wàr ow fydn—a ny dalvia dhodho dylâtya y vrusyans? A ny dalvia dhodho y dherivas dhybm ha ry dhybm an chauns dhe glerhe ow honen? 'ha'n cudyn a'gas blew' (in udn redya in mes a'n lyther) 'a wrussowgh why yn caradow grauntya dhybm'—Hèn yw anpardonadow. A Wyllowby, pleth esa dha golon pàn wrusta screfa an geryow-na? Ogh, anwhek ha taunt!—Elynor, a yll ev bos jùstyfies?"

"Na yll, Mary-Àn, in fordh vÿth i'n bÿs."

"Saw whath an venyn-na—pyw a wor pana sort creft a wrug hy ûsya—pana bellder a veu va ragprederys, ha down devîsys gensy! Pyw yw hy?—Pyw a yll hy bos?—Pana dermyn bythqweth a wrug vy y glôwes ow côwsel a vowes yonk ha dynyak in mesk an benenes aswonys dhodho?—Ogh, mowes vÿth—Ny gôwsas ev bythqweth orthyf ma's ahanaf ow honen."

Y feu ken taw.

"Elynor, res yw dhybm mos tre. Res yw dhybm mos tre rag confortya mabmyk. A ny yllyn ny dyberth avorow?"

"Avorow, Mary-Àn!"

"Eâ, prag y codhvia dhybm gortos obma? Ny dheuthom obma ma's rag gweles Wyllowby—ha lebmyn pyw usy ow settya oy ahanaf? Nyns oma bern dhe dhen vÿth."

"Ny alsen ny dyberth avorow. Yma Mêstres Jenyngs ow tendyl meur moy ès cortesy dhyworthyn; hag yma an cortesy moyha ûsys orth agan gwetha rag dyberth mar hastyf avell hedna."

"Wèl, i'n eur-na udn jëdh martesen pò dew dhëdh, saw ny allama remainya pell obma. Ny allama gortos dhe sùffra an qwestyons ha'n tybyansow dhyworth oll an bobel-ma. Teylu Myddelton ha teylu Palmer—fatl'allama perthy aga fyteth? Pyteth a venyn kepar hag Arlodhes Myddelton! Ogh, pandra vynsa ev leverel adro dhe hedna!

Elynor a's cùssulyas dhe wrowedha arta, ha hy a wrug indelha rag pols. Saw ny ylly stauns vÿth ry êsyans vÿth dhedhy; hag in pain dybowes a vrÿs hag a gorf, hy a wayas dhyworth udn tyller dh'y gela, erna wrug hy dhe voy ha dhe voy sùffra sterycks. Scant ny ylly hy whor hy sensy wàr an gwely, ha rag pols yth esa hy owth owna y fedha res dhedhy gelwel nebonen rag gwil gweres dhedhy. Saw wàr an dyweth Mary-Àn a veu perswâdys dhe gemeres nebes dowr lavant ha hedna a wrug servya nebes. Dhyworth an termyn-na erna dhewhelys Mêstres Jenyngs, hy a bêsyas wàr an gwely cosel ha dyvuf.

Chaptra XXX

Pàn dhewhelys hy, Mêstres Jenyngs a dheuth dewhans dh'aga chambour ha heb gortos may fe rÿs dhedhy cubmyas dhe entra, hy a egoras an daras ha dos ajy, gwir-anken dhe redya wàr hy fâss.

"Fatl'osta, a guv colon?" yn medh hy dhe Mary-Àn meur hy fyteth, saw hy a drailyas hy bejeth in kerdh heb whelas gortheby.

"Fatl'yw hy, a Vêstresyk Dashwood? An vowes truan, yma hy ow meras pòr dhrog. Nyns yw marth. Eâ, gwir yw. Ev a vÿdh demedhys yn scon—an podryn! Ny vanaf vy y berthy. Mêstres Taylor a dherivas an whedhel dhybm hanter-our alebma, ha hy a'n clôwas dhyworth cowethes Mêstresyk Grey hy honen, poken ny vynsen y gresy. Namna veuma parys dhe glamdera solabrÿs. Wèl, yn medhaf, mars ywa gwir, ny allama leverel ma's hebma, ev re dhyghtyas mowes yonk aswonys dhybm uthyk drog, hag yth esoma ow yêwny may whrello y wre'ty tormentya y golon. Ha me a vydn leverel hedna bys vycken, a guv colon, ha why a yll trestya dhybm. Ass yw sham dhe dus yonk omdhon indelma; ha mar qwrama nefra metya ganso, me a vydn ry dhodho cabel creffa ès dell sùffras ev bythqweth kyns. Saw yma udn confort dhis, a Vêstresyk Mary-Àn wheg: nyns usy ev an udn den yonk i'n bÿs ha gans dha vejeth teg, ny vÿdh fowt dhis a dantoryon. Wèl, an vowes truan, ny wrama hy ania na felha, rag gwell vÿdh rygthy ola bys i'n dyweth. I'n gwelha prÿs y fÿdh Teylu Parry ha Teylu Sanderson ow tos haneth, ha hedna a wra hy dydhana."

I'n eur-na hy a dhepartyas in udn gerdhes wàr vleynow treys, kepar ha pàn ve hy ow predery y halsa pain hy howethes yonk bos moghhës dre dros.

Mary-Àn, er sowthan hy whor, a dhetermyas dhe gynyewel gansans. Elynor a's cùssulyas na wrella hy indelha. Saw, "nâ, hy a vynsa skydnya; hy a ylly y berthy pòr dhâ ha'n tervans adro dhedhy a via dhe le." Elynor a veu plêsys hy bos rêwlys dre ervirans a'n par-na, saw scant ny ylly cresy y whre hy remainya dres oll an kydnyow. Ny leverys hy tra vÿth moy; hag ow restry pows Mary-Àn mar dhâ dell ylly, rag yth

165

esa Mary-Àn whath wàr an gwely, hag yth o hy parys dh'y gweres aberth in rom kydnyow kettel vowns y gelwys.

Pàn esa hy ena, kynth o uthyk hy semlant, Mary-Àn a dhebras moy ès a veu moy cosel ès dell esa hy whor ow qwetyas. Mar teffa hy ha whelas côwsel, pò mar teffa hy ha merkya attendyans caradow saw gocky Mêstres Jenyngs in hy hever, ny alsa hy gortos mar gosel. Saw ny scappyas ger vÿth in mes a'y ganow. Prederow hy holon a's gwethas rag percêvya pùptra esa ow mos in rag adro dhedhy.

Elynor a ros grâssow dhe Vêstres Jenyngs rag hy haradôwder, rag ny ylly hy whor aswon grâss dhedhy hy honen, kynth o gwythresow aga howethes re boos yn fenowgh ha gocky traweythyow. Mêstres Jenyngs a welas fatell o Mary-Àn trist, ha hy a bredery y talvia gwil pùptra rag lehe hy fonvos. Rag hedna hy a's dyghtyas gans oll an kerensa a vabm tro ha'y flogh an jëdh dewetha a'y degolyow. Res o dhe Mary-Àn cafos an tyller gwelha dhyrag an tan, hy a vedha temptys gans pùb tabm dainty i'n chy hag a fedha dydhanys gans oll nowodhow an jëdh. Na ve Elynor dhe weles in cowntnans dywharth hy whor lestans rag pùb joy, hy a alsa wherthyn adro dhe attentys Mêstres Jenyngs dhe sawya kerensa gellys dre whegednow dyffrans, dre olyf ha dre dan dâ. Kettel wrug Mary-Àn merkya oll an re-na, drefen y dhe vos herdhys warnedhy heb cessya, ny ylly hy remainya na felha. Gans cry hastyf a dristans hy a savas in bàn ha fystena in mes a'n rom.

"An vowes truan!" Mêstres Jenyngs a grias, mar scon dell asas Mary-Àn an rom. "Ass oma trist'hës dh'y gweles! Dar, hy yw gyllys heb gorfedna hy gwin! Ha'n keres sëgh inwedh! A Dhuw, yth hevel na yll tra vÿth hy honfortya. Me yw sur a pe tra aswonys genef neb a garsa hy, me a vynsa danvon dres oll an cyta ragtho. Wèl, negys coynt ywa dhybm den yonk dhe dhyghtya mowes sêmly indelma! Saw i'n tyller may ma meur a vona war an eyl tu ha mona vÿth ogasty wàr y gela, Duw dh'agan gweres, nyns yw bern dhodhans an tecter!—"

"An venyn brias ytho—Mêstresyk Grey why a's gelwys, me a grÿs— hy yw pòr rych?"

"Hanter-cans mil buns, a garadow. A wrussowgh why bythqweth hy gweles? Mowes afînys, y leveryr, saw nyns yw hy teg. Yma cov dâ dhybm a'y modryp, Byddy Henshaw. Hy a dhemedhas gans den kevothak. Saw yth yw oll an teylu rych. Hanter-cans mil buns! Ha dell yw leverys, ny vydn an mona dos re avarr, rag yth eder ow leverel y vos myshevys. Nyns yw hedna marth vÿth! Ow fysky adro in y garyach scav ha gans y vergh helghya! Na fors côwsel. Saw pàn dheffo den yonk, pynag oll a vo ev, ha tanta mowes teg, ha promyssya demedhyans, nyns yw ewn ragtho terry y er yn udnyk drefen ev dhe

devy bohosak, ha drefen mowes moy hy rycheth dhe vos parys dhe
dhemedhy ganso. Prag na wra ev, i'n câss-na, gwertha y vergh, gasa y
jy dhe wobrenoryon, danvon y servysy in kerdh, ha dasformya pùptra?
Ow gaja dhywgh, Mêstresyk Mary-Àn a via parys dhe wortos erna ve
taclow amendys. Saw ny wra hedna servya in agan dedhyow ny. Ny yll
plesour vŷth oll bos hepcorys gans tus yonk an oos-ma."

"A wodhowgh pana sort mowes yw Mêstresyk Grey. Yw leverys hy
dhe vos plegadow?"

"Ny glôwys vŷth drog vŷth anedhy; in gwir scant ny wrug vy hy
clôwes complys bythqweth; marnas Mêstres Taylor dhe leverel
myttyn hedhyw, fatell wrug Mêstresyk Walker hyntya dhedhy
unweyth na vedha Mêster ha Mêstres Ellyson trist dh'y gweles ow
temedhy, rag ny ylly hy ha Mêstres Ellyson agria bythqweth."

"Ha pyw yw Mêster ha Mêstres Ellyson?"

"Hy gwethysy, a garadow. Saw lebmyn yth yw hy devedhys in oos
hag a yll dôwys rygthy hy honen; hag ass yw teg an dôwys gwrŷs
gensy!—Pandra lebmyn," warlergh tewel rag pols—"yth yw agas whor
gyllys dh'y chambour hy honen, me a sopos, rag lamentya gensy hy
honen oll. A nyns eus tra vŷth a yllyn ny kerhes rag hy honfortya? An
vowes cuv, yth hevel bos cruel hy gasa heb coweth. Wèl, nyns yw pell
erna vo nebes cothmans obma, ha hedna a wra hy dydhana nebes.
Pana wary a wren ny gwary? Cas yw whyst gensy, me a wor, saw a nyns
eus gwary rônd vŷth usy worth hy flêsya?"

"A vadama wheg, nyns yw otham a'n caradôwder-ma. Dre lycklod,
ny wra Mary-Àn gasa hy chambour arta haneth. Me a vydn hy
ferswâdya dhe wrowedha yn avarr, rag sur oma fatell yw otham dhedhy
a bowes."

"Eâ, hedna a vëdh gwell rygthy. Gwrêns hy dôwys hy soper hy
honen ha mos dh'y gwely. A Dhuw, nyns yw marth hy dhe vos ow
meras mar dhrog ha mar drist an dhyw seythen dhewetha-ma, rag yth
esa an negys-ma ow cregy a-ugh hy fedn oll an termyn. Me yw sur
fatell wrug an lyther neb a dheuth hedhyw gorfedna pùptra. An vowes
truan! A pe hedna godhvedhys dhybm, ny vynsen gesya gensy adro
dhodho rag mona vŷth. Saw ena, fatl'yllyn desmygy tra kepar ha
hedna? Yth esen ow cresy nag o ma's lyther kerensa ûsys, ha why a wor
fatell yw dâ gans pobel yonk pàn wrello pobel erel gwil ges gansans
adro dhedhans. A Dhuw! Assa vŷdh Syr Jowan ha'm myrgh anês pàn
wrellons y clôwes! A pen vy ow predery yn ewn, me a alsa vysytya
Strêt an Condyt wàr ow fordh tre, rag derivas dhedhans. Saw me a's
gwelvyth avorow."

"Ny via res, me yw certan, ragowgh why dhe warnya Mêstres Palmer ha Syr Jowan na wrellens nefra compla hanow Mêster Wyllowby arta dhyrag ow whor, na côwsel ow tùchya an taclow wharvedhys. Aga natur dâ aga honen a vydn declarya dhodhans pana gruel a vŷdh y dhe wodhvos tra vŷth a'n negys in hy fresens hy; ha pelha dhe le a vŷdh leverys dhybm a'n mater, dhe voy a vŷdh ow brŷs ow honen confortys, a venyn dhâ, dell esowgh why heb mar ow convedhes."

"Ogh, a Dhuw! Esof yn sur. Rag uthyk yw why dhe clôwes an negys debâtys; hag ow tùchya agas whor, me yw certan na wren vy leverel ger vŷth anodho rag oll an bŷs. Why a welas orth prŷs kydnyow na leverys vy tra vŷth. Ha ny vynsa Syr Jowan na'm myrhes leverel ger vŷth, rag y yw pòr brederus ha caradow; spessly mar tewgh why ha hyntya dhodhans, ha heb dowt me a vydn gwil indelha. Ragof vy, me a grŷs fatell yw gwell leverel mar vohes a daclow a'n par-na dell vo possybyl, ha dhe sconha y fŷdh an dra passys hag ankevys. Ha fatl'usy côwsel ow servya?"

"I'n negys-ma ny wra kescows tra vŷth ma's drog; moy martesen ages in lies câss a'n sort-ma, rag y feu an dra sewys gans cyrcùmstancys usy worth y wil ùnwordhy dhe vos dyspûtys gans kenyver onen. Res yw dhybm ry jùstys dhe Vester Wyllowby—ny dorras ev ambos diogel vŷth gans ow whor."

"Dar, a guv colon! Na whelowgh y dhyffres! Na dorras ev ambos diogel vŷth, wàr ow enef! Warlergh ev dh'y hùmbrank hy der oll Chy Allenham, ha determya an rômys may fedhens y tregys i'n dedhyow esa ow tos!"

Ny ylly Elynor rag kerensa hy whor inia an mater pelha, ha hy a's teva govenek nag o hedna reqwîrys dhyworty rag kerensa Wyllowby; kyn whrella Mary-Àn kelly meur, a pe an gwiryoneth godhvedhys yn egerys, ny alsa ev gwainya nameur dredho. Warlergh taw cot a bùb tu, Mêstres Jenyngs, gans oll hy jolyfter naturek, a dardhas in mes arta.

"Wèl, a guv colon, gwir yw an lavar coth ow tùchya drog-wyns, rag y fŷdh an mater dhe well rag Cornal Brandon. Ev a wra hy hafos wàr an dyweth; eâ, ev a's cav in gwir. Gwra y remembra dhybm, mar ny vedhons y demedhys kyns pedn Golowan. A Dhuw, assa wra va minwherthyn adro dhe'n nowodhow-ma! Yma govenek dhybm ev dhe dhos haneth. Kemerys warbarth ev a vŷdh gour ty gwell rag agas whor. Dyw vil buns an vledhen heb kendon pò aflês—marnas an flogh bian dyreth; eâ, hy o ankevys genef vy, saw y hyller hy gorra in mes avell prentys wàr gòst munys, hag ena pŷth a vŷdh hy ow styrya? Delaford yw tyller teg, me a lever dhywgh. Tyller esoma ow kelwel plâss teg a'n gîss coth; degës oll adro gans fosow lowarth yw cudhys gans an gwëdh

frût gwelha in oll an pow. Hag ass yw dâ an wedhen mor i'n gornel! A
Dhuw, assa wrussyn ny, me ha Charlotte, stoffya agan honen an udn
dreveth a veun ny ena! Pelha yma clomyer i'n plâss, ha pysklydnow
teg, ha dowrgledh fest teg; ha pùptra a alsa nebonen whansa. Yma ogas
dhe'n eglos ha nyns ywa ma's qwarter mildir dhyworth fordh an
tollborth, ytho ny vÿdh ev sqwîthus nefra, rag mar tewgh why in bàn
hag esedha i'n ewek adhelergh dhe'n chy, why a welvyth oll an côchys
ow passya. Ô, ass ywa tyller teg! Shoppa kigor in ogas i'n bendra, ha
nyns usy chy an prownter ma's towl bùlien abell. Dhe'm breus avy
milweyth tecka ès Park Barton, le mayth yns y constrînys dhe danvon
teyr mildir rag aga hig, hag na's teves y kentrevak nessa dhodhans ès
agas mabm. Wèl, me a vydn kenertha an Cornal scaffa gallaf. Dell
wodhowgh why, yma udn scoodh a gig davas owth iselhe pris y gela.
Mar kyllyn ny yn udnyk gwil dhedhy ankevy Wyllowby!"

"Eâ, mar kyllyn ny gwil hedna, a Venyn Vas," yn medh Elynor, "ny
a vydn gwil pòr dhâ gans Cornal Brandon pò heptho." Hag ena hy a
savas in bàn ha dyberth dhe jùnya dhe Mary-Àn, neb a gavas hy, dell
esa hy ow qwetyas, in hy chambour hy honen, ow posa wàr remnant a
dan bian. Erna dheuth Elynor, hèn o an udn golow a's teva.

"Gwell via dhis ow gasa," a veu an udn lavar côwys gans Mary-Àn.

"Me a vydn dha asa," yn medh Elynor, "mar qwrêta mos dhe'th
wely." Saw hedna kyns oll hy a sconyas, dre rêson a'y godhevyans dh'y
gwil gorth. Perswâdyans clor saw dywysyk hy whor, bytegyns, a'n
medhelhas dhe acordya, hag Elynor a's gwelas ow settya hy fedn tydn
wàr an bluvak, ha dell esa hy ow qwetyas parys dhe bowes.

Pàn entras Elynor an parleth arta, y feu hy jùnys yn scon gans
Mêstres Jenyngs ha gwedren win, leun a neb tra in hy dorn gensy.

"A guv colon," yn medh hy, "me re remembras bos dhybm i'n chy
nebes a'n gwin Constantia gwelha a veu tâstys bythqweth. Rag hedna
me re dhros genef rag agas whor gwedren anodho. Ow gour ty truan!
Assa gara ev an gwin-ma! Pynag oll dermyn may fedha ev gwyskys
gans shôra a'n gowt torr, ev a levery y whre va y sawya moy ès ken tra
vÿth in oll an bÿs. Gwrewgh y dhry dha'agas whor."

"A vadama wheg," yn medh Elynor, ow minwherthyn adro dhe'n
clevejow may fedha ev comendys ragthans, "ass owgh why caradow!
Saw me re asas Mary-Àn i'n gwely, hag yma govenek dhybm, hy dhe
vos in cùsk ogasty. Drefen me dhe gresy na wra tra vÿth hy servya
gwell ès powes, mar tewgh why ha ry cubmyas dhybm, me a vydn eva
an gwin ow honen."

Kynth o drog gans Mêstres Jenyngs na dheuth hy pymp mynysen
moy avarr, hy a veu contentys der an kesassoylyans. Elynor, ha hy ow

"Assa gara ev an gwin-ma!"

lenky radn vrâssa an gwin, a ombrederys na vedha an gwin a les rag
gowt torr i'n present termyn, saw y hylly y vertu rag sawya colon dùllys
bos assayes warnedhy hy honen mar dhâ avell wàr hy whor.

Cornal Brandon a dheuth ajy pàn esens y owth eva tê, ha der y
omdhegyans pàn veras ev adro dhe'n rom ow whelas Mary-Àn, Elynor
a dhesmygyas dystowgh nag esa ev ow qwetyas hy hafos ena hag nag
o va whensys dh'y gweles naneyl. Wàr verr lavarow ev a wodhya
solabrÿs prag nag o hy present. Ny veu Mêstres Jenyngs gwyskys der
an keth preder, rag hy a gerdhas dres an rom dhe'n bord mayth esa
Elynor owth esedha ha whystra dhedhy, "Yma an Cornal owth apperya
mar dhywharth avell bythqweth. Ny wor ev tra vÿth a'n negys. A guv
colon, derivowgh e dhodho."

Warlergh termyn cot an Cornal a dednas chair ogas dhe jair Elynor,
ha gans golok a dhysqwedhas dhedhy ev dhe wodhvos pùptra, a
wovydnas orty adro dh'y whor.

"Nyns usy Mary-Àn in poynt dâ," yn medh hy. "Hy re beu nebes
clâv dres oll an jëdh hedhyw, ha ny a's inias dhe vos dh'y gwely."

"Martesen ytho," yn medh ev ow hockya, "an pÿth a glôwys vy
myttyn hedhyw a yll bos—y hyll moy gwiryoneth bos ino ès dell esen
vy ow cresy wostallath."

"Pandra glôwsowgh why?"

"Den jentyl, neb a hevelly bos—wàr verr lavarow, den a wodhyen vy
dhe vos ambosys—saw in pana vaner a wrama derivas dhywgh? Mars
yw an negys godhvedhys dhywgh solabrÿs, dell yw apert why dh'y
wodhvos, me a yll bos sparys."

"Yth esowgh why ow styrya," yn medh Elynor gans cosoleth
constrînys, "demedhyans Mêster Wyllowby gans Mêstresyk Grey. Eâ,
ny a wor oll adro dhodho. Hedhyw dell hevel a veu dëdh a glerheans
rag kenyver onen, rag ny a'n descas kyns oll myttyn hedhyw. Ple
whrussowgh why y glôwes agas honen?"

"In shoppa paperieth in Pall Mall, mayth esen ow collenwel negys.
Yth esa dyw venyn jentyl ow cortos aga haryach, hag onen anodhans
ow ry acownt dh'y ben a'n maryach porposys in lev mar apert na yllyn
vy heb hy clôwes. Y fedha hanow Wyllowby, Jowan Wyllowby,
complys yn fenowgh ha me a verkyas hedna. Ha herwyth an maters
leverys yth o pùptra restrys ow tùchya y dhemedhyans ervirys gans
Mêstresyk Grey—nyns o va sêcret na felha—y whre an maryach
kemeres le ajy dhe nebes seythednow, hag y feu lies a'n manylyon
complys inwedh. Yth esof ow perthy cov a udn dra yn arbednyk, rag
hedna a wrug declarya pyw o an den prias surha whath:—kettel ve an
solempnyta dewedhys, y a vydna mos dhe Combe Magna, y blâss ev

in Gwlas an Hâv. Ow sowthan!—saw ny yllyn descrefa ow emôcyons. An venyn davasak, me a dhescas, rag me a remainyas i'n shoppa erna vowns y gyllys, o gelwys Mêstres Ellyson. Dell hevel hy yw gwethyades Mêstresyk Grey."

"Hèn yw gwir. Saw a wrussowgh why clôwes kefrÿs fatell y's teves Mêstresyk Grey hanter-cans mil buns? In hedna, dre lycklod, ny a gav an rêson rag an demedhyans."

"Hedna a yll bos. Saw Wyllowby yw abyl—dhe'n lyha, me breder"—ev a stoppyas y honen pols cot; ena ev a addyas in lev a hevelly mystrestya y honen, "Ha'gas whor why—fatla wrug hy—"

"Hy re sùffras yn poos. Yma govenek dhybm wàr an tenewen aral na wra hy sùffra re bell. An negys re beu anken uthyk rygthy. Bys i'n jëdh de, yth esen ow cresy, na wrug hy bythqweth dowtya y gerensa, ha lebmyn whath, martesen—saw me a grÿs na wrug ev bythqweth hy hara. Ev re beu pòr fâls! Hag in certan poyntys yth hevel fatell eus caletter colon ino."

"Â!" yn medh Cornal Brandon, "yma caletter colon ino heb dowt vÿth. Saw agas whor—me a grÿs why dh'y leverel dhybm—nyns usy hy ow meras orth an negys kepar ha why poran?"

"Godhvedhys dhywgh yw hy natur, ha pana whensys a via hy dh'y jùstyfia ev a calla hy."

Ny worthebys ev poynt, hag yn scon warlergh hedna y feu lestry an tê remôvys ha bordys an cartednow restrys. Ytho res o cessya an kescows. Mêstres Jenyngs a veras ortans pàn esens y ow kestalkya, hag yth esa hy ow qwetyas derivas Mêstresyk Dashwood dhe lowenhe Cornal Brandon, dell via ewn rag den in flour y yowynkneth. Saw er hy sowthan hy a'n gwelas dres oll an gordhuwher mar dhywharth ha mar brederus dell o ûsys.

Chaptra XXXI

Warlergh nos a gùsk gwell ès dell esa hy ow qwetyas, Mary-Àn a dhyfunas ternos vyttyn dhe omglôwes mar druedhek dell o hy pàn wrug hy degea hy dewlagas.

Elynor a's inias gwelha gylly dhe gôwsel a'y emôcyons; ha kyns ès an hawnsel dhe vos parys, dyghtys o an mater gansans arta hag arta; yth esa Elynor ow jùjya yn sad hag ow comendya yn caradow, hadre vedha Mary-Àn ow côwsel yn whyls a'y emôcyons hag ow chaunjya hy opynyons yn fenowgh —poran kepar dell wre hy kyns. Traweythyow yth esa hy ow cresy Wyllowby dhe vos mar druan ha mar inocent avelly hy honen, ha traweythyow hy a bredery yth o kellys gensy pùb chauns a'y gafos dybegh. Par termyn nyns o bern dhedhy poynt a pe kenyver onen ow meras orty, par termyn hy a garsa omgeles hy honen dhyworth an bỳs, ha par termyn aral whath hy a ylly sevel orth an bỳs yn crev. Ny wre hy bytegyns chaunjya hy brỳs ow tùchya udn poynt: hy a vydna goheles yn tien presens Mêstres Jenyngs hag a pe res dhedhy hy ferthy, ny vynsa hy ma's tewel dhyrygthy. Cales 'hës o hy holon warbydn an grejyans a Vêstres Jenyngs dhe gescodhevel gensy in hy thristans.

"Nâ, nâ, nâ, nyns yw hedna gwir," hy a grias, "ny yll hy omglôwes trist. Nyns yw kescodhevyans hy hufter. Nyns yw tender hy haradôwder. Ny's teves hy otham ma's a scavel an gow, ha me yw kerys gensy lebmyn drefen me dhe brovia hedna dhedhy."

Nyns o res dhe Elynor clôwes geryow hy whor dhe wodhvos fatell vedha hy hùmbrynkys yn fenowgh, dre fînder bludh hy brỳs hy honen, dhe jùjya pobel erel dre gamhenseth. Rag yth esa hy ow predery re a fînder brỳs hag a'n grâss a omdhegyans polyshys. Kepar ha hanter remnant an bỳs, mars eus moy a hanter neb yw skentyl ha dâ, nyns o Mary-Àn, marthys hy theythy ha spladn hy nas, naneyl rêsonus nag egerys. Yth esa hy ow qwetyas dhyworth pobel erel an keth opynyons hag emôcyons esa inhy hy honen, ha hy a wre aga jùjya rêsons rag aga omdhegyans der an effethow a wrêns orty hy honen. Indelha y wharva neb tra, pàn esa an whereth in aga chambour aga honen wosa hawnsel, neb a iselhas Mêstres Jenyngs moy whath in estymacyon Mary-Àn. Dre hy gwander hy honen gwythres Mêstres Jenyngs a ros dhedhy moy pain whath, kyn whrug an venyn dhâ-na y wil der ewn caradêwder hegar.

Gans lyther istynys in mes in hy dorn, ha minwharth bryght wàr hy ganow, rag yth esa ow qwetyas hy dhe hebaskhe hy howethes yonk, hy a entras i'n rom hag a leverys,

"Lebmyn, a guv colon, yth esoma ow try dhis neb tra a vydn dha lowenhe."

Mary-Àn a glôwas lowr. Heb let hy imajynacyon a settyas dhyrygthy lyther dhyworth Wyllowby, leun a gerensa hag a edrega, owth ascûsya pùb tra o wharvedhys, lowr ha perswâdus, ha wosa hedna Wyllowby y honen, ow fystena dre hast aberth i'n rom dhe grefhe orth hy threys dre helavarder hy dewlagas messach y lyther. Ober an udn vynysen a veu dystrôwys an nessa. Yth esa dorn-screfa hy mabm dhyrygthy, na veu bythqweth cas dhedhy kyns. I'n tùll sherp a sewyas lowena hy govenek, Mary-Àn a omglôwas na wrug hy bythqweth sùffra bys i'n eur-na.

Ny alsa geryow vÿth godhvedhys dhe Mary-Àn descrefa cruelta Mêstres Jenyngs. Ha lebmyn ny ylly hy hy rebukya ma's der an dagrow esa ow tewraga dhyworth hy dewlagas yn freth hag yn whyls— saw ny verkyas Mêstres Jenyngs an rebuk, ha wosa derivas hy dhe berthy pyteth anedhy, hy a omdednas, whath ow referrya dhe'n lyther a gonfort. Saw an lyther, pàn veu Mary-Àn clor lowr dh'y redya, a dhros bohes confort dhedhy. Yth o pùb folen leun a Wyllowby. Hy mabm, certan whath a'ga bos ambosys, hag ow fydhya in y lendury ev, a veu sordys dre vessach Elynor, dhe erhy moy ôpynsys dhyworth Mary-Àn tro hag Elynor ha hy honen. Yth esa kebmys kerensa rag Mary-Àn i'n lyther, kebmys worshyp rag Wyllowby ha kebmys certuster ow tùchya y dhe vos demedhys yn lowen i'n dedhyow esa ow tos, na wrug Mary-Àn ma's ola gans painys ha hy worth y redya bys i'n dyweth.

Perthyans cot Mary-Àn dhe dhewheles tre a's sêsyas arta. Kerha o hy mabm dhedhy ès bythqweth; kerha awos hy fydhyans re vrâs in Wyllowby. Res o dhe Mary-Àn dyberth dystowgh. Ny ylly Elynor determya a vedha gwell rag Mary-Àn remainya in Loundres pò viajya dhe Barton, hag ytho ny gomendyas hy tra vÿth ernag allens y godhvos cùssul aga mabm. Wàr an dyweth hy a berswâdyas hy whor dhe wortos erna wrellens godhvos hedna.

Mêstres Jenyngs a's gasas moy avarr ès dell o ûsys, rag ny ylly hy bos contentys, erna ve Teylu Myddelton ha Teylu Palmer abyl dhe lamentya kebmys ha hy honen. Hy a sconyas may whrella Elynor dos gensy, hag êth in mes hy honen oll remnant a myttyn. Elynor, poos hy holon, a wodhya y whre hy ry moy pain whath dh'y mabm, ha sur inhy hy honen dhyworth lyther fanjys gans hy whor, nag o hy mabm ow qwetyas hy derivadow, saw hy a esedhas dhe screfa dhedhy acownt a'n taclow wharvedhys ha dhe besy hy hùssul rag an termyn esa ow tos.

Mary-Àn a entras i'n parleth wosa Mêstres Jenyngs dhe dhyberth, hag a wortas heb gwaya orth an bord mayth esa Elynor ow screfa, ha hy ow meras orth pluven Elynor ow mos in rag, duwhenhës der an devar a's teva a screfa lyther kepar, ha duwhenhës moy whath ow tùchya tristans hy mabm, pàn wrella hy recêva an lyther.

Y o indelha adro dhe gwarter our, pàn veu Mary-Àn, na ylly perthy tros sodyn vÿth, sowthenys dre gnouk sherp wàr an daras.

"Pyw a yll hedna bos?" Elynor a grias. "Mar avarr inwedh! Yth esen ow cresy ny dhe vos saw."

Mary-Àn êth dhe'n fenester.

"Cornal Brandon ywa!" yn medh hy yn vexys. "Nyns on ny nefra saw dhyworto ev."

"Ny wra va entra i'n chy, rag nyns usy Mêstres Jenyngs tre."

"Ny vanaf vy trestya dhe hedna," yn medh Mary-Àn owth omdedna bys in hy chambour hy honen. "Den na'n jeves tra vÿth dhe wil gans y dermyn y honen, ny'n jeves ev conscyans vÿth rag y wetha rag ania pobel erel."

An pÿth a wharva a wrug prevy preder Mary-Àn dhe vos ewn, kynth o va fùndys wàr gamhenseth ha wàr errour, rag Cornal Brandon a entras in gwir. Yth o Elynor perswâdys fatell dheuth ev dy awos y gerensa rag Mary-Àn. Ha pàn welas hy y gowntnans trist dywharth, ha wosa ev dhe wovyn orty ow tùchya hy whor, ny ylly hy gava dhedhy nag esa hy worth y estêmya moy ès dell esa.

"Me a vetyas gans Mêstres Jenyngs in Strêt Bond," yn medh ev warlergh dynargh dhedhy, "ha hy a'm inias dhe dhos obma. Ha moy êsy veu ow inia drefen me dhe gresy y whren vy agas trouvya why obma agas honen oll; hag yth esen ow whansa hedna. Ow thowl—ow whans—ow udn whans—yma govenek dhybm, me a grÿs—yw dhe vos a gonfort—nâ, ny dal dhybm leverel confort—confort i'n present termyn—saw certuster—certuster rag nefra dhe vrÿs agas whor. Ow haradôwder rygthy, ragowgh why agas honen ha rag agas mabm—a vydnowgh why alowa dhybm y brevy dre dherivas nebes taclow dhywgh, nag yw sordys ma's dre worshyp gwiryon—tra vÿth ma's bolùnjeth lel dhe vos a les—me a grÿs ow bosama jùstyfies—saw pàn yw spênys mar lowr termyn ow qwil dhybm cresy me dhe vos ewn, a nyns eus nebes own me dhe vos camdybys?" Ev a cessyas.

"Yth esoma worth agas ùnderstondya," yn medh Elynor. "Yma dhywgh neb tra dhe dherivas dhybm ow tùchya Mêster Wyllowby, neb a wra egery dhybm y natur dhe belha. Agas derivas a vŷdh an caradôwder brâssa a yll bos dysqwedhys dhe Mary-Àn. Why a'gas bŷdh ow grâssow dystowgh mar kyllowgh why ry dhybm skians vŷth a vydna collenwel an towl-na. Ha warlergh termyn hy a vydn ry dhywgh grâssow kefrŷs. Y praydha, gesowgh dhybm dhe glôwes an negys."

'Why a'n clôwvyth. Wàr verr lavarow, pàn wrug vy gasa Barton mis Hedra warleny—saw ny wra hebma styrya tra vŷth dhywgh—res yw dhybm mos pelha wàr dhelergh. Why a'm cav whedhlor cledhek, a Vêstresyk Dashwood. Scant ny worama pleth yw res dhybm dallath. Me a grŷs bos res dhybm ry acownt cot ahanaf ow honen—ha hedna a vŷdh por got. Ow tùchya mater avell hebma," hag ev a hanajas down, "ny vedhama temptys dhe vos hirwynsek."

Ev a cessyas pols rag perthy cov, hag ena, warlergh hanaja arta, ev a brocêdyas.

"Dre lycklod why re ancovas yn tien kescows—(nyns yw lyckly an cows dhe wil argraf vŷth warnowgh)—kescows intredhon udn gordhuwher in Park Barton—gordhuwher dauns o va—ha me a gomplas dhywgh benyn yonk aswonys dhybm in dedhyow passys, neb o haval in neb fordh dh'agas whor, Mary-Àn."

"Na wrug vy y ankevy poynt," Elynor a worthebys. Ev a apperyas bos plêsys dre hy rembrans hag a addyas,

"Mar nyns oma tùllys der ancertuster, der an faverans a govyon wheg, yma havalder brâs intredhans, ow tùchya corf ha brŷs. An keth tomder colon, an keth dywysycter a fancy hag a spyrys. Yth o an venyn yonk ow goos nessa, omdhevades dhyworth hy yowynkneth. Yth esa hy in dadn an gwith a'm tas avell gwethyas. Agan osow ny ow pòr ogas dh'y gela ha dhyworth agan bledhydnyow moyha avarr ny o cowetha ha cothmans. Ny allama remembra termyn nag esen vy ow cara Elîza; ha dell esen ny ow tos dhe oos, yth esa ow herensa rygthy owth encressya. Dre lycklod dre rêson a'm manerow trist ha dywharth, why a breder martesen na yllyn ny bythqweth cara. Hy herensa ragof vy, me a grŷs, o mar grev avell kerensa agas whor rag Mêster Wyllowby. Hag y feu an gerensa-na mar anfusyk, kynth o dyffrans yn tien an rêson. Pàn o hy seytek bloodh, hy a veu kellys dhyworthyf. Hy a veu demedhys—oll a'y anvoth hy dhe'm broder. Hy rycheth o brâs hag yth o agan tiryow ny in dadn lies morgaja. Ha hèn yw oll a yll bos leverys rag den neb o hy êwnter hy ha'y gwethyas. Nyns o hy dendylys gans

ow broder; nyns esa ev worth hy hara. Yth o govenek dhybm hy
herensa ragof dh'y scodhya in dadn na fors pana galetter, ha dres
termyn hèn o gwir; saw wàr an dyweth anken hy stât, rag hy a veu
dyghtys gans anwhecter brâs, a fethas oll hy determyans ha kyn whrug
hy promyssya dhybm na vydna tra vŷth—saw ass yw tewl ow derivas!
Ny leverys vy dhywgh fatell wharva oll hebma. Yth en ny agan dew
parys dhe dhiank warbarth rag mos dhe Scotlond. Traitury pò folneth
hy mowes a wrug agan dyskevra. Me a veu banyshys dhe jy cosyn
abell, ha ny veu grauntys dhedhy franchys, company na solas, erna veu
collenwys towl ow thas. Yth esen ow scodhya wàr hy holonecter bys i'n
eur-na, ha crev a veu an strocas—saw a pe lowen hy maryach, kynth en
vy pòr yonk i'n dedhyow-na, me a via reconcîlys dhodho, pò dhe'n
lyha ny via res dhybm i'n tor'-ma y lamentya. Ny veu hedna an pŷth a
wharva. Nyns o hy bern dhe'm broder. Nyns o ewn y blesours; ha
dhyworth an dallath ev a wre hy dyghtya yn anwhek. An sewyans o
natùral wàr vrŷs mar yonk, mar vewek ha mar inocent avell brŷs
Mêstres Brandon. Kyns oll hy a omros hy honen dhe anken hy stât; ha
hy a via lowen, na ve hy dhe vêwa pell lowr dhe ankevy hy hovyon
ahanaf. Saw nyns o marth hy omdhegyans. Yth esa hy gour owth inia
dyslelder, ha hy o heb cothman dh'y hùssulya pò dh'y lesta (rag ny
vêwas ow thas ma's nebes mîsyow warlergh hy demedhyans; hag yth
esen vy gans ow rejyment in Eynda). Saw hy a veu sedûcys. Mar teffen
ha remainya in Pow an Sowson, martesen—saw me o determys dhe
avauncya aga lowender warbarth dre dhyberth dhyworty dres lies
bledhen, hag ytho me a gafas dhybm ow honen servys tramor. Kyn
feuma diegrys dre hy maryach," ev a bêsyas, amôvys brâs, "nyns o
hedna ma's mater trufyl—nyns o tra vŷth comparys gans an whedhel a
glôwys adro dhe dhyw vledhen wosa hedna: hy dhe vos dydhemedhys.
Hèn o an dra a dowlas an duder spyrys-ma warnaf—hedhyw whath an
cov a'm godhevyans—"
   Ny ylly ev leverel na moy, saw ev a savas in bàn ha kerdhes nebes
mynys adro dhe'n rom. Elynor a veu amôvys der y dherivas ha moy
whath der y anken ha ny ylly côwsel. Ev a welas hy thristans hag a
dheuth tro ha hy, kemeres hy dorn, y wasca hag abma dhodho gans
worshyp ha grâssow. Wosa nebes mynys moy a daw, ev a ylly procêdya
yn clor.
   "Teyr bledhen ogasty wosa an termyn anfusyk-na me a dhewhelys
dhe Bow an Sowson. Ow kensa devar heb mar o dh'y whelas; saw an
ober o mar euver avell trist. Ny yllyn hy sewya ma's bys in hy kensa
tùllor. Hag yth o own dhybm hy dhe dhepartya dhyworto yn udnyk rag
sedhy downha in bêwnans a begh. Wàr an dyweth, pàn esen vy in Pow

an Sowson adro dhe whe mis, me a's cafas. Nyns o hy alowans herwyth laha mar vrâs avell hy rycheth, na nyns o va lowr rag hy dhe vêwa attês.

Pelha me a dhescas dhyworth ow broder fatell veu an cubmyas dhe recêva an mona remôvys dhyworty ha rÿs dhe nebonen aral nebes mîsyow alena. Ev a dhesmygyas yn cosel fatell veu hy constrînys der hy scùllva ha'n anken a dheuth dhyworty dh'y ry dhe nebonen aral in keschaunj rag pêmont rag tro. Wàr an dyweth bytegyns bern o dhybm an stât a servont a'm beu kyns ena, neb o codhys in anken brâs, rag ev a veu kelmys in pryson kendonoryon. Ena, i'n keth chy, in dadn strothans an keth sort, yth esa ow whor anfusyk. Ass o hy chaunjys—ass o hy gwadnhës—ûsys dre sùffrans lybm a bùb ehen! Scant ny yllyn cresy an fygùr trist hag anyagh dhyragof dhe vos an keth person avell an vowes sêmly, teg ha yagh, o mar gerys genef. An painys a'm beu ow meras orty—saw ny'm beus gwir vÿth dh'agas pystyga gans acownt anodhans. Me re wrug agas paina lowr solabrÿs. An confort brâssa dhybm o hy dhe vos i'n stappys dewetha a'n tysyk. Ny ylly an bêwnans gwil tra vÿth rygthy, avês dhe ry dhedhy an chauns dhe ombarusy rag mernans. Me a welas hy settys in ôstyans plesont ha gans tendyoresow compes. Me a wre hy vysytya pùb jorna bys in dyweth hy bêwnans cot. Yth esen gensy ha hy in newores."

Arta ev a cessyas rag omgoselhe; hag Elynor a ùttras hy emôcyons in cry a gescodhevyans tender adro dhe dhestnans y gowethes anfusyk.

"Yma dhybm govenek na vÿdh agas whor offendys," yn medh ev, "der an comparyson gwrÿs genef inter hy ha'm cares truan shâmys. Ny yll aga destnans bos kepar. A pe natur wheg natùral an eyl gedys dre vrÿs creffa, pò dre varyach moy lowen, hy a alsa bos poran kepar dell wrewgh why gweles hy ben. Saw pandr'yw an towl a hebma oll? Yth hevel me dh'agas tormentya heb skyla. Ogh, a Vêstresyk Dashwood—mater kepar ha hebma—na veu dyghtys dres an peswardhek bledhen eus passys—peryllys yw y gompla kyn fe! Me a vÿdh dhe voy crunys—cotta vÿdh ow derivas. Hy a asas dhe'm gwith hy udn flogh, mowes vian, frût a'y kensa cowethyans cablus, neb o i'n eur-na teyr bloodh. Hy a gara an flogh ha'y gwetha gensy pùb termyn. Trest meur y valew o hy dhybm, ha me a vynsa yn lowen hy gwetha, hag araya hy adhyscans, a pe dyffrans an natur a'm stât. Saw nyns o dhybm teylu na trigva. Rag hedna ow Elîza vian a veu gorrys in scol. Me a's gwely pàn yllyn, ha warlergh mernans ow broder, (tra a wharva adro dhe bymp bledhen alebma, hag a'm gasas perhednak a estât agan teylu) hy a wre ow vysytya in Delaford. Me a's gelwy cosyn abell, saw me a wor yn tâ fatell esa an pobel ow cresy me dhe vos hy har nessa. Teyr bledhen alebma me a's kemeras in mes a'n scol hag a's settyas in dadn with

benyn fest wordhy, tregys in Conteth Dorset, esa peder pò pymp
mowes a'n keth oos in dadn hy gwith. Ha dres dyw vledhen me o
plêsys dâ gans an negys. Saw Whevrel tremenys, dewdhek mis alebma
ogasty, hy êth yn sodyn in mes a wel an dus. Me a asas dhedhy (yn
anfur dell usy owth apperya) drefen hy dh'y whansa, dhe viajya dhe
Kervadhon gans onen a'y gowethesow yonk. Yth esa an gowethes-na
owth attendya hy thas, hag ev i'n dre-na rag kerensa y yêhes. Me a
wodhya ev dhe vos den jentyl dâ, ha me a bredery meur a'y vyrgh—
kyn nag o hedna dendylys gensy, rag ny vydna hy gans keladow
pencales ha gocky derivas tra vÿth dhodho. Ny vydna hy hyntya kyn
fe, saw hy a wodhya pùptra. Hy thas o den dâ y nas saw nyns o lybm
y skians, ha ny ylly ev ry dhybm acownt vÿth anedhy. Ev o fastys
dhe'n chy, pàn esa an mowysy ow qwandra dres an dre hag owth aswon
pynag oll dus a garsens. Ev a whelas ow ferswâdya vy, kepar dell o va
perswâdys y honen, na veu part vÿth gans y vyrgh i'n negys. Wàr verr
lavarow ny yllyn desky tra vÿth a'n mater. Yth o hy gyllys ha dres eth
mis, ny yllyn vy ma's perthy own. Ow fienasow, ow frederow a yll bos
desmygys; ha'm sùffransow kefrÿs."

"Re Dhuw a'm ros!" Elynor a grias, "a yll hedna bos—
Wyllowby!"—

"An kensa nowodhow anedhy neb a'm drehedhas" ev a bêsyas, "a
dheuth dhybm in lyther dhyworty hy honen mis Hedra warleny.
Gorrys veu in rag dhybm dhyworth Delaford, ha me a'n fanjas an very
myttyn a'gan party intendys dhe Whytwell. Hedna a veu an rêson rag
me dhe asa Barton mar sodyn, tra me a grÿs a hevelly pòr goynt dhe
genyver onen, hag a offendyas radn anodhans. Pàn wrug Mêster
Wyllowby meras orthyf gans dysdain rag ow fowt a gortesy ha me ow
shyndya an party, bohes yth esa ev ow tesmygy, me a grÿs, ow bosoma
somonys in kerdh dhe wil gweres dhe venyn yonk o gwrÿs anfusyk ha
truan ganso. Saw a pe hedna godhvedhys ganso, pandra vynsa hedna
servya? A via ev dhe le jolyf, dhe le lowen in minwharthow agas whor?
Nâ, gwrÿs o ganso solabrÿs an pÿth na alsa den vÿth gwil, a pe
conscyans vÿth ino. Ev a asas mowes, mayth o hy yowynkneth hag
inocens shyndys ganso, in stât a'n anken brâssa, heb chy, heb gweres,
heb cothman ha heb godhvos y drigva! Ev a's forsâkyas, ow promyssya
dhe dhewheles. Ny wrug ev dewheles, na screfa na gwil gweres
dhedhy."

"Hèn yw lacka ès ken tra vÿth!" Elynor a elwys.

"Lebmyn yma y natur egerys dhyragowgh, scùllyak, drog y
whansow ha lacka ès an dhew. Yth o hedna oll godhvedhys dhybm
nans yw termyn hir; desmygyowgh ytho pandr'o ow emôcyons pàn

welys vy agas whor mar gerenjedhek avell bythqweth dhodho. Pàn
veuma assûrys fatell esa hy parys dhe dhemedhy ganso, prederowgh
fatl'o ow own ragowgh why oll. Pàn dheuth vy dhywgh an seythen
dhewetha ha'gas cafos agas honen oll, me o determys why dhe
wodhvos an gwiryoneth. Saw ena ny wodhyen poynt pandra dalvia
dhybm gwil. Res yw fatell omdhysqwedhas ow omdhegyans coynt
dhywgh i'n eur-na, saw i'n tor'-ma why a wra y ùnderstondya. Dhe
alowa pùbonen ahanowgh dhe vos tùllys; dhe weles agas whor—saw
pandra yllyn vy gwil? Ny'm beu govenek vÿth a soweny mar teffen ha
mellya i'n negys. Ha traweythyow me a bredery y hylly power colon
agas whor y amendya. Saw lebmyn, warlergh omdhegyans mar dhyflas,
pyw a yll leverel pandr'o y intentys gensy? Pynag oll a vedhens,
bytegyns, hy a wra lebmyn hag i'n dedhyow usy ow tos trailya bys in
hy stât hy honen gans grâssow, pàn wrella hy y gomparya gans
condycyon ow Elîza druan. Pàn wrella hy predery a'n stât anfusyk ha
dyweres a'n vowes truan-na, ha pàn wrella hy desmygy Elîza in
kerensa mar grev ganso, mar grev avell hy herensa hy honen ragtho, ha
gans colon tormentys dre edrega, tra a wra hy sewya remnant hy
bêwnans. Surly an comparyson-ma a vÿdh a les dhedhy. Hy a wra
percêvya nag yw tra vÿth hy fainys hy honen. Ny vowns y causys dre
debel-omdhegyans vÿth, ha ny wrowns y provia sham vÿth dhedhy. I'n
contrary part, pùb cothman a vÿdh moy hy hothman dre rêson
anodhans. Fienasow ow tùchya hy thristans, ha worshyp rag hy
ferthyans in dadnans, a wra crefhe pùb cowethyans. Gwrewgh why,
bytegyns, devnyth a'gas dothter agas honen pan wrellowgh why
derivas dhedhy an taclow leverys genef dhywgh. Why a wor pandra
vÿdh effeth a'n whedhel-ma warnedhy. Saw na ve me dhe gresy in
gwir an acownt wàr an dyweth dh'y servya, dhe lehe hy edrega, ny
vynsen bythqweth alowa ow honen dh'agas vexya why gans derivadow
a veschauns ow theylu, gans an acownt a havalsa martesen bos
porposys dhe'm exaltya vy wàr gòst pobel erel."

Elynor a aswonas grâssow dywysyk dhodho warlergh an geryow-na;
hy a leverys hy dhe wetyas an whedhel dhe vos a les dhe Mary-Àn pàn
wrella hy clôwes oll an whedhel.

"Me re beu moy painys," yn medh hy, "der an attentys gwrÿs gensy
dh'y glerhe, ès gans ken tra vÿth. Rag yth yw hy holon moy vexys gans
hedna ès dell via hy mar teffa hy ha godhvos yn certan pana ùnwordhy
ywa. I'n tor'-ma hy a wra sùffra yn frâs, saw yn scon hy thristans a wra
lehe. A wrussowgh why," hy a bêsyas, warlergh tewel pols, "gweles
Mêster Wyllowby dhia bàn wrussowgh why y asa in Barton?"

"Gwrug," ev a worthebys heb wherthyn, "unweyth yn udnyk. Y feu otham a udn metyans."

Elynor a veu diegrys der y lavarow. Hy a veras orto ha leverel, "Pywa? A wrussowgh why metya ganso may—"

"Ny yllyn metya ganso in ken fordh vŷth. Elîza, oll a'y anvoth, a venegas dhybm hanow hy haror; ha pàn dhewhelys ev dhe Loundres, kyns pedn dyw seythen wàr ow lergh vy, ny a vetyas dre appoyntyans, ev dhe dhyffres y omdhegyans, me dh'y bùnyshya. Ny a dhewhelys dybystyk, hag ytho ny lêsas nowodhow vŷth a'n metyans."

Elynor a hanajas adro dhe'n otham consydrys dhe vos res a'n metyans. Saw nyns o hy parys dh'y gably dhe dhen ha dhe soudour.

"Indelha re beu," yn medh Cornal Brandon wosa tewel pols, "an havalder anfusyk inter destnans an vabm ha'n vyrgh! Hag ass yw anperfeth an fordh may whrug vy collenwel ow devar i'n mater!"

"Usy hy whath in Loundres?"

"Nag usy. Mar scon dell veu hy yagh dhyworth hy golovas, rag me a's cafas ogas dhe dhon an flogh, me a's remôvyas gans hy flogh dhe'n pow, hag ena yma hy whath."

Dystowgh warlergh hedna Cornal Brandon a remembras fatell esa ev ow qwetha Elynor dhyworth hy whor. Ytho ev a dhewedhas y vysyt, ha hy arta a ros grâssow dhodho. Ev a's gasas leun a gescodhevyans hag a revrons ragtho.

Chaptra XXXII

Pàn wrug Mêstresyk Dashwood derivas dh'y whor manylyon an kescows-na, hag y fowns y derivys dhedhy heb let, ny veu an sewyans kepar dell esa Elynor ow qwetyas. Ny wrug Mary-Àn dowtya radn vÿth a'n whedhel, rag hy a woslowas orth an acownt rÿs gans hy whor yn fast ha gans leun-attendyans. Ha ny leverys hy tra vÿth warbydn an narracyon, ha ny whelas hy jùstyfia Wyllowby naneyl. I'n contrary part hy dagrow a dhysqwedhas hy dhe gresy na ylly ev bos ascûsys. Kyn whrug an omdhegyans-na assûrya Elynor fatell gonvedhas hy whor cabluster Wyllowby, kyn percêvyas hy na wre Mary-Àn goheles Cornal Brandon na felha pàn wrella va aga vysytya, ha hy dhe gôwsel orto yn assentys kyn fe gans revrons leun pyteth, ha kyn whelas hy nag o spyrys Mary-Àn troblys mar wyls avell kyns, apert o dhedhy nag o hy le truedhek. Nyns o brÿs Mry-Àn coselhës, saw yth o hy budhys in galarow dyglon. Yth esa Mary-Àn ow lamentya collva ewnhenseth Wyllowby moy ès an gollva a'y golon; ev dhe sedûcya ha dhe forsâkya Mêstresyk Wyllyams, anken an vowes truan-na, ha'n dowt ow tùchya y dowlow ev kyns in hy hever hy honen, yth esa oll an taclow-na worth hy duwhanhe; ny ylly hy côwsel orth Elynor adro dhedhans, ha hy owth ombredery adro dh'y thristans heb leverel ger, a wre tormentya hy whor moy ès dell wrussa menegyans egerys ha menowgh anodhans.

A pe rÿs obma emôcyons ha prederow Mêstres Dashwood pàn wrug hy recêva lyther Elynor ha'y wortheby, ny via ma's dasterivas a'n taclow clôwys ha leverys solabrÿs gans hy myrhes; tùll mar dydn ogasty avell tùll Mary-Àn ha sorr brâssa whath ès sorr Elynor. Lies lyther hir dhyworth Mêstres Dashwood a dheuth an eyl dhyworth y gela, ow teclarya pùptra esa hy ow sùffra hag ow tyby. Hy a levery hy dhe gemeres anken rag Mary-Àn ha hy dhe wetyas y hylly hy durya gans perthyans in dadn an meschauns-ma. Drog o natur anken Mary-Àn in gwir, pàn esa hy mabm ow côwsel a berthyans! Skyla meth ha bysmêr

o an rêson rag an edrega-na, ha dâ via gans hy mabm na wrella Mary-
Àn predery re anodhans!

Kynth o an mater warbydn les hy honfort hy honen, Mêstres
Dashwood a dhetermyas y vos gwell dhe Mary-Àn bos in ken tyller
vŷth ès in Barton. Rag ena pùptra a wella hy, a vydna gwil dhedhy
perthy cov i'n fordh greffa a'n termyn passys, in udn settya Wyllowby
dhyrygthy, kepar dell wre hy y weles ena. Mêstres Dashwood ytho a
gomendyas dh'y myrhes, na wrellens cot'he aga vysyt dhe Vêstres
Jenyngs. Kyn na veu hirder an vysyt ervirys bythqweth, yth esa
kenyver onen ow qwetyas ev dhe bêsya pymp seythen pò whe
seythen dhe'n lyha. In Loundres y hylly Mary-Àn traweythyow cafos
plesour in taclow hag in company nag o dhe gafos in Barton, ha dell esa
hy ow qwetyas, y hylly an re-na provia neb solas dhedhy—kynth esa
hy i'n eur-na ow sconya an preder a lowena.

Yth esa hy mabm ow cresy Mary-Àn dhe vos mar saw dhyworth an
peryl a weles Wyllowby in Loundres avell in Dewnan, drefen na
vydna cowethya ganso na felha oll an re-na a vo hy hothmans. Ny
vydnens y nefra dos warbarth dre dowl; ny vedhens sowthenys dre
wall; ha le vedha an chauns a'y vetya in rûthow Loundres ès in
cosoleth Barton. Dell hevelly, res vedha dhodho vysytya Allenham
warlergh y varyach, ha hedna a alsa dry Wyllowby dhyrag hy myrgh.

Hy a's teva ken rêson rag whansa may whrella hy myrhes gortos le
mayth esens; hy a gafas lyther dhyworth hy lesvab, hag ino ev a leverys
ev ha'y wreg dhe viajya dhe Loundres kyns pedn mis Whevrel, ha hy
a bredery y fedha ewn ragthans dhe weles aga lesvroder neb termyn.

Mary-Àn a bromyssyas y fedha hy gedys dre vrusyans hy mabm, ha
hy a agrias dhodho heb argùment, kynth o va dyffrans yn tien
dhyworth hy whans ha'y govenek hy honen. Hag yth esa hy ow cresy
ev dhe vos camdybys yn tien ha determys yn cabm, ha drefen hy dhe
remainya pelha in Loundres, y whre hy kelly an udn main possybyl rag
hebaskhe hy thristans, kescodhevyans hy mabm. Indelha hy a veu
destnys dhe gowethas ha dhe dyleryow a vydna hy gwetha rag powes
udn vynysen.

Saw skyla rag confort brâs dhedhy o drog rygthy hy honen dhe
brovia dâ dh'y whor. Yth esa Elynor wàr an tenewen aral, ow cresy na
ylly hy goheles Edward yn tien, a wrug confortya hy honen aga vysyt
hirha in Loundres dhe shyndya hy lowena hy honen, saw dhe vos
gwell rag Mary-Àn ès dewheles dystowgh dhe Dhewnan.

Hy a spêdyas dhe surhe na wre hy whor nefra clôwes complys hanow
Wyllowby. Kyn na wodhya Mary-Àn a'n negys, y feu va a les brâs
dhedhy, rag ny wrug naneyl Mêstres Jenyngs, na Syr Jowan, na

Mêstres Palmer hy honen y gompla in hy fresens hy. Dâ via gans Elynor a pe an keth induljens offrys dhedhy hy honen kefrŷs, saw hèn o ùnpossybyl. Constrînys vedha hy ytho dhe glôwes an sorr a genyver onen anodhans. Ny ylly Syr Jowan cresy y vos possybyl. "Den esa ev ow perthy kebmys revrons ragtho! Den mar hegar y nas! Yth esa ev ow cresy dhe vos an marhak gwelha in Pow an Sowson! Negys anstyradow. Dâ via ganso a leungolon y weles tregys gans an Jowl. Ny vydna ev côwsel orty nefra arta rag oll an bŷs, na fors ple whrellens metya! Na vydna ev côwsel orty, a pêns scoodh dhe scoodh wàrbarth dres dew our in covva Barton. Ass o va sherewa! Bylen gowek! Ny veu ma's an termyn dewetha y dhe vetya agensow, pàn whrug ev offra dhodho onen a gelyn Folly! Ha hèm o dyweth an negys!"

Yth o Mêstres Palmer mar serrys avell Syr Jowan. "Hy o porposys dhe cessya ow cowethy ganso, ha hy o fest plêsys na veu ev bythqweth presentys dhedhy. Assa vy dâ gensy na via Combe Magna mar ogas dhe Clêvlond, saw nyns o bern hedna, rag yth o va re bell dhe vysytya. Mar gas o va dhedhy mayth o hy determys heb compla y hanow arta, ha porposys o hy dhe leverel dhe genyver onen ev dhe vos cog ha dybris."

Remnant kescodhevyans Mêstres Palmer a veu dysqwedhys der oll an manylyon a gefy hy ow tùchya an demedhyans devedhek hag a's radna gans Elynor. Hy a wodhya pana weythva a garpentoryon a vydna gwil an caryach nowyth, pana lymnor a vyda paintya portreyans Mêster Wyllowby hag in pana jy wara a wre Mêstresyk Grey cafos hy dyllas.

Calmynsy ha fowt mellyans Arlodhes Myddelton o sewajyans teg rag spyrys Elynor, anies dell o hy yn fenowgh der an caradôwder a'n re erel. Confort o dhedhy bos nebonen in mesk hy howetha na wre dysqwedhes les vŷth i'n mater. Pàn wrella Arlodhes Myddelton hy metya, ny wre hy govyn oll an manylyon orty nag adro dhe yêhes hy whor.

Yma omdhegyans exaltys dhia dermyn dhe dermyn dhe voy ès y valew ûsys, warlergh cyrcùmstancys an negys; hag Elynor a vedha traweythyow vexys gans kescodhevyans fyslak hag a breferryas omdhegyans clor.

Arlodhes Myddelton a wre derivas hy opynyon a'n negys unweyth pò dywweyth pùb jorna, pàn levery hy "Pòr uthyk ywa in gwir," ha dre vain a'n ùttrans clor-na, hy a ylly gweles an Mêstresygow Dashwood heb emôcyon kyns oll hag ena dh'aga gweles heb perthy cov a boynt vŷth an mater. Indelha hy a scodhya an dynyta a venenes ha derivas

Pàn wrug ev offra dhodho onen a gelyn Folly.

pandr'o cabm in fara gwesyon. Warlergh hedna hy a wre omsensy hy honen dhe vos parys dhe gonsydra tra vŷth ès hy materow hy honen. Ytho—ha warbydn brusyans Syr Jowan—hy a dhetermyas Mêstres Wyllowby dhe vos benyn rych hag afînys hag ytho hy hy honen dhe ylly gasa hy harten gensy, mar scon dell vedha hy demedhys.

Y fedha govynadow tender ha cosel Cornal Brandon wolcùbmys gans Elynor pùpprŷs. Ev a dhendylas an cubmyas dhe gôwsel yn pryveth orty adro dhe dùll hy whor, der an dywysycter may whelas ev y lehe, hag y a gestalkya pùpprŷs gans fydhyans an eyl dh'y gela. An reward brâssa a gafas Cornal Brandon rag an dyscudhans a dristans tremenys hag uvelheans present, o an lagas pytethus may whre Mary-Àn meras orto traweythyow, ha medhelder hy lev (kyn na wre wharvos yn fenowgh) pàn ve hy constrînys pò pàn ve hy whensys dhe gôwsel orto. An taclow-na a'n assûryas fatell wrug y wythres encressya hy bolùnjeth dâ in y gever, ha govenek a's teva Elynor an bolùnjeth dâ-na dhe devy whath. Saw Mêstres Jenyngs, na wodhya tra vŷth a oll hedna, a wely fatell esa an Cornal ow pêsya mar dhywharth avell bythqweth, ha na ylly hy y gonstrîna dhe offra maryach dhe Mary-Àn na dhe alowa dhedhy hy honen gwil an gorholeth ragtho. Warlergh dew dhëdh hy a dhalathas predery na vedhens y demedhys warbydn Golowan, ader bys in Degol Myhâl. Ha wosa seythen yth esa hy ow cresy na vedhens demedhys poynt. An ùnderstondyng dâ inter an Cornal ha Mêstres Dashwood a hevelly declarya dhedhy fatell vedha onour an vorwedhen, an dowgledh ha'n ewek transferrys dhedhy hy, ha Mêstres Jenyngs a cessyas nans o termyn dhe bredery a'y bos Vêstres Ferrars.

Yn avarr in mis Whevrel, ajy dhe dhyw seythen a recêva lyther Wyllowby, Elynor a veu cargys gans an devar tydn a dheclarya dh'y whor fatell o va demedhys. Hy a gemeras with may fe an nowodhow drys dhedhy gensy kettel ve collenwys an solempnyta, rag Elynor a garsa na wrella Mary-Àn clôwes anodho dhyworth an paperyow nowodhow, rag hy a wre aga examnya yn tywysyk pùb myttyn.

Hy a recêvas an nowodhow yn crev; ny leverys hy tra vŷth adro dhe'n negys, ha kyns oll ny scùllyas hy dagrow vŷh. Saw warlergh termyn cot an dagrow a dardhas amach, ha scant nyns o hy stât gwell ès pàn dhescas hy dhe wetyas an demedhyans.

Mêster ha Mêstres Wyllowby a asas Loundres kettel vowns y demedhys; hag yth esa Elynor ow qwetyas i'n eur-na, drefen nag esa peryl y whre Mary-Àn gweles Wyllowby, dhe inia hy whor dhe kerdhes nebes ha nebes in mes a'n chy, kepar dell wre hy kyns.

Adro dhe'n termyn-na an dhyw Vêstresyk Steele, devedhys agensow dhe jy aga hosyns in Byldyansow Bartlett, Hôlborn, a bresentyas aga honen dh'aga gerens moy bryntyn in Strêt an Condyt ha Strêt Berkeley; hag y a veu wolcùbmys yn hegar gansans. Drog o gans Elynor yn udnyk aga gweles. Aga fresens o skyla rag pain rygthy pùpprÿs, ha scant ny wodhya hy in pana vaner a godhvia hy omdhon grassyùs lowr dhe blesour brâs dres ehen a Lûcy, pàn dhyscudhas hy aga bos whath in Loundres. "Me a via tùllys yn tien, na ve me dh'agas trouvya obma whath," yn medh hy arta hag arta. "Saw yth esen pùpprys ow cresy y whren. Me o certan ogasty na wrewgh why gasa Loundres whath; kyn whrugo why laveral dhybm na vydnowgh why gortos pelha ès udn mis. Saw me a bredery i'n eur-na why dhe jaunjya aga brÿs pàn dheffa an prÿs. Assa via dieth why dhe dhepartya kyns ès gàs broder ha whor dhe dhos. Hag i'n tor-ma yn sur ny vedhowgh why ow fystena dhe dhybarth. Me yw marthys lowen na wrugo why gwetha agas promys."

Elynor a wrug hy honvedhes yn perfeth, ha hy a veu constrînys dhe ûsya oll hy omgontrollyans rag fâcya na wrug hy hy honvedhes poynt.

"Wèl, a garadow," yn medh Mêstres Jenyngs, "hag in pana vaner a wrussowgh why viajya obma?"

"Ny dheuthon ny i'n côcha brâs," Mêstresyk Steele a worthebys gans joy brâs. "ny a dheuth oll an fordh in caryach an post ha yth esa gwas pòr sêmly ow tos genen. Yth esa an Doctour Davies ow tos dhe Loundres, rag hedna ny a brederys dhe dhos ganso in caryach an post; hag ev a wrug omdhon pòr jentyl ha pê teg pò dewdhek sols moy avelon ny."

"Ô, ô!" Mêstres Jenyngs a grias, "fest prety in gwir. Ha'm gaja dhywgh, an Doctour yw den dydhemeth."

"Dar," yn medh Mêstresyk Steele, ow fekyl-minwharth, "yma kenyver onen ow wherthyn adro dhybm ha'n Doctour ha ny worama rag fra. Yma ow hosyns ow laveral y dhe vos sur bos conqwest gwrÿs genama; saw ragof ow honen, th'esoma ow teclarya nag eroma ow predery anodho prÿs vÿth i'n jorna. 'A Dhuw! Ot obma dha garor ow tos, Nancy,' yn medh ow henytherow agensow, pàn wrug hy y weles ow tos dres an strêt bys i'n chy. Ow haror in gwir, yn medhaf vy—ny allama predery pyw yw intendys genes—ny worama pyw yw mênys genes. Nag yw an Doctour ow haror vy."

"Eâ, eâ, hèn yw cows pòr deg—saw ny wra va servya—yth yw an Doctour an den, me a wel,'

"Nag yw in gwir!" yn medh hy hosyn gans fekyl-dywysycter, "ha me a'gas pÿs dh'y gontradia, mar tewgh why nefra ha clôwes anodho."

Gwas pòr sêmly.

Mêstres Jenyngs a's gorthebys strait gans an declaracyon apert na vydna hy màn, hag y feu Mêstresyk Steele lowen yn tien.

"Yth esoma ow soposya why dhe ôstya gans agas broder ha whor, a Vêstresyk Dashwood, pàn dheffons y dhe Loundres," yn medh Lûcy, ow tewheles dhe'n assaultyans warlergh cessyans cot a'n hyntys envies.

"Nâ, me a grës na wren."

"Ô, eâ, why a wra dre lycklod."

Ny vydna Elynor hy favera gans enebyans pelha.

"Ass yw teg fatell yll Mêstres Dashwood agas sparya agas dew dres termyn mar bell."

"Termyn mar bell wàr ow ena," a leverys Mêstres Jenyngs ow coderry hy geryow. "Dar, ny wrug aga vysyt ma's dallath!"

Lûcy a veu conclûdys.

"Drog yw genef na yllyn gweles agas whor, a Vêstresyk Dashwood," yn medh Mêstresyk Steele. "Drog yw genama nag ujy hy in poynt dâ—" rag Mary-Àn a asas an rom pàn dhrehedhas an Mêstresygow Steele.

"Ass owgh why caradow. Drog vŷdh dhe'm whor inwedh hy dhe gelly an plesour a'gas gweles why; saw hy re beu tormentys agensow dre dhrog pedn frobmus, hag yma hedna worth hy gwil anwyw rag cowethas pò rag kecows."

"A Dhuw, ass yw dieth hedna! Saw cothmans mar goth avell Lûcy ha me!—me a grŷs y halja hy agan gweles; ha me yw certan na vydnon ny côwsel ger vëth."

Elynor, meur hy hortesy, a sconyas an gorholeth. Dre lycklod yth o hy whor gwyskys in hy mantel chambour hag istynys in mes wàr an gwely. Ytho ny ylly hy dos bys dhedhans.

"Ô, mar nyns yw ma's hedna," Mestresyk Steele a armas, "ny a yll mar dhâ ascendya rag hy gweles hy."

Yth esa Elynor ow tallath cafos an tauntyans-na re rygthy, saw hy a veu sawys dhyworth an trobel a'y lettya dre rebuk lybm Lûcy. I'n eur-na, kepar orth lies ocasyon erel, kyn na wre hy lev sherp lendya meur a whecter dhe fara an eyl whor, y fedha a les rag controllya fara an whor aral.

Chaptra XXXIII

Wosa côwsel wàr y bydn dres termyn, Mary-Àn a acordyas gans pejadow hy whor hag a agrias dhe vos in mes myttynweyth gensy ha gans Mêstres Jenyngs dres hanter-our. Dedhewys veu dhedhy, bytegyns, na wrêns vysytya, ha na vydna hy gwil ma's dos gansans dhe shoppa Gray in Strêt Sackvyll, le mayth esa Elynor ow negyssya rag keschaunjya nebes jowalys coth a's teva hy mabm. Pàn wrussons y sevel orth an daras, Mêstres Jenyngs a remembras fatell esa benyn jentyl tregys orth pedn aral an strêt a dalvia dhedhy hy vysytya. Drefen na's teva hy negys vÿth in shoppa Gray, determys veu hy dhe elwel wàr hy howethes, hadre ve hy hothmans yonk ow qwil aga thaclow, ha hy a vydna dewheles dhedhans.

Pàn ascendyas Mêstresygow Dashwood an stairys, y a gafas kebmys pobel dhyragthans i'n rom, nag o den vÿth frank dh'aga servya, hag ytho res o dhodhans gortos. Ny yllens y gwil tra vÿth ma's esedha tro ha pedn an comptyor, rag hedna a hevelly offra an sewyans moyha uskys. Nyns esa ma's udn den jentyl ow sevel ena, ha dre lycklod, dell esa Elynor ow qwetyas, hy a vynsa sordya y gortesy dhe wil y negys dhe scaffa. Saw composter y lagas ha fînder y dast a veu prevys dhe vos brâssa ès y gortesy. Yth esa ev ow qwil arhadow rag câss pigoryon dens ragtho y honen, hag erna veu determys myns, shâp hag afînans an câss, erna wrug ev whythra ha debâtya oll an re-na hag erna vowns arayes der y fancy creatus y honen, ny veu dhodho termyn vÿth dhe attendya dhe'n benenes yonk, avês dhe veras stark tergweyth pò pedergweyth ortans; ha'n wolok-na a wrug argraf poos wàr Elynor a dhen hag a gowntnas a dhyboster crev, gwag ha fast—kynth o va gwyskys in dyllas a'n fassyon nowytha.

Mary-Àn a veu sawys rag an dysdain ha'n sorr sordys der an whythrans taunt-ma a'ga bejeth, ha dre fara hautîn an den yonk hag ev ow jùjya oll an hager-câssys uthyk presentys dhodho, rag ny veu hy war a dra vÿth a'n mater. Hy a ylly cruny hy frederow inhy hy honen, ha

190

remainya mar dhyswar a bynag oll dra esa ow wharvos in shoppa
Mêster Gray kepar ha pàn ve hy chambour hy honen.

Wàr an dyweth y feu an negys ervirys. Erhys veu an dans olyfans, an
owr ha'n perlys; y oll a veu appoyntys ha'n den jenty a gomplas an jëdh
dewetha may halla ev remainya yn few heb posessyon a'n câss
pigoryon dens; ena ev a dednas heb fysky y vanegow adro dh'y dhêwla
ha wosa meras unweyth arta orth Mêstresygow Dashwood, gans golok
a hevelly demondya gormola kyns ès y rauntya, ev a gerdhas in mes
gans semlant honen-blêsys ha gans fâls-mygylder.

Ny gollas Elynor termyn vÿth rag collenwel hy negys ha namnag o
va gorfednys, pàn omdhysqwedhas den jentyl aral rypthy. Hy a
drailyas hy dewlagas tro ha'y bejeth ha sowethenys veu hy dhe weles
hy broder.

Aga flesour ha kerensa ow metya warbarth o lowr rag apperya
wordhy in shoppa Mêster Gray. Ny veu drog gans Jowan Dashwood
gweles y whereth arta; y a veu contentys ha'y govynadow ow tùchya
aga mabm o leun revrons.

Elynor a dhyscudhas fatell esa ev ha Fany in Loundres nans o dew
jorna.

"Me a garsa agas vysytya de," yn medh ev, "saw ny yllyn, rag ny a
veu constrînys dhe gemeres Harry dhe weles an bestas gwyls in
Exchaunj Keresk; ha ny a spênas remnant an jëdh gans Mêstres
Ferrars. a veu plêsys brâs. Hedhyw myttyn ervirys o genef gelwel
warnowgh, mar callen cafos hanter-our frank, saw nebonen a'n jeves
kebmys dhe wil pùpprës warlergh dos kyns oll dhe Loundres. Me yw
devedhys obma rag gwil provies sel rag Fany. Saw me a grÿs y fedhama
abyl dhe vysytya Strêt Berkeley, ha dhe vos presentys dh'agas
cowethes Mêstresyk Jenyngs. Yth esoma owth ùnderstondya hy dhe
vos benyn a's teves fortyn dâ. Ha Teylu Myddelton inwedh, res yw
dhis ow fresentya dhodhans. Avell goos ow lesvabm, me a vÿdh lowen
dhe dhysqwedhes worshyp dodhans. Y yw kentrevogyon spladn
dhywgh i'n pow, dell esoma ow clôwes."

"Spladn in gwir. Aga thendyans dh'agan confort, aga haradôwder in
pùb poynt yw moy ès dell allama leverel."

"Me yw fest lowen dhe glôwes hedna; fest lowen in gwir. Saw y a dal
bos indelha. Y a's teves fortyn brâs, y yw agas goos why, hag y hyll bos
qwetys dhywortans pùb cortesy ha pùb êsyans rag agas confortya. Ytho
why yw anedhys attês in agas penty bian ha nyns eus otham dhywgh
a dra vÿth! Edward a ros dhyn acownt fest hegar anodho: an dra moyha
perfeth a'y sort bythqweth, yn medh ev. Hag yth hevelly fatell esewgh

Mêster Dashwood a veu presentys dhe Vêstres Jenyngs.

why worth y enjoya yn frâs. Ny a veu contentys dhe glôwes hedna, me a lever dhis."

Elynor a glôwas inhy nebes sham rag hy broder, ha ny veu drog gensy nag o res rag servont Mêstres Jenyngs a omdhysqwedhas rag leverel y vêstres dhe vos orth aga gortos dhyrag an daras.

Mêster Dashwood a skydnyas gansans hag a veu presentys dhe Vêstres Jenyngs orth daras hy haryach. Ev a leverys arta y wovenek a'ga vysytya ternos hag ena ev a dhepartyas.

Y vysyt a veu gwrÿs. Ev a dheuth gans fâls-dyharas dhyworth aga whor dre laha, na dheuth hy ganso; "saw yth o hy mar vysy gans hy mabm, na's teva hy termyn frank dhe vos tyller vÿth." Mêstres Jenyngs bytegyns a'n assûryas strait na dalvia dhedhy bos troblys adro dhe vanylyon a'n par-na, rag y oll o cosyns pò neb tra kepar, ha hy hy honen a vydna vysytya Mêstres Jowan Dashwood scon lowr, ha dry hy whereth dre laha gensy. Manerow Jowan Dashwood dhodhans o cosel ha plegadow. Ev a veu cortes dhe Vêstres Jenyngs. Ha pàn entras Cornal Brandon dystowgh wàr y lergh y honen, ev a veras orto meur y whans dhe wodhvos, kepar ha pàn ve ev whensys dhe wodhvos mars o va rych, hag ena ev a via mar gortes dhodho ev kefrÿs.

Warlergh remainya gansans hanter-our, ev a besys Elynor dhe dhos ganso dhe Strêt an Condyt, ha'y bresentya dhe Syr Jowan ha dhe Arlodhes Myddelton. Fest brav o an gewar ha hy a assentyas heb let. Mar scon dell o an chy gesys gansans, ev a dhalathas y gwestyons.

"Pyw yw Cornal Brandon? Ywa den a fortyn?"

"Yw; yma dhodho estât pòr dhâ in Conteth Dorset."

"Dâ yw genef clôwes hedna. Ev a hevel bos den pòr jentyl, ha me a grÿs, Elynor, y hallama dha geslowenhe ow tùchya gour ty pòr wordhy."

"Me, a vroder! Pandr'esta ow mênya?"

"Ev a'th car. Me a wrug y whythra clos, ha perswâdys oma anodho. Pygebmys yw y fortyn?"

"Adro dhe dhyw vil i'n vledhen, me a grÿs."

"Dyw vil i'n vledhen," hag ena owth uhelhe y honen dhe bryck dywysyk a helder, ev a addyas, "Elynor, drog yw genef nag ywa dywweyth kebmys rag dha gerensa jy."

"Me a'th crÿs," Elynor a worthebys, "saw me yw certan na'n jeves ev whans vÿth oll a dhemedhy genef vy."

"Myskemerys osta, Elynor. Te yw myskemerys yn tien. Nebes ober dhyworthys a wra y fast'he. Martesen nyns ywa certan; yma myns bian dha rycheth worth y lettya; dre lycklod yma y gothmans ow cùssulya dhodho heb dha dhemedhy. Saw nebes attendyans ha kenerthans, yw

Mêstres Jenyngs a'n assûryas na dalvia dhedhy bos trobly adro dhe vanylyon.

mar êsy rag benenes, a wra y gachya in spît dhodho y honen. Ha nyns
eus rêson vÿth na ylta whelas dh'y hygedna. Ny yller bos soposys fatell
o dhis kerensa vÿth kyns ès hedna—wàr verr lavarow te a wor fatell yw
ùnpossybyl kerensa a'n par-na; ny yll bos overcùbmys an lestansow—
yma dhis re a furneth heb gweles hedna. Cornal Brandon a dal bos an
den; ha ny vÿdh cortesy vÿth ow lackya dhyworthyf rag dha wil
plegadow ha dhe wil dha deylu plegadow dhodho kefrÿs. Y fia
maryach a vynsa contentya pùbonen. Wàr verr lavarow yth ywa an sort
a dra"—owth iselhe y lev dhe whystrans meur y bris—"a vÿdh
wolcùbm wàr bup tu." Ow perthy cov anodho y honen bytegyns, ev a
addyas, "Hèn yw dhe styrya fatell usy oll dha gerens whensys dhe'th
wheles demedhys yn tâ. Fany yn arbednyk, rag yth yw dha lowender
a les brâs dhedhy, me a lever dhis. Ha'y mabm inwedh. Mêstres
Ferrars yw benyn hegar. Me yw sur y whra an negys hy flêsya yn frâs.
Hy a leverys hedna agensow."

Nyns o Elynor parys dhe ry gorthyp vÿth dhodho.

"Assa via marthys lebmyn," ev a bêsyas, "neb tra wharthys via, a pe
broder Fany ha'm whor vy ow temedhy orth an keth prÿs. Ha whath
lyckly lowr ywa."

"Usy Mêster Edward Ferrars dhe dhemedhy?" Elynor a wovydnas
yn crev.

"Nyns ywa restrys whath, saw yma tra a'n sort in môcyon. Ev a'n
jeves mabm dhâ dres ehen. Mar qwra wharvos an demedhyans,
Mêstres Ferrars, meur hy larjes, a vydn dos in rag ha ry dhodho mil
buns i'n vledhen. An arlodhes yw Mêstresyk Onorys Morton, udn
vyrgh Arlùth Morton tremenys, neb a's teves deg mil warn ugans.
Maryach pòr blegadow vÿdh dhe'n dhew denewen, ha nyns esof ow
towtya na wra va wharvos wàr an dyweth. Mil buns i'n vledhen yw
sùmen vrâs rag mabm dhe ry dhyworty rag nefra; saw nôbyl yw spyrys
Mêstres Ferrars. Me a vydn ry dhis exampyl aral a'y larjes hy. Nebes
dedhyow alebma, pàn dheuthon ny kyns dhe Loundres, hy a wodhya
nag o mona gorfals i'n tor'-ma ha hy a ros inter dêwla Fany an sùmen
a dew cans puns. Ha pòr wolcùm yw, rag res yw dhyn spêna meur
hadre von obma."

Ev a bowesas may halla hy acordya ganso hag ùttra kescodhevyans;
ha hy a gonstrînas hy honen dhe leverel:

"Agas spênansow in Loundres hag i'n pow a dal bos brâs, saw nyns
yw bian aga pegans."

"Nyns ywa mar vrâs, dre lycklod, dell usy pobel ow soposa. Ny vanaf
vy crofollas, bytegyns, rag yth on ny attês, ha me a grÿs y whra agan
mona encressya dres an termyn. Yma keas Pras Norlond ow mos in rag

ha hèn yw spênans brâs. Pelha me re brenas Bargen Tir Kyngham Ÿst; yth esta ow perthy cov a'n tyller, mayth esa Gybson Coth ow pêwa.

Yth o an tir dhe dhesîrya yn frâs in pùb fordh, wàr amal ow ferhenogeth ow honen, ha me a gresys y vos ow devar y brena. Ny yllyn bos cosel i'm conscyans mar teffen ha gasa dhodho codha inter dêwla nebonen ken. Res yw dhe dhen pe rag y êsyans, ha'n tir a gostyas dhybm showr a vona."

"Moy ès dell esta ow consydra y valew in gwiryoneth."

"Nâ, yma govenek dhybm nag yw. Me a alsa y dasqwertha ternos a voy ès dell wrug vy pe; saw ow tùchya prîs a'y brena, me a alsa bos fest anfusyk, rag ow stockys ow pòr isel i'n eur-na ha na ve an sùmen o res in dêwla ow bancor, res via dhybm y wertha orth collva fest brâs."

Ny ylly Elynor ma's minwherthyn.

"Y feu res dhyn spêna moy heb mar pàn dheuthon ny dhe Norlond. Agan tas wordhy, dell wodhesta, a wrug kemyna oll an stoff chy dhyworth Stanhill, esa whath in Norlond (hag yth o a valew brâs) dh'agas mabm why. Bydner re wrellen croffolas ev dhe wil indelha; yn sur ev a'n jeva an gwir dhe wil gans y bŷth pynag dra a vydna, saw dre rêson a hedna, res veu dhyn prena meur a lienyow, lestry pry, hag erel rag lenwel a aswy gwrŷs gans an taclow kemerys in kerdh. Te a yll desmygy warlergh oll an spênansow-na pana bell on ny dhyworth bos rych, ha pana wolcùm a veu caradôwder Mêstres Ferrars dhyn."

"In gwir," yn medh Elynor, "ha gweresys gans hy larjes, yma govenek dhybm why dhe vewa dhe vos attês."

"Udn vledhen pò dyw vledhen a vydn martesen gwil meur tro ha'n stât-na," ev a worthebys heb wherthyn, "saw yma whath meur dhe vos gwrŷs. Ny veu men vŷth settys rag losowjy Fany, ha nyns yw gwrŷs rag lowarth an flourys marnas an towl yn udnyk."

"Ple fŷdh an losowjy?"

"Wàr an godolgh adhelergh dhe'n chy. Y feu trehys dhe'n dor oll an gwëdh knofen Frynk rag gwil spâss dhodho. Y fŷdh ev byldyans spladn dhyworth lies qwarton a'n park, ha'n lowarth flourys a wra ledry wàr nans bys dhodho hag y fŷdh fest teg. Ny re glerhas oll an spedhes esa ow tevy in splattys dres an trum."

Elynor a wethas dhedhy hy honen hy fienasow ha'y habel, ha pŷs dâ o hy nag esa Mary-Àn gensy dhe radna an provocacyon gensy.

Warlergh leverel lowr rag declarya y vohojogneth, ha dhe remôvya an devar dhyworto a brena dyw skynen rag y dhyw whor, pàn wrella ev nessa vysytya shoppa Mêster Gray, ev a dhalathas keslowenhe Elynor drefen hy dhe gafos cothman kepar ha Mêstres Jenyngs.

"Hy a hevel bos benyn a bris brâs in gwir. Hy chy, hy gîss a vêwnans, ymowns y ow côwsel a rycheth brâs. Avell benyn aswonys dhywgh hy re beu a les dhywgh solabrÿs; ha wàr an dyweth hy a wra prevy a les dhywgh ow tùchya erytans. Neb tra in agas favour yw hy dh'agas gelwel dhe ôstya gensy in Loundres; hag in gwir yma hedna ow tysqwedhes kerensa vrâs ragowgh. Pàn wrella hy merwel, dre lycklod ny vedhowgh why ankevys. Res yw bos meur dhedhy dhe gemyna."

"Ny vÿdh tra vÿth dhedhy, me a grÿs, rag ny's teves hy ma's an kemynro a gafas hy dhyworth hy gour, ha hedna a wra passya dh'y flehes."

"Saw ny yllyn ny desmygy hy dhe vos ow spêna oll hy fegans. Nyns usy ma's nebes persons fur ow qwil indelha. Pynag oll dra a vÿdh erbysys gensy, hy a yllvyth y gemyna."

"Saw a nyns esta ow cresy dre lycklod hy dh'y asa dh'y myrhes, kyns ès dhyn ny?"

"Yth yw hy dyw vyrgh demedhys fest dâ, ha rag hedna ny welaf bos res dhedhy aga remembra pelha. Wàr an tenewen aral, dhe'm breus vy, drefen hy dhe gemeres with ahanowgh why ha dh'agas dyghtya indelha, hy re ros dhywgh neb sort a glem wàr hy fosessyon i'n dedhyow usy ow tos, ha ny alsa benyn geskiansek ankevy hedna. Ny ylly tra vÿth bos moy caradow ès hy omdhegyans i'gas kever, ha scant ny yll hy gwil oll hedna heb bos war a'n govenek sordys gensy."

"Saw nyns usy hy ow sordya govenek vÿth i'n re-na yw an moyha kelmys gans an negys. In gwir, a vroder, yma dha fienasow rag agan les ha'gan sowena worth dha ledya re bell."

"Dar, in gwir," yn medh ev, owth hevelly remembra y honen, "nyns eus ma's nebes, nyns eus ma's very nebes in gallos an bobel. Saw, a Elynor wheg, pandr'yw an mater gans Mary-Àn? Yma hy owth apperya pòr anyagh. Kellys yw hy lyw gensy ha hy yw gyllys tanow? Yw hy clâv?"

"Nyns usy hy in poynt dâ. Hy re beu ow sùffra dysês frobmus nans yw nebes seythednow."

"Drog yw genef clôwes hedna. In hy oos hy, clêves vÿth a wra dystrôwy flour an tecter rag nefra! Assa veu cot hy thecter hy! Hy o mowes mar deg dell welys vy bythqweth mis Gwydngala warleny, ha lyckly dhe dedna gour. Yth esa neb tra in hy sort a decter, a vydna spessly aga flêsya. Yma cov dhybm fatell levery Fany hy dhe dhemedhy dhe sconha ha dhe well agesos jy. Heb mar te yw kerys brâs gensy, saw yth esa hy ow predery indelha. Hy a vÿdh myskemerys bytegyns. Yma dowt dhybm lebmyn mar qwra Mary-Àn demedhy gour usy moy ès pymp cans pò whe cans dhe'n moyha i'n vledhen

dhodho. Ha mar nyns oma tùllys, te a wra liesgweyth gwell. Conteth
Dorset! Ny worama ma's nebes a Gonteth Dorset. Saw, a Elynor wheg,
me a vÿdh pòr lowen dhe wodhvos moy anodho. Ha me a yll dha
assûrya fatel vÿdh Fany ha fatell vedhama in mesk agas vysytyoryon
moyha avarr ha moyha plêsys."

Elynor a wrug oll hy ehen dh'y berswâdya nag o lyckly poynt hy dhe
dhemedhy Cornal Brandon, saw yth o hedna govenek re blegadow
dhodho dhe vos forsâkys, hag ev o whensys dhe gowethya gans an den
jentyl-na, ha dhe avauncya an maryach gwelha gylly. Ev a'n jeva
conscyans lowr, warlergh sconya dhe wil tra vÿth rag y whereth, dhe
vos prederus may whrella pùbonen gwil meur ragthans. Hag offrans a
dhemedhyans dhyworth Cornal Brandon pò kemynro dhyworth
Mêstres Jenyngs o an mainys moyha êsy dhe wil amendys rag y ancof
y honen.

Y a gafas lùck dâ dhe gafos Arlodhes Myddelton i'n chy, ha Syr
Jowan a entras kyns ès an vysyt dhe dhewedha. Y feu lies cortesy
keschaunjys. Y fedha Syr Jowan parys dhe gara den vÿth ha kyn na
hevelly Syr Jowan dhe wodhvos nameur ow tùchya mergh, ev a'n
consydras yn uskys avell den pòr dhâ y natur; hag Arlodhes Myddelton
a welas lowr a fassyon in semlant Mêster Dashwood dhe gresy y vos a
valew dhedhy cowethya ganso. Ha Mêster Dashwood y honen a
dhepartyas pòr lowen gansans aga dew.

"Me a'm bÿdh acownt bryntyn dhe dhon tre dhe Fany," yn medh ev
hag ev ow kerdhes wàr dhelergh gans y whor. "Arlodhes Myddelton
yw benyn pòr affînys in gwir! Fany a vÿdh fest plêsys dhe aswon benyn
kepar ha hy. Ha Mêstres Jenyngs inwedh, hy yw benyn teg hy om-
dhegyans, kyn nag yw hy mar affînys avell hy myrgh. Ny vÿdh res
dh'agas whor hockya kyns ès hy vysytya. Rag leverel an gwiryoneth,
hèn o an câss bys lebmyn; rag ny wodhyen ny ma's Mêstres Jenyngs
dhe vos gwedhowes den neb a gafas y vona in maner isel; hag yth esa
Fany ha Mêstres Ferrars ow tyby nag o Mêstres Jenyngs na hy myrhes
an sort a venenes a garsa Fany cowethya gansans. Saw i'n tor'-ma me
a yll ry dhedhy acownt pòr blegadow adro dhodhans aga dyw."

Chaptra XXXIV

Yth esa Mêstres Jowan Dashwood ow fydhya kebmys dhe vrusyans hy gour, may whrug hy ternos vyttyn vysytya Mêstres Jenyngs ha'y myrgh; hag y feu rewardys hy threst dre dhyscudha nag o ùnwordhy a'y avîsyans an venyn esa hy whereth owth ôstya gensy; pelha ow tùchya Arlodhes Myddelton, hy a's cafas onen a'n benenes moyha dynyak in oll an bÿs.

Y feu Arlodhes Myddelton fest plêsys gans Mêstres Dashwood kefrÿs. Yth esa wàr an dhew denewen honenuster an golon yêyn, ha hedna a wrug dynya an eyl dh'y ben; y a wrug kescodhaf warbarth in omdhegyans dyfreth hag in fowt kebmyn a skians.

An omdhegyans bytegyns neb a gomendyas Mêstres Jowan Dashwood dhe opynyon dâ Arlodhes Myddelton, nyns o va plegadow dhe Vêstres Jenyngs, ha dhedhy hy ny hevelly Mêstres Dashwood ma's benyn vian, hautîn hy semlant, anwhek hy fara, neb a vetyas whereth hy gour ty heb caradôwder vÿth ha heb tra vÿth ogasty dhe leverel dhodhans; rag a'n qwarter our a spênas hy in Strêt Berkeley, hy a esedhas seyth mynysen dhe'n lyha heb egery hy ganow.

Elynor a garsa godhvos, kyn na wrug hy govyn, esa Edward in Loundres i'n eur-na; saw ny vynsa tra vÿth constrîna Fany dhe gompla y hanow in hy fresens—erna ve hy abyl dhe dherivas dhedhy fatell o arayes y dhemedhyans gans Mêstresyk Morton, pò erna ve collenwys govenek hy gour ow tùchya Cornal Brandon; rag yth esa Fany ow cresy bos kerensa grev inter Edward hag Elynor whath, hag ytho nag o possybyl aga gwetha re dhyworth y gela. An nowodhow na ros Mêstres Dashwood dhedhy, a dheuth yn scon dhyworth ken qwartron. Lûcy a dheuth heb let dhe dhesîrya kescodhevyans Elynor na ylly hy gweles Edward, kynth o va devedhys dhe Londres gans Mêster Dashwood ha Mêstres Dashwood. Ny vedha ev dos dhe Vyldyansow Bartlett rag dowt bos dyskevrys, ha kynth o pòr got aga ferthyans ow tùchya metya warbarth, ny yllens gwil i'n termyn-na ma's screfa dh'y gela.

Edward y honen warlergh nebes dedhyow a's assûryas ev dhe vos in Loundres dre vysytya Strêt Berkeley. Y feu y garten kefys dywweyth wàr an bord, pàn wrussons dewheles dhyworth aga negyssyow myttyn. Plêsys veu Elynor y whrug ev vysytya ha moy plêsys whath na wrug hy y weles.

Y feu Mêster ha Mêstres Dashwood mar varthys delîtys gans Syr Jowan hag Arlodhes Myddelton, ha kyn nag o aga ûsadow ry tra vŷth dhe dhen vŷth, y a dhetermyas dhe ry dhodhans—kydnyow; hag yn scon warlergh bos presentys dhodhans, y a's gelwys dhe gynyewel in Strêt Harley, le mayth o kemerys gansans chy bryntyn bys pedn try mis. Gelwys veu aga whereth inwedh ha Mêstres Jenyngs; ha Jowan Dashwood a gemeras rach dhe elwel Cornal Brandon. Ev a vedha plêsys pùpprŷs dhe vos in tyller mayth esa Mêstresygow Dashwood hag ev a recêvas an galow cortes gans nebes marth saw gans moy plesour. Y a vydna metya gans Mêstres Ferrars; saw ny ylly Elynor desky mars o hy mebyon gelwys dhe'n fest. An chauns dhe weles Mêstres Ferrars hy honen, bytegyns, o lowr dhe sordya les Elynor i'n gùntelles; kyn hylly i'n tor'-na metya gans mabm Edward heb an fienasow crev a vedha lyckly kyns dhe attendya an metyans, kyn hylly hy meras orty fest mygyl hy brŷs ow tùchya brusyans Mêstres Ferrars anedhy, hy whans dhe wodhvos pana sort benyn o hy, a's piga kebmys avell bythqweth.

Yth esa Elynor ow qwetyas an party, ha'y les ino a encressyas heb hy bos re blêsys, pàn glôwas hy y feu an Mêstrygow Steele gelwys dhodho.

An whereth Steele a wrug comendya aga honen mar dhâ dhe Arlodhes Myddelton ha fest plegadow dhedhy o aga flatteryng, mayth o hy mar whensys avell Syr Jowan dh'aga gelwel dhe bassya seythen pò dyw in Strêt an Condyt, kyn nag o affînys Lûcy ha nyns o hy whor jentyl poynt. Pelha y wharva may talathas Mêstresygow Steele dhe ôstya gansans nebes dedhyow kyns ès party Mêster ha Mêstres Dashwood dhe vos declarys.

Nyns o a bris brâs gorholeth an Mêstresygow Steele dhe vos merkys gans Mêstres Dashwood, hèn yw dhe styrya y dhe vos an nithow a'n den jentyl esa hy broder dres lies bledhen in dadn y with; saw avell ôstyadesow Arlodhes Myddelton yth êns y wordhy dhe gafos esedhva orth bord kydnyow whor Edward Ferrars. Hag ytho, Lûcy, neb o whensys termyn hir dhe vos aswonys gans an teylu, a vydna cafos golok ogas anodhans, ha'n chauns dhe whelas aga flêsya. Bohes venowgh y feu Lûcy mar lowen in oll hy bêwnans avell pàn recêvas hy carten Mêstres Jowan Dashwood.

Carten Mêstres Dashwood a sordyas ken emôcyon in Elynor. Hy a brederys heb let, fatell o res, Edward, tregys dell o gans y vabm, dhe vos gelwys, kepar ha'y vabm, dhe barty rÿs gans y whor. Ha'y weles ev rag an kensa prÿs, warlergh pùptra o wharvedhys, in company Lûcy!— scant ny wodhya hy in pana vaner a ylly hy y berthy! Martesen nyns o growndys an dowtys-ma wàr rêson yn tien, hag yn certan nyns êns growndys wàr an gwiryoneth. Ny vowns y sewajys bytegyns der hy remembrans hy honen, ader dre volùnjeth dâ Lûcy, rag hy a gresy yth esa hy ow pystyga Elynor gans tùll brâs pàn leverys hy dhedhy fatell o sur na vedha Edward in Strêt Harley de Merth, hag yth esa Lûcy ow qwetyas pelha hy dhe encressya an pain pàn assûryas hy Elynor fatell vedha Edward gwethys in kerdh der y gerensa fest brâs dhedhy, tra na ylly ev keles pàn esens y warbarth.

An Merth meur y bris a dheuth, may fedha an dhyw venyn yonk presentys dhe'n vabm dre laha uthyk.

"Kebmer pyteth ahanam, a Vêstresyk Dashwood," yn medh Lûcy hag y owth ascendya an stairys warbarth—rag Teylu Myddelton a dhrehedhas an chy mar scon wosa Mêstres Jenyngs may whrussons y oll sewya an servont orth an udn prÿs—"nag eus den vëth obma ma's why, a ell kescodhaf genama. Me a lavar na allama scant sevel. Re Varia! Dystowgh me a vedn gweles an venyn usy oll ow lowena ow powes warnedhy—an venyn a vëdh ow mabm vy."

Elynor a alsa hy sewajya heb let dre gompla y dhe weles mabm Mêstresyk Morton, kyns ès hy mabm hy honen; saw in le a hedna, hy a assûryas Lûcy fatell esa hy ow perthy pyteth brâs anedhy in gwir— ha hedna a sowthanas Lûcy yn frâs, rag hy o anês hy honen, saw yth o govenek dhedhy dhe sordya envy poos in Elynor.

Mêstres Ferrars o benen vian, tanow ha serth bys in furvuster in hy fygùr; ha dywharth bys in wherowder in hy semlant. Hy crohen o melen, ha bian o hy fysment, heb tecter vÿth ha dre vrâs heb emôcyon; saw yn fortydnys plynch in hy thâl a sawyas hy bejeth rag an sham a anvlas, dre ry dhedhy golok a fara hautîn hag a anwhecter. Nyns o hy benyn a lies ger; rag dyhaval dhe bobel erel, hy a wre musura hy geryow herwyth nùmber hy thybyansow; hag a'n nebes sylabednow neb a dheuth in mes a'y ganow, ny veu onen vÿth intendys rag Mêstresyk Dashwood. Hy a veras orth Elynor gans porpos fast a'y hâtya, na fors pandra a vydna wharvos.

Ny ylly Elynor i'n eur-na bos trist'hës der an omdhegyans-na. Nebes mîsyow kyns, hy a via pystygys brâs dredhy; saw nyns esa in gallos Mêstres Ferrars hy ankenya i'n eur-na, ha'n dyffrans a'y manerow tro ha Mêstresygow Steele, dyffrans intendys dh'y hùmblya dhe voy, ny wre hedna mas hy dydhana. Ny ylly hy mas minwherthyn pàn wely hy jentylys kefrŷs mabm ha myrgh tro ha'n very person—rag yth esens y ow favera Lûcy yn arbednyk—hag a pe godhvedhys gansans kebmys hag Elynor, y fynsens strîvya dh'y shâmya; saw yth esa hy hy honen, na's teva power vŷth dh'aga fystyga, owth esedha hùmblys gansans aga dyw. Saw hadre ve Elynor ow wherthyn adro dhe'n foly envies esa an shâmyans ow tos dhyworto, hag adro dhe'n flatteryng gwrŷs gans Mêstresygow Steele rag surhe pêsyans an fara, ny ylly Elynor heb aga dysprêsya aga feder.

Yth esa Lûcy ow rejoycya drefen bos dyghtys mar onorys; ha ny garsa Mêstresyk Steele ma's bos hygys adro dhe Dhoctour Davies, ha'y lowender a via perfeth.

Spladn o an kydnyow; lies o an servysy ha pùptra a dheclaryas whans an Vêstres rag bobauns, ha gallos an Mêster dh'y scodhya. In spît dhe'n amendyansow ha'n addyansow ow pos gwrŷs dhe estât Norlond, ha kynth esa an an perhednak ajy dhe udn vil buns a vos constrînys dh'y wertha orth y gollva, nyns esa tra vŷth i'n kydnyow dhe dhysqwedhes an bohosogneth a whelas ev prevy—nyns esa bohosogneth vŷth, marnas a gescows—saw ena an lack o brâs dres ehen. Ny'n jeva Jowan Dashwood nameur dhe leverel ragtho y honen a dalvia bos clôwys, ha'y wre'ty a's teva le whath. Saw nyns o hedna shâm arbednyk, rag y hylly an keth tra bos derivys adro dh'aga vysytyoryon: yth esa teythy kenyver onen anodhans ow fyllel dh'aga gwil plegadow dre rêson a fowt skians be va naturek pò gwellhës—a fowt affînans—a fowt jolyfter—pò a fowt perthyans.

Pàn wrug an benenes omdedna dhe'n parleth warlergh kydnyow, y feu pòr hewel an bohosogneth-na, rag an dus jentyl a brovias neb varyans in mater an kescows—polytygieth, keas tiryow ha dova mergh—saw ena y feu va dewedhys; ha nyns esa an benenes bysy ma's gans udn negys yn udnyk ernag entras an coffy—hèn yw dhe styrya uhelder comparek Harry Dashwood ha Wella, secùnd mab Arlodhes Myddelton, rag y o a'n keth oos ogasty.

A pe an dhew flogh i'n tyller, an qwestyon a alsa bos determys heb caletter vŷth der aga musura; saw drefen nag o present ma's Harry y honen, nyns o ma's desmygyans hag opynyon a bùb tu; ha pùbonen a's teva an gwir dhe vos certan in hy declaracyon, ha'y dhasleverel arta hag arta, mar venowgh dell o dâ gensy.

Yth o an dhew barty indelma:

An dhyw vabm, kynth o pùbonen anodhans perswâdys in gwiryoneth hy mab hy honen dhe vos an maw uhelha, a erviras dre gortesy in favour an mab aral.

An dhyw henvabm, gans an keth faverans saw gans moy onester, o mar dhywysyk rag aga mab wydn aga honen.

Lûcy o mar whensys dhe blêsya udn vabm kebmys ha'n vabm aral ha hy a leverys an dhew vab dhe vos marthys uhel rag aga oos; ha ny ylly hy desmygy bos an dyffrans lyha in oll an bÿs intredhans; ha Mêstresyk Steele, moy certan whath, ha mar scaffa gylly, a dhetermyas in favour a'n dhew.

Elynor a ros hy opynyon in favour a Wella, hag indelha hy a offendyas Mêstres Ferrars ha Fany dhe voy whath, ha ny welas hy rêson vÿth rag scodhya hy thybyans pelha. Pàn veu demondys opynyon Mary-Àn, hy a offendyas pùbonen in udn dheclarya na's teva hy opynyon vÿth, rag bythqweth ny wrug hy consydra an qwestyon.

Kyns ès hy dhe asa Norlond, Elynor a baintyas dyw scrin pòr deg rag hy whor dre laha. Hag yth esens y nowyth-framys ha drÿs tre, i'n eurna ow tekhe hy farleth. An keth scrînyow a veu merkys gans Jowan Dashwood pàn dhewhelys ev dhe'n rom gans an dus jentyl erel, hag ev a's ros yn solem inter dêwla Cornal Brandon, may halla ev aga fraisya.

"An re-ma a veu gwrÿs gans ow whor gotha," yn medh ev, "ha why, avell den a dhecernyans, a vÿdh plêsys dredhans, me yw sur. Ny worama mar qwrussowgh why gweles onen vÿth a'y oberow erel, saw yth yw hy cresys dhe baintya marthys dâ."

An Cornal, kyn leverys ev na wodhya ev tra vÿth ow tùchya art, a wrug gormel an scrînyow yn uhel, kepar dell vynsa ev gwil gans udn dra paintys gans Mêstres Dashwood. Dre rêson an whans dhe weles an scrînyow dhe vos sordys i'n re erel, y a veu rÿs adro rag aga whythrans. Ny wodhya Mêstres Ferrars fatell vowns y gwrÿs gans Elynor, saw hy a besys yn arbednyk may halla hy meras ortans, ha warlergh Arlodhes Myddelton dhe veras ortans gans plesour brâs, Fany a's presentyas dh'y mabm, ow terivas dhedhy yn caradow fatell vowns y oberys gans Mêstresyk Dashwood.

"Hùm,"—yn medh Mêstres Ferrars—"pòr deg," —ha heb meras ortans poynt, hy a's restoryas dh'y myrgh.

Yth hevelly fatell esa Fany ow cresy hy mabm dhe vos dygortes lowr—rag hy a rudhyas hag a leverys dewhans,

"Y yw pòr deg, a nyns yns y, a vadama?" Saw arta an own a vos re gortes a's sêsyas, hag yn scon hy a addyas,

"A nyns esowgh why ow predery, a vadama, y dhe vos nebes i'n gîss paintyans Mêstres Morton? Yma hy ow paintya in fordh blegadow dres ehen! Ass o teg hy tirwedh dhewetha!"

"Pòr deg in gwir! Saw yma hy ow qwil pùptra yn tâ."

Mêstres Ferrars.

Ny ylly Mary-Àn perthy hedna. —Hy o dysplêsys solabrÿs gans
Mêstres Ferrars; ha gormola mes a dermyn a nebonen aral dhe aflês
Elynor, kyn na wodhya Mary-Àn yn ewn pandr'o intendys dredho, a's
constrînys dhe dheclarya yn uhel,

"Hèn yw prais a sort fest coynt!—pÿth yw Mêstresyk Morton dhyn
ny? —Pyw usy ow côwsel anedhy, pyw yw hy bern dhedhy?—Yth eson
ny ow predery hag ow côwsel a Elynor."

Ha gans an geryow-na hy a gemeras an scrînyow in mes a dhêwla
Fany may halla hy meras ortans gans plesour, kepar dell o compes.

Mêstres Ferrars a omdhysqwedhas serrys brâs, hag ow terevel dhe
voy serth ès bythqweth hy a worthebys gans an areth wherow-ma,
"Mêstres Morton yw myrgh Arlùth Morton."

Fany a apperyas pòr serrys inwedh; hag yth esa hy gour ownekhës
dre volder y whor. Y feu Elynor liesgweyth moy pystygys dre sorr
Mary-Àn ès der an omdhegyans may feu va sordys dredho. Saw
lagasow Cornal Brandon, fastys dell êns wàr Mary-Àn a dheclaryas na
welas ev in hy fara ma's caradôwder, an golon hegar na ylly perthy hy
whor dhe vos dysprêsys in poynt vÿth oll.

Ny wrug emôcyons Mary-Àn cessya i'n eur-na. Tauntyans wherow
Mêstres Ferrars a hevelly dhedhy dhe brofusa rag Elynor caleterow
hag anken; hag inies dre gerensa dobm ha dre fînder colon, hy a wayas
warlergh pols bys in chair hy whor. Hy a worras bregh adro dh'y hodna
ha bogh nes dh'y bogh hy, ha leverel, isel saw dywysyk hy lev,

"Elynor guv, na wra vry anodhans. Na wra aga alowa dhe'th trist'he."

Ny ylly hy leverel tra vÿth moy; yth o hy fethys dre hy emôcyons,
hag ow keles hy bejeth wàr scoodh Elynor, hy a godhas in olva. Y feu
attendyans pùbonen drÿs dhedhy ha pùbonen ogasty a veu ancrêsys.
—Cornal Brandon a savas in bàn hag êth bys dhedhans heb godhvos
poran pandr'esa ev ow qwil. Mêstres Jenyngs a grias, "Ogh! a guv
colon," hag a ros dhedhy dystowgh hy holan smyllyng. Syr Jowan a veu
mar serrys warbydn an auctour a'n anken frobmus-na, may whrug ev a
chaunjya y jair dhe vos ogas dhe Lùcy Steele, hag in udn whystra ev a
ros acownt cot dhedhy a oll an negys uthyk.

Wosa nebes mynys, bytegyns, y feu Mary-Àn amendys lowr dhe
worfedna an frobmans ha dhe esedha in mesk an re erel, saw dres oll
an gordhuwher yth esa hy ow remember an pÿth a wharva.

"Mary-Àn druan!" yn medh hy broder dhe Gornal Brandon, isel y
lev, kettel veu va abyl dhe gafos y attendyans: "Nyns yw hy yêhes hy
mar dhâ avell yêhes hy whor,—hy yw fest frobmus,—ny's teves hy
natur crev Elynor—ha res yw agria fatell yw skyla awhêr rag benyn
yonk a veu fest sêmly, pàn wrella hy kelly hy thecter. Ny vynsowgh

why y gresy martesen, saw yth o Mary-Àn fest teg nebes mîsyow alebma, mar deg avell Elynor. I'n tor'-ma why a wel fatell yw an tecter-na gyllys yn tien."

Chaptra XXXV

Y feu contentys whans Elynor dhe weles Mêstres Ferrars. Ny gafas hy inhy tra vÿth a ylly gwil colm nessa inter an teyluyow neb tra dhe dhesîrya. Elynor a welas lowr a'y fara hautîn, hy anhelsys, ha'y ragvreus dyblans wàr hy fydn hy honen, dhe gonvedhes oll an caleterow a vydna pystyga an ambos ha lettya an demedhyans inter Edward ha'y honen, a pe va frank. Ha namna veu gwelys gensy lowr ogasty dhe aswon grâssow dhedhy rygthy hy honen fatell esa udn lestans brâssa orth hy gwetha dhyworth godhevel in dadn anwhecter Mêstres Ferrars. Ny vedha hy ytho ow powes wàr sians Mêstres Ferrars ha ny vedha hy ow whansa hy brusyans dâ. Dhe'n lyha, mar nyns o hy lowen fatell o Edward kelmys dhe Lûcy, a pe Lûcy moy caradow, hy a vynsa martesen lowenhe.

Sowthenys o Elynor fatell veu spyrys Lûcy exaltys mar uhel dre gortesy Mêstres Ferrars—fatell wrug hy honenuster ha'y vanytya hy dallhe kebmys may kemeras hy avell gormola rygthy hy honen, an attendyans rÿs dhedhy yn udnyk drefen nag o hy Elynor, ha may whrella hy consydra an preferryans dysqwedhys dhedhy dhe vos comendyans, pàn na veu va rÿs saw unsel drefen nag o godhvedhys hy gwirstât. Tybyans Lûcy a veu declarys gans hy lagasow an gordhuwher-na, ha ternos vyttyn hy a dheuth dh'y dheclarya dhe voy ôpyn, rag hy a besys Arlodhes Myddelton dh'y dry dhe Strêt Berkeley may halla hy gweles Elynor hy honen oll ha derivas dhedhy pana lowen o hy.

An ocasyon a brovas fortydnys, rag messach dhyworth Mêstres Palmer yn scon warlergh hy dhe dhrehedhes, a dhros Mêstres Jenyngs in kerdh.

"A gowethes ker," Lûcy a grias, kettel vowns y aga honen oll, "me yw devedhys obma dhe gôwsel orthys adro dhe'm lowena. A alsa tra vëth bos mar leun a brais avell omdhegyans Mêstres Ferrars i'm kever vy de? Ass o hy caradow dhybm! Why a wor fatell eren vy ow perthy own a'y gweles, saw mar scon dell veuma presentys dhedhy, yth o y hy mar hegar dhybm mayth o apert hy dhe vos kemerys genama. A na veu va indelha? Why a welas kenyver tra; a na wrug hy fara agas gweskel?" "In gwir hy o fest cortes dhywgh." "Cortes!—A na wrugo why gweles tra vëth ken avell cortesy? Me a welas meur moy ès hedna. Kebmys caradôwder, na wrug hy dyswedhes ma's dhe vy yn udnyk. Hy o heb gooth, heb fara hautîn, ha'gas whor a veu kepar—oll whecter hag omdhegyans hegar!"

Elynor a garsa côwsel a daclow erel, saw Lûcy a's inias dhe veneges fatell a's teva hy rêson dhe vos lowen; ha constrînys veu Elynor dhe bêsya.

"Heb dowt vÿth, a pêns y war a'gas ambos," yn medh hy, "ny alsa tra vÿth dysqwedhes moy a brais dhywgh; saw pàn nag o hedna an câss—"

"Th'eren vy ow tesmygya why dhe laveral hedna," Lûcy a worthebys yn uskys, "saw nag era rêson vëth in oll an bës rag Mêstres Ferrars dhe omdhyswedhes plêsys genama, ha hy herensa tro ha me yw pùptra. Na wrewgh why ow ferswâdya dhe jaunjya ow brës. Me yw sur y whra pùptra gorfedna yn tâ ha na vëdh caletter vëth, comparys gen ow thybyans kyns. Mêstres Ferrars yw benyn garadow, hag indelha yw agas whor inwedh. Y aga dyw yw benenes hegar heb dowt vëth—Marth yw genama na wrug vy byscath clôwes why dhe dherivas pana hegar o Mêstres Dashwood!"

Ny ylly Elynor gortheby hedna ha ny whelas hy gortheby.

"Owgh why clâv, a Vêstresyk Dashwood? —th'erowgh why owth apperya trist—nag erowgh why ow côwsel; owgh why certan nag erowgh in poynt dâ?"

"Bythqweth ny veu gwell ow yêhes."

"Dâ yw genama a leungolon clôwes hedna; saw nag erowgh why owth apperya yâgh. Drog via genama why dhe vos clâv. Why re beu an confort brâssa dhybm i'n bës! Duw a wor pandra vensen gwil heb agas cowethyans why."

Elynor a assayas gortheby yn cortes, saw ny wodhya hy mar qwrug hy soweny. Saw Lûcy a hevelly bos contentys, rag hy a worthebys heb let,

"In gwir me yw perwâdys yn tien a'gas caradôwder ragoma, ha nessa dhe gerensa Edward, th'owgh why an confort brâssa ujy dhybm. Edward truan! Saw lebmyn ma udn dra dhâ, ny a ell metya menowgh lowr, rag yth yw Arlodhes Myddelton delîtys gen Mêstres Dashwood, may hyllyn ny bos in Strêt Harley yn fenowgh dell hevel, ha ma Edward ow passya hanter y dermyn gen y whor—ha wàr neb cor Arlodhes Myddelton ha Mêstres Ferrars a wra vysytya lebmyn; —ha

Mêstres Ferrars ha'gas whor a veu mar dhâ dhe leverel moy ès unweyth y dhe vos lowen dhe'm gweles vy termyn vëth. Anjy yw benenes mar hegar!—Me yw certan mar tewgh why ha laveral dh'agas whor pandr'eroma ow tyby anedhy, ny ellowgh why côwsel re uhel anedhy."

Saw ny vydnas Elynor ry dhedhy govenek vÿth a'y hôwsel indelha dh'y whor. Lûcy a bêsyas.

"Me yw certan fatell venjen y weles dystowgh, a pe Mêstres Ferrars dysplêsys genama. Mar teffa hy ha gwil cortesy furvus yn udnyk dhe vy, rag ensampyl, heb laveral ger vëth, ha warlergh hedna sconya dhe'm merkya heb meras orthama yn caradow—why a wor pandr'eroma ow mênya—a pen vy dyghtys yn maner envies, me a vynsa hepcor pùptra in dyspêr. Na aljen y berthy. Rag i'n le may fëdh hy dysplêsys, me a wor hy dhe vos fest garow."

Elynor a veu lettys rag gortheby dhe'n vyctory cortes-na der egeryans an daras ha'n servont ow teclarya Mêster Ferrars. I'n eur-na dystowgh Edward a entras.

Ass o ancombrys an prÿs-na! Bejeth kenyver onen a'n try a dhysqwedhas fatell o ancombrynsy an câss. Y oll a apperyas pòr wocky; hag Edward a'n jeva an semlant a vos moy whensys dhe asa an rom arta, ès dhe dhos pelha ajy. An wharvedhyans, in y very drocoleth, a garsens y oll dhe woheles, o codhys warnodhans. Yth esens y aga thry warbarth saw pelha yth esens y warbarth heb ken den vÿth dhe wil rescous dhodhans. An benenes a veu an persons kensa dhe omwelhe. Nyns o devar Lûcy may whrella hy gorra hy honen in rag, rag res o mentêna an semlant a sêcrecy. Ny ylly hy ytho ma's meras orto yn tender ha warlergh côwsel orto nebes, hy a dewys.

Saw res o dhe Elynor gwil moy; ha whensys o hy, rag kerensa Edward ha rag hy herensa hy honen, dh'y wil yn tâ. Rag hedna hy a gonstrînas hy honen warlergh ombredery tecken dh'y wolcùbma gans mir ha gans fara o êsy ogasty hag egerys. Ha warlergh strîvya dhe voy nebes, hy semlant a welhas. Ny vydna hy alowa presens Lûcy na hy dhe vos war a'y anjùstys ev dhedhy hy honen, dh'y gwetha rag leverel fatell o hy lowen dh'y weles, ha fatell o drog gensy nag esa hy tre, pàn wrug ev vysytya Strêt Berkeley. Ny veu hy ownekhës rag ry an attendyans-na dhodho, avell cothman ha goos nessa ogasty, rag y feu va dendylys ganso, kyn whelas hy fatell esa Lûcy ow meras stroth warnedhy.

Hy manerow cortes a ros nebes kenerthans dhe Edward hag ev a borthas coraj lowr dhe esedha; saw brâssa o y ancombrynsy ev ès anês an mowysy. Hag yth esa rêson rag hedna. Kynth o ancombrynsy traweythys in gwesyon, nyns o colon Edward mar gales avell colon Lûcy, ha nyns o y gonscyans mar fre avell conscyans Elynor.

Lûcy, methek ha cosel hy fara, a apperyas ervirys heb gwil tra vŷth dhe gonfortya an re erel ha ny vydna hy leverel ger vŷth oll. Pùb tra leverys ytho a dheuth dhyworth Elynor. He a veu constrînys dhe leverel kenyver tra ow tùchya yêhes hy mabm, aga viaj dhe Londres, h.e., taclow a dalvia bos govydnys gans Edward, saw na wrug ev govyn poynt.

Ny wrug lavur Elynor dewedha ena, rag yn scon hy a cresys hy spyrys dhe vos crev lowr dhe ervira, in dadn an dyssemblans a gerhes Mary-Àn, y hylly hy gasa an dhew erel aga honen oll; ha hy a wrug hedna i'n fordh decka, rag hy a strechyas, pòr golodnek hy brŷs, nebes mynys wàr bedn an stairys, kyns ès hy dhe elwel hy whor. Pàn o gwrŷs hedna, bytegyns, yth o prŷs rag joyes Edward dhe cessya; rag lowena Mary-Àn a wrug hy festyna aberth i'n parleth dystowgh. Hy flesour orth y weles a veu kepar ha'y emôcyons erel, crev inhans y honen hag ùttrys yn crev. Mary-Àn a vetyas ganso gans dorn dhe shakya ha gans lev a styryas kerensa whor.

"Edward ker!" hy a grias, "ass yw hebma prŷs a lowena vrâs!— Namnag usy hebma owth amendya pùptra ogasty!"

Edward a whelas gortheby hy haradôwder dell o dendylys, saw dhyrag dùstuniow a'n par-na ny vedhas ev leverel an pŷth esa ev ow clôwes in gwir. Arta y oll a esedhas, ha rag tecken y a dewys, hadre ve Mary-Àn ow meras gans golok fest tender par termyn orth Edward ha par termyn orth Elynor, ha'y fâss hy a levery hy dhe gemeres edrek aga delît warbarth dhe vos lestys gans presens casadow Lûcy. Edward a veu an kensa dhe gôwsel, hag ev, wosa merkya semlant chaunjys Mary-Àn, dhe leverys ev dhe berthy own nag esa Loundres plegadow dhedhy.

"Ogh, na wra predery ahanaf!" hy a worthebys, dywysyk hy spyrys, kynth o leun dagrow hy lagasow ha hy ow côwsel, "Na wra predery a'm yêhes vy. Yma Elynor in poynt dâ, dell welta. Hedna a dal bos lowr ragon ny agan dew."

Ny wrug an lavar-na confortya naneyl Edward nag Elynor, ha ny wrug an lavar dervyn bolùnjeth dâ Lûcy, saw hy a veras orth Mary-Àn gans golok na veu re gerenjedhek.

"Usy Loundres orth dha blêsya?" Edward a wovydnas, hag ev whensys dhe leverel neb tra rag dallath negys nowyth.

"Nag usy màn. Yth esen ow qwetyas an brâssa plesour saw ny gefys vy plesour vŷth. Ny ros Loundres confort vŷth dhybm marnas an syght ahanas jy, Edward. Grâssow dhe Dhuw! Te yw poran kepar dell veusta bythqweth!"

Hy a cessyas. Ny gôwsas den vÿth.

"Me a grÿs, a Elynor," Mary-Àn a addyas, "fatell vÿdh res dhyn arveth Edward dhe gemeres with ahanan, ha ny dewhelys dhe Barton. Wosa seythen pò dyw, me a grÿs, ny a wra dyberth; hag yth esoma ow trestya na vÿdh poos gans Edward kemeres an devar warnodho."

Edward truan a leverys neb tra in udn stlevy, saw ny wodhya den vÿth pandr'o—ny wodhya Edward y honen. Saw Mary-Àn, pàn welas hy y frobmans, a ylly heb caletter y ascrîbya dhe bynag oll dra a vydna, ha hy a veu contentys yn tien; yn scon hy a gôwsas a gen tra.

"Ny a spênas dëdh uthyk, a Edward, in Strêt Harley de! Assa veu sqwîthus, ancresadow sqwîthus!—Saw yma dhybm meur dhe leverel dhis ow tùchya an mater-na, saw ny allama y leverel i'n tor'-ma.

Ha gans an dothter comendadow-na hy a dhylâtyas erna vêns y in tyller moy pryveth hy dhe bredery bos aga herens kebmyn moy casadow ès bythqweth, ha spessly hy dhe gresy y vabm ev yn arbednyk dhe vos hegas dres ehen.

"Saw prag na veusta i'n tyller, Edward? Prag na wrusta dos?"

"Me o bysy in ken tyller dre rêson a gen ambos."

"Ambos! Saw pandr'o hedna pàn esa kerens kepar ha ny dhe vos gwelys?"

"Martesen, a Vêstresyk Mary-Àn," Lûcy a elwys, ha hy whensys dhe dôwlel dial warnedhy, "che dhe gresy nag ujy tus yonk ow performya ambosow, mar ny garsens, ambosow bian warbarth gen ambosow brâs."

Elynor a veu serrys brâs, saw yth hevelly na glôwas Mary-Àn an gwan rag hy a worthebys yn clor,

"Nyns yw gwir hedna, rag leverel an gwiryoneth, me yw certan na wrug tra vÿth ken ès y gonscyans sensy Edward dhyworth Strêt Harley. Hag yth esoma ow cresy y gonscyans ev dhe vos an conscyans moyha fin in oll an bÿs, an conscyans moyha scrûplùs rag performya kenyver devar, bedhens ev fest munys; ha na fors pandra vynsa an devar-na omlath warbydn y les pò y blesour y honen. Ev yw an den usy ow kemeres an own brâssa a bystyga, ha'n den neb yw an lyha lyckly a bùbonen a welys vy bythqweth dhe gonsydra y les y honen. Edward, yth osta indelha, ha me a vydn y leverel. Pywa! A ny vynta nefra clôwes pobel orth dha braisya? Ena ny ylta jy bos cothman dhybm; rag an re-na a vo ow tegemeres ow herensa ha'm estêmyans vy, res yw dhodhans sùffra comendyans egerys dhyworthyf."

Hy a`n tednas adenewen nebes.

Dell esa ow wharvos, bytegyns, natur hy homendyans i'n present câss o casadow dhe'n dhyw dressa radn a'y goslowysy, ha mar gas o dhe Edward, may whrug ev sevel in bàn yn scon ha dyberth.

"Ow tepartya mar scon!" yn medh Mary-Àn; "Edward wheg, res yw heb alowa hebma."

Ha hy a'n tednas adenewen nebes ha whystra dhodho na ylly Lûcy remainya pelha. Saw ny wrug soweny an gùssul-na, rag ev o determys dhe dhyberth. Ha Lûcy, mar teffa ev ha gortos dew our, a vynsa remainya pelha agesso—hy a dhepartyas yn scon warlergh hedna.

"Pandra yll hy dry obma mar venowgh?" yn medh Mary-Àn, pàn o hy gyllys. "A ny ylly hy gweles ny dhe whansa hy dhe dhepartya! Ass o hedna anwhek rag Edward!"

"Prag yth esta ow leverel hedna?—ny oll yw y gothmans ev, ha Lûcy yw hodna ahanan neb yw pelha aswonys dhodho. Nyns ywa ma's naturek ev dhe gara hy gweles hy warbarth genen ny."

Mary-Àn a veras yn sad orty ha leverel, "Te a wor, Elynor, fatell yw an lavarow kepar ha hedna dhyworthys, an taclow na allama perthy. Mar ny vynta ma's cafos dha dybyansow contradies, dell esoma ow soposya te dhe dhesîrya, te a dalvia remembra ow bosama an person dewetha in oll an bÿs dhe genkya genes. Ny allama skydnya dhe vos fries a certusterow nag yw desîrys genef."

Ena hy a asas an rom, ha ny vedhas Elynor hy sewya rag leverel tra vÿth moy, rag kelmys dell o hy der hy fromys a sêcrecy dhe Lûcy, ny ylly hy ry moy nowodhow dhe Mary-Àn rag hy ferswâdya a'y errour. Ha kynth o pain brâs dhe Elynor gasa dhe Mary-Àn pêsya in errour, ny ylly hy gwil nahen. Ny ylly hy ma's perthy govenek na wrella Edward yn fenowgh arta egery y honen dhe glôwes tomder myskemerys Mary-Àn. Govenek a's teva Elynor inwedh na vedha res dhedhy hy na dhe Edward sùffra arta pain kepar ha pain an metyans dewetha-na. Dell hevelly y whre hedna wharvos arta.

Chaptra XXXVI

Ajy dhe nebes dedhyow wosa an metyans-na, an paperyow nowodhow a dheclaryas dhe'n bÿs fatell dhug gwre'ty Tobmas Palmer, Sqwier, mab hag er yn salow dhodho; radnscrif meur y les ha pòr blegadow, dhe'n lyha dhe'n re-na neb a'n godhya solabrÿs.

An wharvedhyans-ma, meur a bris dell o dhe lowena Mêstres Jenyngs, a wrug dhedhy chaunjya rag tro an devnyth a wre hy a'y thermyn, hag in kepar maner ev a encressyas metyansow hy howethesow yonk. Hy a garsa spêna hy thermyn moyha gylly gans Charlotte hag ytho hy a vydna mos dh'y vysytya pùb myttyn, kettel vedha hy gwyskys, ha ny wre hy dewhedhes bys holergh gordhuwher. Mêstresygow Dashwood, orth govynadow arbednyk Teylu Myddelton, a wre passya an jëdh pùptëth oll in Strêt an Condyt. Rag aga honfort aga honen, gwell via dhodhans, i'n myttyn dhe'n lyha, gortos in chy Mêstres Jenyngs; saw ny ylly hedna bos erhys warbydn bolùnjeth pùbonen aral. Y feu aga ourys ytho sacrys dhe Arlodhes Myddelton ha dhe'n dhyw Vêstresyk Steele, nag esa ow whansa aga hompany màn, kyn whrêns y declarya y dh'y whansa.

Mêstresygow Dashwood o re skentyl dhe vos cowethesow plesont dhe Arlodhes Myddelton; hag y whre Mêstresygow Steele meras ortans gans lagas envies, avell mowysy esa owth omherdhya aga honen wàr aga spàss ag honen, hag ow radna an caradôwder a garsens gwetha dhodhans aga honen. Kyn na ylly den vÿth bos moy cortes ès Arlodhes Myddelton, ny's cara hy y in gwiryoneth. Dre rêson na wrêns y naneyl hy flattra hy honen na flattra hy flehes, ny ylly hy cresy aga bos hegar, ha drefen y dhe vos ow redya pùpprÿs, hy a bredery aga bos gesedhek, heb godhvos poran martesen pandr'esa an ger 'gesedhek' ow styrya. Saw repref o in ûsyans kebmyn hag êsy dhe vossawya.

Y o lestans dhe Arlodhes Myddelton ha dhe Lûcy kefrÿs. Aga fresens a wre spralla diegy an eyl ha negys hy ben. Arlodhes Myddelton a wre kemeres sham a vos heb gwil tra vÿth dhyragthans; ha'n flatteryng a vedha Lûcy prowt dhe dhesmygy ha dhe ry orth

ocasyons erel, hy a wre owna y dh'y despîtya ragtho. Mêstresyk Steele
o an lyha ancombrys a'n teyr benyn der aga fresens. Hag yn êsy y a alsa
hy reconcîlya dhodhans yn tien. Mar teffens y ha ry dhedhy oll an
manylyon munys a'n cowethyans inter Mary-Àn ha Mêster Wyllowby,
hy a vynsa omglôwes rewardys lowr rag an gollva a'n esedhva welha
dhyrag an tan warlergh kydnyow causys gans aga devedhyans. Saw ny
veu offrys an kessenyans-na. Kyn whrug hy yn fenowgh declarya hy
fyteth rag hy whor dhe Elynor, ha kyn whrug hy moy ès unweyth ùttra
lavar ow tùchya dyslelder gwesyon yonk, ny wharva tra vỹth ma's mir
a vygylder dhyworth Elynor hag a dhyflassys dhyworth Mary-Àn. Neb
tra scaffa whath a alsa hy gwil aga hothman. Mar teffens ha'y mockya
ow tùchya an Doctour! Saw nyns êns dhe voy parys dhe wil hedna
naneyl, hag mar qwre Syr Jowan kynyewel adre, hy a ylly passya oll an
jëdh heb clôwes gesyans vỹth i'n mater-na, avês dhe'n mockyans o hy
caradow lowr dhe rauntya dhedhy hy honen.
     Saw nyns o Mêstres Jenyngs war poynt a oll an avy-na ha'n dysês-
na. Yth esa hy ow cresy fatell o tra vryntyn an mowysy dhe vos
warbarth; ha dell o ûsys hy a wre keslowenhe hy howethesow yonk
kenyver gordhuwher y dhe dhiank mar bell dhyworth company benyn
wocky goth. Hy a wre jùnya dhedhans par termyn in chy Syr Jowan,
par termyn in hy chy hy honen; saw pynag oll dyller a vedha hy, hy a
wre dos jolyf hy spyrys, leun a lowena hag a roweth, owth ascrîbya
yêhes dâ Charlotte dh'y gwith hy honen, ha hy parys dhe styrya savla
hy myrgh in oll y vanylyon. Ny vydna ma's Mêstresyk Steele yn udnyk
goslowes orth oll hedna. Nyns esa ma's udn dra worth hy ancrêsya, ha
hy a wre croffolas adro dhodho pùptëth oll. Yth esa Mêster Palmer ow
predery, dell o kebmyn in mesk gwesyon, fatell o pùb baby haval dhe
bùb baby aral. Kynth ylly hy orth termynyow dyffrans gweles hevelep
marthys inter an baby-na ha pùbonen a'y woos nessa wàr an dhew
denewen, ny ylly y das bos perswâdys nag o y vab y honen poran kepar
ha pùb flogh aral a'n keth oos. Pelha ny ylly Mêster Palmer bos drỹs
dhe veneges fatell o an baby an flogh moyha spladn in oll an bys.
     Res yw dhybm lebmyn compla anfeus a wharva dhe Vêstres Jowan
Dashwood. Pàn esa hy dyw whor warbarth gans Mêstres Jenyngs orth
hy vysytya in Strêt Harley, benyn aral aswonys dhedhy a's vysytyas
inwedh—tra na hevelly dhe vos skyla a dhrog dedhy. Saw pàn vo
desmygyans pobel erel orth aga lêdya wàr stray dhe vrusy agan
omdhegyans yn cabm, res yw dh'agan lowena bos ow powes nebes wàr
jauns. I'n present câss, an venyn devedhys dewetha a wrug alowa dh'y
fancy dhe avauncya pelha ès gwiryoneth ha lycklod, ha pàn glôwas hy
hanow Mêstresygow Dashwood, hy a's determyas dhe vos tregys in

Strêt Harley; ha'n myskemeryans-na a brovias ragthans ajy dhe nebes dedhyow cartednow galow dhedhans y warbarth gans cartednow dh'aga broder ha whor, dhe barty bian a ilow in hy chy. Dre rêson a hedna Mêstres Dashwood a veu constrînys dhe sùffra an ancombrynsy a dhanvon hy haryach dhe gerhes Mêstresygow Dashwood, ha lacka whath, dhe omdhysqwedhes hy dh'aga dyghtya yn caradow. Ha pyw a wor, mar ny vedha an venyn ow qwetyas y dhe gerdhes in mes gensy an secùnd treveth? Gwir o, Mêstres Dashwood a ylly aga thùlla termyn vŷth, saw pàn vo persons ervirys dhe wil neb tra aswonys gansans dhe vos camhensek, ymowns y owth omglôwes pystygys dre wovenek pobel erel y dhe omdhon dhe well.

Mary-Àn warbydn an termyn-na o drŷs nebes ha nebes dhe'n ûsadow a gerdhes in mes pùb jorna, nag esa hy ow qwil vry a'n dra: esa hy ow mos in mes pò nag esa. Hy a wre ombarusy rag solas pùb gordhuwher yn cosel ha heb predery, kyn nag esa hy ow qwetyas an plesour lyha dhyworth an negys; yn fenowgh ny wodhya hy bys i'n vynysen dhewetha pleth esens y o mos.

Hy o tevys mar vygyl ow tùchya hy dyllas ha'y semlant, na wre hy gwil vry a hanter a'n attendyans dhedhans dell vedha rŷs gans Mêstresyk Steele ajy dhe'n kensa pymp mynysen, warlergh an darbaryans dhe vos gorfednys. Ny wre tra vŷth diank dhyworth whythrans munys Mêstresyk Steele ha'y whans dhe wodhvos; hy a wely pùptra hag a wovydna adro dhe bùptra; ny vedha hy contentys erna glôwa hy pris pùb radn a wysk Mary-Àn; hy a ylly desmygy an nùmber a bowsyow Mary-Àn fest gwell ès dell ylly Mary-Àn hy honen. Hag yth esa hy ow qwetyas, kyns ès y dhe dhyberth an eyl dhyworth hy ben, py seul a gostya hy golhas kenyver seythen, ha py gebmys a's teva hy dhe spêna pùb bledhen warnedhy hy honen. Tauntyans an qwestyons-na a vedha fynyshys dell o ûsys gans gormola. Ha kynth o hedna porposys dhe vos wheg, Mary-Àn a'n consydra an tauntyans brâssa oll; rag warlergh godhevel examnyans ow tùchya valew ha darbar hy fows, lyw hy eskyjyow hag aray hy blew, sur o hy dhe glôwes: "wàr ow fay yth esta ow meras uthyk kempen, ha certan yw che dhe wil lies conqwest."

Gans kenerthans a'n par-na, hy a veu danvenys i'n ocasyon present-ma dhe garyach hy broder, o hy ha'y whor parys dhe entra ino ajy dhe bymp mynysen wosa an caryach dhe stoppya orth an daras. Ny veu plegadow aga devedhyans adermyn dh'aga whor dre laha, rag hy êth dhyragthans dhe jy an venyn aswonys, hag yth o govenek dhedhy i'n tyller-na y dhe strechya in fordh dh'y ancombra hy honen pò dhe ancombra drîvyor hy haryach.

Nyns o marthys wharvedhyansow an gordhuwher. Yth o an party, kepar ha lies party aral, gwrŷs a lies huny esa an performans orth aga flêsya yn frâs hag a voy persons whath nag esa mûsyk orth aga flêsya poynt. Ha'n mûsycyens, dell o ûsys, in aga brusyans aga honen hag in brusyans aga hothmans, an gwelha performoryon pryveth in Pow an Sowson.

Dre rêson nag o Elynor mûsycal ha nyns esa hy ow fâcya bos indelha, nyns o poos gensy trailya hy lagasow dhyworth an pyanô brâs, pynag oll dermyn a vedha hy plêsys; heb bos kelmys dre harp pò sedhgrowd, hy a wre aga fastya wàr dra vŷth i'n rom. Pàn esa hy ow meras adro i'n vaner-ma, hy a welas bagas a dus yonk hag ina mesk an very gwas-na, a ros dhodhans areth ow tùchya câssys pigoryon dens in shoppa Mêster Gray. Hy a'n merkyas yn scon wosa hedna ow meras orty hy honen hag ow côwsel yn caradow orth hy broder. Hag scant nyns o ervirys gensy dhe dhyscudha y hanow dhyworth Jowan Dashwood, pàn dheuthons y aga dew bys dhedhy, ha Mêster Dashwood a'n presentyas dhedhy avell Mêster Robert Ferrars.

Ev a gôwsas orty gans cortesy êsy ha gwrydnya y bedn in plêgyans neb a's assûryas mar blain avell geryow, ev dhe vos an gwas gocky poran a wrug Lûcy y dhescrefa dhedhy. Assa via Elynor fortydnys a pe hy estêmyans a Edward ow powes le orth y vertus y honen, ha moy orth merytys y woos nessa! Rag i'n câss-na plêgyans y vroder a vynsa perfethhe yn tien hedna neb a veu dalethys gans y vabm ha gans y whor. Saw pàn esa hy owth ombredery adro dhe'n dyffrans inter an dhew dhen yonk, ny gafas hy fatell ylly euvereth ha gooth an eyl lehe hy revrons rag uvelder ha dynyta y gela. Prag yth êns y mar dhyffrans, y feu styrys gans Robert dhedhy in kescows gensy dres qwarter our. Ev a gôwsas a'y vroder hag a'n cledhecter uthyk, esa worth y wetha rag kemysky in cowethas ewn. Ow côwsel yn egerys hag yn uvel ny wrug Robert ascrîbya fowtys y vroder dhe lack vŷth in y natur, adar dhe'n adhyscans pryveth a gafas ev. Mars o ev y honen moy wordhy dhe gemysky gans pobel erel, nyns o hedna ma's drefen ev dhe vos deskys in scol boblek.

"Wàr ow ena," ev a addyas, "nyns yw an rêson moy ès hedna; ha me a'n lever yn fenowgh dhe'm vabm, pàn vo hy ow lamentya an mater. 'A Vadama wheg,' me a lever dhedhy pùb termyn, 'res yw dhywgh omjersya agas honen. Ny yll an drog bos amendys i'n tor'-ma, ha why agas honen yw oll dhe vlâmya. Prag y fowgh why perswâdys gans ow ôwnter, Syr Robert, warbydn agas jùjment agas honen, dhe settya Edward in dadn dhescador pryveth orth an prŷs moyha tyckly a'y vêwnans? Mar teffowgh why ha'y dhanvon dhe Westmynster warbarth

Mêster Dashwood a'n presentyas dhedhy.

genef vy, in le a'y dhanvon dhe Vêster Pratt, oll hebma a via avoydys.'
Yth esen pùb termyn ow consydra an negys indelha, ha'm mabm yw
perswâdys yn tien a'y errour."

Ny vydna Elynor leverel ger vÿth warbydn y opynyon, rag pynag oll
o hy brusyans a scol boblek, ny ylly hy predery a Edward tregys in
teylu Mêster Pratt gans lowender vÿth.

"Yth owgh why tregys in Dewnan, me a grÿs," a veu y nessa lavar,
"in penty ogas dhe Dawlish."

Elynor a wrug y êwnhe ow tùchya tyller an penty, hag ev a veu
sowthenys nebes dhe glôwes fatell ylly nebonen bos tregys in Dewnan
heb bos tregys ogas dhe Dawlish. Ev a wrug grauntya y brais brâssa rag
an sort a jy esens y ino.

"Ragof vy ow honen," yn medh ev, "yma pentiow worth ow flêsya
yn frâs. Yma kebmys confort, kebmys afînans inhans. He me a lever, a
pê mona dhe sparya genef, me a vynsa perna splatt ha byldya penty
ow honen, ogas lower dhe Loundres. Ha me a alsa orth prÿs vÿth
drîvya wàr nans dy ha cùntell nebes cothmans adro dhybm ha bos
lowenek. Me a vynsa cùssulya pùbonen a vo parys dhe vyldya, dhe
vyldya penty. Ow hothman, Arlùth Courtlond, a dheuth dhybm
agensow wàr dowl govyn ow hùssul orthyf, hag ev a settyas dhyragof
try thowl dyffrans gans Bonomi. Me a dalvia dôwys an gwelha
intredhans. 'A Courtlond wheg,' yn medhaf vy worth aga thôwlel aga
thry aberth i'n tan, 'na wra devnyth a onen vÿth anodhans, saw gwra
byldya penty heb dowt vÿth.' Ha hedna me a grÿs a vÿdh dyweth an
negys.

"Yma radn ow tesmygy na yll spâss nag êsyans bos in penty; saw hèn
yw errour yn tien. An mis dewetha, yth esen owth ôstya gans ow
hothman, Elliott, ogas dhe Dartford. Arlodhes Elliott a garsa ry dauns.
'Saw fatla yll hedna bos gwrÿs?' yn medh hy; 'Ferrars wheg, leverowgh
dhybm fatla yll hedna bos arayes. Nyns eus rom i'n penty-ma a vydn
sensy deg copel—ha ple fÿdh an soper?' Me a welas dystowgh na
vedha caletter vÿth dhe'n negys, hag ytho me a leverys, 'A Arlodhes
Elliott wheg, na vedhowgh anês. An gynyowva a wra amyttya êtek
copel yn êsy; bordys cartednow a yll bos settys i'n parleth; an lyverva
a yll bos egerys rag tê ha ken sosten, ha bedhens an soper settys in mes
i'n salûn.' Arlodhes Elliott a veu delîtys gans an tybyans. Ny a wrug
musura an gynyowva ha dyscudha y fydna hy sensy êtek copel poran,
ha'n negys a veu restrys yn compes warlergh ow thowl vy. Indelha, dell
welowgh why, mar pÿdh pobel ow convedhes yn udnyk an fordh ewn
dh'y wil, pùb confort a yll bos enjoyes in penty avell i'n byldyans
moyha ledan."

Elynor a acordyas dhe bùptra rag ny bredery hy ev dhe dhendyl enebyans fur.

Ny vedha Jowan Dashwood moy plêsys dre vûsyk ès a whor, hag ytho frank o y vrŷs ev kepar ha'y brŷs hy, ha preder a'n gwyskys dres an gordhuwher ha pàn dheuth ev tre ev a'n derivas dh'y wre'ty may halla hy agria dhodho. Errour Mêstres Denyson dhe soposya y whereth dhe vos owth ôstya ganso, a wrug dhodho comendya may fêns y gelwys dhe vos tregys in y jy ev in gwiryoneth, hadre ve Mêstres Jenyngs gwethys mar venowgh adre. Ny via tra vŷth an costow, ha ny via brâs an ancombrynsy naneyl; kemerys oll warbarth y fia an negys neb tra dhe glerhe y gonscyans, pàn na wrug ev collenwel yn ewn y bromys dh'y das. Fany a veu sowthenys der an profyans.

"Ny welaf vy fatla yll hedna bos gwrŷs," yn medh hy, "heb despîtya Arlodhes Myddelton, rag ymowns y ow passya pùb dëdh gensy hy; poken me a via pòr lowen dh'y wil. Te a wor me dhe vos parys dhe dhysqwedhes pùb attendyans dhedhans, kepar dell wodhesta drefen me dh'aga hemeres in mes haneth. Saw y yw vysytyoryon Arlodhes Myddelton. Fatl'allama aga gelwel hag indelha aga hemeres dhyworty?"

Ny gonvedhas hy gour ty gans oll uvelder hy rêsons warbydn an towl. An Mêstresygow Dashwood a bassyas seythen indelha in Strêt an Condyt, ha ny alsa Arlodhes Myddelton bos dysplêsys, mar teffens aga honen ry mar lowr dëdh dh'aga goos nessa.

Fany a dewys tecken, hag ena creffa whath hy a leverys,

"A garadow, me a vynsa aga gelwel a leungolon, a pe hedna i'm gallos vy. Saw me a erviras namnygen inof ow honen dhe elwel Mêstresygow Steele dhe bassya nebes dedhyow genen. Y yw mowysy cortes, dâ aga omdhegyans; ha me a grŷs bos an caradôwder dendylys gansans, rag aga êwnter a dhyghtyas Edward mar hegar. Ny a yll gelwel dha whereth jy dhe dhos neb bledhen aral, te a wor; saw dre lycklod ny vŷdh Mêstresygow Steele in Loundres arta. Me yw sur y dhe'th plêsya; in gwir ymowns y worth dha blêsya solabrŷs; hag yth yw ow mabm vy delîtys gansans; hag y yw meurgerys gans Harry!"

Mêster Dashwood a veu perswâdys. Ev a welas fatell o res gelwel Mêstresygow Steele heb let, ha'y gonscyans a veu coselhës der an towl a elwel y whereth neb bledhen aral; i'n kettermyn, bytegyns, ow cresy yn cosel ino y honen na vydna res a'n galow neb bledhen aral, rag y fedha Elynor devedhys dhe Loundres avell gwre'ty Cornal Brandon ha Mary-Àn avell aga ôstyades.

Fany ow rejoycya in hy diank, ha prowt a'y sleyneth orth y brovia dhedhy hy honen, a screfas ternos vyttyn dhe Lûcy rag pesy hy howethas ha cowethas hy whor bys pedn nebes dedhyow in Strêt Harley, mar scon dell ylly Arlodhes Myddelton aga sparya. Lowr veu hedna rag lowenhe Lûcy yn frâs hag in gwir. Yth hevelly Mêstres Dashwood dhe vos ow lavurya rygthy, ow chersya oll hy govenek hag owth avauncya oll hy thowlow! An chauns-na a vos gans Edward ha gans y deylu o an dra moyha a les dhedhy; hag yth esa an galow-na ow plêsya hy emôcyons! Les o na ylly bos aswonys gans re a râssow, ha ny ylly devnyth bos gwrÿs a'n galow re uskys naneyl; an vysyt dhe Arlodhes Myddelton, na'n jeva finweth vÿth kyns ena, a veu dyscudhys dhe vos ow tewedha ajy dhe dhew dhëdh.

Pàn veu an nôten dysqwedhys dhe Elynor, hag y feu hy dysqwedhys ajy dhe dheg mynysen warlergh bos fanjys, Elynor a gafas rag an kensa prÿs neb kevran in govenek Lûcy; rag an tôkyn a garadôwder specyal, grauntys gans Mêstres Dashwood warlergh hy aswon termyn mar got, a hevelly bos sordys gans neb tra moy ès envy tro hag Elynor hy honen; ha wosa termyn ha gans skentoleth, an caradôwder a ylly bos drÿs dhe gollenwel oll whansow Lûcy. Flatteryng Lûcy a wrug fetha gooth Arlodhes Myddelton solabrÿs, hag entra nebes in colon dhegës Mêstres Jowan Dashwood; ha'n dhew dra-na a hevelly offra an possybylta a daclow moy whath.

Mêstresygow Steele a jaunjyas trigva dhe Strêt Harley, hag pùptra a glôwas Elynor a'ga fresens ena, a grefhas hy desef a'n wharvedhyans. Syr Jowan, neb a's vysytyas moy ès unweyth, a dhros tre acownt a'n faverans esens y ow recêva, dell o apert dhe bùbonen. Ny veu Mêstres Dashwood mar dhelîtys bythqweth in oll hy bêwnans gans benenes yonk erel vÿth. Ev a ros dhe'n dhyw anodhans lyver najedhow gwrÿs gans benyn dhyvrês, hy a elwy Lûcy er hy hanow besyth; ha ny wodhya hy mar pedha hy nefra abyl dhe kescar dhywortans.

Chaptra XXXVII

Mêstres Palmer o mar yagh orth pedn dyw seythen, may prederys hy mabm nag o res na felha sacra oll hy thermyn dhedhy; hag ytho hy a wre contentya hy honen orth hy vysytya unweyth pò dywweyth pùb dëdh. Ow tewheles tre dhyworth an prÿs-na ha dh'y ûsadow kyns, hy a gafas fatell esa Mêstresygow Dashwood pòr lowen dhe dhaskemeres aga radn a'ga howethyans gensy.

Adro dhe'n tressa pò peswora myttyn wosa y dhe vos dasrestrys indelha in Strêt Berkely, Mêstres Jenyngs, ow tewheles dhyworth hy vysyt ûsys dhe Vêstres Palmer, a entras i'n parleth, mayth esa Elynor owth esedha hy honen oll, ha golok mar vrâs a negys a bris wàr hy fâss may feu Elynor parys dhe glôwes neb tra varthys. Scant ny's gasas Mêstres Jenyns dhe formya an tybyans-na, pàn wrug hy y glerhe ow leverel,

"A Dhuw! A Vêstresyk Dashwood wheg! A wrussowgh why clôwes an nowodhow?"

"Na wrug, a vadama. Pÿth ywa?"

"Neb tra mar goynt! Saw why a wra clôwes pùptra. Pàn wrug vy drehedhes chy Mêster Palmer, me a gafas Charlotte ancrêsys brâs ow tùchya an flogh. Hy o certan fatell o va clâv—yth esa va owth ola der anês, ha cudhys o gans curyogas. Me a veras ytho hag a leverys dystowgh, 'Wàr ow fay, a garadow,' yn medhaf vy, 'nyns yw ma's an kig dens rudh,' ha'n dendyores a leverys an keth tra. Saw ny veu Charlotte contentys. Ytho y feu kerhys Mêster Donavan, hag i'n gwelha prÿs ev o nowyth dewhelys dhyworth Strêt Harley, rag hedna ev a dheuth adreus dhyn dystowgh. Ha kettel welas ev an flogh, ev a leverys, kepar ha ny, nag o va tra vÿth ken ès an kig dens rudh, hag ena Charlotte a veu sewajys. Ha pàn esa ev ow tepartya, an preder a entras i'm pedn, sur ov na worama prag, ha me a wovydnas orto mars o nowodhow vÿth dhodho. I'n eur-na ev a fug-wharthas hag omdhysqwedhes dywharth, hag a hevelly godhvos neb tra ha wàr an dyweth ev a leverys ow whystra, 'Rag dowt neb hager-dherivadow dhe dhrehedes an benenes

222

Ex a leverys ow whystra.

yonk in dadn agas gwith ow tùchya drogstât aga whor, me a grŷs y vos fur dhe leverel nag eus rêson vŷth dhe vos diegrys. Yma govenek dhybm y fŷdh Mêstres Dashwood in poynt dâ'."

"Pywa? Yw Fany clâv?"

"Hedna poran yw an pŷth a leverys vy, a garadow. 'A Dhuw!' yn medhaf vy, 'Yw Mêstres Dashwood clâv?' Ytho pùptra a dheuth in mes i'n eur-na. Ha wàr verr lavarow, herwyth pùptra a wrug avy desky, yth hevel an negys dhe vos indelma. Mêster Edward Ferrars, an very den yonk a wren vy agas gesya adro dhodho (ha dell usy ow wharvos, me yw uthyk lowen nag esa tra vŷth in hedna), Mêster Ferrars dell hevel, yw ambosys dhe dhemedhy ow henytherow Lûcy nans yw moy ès bledhen!—Otta why, a guv colon! Ha ny wodhya den vŷth sylaben a'n mater marnas Nancy! A alsowgh why cresy tra kepar? Nyns yw marth vŷth aga bos ow cara y gela, saw y feu an dra mar bell avauncys gansans, ha ny'n jeva den vŷth skeus anodho! Hèn yw coynt! Bythqweth ny wrug vy aga gweles warbarth, poken sur oma me dh'y dhyscudha dewhans. Wèl, hedna a veu gwethys sêcret brâs awos own a Vêstres Ferrars, ha ny wodhya hy nag agas broder na'gas whor tra vŷth anodho bys hedhyw myttyn. Nancy, neb yw mowes plegadow lowr, kyn nag yw hy re skentyl, hy a's dyskevras. 'Re'm fay!' yn medh hy dhedhy hy honen, 'Ymowns y oll ow cara Lûcy kebmys, ny wrowns y derevel caletter vŷth adro dhe'n negys,' hag ytho hy êth in rag dh'agas whor, esa a'y eseth hy honen oll orth hy gwrias, ha nyns esa hy poynt ow qwetyas an pŷth esa ow tos—rag hy a leverys dh'agas broder pymp mynysen dhyrag hedna hy dhe vos ervirys dhe restry demedhyans inter Edward ha myrgh neb Arlùth pò y gela—ankevys yw y hanow genef. Ytho why a yll desmygy pana strocas veu dhe oll hy gooth ha'y vanyta. Hy a godhas dystowgh in sterycks uthyk, gans scrijow mar uhel may whrussons y drehedhes scovornow agas broder, hag ev in y jambour y honen awoles, ow predery adro dhe screfa lyther dh'y stywart wàr geyn pow. Ytho ev a fystenas in bàn heb let hag y feu tervans scruthus, rag yth o devedhys Lûcy warbydn an prŷs-na, ha nyns esa hy owth hunrosa màn an dra esa ow wharvos. An vowes truan! Yth esoma ow perthy pyteth anedhy. Ha res yw dhybm avowa fatell veu hy tebel-dyghtys, rag agas whor a wrug hy hably kepar ha dyowles, ha gwil dhedhy clamdera. Nancy a godhas wàr hy dêwlin, hag ola yn wherow; ha'gas broder a entras i'n rom ha leverel na wodhya ev pandra dalvia dhodho gwil. Mêstres Dashwood a dheclaryas na yllens remainya udn vynysen pelha i'n chy, ha constrînys veu agas broder dhe skydnya wàr y dhêwlin inwedh dh'y ferswâdya hy dhe asa dhedhans gortos erna ve packys aga dyllas. I'n eur-na hy a godhas in sterycks

arta, hag ev a veu mar veur ownekhës may whrug ev kerhes Mêster
Donavan arta. Ha Mêster Donavan a gafas an chy in oll an deray-na.
Yth esa an caryach orth an daras parys dhe gemeres ow henytherewy
in kerdh, hag yth esens owth entra ino pàn dheuth ev. Yth esa Lûcy in
drogstât pur, yn medh ev, ha namnag o Nancy mar dhrog. Res yw
dhybm leverel bos cot ow ferthyans gans agas whor; hag yma govenek
dhybm in gwir y dhe dhemedhy in spît dhedhy. A Dhuw! Pana stât a
vŷdh Mêster Edward ino pàn wrella ev clôwes anodho! Y gerensa dhe
vos dyghtys mar dhrog! Rag ymowns y ow leverel ev dhe vos down in
kerensa gensy, ha nyns yw marth hedna. Ny via coynt a pe va serrys
brâs gans an negys. Hag yma an keth opynyon dhe Vêster Donavan.
Ev ha me, ny a gestalkyas termyn hir a'n mater; ha'n dra welha yw y
vos dewhelys arta dhe Strêt Harley, may halla ev bos somonys pàn
wrella Mêstres Ferrars clôwes an whedhel, rag hy a veu kerhys mar
scon dell veu danvenys ow henytherewy in kerdh; rag sur o agas whor
hy dhe godha in sterycks kefrŷs. Ha gwrêns y indelha, saw ny'm deur
màn. Ny'm beus pyteth vŷth anodhans. Ass yw gocky dhe bobel gwil
clowyowgh brâs ow tùchya mona ha brâstereth! Nyns eus skyla vŷth
i'n bŷs na yll Mêster Edward ha Lûcy demedhy, rag me yw certan bos
lowr mona gans Mêstres Ferrars dhe brovia rag hy mab. Ha kyn na's
teves Lûcy tra vŷth ogasty, hy a wor gwell ès ken mowes vŷth an fordh
welha dhe wil devnyth a'y mona. Mar teffa Mêstres Ferrars hag alowa
yn udnyk dhodho pymp cans puns i'n vledhen, hy a vynsa gwil mar
dhâ semlant anodho avell neb benyn aral a eth cans. A Dhuw, assa
viens attês tregys in penty kepar ha'gas penty why—pò nebes
brâssa—gans dyw vowes ha dew was. Ha me a grŷs me a alsa provia
mowes chy dhedhans, rag yma whor ow Betty heb soodh, ha hy a
vynsa aga servya fest dâ."
I'n eur-na Mêstres Jenyngs a dewys, hag Elynor a gafas termyn lowr
dhe ombredery; hy a ylly ry gorthyp ha dhe leverel taclow, a via sordys
yn naturek der an negys. Lowen veu Elynor pàn dhyscudhas hy nag
esa Mêstres Jenyngs ow cresy bos an mater a les dhedhy; Mêstres
Jenyngs agensow a wrug cessya dhe dyby hy dhe gara Edward (ha
hedna o govenek Elynor dres termyn). Ha moy ès ken tra lowen o
Elynor, pàn nag o Mary-Àn present, y hylly hy côwsel a'n
wharvedhyans heb bos ancombrys poynt, ha dhe ry hy brusyans ow
tùchya pùbonen kelmys gans an whedhel.
Scant ny ylly hy determya yn ewn pandr'esa hy ow qwetyas adro
dhe'n mater; kyn whelas hy drîvya in kerdh an preder y halsa an
wharvedhyans gorfedna in ken maner ès gans an demedhyans a
Edward ha Lûcy. Nyns esa dowt vŷth pandra vydna Mêstres Ferrars

leverel ha gwil, saw Elynor a garsa clôwes hedna ha hy a garsa moy whath godhvos fatla vydna Edward omdhon y honen. Yth esa hy ow clôwes pyteth brâs anodho; a Lûcy nyns esa hy ow perthy ma's bohes pyteth—ha ny ylly hy clôwes hedna ma's gans caletter. Rag an re erel nyns esa hy ow perthy pyteth vŷth oll.

Dre rêson nag esa Mêstres Jenyngs ma's ow côwsel a'n devnyth-na, Elynor a welas yn scon fatell vedha res dhedhy derivas an gwiryoneth dhe Mary-Àn ha dh'y farusy dhe glôwes an whedhel côwsys gans pobel erel heb dysqwedhes dhe Mary-Àn hy hy honen dhe vos ancrêsys rag kerensa Fany, poken hy dhe vos serrys gans Edward.

Devar Elynor a vedha casadow.—Yth esa hy ow mos dhe remôvya dhyworth hy whor an dra esa hy ow cresy dhe vos hy chîf-confort,— dhe ry dhedhy manylyon ow tùchya Edward neb a vydna y dhystrôwy rag nefra in hy opynyon dâ ha dhe wil dhe Mary-Àn gweles havalder in aga stât aga dyw hag ytho constrîna Mary-Àn dhe suffra tristans arta. Kyn fedha anfusyk an devar-na, res o dhedhy y gollenwel, hag ytho Elynor a fystenas dh'y berformya.

Nyns o hy whensys poynt dhe bredery re a'y emôcyons hy honen, na dhe apperya dhe vos ow codhevel moy, ès pàn dhyscudhas hy kyns oll fatell o Edward ambosys dhe Lûcy. Hy omdhegyans ena a via dâ rag an present ocasyon. Hy narracyon a veu apert ha sempel, ha kyn na ylly derivas an whedhel dhedhy heb emôcyon, ny veu va sewys gans frobmans uthyk na gref anperthadow.

Saw dres termyn nyns o Mary-Àn parys dhe bardona dhe Edward na dhe Lûcy. Edward a hevelly dhedhy bos an secùnd Wyllowby; ha drefen Elynor dhe veneges hy dh'y gara a leungolon, hy a wodhya clôwes le inhy hy honen avell Mary-Àn. Ow tùchya Lûcy Steele, yth esa Mary-Àn orth hy honsydra casadow yn tien, heb bos abyl dhe wil dhe dhen skentyl codha in kerensa gensy. Na ylly hy cresy kyns oll bos sergh vŷth in Edward rag Lûcy hag ena dhe ava dhe Edward an serghna. Herwyth Mary-Àn nyns o naturek kerensa Edward rag Lûcy, saw wàr an dyweth Mary-Àn a veu perswâdys, der an udn dra a ylly hy ferswâdya: godhvos gwell a natur mab den.

Ny dhrehedhas hy kensa derivas pelha ès dhe leverel fatell êns y ambosys ha pana lowr termyn esa an ambos in exystens.—I'n eur-na emôcyons Mary-Àn a dorras ajy hag gorfedna narracyon rêwlys an manylyon; dres termyn ny ylly tra vŷth bos gwrŷs ma's confortya hy anken, lehe hy euth ha medhelhe hy sorr. An kensa qwestyon dhyworty, neb a veu sewys dre moy avîsyans, o—

"Pana bellder yw hebma godhvedhys genes, Elynor? A wrug ev screfa dhis?"

"Me a'n gor nans yw peswar mis. Pàn dheuth Lûcy kyns oll dhe
Park Barton mis Du warleny, hy a dherivas dhybm in sêcret a'y bos
ambosys."

Pàn glôwas Mary-Àn hedna, y feu sowthan dhe redya in hy lagasow
na ylly bos ùttrys der hy gwessyow. Warlergh tewel rag tecken, hy a
grias—

"Peswar mis!—Yma va godhvedhys genes dres peswar mis?"
Elynor a assentyas.

'Pywa! Pàn eses orth ow attendya vy in oll ow mysery, y feu hebma
wàr dha golon? Ha me a'th rebukyas rag bos lowenek!"

"Ny via ewn i'n eur-na te dhe wodhvos ow bosama in stât contrary!"

"Peswar mis!" Mary-Àn a grias arta. "Te o mar gosel! Mar lowen! In
pana vaner a veusta scodhys?"

"Dre omglôwes me dhe wil ow devar.—Ow fromys dhe Lûcy a'm
constrînas dhe wetha an sêcret. Yth o ow dûta dhedhy heb ry hynt
vŷth a'n gwiryoneth; hag yth o ow dûta tro ha'm kerens ha'm
cothmans heb ry dhedhans ancres i'm kever, na alsen bythqweth
hebaskhe."

Mary-Àn a hevelly bos fest amôvys.

"Pòr venowgh me a garsa leverel an gwiryoneth dhis ha dhe'm
mabm," Elynor a addyas, "hag unweyth pò dywweyth me a'n
assayas—saw heb dyskevra an sêcret, bythqweth ny alsen agas
perswâdya."

"Peswar mis! Saw whath yth esta worth y gara!"

"Eâ. Saw nyns esen vy worth y gara ev yn udnyk; ha pàn o bern
dhybm confort pobel erel, me o lowen dh'aga sparya na wrellens
godhvos pana drist o ow holon. Lebmyn me a yll predery ha côwsel
adro dhe'n mater. Ny garsen why dhe sùffra rag ow herensa vy; rag yth
esoma worth agas assûrya nag esoma in gwir ow sùffra na felha. Yma
dhybm lies tra rag ow scodhya. Ny worama me dhe brovôkya ow
anken dre neb anfurneth dhyworthyf ow honen. Me re'n porthas
gwelha gyllyn, heb y lêsa pelha. Yth esoma ow telyfrya Edward
dhyworth pùb camwythres. Yma dhybm govenek ev dhe vos fest
lowen. Ha sur oma ev dhe wil y dhevar pùb termyn. I'n tor'-ma yma
dhodho nebes edrega martesen, saw wàr an dyweth ev a vŷdh
contentys. Nyns usy Lûcy ow lackya sens, ha hedna yw an grownd
may hyll pùptra dâ bos byldys warnodho. Ha warlergh pùptra, Mary-
Àn, wosa kenyver tra varthys a leveryr adro dhe sergh udnyk ha lel,
hag awos pùptra a leveryr adro dhe lowena nebonen dhe bowes
spessly wàr udn person, nyns yw intendys—nyns yw compes—nyns
yw possybyl an negys dhe vos indelha. Edward a vydn demedhy Lûcy;

ev a wra demedhy benyn gwell inhy hy honen hag in hy skentoleth ès
hanter benenes an bŷs; ha termyn hag ûsadow a wra y dhesky dhe
ankevy fatell esa ev bythqweth ow predery mowes aral dhe vos gwell
agessy."

"Mars yw dha brederow indelha," yn medh Mary-Àn, "mar pŷdh
attyllys coll an dra moyha a bris dre neb tra ken, dha omgontrollyans,
dha ervirans, yw martesen moy êsy dhe gonvedhes.—Ymowns y drŷs
dhe voy in dadn ow ùnderstondyng."

"Yth esoma worth dha gonvedhes. Nyns esta ow tyby me dhe
glôwes nameur inof. Dres an spâss a beswar mis, Mary-Àn, yth esa oll
hebma ow cregy wàr ow brŷs, heb ow bos frank dhe gôwsel orth den
vŷth in y gever. Me a wodhya y whre va dha drist'he ha trist'he ow
mabm, pàn vo va declarys dhywgh, saw ny yllyn agas parusy poynt rag
an nowodhow. Y feu an negys derivys dhybm—wàr fordh y feu va
herdhys warnaf, gans an very person hy honen, a wrug hy ambos kyns
myshevya oll ow govenek. Hy a wrug y dherivas dhybm, dell esen ow
cresy, gans plesour envies. Rag hedna res o dhybm sevel warbydn hy
skeus, in udn whelas omdhysqwedhes mygyl, pàn o an mater a les brâs
dhybm. Ha ny veu unweyth yn udnyk o res dhybm hy ferthy. Res
vedha dhybm goslowes orth hy govenek ha'y rejoycyans arta hag arta.
Me a wodhya ow bosama separâtys dhyworth Edward rag nefra, heb
clôwes bythqweth udn cyrcùmstans a vydna lehe ow whans dhe vos
kelmys ganso. Ny wrug tra vŷth y brevy dhe vos ùnworthy; ha ny wrug
udn dra declarya dhybm nag en vy a les dhodho. Me a veu constrînys
dhe strîvya warbydn anwhecter y whor ha gooth y vabm; me re sùffras
an kessydhyans rag kerensa heb enjoya onen vŷth a'y flesours. Hag yth
esa oll hedna ow wharvos, dell wodhesta dha honen, yn tâ, pàn y'm
bedha ken anken. Mar kylta soposya me dhe allos sensy emôcyon, yn
certan te a yll godhvos lebmyn me dhe sùffra. An cosoleth a wrug vy
dry dhe'm brŷs, an confort esoma parys dhe amyttya, yw an sewyans a
lavur sherp ha heb hedhy; ny wrug hedna dos ganso y honen; ny wrug
ev wharvos wostallath dhe sewajya ow spyrys. Na wrug, Mary-Àn. Ena,
na ve me dhe vos constrînys dhe dewel, dre lycklod ny alsa tra vŷth,
ow devar dhe'm goos nessa comprehendys, ow gwetha yn tien
dhyworth dysqwedhes fatell en vy fest morethek."

Mary-Àn a veu conclûdys.

"Ogh! Elynor," hy a elwys, "te re wrug dhybm hâtya ow honen rag
nefra.—Assa veuma cruel dhis!—Te re beu ow udn confort, te neb
re'm scodhyas in oll ow mysery, yth eses owth omdhysqwedhes dhe
wodhevel rag ow herensa vy yn udnyk!—Yw hebma ow grâssow
dhis?—Yw hebma an udn aqwytyans a allama ry dhis?—Drefen dha

dhader dha honen dhe vos orth ow acûsya ow honen, me re beu ow whelas y dhenaha."

Y feu an confessyon-na sewys gans an palvasow moyha tender a gerensa. In stât mayth esa hy holon, nyns o cales dhe Elynor cafos pùb promys dhyworty a garsa hy. Mary-Àn a bromyssyas na wre hy nefra côwsel a'n negys orth den vŷth gans semlant a wherôwder; hy a bromyssyas dhe vetya Lûcy heb dysqwedhes an lyha encressyans kyn fe a gas rygthy; ha dhe weles Edward hy honen, mar teffa chauns aga dry warbarth, heb lehe poynt hy haradôwder ûsys dhodho. An re-na o sùffransow meur, saw pàn esa Mary-Àn owth omglôwes fatell wrug hy pystyga, ny ylly hy gwil aqwytyans re vrâs.

Hy a gollenwys hy fromys a vos doth yn perfeth.—Hy a woslowas orth pùptra leverys gans Mêstes Jenyngs ow tùchya an negys heb chaunjya hy bejeth, ny wrug hy dyssentya dhyworty in poynt vŷth hag y feu hy clôwys tergweyth ow leverel, "Eâ, a venyn dhâ." Hy a woslowas orty ow praisya Lûcy heb gwil tra vŷth moy ès gwaya dhyworth udn chair dhe jair aral, ha pàn gôwsas Mêstres Jenyngs a gerensa Edward rag Lûcy, ny sùffras Mary-Àn ma's shôra i'n vriansen.—Perthyans gouryl a'n par-na in hy whor a wrug dhe Elynor cresy y hylly hy godhevel hy honen tra vŷth oll i'n bŷs.

Ternos vyttyn y feu hy temptys arta, dre vysyt dhyworth aga broder. Ev a dheuth, sad y fâss, dhe gôwsel ortans ow tùchya an negys uthyk ha dhe dhry dhodhans nowodhow a'y wre'ty.

"Why re glôwas, me a sopos," yn medh ev fest solemn, mar scon dell esedhas ev, "a'n dra uthyk a wharva in dadn agan to de."

Y oll a bendroppyas in agrians; yth hevelly an mater re scruthus dhe vos ùttrys in geryow.

"Agas whor," ev a bêsyas, "re wodhevys yn uthyk. Mêstres Ferrars inwedh—wàr verr lavarow an negys re beu golok a anken completh—saw yma dhybm genef fatell wren ny bêwa der an hager-awel, heb den vŷth ahanan dhe vos fethys yn tien. Fany druan! Yth esa hy in sterycks dre oll an jëdh de. Saw ny garsen agas ownekhe re. Donavan a lever nag eus tra vŷth materyal dhe vos dowtys; hy horf yw crev, ha'y ervirans yw lowr rag tra vŷth. He re borthas pùptra gans colon dhâ a el! Hy a lever na wra hy nefra arta predery dâ a den vŷth; ha nyns yw marth hedna, wosa hy dhe vos mar dhrog-decêvys!—Ow recêva mar nebes grâss warlergh dysqwedhes kebmys caradôwder; warlergh fydhya mar apert! Hy a besys an mowysy-ma dhe ôstya in hy chy herwyth cufter hy holon; yn udnyk drefen hy dh'aga honsydra y dhe dhendyl nebes attendyans; y dhe vos mowysy dyflam, teg aga omdhegyans; hag y dhe vos cowethesow plegadow; rag ken maner, ny

"Why re glôwas, me a sopos."

a garsa yn frâs agas pesy why ha pesy Mary-Àn dhe dhos dhyn, pàn esa agas cothman owth attendya hy myrgh. Ha lebmyn, hy dhe gafos reward a'n par-ma! 'Me a garsa a leungolon,' yn medh Fany druan in hy fordh hegar, 'ny dhe besy dha whereth in aga le y.'"

Ef a cessyas may hallens hy aswon grâssow dhodho; pàn o hedna gwrÿs, ev a brocêdyas.

"Ny yller derivas pandra sùffras Mêstres Ferrars pàn wrug Fany kyns oll derivas dhedhy an mater. Pàn esa hy ow tôwlel maryach bryntyn spladn ragtho, a alsa den soposya ev dhe vos ambosys solabrys dhe gen mowes! Ny vynsa skeus a'n par-na bythqweth entra in pedn Mêstres Ferrars. A pe skeus dhedhy a neb ragtowl, ny via an dra i'n qwartron-na. 'I'n tyller-na,' yn medh hy, 'me a vynsa soposya ow honen dhe vos salow.' Yth esa hy in torment. Ny a omgùssulyas warbarth, bytegyns, pandr'o an gùssul welha, ha wàr an dyweth hy a erviras kerhes Edward. Ev a dheuth. Saw drog yw genef derivas dhywgh pÿth a wharva warlergh hedna. Na fors pynag oll dra leverys Mêstres Ferrars dhodho may halla va gorfedna an ambos, yth o pùptra dyweres. Devar, kerensa, ny wrug ev vry a dra vÿth. Ny wrug vy bythqweth kyns predery fatell o Edward mar gales y bedn, mar yêyn. Y vabm a dherivas dhodho hy thowlow larj, mar teffa ev ha demedhy Mêstresyk Morton; hy a leverys dhodho y whre hy grauntya dhodho an estât in Norfolk, ha pàn vo pës toll tireth ragtho, yma va ow tendyl mil buns i'n vledhen dhe'n lyha; ha pàn esa hy ow perthy dyglon, hy a offras dewdhek cans kyn fe dhodho; saw warbydn oll hedna, mar teffa va ha durya gan an demedhyans isel-na, hy a leverys, fatell via res dhodho sùffra bohosogneth. Hy a dheclaryas na wrussa ev cafos ma's y dhyw vil y honen; na vynsa hy y weles nefra arta; ha fatell via hy mar bell dhyworth gwil gweres dhodho, mar teffa ev hag entra in galow bêwnans vÿth rag gwelhe y stât, y whrussa hy oll hy ehen rag y wetha rag avauncya ino."

Ena Mary-Àn in sorr muscok a wrug tackya dêwla ha cria, "Re Dhuw a'm ros! Yw hebma possybyl!"

"Yma dhis rêson dhe wil marthùjyon, Mary-Àn," hy broder a worthebys, "ow tùchya an fara stordy a ylly sevel orth argùmentys kepar ha'n re-na. Dha lavar yw fest naturek."

Yth esa Mary-Àn parys dhe leverel neb tra wàr y bydn, saw hy a borthas cov a'y fromys. Ha hy a dewys.

"Oll an taclow-na a veu inies wàr Edward," ev a dhuryas, "saw yn euver. Ny leverys Edward nameur. Saw an pÿth a leverys ev, ev a'n ùttras yn crev. Ny ylly tra vÿth y berswâdya dhe derry y ervirans dhe dhemedhy gans Lûcy. Ev a vynsa gwetha y bromys, na fors pandra gostya."

"I'n eur-na," Mêstres Jenyngs a grias dhe blebmyk, rag poos o gensy tewel na felha, "ev re wrug devar an den gwiryon! Gevowgh dhybm, a Vêster Dashwood, saw mar teffa ev ha gwil tra vŷth ken, me a vynsa y jùjya sherewa. A les dhybm yw an negys, kepar ha dhywgh why. Lûcy Steele yw ow henytherow, ha me a grŷs nag eus mowes gwell agessy in oll an bŷs, ha mowes usy ow terfyn gour ty dâ."

Jowan Dashwood a veu sowthenys brâs; saw clor o y nas, ha cales o y serry. Pelha ny gara ev offendya den vŷth, spessly nebonen rych. Rag hedna ev a worthebys heb envy vŷth,

"Ny garsen poynt côwsel yn tyscortes a dhen vŷth a'gas goos nessa, a venyn dhâ. Lûcy Steele yw, dre lycklod, benyn yonk wordhy, saw i'n present câss why a wor nag yw possybyl an maryach intredhans. Hag yth yw coynt martesen hy dhe entra in ambos demedhyans gans gwas yonk in dadn with hy êwnter, mab a venyn mar rych avell Mêstres Ferrars kefrŷs. Wàr verr lavarow nyns oma ervirys dhe gably an omdhegyans a dhen vŷth onorys genowgh why, a Vêstres Jenyngs. Yth eson ny oll ow whansa pùb lowena dhedhy. Stauns Mêstres Ferrars der oll an wharvedhyans re beu a'n very ehen a via adoptys gans pub mabm dhâ ha dywysyk in cyrcùmstancys a'n par-ma. Hy re dhysqwedhas dynyta ha larjes. Edward re dhôwysas y dhestnans y honen, hag yma own dhybm na vŷdh onen dâ."

Mary-Àn gans hanajen a ùttras hy own hy honen rag stât Edward; Elynor a veu tormentys rag colon Edward, rag yth esa ev ow sevel warbydn godros y vabm rag kerensa benyn na ylly y rewardya.

"Wèl, a syra," yn medh Mêstres Jenyngs, "ha fatla wrug an dra gorfedna?"

"Drog yw genef y leverel, a venyn dhâ, saw y wharva torrva drist: — Edward re beu danvenys in kerdh rag nefra dhyworth presens y vabm. Ev a asas hy chy de, saw ny woryn ny ple ma va gyllys, poken mars usy ev whath in Loundres. Ny worama; ny yllyn ny govyn."

"An den yonk truan!—ha pandra wher dhodho?"

"Pandra in gwir, a venyn dhâ? Hèn yw preder morethek. Ev a veu genys dhe eryta kebmys rycheth! Ny allama desmygy stât mar uthyk. An oker a dhyw vil buns—in pana vaner a yll den bêwa warnodho?— ha na esyn ny dhe remembra, na ve ev dhe vos mar wocky, ev a alsa ajy dhe dry mis bos ow recêva dyw vil buns ha pymp cans pùb bledhen (rag Mêstresyk Morton a's teves deg mil warn ugans). Ny allama desmygy stât moy anfusyk. Res yw dhyn oll perthy pyteth anodho; ha dhe voy, dre rêson na yllyn ny gwil gweres vŷth dhodho."

"An den yonk truan!" Mêstres Jenyngs a grias. "Sur oma ev dhe vos pòr wolcùm dhe ôstya genef vy i'm chy; ha me a vydn leverel hedna dhodho, mar teuma ha'y weles. Nyns yw compes ev dhe vos ow pêwa wàr y gòst y honen in ostelyow hag i'n tavernyow."

Elynor a ros grâssow in hy holon rag caradôwder a'n par-na tro hag Edward, saw ny ylly hy gwetha hy honen rag minwherthyn adro dhe'n lavar.

"Goev na wrug ev mar dhâ dhodho y honen," yn medh Jowan Dashwood, "dell o whensys y gerens dhe wil dhodho, poken ev a via lebmyn in y stât ewn, ha ny via fowt dhodho a dra vỹth. Saw kepar dell yw taclow, ny sev in gallos den vỹth y weres. Hag yma ken tra whath a vo worth y wodros—ervirys yw gans y vabm, gans hy spyrys fest natùral, dhe ry oll an berhenogeth-na dhe Robert dystowgh. Hodna a alsa bos pỹth Edward i'n condycyons ewn. Me a's gasas hedhyw myttyn gans hy laghyas, hag yth esens ow kestalkya adro dhe'n negys."

"Wèl" yn medh Mêstres Jenyngs, "hèn yw hy dial hy. Kenyver onen a'n jeves y fordh y honen. Saw ny gresama me dhe wil anserhak onen a'm mebyon, yn udnyk drefen y vroder dhe'm vexya."

Mary-Àn a savas ha kerdhes adro dhe'n rom.

"A yll tra vỹth bos moy wherow dhe spyrys den," Jowan a bêsyas, "dhe weles y vroder yonk in posessyon a diryow a alsa bos y berhenogeth y honen? Yma trueth dhybm anodho in gwir."

Jowan a bassyas termyn cot pelha owth ùttra taclow moy a'n keth sort. Ha warlergh assùrya y whereth nag esa ev ow cresy bos peryl boos dhe Fany, warlergh an shôra a sùffras hy, hag ytho nag o res bos ancrêsys adro dhedhy, ev a dhepartyas. Ev a asas an teyr benyn unverhës aga opynyons i'n present ocasyon, dhe'n lyha ow tùchya omdhegyans Mêstres Ferrars, fara Mêster ha Mêstres Dashwood, ha fara Edward.

Kettel êth ev in mes, sorr Mary-Àn a dardhas, ha drefen hy dywysycter dhe lettya omgontrollyans in Elynor ha'y wil euver in Mêstres Jenyngs, y oll a jùnyas warbarth dhe gably Jowan yn freth.

Ow kestalkya adro dhe'n negys.

Chaptra XXXVIII

Mêstres Jenyngs a wre praisya omdhegyans Edward yn frâs, saw ny wodhya ma's Elynor ha Mary-Àn pana wywder o y fara in gwir. Y yn udnyk a wodhya pana vohes esa ow tos dhodho rag dysobeya bolùnjeth y vabm, ha pana vohososak o an reward recêvys ganso rag gwil ewnhenseth, avês dhe gonscyans glân. Hèn o an udn dra a vydna remainya dhodho wosa kelly y gerens ha'y rycheth. Yth esa Elynor ow rejoycya in y onester, ha Mary-Àn a avas dhodho oll y offencys in tregereth rag y bùnyshment. Kynth o fydhyans inter an whereth restorys dh'y stât ewn der an dyskevrans poblek-na, nyns o va negys a garsa onen vŷth anodhans kestalkya anodho warbarth heb den aral present. Elynor a whela y woheles avell mater a benrêwl, rag y whre an cows fastya an negys dhe voy in hy fedn, rag y fydna Mary-Àn hy assûrya fatell esa Edward orth hy hara whath, ha gwell o gans Elynor châcya an preder-na in kerdh. Pelha colonecter Mary-Àn a wre fyllel pùpprŷs ow côwsel adro dhe whedhel esa worth hy gwil le contentys gensy hy honen, dre rêson a'n comparyson o res gwil inter hy fara hy honen hag omdhegyans Elynor.

Hy a wre precêvya an comparyson wàr fordh ken ès dell esa hy whor ow qwetyas: dh'y inia dhe omrêwlya hy honen. Saw nyns esa Mary-Àn ma's ow predery a'n negys ma's gans an painys a omrebukyans. Ass o wherow an edrega a's kemera, na wrug hy rowtya hy honen bythqweth kyns! Nyns esa hy hovyon ma's ow try dhedhy an torment a benytens, heb govenek vŷth a amendyans. Hy brŷs o kebmys gwadnhës, mayth esa hy ow tyby omrêwl dhe vos ùnpossybyl, ha dre rêson a hedna, ny wre hy frederow ma's hy thrist'he dhe voy.

Ny veu tra vŷth clôwys gansans bys pedn dëdh pò dew dhëdh, a daclow in Strêt Harley hag in Byldyansow Bartlett. Saw drefen bos meur a'n negys godhvedhys gansans solabrŷs, may fe cales lowr rag Mêstres Jenkyns lêsa an skians adro heb whelas moy, hy a erviras dhyworth an dallath dhe wil vysyt a gonfort hag a wovynadow dh'y henytherewy mar scon dell ylly. Saw ny veu hy lettys ma's dre nyver brâssa a vysytyoryon dhedhy hy honen i'n termyn-na dhyworth mos dh'aga gweles.

An tressa dëdh warlergh y dhe wodhvos manylyon an negys, a veu mar vrav, Sul mar dheg, may feu lies huny tednys dhe Lowarthow Kensyngton, kyn nag o va ma's an secùnd seythen in mis Merth. Yth esa Mêstres Jenyngs hag Elynor in mesk an re-na, saw Mary-Àn a wodhya fatell esa Mêster ha Mêstres Wyllowby in Loundres arta, hag hy a's teva euth heb hedhy a vetya gansans. Rag hedna hy a dhôwysas remainya in tre kyns es venturya bys in tyller mar boblek.

Benyn aswonys dâ dhe Vêstres Jenyngs a jùnyas dhedhans yn scon wosa y dhe entra i'n Lowarthow, ha drog o gans Elynor hy dhe remainya gansans ha dhe gestalkya gensy oll an termyn.Ytho gesys veu hy dhe ombredery gensy hy honen. Ny welas hy tra vŷth a Wyllowby ha'y wre'ty na tra vŷth a Edward, ha dres prŷs tra vŷth a nebonen a ylly dre jauns bos a les dhedhy, be va dywharth pò jolyf. Saw wàr an dyweth hy a gafas hy honen, er hy sowthan, dynerhys gans Mêstresyk Steele. Kynth esa hodna ow meras nebes methek, hy a leverys hy vos plêsys brâs dhe vetya gansans. Wosa bos kenerthys nebes gans caradôwder Mêstres Jenyngs, hy a asas hy farty hy honen dres tecken, dhe jùnya orth aga bagas y. Mêstres Jenyngs dewhans a whystras in scovarn Elynor,

"A guv colon, gwra tedna pùptra in mes anedhy. Hy a vydn derivas pùptra dhis, mar teuta ha govyn. Te a wel na allama forsâkya Mêstres Clarke."

Fortydnys veu, bytegyns, rag whans Mêstres Jenyngs hag Elynor dhe wodhvos, fatell o Mêstresyk Steele parys dhe dherivas pùptra heb bos pesys.

"Ass oma lowen dhe vetya genowgh," yn medh Mêstresyk Steele, ow talhedna Elynor er hy bregh, "rag whensys en vy dh'agas gweles why dres kenyver tra i'n bës." Hag ena owth iselhe hy lev, hy a leverys, "Me a sopos fatell glôwas Mêstres Jenyngs kenyver tra. Yw hy serrys?"

"Nag yw hy serry màn genowgh why."

"Hèn yw dâ. Hag Arlodhes Myddelton, yw hy serrys?"

"Ny allama cresy hy dhe vos serrys."

"Me yw uthyk lowen dhe glôwes hedna. Re Dhuw a'm ros! Me re gawas termyn scruthus! Byscath ny welys vy Lûcy mar goneryak in oll ow dedhyow. Hy a wrug tia na wre hy afîna bonet ragoma nefra arta, na gwil ken tra vëth hadre ve hy yn few. Saw lebmyn hy yw coselhës, ha ny yw cowethesow mar dhâ avell kyns. Merowgh, hy a wrug an colm-ma dhe'm hot, hag a worras an bluven ino newher. Dar, why a wra wherthyn orthama kefrës. Saw prag na allama gwysca rybanys

"*Hy a worras an bluven ino newher.*"

gwydnrudh? Ny'm deur poynt mars ywa an color moyha kerys gans an Doctour. Ragoma ow honen, me yw certan na wrussen byscath y wodhvos, na ve ev dh'y leverel dhybm. Ow henytherewy re beu worth ow thormentya! In gwiryoneth me a lever dhywgh ny worama traweythyow pana gwartron a res dhybm meras dyragt'anjy!"

Hy o gwandrys in kerdh bys in negys nag o a les dhe Elynor, hag ytho hy a'n prederys doth dhe dhewheles dhe'n devnyth kensa.

"Wèl, a Vêstresyk Dashwood," yn medh hy in udn rejoycya, "pobel a yll laveral pynag oll a vydnons adro dhe Vêster Ferrars ha 'tell usy ev ow sconya dhe dhemedhy Lûcy, rag nyns ywa gwir, me a lever dhe why. Ha sham brâs yw taclow a'n par-na dhe vos lêsys adro. Mar qwre Lûcy predery hedna adro dhe'n negys, nyns yw compes rag pobel erel dhe dheclarya y vos gwir."

"Bythqweth ny glôwys vy tra vÿth a'n sort-na hyntys kyns, me a lever dhywgh."

"Dar, a ny wrugo why? Saw y fedha leverys, me a wor yn tâ ha gans moy ès udn den. Rag Mêstresyk Godby a dherivas dhe Vêstresyk Sparks, na alsa den vëth dascor benyn kepar ha Mêstresyk Morton, gans hy fortyn a deg mil buns warn ugans, rag Lûcy Steele, na's teves tra vëth i'n bës. Ha me ow honen a'n clôwas dhyworth Mêstresyk Sparks. Ha pelha ow henderow Rechat a leverys y honen, pàn dheffa an prës, ev dhe dhowtya Mêster Ferrars dhe dhepartya. Ha pàn na wrug Edward dos nes dhyn dres try jorna, ny wodhyen pandr'o res dhybm ow honen predery; ha me a grës fatell gemeras Lûcy dyglon, rag ny a asas chy agas broder de Merher, ha ny welsyn ny tra vëth anodho de Yow, de Gwener ha de Sadorn ha nyns o godhvedhys genen pandra wharva dhodho. Lûcy a bredery y whre hy screfa dhodho, saw ena hy erviras heb gwil indelha. Saw hedhyw myttyn ev a dheuth dhyn, wosa ny dhe dhewheles dhyworth an eglos; hag y feu va oll dyscudhys, fatell veu va kerhys de Merher dhe Strêt Harley, ha fatell wrug y vabm hag y oll côwsel orto, ha fatell wrug ev declarya dhe genyver onen anodhans nag esa ev ow cara ma's Lûcy yn udnyk; ha na vydna ev demedhy ma's Lûcy only. Ha fatell veu va mar ancrêsys der an pëth o wharvedhys, may whrug ev, kettel dhepartyas ev dhyworth chy y vabm, ascendya wàr y vargh ha marhogeth aberth i'n pow bys in neb tyller ha fatell wrug ev ôstya in tavern de Yow ha de Gwener yn tien, rag omwelhe. Ha warlergh ombredery arta hag arta, yth hevelly dhodho, drefen na'n jeva ev fortyn vëth, ha nag era tra vëth dodho, y fia cruel hy gwetha dh'y fromys, rag ny via hedna ma's coll dhedhy, rag nag era dodha ma's dyw vil buns, hag ev heb govenek vëth a dra vëth aral; hag a pe va gwrÿs prownter, dell era ev ow porposya, na alja ev cawas ma's soodh cûrat, ha fatl'aljens y bêwa wàr hodna? Poos o ganso predery anedhy heb gallos gwil gwell rygthy hy honen, hag ytho ev a besys, mars o an lyha whans dhedhy, dhe dhewedha an negys heb let, ha'y asa dhe omweres y honen oll. Mc a'n clôwas ow laveral hedna oll mar apert dell ylly bos. Ha fatell o rag hy herensa hy yn tien a leverys ev tra ow tùchya kescar, adar rag y gerensa y honen. Me a vydn tia na ùttras ev ger vëth a vos sqwith anedhy nag a'y volùnjeth dhe dhemedhy Mêstresyk Morton, pò tra vëth pecar. Saw in gwir ny vydna Lûcy goslowes orth cows a'n par-na; ytho hy a dherivas dhe blebmyk (warbarth gans meur a wheg ha sergh, why a wor, ha taclow a'n sort— ogh, ria! Na ell nebonen daslaveral an geryow-na, why a wor)—hy a leverys dhodho strait nag o hy ervirys poynt dhe gescar; ha fatell ylly hy bêwa wàr sùmen vunys, na fors pana vian a vedha y begans, hy a vedha pòr lowen dh'y gawas yn tien, why a wor, pò neppëth pecar. Ena ev a veu uthyk lowen hag a gôwsas termyn pell adro dhe'n pëth a dalvia dhodhans gwil; hag anjy a acordyas y codhvia dhodho bos ornys dystowgh, ha res vedha dhodhans gortos dhe vos demedhys, erna wrella va cawas benfys. Hag i'n eur-na poran na yllyn vy clôwes tra vëth pelha rag ow henderow awoles a elwys warnaf rag laveral dhybm fatell o devedhys Mêstres Rychardson in hy haryach, ha hy dhe gemeres onen ahanan dhe Lowarthow Kensyngton; rag hedna me a veu constrînys dhe entra i'n rom ha goderry aga hescows, ha dhe wovyn orth Lûcy, mars o hy whensy dhe dhos genen, saw gwell o gensy remainya gans Edward; rag hedna me a bonyas an stairys in bàn ha gorra adro dhym lodrow owrlyn hag a dhepartyas gans teylu Rychardson."

"Ny worama convedhes pandr'esowgh why ow styrya gans 'goderry'," yn medh Elynor. "Yth esowgh why oll warbarth in udn rom, a nyns esowgh?"

"Nag eron ny poynt. Ria! A Vêstresyk Dashwood, erowgh why ow predery fatell eus pobel ow vossawya sergh, pàn vo nebonen aral i'n company? Ogh, rag sham!—Yn sur why a wor gwell ès hedna." (ow fug-wherthyn)—"Nâ, nâ, anjy o degës warbarth i'n parleth, ha ny glôwys vÿ tra vëth ma's dre woslowes orth an daras."

"Pywa!" Elynor a grias, "esowgh why o tasleverel taclow na wrussowgh why desky agas honen marnas dre woslowes orth an daras? Drog yw genef na wodhyen vy hedna kyns; rag yn certan ny vynsen vy alowa dhywgh ry manylyon a gescows na dalvia dhywgh clôwes agas honen. Fatl'yllowgh why omdhon mar gabmhensek tro ha'gas whor?"

"Ô, ria! Nyns yw tra vëth hedna. Ny wrug avy ma's saval orth an daras ha clôwes an pëth a yllyn. Me yw sur 'tell wrussa Lûcy an keth

Dre woslowes orth an daras.

tra dhe vy. Nanj yw bledhen pò dyw, pan esa kebmys taclow sêcret
inter Martha Sharpe ha me, ny wre Lûcy byscath hockya dhe geles hy
honen i'n dhylasva pò adhelergh dhe vord chymbla, may halla hy
clôwes agan geryow."

Elynor a whelas côwsel a gen devnyth; saw ny ylly Mêstresyk Steele
bos gwethys moy ès nebes mynys dhyworth an mater moyha a bris in
hy fedn.

"Yma Edward ow côwsel a varhogeth dhe Resohen yn scon," yn
medh hy, "saw i'n tor'-ma yma va owth ôstya in Nùmber —, Pall Mall.
Ass yw drog gnas y vabm, a nag yw? Ha'gas broder ha'gas whor—nag
yns y re garadow! Ny vanama laveral travëth wàr aga fydn dhe why; ha
rag derivas an gwiryoneth anjy a wrug gàn danvon tre in aga haryach
aga honen, ha nag eren ny ow qwetyas hedna. Hag i'm kever ow
honen yth o own dhybm fatell vydna agas whor reqwîrya dhyworthyn
an daffar najedhow a ros hy dhe bùbonen ahanan nebes dedhyow
kyns; saw na veu tra vëth leverys adro dhodhans. Edward a lever bos
neb negys dhodho in Resohen, hag ytho bos res dhodho mos dy rag
prës; ha warlergh hedna, kettel vo va abyl dhe dhierbyn ispak, ev a
vëdh gwres prownter. Na worama pana soodh cùrat a wra va dendyl!
Re Dhuw a'm ros," (ow fug-wherthyn ha hy ow côwsel) "ow gaja dhe
why, me dhe wodhvos pandra vedn laveral ow henytherewy, pàn
wrellons clôwes a'n dra. Anjy a vedn laveral dhybm y coodh dhybm
screfa dhe'n Doctour, may whrella ev ry dhe Edward soodh cûrat in y
venfys nowyth. Me a wor anjy dhe laveral hedna; saw sur oma na
wrama tra pecar rag oll an bës. 'Ria' me a vydn laveral dewhans, 'Na
worama prag yth erowgh why ow laveral tra pecar ha hedna? Me dhe
screfa dhe'n Doctour in gwir!' "

"Wèl," yn medh Elynor, "confort yw dhywgh bos preparys rag an
lacka tra. Yma dhywgh parys agas gorthyp."

Yth esa Mêstresyk Steele ow mos dhe wortheby ow tùchya an keth
mater, saw devedhyans hy bagas hy honen a wrug dhedhy ry gortheby
in fordh aral.

Ô, ria! Ot obma teylu Rychardson. Me a'm beu meur aral dhe
dherivas dhe why, saw ny allama gortos dhywortans mynysen pelha.
Me a lever dhe why fatell yns y pobel vryntyn. Yma va ow qwil
crugyow a vona, hag yma dhodhans aga haryach aga honen. Na allama
côwsel gans Mêstres Jenyngs adro dhe hedna i'n tor'-ma saw mar plêk,
leverowgh dhedhy bos dâ genef clôwes nag yw hy serrys wàr agan
pydn, ha'n keth tra dhe Arlodhes Myddelton. Ha mar qwra tra vëth
wharvos dhe gàs kemeres why dhyworty, why ha'gas whor, ha mar
pëdh Mêstres Jenyngs ow tesîrya cowethas, me yw certan ny dhe vos

fest lowen dhe dhos hag ôstya gensy mar bell dell vo dâ gensy. Me a sopos na wra Arlodhes Myddelton agan gelwel arta an prës-ma. Farwèl. Drog yw genef vy na veu obma Mêstresyk Mary-Àn. Gwrewgh ow remembra yn caradow dhedhy. Ria, yma agas padn Mossùl brith adro dhe why! Marth yw genef nag erowgh ow kemeres own y dhe vos sqwerdys."

Hedna a veu bern dhedhy ha hy ow tyberth; rag wosa hedna ny gafas hy termyn ma's dhe leverel farwèl dhe Vêstres Jenyngs, kyns ès Mêstres Rychardson dhe erhy hy attendyans orty. Ytho y feu Elynor gesys gans skians a ylly sostena hy frederow dres nebes dedhyow, kyn na wrug hy desky meur moy ès dell o dargenys gensy solabrŷs. Demedhyans Edward gans Lûcy o mar fast ervirys ès bythqweth, saw an jëdh rag y gollenwel whath ùncoth dhedhy dell esa hy ow tesmygy; yth esa kenyver tra ow powes wàr an benfys a wre Edward cafos, ha dell o taclow i'n eur-na, nyns o lyckly hedna poynt.

Mar scon dell wrussons y dewheles dh'aga haryach, Mêstres Jenyngs a veu fest whensys dhe glôwes oll an nowodhow; saw drefen Elynor dhe breferrya heb lêsa adro manylyon neb a veu kefys in maner dhygompes, hy a wrug lymytya hy honen dhe dhasleverel kebmys taclow munys a via Lûcy, rag hy roweth hy honen, parys dhe vos godhvedhys. Yth esa an colm intredhans ow turya, ha'n fordh rag y dhewedha, a veu oll an derivas a ros Elynor dhe Vêstres Jenyngs. Wosa aga clôwes Mêstres Jenyngs a leverys an geryow-ma,

"Gortos erna wrella va cafos benfys!—eâ, ny a wor yn tâ fatla wra hedna gorfedna; y a vydn gortos bledhen hag a wra dyscudha nag o an gortos a les. Rag hedna y a wra acordya ev dhe vos cûrat wàr hanter-cans puns i'n vledhen, ha gans an oker dhyworth y dhyw vil buns, ha'n bohes mona a yll Mêster Steele ha Mêster Pratt ry dhedhy. Ena y a vydn cafos flogh kenyver bledhen. Ha Duw dh'aga gweres, assa vedhons y bohosak! Me a dâl gweles pygebmys a allama ry dhedhans rag aga chy. Dyw vowes ha dew was, in gwir, dell esen vy ow leverel namnygen! Nâ, nâ, y a dal cafos mowes crev rag pùb ober. Ny wra whor Betty aga servya i'n tor'-ma."

Ternos vyttyn y feu lyther delyfrys dhe Elynor gans an post dyw dheneren. Screfys o gans Lûcy hy honen. Yth o va indelma:

"Byldyansow Bartlett, mis Merth.

"Yma govenek dhybm, a Vêstresyk Dashwood wheg, why dhe ascûsya dhybm an franchys a screfa dhywgh; saw me a wor agas cowethyans genama ha gans Edward ker, a wra agas gwil

lowen dhe glôwes acownt dâ ahanama hag a'm Edward
meurgerys, wosa oll an anken a wrugo ny sùffra agensow. Rag
hedna na wrama na moy dyharas, saw me a vedn procêdya dhe
laveral, gromercy dhe Dhuw! kyn wrugo ny godhevel, ny agan
dyw i'n tor'-ma th'eron ny in poynt dâ ha lowenek, dell yw
ewn, i'n agan kerensa rag y gela. Ny re gawas anken ha
tormentyans brâs; saw bytegyns, th'eron ny owth ajwan lies
cothman, ha nag owgh why agas honen an cothman byhadnha
in aga mesk, ha me a wra nefra remembra agas caradôwder,
hag Edward a wra y remembra kefrÿs. Me yw certan fatell
vëdh dâ dhe why ha dhe Vêstres Jenyngs wheg clôwes, me
dhe bassya dew our ganso dohajëdh de. Na garsa ev clôwes
a'gan kescar, kyn whrug vy y inia, dodho dell o ow devar, ha
me a vynsa departya dhyworto heb let, a pe va parys; saw ev a
lavaras na vedna ev nefra y alowa; nag o bern dhodho sorr y
vabm, hadre ve ow herensa vy dhodho. Nag yw re spladn an
dedhyow dhyragon, in gwir, saw res yw dhyn gortos, ha meras
in rag ow qwetyas termyn gwell. Ev a vëdh gwrës prownter
kyns pell. hag a pewgh why nefra abyl dh'y gomendya dhe
nebonen a vo benfys dhodho dhe rauntya, me yw certan na
wrewgh why nefra gàn ankevy, ha Mêstres Jenyngs wheg
inwedh, th'eroma ow trestya hy dhe laveral ger dâ ragon ny
dhe Syr Jowan pò dhe Vêster Palmer, poken dhe nebonen aral
a alja gwil gweres dhyn. Anne druan o meur dhe vlâmya, rag
an dra a wrug hy saw hy a'n gwrug rag gàn les, rag hedna nag
eroma ow laveral tra vëth, Yma govenek dhe vy na wra
Mêstres Jenyngs y gonsydra re gàn vysytya neb termyn, mar
teffa hy ha dos an fordh-ma myttyn vëth. Hedna a via
caradôwder brâs ha'm kenytherew a via pòr lowen dh'y ajwon.
Yma ow faper ow remembra dhybm bos res conclûdya; hag ow
pesy dhe vos remembrys gans meur revrons dhe Vêstres
Jenyngs, ha dhe Syr Jowan ha dhe Arlodhes Myddelton, ha
dhe'n flehes ker, pàn wrelllowgh why gà gweles, ha kerensa
dhe Vêstresyk Mary-Àn,

"Me yw, h.e."

Kettel veu an lyther redys gans Elynor, he a wrug an dra esa hy ow
cresy bos gwir-dowl an screfores, ha hy a's settyas inter dêwla Mêstres,
Jenyngs. Ha hy a'n redyas gans lies ger a brais hag a gontentyans.
"Pòr dhâ in gwir!—Ass yw teg hy fordh a screfa!—Eâ, hedna o
compes lowr dhe asa dhodho departya dhyworty, a pe va whensys.

Hèn o poran kepar ha Lûcy. An vowes truan! Assa via dâ genef cafos benfys dhodho heb dowt vŷth. Yma hy worth ow gelwel Mêstres Jenyngs wheg, why a wel. Hy yw mowes larj hy holon. Pòr dhâ, wàr ow enef. Yth yw an lavar-na screfys pòr deg. Eâ, eâ, me a vydn hy vysytya surly. Ass usy hy owth attendya dhe bùbonen!—Gromercy dhis, a guv colon a'y dhysqwedhes dhybm. Yth yw lyther mar deg dell welys vy bythqweth, hag yma pedn ha colon Lûcy ow tendyl prais brâs ragtho."

Chaptra XXXIX

Yth esa Mêstresygow Dashwood nebes moy ès dew vis in Loundres, hag yth esa whans Mary-Àn dhe dhyberth owth encressya kenyver jorna. Ow whansa rag air, franchys ha cosoleth an pow; yth esa hy ow cresy, mar kylly tyller vŷth ry ês dhedhy, an tyller-na o Barton. Mar dhâ ogasty o gans Elynor dhe dhepartya, saw hy a wely an caleterow in aga dyberth ha'n viaj mar hir, na vydna Mary-Àn aswon màn. Elynor a dhalathas bytegyns trailya hy frederow tro ha collenwel an viaj. Hy a wrug compla an negys dh'aga ôstes hegar, neb a wre sevel wàr aga fydn gans oll helavarder hy haradôwder. Ha hy a gomendyas towl dhedhans, neb a vydna aga gwetha pelha dhyworth aga chy aga honen, saw a hevelly dhe Elynor dhe vos furha ès ken towl vŷth. Mêster ha Mêstres Palmer a vydna môvya bys in Clêvlond adro dhe worfen Merth, rag degolyow an Pask; ha Mêstres Jenyngs gans hy dyw gowethes a recêvas galow gwresek dhyworth Charlotte dhe viajya gansans. Ny via hedna lowr rag brŷs fin Mêstresyk Dashwood, saw y feu va inies dre gortesy brâs gans Mêster Palmer y honen. Abàn wrug ev ùnderstondya Mary-Àn dhe vos morethek, y fara in aga hever o fest amendys, ha hedna a wrug dhe Elynor degemeres an galow gans plesour.

Pàn dherivas hy dhe Mary-Àn pandr'o gwrŷs gensy, ny veu hy plêsys.

"Clêvlond!" —hy a grias, amôvys brâs, "Nâ, ny allama mos dhe Clêvlond."

"Yth esta owth ankevy," yn medh Elynor yn clor, "nag usy an plâss-na—nag usy ogas dhe—"

"Saw yma va in Gwlas an Hâv.—Ny allama mos dhe Wlas an Hâv.— An tyller, en vy whensys dhe vos dy…Nâ, Elynor, ny ylta gwetyas me dhe viajya dy."

Ny wrug Elynor argya ow tùchya an furneth a fetha emôcyons kepar ha hedna;—ny wrug hy ma's assaya dh'aga fetha dre inia taclow erel wàr hy whor; —hy a'n declaryas ytho dhe vos towl a vydna fastya an termyn may fedha hy ow tewheles dh'y mabm wheg, in maner moy êsy, moy attês ès ken fordh vÿth; ha martesen heb moy dylâtyans kefrÿs. Nyns o Clêvlond ma's nebes mildiryow dhyworth Brystol, ha nyns o va pell dhyworth Barton ma's viaj udn jëdh hir; ha martesen servont hy mabm a ylly dos rag aga herhes in Clêvlond. Pelha drefen na alsens gortos meur moy ès seythen i'n plâss, y a alsa bos in tre kyns ès pedn teyr seythen. Drefen kerensa Mary-Àn rag hy mabm dhe vos gwiryon pur, res o hodna dhe fetha an drog desmygys a veu dalethys gensy.

Nyns o Mêstres Jenyngs sqwith a'y ôstyadesow, ha hy a's inias yn tywysyk dhe dheweles gensy dhe Loundres dhyworth Clêvlond. Elynor a ros grâssow dhedhy a'n attendyans, saw ny ylly Mêstres Jenyngs chaunjya hy ervirans. Ha warlergh cafos acord aga mabm, y feu pùptra restrys ow tùchya aga dewhelyans dhedhy. Mary-Àn hy honen a gafas nebes confort ow reckna an ourys a wre hy hescar dhyworth Barton.

"Â, a Gornal, ny worama pandra wren ny gwil heb Mestresygow Dashwood," a veu kensa lavar Mêstres Jenyngs pàn wrug ev aga vysytya, warlergh aga dyberth dhe vos arayes—"rag y yw determys dhe vos tre dhyworth chy Mêster Palmer. Assa vedhyn ny morethek, pàn wryllyf dewheles! A Dhuw, why ha me, ny a vydn esedha ha meras gwag orth y gela, mar dhylym avell dyw gath."

Martesen yth esa Mêstres Jenyngs ow qwetyas der an pyctour-na a'ga sqwîthter i'n dedhyow dhe dhos, dh'y sordya dhe wil an offrans-na a vydna y dhelyfrya dhyworto. Mars o taclow indelha, yn scon hy a gafas rêson dâ dhe bredery fatell o kefys hy thowl. Pàn wrug Elynor gwaya dhe'n fenester rag musura dhe well myns neb prynt, esa hy ervirys dhe gopia rag hy howeth, ev a's sewyas gans golok leun a vênyng, hag a gescowsas gensy ena nebes mynys. Ny ylly naneyl heb merkya effeth an kescows-na wàr an venyn yonk. Kynth o hy re wordhy dhe woslowes, ha dre dowl ma na wrella hy clôwes, hy a jaunjyas hy chair bys i'n pyanô mayth esa Mary-Àn ow seny, ny ylly hy gwetha hy honen rag merkya fatell wrug bejeth Elynor chaunjya lyw, ha fatell veu hy frobmys, ha hy ow coslowes mar freth orth y eryow may cessyas hy hy ober. Pelha rag crefhe hy govenek, pàn esa Mary-Àn ow trailya dhyworth udn darn a vûsyk dh'y gela, nebes geryow a'n Cornal a dheuth dh'y scovarnow. Ev a hevelly bos ow tyharas ow tùchya drogstât y jy. Hedna a gonclûdyas an negys heb dowt vÿth. Rag leverel an gwiryoneth, Mêstres Jenyngs a wrug marthùjyon ev dhe gonsydra bos otham a'n om-ascûsyans; saw hy a soposyas y vos an omdhegyans compes. Ny wrug hy merkya pandra veu gorthyp Elynor, saw ow jùjya dhyworth môcyon hy gwessyow, nyns esa Elynor ow

cresy hedna dhe vos tra vrâs warbydn an mater; ha Mêstres Jenyngs a
wrug hy homendya in hy fedn, drefen hy dhe vos mar wiryon.
Warlergh hedna y a gescowsas nebes mynys moy heb hy dhe gachya
sylaben. Saw stop aral in mûsyk Mary-Àn a dhros dhedhy an geryow-
ma in lev clor an Cornal,—

"Drog yw genef, saw ny ylla wharvos fest scon."
Sowthenys ha diegrys dre gows mar bell dhyworth geryow caror,
namna veu Mêstres Jenyngs parys dhe gria in mes, "A Dhuw, pandra
vynsa y lettya?"—saw hy a jeckyas hy bolùnjeth ha ny wrug hy mas's
leverel dhedhy hy honen—

"Hèm yw fest coynt!—surly nyns yw res dhodho gortos erna vo ev
cotha."
Dell esa owth hevelly, ny veu cowethes teg an Cornal offendys na
serrys poynt, drefen ev dhe vydnes strechya. Pàn wrussons y dewedha
an kescows, ha kescar, Mêstres Jenyngs a glôwas cler fatell leverys
Elynor in lev clor—

"Me a vydn nefra consydra ow honen in kendon dhywgh."
Mêstres Jenyngs a veu delîtys gans hy grâssow, ha hy a wrug
marthùjyon warlergh clôwes lavar a'n par-na, y hylly an Cornal
departya dhywortans, kepar dell wrug ev dystowgh, clor y
omdhegyans ha heb hy gortheby! Ny alsa hy bythqweth predery y
hylly hy hothman coth bos tantor mar vygyl.

An kescows intredhans a veu kepar dell usy ow sewya—
"Me re glôwas," yn medh ev, meur y dregereth, "an anjùstys sùffrys
gans agas cothman Mêster Ferrars dhyworth y deylu. Mars esoma ow
convedhes an mater yn ewn, ev re beu trehys dhyworth y deylu yn tien
drefen ev dhe dhurya gans ambos demedhyans dhe venyn yonk
wordhy. A wrug vy clôwes an gwiryoneth?"
Elynor a leverys dhodho fatell veu an gwiryoneth derivys dhodho.
"Ass yw uthyk an cruelta, an cruelta anfur," ev a worthebys, meur y
emôcyon, "a gescar, pò a whelas kescar, den yonk ha benyn yonk, hag
y ow cara y gela termyn pell! Ny wor Mêstres Ferrars pandr'usy hy ow
qwil—pandra vydn gwil hy mab dre rêson a gwythres anwhek. Me re
welas Mêster Ferrars unweyth pò dywweyth in Strêt Harley, ha me a
veu plêsys brâs ganso. Nyns ywa an sort den yonk a yll nebonen aswon
yn town yn udnyk wosa termyn cot, saw me re'n gwelas menowgh
lowr dhe whansa fortyn dâ dhodho rag y gerensa y honen, hag avell
cothman dhywgh why, yth esoma worth y whansa dhe voy. Yth esoma
ow convedhes y vos intendys dhe vos ornys prownter. A vydnowgh bos
mar dhâ dhe leverel dhodho fatell yll ev cafos dhyworthyf benfys
Delaford, nowyth gwag, dell dheskys vy dhyworth lyther hedhyw

myttyn. Drefen ev dhe vos in drog-stât i'n tor'-ma, anfur via dowtya ev dhe vos parys dh'y sconya. Soodh rector ywa, saw onen vian. Ny wre an prownter dewetha dendyl ma's £200 i'n vledhen. Kynth yll an benfys bos gwelhës, yma own dhybm, na yll an soodh bos amendys mar vrâs dhe ry dhodho pegans attês. Kepar dell ywa, bytegyns, yma plesour dhym y offra dhodho. Me a'gas pŷs a'y assûrya a hedna."

Scant ny alsa Elynor bos moy sowthenys gans an comyssyon-na, a pe an Cornal in gwir owth offra y dhorn dhedhy. An avauncyans, esa hy ow predery dhe vos dywaityans rag Edward de, o provies dhodho solabrŷs, hag ev a alsa lebmyn demedhy—ha hy a oll pobel i'n bŷs o hodna a dalvia ry an nowodhow dhodho! Hy emôcyon o brâs saw a ehen dyffrans dhyworth hodna ascrîbys dhedhy gans Mêstres Jenyngs. Pynag oll brederow le glanyth, a ylly kemeres radn i'n emôcyon-na, hy a glôwas inhy worshyp rag caradôwder Cornal Brandon ha grâssow rag y gerensa specyal dhedhy hy honen, ha hy a dheclaryas an re-na yn egerys. Hy a aswonas grâssow dhodho a leungolon ha côwsel a wrug hy a dhader Edward hag a'y natur gans an prais o dendylys ganso. Pelha hy a bromyssyas dhe gollenwel an comyssyon gans meur plesour, mars o Cornal Brandon in gwir ervirys dhe ry an devar dhe nebonen ken ès y honen. Saw i'n kettermyn, ny ylly hy ma's tyby na alsa den vŷth dry an messach dhodho mar dhâ avello y honen. Wàr verr lavarow nyns o hy whensys dhe ry pain dhe Edward der y worra in kendon dhedhy hy honen, ha hy a via lowen dhe vos delyfrys a'n ober. Saw Cornal Brandon, dre rêson a'y vos whensys scappya dhyworth an devar, a garsa yn frâs may whrella hy dry an messach dhe Edward. Rag hedna ny vydna hy leverel tra vŷth warbydn an dûta. Yth esa hy ow cresy Edward dhe vos in Loundres whath; i'n gwelha prŷs hy a glôwas hedna dhyworth Mêstresyk Steele. Elynor ytho a ylly dry an messach dhe Edward ajy dhe'n very dëdh-na. Wosa hedna dhe vos restrys intredhans, Cornal Brandon a dhalathas côwsel a'n prow dhodho y honen a gafos kentrevak mar wordhy ha mar hegar. Hag ena an Cornal a leverys fatell o bian an chy nag esa in poynt dâ. Hedna a veu droktra nag o bern dhe Elynor, dell wrug Mêstres Jenyngs soposya, ow tùchya y vrâster.

"Ny allama desmygy dysconfort dhodhans" yn medh hy, "in myns bian an chy. Rag y fŷdh kemusur gans aga theylu ha'ga mona."

Dre hedna, dell dhyscudhas an Cornal, yth esa Elynor ow cresy maryach Mêster Ferrars dhe vos an sewyans certan a'n benfys. Nyns esa ev y honen ow tyby y hylly benfys Delaford provia pegans lowr rag den in y stât ev dhe dhemedhy warnodho.

"Ny yll an rectorjy bian-ma gwil moy ès dhe rendra Mêster Ferrars attês avell bacheler. Ny yll an soodh alowa dhodho demedhy. Drog yw genef fatell usy ow thasegyans ow tewedha gans hebma. Saw mar qwra wharvos, dre neb chauns, me dhe allos y servya pelha, me a vydn predery in fordh dhyffrans dhyworth ow opynyon present. Rag yn certan me a vŷdh whensys pùpprës dhe vos a weres dhodho. An pŷth ervirys genef lebmyn, yma va owth hevelly tra vunys dhybm, rag ny yll ev y avauncya ma's bohes tro ha'y jîf-towl, ev dhe dhemedhy. Y varyach a dal remainya tra dâ abell i'n dedhyow usy ow tos, dhe'n lyha me a grŷs na yll ev demedhy yn scon."

Hedna a veu an lavar a wrug offendya brŷs fin Mêstres Jenyngs kebmys, pàn wrug hy y vyskemeres. Saw wosa an narracyon a'n gwirgows inter Cornal Brandon hag Elynor, hag y ow sevel ryb an fenester, an grâss rŷs gans Elynor pàn wrug ev dyberth, a wra martesen apperya mar dhâ dyfunys ha mar dhâ dheclarys avell pàn ve va sordys dre offrans dhedhy a dhemedhyans.

Chaptra XL

"Wèl, a Vêstresyk Dashwood," yn medh Mêstres Jenyngs, ow minwherthyn yn sley, kettel veu gyllys an den jentyl, "ny vanaf vy govyn pandr'esa an Cornal ow leverel dhywgh; wàr ow onour me a whelas sensy in mes a glôwans, saw ny yllyn heb cachya lowr dhe gonvedhes y negys. Ha me a lever dhywgh, na veuma bythqweth moy plêsys in oll ow bêwnans, hag yth esoma worth agas keslowenhe a leungolon."

"Gromercy, a venyn vas," yn medh Elynor. "Yth yw mater a joy brâs dhybm, hag yth esoma ow sensy dader Cornal Brandon yn crev. Nyns eus meur a dus a vynsa omdhon kepar hag ev. Bohes yw an dus a's teves colon mar druedhek! Ny veuma mar sowthenys in oll ow dedhyow."

"Ria, a garadow, ass owgh why uvel! Nyns oma sowthenys poynt, rag me re beu ow predery agensow nag esa tra vÿth mar lyckly dhe wharvos."

"Why a wrug jùjya dhyworth agas skians a garadôwder an Cornal dre vrâs, saw dhe'n lyha ny yllewgh why profusa fatell wre an chauns dos mar scon."

"Chauns!" yn medh Mêstres Jenyngs arta—"Ow tùchya hedna, pàn vo neb tra ervirys gans den, ev a vydn cafos an chauns udn fordh pò fordh aral. Wèl, a garadow, me a vydn agas keslowenhe arta hag arta. Ha mara peu kespar lowenek i'n bÿs, me a grÿs fatell worama an tyller ewn rag aga throuvya."

"Why yw porposys dhe viajya dhe Delaford wàr aga lergh, me a sopos," yn medh Elynor, gwadn hy minwharth.

"Eâ, esof yn gwir. Hag ow tùchya an chy dhe vos in drog-stât, ny worama pandr'o mênys gans an Cornal, rag yth yw an chy mar dhâ avell chy vÿth a welys vy bythqweth."

"Ev a leverys bos res a êwnans."

"Wèl, pyw yw dhe vlâmya rag hedna? Prag na wra va y êwna y honen?—pya a dalvia y wil avês dhodho y honen?"

Y feu an kescows terrys gans an servont neb a entras dhe dheclarya bos an caryach orth an daras. Mêstres Jenyngs a wrug parusy dystowgh dhe dhyberth ha leverel—

"Wèl, a garadow, res yw dhybm departya kyns ès me dhe gôwsel a hanter an negys. Saw, ny a yll côwsel adro dhe'n mater yn tien haneth, rag ny a vÿdh agan honen oll. Ny vanaf vy agas pesy dhe dhos genef, rag dre lycklod agas pedn yw re leun a'n whedhel dhe gara company; ha pelha yth owgh why whensys dhe dherivas an mater dh'agas whor."

Mary-Àn o gyllys in mes a'n rom kyns ès an kescows dhe dhallath.

"Surly, a vadama, me a vydn y leverel dhe Mary-Àn, saw ny vanaf côwsel orth ken person vÿth i'n present termyn adro dhodho."

"Ô, dâ lowr," yn medh Mêstres Jenyngs ha hy nebes tùllys. "Ena gwell via genowgh na wrellen y gompla dhe Lûcy, rag yth esoma porposys dhe dhrîvya mar bell avell Hôlborn hedhyw."

"Na wrewgh, a vadama, na wrewgh y gompla dhe Lûcy kyn fe, me a'gas pÿs. Ny wra dylâtyans udn jëdh gwil meur a dhyffrans. Hag erna wryllyf screfa dhe Vêster Ferrars, me a grÿs nag yw ewn dhe gompla an negys dhe bobel erel. Me a vydn gwil hedna heb let. Gwell yw na vedha termyn vÿth kellys ganso, rag ev heb mar a'n jevyth meur dhe wil ow tùchya y vos ornys prownter."

Kyns oll an lavar-na a sowthanas Mêstres Jenyngs yn frâs. Prag y talvia Mêster Ferrars cafos lyther wàr hast adro dhe'n mater, ny ylly hy percêvya. Warlergh ombredery tecken bytegyns, hy a gonvedhas, ha hy a grias;—

"Dar—me a wor convedhes. Mêster Ferrars a dal bos an den. Wèl, dhe well ragtho. Eâ, dhe vos certan, res yw dhodho bos ornys dhyrag dorn; ha me yw pòr lowen dhe wodhvos bos taclow mar bell avauncys intredhowgh. Saw a nyns yw hebma nebes warbydn natur an Cornal? A ny godhvia dhe'n Cornal screfa an lyther y honen?—In gwir ev yw an person compes."

Ny wrug Elynor convedhes an dallath a gows Mêstres Jenyngs, saw ny brederys hy naneyl, y talvia dhedhy govyn; rag hedna ny worthebys hy ma's dyweth an lavar.

"Cornal Brandon yw den mar fin y vrÿs, mayth yw gwell dhodho nebonen aral dhe dheclarya y borpos dhe Vêster Ferrars y honen."

"Hag ytho why yw constrînys dh'y wil. Wèl, hèn yw an fînder coynt! Saw ny wrama agas ania" (orth hy gweles ow preparya dhe screfa). "Why a wor gwelha agas towlow agas honen. Duw genowgh, a guv colon. Ny wrug vy clôwes tra dhe'm plêsya moy, dhia bàn veu Charlotte drÿs dh'y golovas."

Ha hy êth in kerdh, saw ow tewheles pols cot wosa hedna,

"Me re beu ow predery namnygen a whor Betty, a garadow. Me a via pòr lowen dhe gafos mêstres dâ dhedhy. Saw ny worama mar qwra hy servya avel mowes arlodhes. Hy yw mowes chy dâ dres ehen hag yma hy ow lavurya pòr dhâ gans hy najeth. Saw a why predery a oll hedna in termyn syger."

"Yn certan, a venyn dhâ," Elynor a worthebys, heb clôwes meur a eryow Mêstres Jenyngs. Moy whensys o hy dhe vos dygoweth ès dhe gonvedhes an negys yn tien. In pana fordh a godhvia dhedhy dallath—in pana fordh a vydna hy frâmya hy lavarow in hy nôten dhe Edward? Nyns o ma's hedna bern dhedhy. An cyrcùmstancys intredhans a wrug caletter a'n dra a via fest sempel gans ken onen vŷth. Saw yth esa hy owth owna dhe leverel re pò re vohes. Hy a esedhas a ugh an paper, pluven in hy dorn, pàn veu hy sowthenys dre entrans Edward y honen.

Ev a vetyas Mêstres Jenyngs orth an daras ha hy ow mos dh'y haryach, rag ev o devedhys dhe asa y garten farwèl; ha hy, wosa dyharas na ylly hy dewheles ganso, a wrug y gonstrîna dhe entra in udn leverel bos Mêstresyk avàn ha hy whensys dhe gôwsel orto ow tùchya mater a bris.

In oll hy ancombrynsy yth esa Elynor orth y honfortya hy honen, kynth o cales screfa lyther, nag o res dhedhy ry an nowodhow dhodho orth y anow. Saw ena hy vysytyor a entras, dhe inia an devar uthyk brâs-na orty. Hy a veu sowthenys ha confùndys yn uthyk der y dhevedhyans sodyn. Ny wrug hy y weles abàn veu godhvedhys dhe bùboen ev ha Lûcy dhe vos ambosys dhe dhemedhy. Rag hedna hy a wrug omglôwes fest anês, dre rêson a'n nowodhow o res dhedhy kemenessa ganso. Ev inwedh a veu fest ancrêsys; hag y a esedhas warbarth, y aga dew in ancombrynsy scruthus.—Ny remembras ev mar qwrug ev pesy gyvyans rag hy ania, pàn entras ev i'n rom kyns oll, saw ervirys dhe vos salow i'n mater-na, ev a wrug omdhyvlâmya kettel vowns y esedhys.

"Mêstres Jenyngs a a dherivas dhybm," yn medh ev, "fatell ewgh why whensys dhe gôwsel orthyf, pò dhe'n lyha me a's ùnderstondyas indelha—poken ny vynsen agas ania indelma. Ny via dâ genef, bytegyns, gasa Loundres heb agas gweles why ha gweles agas whor. Spessly drefen y fŷdh termyn hir kyns ès me dhe gafos an plesour a'gas gweles arta. Me a wra mos dhe Resohen avorow."

"Saw surly ny vynsowgh why dyberth," yn medh Elynor, ow crefhe hy honen ha hy determys dhe collenwel scaffa gylly an devar o mar hâtys gensy, "heb recêva agan gormynadow gwelha, mar ny vien ny abyl dh'aga ry dhywgh in person. Mêstres Jenyngs a leverys an gwiryoneth. Yma dhybm neb tra a bris brâs dhe dheclarya dhywgh, hag yth esen vy parys namnygen dh'y dherivas dhywgh dre lyther. Y feu rÿs dhybm carg fèst caradow;" (ha hy owth anella dhe voy uskys) "Cornal Brandon, neb a veu obma termyn cot alebma, re'm pesys dhe leverel dhywgh, dre rêson why dhe vos porposys dhe recêva ordrys avell prownter, y vos plêsys dhe offra dhywgh benfys Delaford, neb a godhas gwag agensow. Trueth yw ganso kefrÿs nag ywa a valew moy. Gesowgh dhybm dh'agas keslowenhe awos bos dhywgh cothman mar wordhy ha mar dhoth. Gevowgh vy inwedh dhe leverel fatell yw drog genef vy, kepar dell yw ganso ev, nag yw an benfys brâssa y valew— adro dhe dhew cans puns i'n vledhen, rag i'n eur-na an benfys a via moy ès soodh rag tro—ha wàr verr lavarow, an tyller a alsa agas fastya why in stât a bùb lowena."

Ny ylly Edward gorra in geryow pÿth esa ev ow clôwes inho, ha dre rêson a hedna, ny yllyr gwetyas nebonen aral dh'y leverel ragtho. Ev a apperyas dhe vos fest sowthenys der an nowodhow nag esa ev ow qwetyas, saw ny leverys ev ma's an dhew er-ma,—

"Cornal Brandon!"

"Eâ," Elynor a bêsyas, ha hy ow cùntell moy coraj, drefen an radn lacka dhe vos gwrÿs. "Yma Cornal Brandon orth y offra dhywgh rag declarya ev dhe gescodhevel genowgh i'n wharvedhyans adhewedhes—ev dhe wodhvos an stât cruel mayth esowgh why ino dre fara anpardonadow agas teylu. Ha udnys genowgh on ny oll, Mary-Àn, me yw certan, me ow honen hag oll agas cothmans. Hag in kepar maner yth ywa intendys dhe vos dùstuny a'y estêmyans uhel ahanowgh hag a'th omdhegyans teg i'n present câss."

"Cornal Brandon dhe ry benfys dhybm! Yw hedna possybyl?"

"Fara casadow agas goos nessa re'gas sowthanas dhe drouvya kerensa in tyller vÿth."

"Na veuma," yn medh ev yn sodyn, "sowthenys dhe gafos pyteth inowgh why. Rag me yw war me dhe vos in kendon dhywgh why rag pùptra. Yth esoma worth y omsensy—me a vynsa y dherivas—saw dell wodhowgh why yn tâ, nyns oma arethor."

"Myskemerys owgh why yn tien. Me a lever dhywgh fatell owgh why in kendon yn tien, wèl yn tien ogasty, dh'agas merytys agas honen ha dhe skians Cornal Brandon anodhans. Ny veu part vÿth genama i'n negys. Ny wodhyen kyn fe an benfys dhe vos gwag, erna wrug vy convedhes y dowl ev. Pelha ny wrug an preder ow gweskel bythqweth fatell esa benfys a'n par-na in y ro. Avell cothman dhybm ha dhe'm teylu, ev yw martesen plêsys, me a wor ev dhe vos fest plêsys, dhe rauntya an benfys dhywgh; saw wàr ow enef, nyns esowgh why poynt in kendon dhybmo vy."

An gwiryoneth a's constrînas dhe aswon fatell veu radn vian dhedhy i'n mater, saw i'n kettermyn nyns o hy parys dhe omdhysqwedhes avell masoberores Edward, may whrug hy y aswon heb hockya. Hedna a weresas dhe fastya in y bedn an skeus a'y radn hy, skeus o nowyth devedhys dhodho. Ev a esedhas gyllys down in prederow, wosa Elynor dhe cessya côwsel;—wàr an dyweth, gans caletter, ev a leverys,

"Cornal Brandon a hevel dhybm dhe vos den wordhy hag a dhader brâs. Me re glôwas pobel pùpprŷs ow côwsel anodho indelha. Ev yw heb dowt den skentyl hag in y vanerow den jentyl."

"In gwir," Elynor a worthebys, "me a grŷs, pàn wrellowgh why y aswon dhe well, why dhe gafos y vos kepar dell wrussowgh clôwes, ha drefen why hag ev dhe vos kentrevogyon (rag me re glôwas bos an prownterjy ogas dhe'n mansyon), a bris ywa ev dhe vos indelha."

Ny ros Edward gorthyp vŷth dhedhy, saw pàn wrug hy trailya hy fedn in kerdh, ev a veras orty pòr dhywharth, pòr dhywysyk ha pòr vorethek, kepar ha pàn o va whensys an pelder inter an prownterjy ha'n mansyon dhe vos liesgweyth pelha.

"Yma Cornal Brandon, me a grŷs, tregys in Strêt Sen Jamys," yn medh ev yn scon, in udn sevel in bàn dhywar y jair.

Elynor a dherivas dhodho nùmber an chy.

"Res yw dhybm fystena in kerdh ytho, dhe ry dhodho an grâssow nag owgh why parys dhe recêva dhyworthyf vy. Me a vydn y assûrya fatell wrug ev den fest lowenek ahanaf.

Ny whelas Elynor dh'y sensy hag y a wrug gasa y gela, gans whansow dhyworty rag y lowena in pùp chaunj a stât. Ev a whelas dhe leverel taclow kepar kyn na'n jeva ev an teythy dh'aga leverel yn ewn.

"Pàn wryllyf y weles nessa," yn medh Elynor dhedhy hy honen, ha'n daras ow tegea warnodho, "ev a vŷdh gour ty Lûcy."

Ha gans an govenek teg-na, hy a esedhas dhe ombredery adro dhe'n termyn passys, dhe remembra geryow Edward, dhe whelas ùnderstondya y emôcyons, ha heb mar dhe bondra hy voreth hy honen.

Pàn dheuth Mêstres Jenyngs tre, kynth o hy dewhelys dhyworth vysytya pobel na wrug hy gweles kyns, hag ytho mayth o meur dhe leverel gensy anodhans, yth o hy brŷs moy kemerys gans an sêcret a bris a wodhya hy ès gans ken tra vŷth, ha hy a dhalathas côwsel anodho, kettel wrug Elynor omdhysqwedhes.

"Wèl, a garadow," hy a grias, "me a dhanvonas an den yonk in bàn. A ny wrug vy an dra ewn?—Hag yth esoma ow soposya na gefsowgh why caletter vÿth.—Ny wrussowgh why trouvya bos poos ganso degemeres agas offrans."

"Na wrug, a vadama. Nyns o lyckly hedna."

"Ha pana bell vÿdh erna vo va parys?—Rag yth hevel fatell usy kenyver tra ow powes wàr hedna."

"In gwiryoneth," yn medh Elynor, "me a wor bohes a'n taclow-ma, ha ny allama desmygy pana dermyn a vÿdh gwrÿs an parusyans. Me a grÿs fatell vÿdh collenwys y ordnans ajy dhe dhew vis pò try mis."

"Dew vis pò try mis!" Mêstres Jenyngs a elwys. "A Dhuw, ass esowgh why ow côwsel yn clor anodho. A yll an Cornel gortos dew vis pò try mis! Duw re'm blessyo! Me yw sur hedna a vynsa tria re ow ferthyans! Ha kyn fe nebonen plêsys dhe wil caradôwder dhe Vêster Ferrars truan, ny gresaf bos gwyw gortos dew vis pò try mis. Surly y hyll bos kefys nebonen ken rag y wil; nebonen yw prownter solabrÿs."

"A venyn dhâ," yn medh Elynor, "pandra esowgh why ow tyby? Nyns eus towl vÿth dhe Gornal Brandon ma's dhe wil servys dhe Vêster Ferrars.

"Duw re'gas blessyo, a garadow. Surly nyns esowgh why ow whelas ow ferswâdya fatell usy an Cornal orth agas demedhy why yn udnyk may halla ev ry deg gyny dhe Vêster Ferrars!"

Ny ylly an camùnderstondyng durya wosa hedna; hag y wharva styryans heb let, hag y aga dyw a veu dydhanys brâs dredho, heb collva vrâs a lowena, rag ny wrug Mêstres Jenyngs ma's chaunjya udn form a dhelît rag hy ben, ha heb hepcor hy govenek a'n kensa.

"Eâ, eâ, bian yw an prownter jy," yn medh hy, wosa an kensa tardhans a sowthan hag a gontentyans, "ha dre lycklod yma otham a emendyans dhodho. Saw me a gresys ev dhe vos ow tyharas rag y jy y honen, ha mar bell dell worama yma pymp parleth ino wàr an leur iselha, ha'n wethyades chy a leverys dhybm fatell esa pymthek gwely ino! Ha dhywgh why, ûsys dell owgh why dhe vos tregys in penty Barton! Assa wrug an negys omdhysqwedhes wharthus dhybm! Saw, a garadow, res yw dhyn perswâdya an Cornal dhe welhe an prownterjy ha'y rendra attês kyns ès Lûcy dhe vos tregy ino."

"Saw dell hevel, nyns usy an Cornal ow predery fatell yll an benfys ry kebmys dhe alowa dhedhans demedhy.

"An Cornal yw edyak, a garadow. Drefen bos dyw vil i'n vledhen dhodho y honen, yma ev ow predery na yll ken den vÿth demedhy wàr sùmen le. Ow gaja dhywgh, mar pedhama ow pêwa, me a wra vysytya Prownterjy Delaford dhyrag degol Myhâl, ha sur oma na wrama mos, mar ny vÿdh Lûcy ino."

Yth o Elynor acordys gensy yn tien, na wrêns y gortos tra vÿth moy.

Y aga dyw a veu dydhanys brâs dredho.

Chaptra XLI

Edward, wosa mos dhe jy Cornal Brandon, rag aswon grâss dhodho, a brocêdyas dhe drigva Lûcy gans y lowender, ha mar vrâs o hedna kyns ès ev dhe dhrehedhes Byldyansow Bartlett, may halla Lûcy assûrya Mêstres Jenyngs ternos, pàn dheuth hy gans hy heslowenheans, na wrug hy bythqweth y weles mar leun a joy.

Sur o lowender Lûcy ha'y spyrys, ha hy a agrias gans Mêstres Jenyngs ow tùchya hy govenek a'ga bos oll warbarth in prownterjy Delaford dhyrag Degol Myhâl. In kettermyn pell o Mêstres Jenyngs dhyworth ry dhe Elynor an grâss-na may cowsas Edward anodho. Elynor, yn medh Mêstres Jenyngs, a gomplas hy herensa ragthans aga dew ha pelha na vedha hy honen nefra sowthenys dre assay vÿth gwrÿs gans Mêstresyk Dashwood rag aga gweres. Yth esa Mêstres Jenyngs ow cresy y whre Mêstresyk Dashwood pynag oll dra i'n bÿs rag an rena o a valew dhedhy. Ow tùchya Cornal Brandon, nyns o hy parys yn udnyk dh'y dhyghtya avell sans, saw hy a garsa may fe va hendlys indelha in pùptra. Yth esa hy ow whansa my fe y dhegêvow moghhës mar uhel dell o possybyl, hag yn kevrînek hy a dhetermyas dhe wil devnyth in Delaford, mar bell dell ylly hy, a'y servysy, y garyach, y vuhas ha'y ÿdhyn clos.

Moy ès seythen o tremenys abàn vysytyas Jowan Dashwood Strêt Berkeley, ha drefen na wrug den vÿth in termyn-na leverel tra vÿth adro dhe ancombrynsy y wre'ty, avês dhe udn govynadow côwsys, Elynor a dhalathas tyby fatell o res dhedhy vysytya Mêstres Dashwood. Hèn o devar, bytegyns, nag esa owth acordya gans hy bolùnjeth hy honen, ha nyns esa onen vÿth a'y howethesow orth hy henertha dh'y gollenwel. Mary-Àn a sconyas yn tien mos gensy, ha pelha hy a wrug oll hy ehen dh'y dysswâdya dhyworth gwil an vysyt. Ha Mêstres Jenyngs, kyn fedha hy haryach parys pùpprÿs rag Elynor dh'y ûsya, ny ylly tra vÿth hy inia dhe vysytya Mêstres Dashwood, awos oll hy whans dhe wodhvos pana semlant a's teva Fany warlergh an dyskevrans agensow, hag awos oll hy bolùnjeth dh'y offendya dre leverel hy bos unverhës yn tien gans Edward. Dre rêson a oll hedna Elynor a dhalathas wàr hy fordh dhe vysytya Mêstres Dashwood, ha dhe vos in peryl a gescows pryveth gans benyn, na's teva an dhyw erel kebmys rêson dhe hâtya.

An servont a leverys nag esa Mêstres Dashwood tre; saw kyns ès an caryach dhe drailya dhyworth an chy, hy gour ty a dheuth in mes dre hap. Ev a leverys y vos plêsys brâs ow metya gans Elynor, ha fatell o va porposys dh'y vysytya in Strêt Berkeley. Ev a's assûryas inwedh y fedha Fany fest lowen dh'y gweles hag a's pesys dhe entra i'n chy.

Y a ascendyas an stairys bys i'n parleth.—Nyns esa den vÿth ena.

"Yma Fany in hy rom hy honen, me a sopos," yn medh ev. "Me a vydn mos dhedhy yn scon, rag me yw sur na vÿdh poos gensy agas gweles why. I'n contrary part. Lebmyn spessly ny yll—saw why ha Mary-Àn, why o meurgerys gensy pùpprÿs. Prag na dheuth Mary-Àn?"

Elynor a ros pynag oll dhyharas a ylly rygthy.

"Nyns yw drog genef agas gweles yn pryveth," ev a worthebys, "rag yma meur dhybm dhe leverel dhywgh. An benfys-ma dhyworth Cornal Brandon—ywa gwir?—a wrug ev y ry dhe Edward in gwiryoneth? —Me a'n clôwas de dre jauns hag yth esen ow tos dhywgh dhe wovyn pelha adro dhodho."

"Gwir yw heb dowt i'n bÿs.—Cornal Brandon re ros benfys Delaford dhe Edward."

"In gwir!—Wèl, marth brâs yw hebma!—nyns eus colm goos vÿth intredhans—na cowethyans!—ha lebmyn pàn usy benfys ow costya kebmys!—Pandr'o valew an benfys-ma?"

"Adro dhe dhew cans puns i'n vledhen."

"Dâ lowr, ha rag benfys a'n valew-na ev a alsa cafos—gesowgh ny dhe leverel an prownter dewetha dhe vos coth hag anyagh ha lyckly dhe omdedna yn scon—ev a alsa cafos dre lycklod—peswardhek cans puns. Ha fatla wharva na wrug ev restry an mater-ma kyns ès mernans an prownter coth? Lebmyn, in gwir re holergh yw y wertha, saw den a furneth Cornal Brandon! Marth yw dhybm ev dhe vos mar anfur in poynt a bris naturek! Wèl, yth hevel dhybm bos fowt a gessenyans in pùb person. Yth esoma ow cresy, warlergh ombredery, fatell yw an câss indelma. Nyns yw ervirys may whra Edward sensy an benfys ma's yn udnyk erna vo hedna a wrug an Cornal gwertha an benfys dhodho coth lowr dh'y dhegemeres. Eâ, eâ, hèn yw gwiryoneth an negys, cresowgh dhybm."

Elynor a'n contradias yn crev; ha dre leverel y feu rÿs dhedhy hy honen an devar a dherivas dhe Edward fatell wrug Cornal Brandon offra an benfys dhodho, hag ytho hy dhe ùnderstondya an termys ow

longya dhe'n negys, Jowan Dashwood a veu constrînys dhe blêgya
dh'y auctoryta hy.

"Ass ywa marthys!"—ev a grias, wosa clôwes hy geryow—"Pandr'o
towl an Cornal?"

"Towl fest sempel—dhe vos a weres dhe Vêster Ferrars."

"Wèl, wèl, pynag oll a vo Cornal Brandon, Edward yw den pòr
fortydnys—ny wrewgh why compla an negys dhe Fany, bytegyns. Kyn
wrug vy derivas dhedhy adro dhodho, hag yma hy worth y berthy fest
dâ, —ny vÿdh hy plêsys dhe glôwes meur a gows anodho."

Elynor a's teva nebes caletter heb compla yth esa hy ow predery y
halsa Fany perthy yn cosel rycheth dhe vos kefys gans hy broder, na
wre hy bohosakhe na bohosakhe hy flogh.

"Ny wor Mêstres Ferrars," ev a addyas owth iselhe hy lev dhe don
compes dhe vater a bris, "tra vÿth a'n mater i'n tor'-ma, ha me a grÿs
y fÿdh gwell y sensy kelys dhyworty mar bell avell possybyl. Pàn
wrella wharvos an maryach, yma own dhybm res vÿdh dhedhy clôwes
anodho."

"Saw prag yth yw res kemeres with indelha? Ny yllyn soposya
Mêstres Ferrars dhe vos contentys poynt dhe glôwes fatell eus lowr
mona dh'y mab dhe vêwa warnodho, rag res yw cresy na vÿdh hy
contentys màn; saw prag, ow meras orth hy omdhegyans agensow, yth
yw res dhyn desmygy hy dhe glôwes emôcyon a sort vÿth? Hy yw
dewedhys gans hy mab, —hy a wrug y dôwlel in kerdh rag nefra, ha hy
re wrug dhe oll an re-na usy in dadn hy fower y dôwlel in kerdh kefrÿs.
Surly, warlergh gwil indelha, ny yller desmygy hy dhe sùffra tristans pò
dhe percêvya lowena rag y gerensa ev. Ny yll bos bern dhedhy tra vÿth
a vydna wharvos dhodho. Ny via hy mar wadn dhe dôwlel dhyworty
confort hy mab, saw whath dhe wodhevel fienasow avell mabm!"

"Â! Elynor," yn medh Jowan, "agas rêsnans yw pòr dhâ, saw yth ywa
growndys wàr nîcyta ow tùchya natur mab den. Pàn wrella wharvos
demedhyans truan Edward, bedhowgh certan fatell wra y vabm
omglôwes kepar ha pàn na wrug hy y dôwlel dhyworty bythqweth; hag
ytho kenyver cyrcùmstans a wrella uskys'he an wharvedhyans uthyk-
na, a dal bos kelys dhyworty mar bell avell possybyl. Ny yll Mêstres
Ferrars ankevy nefra Edward dhe vos hy mab hy."

"Yth esowgh orth ow sowthanas. Me a vynsa tyby y dhe vos dienkys
in mes a'y hov hy warbydn an present termyn."

"Yth esowgh why ow qwil cabm brâs dhedhy. Mêstres Ferrars yw
onen a'n mabmow moyha kerenjedhek in oll an bÿs."

Elynor a dewys.

"Yth eson ny ow tyby lebmyn," yn medh Mêster Dashwood wosa tecken, "y whra Robert demedhy Mêstresyk Morton."

Elynor, ow minwherthyn adro dhe don dywharth ha crev hy broder, a worthebys,

"Nyns eus dôwys vŷth gans an venyn jentyl i'n negys."

"Dôwys!—pandr'esowgh why ow styrya?"

"Nyns esoma ma's ow mênya, yth hevel dhyworth agas geryow, why dhe gresy bos haval dhe Vêstresyk Morton demedhyans gans Edward pò gans Robert."

"Yn certan, ny yll bos dyffrans intredhans; rag i'n tor'-ma y fŷdh Robert consydrys dre vrâs dhe vos an mab cotha—hag ow tùchya ken tra vŷth, y yw aga dew tus yonk fest plegadow. Ny welaf bos onen anodhans gwell ès y gela."

Ny leverys Elynor tra vŷth moy, hag y tewys Jowan tecken kefrŷs. Y brederow a dhewedhas indelma.

"Me a yll agas assûrya, a whor wheg," yn medh ev ow kemeres hy dorn hag ow côwsel in whystrans isel, "ha me a vydn y leverel, rag my a wor y fedhowgh why plêsys dredho—in gwir me a'n clôwas dhyworth an gwelha auctoryta; na ve hedna ny vynsen y dherivas màn—me a'n clôwas dhyworth an gwelha auctoryta—ny glôwys vy bythqweth Mêstres Ferrars dh'y leverel—saw hy myrgh a'n leverys— wàr verr lavarow, pynag oll argùment a veu warbydn neb colm a dhemedhyans—yth esowgh why worth ow ùnderstondya — liesgweyth gwell via dhedhy—na via hy hanter mar vexys dredho avell der an maryach-ma. Assa veuma plêsys dhe glôwes Mêstres Ferrars dhe bredery adro dhe'n negys i'n fordh-na; plegadow o dhyn ny oll. 'Y fia,' yn medh hy, 'an drog le a'n dhew.' Saw yth yw oll hedna gyllys lebmyn; ny ylly bythqweth wharvos. Saw me bredery y halsen y dherivas dhywgh, why a wor, rag me a wodhya why dhe vos plêsys dredho. Saw wàr neb cor ny'gas beus chêson vŷth rag edrega, a Elynor wheg. Nyns eus dowt vŷth na wrewgh why spêdya mar dhâ, ha dhe well martesen, warlergh pùptra. A veu Cornal Brandon genowgh agensow?"

Clôwys lowr o gans Elynor, rag frobma hy brŷs, mar ny wrug contentya hy vanyta hag exaltya hy gooth; hag yth o hy lowen nag o res dhedhy leverel na meur avell gorthyp dh'y broder, pàn veu hy delyfrys dhyworth clôwes moy dhyworto rag Mêster Robert Ferrars a entras. Wosa kestalkya nebes, Jowan Dashword a borthas cov na veu derivys dhe Fany hy whor dhe vos i'n chy hag ev a asas an rom rag mos dh'y herhes. Y feu Elynor gesys dhe welhe hy aswonvos a Robert. Gans y omdhegyans jolyf dybreder, hag ev owth enjoya shara

"Me a yll agas assûrya."

camhensek a gerensa hag a larjes y vabm, dhe aflês y vroder banyshys, nag o dendylys ma's der ewnhenseth Edward ha'y vêwnans afrêwlys y honen, yth esa ev ow crefhe opynyon negedhek Elynor a'y vrŷs hag a'y golon.

Scant nyns esens y ow kestalkya yn pryveth, kyns ès ev dhe gôwsel a Edward; rag ev inwedh a glôwas a'n benfys, hag a garsa yn frâs clôwes moy anodho. Elynor a dherivas dhodho an manylyon kepar dell wrug hy aga derivas dhe Jowan; ha mar varthys o an sewyans, kyn nag o va kepar ha'y effeth wàr Jowan. Robert a wharthas pell dres ehen. An tybyans a Edward dhe vos mab lien hag ev tregys in prownterjy bian a wrug y dhydhana yn frâs; ha pàn addyas ev dhe hedna an pyctour desmygys a Edward ow redya pejadow, cams wydn in y gerhyn, hag ev dhe vanya Jowan an Gov ha Maria Gell, ny ylly ev predery a dra vŷth moy wharthus.

Elynor a wortas yn cosel ha dywharth erna ve gorfednys kebmys foly, ny ylly hy gwetha hy lagasow dhyworto, ha'y golok o leun a'n despîtyans o sordys inhy dredho. Kyn whrug an wolok-na sewajya hy brŷs, ny wrug ev convedhes tra vŷth dhyworty. Ny veu ev daskelwys dhyworth wharth dhe furneth dre repref vŷth dhyworty, adar der fînder y golon y honen.

"Ny a yll y dhyghtya avell ges," yn medh ev wàr an dyweth, owth omyaghhe dhyworth an wharth bobaunsus a wrug ev hirhe pell dres wharthuster an termyn; "saw wàr ow enef, yth ywa mater sad in gwir. Edward truan! Shyndys ywa bys vycken! Pòr dhrog yw genama; rag me a wor ev dhe vos gwas hel y golon; hag ev yw gwas moy plegadow ès ken den vŷth in oll an bÿs. Ny dal dhywgh y jùjya, a Vêstresyk Dashwood, dhyworth agas aswonvos cot anodho. Edward truan! In gwir nyns yw y vanerow a'n gwelha. Saw nyns on ny oll genys gans an keth powers, an keth personoleth. An gwas truan! Mar tewgh why ha'y weles in mesk bagas a stranjers! Heb dowt hèn yw truesy lowr; saw wàr ow enef, me a grŷs bos colon mar dhâ dhodho avell dhe dhen vŷth i'n wlascor. Ha me a lever dhywgh, na veuma bythqweth mar dhiegrys in oll ow dedhyow, pàn wrug an nowodhow tardha in mes. Ow mabm a veu an kensa person dh'y dherivas dhybm; ha me a bredery y talvia dhybm gwythresa in maner fyrm, hag ytho me a leverys heb let dhedhy, 'A vadama wheg, ny worama pandr'esowgh why determys dhe wil i'n câss, saw ragof ow honen, mar teu Edward ha demedhy an venyn yonk-ma, ny wrama y weles nefra arta.' Hedna a veu an pÿth a leverys vy dystowgh. Me a veu diegrys crev dres ehen. Edward truan! Ev re wrug dystrôwy y honen yn tien—degea y honen in mes a gowethas wordhy rag nefra! Saw dell leverys vy dhe'm mabm, nyns

oma sowthenys poynt dredho; dhyworth gîss an adhyscans a gafas ev,
yth o an negys-ma dhe vos gwaitys. Namna veu ow mabm hanter-
muskegys."

"A wrussowgh why bythqweth gweles an venyn jentyl?"

"Gwrug, unweyth. Pàn esa hy tregys i'n chy-ma, y wharva me dhe
entra dres deg mynysen; ha me a welas lowr anedhy. Mowes a'n pow,
heb afînans pò fassyon, ha namnag o hy heb tecter. Yth esoma ow
perthy cov yn perfeth anedhy. Hy o an sort a vowes poran a vydnen vy
soposya y whre huda Edward. Kettel wrug ow mabm derivas an negys
dhybm, me a offras dhe gôwsel orto ow honen rag y dhysswâdya
dhyworth hy demedhy; saw re holergh o i'n eur-na, me a welas, ragof
vy dhe wil tra vŷth, rag i'n lacka prŷs ny veuma i'n tyller wostallath, ha
ny wodhyen tra vŷth anodho ernag o gwrŷs an dorrva. Saw mar teffen
ha clôwes anodho nebes ourys kyns, me yw sur y halsa neb tra bos
kefys. Me a vynsa in gwir dysqwedhes an mater dhe Edward yn crev.
'A was wheg,' me a vynsa leverel, 'preder a'n pŷth esta ow qwil. Yth
esta ow qwil colm demedhy fest dyflas. Ha colm ywa usy dha deylu ow
tysprêsya.' Ny allama heb predery wàr verr lavarow, y halsa fordh bos
dyscudhys. Saw lebmyn re holergh yw. Ev a dal bos storvys, why a wor,
storvys yn tien."

Restrys o an poynt-na ganso poran hag ev fest contentys, pàn entras
Mêstres Dashwood. Hedna a worfednas devnyth an cows. Saw kyn na
leverys Fany tra vŷth anodho avês dh'y theylu, apert o dhe Elynor
fatell esa an negys ow posa wàr hy brŷs, hag yth o ancombrynsy dhe
redya wàr hy fâss. Hy a whelas omdhysqwedhes plesont dhe Elynor.
Hy a brocêdyas mar bell kyn fe dhe dhyscudha fatell o Elynor ha'y
whor parys dhe asa Loundres yn scon, rag yth o govenek, yn medh hy,
dhe weles moy anodhans. Ow tùchya an mater-na, hy gour ty hudys
der hy geryow, a agrias gensy in pùptra moyha kerenjedhek ha moyha
grassyùs.

Chaptra XLII

Udn vysyt moy dhe Strêt Harley, pàn recêvas Elynor keslowena hy broder y dhe viajya mar bell tro ha Barton heb còst vỹth, ha Cornal Brandon dhe allos aga sewya bys in Clêvlond warlergh dëdh pò dew, a wrug gorfedna pùb cowethyans inter an broder ha'y whereth in Loundres; —ha wosa galow gwadn dhyworth Fany, may hallens dos dhe Norlond, pynag oll dermyn a vedha an tyller wàr aga fordh, tra nag o gwirhaval màn, ha promys moy gwresek saw le poblek dhyworth Jowan dhe Elynor, ev dhe dhos dh'y gweles heb let in Delaford, a veu pùptra a vydna dargana y dhe vetya wàr geyn pow.

Dydhanus o dhe Elynor fatell esa oll hy howetha determys dh'y danvon dhe Delaford;—tyller dres pùb tyller aral nag o hy whensys poynt dhe vysytya, na dhe vos anedhys ino; saw yth esa hy broder ha Mêstres Jenyngs orth y gonsydra hy thrigva i'n dedhyow esa ow tos; ha Lûcy hy honen, pàn wrussons y dyberth, a ros dhedhy galow dywysyk a'y vysytya ena.

Fest avarr in mis Ebrel hag avarr lowr i'n jëdh an dhew vagas dhyworth Plâss Hanover ha Strêt Berkeley a dhalathas dhyworth aga threven aga honen dhe vetya der acord i'n fordh. Rag êsyans Charlotte ha'y flogh, y a vedha moy ès dew jorna i'n fordh wàr aga viaj; ha Mêster Palmer, ow viajya dhe uskys'ha warbarth gans Cornal Brandon, a vydna jùnya dhedhans in Clêvlond yn scon wosa y dh'y dhrehedhes.

Mary-Àn, kyn feu very nebes hy ourys a gonfort in Loundres, ha kynth o hy whensys dh'y asa termyn hir, pàn dheuth an prỹs, ny ylly hy leverel farwèl dhe'n chy le may whrug hy enjoya govenek ha fydhyans in Wyllowby rag an termyn dewetha heb painys brâs. Pelha ny ylly hy forsâkya an tyller mayth esa Wyllowby whath, ow metya gans pobel nowyth, hag ow collenwel towlow nowyth, na vedha radn vỹth dhedhy inhans, heb scùllya meur a dhagrow.

Pàn wrussons dyberth, Elynor o moy contentys. Ny's teva hy rêson vỹth rag glena hy hovyon trist orto; nyns esa hy ow casa den vỹth wàr hy lergh, a vedha skyla rag edrega dhedhy dhe vos departys dhyworto

264

Ow tysqwedhes hy flogh dhe'n wethyades chy.

rag nefra. Plêsys o hy dhe vos frank dhyworth an tormentyans a gowethyans gans Lûcy, ha sewajys o hy fatell esa hy ow soweny dhe gemeres hy whor in kerdh heb hy dhe weles Wyllowby wosa y varyach, hag yth esa hy ow qwetyas nebes mîsyow a gosoleth in Barton gans an govenek y whrêns y restorya yêhes colon Mary-Àn ha crefhe cres hy brÿs hy honen.

Y feu an viaj gwrÿs yn salow. An secùnd dëdh a's dros bys in Gwlas an Hâv, an conteth meurgerys pò forbyddys, rag indelha yth esa Mary-Àn orth y gonsydra; hag in myttyn an tressa dëdh y a dhrîvyas in bàn dhe Clêvlond.

Clêvlond o chy efan arnowyth, settys a-ugh glesyn ledrek. Ny'n jeva park, saw yth o ledan lowr an tiryow plesour; ha kepar ha pùb byldyans aral a'n keth roweth, an chy a'n jeva prysclowek, kerdhva coos, ha fordh a rabmen smoth ow troyllya adro dhe lowarth gwëdh hag ow lêdya dhe fâss an chy. Yth esa gwedhednow wàr an glesyn, ha dhyrag an chy y hylly bos gwelys sabwëdh, kerdhyn hag acâcyas; hag yth esa scrin tewl a'n re-na kemyskys gans edhlednow uhel ow keles an sodhvaow.

Mary-Àn a entras i'n chy ha'y holon leun a emôcyon rag hy a wodhya nag esa hy ma's peswar ugans mildir dhyworth Barton, ha le ès deg mildir warn ugans dhyworth Combe Magna;. Kyns ès hy dhe vos pymp mynysen ajy dh'y fosow, pàn esa an re erel ow qweres Charlotte ow tysqwedhes hy flogh dhe'n wethyades chy, hy a'n gasas arta, ha cramyas in kerdh der an prysclowegow, esa ow tallath showya aga thecter, dhe dhrehedhes bre abell; ena dhyworth an templa Grêca, hy lagas a wandras dres tir ledan dhe'n soth-ÿst, ha powes yn caradow orth mùjoven wàr an gorwel, ha hy a ylly desmygy fatell o Combe Magna dhe weles dhywar aga thopyow.

In prejyow a dristans precyùs ha drûth, hy a rejoycyas in dagrow a vysery hy dhe vos in Clêvlond. Hy a dhewhelys dhe'n chy fordh aral, ow clôwes inhy an pryvylej lowenek a franchys an pow, a wandra dhia dyller dhe dyller in unycter teg dygoweth. Hy a dhetermyas hy dhe bassya pùb our a bùb jorna ha hy in chy Mêster Palmer ow qwandra indelha hy honen oll.

Hy a dhewhelys in termyn dhe jùnya gans an re erel hag y ow forsâkya an chy dhe examnya an tyleryow adro; y feu remnant an myttyn spênys ow sygera adro i'n erber, ow meras orth an kewny wàr y fosow, hag ow coslowes orth lamentyans an lowarthor ow tùchya losk wàr an plansow; hag ow kerdhes yn lent der an gwederjy, le may feu sordys wharthow Charlotte dre dhystrùcsyon hy flourys moyha kerys der an rew—ha pàn wrussons y vysytya gardh an ÿdhyn clos, mowes an

Lamentyans an lowarthor.

leth a dherivas a'y thùll drefen an yer dhe forsâkya aga neythow, pò drefen an ydhnygow dhe vos ledrys dre lowarn, pò y oll dhe dhysencressya, ny wrug Charlotte ma's wherthyn dhe voy colodnek.

Teg o an myttyn ha sëgh, ha gans hy thowl a spêna hy thermyn frank wàr ves, ny wrug Mary-Àn reckna gans chaunjyans i'n gewar ha hy owth ôstya in Clêvlond. Sowthenys veu hy ytho warlergh kydnyow pàn na ylly hy mos in mes dre rêson a law heb hedhy. Yth esa hy ow qwetyas kerdh i'n tewlwolow bys i'n templa Grêca, ha dres oll tiryow an chy martesen. Ny via hy lettys gans gordhuwher yêyn pò gwlëb, saw glaw crev heb hedhy o re boos dhedhy, ha nyns o hy whensys dhe gerdhes in dadno.

Nyns esa meur anodhans i'n party ha'n ourys a bassyas yn cosel. Mêstres Palmer a's teva hy flogh, ha Mêstres Jenyngs hy gwrias; y a gôwsas a'n kerens gesys gansans wàr aga lergh, y a wrug restry metyansow Arlodhes Myddelton, hag a omwovydnas mar qwre Mêster Palmer ha Cornal Brandon dos nessa ès Reddyng an gordhuwher-na. Kyn nag o an kescows bern dhe Elynor, hy a gemeras radn ino; ha Mary-Àn, na fors mars esa remant an teylu worthy y avoydya, a wodhya dyscudha hy fordh bys i'n lyverva, hag yn scon hy a gafas lyver rygthy hy honen.

Nyns esa tra vŷth ow lackya dhe Mêstres Palmer gans hy gnas gwresek ha'y natur caradow rag gwil dhodhans omsensy y dhe vos in tre. Ôpynsys ha colonecter hy fara a wre aqwytya an fowt a afînans hag a gortesy a ylly bos gwelys inhy yn fenowgh. Hy omdhegyans o kerenjedhek ha'y bejeth teg o plesont. Hy foly, kynth o va apert, nyns o dyflas, rag nyns esa gooth vŷth ow longya dhodho. Elynor a alsa gava pùptra dhedhy, marnas yn udnyk hy wharth.

An dhew dhen jentyl a dhrehedhas an chy ternos rag kydnyow holergh, ha hedna a encressyas an party yn maner blesont. Pelha y a addyas chaunjyans dh'aga hescows, o gyllys pòr isel dre rêson a vyttyn hir a law heb cessya.

Elynor a welas very nebes a Vêster Palmer, hag i'n nebes-na hy a welas kebmys dyffrans tro ha'y whor ha tro ha hy hy honen, na wodhya hy pandra ylly hy gwetyas dhyworto in y deylu y honen. Hy a's cafas bytegyns dhe vos den jentyl pur tro hag oll y ôstysy, ha na vedha ev dyscortes dh'y wreg ha dh'y mabm ma's traweythyow. Hy a'n dyscudhas dhe allos bos coweth plegadow, ha mar nyns o va indelha pùpprŷs hèn o awos y ûsadow a gonsydra y honen dre vrâs dhe vos gwell ès pobel erel, kepar dell esa ev ow consydra y honen gwell ès Mêstres Jenyngs ha Charlotte. Ow tùchya remnant y natur, yth o va haval yn tien dhe dus a'y oos. Ev o conceytus ow tùchya y sosten,

afrêwlys in y ourys; kerenjedhek tro ha'y flogh, kyn whre va fâcya dhe
vos mygyl; hag ev a wre wastya an myttyn ow qwary bylyardys pàn
dalvia bos bysy gans y negys. Elynor bytegyns a'n cara moy ès dell esa
hy ow qwetyas, ha drog o gensy na ylly hy y gara dhe voy. Ha pàn esa
hy ow merkya y gonceytys, y honensys ha'y wooth, hy a wre comparya
y fara yn lowen gans larjes Edward, y blesours sempel ha'y vanerow
methek.

I'n eur-na hy a recêvas nowodhow a Edward, pò dhe'n lyha a nebes
a'y negys, dhyworth Cornal Brandon, neb a veu agensow in Conteth
Dorset. Ev a's dyghtyas dystowgh avell cothman heb faverans a Vêster
Ferrars, hag avell cùssulyadores caradow anodho y honen hag a gowsas
orty yn fenowgh a brownterjy Delaford, descrefa an fowtys ino, ha
derivas dhedhy pandr'o ervirys ganso rag aga amendya. Y fara tro ha hy
i'n mater-na hag in pùb mater aral, y blesour egerys ow metya gensy
warlergh spâss a dheg dëdh yn udnyk, y vos parys dhe gestalkya gensy
ha'y revrons rag hy opynyons, a ylly martesen jùstyfia crejyans Mêstres
Jenyngs in y gerensa rag Elynor, ha gwil dhe Elynor y gresy hy honen,
na ve hy dhyworth an dallath dhe gresy Mary-Àn dhe vos an vowes
moyha kerys ganso. Hy a wre meras orth y lagasow, pàn esa Mêstres
Jenyngs ow predery a'y omdhegyans yn udnyk. Ha kyn whrug diank
dhyworth attendyans Mêstres Jenyngs fienasow poos an Cornal pàn
glôwas ev Mary-Àn dhe omsensy clâv, ha dhe sùffra in hy fedn ha'y
briansen, Elynor a welas in lagasow Cornal Brandon emôcyons bew
hag own euver an caror.

Dew gerdh plegadow i'n tewlwolow an tressa ha'n peswora
gordhuwher a Mary-Àn dhe vos i'n chy, wàr rabmen sëgh an
brysclowek hag inwedh dres oll an tiryow, ha spessly an partys pelha
anodhans, le mayth esa an spâss adro moy gwyls ès i'n radnow erel, le
mayth o cotha an gwëdh, ha'n gwels hirha ha gwlëp'ha ès in ken tyller
vÿth,—gweresys yn frâs der an anfurneth a esedha in hy lodrow ha'y
eskyjyow gwlëb a ros dhe Mary-Àn anwos fest asper. Ha kyn whrug hy
y dhenaha rag jorna pò dew, hy stât anyagh a herdhyas y honen orth
pùbonen, ha wàr an dyweth orth brÿs Mary-Àn hy honen. Y feu lies
receyt comendys dhedhy a bùb tu, saw dell o ûsys, hy a's sconyas yn
tien. Kynth o poos hy fedn ha kynth esa painys in hy esely, ha hy ow
sùffra pàs ha briansen tydn, hy a levery y whre cùsk dâ hy sawya yn
tien. Ha cales o dhe Elynor dh'y ferswâdya pàn êth hy dh'y gwely dhe
assaya onen pò dew a'n eliow moyha sempel.

Chaptra XLIII

Mary-Àn a savas ternos myttyn orth hy our ûsys; pàn wrella nebonen govyn, hy a wre gortheby hy dhe vos sawys, ha hy a whelas y brevy dre omdhon kepar dell o ûsys dhedhy. Saw ny leverys meur rag hy bos yaghhës udn jëdh passys ow crena ryb an tan, lyver in hy dorn, na ylly hy redya poynt, pò ow crowedha sqwith hag idhyl wàr loven. Ha pàn eth hy yn avarr dh'y wely wàr an dyweth moy dysêsys whath, ny veu Cornal Brandon sowthenys ma's dre vygylder hy whor, rag Elynor a wrug hy attendya dres oll an jorna, warbydn bolùnjeth Mary-Àn, hag a inias eliow compes orty gordhuwher. Yth esa hy, kepar ha Mary-Àn, ow fydhya dhe vertu ha dhe bower a gùsk ha nyns o hy ow perthy own.

Y feu an nos dybowes fevrus, bytegyns, ha hedna a dùllas govenek an dhyw whor. Ha pàn wrug Mary-Àn avowa dewhelys dh'y gwely na ylly hy esedha in bàn, yth o Elynor parys dhe sewya cùssul Mêstres Jenyngs ha kerhes apotecary Teylu Palmer.

Ev a dheuth hag a whythras an vowes clâv, ha kyn whrug ev kenertha Mêstresyk Dashwood dhe wetyas y fedha hy whor restorys dhe yêhes ajy dhe nebes dedhyow, dre veneges fatell esa tôkyn a boder in y cleves, ha dre asa dhe'n ger 'clevejyans' dhe dhiank in mes a'y anow, hy a wrug brawehy Mêstres Palmer awos hy baby. Mêstres Jenyngs, esa ow consydra dysês Mary-Àn dhe vos lacka ès dell esa Elynor, a veras gans fienasow wàr lavarow Mêster Harris. Hy a greffas own ha furneth Charlotte, hag a inias dhedhy an dothter a dhyberth dystowgh gans hy flogh. Mêster Palmer a dhyghtyas aga dowtys avell own cog, saw ev a gafas fienasow ha brawagh hy wre'ty dhe vos re vrâs dhe dhenaha. Hy dyberth ytho a veu agries, hag ajy dhe our warlergh Mêster Harris dhe dhrehedhes an chy, hy a dhalathas wàr hy fordh gans hy maw bian ha'y vageres tro ha plâss nebonen a gerens ogas Mêster Palmer, esa tregs nebes mildiryow wàr an tu aral a Kervadhon. Ha'y gour ty a bromyssyas orth hy fejadow freth dhe jùnya dhedhy kyns pedn udn jëdh pò dew. Mêstres Jenyngs bytegyns, gans caradôwder colon a wrug dhe Elynor hy hara in gwir, a dheclaryas yn fyrm na wre hy gasa Clêvlond hadre ve Mary-Àn clâv. Ha hy a bromyssyas dhe gemeres tyller hy mabm, a wrug hy hy hemeres dhyworty. Elynor a's cafas gweresores freth ha dywysyk, parys dhe gevradna gensy oll hy sqwîthter, ha dre rêson a'y experyens hir avell attendyores, yn fenowgh a socour brâs.

Nyns o govenek na felha dhe Mary-Àn druan, syger ha trist dhyworth hy cleves, ha hy owth omsensy clâv pùpprÿs, hy dhe vos yaghhës ternos vyttyn.Yth o oll hy fainys gwethhës der an preder a'n pÿth a vynsa wharvos, na ve an cleves anfusyk-ma. Rag an very dëdhna ervirys o y dhe dhallath wàr aga viaj tre, ha gans servont a Vêstres Jenyngs oll an fordh, y a alsa sowthanas aga mabm an nessa dohajëdh. Ny leverys Mary-Àn ma's nebes ha hedna a veu oll adro dhe'n strech certan-ma. Saw Elynor a whelas gwelha hy cher ha'y ferswâdya na vedha ma's dylâtyans cot.

Ny veu ternos ma's bohes chaunj in stât an vowes clâv; yn sur ny veu hy gwelhës, ha kyn na wharva amendyans, ny apperyas hy dhe vos dhe lacka. I'n eur-na y feu lehës an party i'n chy, rag Mêster Palmer, awos caradôwder ha natur dâ, hag inwedh dre rêson a'y anvoth dhe omdhysqwedhes ownekhës der y wre'ty, a veu perswâdys gans Cornal Brandon wàr an dyweth dhe gollenwel y bromys dhedhy ha'y sewya. Pàn esa Mêster Palmer owth ombarusy dhe dhepartya, Cornal Brandon a dhalathas côwsel dhe voy freth a dhyberth kefrÿs. Obma bytegyns caradôwder Mêstres Jenyngs a'n lettyas, rag hy a bredery y fedha collva a gonfort ragthans aga dew, an Cornal dhe dhepartya pàn esa y sergh ow sùffra kebmys adro dh'y whor. Rag hedna Mêstres Jenyngs a'n assûryas fatell o res dhodho remainya in Clêvlond rag hy herensa hy honen: y fedha otham anodho gordhuwher dhe wary pîkê, pàn ve Elynor avàn gans hy whor, h.e. Hy a'n inias fest crev, hag ev a acordyas gensy hag indelha sewya y volùnjeth y honen—spessly dre rêson a gùssul Mêster Palmer, rag ev a veu sewajys ow codhvos yth esa cv ow casa wàr y lergh den a ylly ry gweres pò cùssul dhe Vêstresyk Dashwood in caletter vÿth.

Heb mar y feu oll an rester-na kelys dhyworth Mary-Àn. Ny wodhya hy fatell o hy an rêson dhe herdhya in kerdh perhenogyon Clêvlond, ajy dhe seythen wosa y dhe dhrehedhes an chy. Ny veu hy sowthenys poynt na welas hy Mêstres Palmer; ha drefen na veu hy frobmys der an negys, ny wrug hy bythqweth compla hy hanow.

Dew dhëdh a dremenas warlergh dyberth Mêster Palmer ha stât Mary-Àn a dhuryas heb chaunj vÿth. Yth esa Mêster Harris, neb a wre hy attendya kenyver jorna, ow côwsel a sawment uskys ha yth o

Mêstresyk Dashwood mar leun a wovenek avello; saw nyns esa an
dhew erel ow qwetyas yaghheans. Mêstres Jenyngs, yn avarr in shôrys
Mary-Àn a dhetermyas na wre Mary-Àn nefra omwelhe; ha ny ylly
Cornal Brandon, neb o a les brâs ow coslowes orth profecy Mêstres
Jenyngs a dhrog, sevel warbydn hy dyspêr. Ev a whelas fetha y
dhowtys, rag tybyans dyhaval an apotecary a hevelly dhodho rendra
wharthus y own, saw lies our a'n jëdh mayth o gesys y honen oll, y
whre favera in y vrŷs pùb preder trist, ha ny ylly ev gorra in mes a'y
bedn na wre va gweles Mary-Àn nefra arta.

Myttyn an tressa dëdh namna veu profecy trist an dhew settys a
denewen yn tien; pàn dheuth Mêster Harris, ev a dheclaryas an vowes
clâv dhe vos ow yaghhe. Pols hy holon o dhe grefha, ha pùb tôkyn aral
a'n cleves dhe vos gwell ès pàn wrug ev hy whythra an prŷs dewetha.
Elynor, assûrys a bùb govenek dâ, a veu fest lowenek. Yth esa hy ow
rejoycya fatell sewyas hy in kenyver lyther a screfas hy dh'y mabm hy
brusyans hy honen kyns ès prederow hy howetha ha na wrug hy vry a'n
cleves esa worth aga lettya in Clêvlond. Namna wrug hy henwel an
termyn may hylly Màry-Àn viajya.

Saw nyns o gorfen an jëdh mar dhâ avell an dallath. Tro ha'n
gordhuwher, Mary-Àn a veu clâv arta, hy fedn a devys dhe voy poos ha
moy dybowes ha brâssa o an dysconfort esa hy ino. Hy whor, bytegyns,
a remainyas leun govenek whath, hag a veu parys dhe ascrîbya an
chaunj dh'y sqwîthter a sùffras hy dhyworth esedha in bàn, may hylly
hy gwely bos arayes. Elynor a ros yn tywysyk dhe Mary-Àn an eliow
gorhemydnys gans an apotecary ha wàr an dyweth hy a's gwelas ow
codha in cùsk; certan o hy Mary-Àn dhe vos gweresys dredho. Ny veu
cùsk Mary-Àn mar gosel dell esa Elynor ow qwetyas, kyn whrug durya
termyn hir. Whensys dell o hy dhe weles frûtys an cùsk, Elynor a
dhetermyas dhe esedha ryb Mary-Àn hadre ve hy in cùsk. Ny wodhya
Mêstres Jenyngs tra vŷth a'n chaunj i'n vowes clâv ha hy êth yn avarr
dh'y gwely. Yth esa servyades Mêstres Jenyngs, onen a'n chîf-
attendyoresow, ow powes in chambour an wethyades chy. Elynor a
remainyas hy honen oll gans Mary-Àn.

Yth esa powes Mary-Àn ow tevy dhe voy ha dhe voy ancrêsys, ha'y
whor, esa worth hy whythra heb hedhy, ow qweles hy dhe jaunjya hy
stauns yn fenowgh hag ow clôwes an sonyow a groffal dhyworty, o
parys ogasty dh'y dyfuna in mes a gùsk mar vexys, pàn dhyfunas Mary-
Àn yn sodyn, sordys dre neb tros i'n chy, hag a grias yn whyls gans an
fevyr,—

"Usy mabmyk ow tos?"

"Nag usy whath," hy whor a elwys, ow keles hy euth, hag ow qweres Mary-Àn ow dhe wrowedha arta, "saw yma govenek dhybm hy dhe vos obma kyns napell. Fordh hir yw, te a wor, alebma bys in Barton."

"Saw res yw dhedhy heb mos adro dre Loundres," yn medh Mary-Àn i'n keth maner hastyf. "Ny wrama hy gweles nefra mars â hy dre Loundres."

Elynor a bercêvyas gans brawagh nag o Mary-Àn yagh, ha kyn whelas hy hy hebaskhe, hy a davas pols hy hodna bregh yn tywysyk. Moy isel o hag uskys'ha ès bythqweth! Yth esa Mary-Àn, ow côwsel yn whyls whath a'y mabmyk, hag Elynor a erviras kerhes Mêster Harris heb let ha danvon cadnas dhe Barton dh'y mabm. Kemeres cùssul gans Cornal Brandon o an fordh welha dhe dhanvon dh'y mam, dell gonvedhas Elynor, kettel veu an dra porposys gensy. Wosa an vowes dhe vos somonys in bàn dhedhy der an clehyk, hy a erhys dhedhy dhe gemeres hy thyller ryb Mary-Àn. Ena hy a skydnyas dystowgh bys i'n parleth, le mayth esa Cornal Brandon dell o ûsys, dell wodhya hy, moy holergh ès an present termyn.

Nyns o termyn rag hockyans. Hy euth ha'y stât cales ev a ùnderstondyas dewhans. Nyns o va colodnek lowr na certan lowr dhe whelas coselhe hy own. Ev a woslowas orty gans dyglon tawesek. Saw y feu hy haleterow settys adenewen ganso, rag ev a offras y honen avell an gadnas a vydna kerhes Mêstres Dashwood. Ny dherivas Elynor tra vŷth warbydn an towl-na na ylly Cornal Brandon contradia. Hy a ros grâssow tobm dhodho saw heb leverel meur. Pàn dhepartyas ev dhe dhanvon y was gans messach rag Mêster Harris, ha gans arhadow rag mergh post, Elynor a screfas nôtyans cot dh'y mabm.

Ass o dâ an confort i'n eur-na dhyworth cothman kepar ha Cornal Brandon—ass o va wolcùm avell coweth dh'y mabm,—ass esa Elynor owth aswon grâssow dhodho!—ev o coweth, may hylly y gùssul gedya hy mabm, y attendyans hy sewajya ha'y garadôwder hy hebaske!—hèn yw mar bell dell ylly hy bos confortys warlergh bos somonys mar sodyn. Saw y bresens, y omdhegyans ha'y weres a vynsa coselhe colon Mêstres Dashwood.

Pynag oll o y emôcyons, Cornal Brandon a wrug omdhon y honen fyrm y vrŷs; ev a arayas pùptra mar uskys dell o possybyl, hag a recknas yn kewar pana dermyn a ylly Elynor gwetyas ev dhe dhewheles. Ny veu mynysen vŷth kellys dre strech a sort vŷth. An mergh a dhrehedhas an chy, kyns ès an Cornal dh'aga gwetyas, ha ny wrug ev ma's gwasca hy dorn yn solem, côwsel nebes geryow mar isel na ylly hy aga clôwes, hag ena fystena aberth i'n caryach. Yth o an prŷs adro dhe dhewdhek eur hag Elynor a dhewhelys dhe jambour hy whor rag gortos an apotecary, ha dhe remainya rypthy remnant an nos. Nos o a sùffrans kehaval ragthans aga dyw. Our wosa our a dremenas gans pain dygùsk ha conar rag Mary-Àn ha gans fienasow cruel rag Elynor, kyns ès Mêster Harris dhe dhos. Own Elynor a veu sordys dhe voy drefen hy dhe fydhya kyns nag esa skyla vÿth dhedhy dhe vos anês.

Pelha an servyades, esa ow cowethya gensy yn adhyfuna—rag ny wrug Elynor alowa may fe gelwys Mêstres Jenyngs, ny wre hy ma's tormentya Elynor ow hyntya an pÿth a bredery hy mêstres bythqweth.

Y fedha prederow Mary-Àn fastys traweythyow yn afrêsonus wàr hy mabm, ha pàn wrella hy compla hy hanow, hy a wre gwana colon Elynor druan. Elynor bytegyns a wre rebukya hy honen drefen hy dhe drufla gans kebmys jorna a gleves. Ow yêwny confort yn scon, yth esa hy ow tesmygy y fedha pùb confort dyweres heb let. Pùb tra a veu strechys re bell, ha hy a ylly gweles in hy brÿs hy mabm anfusyk ow trehedhes Clêvlond re holergh dhe weles hy flogh meurgerys pò dhe'n lyha hy gweles rêsonek hy brÿs.

Yth o Elynor parys dhe gerhes Mêster Harris arta, pò, mar ny ylly ev dos, may rolla ev ken servys a neb sort, pàn dheuth ev, saw ny dhrehedhas ev an chy dhyrag pymp eur myttyn. Y vreus bytegyns a wrug aqwytya an dylâtyans nebes. Kyn whrug ev confessya an chaunjyans i'n mowes clâv dhe vos anwhek ha heb y wetyas, ny vydna ev alowa an peryl dhe vos brâs. Ev a gôwsas a'n sewajyans obtainys dre fordh nowyth a dhyghtyans, ha'y fydhyans a veu derivys dhe Elynor, nag esa ow trestya kebmys ino. Ev a bromyssyas vysytya arta ajy dhe'n nessa try pò peswar our, hag ev a asas an vowes clâv ha'y whor anfusyk nebes moy cosel ès dell wrug ev aga hafos dhyragtho.

Mêstres Jenyngs a glôwas ternos myttyn, brâs hy fienasow ha lies hy rebukys na veu hy somonys, a'n pÿth a wharva. Hy dowtys kyns, i'n eur-na, a veu restorys, ha nyns o dowt vÿth dhedhy a'n dra a vydna wharvos. Kynth assayas hy confortya Elynor, hy o sur a beryl hy whor ha ny vydna hedna alowa dhedha hy honfortya dre wovenek. Hy holon o grêvys in gwiryoneth. An dyfyk uskys, an mernans avarr a vowes mar yonk, mar deg avell Mary-Àn a vynsa grêvya benyn newtral. Saw yth o Mêstres Jenyngs moy kelmys dhedhy. Mary-Àn o hy howethes dres try mis, yth esa hy whath in dadn hy gwith hy, ha godhvedhys o hy dhe vos hùrtys yn tydn ha dhe vos trist termyn hir. Yth esa anken hy whor, mowes kerys brâs gensy, dhyrygthy kefrÿs—hag ow tùchya aga mabm, pàn wrella Mêstres Jenyngs predery fatell o Mary-Àn dh'y mabm kepar ha Charlotte dhedhy hy honen, y hylly hy in gwiryoneth kescodhevel gansans.

Mêster Harris a veu adermyn rag y secùnd vysyt—saw ev a dheuth
dhe vos tùllys in govenek a sewyans y vysyt dewetha. Y eliow a wrug
fyllel; —yth o an fevyr whath heb lehe; yth o Mary-Àn dhe voy cosel
saw nyns o hy amendys—yth esa hy whath in clamder poos. Elynor a
welas oll y own hag ow qwetyas moy whath, a gomendyas kerhes ken
cùssul. Saw ev a vrusyas nag o otham anedhy. Ev a'n jeva neb tra
whath a ylly ev assaya, neb pùltys dyffrans, mayth o va mar sur a spêda
ganso dell o va gans an dyghtyans dewetha. Y vysyt a dhewedhas gans
y fydhyans certan, neb a dhrehedhas scovarn Mêstresyk Dashwood,
saw ny ylly drehedhes hy holon. Hy o cosel, marnas pàn wrella hy
predery a'y mabm; saw namnag esa hy in dyspêr; ha hy a bêsyas
indelha bys in hanter-dëdh, ha scant ny wrug hy gasa gwely hy whor,
hadre ve hy frederow ow qwandra dhyworth udn pyctour a anken bys
in y gela, dhyworth udn cothman trist'hës bys in y gela, hag yth o hy
brÿs compressys yn uthyk der an kescows gans Mêstres Jenyngs. An
venyn vas-na a ascrîbyas asperyta an cleves dhe'n lies seythen a anken
a sùffras Mary-Àn solabrÿs awos tùll hy holon. Elynora a aswonas
gwiryoneth an tybyans-na, ha hedna a ros anken nowyth dhedhy.

Adro dhe hanter-dëdh, bytegyns, saw very nebes—awos hy dhe
berthy own a dùll—neb a's gwethas tawesek—Elynor a dhalathas
desmygy fatell ylly hy gweles amendyans bian in pols hy whor; —hy a
wortas, hy a veras, hy a'n whythras arta hag arta—ha wàr an dyweth ha
gans frobmans o cales dhedhy keles, hy a dherivas dhe Vêstres
Jenyngs hy govenek. Kynth o Mêstres Jenyngs constrînys wosa
whythra Mary-Àn dhe veneges fatell o hy dasvêwys rag tro, hy a
whelas sensy hy howethes yonk dhyworth predery y whre an
amendyans durya. Elynor a gùssulyas hy honen na wrella hy perthy
govenek, saw re holergh o. Govenek o devedhys solabrÿs; hag amôvys
hy holon, hy a bosas a-ugh hy whor rag hy whythra—scant ny wodhya
hy prag. Hanter-our a dremenas hag y feu hy benegys moy dre dôknys
faverus. Tôknys erel a apperyas dhe greffie an amendyans. Hy anal, hy
crohen, hy gwessyow a dherivas dhe Elynor an joy a'y bos ow yaghhe.
Pelha Mar-Àn a veras orty rêsonus hy lagasow, kynth o hy whath
clamderys sqwîth. Yth esa fienasow ha govenek i'n eur-na ow
tormentya Elynor warbarth, erna dheuth Mêster Harris orth peder eur
dohajëdh—ev a's assûryas gans keslowena fatell esa hy whor owth
amendya dhe voy ès dell esa ev ow qwetyas. Hedna a ros fydhyans dhe
Elyor ha confort ha dagrow a lowender.

Mary-Àn in pùb fordh o sawys, hag ev a dheclaryas hy dhe vos
delyfrys a bùb peryl. Mêstres Jenyngs, contentys martesen gans an
jùstyfians in radn a'y dowtys kefys in aga brawagh agensow, a alowas

hy honen dhe drestya in y vrusyans, hag a venegas gans joy apert, hag yn scon gans lowena certan, Mary-Àn dhe omwelhe yn tien.

Ny ylly Elynor bos lowenek. Nyns o hy lowender hy a'n keth sort, saw a lêdyas dhe dra vŷth ken ès jolyfter. Mary-Àn restorys dhe vêwnans, dhe yêhes, dh'y goos nessa, ha dh'y mabm gerenjedhek o tybyans crev lowr dhe lenwel hy holon gans confort delycyùs ha gans grâssow tobm—saw ny wrug hy hùmbrank dhe dhysqwedhes joy, na dhe leverel geryow lowen na dhe vinwherhyn. Nyns esa in cowsejyow Elynor ma's contentyans crev ha tawesek.

Hy a bêsyas ryb hy whor, heb cessya meur dres oll an dohajëdh, ow hebaskhe pùb own, ow contentya pùb qwestyon a'y enef sqwith, ow provia pùb gweres hag ow whythra pùb golok ogasty ha pùb anal. Heb mar y wharvedha dhedhy fatell ylly Mary-Àn codha wàr dhelergh in cleves—saw pàn wely hy der hy whythrans munys ha heb hedhy, yth esa kenyver tôkyn a sawment ow turya, ha pàn welas hy orth whe eur gordhuwher fatell sedhas Mary-Àn in cùsk attês, hy a wrug dhe oll hy own dyberth.

Yth esa an prŷs ow nessa pàn ylly hy gwetyas Cornal Brandon dhe dhewheles. Orth deg eur, dell esa hy ow soposya, pò dhe'n lyha yn scon warlergh hedna, y fedha hy mabm delyfrys dhyworth an anken uthyk mayth esa hy ow viajya bys dhodhans ino. An Cornal inwedh!—scant nyns esa ev ow tendyl le pyteth!—Ogh!—ass o lent avauncyans an termyn esa worth aga sensy in dyskians!

Orth seyth eur Elynor a asas Mary-Àn ow cùsca yn wheg ha hy êth dhe jùnya orth Mêstres Jenyngs i'n parleth rag eva tê gensy. Hy a veu gwethys dhyworth hawnsel der hy own, ha dhyworth kydnyow der an dascoth sodyn—ytho an present sosten gans oll hy êmocyons a gonfort o fest wolcùm. Mêstres Jenyngs a whelas dh'y inia dhe bowes nebes kyns ès hy mabm dhe dhrehedhes an chy, tra a vynsa alowa dhedhy dhe gemeres hy tyller ryb hy whor. Saw nyns esa Elynor owth omglôwes sqwith, ha ny ylly hy cùsca naneyl. Mêstres Jenyngs ytho a's lêdyas in bàn dhe jambour an vowes clâv, rag contentya hy honen yth esa pùb tra ow procêdya yn ewn. Hy a asas Elynor ena rag kemeres with a'y whor ha dhe ombredery. Hy a omdednas bys in hy chambour hy honen rag screfa lytherow ha rag cùsca.

Garow ha yêyn o an nos. Yth esa an gwyns owth uja adro dhe'n chy ha'n glaw ow qweskel an fenestry. Saw nyns o hedna bern dhe Elynor, leun dell o hy a lowena wàr jy. Mary-Àn a gùscas dre bùb cowas a wyns. An viajyoryon—y a vydna cafos aqwytyans rych rag pùb ancombrynsy present.

Hy a egoras keas fenester.

An clock a wrug gweskel eth eur. A pe va deg eur, Elynor a vynsa cresy hy dhe glôwes caryach ow trîvya in bàn bys i'n chy; ha mar certan o hy fatell wrug hy y glôwes, may whrug hy gwaya bys in cùbert a dhyllas ogas dhedhy, kynth o ùnpossybyl Cornal Brandon ha'y mabm dhe vos devedhys. Hy a egoras keas fenester, may halla hy godhvos an gwiryoneth. Dystowgh hy a welas na wrug hy scovornow hy thùlla. Y hylly hy gweles dewhans lugern anowys a garyach. In aga golow diantel hy a welas fatell esa peswar margh ow tedna an côcha. Hedna a dherivas dhedhy a vrawagh hy mabm druan saw yth esa ow styrya inwedh toth coynt hy devedhyans.

Bythqweth in oll hy dedhyow ny veu mar gales dhe Elynor gortos mar glor. Hy skians a emôcyons hy mabm, pàn savas an caryach orth an daras—hy dowtys—hy euth—hy dyspêr, martesen!—ha pandr'o res dhedhy derivas! Gans godhvos a'n par-na ny ylly hy bos clor. Nyns o gesys dhedhy ma's dhe fystena. Ytho ny strechyas hy ma's erna wrug hy gasa mowes Mêstres Jenyngs gans hy whor, ha hy a bonyas an stairys wàr nans.

An tervans i'n portal, dell esa hy ow passya der an dremenva wàr jy, a's assûryas y dhe vos i'n chy solabrŷs. Hy a fystenas bys i'n parleth,— hy a entras,—ha ny welas hy den vŷth ma's Wyllowby.

Chaptra XLIV

E lynor, ow plynchya gans euth orth y weles, a obeyas dystowgh dhe vôcyon hy holon. Hy a drailyas rag gasa an rom, hag yth esa hy dorn wàr an dornla solabrÿs, pàn veu hy lettys dredho ev owth avauncya in hast. In lev a arhadow kyns ès a bejadow a leverys,

"Mêstresyk Dashwood, rag an spâss a hanter-our—rag deg mynysen—me a'gas desîr dhe wortos."

"Na wrâv, a syra," hy a worthebys yn fyrm, "Ny vanaf vy gortos. Ny yll agas negys bos genama. An servysy, me a sopos, a ancovas leverel dhywgh nag usy Mêster Palmer i'n chy."

"Mar teffens ha leverel dhybm," ev a grias yn crev, "Mêster Palmer hag oll·y woos nessa dhe vos gans an jowl, ny wrussa hedna ow thrailya dhyworth an daras. Yma ow negys ow pertainya dhywgh why, ha dhywgh why yn udnyk."

"Dhybmo vy!" yn medh hy sowthenys brâs—"wèl, a syra, — bedhowgh uskys—ha mar kyllowgh why—na vowgh mar arow."

"Esedhowgh ha me a vÿdh an dhew."

Hy a hockyas; ny wodhya hy pandra dalvia dhedhy gwil. Hy a brederys y hylly Cornal Brandon dos ha'y gafos ena. Saw hy a bromyssyas goslowes orto, hag yth o hy whans dhe wodhvos mar gelmys gans an negys avell hy onour. Warlergh consydra tecken, hy a erviras fatell o otham a vos uskys, hag ytho an gùssul welha a via acordya ganso; hy a gerdhas heb ger tro ha'n bord hag esedha. Ev a esedhas adâl dhedhy, ha dres hanter-mynysen ny gowsas onen vÿth anodhans.

"Bedhowgh uskys, a syra, me a'gas pÿs," —yn medh Elynor cot hy ferthyans. "Ny'm beus termyn vÿth dhe sparya."

Yth esa ev owth esedha in stauns a ombrederyans down, hag a hevelly na wrug ev hy clôwes.

"Agas whor," yn medh ev yn sodyn warlergh tecken—"yma hy frank a beryl. Me a'n clôwas dhyworth an servont. Grâssow dhe Dhuw!— Saw ywa gwir? Ywa gwir yn tiogel?"

"*Me a'gas desîr dhe wortos.*"

Ny vydna Elynor côwsel. Ev a wovydnas y gwestyon arta saw dhe voy bewek.

"Rag kerensa Duw, leverowgh dhybm mars usy hy in mes a beryl, pò nag usy."

"Yth eson ny ow qwetyas hy dhe vos frank a beryl."

Ev a savas in bàn ha kerdhes dres an rom.

"A pe kebmys godhvedhys genef hanter-our alebma; —saw drefen me dhe vos obma," hag ev ow côwsel gans bewder constrînys ev a esedhas arta,—"saw pandr'usy ow styrya? Rag unweyth, a Vêstresyk Dashwood—y fŷdh an termyn dewetha martesen—gesowgh ny dhe vos lowenek warbarth. Parys yw ow cher dhe vos jolyf. Leverowgh dhybm in gwir," ha lyw rudh downha a lêsas dres y fâss, "esowgh why ow jùjya me dhe vos knava pò fol?"

Elynor a veras orto moy hy sowthan ès bythqweth. Hy a dhalathas cresy ev dhe vos medhow. Ny ylly coyntys y vysyt na'y omdhegyans bos styrys in ken maner, ha gans an argraf-na hy a savas ha leverel,

"A Vêster Wylloughy, me a vynsa cùssulya dhywgh dhe dhewheles heb let dhe Combe. Ny'm beus an termyn syger dhe remainya genowgh mynysen pelha. Pynag oll a vo agas negys genama, y fŷdh remembrys gwell ha declarys avorow."

"Yth esoma worth agas ùnderstondya," ev a worthebys, minwarth leun a styr wàr y anow ha'y lev fest clor; "eâ, me yw pòr vedhow. Pynta coref du gans ow hig bowyn yêyn in Marlborough a veu lowr dhe'm medhowy."

"In Marlborough!" —Elynor a grias, dhe voy ha dhe voy anteythy dhe ùnderstondya y eryow.

"Eâ,—me a asas Loundres hedhyw myttyn orth eth our, ha ny spênys vy ma's deg mynysen avês dhe'm caryach wosa hedna pàn gefys vy croust in Marlborough."

Surneth y fara ha skentoleth y lagas hag ev ow côwsel a wrug dhe Elynor predery, pynag oll foly a wrug y dhry dhe Clêvlond, ny veu va drŷs dre vedhêwnep. Wosa ombredery tecken hy a leverys,

"A Vêster Wyllowby, why a dalvia cresy, hag yth esoma ow cresy in gwir, wosa pùb tra yw wharvedhys, why dhe dhos obma ha dhe herdhya agas honen wàr ow attendyans, yma hedna ow reqwîrya ascûs arbednyk. Pandr'esowgh why ow mênya dredho?"

"Porposys oma," yn medh ev dre dhywysycter sevur, "mar callama, dh'agas perswâdya dhe'm hâtya udn tabm dhe le ages i'n tor'-ma. Porposys oma dhe offra dhywgh neb sort a styryans, neb sort a dhyharas rag an termyn tremenys; dhe egery oll ow holon dhywgh why, ha dhe wil dhywgh cresy, kynth en vy cobba pùpprŷs, ny veuma

pùpprÿs drogwas, ha dhe gafos neb tra kepar ha gyvyans dhyworth
Ma—dhyworth agas whor."

"Yw hedna an gwir-rêson rag agas vysyt?"

"Yw, wàr ow ena," ev a worthebys gans tomder a wrug dhedhy
remembra Wyllowby coth, hag awos hy dowtys, hy a'n prederys
gwiryon.

"Mars yw hedna pùb tra, why a yll bos contentys solabrÿs; rag yma
Mary-Àn orth agas pardona; hy a wrug gava dhywgh pell alebma."

"A wrug?" ev a grias mar dhywysyk. "Ena hy re avas dhybm kyns ès
y talvia dhedhy. Saw hy a wra gava dhybm arta, ha dre rêsons furha.
Now, a wrewgh why goslowes orthyf?"

Elynor a bendroppyas rag dysqwedhes hy dhe agria.

"Ny worama," yn medh ev, warlergh hy dhe bowes tecken, hag ev
dhe dewel yn udn ombredery, "in pana vaner a wrussowgh why styrya
ow omdhegyans tro ha'gas whor, na pana dowl dyowlek a wrussowgh
why ascrîbya dhybm. Martesen ny wrewgh why ow jùjya dhe well—
saw gwyw yw whelas, ha why a vydn clôwes kenyver tra. Pàn wrug vy
aswon agas teylu kyns oll, ny'm beu ken towl vÿth ès dhe bassya ow
thermyn yn plegadow ha me constrînys dhe remainya in Dewnan,
moy plegadow ès bythqweth kyns. Ny ylly person sêmly agas whor
ha'y natur teg ma's ow flêsya; ha'y omdhegyans i'm kever dhyworth an
dallath a veu a'n ehen—marth yw genef pàn wryllyf predery adro
dhe'n mater, fatell o ow holon vy mar yêyn! Saw res yw dhybm
meneges, ny veu exaltys dredho ma's ow vanyta yn udnyk. Nyns o
bern dhybm hy emôcyons hy, nyns esen vy ma's ow predery a'm solas
only. Me a wrug chersya inof emôcyons o ûsys dhybm, ha me a whelas
dre bùb main dhe vos plegadow dhedhy, heb towl vÿth a wortheby hy
herensa hy gans sergh dhyworthyf ow honen.

Mêstresyk Dashwood, i'n eur-na, ow trailya hy lagasow warnodho
gans scorn ha sorr a'n lettyas hag a leverys,

"Scant ny dal dhywgh, a Vêster Wyllowby, derivas ha ny dal dhybm
goslowes na felha. Ny yll dallath kepar ha hebma bos sewyas gans tra
vÿth. Bydner re byma painys dre glôwes ken tra vÿth adro dhe'n
mater-ma."

"Res porrês yw dhywgh clôwes an negys yn tien," ev a worthebys,
"Nyns o brâs ow fortyn, ha me a veu scùllyak bythqweth, ûsys
bythqweth dhe gowethya gans pobel moy rych agesof ow honen. Pùb
bledhen wosa dos in oos, pò dhyrag hedna martesen, me a addyas
dhe'm dettys, ha kyn fen delyfrys dhywortans dre vernans ow
henytherow goth, Mêstres Smyth, saw drefen hedna dhe vos diantel,
ha dre lycklod pell i'n dedhyow esa ow tos, ow thowl o dhe amendya

ow cyrcùmstancys dre varyach gans benyn a fortyn brâs. Nyns o fur dhybm ytho kelmy ow honen dh'agas whor, ha gans anwhecter, gans honenuster ha gans cruelta—ha ny yll golok serrys na scornus vÿth dhyworthowgh why, a Vêstresyk Dashwood, nefra ow rebukya re rag hedna—yth esen owth omdhon indelha, ow whelas dendyl hy herensa heb preder vÿth a'y gortheby. Saw y hyll un dra bos leverys ragof; i'n stât-na a vanytya honenus, ny wodhyen pana vrâs o an pystyk ervirys genef, rag i'n eur-na ny wodhyen pandr'o dhe gara. Saw a wrug vy y wodhvos bythqweth? Y hyller dowtya hedna, rag a pen vy ow cara in gwiryoneth, a alsen vy sacryfia ow emôcyons dhe vanyta, dhe goveytys? Pò, ha pelha, a alsen sacryfia hy emôcyons hy? Saw gwrÿs yw genef. May hallen goheles bohosogneth comparek, a via glânhës a bùb euth dre hy howethyans hy, dre exaltya ow honen dhe rycheth, me re gollas kenyver tra a alsa y wil bedneth."

"Yth esewgh why ow cresy," yn medh Elynor, medhelhës nebes, "why dh'y hara hy i'n termyn eus passys?

"Dhe sevel orth dynyans mar grev, dhe strîvya warbydn kebmys caradôwder! Eus den vÿth i'n bys a ylly y wil? Eâ, me a gafas ow honen nebes ha nebes in kerensa gensy in gwir; ha'n ourys moyha lowen a'm bêwnans, o an ourys a spênys vy gensy, pàn o ow thowlow wordhy yn tien, ha'm emôcyons dyflam. I'n eur-na, bytegyns, pàn en vy determys dhe dhemedhy agas whor, me a alowas ow honen yn treus dhe strechya dhia dhëdh dhe dhëdh an termyn dhe vos ambosys gensy, drefen na vydnen gwil indelha ha'm cyrcùmstancys mar ancombrys. Ny wrama rêsna obma—ha ny vanaf vy naneyl hedhy obma may hallowgh why declarya dhybm pana wocky en vy dhe hockya dhe derivas ow forpos, ha me kelmys der onour solabrÿs. Prevys veu fatell en vy fol skentyl, ow parusy gans dothter brâs rag an chauns a'm gwil vylen ha truedhek rag nefra. Wàr an dyweth me a veu determys, kettel yllyn côwsel orty yn pryveth, dhe jùstyfia an attendyans o rÿs genef dhedhy, ha dh'y assûrya a'm kerensa, neb a dhysqwedhys vy dhedhy solabrÿs. Saw i'n mêntermyn, ajy dhe nebes ourys inter ow ervirans ha'n chauns a gollenwel ow thowl, y wharva neb tra—tra fest anfusyk—dhe dhystrôwy oll ow determyans, ha ganso oll ow homfort. Y feu wharvedhyans dyscudhys,"—obma ev a hockyas ha meras wàr nans. "In neb maner Mêstres Smyth a dhescas, dhyworth neb esel abell a'y theylu, neb o porposys dhe gemeres hy faverans dhyworthyf, ow tùchya colm, ow tùchya mater cudh—saw nyns yw otham dhym dhe styrya ow honen pelha," ev a addyas, in udn veras orty, rudh hy vejeth ha gans lagas ownek,—"agas cowethyans arbednyk—dre lycklod why re glôwas oll an whedhel nans yw termyn hir."

"Me re'n clôwas," Elynor a worthebys ow rudhya hy honen, hag ow calesy hy holon warbydn pyteth moy anodho, "Me re glôwas oll an whedhel. Hag in pana vaner a wrewgh why ascûsya radn vŷth a'gas cabmweyth i'n negys uthyk-na, ny allama convedhes poynt."

"Perthowgh cov," Wyllowby a grias, "dhyworth pyw a wrussowgh why recêva an derivas. A ylly hedna bos heb faverans? Yth esoma ow confessya fatell dalvia dhybm gwil vry a'y savla hag a'y natur. Nyns esoma ow whelas jùstyfia ow honen, saw in kettermyn, ny allama alowa dhywgh dhe bredery, drefen hy dhe vos pystygys, fatell o hy heb pegh, ha drefen me dhe vos imoral hy dhe vos sanses. Mars o garowder hy whansow, gwander hy ùnderstondyng—nyns oma ervirys dhe dhyffres ow honen. Hy sergh ragof a dhendylas dyghtyans gwell, hag yn fenowgh yth esoma ow remembra gans rebuk ragof ow honen an medhelder, neb dres termyn cot a ylly sordya kerensa inof. Govy, govy in gwir an dra dhe wharvos bythqweth! Saw me re wrug pystyga moy ès an vowes hy honen; me re bystygas nebonen mayth o hy herensa ragof (a allama y leverel) mar dobm, ha'y brŷs—ogh, ass yw liesgweyth nôbla!"

"Nyns yw agas fowt bern, bytegyns, tro ha'n vowes anfusyk-na—res yw dhybm y leverel, kynth yw casadow dhybm côwsel a'n negys— nyns yw agas fowt bern ascûs vŷth rag agas dyfyk in hy hever. Na prederowgh why dhe vos ascûsys dre hy lack a ùnderstondyng, dre hy gwander natùral, a'n cruelta dybreder a wrussowgh why dysqwedhes dhedhy. Res yw why dhe wodhvos, pàn esewgh why ow cafos plesour in Dewnan, ow sewya towlow nowyth, jolyf pùpprŷs, lowen pùpprŷs, fatell o hy codhys in bohosogneth truedhek dres ehen."

"Saw wàr ow ena, ny'n godhyen poynt," ev a worthebys fest gwresek. "Ankevys o genef na rys vy ow thrigva dhedhy; ha sens kebmyn a vynsa derivas dhedhy an fordh dh'y dyscudha."

"Wèl, a syra, ha pandra leverys Mêstres Smyth?"

"Hy a'm acusyas a'n cabmweyth dystowgh, ha why a yll desmygy ow ancombrynsy. Glanythter hy bêwnans, furvuster hy frederow, hy lack a skians a'n bŷs—yth esa pùptra wàr ow fydn. Ny yllyn denaha gwiryoneth an negys ha ny wrug vy soweny dh'y medhelhe. Kyns ena hy o parys, me a grŷs, dhe dhowtya dre vrâs moralyta ow omdhegyans, ha pelha dyscontentys o hy der an bohes attendyans, an very nebes a'm termyn a sacrys vy dhedhy in ow vysyt i'n dedhyow-na. Wàr verr lavarow y wharva cowldorrva intredhon. Me a alsa sawya ow honen der udn fordh. In uhelder hy moralyta, an venyn vas! Hy a offras dhybm hy dhe ava an termyn tremenys, mar teffen ha demedhy gans Elîza. Ny ylly hedna bos—hag y feuma exîlys dhyworth hy favour ha

"*Y feuma exîlys.*"

dhyworth hy chy. Me a bassyas an nos wosa an kescows-na—res o dhybm dyberth ternos vyttyn—owth omgùssulya pandra a dalvia dhybm gwil i'n termyn esa ow tos. Brâs o an strîf—saw y whrug an strîf gorfedna yn scon. Ow herensa rag Mary-Àn, ow certuster hy dhe'm cara—nyns o lowr an re-na dhe fetha an own a'm beu a vohosogneth, na dhe settya adenewen an fâls-prederow i'm pedn a'n otham a rycheth, tybyansow naturek neb a veu encressys der ow howethyans gans pobel scùllyak. Yth esen ow cresy y hyllyn powes wàr lendury ow fresent gwre'ty, mar teffen hag offra maryach dhedhy. Me a wrug dhybm cresy yth o fur heb gwil ken tra vŷth. Yth esa metyans poos worth ow gortos kyns ès me dhe asa Dewnan—ervirys o me dhe gynyewel genowgh why an very dëdh-na. Res o dhybm cafos neb dyharas rag terry an promys. Saw me a dhebâtyas genef termyn hir a dalvia dhybm screfa an om-ascûsyans pò y wil in person. Uthyk via genama gweles Mary-Àn, ha ny wodhyen naneyl, mar teffen ha'y gweles arta, me dhe allos sevel fyrm i'm towl. Ena, bytegyns, yth esen ow jùjya re vohes ow helder brŷs, dell wrug an wharvedhyans dysqwedhes. Rag me êth, me a's gwelas, me a's gwelas trist ha me a's gasas trist—pelha me a dhepartyas dhyworty ha govenek dhybm na vydnen vy nefra hy gweles arta."

"Prag y whrussowgh why agan vysytya, a Vêster Wyllowby?" yn medh Elynor; "nôta cot screfys a via lowr rag an porpos. A veu res dhywgh dos in person?"

"Res veu rag ow gooth ow honen. Ny yllyn perthy dhe dhyberth dhyworth an pow-na in maner a alsa gwil dhywgh why pò dhe'n gentrevogyon dowtya radn vŷth a'm kescowsow gans Mêstres Smyth—ha me a erviras ytho dh'agas vysytya i'n penty wàr ow fordh dhe Honyton. An syght a'gas whor, bytegyns, a veu uthyk dhybm, ha dhe wil taclow dhe lacka, me a's cafas hy honen oll. Why oll o gyllys ny wodhyen dhe byle. Ny wrug vy hy gasa ma's an gordhuwher de, ha me mar dhetermys inof ow honen dhe wil an dra ewn! Nebes ourys a vynsa ow helmy gensy rag nefra, hag yth esoma ow perthy cov pana lowen o ow spyrys ha me ow kerdhes dhyworth an penty bys in Allenham, contentys genef ow honen, contentys gans pùbonen i'n bŷs. Saw an vysyt-na, agan dewetha kescows a gerensa, me a nessas dhedhy gans drog-conscyans a gemeras dhyworty ogasty an power a fâcyans. Pàn leverys dhedhy bos res dhybm gasa Dewnan dystowgh, hy thristans, hy moreth, hy down-edrega,—nefra ny wrama y ankevy—jùnys inhy dhe gowl-fydhyans, dhe drest leun inof!—a Dhuw—ass en vy tebelwas cales y golon!"

Y aga dew a dewys tecken. Elynor a gowsas kynsa.

"A wrussowgh why leverel dhedhy y whrewgh why dewheles?"

"Ny worama pandra leverys vy dhedhy," ev a worthebys cot y berthyans, "me a leverys le ès dell dalvia dhybm in golok an dedhyow tremenys, heb dowt vŷth, ha dre lycklod moy ès dell o jùstyfies der an dedhyow dhe dhos. Ny allama predery anodho.—Ny wra servya.—I'n eur-na agas mabm guv a dheuth hag a'm tormentyas pelha gans oll hy fydhyans ha caradôwder. Grâssow dhe Dhuw! Me a veu tormentys. Ass en vy morethek. A Vêstesyk Dashwood, ny yllowgh why desmygy pana gonfort yw dhybm meras wàr dhelergh wàr ow thristans. Me a yll ascrîbya kebmys anken dhe foly gocky camhensek ow holon ow honen, nag yw ow sùffrans tremenys ma's joy ha rejoycyans lebmyn. Wèl, me a dhepartyas, me a asas pùptra kerys genef hag êth dhe weles an re-na nag en vy ma's mygyl in aga hever. Ow viaj dhe Loundres— ow viajya gans ow mergh ow honen, hag ytho sqwîthus—heb den vŷth dhe gôwsel orto—ow frederow mar jolyf—pàn wrellen meras in rag mar wolcùbmus—pàn wrellen meras wàr dhelergh orth Barton, an pyctour o mar wheg!—ogh, ass o benegys an viaj!"

Ev a cessyas.

"Wèl, a syra," yn medh Elynor, rag kynth y's teva hy pyteth anodho, hy a garsa ev dhe dhepartya, "yw hedna pùptra?"

"Pùptra!—nâ—a wrussowgh why ankevy an taclow a wharva in Loundres? An lyther uthyk-na dhyworthyf. A wrug Mary-Àn y dhysqwedhes dhywgh?"

"Gwrug, me a welas pùb lyther a veu danvenys."

"Pàn dheuth dhybm an kensa lyther dhyworty (y teuth dystowgh, rag yth esen in Loundres oll an termyn) an pŷth a glôwys inof—dell yw an lavar kebmyn—na yll bos derivys. In lavar moy sempel— martesen re sempel dhe sordya môvyans vŷth—ow emôcyons a veu pòr dydn. —Kenyver lînen, kenyver ger a veu dhybm—i'n metafor ûsys neb a vynsa an screfores cuv forbyddya, a pe hy obma—dagyer i'm colon. Me dhe wodhvos fatell esa Mary-Àn in Loundres a veu— rag gwil devnyth a'n keth sort geryow—crack taran.—Crackys taran ha daggyers—pana rebuk a vydna hy ry dhybm!— Hy decernyans, hy opynyons—me a grŷs fatell yns y dhe well aswonys genef ès ow decernyans ha'm opynyons ow honen—ha sur oma y dhe vos moy kerys genef."

Colon Elynor, neb a sùffras lies chaunjyans dres an kescows coyntma, a veu medhelhës arta;—saw hy a omsensas bos hy devar dhe jeckya tybyansow kepar in hy howeth.

"Nyns yw ewn hebma, a Vêster Wyllowby. Perthowgh cov why dhe vos demedhys. Na wrewgh derivas ma's kebmys herwyth agas conscyans esowgh why ow consydra lowr ragof dhe glôwes."

"Nôtyans Mary-Àn a'm assûryas fatell en vy mar gerys dhedhy avell i'n dedhyow passys,—in spît dhe'n lies seythen mayth en ny separâtys dhyworth y gela, ha hy dhe vos mar fast in hy emôcyons ha mar leun a wovenek i'm lendury vy avell bythqweth. Hedna a sordyas inof oll ow edrega. Me a lever 'a sordyas', rag ow thermyn in Loundres, negys ha bêwnans lows, a wrug coselhe ow honscyans nebes, hag yth esen ow chaunjya dhe vylen brav, cales y golon, in udn gresy ow honen dhe vos mygyl in hy hever hy; ow côwsel orthyf ow honen, kepar ha nag o agan kerensa dremenys ma's neb tra drufyl; ow terevel ow dywscoth rag prevy hedna dhe vos gwir, hag ow conclûdya inof pùb rebuk, ow fetha kenyver scrûpyl, dre leverel traweythyow dhybm ow honen, 'Assa vedhaf vy lowen dhe glôwes hy dhe vos demedhys.' Saw an nôtyans-na a wrug dhybm aswon ow honen dhe well. Me a brederys hy dhe vos liesgweyth moy kerys genef ès ken benyn vÿth i'n bÿs, ha me dhe vos orth hy dyghtya yn uthyk. Saw i'n eur-na yth o pùptra nowyth-arayes intredhof ha Mêstresyk Grey. Ny yllyn omdedna. Ny yllyn gwil tra vÿth ma's agas goheles agas dyw. Ny dhanvenys vy gorthyp vÿth dhe Mary-Àn, porposys dhe wetha ow honen dhyworty alena rag; ha dres nebes dedhyow me o determys na wrellen vysytya Strêt Berkeley,— saw wàr an dyweth me a brederys y fedha furha dhe fâcya ow bosama den kebmyn aswonys dhywgh; me a'gas gwelas ow tos in mes a'n chy myttynweyth ha me a asas ow hanow."

"Why a'gan gwelas ow tos in mes a'n chy!"

"Gwelys in gwir. Sowthenys viowgh why dhe glôwes pana lowr torn a wrug vy agas whythra, pana lowr torn a wrug vy ogasty hapnya warnowgh dre jauns. Me a entras in lies shoppa rag goheles agas lagasow, pàn esa agas côcha ow passya. Yth esen owth ôstya in Strêt Bond; scant ny dheuth jorna vÿth pàn na wrug vy merkya onen ahanowgh pò hy ben; ha ny ylly tra vÿth agan kescar ma's hewolder heb cessya dres termyn hir. Me a wre avoydya Syr Jowan hag Arlodhes Myddelton kebmys avell possybyl, ha me a sconyas ken den vÿth a ylly bos aswonys dhywgh why ha dhybmo vy kefrÿs. Ny wodhyen fatell esa Syr Jowan in Loundres, bytegyns, ha me a'n metyas dre hap an kensa dëdh a'y dhevedhyans ha'n jëdh wosa me dhe vysyta Mêstes Jenyngs. Ev a'm gelwys dhe fest, dhe dhauns in y jy an gordhuwher-na. Na ve ev dhe leverel dhybm avell dynyans why ha'gas whor dhe vos gelwys, me a wrussa y gonsydra re certan dhe fydhya ow honen in y ogas. Ternos vyttyn a dhros dhybm ken nôtyans dhyworth Mary-

"Me a entras in lies shoppa rag goheles agas lagasow."

Àn—kerenjedhek whath, ôpyn, sempel, leun fydhyans—pùptra a ylly gwil ow omdhegyans fest casadow. Me a whelas gortheby an nôtyans. Saw ny yllyn. Me a'n whelas—saw ny ylly framya lavar vŷth. Saw me a wre predery anedhy pùb mynysen i'n jëdh. Mar kyllowgh why kemeres pyteth ahanaf, a Vêstresyk Dashwood, kemerowgh pyteth ahanaf kepar dell en vy i'n eur-na. Gans ow fedn ha'm colon leun a'gas whor, me a veu constrînys dhe wary an caror lowen dhe venyn aral! An teyr seythen pò peder seythen o lacka ès ken tra vŷth. Wèl, wàr an dyweth, y fewgh why herdhys warnaf; hag assa wrug vy presentya fygùr wheg! Ass o va gordhuwher a dorment! Mary-Àn mar deg avell el wàr an eyl tu, ow kelwel warnaf in lev wheg. Ogh, a Dhuw, owth istyna hy dorn tro ha me, ow pesy styryans dhyworthyf, ha'y dewlagas dynyak fastys gans kebmys fienasow wàr ow fâss! Ha Sofia, mar envies avell an jowl wàr an tu aral, ow meras mar—Wèl, nyns usy ow sygnyfia; yth yw pùptra gorfednys i'n tor'-ma. Ass o uthyk an gordhuwher-na! Me a bonyas in kerdh dhyworthowgh mar scon dell yllyn; saw ny yllyn scappya kyns ès me dhe weles bejeth caradow Mary-Àn mar whydn avell an mernans. Hèn o an prŷs dewetha me dh'y gweles; an fordh dhewetha may whrug hy apperya dhydm. Golok uthyk veu! Saw pàn wren vy predery anedhy hedhyw ha hy ow merwel in gwiryoneth, nebes confort o dhybm dhe dhesmygy me dhe wodhvos pana semlant a vydna hy dysqwedhes dhe'n re-na a wrella hy gweles rag an dewetha prŷs i'n bŷs-ma. Yth esa hy dhyragof, heb hedhya, ha me ow viajya, ha'n keth lyw ha semlant warnedhy."

Y eryow a veu sewys gans pols cot a ombrederyans dhywortans aga dew. Wyllowby a veu an kensa dhe sordya y honen hag ev a dorras an taw indelma:

"Wèl, gesowgh dhybm fystena ha dyberth. Agas whor yw amendys in gwir, ha frank a beryl heb dowt vŷth?"

"Ny yw certan anodho."

"Agas mabm druan inwedh!—dôtys dell yw hy wàr Mary-Àn."

"Saw an lyther, a Vêster Wyllowby, agas lyther agas honen; eus tra vŷth dhywgh dhe leverel adro dhe hedna?"

"Eâ, eâ, hedna yn arbednyk. Agas whor a screfas dhybm arta, dell wodhowgh why, ternos myttyn. Why a welas pandra screfas hy. Yth esen vy ow tebry hawnsel in chy Teylu Ellyson,—ha'y lyther hy, gans nebes lytherow erel a veu drŷs dhybmo dhyworth ow ôstyans. Dell wharva, Sofia a'n merkyas kyns ès me dh'y weles—ha'y vyns ha fînder an paper, an dornscrefa warbarth a ros dhedhy rêson rag kemeres skeus. Neb acow(nt) nywlek a dheuth dhedhy ow tùchya ow howethyans vy gans neb mowes yonk in Dewnan, ha'n wharvedhyans

a welas hy an gordhuwher kyns hedna a alowas dhedhy gweles pyw o
an venyn yonk, ha hedna a's gwrug moy envies ès bythqweth. Hy a
fâcyas ytho hy dhe vos gwariek, gnas plegadow in benyn usy den ow
cara, ha hy a egoras an lyther ha redya an geryow ino. Y feu hy dâ
aqwytys rag hy thauntyans. Hy a redyas taclow neb a's gwrug dyglon.
Me a alsa perthy hy hasadôwder, saw hy sorr—hy atty. Res o coselhe
hy envy tydn. Wàr verr lavarow, pandr'esowgh why ow predery a'n gîss
a screfa a's teves ow gwre'ty?—fin—tender—gwregek in gwir—a nyns
o?"

"Agas gwre'ty! — Y feu an lyther screfys gans agas dorn agas
honen."

"Beu, saw ny dhendylys ma's an crejys a dhascrefa yn uvel lavarow
o meth dhybm dhe worra ow hanow dhodhans. An scrif gwredhek a
veu hy ober hy yn tien—hy frederow lowen ha'y geryow clor. Saw
pandra yllyn ny gwil? Ny o ambosys, yth esa pùptra in preparacyon,
namnag o determys dëdh an maryach.—Saw yth esoma ow côwsel
kepar ha den fol. Preparacyon! Dëdh! Rag leverel an gwiryoneth, me
a'm beu otham a'y mona hy, hag in tyller kepar ha'm tyller vy, res o
gwil pynag oll dra rag goheles torrva intredhon. Ha wosa pùptra,
pandr'esa hedna ow sygnyfia dhe'm natur in lagasow Mary-Àn ha'y
howetha, pana eryow a veu ûsys i'n lyther? Nyns o va ma's an main
dhe dhrehedhes towl. Yth o ow negys dhe dheclarya me dhe vos
vylen, ha bohes dyffrans a via me dh'y wil gans plêg dhe'n dor pò ow
whelas gwil mêstry. 'Me yw dystrôwys rag nefra in aga brusyans,' me a
leverys dhybmo ow honen. 'Me yw degës in mes a'ga howethas, rag
ymowns y ow cresy me dhe vos pollat heb conscyans; ny wra an lyther-
ma ma's gwil dhodhans cresy me dhe vos tebelwas pur.' Ow rêsnans a
veu indelha, ha me in dyspêr ha heb rach, ow copia geryow ow gwre'ty
ha me a worras dhyworthyf an covyon dewetha a'm beu a Mary-Àn.
Hy thry nôtyans—i'n gwetha prÿs yth esens y oll i'm tigen, poken me
a vynsa denaha aga bos dhybm, ha me a's gorras inter dêwla Sofia—
constrînys veuma aga hepcor ha ny yllyn abma dhodhans kyn fe. Ha
cudyn hy blew—me a'n wre don hedna adro genef pùpprÿs i'n keth
tigen, esa Madama ow sarchya i'n eur-na gans garowder fest
plegadow—an cudyn cuv,—pùb covro a veu sqwerdys dhyworthyf."

"Yth esowgh why ow qwil cabm, a Vêster Wyllowby, why yw dhe
vlâmya yn crev," yn medh Elynor, saw hy lev, in spît dhedhy hy
honen, a dhysqwedhas hy thregereth; "ny dalvia dhywgh côwsel
indelha a Vêstres Wyllowby nag a'm whor vy. Why a wrug agas dôwys.
Yma agas gwre'ty ow tendyl agas cortesy, agas worshyp dhe'n lyha. Res
yw hy dh'agas cara, poken ny wrussa hy agas demedhy. Hy dyghtya

gans fowt cufter, dhe gôwsel anedhy gans dysprêsyans, nyns usy hedna
ow qwil amendys dhe Mary-Àn—pelha ny allama predery hedna dhe
scafhe agas conscyans."

"Na gowsowgh dhybm a'm gwreg," yn medh ev owth hanaja yn
town; "nyns yw agas pyteth dendylys gensy. Hy a wodhya pàn wrussyn
ny demedhy, nag esen orth hy hara. Wèl, ny a dhemedhas hag a
dheuth wàr nans dhe Combe Magna rag bos lowen, ha wosa hedna ny
a dhewhelys dhe Loundres rag bos jolyf. Ha lebmyn eus pyteth
dhywgh ahanaf, a Vêstres Dashwood? Pò a dherivys vy oll hebma yn
euver? Oma—beva udn tabm kyn fe—le cablus in agas brusyans why
ès dell en vy kyns? Nyns o cabm ow forpos pùpprŷs, A wrug avy
glanhe part a'm cabluster?"

"Gwrussowgh. Why re remôvyas neb tra yn certain—nebes. Why re
brovas agas honen dre vrâs dhe vos le dhe vlâmya ès dell esen ow
cresy. Why re dhysqwedhas nag o agas colon mar gamhensek,
liesgweyth le camhensek. Saw scant ny worama—an tristans a
wrussowgh why gorra wàr ow whor—scant ny worama pandra a alsa y
wil dhe lacka."

"A vydnowgh why derivas dh'agas whor, pàn vo hy yaghhës, oll
hedna a wrug vy acowntya dhywgh? —Gesowgh vy dhe vos nebes
scafhës in hy brusyans hy warbarth gans in agas brusyans why kefrŷs.
Why a lever fatell wrug hy gava dhybm solabrŷs. Gesowgh dhybm
desmygy fatell wra skians gwell a'm colon hag a'm present emôcyans
tedna in mes anedhy gyvyans le constrînys, le furvus, moy naturek ha
moy clor. Derivowgh dhedhy a'm anken hag a'm edrega—leverowgh
dhedhy na veu ow holon bythqweth fâls dhedhy, ha mar mydnowgh
why, fatell yw hy i'n very tor'-ma moy kerys ès bythqweth."

"Me a vydn leverel dhedhy a vo res (ow côwsel yn comparek) rag
agas jùstyfians. Saw ny wrussowgh why styrya an rêson arbednyk
ragowgh why dhe dhos obma, na in pana vaner a wrussowgh why hy
dhe vos clâv."

"Newher in Drûry Lane, dre hap me a vetyas Syr Jowan Myddelton,
ha pàn welas ev pyw en vy, rag an kensa prŷs nans yw dew vis, ev a
gowsas orthyf. Ev a savas orth côwsel orthyf dhia bàn wrug vy
demedhy, ha me a welas hedna heb sowthan ha heb sorr. I'n eur-na
bytegyns ny ylly y enef wocky, caradow hag onest, anês dell o va rag
kerensa agas whor ha leun a sorr tro ha me, heb y inia dhe leverel
dhybm neb tra, yth esa ev ow cresy, a dalvia ow vexya, saw dre lycklod
na vydna ow vexya. Mar lybm dell ylly, ev a dherivas fatell esa Mary-
Àn ow merwel a fevyr pedrys in Clêvlond—lyther recêvys an myttyn-
na dhyworth Mêstres Jenyngs a dheclaryas peryl mortal dhe vos ow

nessa dhedhy—fatell wrug Mêster ha Mêstres Palmer forsâkya aga chy rag ewn brawagh, h.e. Me a veu re dhiegrys dhe fâcya dhe Syr Jowan talsogh y honen na veuma amôvys der an nowodhow-na. Y golon a veu medhelhës pàn welas ev me dhe sùffra ha meur a'y envy tro ha me a veu lehës. Pàn wrussyn ny kescar, namna wrug ev shakya ow dorn hag ev a remembras dhybm promys ow tùchya colyn ky poynter. Ass o poos ow holon pàn glôwys vy agas whor dhe vos ow merwel, hag ow merwel inwedh ow cresy me dhe vos an sherewa gwetha oll i'n bÿs, worth ow scornya, orth ow hâtya ha hy in newores—rag ny wodhyen pana dhêdys uthyk a veu ascrîbys dhybm? Udn person, me o sur, a vydna ow descrefa avell den abyl dhe wil drocoleth vÿth i'n bÿs. Ow sensacyons o uthyk! Ow forpos a veu gwrÿs yn scon hag orth eth eur myttyn hedhyw me a veu i'm caryach. Lebmyn why a wor pùptra."

Ny worthebys Elynor ger vÿth. Yth o hy frederow fastys wàr an pystyk anêwnadow gwrÿs gans anserhogneth re avarr ha'n ûsadow a'n sewyas a sygerneth, bêwnans lows ha gorlanwes wàr an brÿs, wàr an natur ha wàr an lowena a dhen neb a'n jeva pùb prow a berson hag a deythy warbarth gans gnas ôpyn hag onest ha colon gerenjedhek, An bÿs a'n gwrug scùllyak ha honenblêsys— Scùllva ha vanyta a'n gwrug den honenus, yêyn y golon. Vanyta, esa ow whelas y vyctory y honen dhe afles nebonen aral, a'n colmas in gwir-gerensa, saw scùllva, pò dhe'n lyha, y issew, otham, a dhemondyas may fe hy sacryfies. Pùb whans dyfygys a'n lêdyas dhe sherewynsy, hag in kettermyn dhe gessydhyans. An gerensa, may whrug ev warbydn onour, warbydn amôvyans, warbydn pùb comodyta sqwardya y honen dhyworty, yth esa lebmyn, pàn na ylly hy bos alowys, ow rêwlya pùb preder; ha'n colm, may whrug ev gasa hy whor heb scrûpyl dhe dristans ragtho, esa dre lycklod sur dhe brevy fenten a anken dhodho, —anken liesgweyth lacka. Hy a veu somonys wosa nebes mynys dhyworth ombrederyans a'n sort-na dre Wyllowby y honen. Ev a sordyas y honen dhyworth prederow in pùb poynt mar dydn, hag a breparyas dhe dhyberth. Ev a leverys—

"Ny wra servya me dhe remainya obma. Res yw dhybm dyberth.

"Esowgh why ow tewheles dhe Loundres?"

"Nag esof—me â dhe Combe Magna. Yma dhybm negys ena; hag alena me a vydn mos dhe Loundres warlergh nebes dedhyow. Farwèl."

Ev a istynas y dhorn. Ny ylly hy y naha hag a ros hy dorn dhodho ev; ev a'n gwascas yn caradow.

"Ha why, esowgh why ow predery nebes gwell ahanaf ès kyns?" yn medh ev, ow relêssya hy dorn hag ow posa warbydn an glavel, kepar ha pàn ancovas yth esa ev ow tyberth.

Elynor a'n assûryas hy dhe bredery gwell anodho; hy dhe ava dhodho, dhe berthy pyteth anodho, ha fatell esa hy ow whansa pùb dâ ragtho—bern o dhedhy kyn fe ev dhe vos lowen—ha hy a addyas neb cùssul glor ow tùchya an fara moyha gwirhaval dhe avauncya y lowena. Ny veu y worthyp skyla rag govenek.

"Ow tùchya hedna," yn medh ev, "res yw dhybm strîvya der an bŷs gwelha gallaf. Nyns yw possybyl dhybm lowena i'm teylu. Mar pedhama alowys, bytegyns, dhe bredery ow destnans ha'm gwythres dhe vos bern dhywgh why ha dh'agas teylu, hedna martesen a vŷdh dhybm an main dhe vos war—dhe'n lyha, y fŷdh neb tra dhe vêwa ragtho. Mary-Àn heb dowt yw kellys dhybm rag nefra. A pen vy dre neb chauns benegys frank arta—"

Elynor a'n stoppyas gans rebuk.

"Wèl,"—ev a worthebys—"farwèl unweyth arta. Me a wra dyberth i'n tor'-ma ha bêwa in own a udn wharvedhyans."

"Pandr'esowgh why ow mênya?'

"Maryach agas whor."

"Camdybys yn tien owgh why. Ny yll hy nefra bos moy kellys dhywgh ès dell yw hy i'n tor'-ma."

"Saw gwainys vŷdh hy gans nebonen aral. Ha mar pŷdh an den-na an very person lyha plegadow dhybm—saw ny wrama gortos obma rag kemeres dhyworthyf agas bolùnjeth dâ ha'gas pyteth dre dhysqwedhes na allama pardona i'n very tyller may whrug vy pystyga dhe'n moya. Farwèl. Duw re'aga bendycko!"

Ha gans an geryow-na, namna wrug ev ponya in mes a'n rom.

Chaptra XLV

Dres termyn, wosa ev dhe dhepartya, ha wosa tros y garyach dhe verwel, Elynor a gafas lies preder, dyvers inhans aga honen, saw neb a's compressas re dhe remembra hy whor.

Wyllowby, nag esa hy ma's owth abhorrya bys hanter-our alena avell an podryn brâssa in oll an bŷs, Wyllowby awos oll y fowtys, o skyla rag pyteth dhedhy rag an sùffrans dyfunys gans an very fowtys-na. I'n eurna hy a bredery anodho keskerys dhyworth hy theylu rag nefra, gans medhelder, gans edrek, moy herwyth y whansow, dell wodhya hy inhy hy honen, ès herwyth y verytys. Yth esa hy owth omsensy y bower wàr hy brŷs dhe vos encressys dre daclow na dalvia bos bern dhedhy; y berson mar dhynyak, ha'n fara ôpyn, kerenjedhek ha bew nag o meryt dhodho avell teythy, ha dre y sergh tobm rag Mary-Àn whath, nag o onest dhe veneges. Saw hy a bredery hedna pell kyns ès hy dhe glôwes le y bower.

Pàn dhewhelys hy wàr an dyweth dhe Mary-Àn glamderys, hy a's cafas ow tyfuna, refreshys dre gùsk mar hir ha mar wheg dell o govenek dhedhy. Leun o colon Elynor. An termyn o passys, an present, an dedhyow dhe dhos, vysyt Wyllowby, sawment Mary-Àn ha devedhyans gwaitys hy mabm, an re-na oll a's tôwlas in tervans a spyrys neb a's gwetha dhyworth pùb sqwîthter, ma nag o own dhedhy ma's a dyskevra hy honen dh'y whor. Cot bytegyns o an termyn rag an own-na. rag le ès hanter-our warlergh dyberth Wyllowby, hy a veu somonys arta an stairys wàr nans der an sownd a gen caryach.— Whansek dhe sparya hy mabm dhyworth pùb mynysen a ancertuster uthyk, hy a bonyas dystowgh aberth i'n portal ha drehedhes an daras wàr ves in termyn poran dh'y recêva ha dh'y scodhya pàn wrella hy entra.

Ny's teva Mêstres Dashwood lev vŷth rag govyn adro dhe Mary-Àn, rag hy euth hag y ow nessa dhe'n chy o sur fatell o Mary-Àn gyllys dhyworth an bŷs. Ny ylly hy côwsel orth Elynor kyn fe. Saw Elynor heb gortos salusans pò govynadow vŷth, a ros dhedhy dystowgh an sewajyans lowen; ha'y mabm worth y gafos gans oll hy gwres ûsys, a veu fethys dre hy lowender, kepar dell o hy kyns dre hy own. Y feu hy scodhys aberth i'n parleth inter hy myrgh ha'y hothman; hag ena, owth ola gans joy, kyn na ylly hy côwsel whath, hy a wrug byrla Elynor arta hag arta, ow trailya dhyworty traweythyow dhe wasca dorn Cornal Brandon, gans semlant, a dhysqwedhas hy grâssow ha'y crejyans ev dhe gevradna gensy joy an termyn-na. Ev a'n kevradnas, bytegyns, gans taw brâssa ès taw Mêstres Dashwood hy honen.

Kettel wrug Mêstres Dashwood omwelhe, hy chîf-whans o dhe weles Mary-Àn ha dyw vynysen wosa hedna yth esa hy gans hy flogh meurgerys—rendrys kerha dhedhy dre estryk, dre dristans ha dre beryl. Plesour Elynor pàn welas hy fara an dhyw ow metya a veu checkys der an own a Mary-Àn robbys a gùsk pelha. Saw Mêstres Dashwood a ylly bos clor, a ylly bos fur, pàn esa bêwnans hy flogh in peryl. Mary-Àn, contentys dhe wodhvos bos hy mabm in hy ogas, ha war hy honen dhe vos re wadn rag kescôwsel, a agrias heb let dhe gùssul pùb attendyores adro dhedhy dhe dewel ha dhe bowes. Mêstres Dashwood a vydna esedha yn tyfuna ryb gwely Mary-Àn dres nos; hag Elynor, owth obeya dhe bejadow hy mabm, êth dh'y gwely. Saw gwethys dhyworty dre frobmans spyrys o an cùsk demondys der udn nos dygùsk, ha dre lies our a fienasow sqwîthus. Yth esa Wyllowby, "Wyllowby truan," dell esa hy worth y elwel dhedhy hy honen, in hy fedn pùb termyn. Contentys fatell glôwas hy y jùstyfians, saw i'n eur-na yth esa hy par termyn owth cably hy honen, par termyn owth ascûsya hy honen rag y jùjya ev mar anwhek. Saw hy fromys dhe dherivas y styryans dh'y whor o ankensy dhedhy. Own a's teva a'y berformya, own a's teva a'y effeth wàr Mary-Àn. Ny wodhya hy mar kylly Mary-Àn nefra bos lowen gans ken den, warlergh clôwes narracyon Wyllowby. Rag tecken trist o Elynor nag o Wyllowby gour gwedhow. Ena ow perthy cov a Gornal Brandon, hy a rebukyas hy honen. Yth esa hy ow cresy fatell o hy whor dendylys der y sùffrans ha'y lendury ev (liesgweyth moy ès lendury y gescaror), hag hy a whansas tra vŷth ken ès mernans Mêstres Wyllowby.

Ny veu Mêstres Dashwood mar dhiegrys dre dhevedhyans Cornal Brandon dhe Barton rag hy o ownekhës brâs kyns ès hedna. Yth o hy mar ancrêsys ow tùchya Mary-Àn mayth o hy determys solabrŷs dhe dhallath wàr hy fordh dhe Clêvlond an very jorna-na, heb gortos ken nowodhow vŷth. Yth o hy viaj mar arayes gensy kyns ev dhe dhos, mayth o Teylu Carey gwaitys pùb mynysen dhe gerhes Margaret in kerdh gansans, rag nyns o hy mabm contentys dh'y don dhe dyller vŷth may hylly bos clevejyans.

Mary-Àn a bêsyas owth amendya pùb dëdh ha jolyfter spladn semlant ha spyrys Mêstres Dashwood a brevy hy dhe vos, dell levery hy yn fenowgh, an venyn lowenha in oll an bÿs. Ny ylly Elynor clôwes hy declaracyon, na gweles an prov, heb govyn orty hy honen traweythyow esa hy mabm ow remembra Edward neb termyn. Saw Mêstres Dashwood, ow trestya dhe dherivas temprys a'y thùll hy honen, danvenys dhedhy gans Elynor, a veu ledys in stray der an lanwes a'y joy dhe bredery yn udnyk a'n taclow a vydna y encressya. Mary-Àn o restorys dhedhy dhyworth peryl, ha Mêstres Dashwood a dhalathas consydra fatell wrug hy hy honen crefhe an peryl-na pàn wrug hy inia kerensa anfusyk Mary-Àn rag Wyllowby. Hag in yaghheans Mary-Àn hy mabm a's teva ken skyla rag lowender, na wodhya Elynor. Y feu va derivys dhedhy in kescows pryveth intredhans.

"Wàr an dyweth ny yw agan honen oll. A Elynor ger, ny wodhesta oll ow lowena. Yma Cornal Brandon ow cara Mary-Àn. Ev a'n derivas dhybm y honen."

Y whrug hy myrgh, plêsys, ha painys, sowthenys ha heb sowthan, a's attendyas heb ger vÿth.

"Nyns osta kepar ha me, a Elynor guv, poken me a vynsa govyn orthyf ow honen ow tùchya dha yêynder i'n tor-ma. Mar teffen hag esedha rag desîrya neb tra vas rag ow theylu, me a vynsa fastya wàr dhemedhyans Cornal Brandon gans onen ahanowgh avell an towl moyha plegadow. Ha me a grÿs y fÿdh Mary-Àn an vowes moy lowen ahanowgh ganso."

Yth o Elynor hanter-whansek dhe wovyn orty hy rêson rag predery indelha, rag apert o dhedhy na ylly bos kefys rêson vÿth growndys wàr avîsment newtral a'ga oos, a'ga natur nag a'ga emôcyons. Saw res o dh'y mabm bos degys in kerdh pùpprÿs der hy desmygyans ow tùchya devnyth a les vÿth, hag ytho in le a wovyn qwestyon orty, Elynor a asas dhe'n mater passya gans minwharth.

"Ev a egoras oll y golon dhybm de ha ny ow viajya. An mater a dheuth in mes dre hap. Dell ylta jy desmygy, ny yllyn vy côwsel a gen tra vÿth ès ow flogh;—ny ylly ev keles y anken. Me a welas ev dhe vos grêvys mar veur avelof vy, hag ev martesen ow predery na ylly colon cothman, kepar dell yw an bÿs lebmyn, bos lowr dhe jùstyfia kescodhevyans mar grev—poken dre lycklod heb predery poynt, me a sopos—ev a omros dhe emôcyons fest galosek ha derivas dhybm a'y gerensa dhywysyk, tender ha lel rag Mary-Àn. Yma va worth hy hara abàn wrug ev hy gweles rag an kensa prÿs.

I'n geryow-na ny verkyas Elynor an cows a garor, an confessyon a gerensa dhyworth Cornal Brandon adar an afînans a imajynacyon bew hy mabm, rag yth esa hy ow shâpya pùb tra delycyùs warlergh hy bolùnjeth hy honen.

"Hy herensa rygthy, liesgweyth brâssa ès tra vŷth clôwys pò fâcys gans Wyllowby, moy lel ha moy pêsus—pynag oll a vydnyn ny hy gelwel, re dhuryas dres oll an termyn pàn wodhya ev a sergh Mary-Àn rag an den yonk dybris-na!—ha heb predery anodho y honen—heb govenek!—ev o parys dh'y gweles lowen gans nebonen aral—ass yw nôbyl y vrŷs!—ass yw ôpyn, ass yw gwiryon y golon!—ny vŷdh den vŷth tùllys ino ev."

"Yth yw teythy Cornal Brandon," yn medh Elynor, "avell den fest wordhy, yw aswonys dhe genyver onen."

"Me a wor hedna dhe vos gwir,"—yn medh hy mabm yn sad, "poken warlergh gwarnyans kepar, me a via an person dewetha dhe genertha kerensa a'n par-na, na dhe vos lowenhës dredhy. Saw ev dhe dhos dhe'm kerhes dell wrug ev, gans caradôwder mar barys, yw lowr dh'y brevy onen a'n dus moyha wordhy."

"Saw nyns usy y deythy dâ," Elynor a worthebys, "ow powes wàr udn gwythres caradow yn udnyk, inies der y gerensa rag Mary-Àn. Ev yw aswonys termyn hir dhe Vêstres Jenyngs, dhe Syr Jowan ha dhe Arlodhes Myddelton. Ymowns y oll orth y gara hag ow tysqwedhes worshyp dhodho, ha'm skians anodho, kyn na wrug vy y gafos ma's i'n dedhyow dewetha-ma, yw brâs lowr. Yth esoma worth y estêmya yn uhel, ha mar kyll Mary-Àn bos lowen ganso, me a vŷdh mar barys avelos dhe cresy agan colm ganso dhe vos an vedneth vrâssa i'n bŷs. Pana worthyp a wrusta ry dhodho?—A wrusta alowa dhodho dhe berthy govenek?"

"Ogh! a guv colon, ny yllyn i'n eur-na côwsel a wovenek orto ev nag orthyf vy ow honen. I'n very prŷs-na Mary-Àn a ylly bos in newores. Saw ny wrug ev pesy govenek na kenerthans. Y dherivas o confessyon dre wall, lavar a gonfort rag cothman. Warlergh termyn bytegyns, rag kyns oll me a veu overcùbmys yn tien, me a leverys mar qwre hy bêwa, dell esen vy ow trestya, ow lowender brâssa a via dhe avauncya aga demedhyans. Ha dhia bàn wrussyn ny drehedhes Clêvlond, abàn wrussyn ny desky hy dhe vos saw, me a'n leverys dhodho arta dhe voy leun, hag a ros dhodho pùb kenerthans esa i'm power. Termyn, termyn cot, me a lever dhodho, a wra collenwel pùptra. Ny dal colon Mary-Àn bos wastys rag nefra wàr dhen kepar ha Wyllowby. Merytys an Cornal a verr speyss a wra obtainya colon Mary-Àn."

"Rag jùjya dhyworth cher an Cornal, bytegyns, ny wrusta y wil mar certan."

"Na wrug. Yma va ow cresy kerensa Mary-Àn dhe vos mar dhown dhe jaunjya marnas wosa termyn hir, ha gesowgh ny dhe soposya hy holon dhe vos frank arta, nyns usy ev ow fydhya ino y honen. Ev a grÿs bos an dyffrans in aga oos hag in aga natur re vrâs rygthy dh'y gara. I'n negys-na, bytegyns, camdybys ywa yn tien. Nyns yw y oos ev ma's kebmys moy ès hy bledhydnyow hy dhe vos prow, rag y fara ha'y omdhegyans yw fastys; pelha y deythy ev yw an re poran, me a wor gwir, dhe lowenhe dha whor. Ha'y berson ha'y vanerow inwedh, ymowns y oll orth y favera. Nyns usy ow fowt newtralyta worth ow dalhe. In gwir nyns yw ev mar sêmly avell Wyllowby, saw i'n kettermyn yma neb tra moy plegadow in y gowntnans. Y fedha neb tra, dell esta ow perthy cov, i'n lagasow Wyllowby traweythyow, nag esa worth ow flêsya."

Nyns esa Elynor ow perthy cov anodho; saw hy mabm, heb gortos hy acord, a bêsyas,

"Ha'y vanerow, manerow an Cornal yw moy plegadow dhybm ès dell o manerow Wyllowby bythqweth, saw y yw an sort aswonys yn tâ dhe vos fest moy dynyak dhe Mary-Àn. Y glorder, y attendyans gwiryon dhe natureth pobel erel, ha'y sempleth egerys gouryl, yma an poyntys-na oll owth agria moy dh'y gnas enesyk hy ès fara bewek (yn fenowgh fâcys ha liesgweyth anfusyk) an den aral. Me yw sur inof ow honen, mar teffa Wyllowby hag omdhysqwedhes caradow in gwir (hag apert yw nag o va indelha), ny via Mary-Àn bythqweth mar lowen ganso ev, dell vÿdh hy gans Cornal Brandon."

Hy a bowesas.—Ny ylly hy myrgh acordya gensy yn tien, saw ny veu clôwys hy dyssentyans, hag ytho ny offendyas poynt.

"Hy a vÿdh ogas lowr dhybm in Delaford," Mêstres Dashwood a addyas, "mar teuma ha remainya in Barton; ha dre lycklod,—rag me a glôw y vos pendra vrâs—in gwir res yw bos chy pò penty in y ogas, ha liedna a vynsa agan servya mar dhâ avell agan trigva bresent."

Elynor druan!—otta towl nowyth rag dry Elynor dhe Delaford!—saw hy o pedn cales.

"Y fortyn kefrÿs!—rag in oos ow bloodh vy, te a wor, hèn yw bern dhe genyver onen. Ha kyn na worama pygebmys yw, ha nag oma whensys dhe wodhvos, sur ov y vos onen dâ."

I'n eur-na aga hescows a veu terrys gans neboren aral, hag Elynor a omdednas dhe ombredery yn pryveth a bùptra, ha gans an desîr-na y honen, hy a glôwas pyteth rag Wyllowby.

Chaptra XLVI

Kyn whrug an cleves gwadnhe Mary-Àn, ny dhuryas ev pell lowr dhe lettya hy sawment; ha gans hy yowynkneth, hy nerth naturek ha presens hy mabm avell gweres, hy amendyans êth in rag mar êsy may hylly hy kyns pedn peswar dëdh warlergh devedhyans Mêstres Dashwood, das-anedhy bys in chambour omwysca Mêstres Palmer. Pàn esa hy ena, orth hy fejadow hy honen, rag hy a garsa ry grâssow dhodho rag kerhes hy mabm, Cornal Brandon a veu gelwys dh'y vysytya.

Elynor a dhesmygyas, pàn wrug ev entra i'n rom, gweles hy semlant chaunjys ha recêva hy dorn gwydnyk istynys dystowgh dhodho gensy, fatell veu sordys y omdhegyans dre neb tra ken ès y gerensa rygthy, pò drefen pùbonen dhe wodhvos anedhy. Yn uskys Elynor a gonvedhas in y lagas morethek hag in chaunj lyw y vejeth, pàn veras ev orth hy whor, fatell veu lies golok a anken tremenys remembrys ganso. Ev a welas an hevelenep inter Mary-Àn hag Elîza, confessys solabrÿs, ha crefhës i'n eur-na der an lagas cow, an grohen glevejys, an savla gwadn gorwedhys, ha'n grâssow gwresek rag y attendyans caradow.

Mêstres Dashwood o mar hewol avell hy myrgh a'n wharvedhyans, saw yth o hy frederow fest dyhaval dhyworth brÿs Elynor. Ny welas hy bytegyns tra vÿth in omdhegyans an Cornal avês dhe'n emôcyons moyha sempel ha moyha apert. In fara Mary-Àn hy a welas, bytegyns, dell esa hy ow ferswâdya hy honen, neb tra ow tallath o moy ès grâssow yn udnyk.

Wosa udn jëdh pò dew, pàn esa Mary-Àn ow crefhe yn apert pùb dewdhek our, Mêstres Dashwood, inies dre hy bolùnjeth hy honen ha dre volùnjeth hy myrgh, a dhalathas côwsel a jaunjya aneth dhe Barton. Yth esa gwayow hy dew gothman ow powes wàr hy ervirans; ny ylly Mêstres Jenyngs forsâkya Clêvlond erna ve teylu Dashwood tregys ena; ha Cornal Brandon a veu drÿs yn scon der aga fejadow udnys dhe gonsydra y aneth ena dhe vos mar strothys. Ev warbarth gans Mêstres Jenyngs a wrug hy fesy avell aqwytyans dhe ûsya caryach

an Cornal wàr an viaj tre, may halla hy flogh clâv bos dhe well êsys.
Mêstres Jenyngs a's teva natur gwythresek ha caradow rag les hy
hynsa, ha'n Cornal orth hy desîr a bromyssyas dhe dhascafos y garyach
dre vysyt dhe'n penty kyns pedn nebes seythednow.

Devedhys o an dëdh a gescar hag a dhyberth; Mary-Àn, wosa gasa
farwèl specyal gans Mêstres Jenyngs, ha hy leun a worshyp, grâssow ha
whansow cuv dhedhy, dell o dendylys gensy, rag Mary-Àn a wodhya
fatell o hy hy honen in dedhyow passys heb attendyans rygthy. Mary-
Àn a gemeras cubmyas teg gans Cornal Brandon avell cothman hag a
veu gweresys ganso aberth i'n caryach— ev a garsa fatell wre hy ûsya
dhe'n lyha hanter a'n côcha. Mêstres Dashwood hag Elynor a's
sewyas, hag y feu an re erel gesys aga honen oll, dhe gôwsel a'n
viajyoryon ha dhe omsensy dyfreth, erna wrug Mêstres Jenyngs
confortya hy honen awos hy dyw gowethes yonk dhe dhepartya in
whedhlow hy servyades; ha Cornal Brandon dystowgh a dhalathas wàr
y fordh dhygoweth dhe Delaford.

Y feu teylu Dashwood dew dhëdh i'n fordh ha Mary-Àn a borthas
viaj an dhew jorna heb sqwîthter essensek. Hy dyw gowethes gans
attendyans prederus ha kerensa dhywysyk a wrug pùptra rag hy gwil
attês. Hag y a veu aqwytys dre gonfort hy horf ha calmynsy hy brÿs. Y
feu Elynor plêsys spessly dre gosoleth hy spyrys. Hy a's gwelas
seythen warlergh seythen ow codhevel heb hedhy, compressys der an
angus colon, na's teva hy coraj dhe gompla na perthyans dhe geles.
Saw i'n eur-na Elynor a welas gans joy, na ylly hy kevradna gans ken
den vÿth, brÿs Mary-Àn dhe vos clor. Yth esa Elynor ow trestya hedna
dhe vos an frût a ombrederyans down, tra a vydna wàr an dyweth hy
hùmbrank dhe es ha dhe lowender.

In gwir, kepar dell esens y ow tos nes dhe Barton hag owth entra in
vuys may whre pùb pras ha pùb gwedhen dry cov ankensy dhe Mary-
Àn, Mary-Àn a dewys ha gyllys in prederow hy a drailyas hy fâss
dhywortans rag meras der an fenester. Saw ny veu Elynor sowthenys
ha ny ylly hy blâmya nancyl. Ha pàn weresas hy Mary-Àn dhywar an
caryach, hy a welas bos hy bejeth gwlëb gans dagrow. Hèn o emôcyon
naturek yn tien ha ny veu sordys in Elynor ken tra vÿth ès pyteth, hag
yth o Mary-Àn dhe braisya awos hy heladow. In oll hy omdhegyans
warlergh hedna Elynor a welas in hy whor brÿs dyfunys dhe assay
rêsonus. Kettel wrussons y entra i'ga farleth, Mary-Àn a veras adro
gans semlant a ferfter determys, kepar ha pàn o hy ervirys dhe
dhevos'he hy honen dhe weles pùptra kelmys gans Wyllowby.—
Bohes a leverys hy, saw lowender o towl kenyver lavar, ha kyn
scappyas hanajen in mes anedhy traweythyow, ny bassyas hedna heb

an amendyans a vinwharth. Wosa kydnyow hy a vydna whelas seny an pyanô. Hy êth bys dhodho—saw an mûsyk a welas hy kyns oll o gwary cân, esa nebes a'ga hanow dewdhen moyha kerys ino, ha wàr an folen avês yth esa hy hanow hy honen, screfys in y dhornscrefa ev. Ny vydna hedna servya. Hy a shakyas hy fedn, settya an mûsyk adenewen, ha wosa prevy an alwhedhow tecken, hy a groffolas yth o gwadn hy besias,. Hy a dhegeas an daffar, ha declarya yn crev hy dhe bractycya yn frâs i'n termyn esa ow tos.

Ternos vyttyn ny veu an tôknys lowen-na lehës poynt. I'n contrary part, gans brŷs ha corf crefhës dre bowes, Mary-Àn a apperyas leun a spyrys ha hy a gôwsy gans jolyfter gwiryon. Yth esa hy ow qwetyas gans plesour dewhelyans Margaret, ha hy a gomplas lanwes an teylu, a vedha ena dasformys. Hy a gowsas a'ga gwythres warbarth, aga hompany lowenek avell an udn dra dhe vos whensys.

"Pàn vo cosel an gewar, ha wosa me dhe dhascafos ow nerth," yn medh Mary-Àn, "ny a gebmer kerdhow hir kenyver jorna. Ny a vydn kerdhes bys i'n bargen tir wàr amal an wûn ha gweles fatl'usy an flehes ow soweny; ny a vydn kerdhes bys in lowarth gwëdh nowyth Syr Jowan in Crows Barton hag in Tir an Abaty; ha ny â yn fenowgh dhe grellas an priorjy ha whelas helerhy aga fùndacyon mar bell, herwyth tradycyon, dell esens ow trehedhes. Me a wor y fedhyn ny lowen. Me a wor fatell wra an hâv passya yn lowenek. Porposys oma na wrama sevel nefra moy holergh ès whe eur myttyn, ha dhyworth an termyn-na bys in kydnyow me a vydn radna pùb prŷs inter mûsyk ha redya. Yth yw formys ow thowl ha determys oma dhe dhallath cors a studhyans dywysyk. Agan lyfryow yw re aswonys dhybm ha dhe vos ûsys rag ken tra vŷth ès intertainment. Saw yma lies lyver a dal aga redya i'n Park. Pelha yma lies onen moy arnowyth a allama benthygya dhyworth Cornal Brandon. Mar ny wrama redya ma's whe our kenyver jorna, me a wra gwainya ajy dhe vledhen meur a adhyscas, usy, dell worama inof ow honen, ow lackya dhybm."

Elynor a wrug hy onora rag towl nôbyl avell hedna; kyn whrug hy minwherthyn ow qweles an keth fancy dywysyk ow lavurya dh'y dry dhe borpos a arveth hag a omgontrollyons dres musur neb a's dros kyns ena dhe dhiegy ha dhe lamentyans honenus. Hy minwharth bytegyns a jaunjyas dhe hanajen, pàn remembras hy na veu collenwys whath hy fromys dhe Wyllowby. Pelha yth o own dhe Elynor y hylly an narracyon a whedhel Wyllowby ancrêsya brŷs Mary-Àn, ha shyndya dres prŷs an govenek a gosoleth gwythresek. Hy a garsa ytho dylâtya an narracyon anfusyk erna ve surha yêhes hy whor. Saw y feu an determyans-na gwrŷs yn udnyk may halla va bos terrys.

"Ha gweles fatell usy an flehes ow soweny."

Yth esa Mary-Àn dew dhëdh pò try dëdh in tre, kyns ès an gewar
dhe vos teg lowr rag person gwadn hy yêhes avelly hy dhe venturya in
mes. Saw wàr an dyweth myttyn medhel wheg a dheuth; lowr dhe
demptya bolùnjeth an vyrgh ha fydhyans hy mabm. Mary-Àn ow posa
wàr vregh Elynor a gafas cubmyas dhe gerdhes i'n vownder dhyrag an
chy mar hir dell ylly heb bos qwith.

An whereth a dhalathas mar lent dell o reqwîrys gans hy
gwanegreth, rag ny wrug hy practycya omassayans abàn dhalathas hy
cleves. Nyns êns y avauncys pelha dhyworth an chy ès dhe ry
dhodhans golok orth an vre, an vre abris wàr dhelergh; Mary-Àn a
savas ha gans hy lagasow trailys dy, a leverys yn cosel,
"Ena, ena poran," in udn boyntya gans udn dorn, "wàr an tolgh
balak-na—me a godhas; ha me a welas Wyllowby rag an kensa prÿs."

Hy lev a sedhas gans an ger, saw ow tasvêwa yn scon, hy a addyas,
"Grâssow dhe Dhuw saw me a yll meras orth an tyller heb meur a
bain! A wren ny nefra côwsel a'n negys-na, Elynor." Hy a gôwsas in
udn hockya. "Poken a vÿdh hedna cabm? Yma govenek dhybm me
dhe allos côwsel anodho neb termyn dell y ewn dhybm."

Elynor a gomendyas dhedhy yn caradow dhe vos egerys.
"Ow tùchya edrega," yn medh Mary-Àn, "me re'n porthas hedna in
y gever ev. Nyns oma porposys dhe gôwsel orthys ow tùchya ow
emôcyons ragtho i'n dedhyow tremenys. Me a garsa côwsel orthys a'm
emôcyons i'n tor'-ma. I'n present termyn, mar callen vy bos satysfies
a udn poynt, mar callen predery nag esa ev owth actya part pùpprÿs,
nag esa va worth ow decêvya pùb termyn; mar callen a-ugh pùp tra
godhvos nag o va mar gamhensek in gwir dell wrug ow own y
dhesmygy, warlergh whedhel a'n vowes anfusyk-na—"

Hy a cessyas. Elynor a recêvas hy geryow gans joy, ha hy a
worthebys,
"Mar calles bos certan a hedna, a vedhys êsy?"
"Bedhaf. Yth yw cosoleth ow brÿs kelmys gans hedna in dyw fordh.
Kyns oll uthyk yw dhe berthy skeus a nebonen, a veu mar guv dhybm,
dhe blottya indelha—saw fatl'usy an skians ow qwil dhybm apperya
dhybm ow honen? In tyller kepar ha'm tyller vy, pana beryl a alsa
kerensa dhywith methek kepar ha'm kerensa vy ow nothhe
dhodho—?"
"In pana vaner ytho," yn medh hy whor, "a vynses styrya y
omdhegyans?"
"Me a vynsa y soposya,—Ogh, assa via dâ genef y soposya brottel yn
udnyk; brottel dres ehen."

Ny leverys Elynor tra vŷth moy. Yth esa hy ow strîvya gensy hy wàr
jy a via dâ dallath hy whedhel heb let, poken y dhylâtya erna ve yêhes
hy whor dhe greffa; —hag y a avauncyas nebes mynys heb côwsel.

"Nyns esoma ow whansa re a dhâ dhodho," yn medh Mary-Àn wàr
an dyweth in udn hanaja, "pàn vyma ow tesîrya na ve y brederow
pryveth udn tabm moy hegas ès ow frederow ow honen. Ev a wra
sùffra lowr gansans."

"Esta ow comparya dha omdhegyans jy gans y omdhegyans ev?"

"Nag esof. Yth esoma worth y gomparya gans an omdhegyans a
dalvia dos dhyworthyf. Yth esoma ow comparya ow omdhegyans gans
dha fara jy."

"Ny veu hevelenep vŷth inter agan cyrcùmstancys."

"Agan cyrcùmstancys o moy haval ès agan omdhegyans. Na wra
alowa, a Elynor guv, dha garadôwder dhe ascûsya an pŷth yw res
dhe'th vrusyans cably. Ow cleves re wrug dhybm ombredery. Ev re ros
termyn frank ha cosoleth dhybm rag perthy cov yn town. Termyn hir
kyns ès me dhe vos yaghhës lowr dhe gôwsel, me a ylly consydra
taclow yn perfeth. Me a brederys a'n termyn tremenys; me a welas i'm
omdhegyans abàn wrug vy y aswon rag an kensa prŷs kydnyaf warleny,
tra vŷth ken ès anfurneth tro ha me ow honen ha fowt caradôwder tro
ha pobel erel. Me a gonvedhas fatell wrug ow emôcyons preparya ow
sùffrans, ha fatell wrug lack a berthyans in dadn ow fainys ow
hùmbrank dhe'n bedh ogasty. Me a wor yn tâ fatell veu ow cleves
causys yn tien dredhof ow honen, ha me ow tysprêsya ow yêhes—ha
me a wodhya hedna orth an very termyn-na y honen. Mar teffen ha
merwel, ow mernans a via omladha. Ny gonvedhys ow feryl ernag o
gyllys an peryl; saw ow tùchya oll an emôcyons rŷs dhybm gans ow
yaghheans, marth yw genef ow sawment—marth yw genef pana
dhywysyk o ow desîr dhe vêwa, ha dhe wil amendyans dhe Dhuw ha
dhywgh why oll. Me a gemeras marth na veu me ledhys dystowgh.
Mar teffen ha merwel, assa vies jy morethek wàr ow lergh, te ow
attendyores, ow howethes, ow whor! Te a welas agensow ow
honenuster frobmys; te a wodhya oll croffolas ow holon! Fatla wrussen
bêwa i'th covyon! Ow mabm inwedh! Fatl'alsesta hy hebaskhe! Ny
allama meneges pana hâtys oma genef ow honen. Pynag oll dermyn a
wrellen meras orth an dedhyow tremenys, me a wely neb devar heb
collenwel, pò neb camhenseth chersys. Yth hevelly dhybm fatell veu
pùbonen pystygys genef. Caradôwder dybowes Mêstres Jenyngs, me
a's aqwytyas gans dysprêsyans ùnkynda. Me a veu taunt ha camhensek
dhe Deylu Myddelton, dhe Deylu Palmer, dhe whereth Steele, dhe
bùbonen aswonys dhybm. Yth o ow holon calesys warbydn aga

merytys, ha gnas serrys der aga attendyans y honen. Me a ros le ès dell
o ewn dhe Jowan ha dhe Fany, kyn nag o meur dendylys gansans. Saw
te, te a-ugh pùbonen ha'm mabm, me a wrug cabm dhywgh. Me yn
udnyk a wodhya dha golon ha'th tristans; saw fatla wrug hedna
dyffrans dhybm? Ny dhysqwedhys vy tregereth vŷth dhis rag dha
gonfortya na rag ow honfortya vy. Yth esa dhyragof dha exampyl jy saw
fatla wrug hedna servya? En vy dhe voy prederus ahanas pò a'th solas?
A wrug vy omdhon herwyth dha berthyans jy, pò lehe dha galeterow
dre gemeres radn in onen vŷth a'th wythresow a gortesy pò grâssow—
nâ, me a'th asas dhe gollenwel dha dhevar dha honen oll. Ha me a
wrug hedna pàn wodhyen te dhe vos trist kebmys ha pàn esen ow
cresy te dhe vos lowen. Me a wre trailya adenewen dhyworth pùb
devar ha pùb cowethyans; ha scant ny alowys vy bos tristans i'n bŷs
avês dhe'm tristans vy. Ny'm beu edrek vŷth ma's a'n golon a'm
forsâkyas hag a'm pysytgas, ha me a'th asas jy, kyn whren vy declarya
kerensa heb fînyow dhis, dhe vos morethek ragof vy."
I'n eur-na fros uskys hy spyrys a omrebukyans a cessyas; hag Elynor,
whensys dhe hebaskhe hy whor, saw re onest dhe flattra, a ros dhedhy
prais ha scodhyans dendylys mar dhâ dre efander hy brŷs ha'y edrek.
Mary-Àn a wascas hy dorn ha gortheby,—
"Te yw pòr dhâ.—Res yw dhe'n dedhyow usy ow tos bos ow frov.
Me re settyas ow thowl in mes, ha me a yll glena orto—ow emôcyans
a vŷdh controllys ha'm fara a vŷdh amendys. Ny wrama na felha
ancrêsya pobel erel na tormentya ow honen. Me a vydn bêwa rag ow
theylu yn udnyk i'n termyn usy ow tos. Te, ow mabm ha Margaret,
alebma rag a dal bos oll ow bŷs. Why a wra kevradna ow herensa
intredhowgh. Ny'm bŷdh whans vŷth dhe dhepartya dhyworthowgh
na dhyworth ow thre. Ha mar teuma ha kemysky in ken company, ny
vŷdh hedna ma's rag dysqwedhes fatell yw ow spyrys uvelhës, ow
holon amendys ha fatell allama practycya cortesy, ha dûtas munys an
bêwnans gans clorder ha gans perthyans. Ow tùchya Wyllowby—ny
via gwir dhe leverel me dh'y ankevy yn scon pò nefra. Ny yll an
remembrans anodho bos fethys dre jaunj a cyrcùmstancys nag a
opynyons. Saw an remembrans a vŷdh rêwlys, checkys dre grejyans,
dre rêson ha dre wythresans heb hedhy."
Hy a bowesas—hag addya isel hy lev, "Mar callen godhvos y golon
yn udnyk, y fia pùptra êsy dhybm."
Elynor a veu owth ombredery adro dhe'n composter pò an
camhenseth a ry hy narracyon dh'y whor heb let, ha nyns o hy sur
pandra dalvia dhedhy gwil, saw pàn wrug hy clôwes hedna, hy a
determyas dhe gollenwel an dra.

Hy a dherivas hy whedhel heb hockya, parusys dell o rag hy goslowyades gans rach. Hy a gowsas yn sempel hag yn egerys a'n chîf-poyntys may whrug Wyllowby derevel y dhyharas warnodhans; hy a braisyas y edrega, saw hy a vedhelhas nebes y dheclaracyons a'y gerensa eternal. Mary-Àn a dewys. Hy a gernas, y feu hy lagasow fastys wàr an dor, ha'y gwessyow a veu gwydnha ès dell êns y in hy cleves. Mil gwestyon a dherevys in hy holon, saw ny vedhas hy govyn onen vŷth anodhans. Hy a glôwas kenyver sylaben gans dywysycter dianal; heb y wodhvos hy honen hy dorn a wascas dorn hy whor, ha dagrow a gudhas hy bohow.

Yth esa Elynor ow kemeres own hy whor dhe vos sqwith hag ytho hy a's lêdyas tre. Erna wrussons drehedhes daras an penty, hy a wre desmygy pandr'o whans Mary-Àn dhe wodhvos, kyn na wrug hy govyn qwestyon vŷth. Ny gôwsy Elynor bytegyns a dra vŷth ma's a Wyllowby hag a'y hescows warbarth ganso. Hy a ros oll an manylyon ow tùchya y semlant ha'y eryow, may hylly bos rŷs an poyntys-na heb peryl vŷth. Kettel wrussons entra i'n chy, Mary-Àn a abmas dhe Elynor gans grâssow, ha'n try ger-ma a veu clôwys dre hy dagrow, "Derif dhe vabmyk." Ena Mary-Àn a omdednas dhyworth hy whor hag a ascendyas an stairys yn lent. Ny garsa Elynor ancrêsya unycter mar rêsonus avell i'n eur-na. Hag in udn ombredery yn town a'n devar dhyrygthy, hy a drailyas aberth i'n parleth dhe gollenwel pejadow hy whor.

Chaptra XLVII

Ny glôwas Mêstres Dashwood heb amôvyans jùstyfians hy den meurgerys. Hy a veu plêsys fatell veu va glânhës a radn a'y begh; hy a gemeras pyteth anodho—hy a whansas ev dhe vos lowen. Saw ny ylly dewheles emôcyons a'n termyn tremenys. Ny ylly travŷth y restorya dhe Mary-Àn gans y lendury heb terry—hy gnas dynam. Ny ylly tra vŷth dylea an skians a sùffransow Mary-Àn dredho ev, na kemeres in kerdh an gamhenseth a'y omdhegyans tro hag Elîza. Ny ylly tra vŷth ytho y astevery in hy estêmyans passys, na pystyga an les a Gornal Brandon.

Mar teffa Mêstres Dashwood, kepar ha'y myrgh, clôwes whedhel Wyllowby dhyworto y honen—mar teffa hy ha gweles y anken, a pe hy in dadn an nerth a'y gowntnans ha'y fara, dre lycklod hy fyteth a via dhe vrâssa. Saw ny ylly Elynor ha ny garsa hy sordya emôcyons a'n parna in hy mabm, dre styryans munys, dell vowns y kyns derevys inhy hy honen. Ombrederyans a ros cosoleth dh'y brusyans, hag a dempras hy opynyon a dhader y fara. Ny garsa hy ytho ma's declarya an narracyon sempel, ha presentya an gwiryoneth a'y omdhegyans heb afînans medhel a ylly lêdya an brusyans wàr stray.

Gordhuwher an jëdh-na, pàn esens y aga theyr warbarth, Mary-Àn a dhalathas côwsel anodho arta—saw ny veu hedna heb strîvyans, dell veu dysqwedhys der an prederuster fyslak esa hy a'y eseth ino—der an encressyans a rudhyans wàr hy fâss—ha dre hy lev diantel.

"Me a garsa agas assûrya agas dyw," yn medh hy, "me dhe weles pùptra dell esowgh why ow tesîrya."

Mêstres Dashwood a garsa goderry hy geryow heb let gans medhelder clor, na ve Elynor, neb o whensys dhe glôwes prederow gwiryon hy whor, dhe ry tôkyn dywysyk dh'y mabm. Mary-Àn a bêsyas yn lent,—

"Me a veu sewajys yn frâs dre narracyon Elynor dhybm myttyn hedhyw—me re glôwas an dra poran a garsen clôwes." Dres nebes mynys hy a dewys; saw hy a greffhas hy honen hag a addyas gans moy cosoleth ès kyns—"Me yw contentys yn tien. Nyns esoma ow tesîrya chaunj vÿth. Ny alsen vy nefra bos lowen ganso, warlergh dyscudha, dell wrussen yn avarr pò holergh, oll an negys. Ny'm bien fydhyans vÿth, estêmyans vÿth ino. Ny alsa tra vyth y remôvya dhyworth ow holon."

"Me a'm gor—me a'm gor," hy mabm a grias. "Lowen gans den a fara lyg!—Gans nebonen neb a bystygas cres agan cothman kerha; ha'n den gwelha y gnas!—Nâ,—ny's teves ow Mary-Àn an golon a alsa bos lowen gans den a'n par-na!—Hy honscyans, hy honscyans fin a vynsa clôwes oll a dalvia bos sensys in conscyans hy gour ty."

Mary-Àn a hanajas hag leverys arta, "Nyns esoma ow tesîrya chaunj vÿth."

"Yth esta ow consydra an mater," yn medh Elynor, "i'n fordh poran dell yw res dhe vrÿs dâ ha dhe gonscyans salow y gonsydra; ha dre lyçklod yth esta ow convedhes, kepar ha me, i'n negys-ma hag in lies cyrcùmstans aral kefrÿs, fatell vynsa dha varyach dha gelmy in caleterow dynyver hag in tùll brâs. A ny vies scodhys der y gerensa liesgweyth le certan ès dha gerensa jy? Mar teffes ha demedhy ganso, te a vies bohosak. Aswonys yw dhodho y honen ev dhe vos scùllyak, hag yma oll y omdhegyans ow teclarya nag ywa ûsys dhe dhenaha y honen. Y reqwîryans ev ha'th lack a experyens jy warbarth, ha'gas pegans mar danow, a vynsa dry warnowgh meur a anken—ha hedna a via encressys ragos drefen nag o va aswonys genes kyns. Dha sens a onour hag a onester a vynsa dha lêdya dhe whelas bos erbysek. Hadre via hedna ow powes wàr dha sparuster dha honen, te a alsa y berthy. Saw dres hedna mar teffes hag assaya dhe lehe y blesours, a nyns ywa gwirhaval, na vynsa hedna spêdya dhe wil dh'y natur honenus acordya genes, saw i'n contrary part dhe lehe y gerensa ragos—hag ena ev a via edregys ev dhe'th kemeres bythqweth avell gwreg hag indelha dry caleterow a'n sort-na warnodho?"

Gwessyow Mary-Àn a gernas, ha hy a dhasleverys an ger "Honenus?" in lev esa ow covyn —"esta worth y jùjya honenus in gwiryoneth?"

"Y omdhegyans yn tien," Elynor a worthebys, "dhia an dallath bys in dyweth an negys re beu growndys wàr honenuster. Honenuster a wrug dhodho sportya gans dha gerensa kyns oll; ha wosa hedna, pàn esa ev in kerensa genes, honenuster a'n constrînas dhe dhylâtya y veneges, ha hedna wàr an dyweth a'n kemeras dhyworth Barton. Hy blesour y honen, pò y êsyans y honen a veu in pùb tra y jîf-pednrêwl."

"Hèn yw pòr wir. Ny wrug ev bythqweth whelas dhe avauncya ow lowena-vy."

"I'n present termyn," Elynor a bêsyas, "drog yw ganso an pÿth a wrug ev. Ha prag yth yw hedna?—Drefen na wruga gortheby dh'y blesour. Ny veu va gwrÿs lowenek dredho. Ev yw i'n present termyn frank a ancombrynsy ow tùchya mona—nyns usy ev ow codhevel in taclow a'n par-na; ha nyns usy ev ma's ow predery fatell wrug ev demedhy benyn le caradow agesos dha honen. Saw nyns usy hedna ow styrya, mar teffa ev ha'th temedhy jy, y fia ev lowen. An ancombrynsy a via dyhaval. I'n eur-na ev a vynsa sùffra in dadn galeterow arhansek, saw drefen an re-na dhe vos pell dhyworto i'n tor'-ma, nyns usy ev worth aga jùjya dhe vos bern dhodho. Ev a vynsa cafos gwre'ty na alsa ev croffolas adro dh'y natur, saw ev a via in otham pùb termyn—bohosak rag nefra; ha dre lycklod ev a vynsa consydra an confort a fortyn dâ hag a vos heb kendon dhe vos liesgweyth moy a valew ès lowender in y jy hag ès caradôwder gwre'ty."

"Nyns esoma worth y dhowtya," yn medh Mary-Àn, "ha ny'm beus edrek vÿth marnas ow tùchya ow foly ow honen."

"Nâ, lavar kyns, a flogh," yn medh Mêstres Dashwood, "ma's ow tùchya folneth dha vabm. Hy yw dhe vlâmya."

Ny wrug Mary-Àn gasa dhedhy dhe brocêdya;—hag Elynor, contentys fatell esens y aga dyw ow sensy aga errour, a garsa goheles golok wàr dhelergh orth an dedhyow passys a ylly gwadnhe spyrys hy whor; rag hedna hy in udn sewya an kensa mater, a bêsyas dystowgh,

"Ny a yll tedna udn tybyans in mes a'n whedhel-ma—fatell sordyas oll problemow Wyllowby dhywar an kensa offens warbydn vertu, dhywar y fara tro hag Elîza Wyllyams. An drogober-na re beu an fenten a bùb drogober aral, ha'n caus a oll y bresent anken."

Mary-Àn a agrias yn town dhe'n lavar-na; ha'y mabm a veu lêdys dredho dhe reckna oll an pystygow dhe Gornal Brandon hag oll y verytys, ha hy mar wresek dell ylly cowethyans ha towl hy gwil. Ny apperyas Mary-Àn bytegyns hy dhe glôwes meur a'n re-na.

Elynor a welas, kepar dell esa hy ow qwetyas, nag esa nerth Mary-Àn owth encressya an nessa dew dhëdh pò try dëdh. Saw hy a remainyas mar dhetermys, ha hy a whelas whath dhe omdhysqwedhes jolyf ha dianken. Yth esa hy whor ow fydhya i'n passyans a dermyn dhe amendya hy yêhes.

Margaret a dhewhelys, hag yth o oll an teylu warbarth arta, tregys yn cosel i'n penty; ha mar nyns esens y ow sewya aga studhyansow mar freth ès pàn dheuthons kyns oll dhe Barton, dhe'n lyha yth êns ervirys dh'aga sewya yn tywysyk i'n dedhyow dhyragthans.

Yth esa perthyans Elynor ow tevy cot ow tùchya nowodhow adro dhe Edward. Ny glôwas hy tra vÿth anodho abàn wrug hy departya

dhyworth Loundres, tra vÿth a'y dowlow, tra vÿth certan a'y drigva
bresent kyn fe. Nebes lytherow a bassyas inter hy broder ha hy, dre
rêson a gleves Mary-Àn; hag i'n kensa lyther dhyworth Jowan, yth esa
an lavar-ma: —"Ny woryn ny tra vÿth a'gan Edward truan, ha ny yllyn
ny govyn adro dhe negys mar forbyddys, saw yth eson ny ow cresy ev
dhe vos in Resohen whath;" ha hèn o oll an enwedhow adro dhe
Edward dhe vos tednys in mes a'y lytherow, rag ny veu va complys in
onen vÿth a'n lytherow warlergh hedna. Nyns o hy destnys bytegyns
dhe wortos re hir in ignorans adro dhodho.

Aga gwas a veu danvenys udn myttyn dhe Geresk wàr negys ha pàn
esa ev orth aga servya prÿs kydnyow, ev a gontentyas qwestyons y
vêstres ow tùchya y gomyssyon. Hag ena a'y vodh y honen ev a
leverys,—

"Me a sopos, a vadama, why a wor fatell yw demedhys Mêster
Ferrars."

Mary-Àn a blynchyas yn crev, fastya hy lagasow wàr Elynor, hy
gweles ow tevy gwydnyk ha codha wàr dhelergh in sterycks. Mêstres
Dashwood, mayth o hy lagasow fastys wàr Elynor kefrÿs, a worthebys
qwestyon hy servont, ha diegrys veu hy dhe weles pygebmys o pain
Elynor. Wosa hedna dystowgh ny wodhya hy pyw a'y dyw vyrgh esa
ow tendyl hy chîf-attendyans.

An servont, na welas ma's Mary-Àn dhe apperya clâv, a'n jeva
furneth lowr dhe somona onen a'n mowysy. Pàn dheuth hy, gans
gweres Mêstres Dashwood, hy a's scodhyas aberth i'n nessa rom. Ha'y
mabm a's gasas in gwith Margaret ha'n vowes hag ena hy a dhewhelys
dhe Elynor. Hy myrgh o whath frobmys, saw hy a dhascafas hy rêson
ha'y lev, hag yth esa hy ow tallath govyn orth Tobmas fatla wodhya ev
adro dhe varyach Mêster Ferrars. Heb let Mêstres Dashwood a
omgemeras an devar-na warnedhy hy honen; hag Elynor a gafas an
prow a'n skentoleth heb y whelas.

"Pyw a leverys dhis, a Tobmas, Mêster Ferrars dhe vos demedhys."

"Me a welas Mêster Ferrars y honen myttyn hedhyw, a venyn vas,
in Keresk, ha'y wre'ty inwedh, Mêstresyk Steele, dell o. Yth esens y
ow sevel in caryach orth daras Tavern Nowyth Loundres, pàn êth vy
dy gans messach dhyworth Sally i'n Park dh'y vroder, rag ev yw onen
a'n wesyon post. Y wharva dhybm meras in bàn pàn esen ow passya an
caryach, ha me a welas dystowgh fatell o hy an yonca Mêstresyk
Steele. Me a dherevys ow hot, ha hy a'm aswonas ha'm gelwel, ha hy
a wovydnas ahanowgh why, a venyn vas, hag a'n benenes yonk,
spessly Mêstresyk Mary-Àn. Hy a'm pesys dhe ry dhywgh hy
gormynadow ha gormynadow Mêster Ferrars ha'y vedneth. Drog o

"Me a sopos, a vadama, why a wor fatell yw demedhys Mêster Ferrars."

gensy nag era termyn dhodh anjy dhe dhos rag gàs vysytya, saw yth
esens ow fystena yn frâs, rag yth erens ow skydnya pelha rag prÿs, saw
pàn wrell anjy dewheles, y a venja dos rag agas gweles heb dowt vëth
i'n bës."

"Saw a wrug hy leverel dhis hy dhe vos demedhys, a Tobmas?"

"Gwrug, a venyn vas. Hy a vinwharthas ha leverel fatell o chaunjys
hy hanow dhia bàn veu hy i'n côstys-na. Hy o benyn jentyl blegadow
ha plesont, ha cortes o hy manerow. Rag hedna me a veu mar frank dhe
whansa joy dhedhy."

"Esa Mêster Ferrars i'n caryach gensy?"

"Era, a venyn vas. Me a'n gwelas ow posa wàr dhelergh ino, saw ny
wrug ev meras in bàn;—ny veu va bythqweth den jentyl rag côwsel
meur."

In hy holon Elynor a wodhya prag na wrug ev gorra y honen in rag;
ha dre lycklod Mêstres Dashwood a brederys a'n keth styryans.

"Esa ken den vÿth i'n caryach gansans?"

"Nag era, a venyn vas. Anjy gà dew yn udnyk."

"A wodhesta a ble yth esens y ow tos?"

"Anjy a dheuth strait dhyworth Loundres, dell leverys dhybm
Mêstresyk Lûcy—Mêstres Ferrars."

"Usons y ow mos pelha dhe'n west?"

"Usons, a venyn vas—saw ny wrowns y gortos ena pell. Anjy a wra
dewheles yn scon, hag ena anjy a vëdh sur dh'agas vysytya obma."

Mêstres Dashwood a veras orth hy myrgh i'n eur-na; saw Elynor a
wodhya gwell ès gortos Edward ha Lûcy. Hy a aswonas Lûcy yn tien
i'n messach, ha hy o certan na vydna Edward dos nes dhodhans nefra.

Elynor a leverys, isel hy lev, dh'y mabm, fatell esens y dre lycklod ow
mos dhe jy Mêster Pratt, ogas dhe Plymoth.

Yth hevelly dhe Elynor fatell o gorfednys enwedhow Tobmas.
Elynor a apperyas dhe whansa clôwes moy.

"A wrussons y dyberth kyns ès te dhe asa an tavern?"

"Na wrussons, a venyn vas—th'era an mergh ow tos in mes, saw na
yllyn gortos na felha; me a veu own a vos holergh.|

"Esa Mêstres Ferrars ow meras yn tâ."

"Era, a venyn vas, hy a lavaras hy dhe vos in poynt dâ; ha dhe'm
breus vy hy o benyn yonk pòr sêmly ha hy a hevelly bos fest
contentys."

Ny ylly Mêstres Dashwood predery a gwestyon vÿth moy, ha
Tobmas ha'n lien boos, nag o otham anodhans na felha, a veu
danvenys in kerdh yn scon. Mary-Àn a ros ger dhe leverel na vydna hy
debry tabm vÿth moy. Kellys o ewl boos Mêstres Dashwood hag

Elynor kefrŷs ha Margaret, awos oll an anês sùffrys gans hy whereth agensow, a ylly jùjya hy honen fest fortydnys na veu hy constrînys dhe hepcor kydnyow bythqweth kyns.

Pàn veu an melysvoos ha'n gwin restrys, ha pàn veu Mêstres Dashwood hag Elynor gesys aga honen oll, y a remainyas pell owth ombredery heb leverel ger. Own a's teva Mêstres Dashwood a venturya lavar vŷth, ha ny vedhas hy dhe offra confort. Hy a dhyscudhas fatell o hy myskemerys pàn wrug hy scodhya wàr dhescrefans Elynor a'y holon hy honen ha hy a gonclûdyas fatell wrug Elynor medhelhe hy anken dre dowl rag sparya dhedhy encressyans a dristans, ha hy ow codhevel rag Mary-An. Hy a gafas fatell veu hy decêvys der attendyans caradow hy myrgh dhe gonsydra nag o hy herensa rag Edward mar faint dell esa hy ûsys dhe gresy, ha dell veu hy prevys dhe vos i'n eur-na. Yth esa hy ow perthy own fatell o hy dre rêson a'n fâls-brusyans-na ùnjust ha cruel kyn fe dhe Elynor. Tristans Mary-Àn, drefen y dhe vos moy apert ha moy menowgh dhyrygthy a wre lenwel hy brŷs ha'y lêdya dhe ankevy fatell o Elynor ow sùffra kebmys avell hy whor ogasty, ha gans le a groffal saw gans moy a goraj.

Chaptra XLVIII

I'n eur-na Elynor a gonvedhas an dyffrans inter an gwaityans a hager-wharvedhyans, na fors pana ancertus a ve, ha'n certuster y honen. Hy a gafas, in spît dhedhy hy honen, fatell o govenek dhedhy, hag Edward dydhemeth, y whre neb tra hapnya dhe lettya y dhemedhyans gans Lûcy; y whre sordya neb ervirans determys ganso y honen, neb mellyans gwrÿs gans y gowetha, pò neb chauns a varyach gwell rag an venyn brias, hag y whre hedna lowenhe pùbonen. Saw i'n eur-na, demedhys o va; ha hy a dhampnyas hy holon, rag an fâls-govenek esa ow lùrkya inhy, hag a encressyas yn frâs hy anken ow clôwes an whedhel.

Hy a veu nebes sowthenys ev dhe vos demedhys mar scon, (kyns ès y dhe vos ordnys prownter, dell esa hy ow tesmygy) hag ytho kyns ès ev dhe vos in posessyon a'n benfys. Saw wosa prÿs hy a welas pana lyckly o Lûcy, ow predery a'y les hy honen, in hy hast dh'y fastya avell gour ty, dhe settya adenewen pùptra ma's an peryl a dhylâtyans. Y a veu demedhys, demedhys in Loundres hag i'n tor'-ma yth esens y ow fystena wàr nans dhe jy hy ôwnter. Pandr'o emôcyons Edward, hag ev peder mildir dhyworth Barton, pàn welas ev servont hy mabm, ha pàn glôwas ev messach Lûcy!

Yn scon y a vedha tregys, hy a soposyas, in Delaford.—Delaford,—an·tyller-na mayth esa mar lies cyrcùmstans ow plottya dh'y wil a les dhedhy; dâ via gensy an tyller dhe vos aswonys gensy, saw hy a garsa y woheles. Hy a's gwelas dewhans in aga frownterjy; hy a welas in Lûcy an erbysyades wythresek, ow jùnya an desîr a omdhysqwedhyans afînys gans an sparuster uhelha, ha hy ow perthy meth a vos godhvedhys dhe bractycya hanter hy fordhow erbysek; — ow châcya hy les hy honen in pùb preder, ow pùrsûya an favour a Gornal Brandon, a Vêstres Jenyngs hag a bùb cothman rych. In Edward—ny wodhya hy pandr'esa hy ow qweles, na pandra garsa hy gweles; —lowen pò trist,—nyns esa tra vÿth orth hy flêsya; hy a drailyas hy fedn dhyworth pùb pyctour anodho.

315

Elynor a flattras hy honen y whre radn a'ga howetha in Loundres screfa dhodhans dhe dheclarya an wharvedhyans, ha dhe ry manylyon moy,—saw dëdh wosa dëdh a bassyas heb dry lyther vÿth, heb nowodhow vÿth. Kyn nag o hy sur bos den vÿth dhe vlâmya, hy a wrug cably pùbonen a'n bobel aswonys dhedhans. Y oll o dybreder pò diek. "Pana dermyn a wrêta screfa dhe Gornal Brandon, a vabm?" o qwestyon a dherevys dhyworth perthyans cot hy brÿs, whensys dell o hy dhe wodhvos neb tra.

"Me a screfas dhodho seythen alebma, a guv colon, hag yth esoma worth y wetyas kyns ès cafos lyther nowyth dhyworto. Me a'n inias yn freth dh'agan vysytya, ha ny vedhama sowthenys mar teuma ha'y weles ow kerdhes ajy hedhyw pò avorow pò jorna vÿth oll."

Yth o hedna neb tra, neb tra dhe wetyas. Res o fatell y'n jeva Cornal Brandon neb nowodhow.

Scant ny veu hedna determys gensy, pàn wrug fygùr a dhen tedna hy lagasow dhe'n fenester. Ev a stoppyas orth aga yet. Yth o den jentyl, Cornal Brandon y honen o. Lebmyn hy a ylly clôwes moy; ha hy a gernas orth y wetyas. Saw nyns o Cornal Brandon; nyns o y semlant na'y uhelder. A pe va possybyl hy a vynsa leverel fatell o res an den dhe vos Edward. Hy a veras arta. Ev o nowyth skydnys dhywar y vargh: ny ylly hy bos myskemerys—yth o va Edward in gwir. Hy a wayas wàr dhelergh hag esedha. "Yma va ow tos dhyworth chy Mêster Pratt dre dowl dh'agan vysytya. Me a vÿdh cosel; me a vÿdh mêstres ahanaf ow honen."

Heb let hy a bercêvyas fatell welas an re erel aga errour. Hy a welas hy mabm ha Mary-Àn dhe jaunjya lyw; hy a's gwelas ow meras orty hy honen, hag ow whystra nebes lavarow dh'y gela. Assa via dâ gensys gallos côwsel—dhe wil dhedhans ùnderstondya nag esa hy ow qwetyas yêynder vÿth, na cabel vÿth dhe vos apert in aga omdhegyans tro hag ev;—saw ny ylly hy côwsel ha res o dhedhy gasa pùptra dh'aga dothter aga honen.

Ny veu sylaben heglew vÿth côwsys. Y oll a dewys ow cortos erna wrella aga vysytyor apperya. Y feu y stappys clôwys an trûlergh growyn ahës; dystowgh yth esa ev i'n dremenva, ha tecken pelha hag yth esa ev dhyragthans.

Nyns o re lowen y gowntnans rag Elynor hag ev owth entra i'n parleth. Yth o y vejeth gwydn gans frobmans, hag yth esa ev owth apperya dhe gemeres own adro dhe'n wolcùm a vydna bos rÿs dhodho, rag ev a wodhya nag o wolcùm caradow dendylys ganso. Mêstres Dashwood, bytegyns, owth acordya gans bolùnjeth hy myrgh, dell esa hy ow fydhya, a garsa may feu va dynerhys gans colon wresek, a'n

Yth o va Edward in gwir.

metyas gans golok a garadôwder constrînys, hag a ros dhodho hy dorn hag a whansas joy dhodho.

Ev a rudhyas hag in udn stlevy a ros dhedhy gorthyp anconvedhadow. Gwessyow Elynor a wayas gans gwessyow hy mabm, ha pàn o gyllys an tecken rag gwythres, edrek a's teva na wrug hy honen shakya dêwla ganso inwedh. Saw re holergh o, ha gans bejeth intendys dhe vos ôpyn, hy a esedhas arta ha côwsel a'n gewar.

Mary-Àn o omdednys mar bell dell o possybyl in mes a syght, rag cudha hy anken; ha Margaret, ow convedhes radn a'n negys saw heb convedhes pùptra, a bredery y talvia dhedhy dysqwedhes dynyta, hag ytho hy a esedhas mar bell dhyworto dell ylly hy ha ny leverys hy ger vÿth.

Wosa Elynor dhe lowenhe dre rêson a sehor an sêson, y wharva taw uthyk. Gorfednys veu an taw gans Mêstres Dashwood, esa ow cresy hy dhe vos constrînys dhe gompla hy govenek fatell o Mêstres Ferrars in poynt dâ. In udn fystena Edward a worthebys fatell o hy.

Taw aral.

Elynor o determys dhe strîvya, kynth o hy ownek a'n sownd a'y lev hy honen, ha hy a leverys,

"Usy Mêstres Ferrars in Longstaple?"

"In Longstaple!" yn medh ev hag a apperyas sowthenys. "Nag usy, yma ow mabm in Loundres."

"Yth en vy intendys," yn medh Elynor ow kemeres neb gwrias dhywar an bord, "dhe wovyn adro dhe Vêstres *Edward* Ferrars."

Ny vedhas hy meras in bàn;—saw hy mabm ha Mary-Àn a drailyas aga lagasow warnodho. Ev a rudhyas hag omdhysqwedhes ancombrys. Y semlant o leun dowtys, ha wosa hockya tecken, ev a leverys,—

"Martesen yth esowgh why ow mênya—ow broder vy—yth esowgh why ow mênya Mêstres, Mêstres *Robert* Ferrars."

"Mêstres Robert Ferrars!" a veu dasleverys gans Mary-Àn ha gans hy mabm in lev sowthenys brâs. Kyn na ylly Elynor côwsel, y feu hy lagasow hy fastys warnodho gans marth brâs dres ehen. Ev a savas in bàn dhywar y jair, ha kerdhes tro ha'n fenester, ha dre lycklod, drefen na wodhya pandra godhvia gwil, ev a gemeras in bàn gweljow bian ena, hag a wrug y shyndya warbarth gans y woon, neb a drohas ev dhe dybmyn hag ev ow côwsel, hastyf y lev,—

"Martesen ny wodhowgh why; martesen ny wrussowgh why clôwes fatell yw ow broder vy demedhys agensow gans—an yonca—gans Mêstresyk Lûcy Steele."

Y feu y eryow dasleverys gans sowthan marthys gansans y oll marnas Elynor yn udnyk. Hy a remainyas owth esedha ha'y fedn posys dres hy ober, ha hy mar frobmys, scant ny wodhya hy pleth esa hy.

"Eâ," yn medh ev, "y a veu demedhys an seythen dhewetha, hag i'n tor'-ma ymowns y in Dawlish."

Ny ylly Elynor remainya a'y eseth na felha. Namna wrug hy ponya i'n mes a'n rom, ha kettel veu an daras degës wàr hy lergh, dagrow a joy a dardhas in mes anedhy, ha wostallath yth esa hy ow cresy na vydnens dewedha nefra. Edward a veras orth qwartron vŷth ma's orty hy. Ena ev a's gwelas ow ponya in kerdh, hag a welas—pò a glôwas martesen hy emôcyon; rag heb let ev a godhas in tranjyak, ha ny ylly lavarow, na qwestyons na geryow hegar Mêstres Dashwood y dhyfuna in mes anodho. Wàr an dyweth, heb leverel ger, ev a asas an rom, ha kerdhes tro ha'n bendra—ow casa an re erel in sowthan hûjes brâs hag in ancombrynsy dre rêson a'n chaunj in y savla, mar varthys ha mar sodyn;—ancombrynys na yllens y lehe marnas der aga desmygyans aga honen.

Chaptra XLIX

Skyla a sowthan rag oll an teylu o an cyrcùmstancys a dhelyfrans Edward, saw apert o dhedhans ev dhe vos frank. Ha pùbonen a ylly gweles fatla vedha ûsys an keth franchys-na;—rag warlergh prevy dres moy ès peder bledhen an banothow a udn ambos maryach dybreder, gwrÿs heb cubmyas y vabm, ny ylly tra vÿth bos gwaitys dhyworto wosa dyfygyans an ambos-na, marnas ev dystowgh dhe agria dhe ambos aral.

Sempel in gwir o y negys in Barton. Ny dheuth ev ma's may halla ev pesy Elynor dhe dhemedhy ganso;—ha pàn o apert nag o va heb experyens yn tien ow tùchya an qwestyon-na, yth hevelly coynt ev dhe vos anês i'n present câss, hag ow tesîrya kenerthans hag air fresk.

Pana scon, bytegyns, a wrug ev kerdhes rag kenertha y honen dhe dhetermya yn ewn, pana scon a veu chauns dhodho dhe gollenwel an determyans-na, ha fatla wrug ev gorra y dowl in geryow ha fatla veu va recêvys, yw taclow nag yw res aga derivas. Nyns yw res ma's dhe leverel hebma—pàn wrussons y oll esedha adro dhe'n bord orth peder eur dohajëdh, adro dhe dry our warlergh y dhevedhyans, yth o y venyn brias kefys ganso, ha cubmyas hy mabm, hag yth esa ev y honen in stât lowenek a garor hag in gwiryoneth onen a'n dus moyha lowen in oll an bÿs. Yth o y savla lowenha ès dell o ûsys rag den a'y sort. Ev a'n jeva moy ès an vyctory a gerensa dhegemerys dhe lenwel y golon ha dhe exaltya y spyrys. Ev a veu delyfrys heb rebuk vÿth dhodho y honen dhyworth colm neb o anken dhodho termyn pell, dhyworth benyn a cessyas ev dhe gara pell alena;—hag ev a veu derevys dhe gowethyans certan gans mowes aral, cowethyans a wre va consydra gans dyspêr, kettel wrug ev dallath y dhesîrya. Ny veu va drÿs dhyworth dowtys hag ancertuster, adar dhyworth anken dhe lowender; —hag y whre va côwsel yn egerys a'n chaunj dre wir-jolyfter frosek, na welas y gothmans bythqweth ino kyns.

Y golon i'n eur-na o ôpyn dhe Elynor, ha menegys oll y wanderow ha'y errours, hag oll y dhynyans yonk tro ha Lûcy gans an dynyta fylosofek a dhen peswar warn ugans bloodh.

"Cowethyans gocky syger dhyworthyf vy o," yn medh ev, "a dheuth drefen na wodhyen tra vŷth a'n bŷs, hag awos fowt a ober dhe'm sensy ocûpys. Mar teffa ow mabm ha provia ragof neb galwans gwythresek pàn wrug avy gasa gwith Mêster Pratt ha me êtek bloodh, me a grŷs, nâ, me yw sur, na wrussa an dynyans bythqweth wharvos. Kyn whrug vy gasa Longstaple gans kerensa dhydhrygh rag y nith ev, a pe neb negys dhybm i'n eur-na dhe lenwel ow dedhyow ha'm sensy pell dhyworty dres nebes mîsyow, me a vynsa settya adenewen an gerensa dhesmygys, spessly awos me dhe gemysky moy gans an bŷs, tra a via gwirhaval. Saw in le a gafos neb tra dhe wil, in le a gafos ow galwans dôwysys ragof, pò in le a dhôwys ow galwans ow honen, me a dhewhelys tre dhe vos syger yn tien; ha dres an kensa bledhen, ny'm beu an negys scav kyn fe a vos i'n ûnyversyta, rag ny veuma covscrefys in Resohen erna veuma nawnjek bloodh. Rag hedna ny'm beu tra vŷth dhe wil saw desmygy me dhe vos in kerensa. Ha drefen na wrug ow mabm ow aneth plesont dhyn, ha drefen na'm beu cothman vŷth, yth o natùral dhybm dhe spêna an radn vrâssa a'm termyn dhyworth êtek dhe nawnjek bloodh in Longstaple, spessly awos me dhe vos sur pùpprŷs a wolcùm ena. Hy o sêmly inwedh—dhe'n lyha me a'n predery dhe vos indelha; ha me a welas mar nebes a venenes erel, na yllyn gwil comparyson vŷth ha ny welys vy fowt vŷth inhy. Ytho mar teun ny kemeres pùptra warbarth, kynth o gocky agan ambos a dhemedhyans, ha kyn feu va prevys dhe vos gocky dhyworth an dallath, nyns o i'n termyn-na tra ùnatùral na folneth anpardonadow."

An chaunj, collenwys dres nebes ourys in brŷs hag in lowender teylu Dashwood o mar vrâs, mayth esa va ow promyssya dhodhans an contentyans a nos dygùsk. Ny wodhya Mêstres Dashwood, re lowen dhe vos attês, fatla ylly hy cara Edward lowr, fatla ylly hy y braisya re, na fatla ylly hy bos plêsys lowr ow tùchya y franchys, saw heb pystyga y sensytyvyta. Ny wodhya hy naneyl fatla ylly hy ry dhodhans lowr a bryvetter hag i'n kettermyn enjoya an gowethas a'n dhew garor yonk.

Ny ylly Mary-Àn dysqwedhes hy lowena ma's dre dhagrow yn udnyk. Yth esa comparysons orth hy gweskel—hy a wre traweythyow omglôwes edregys. Kynth esa hy ow cara hy whor in gwir, nyns esa lowena Elynor ow ry spyrys dhedhy na geryow dh'y veneges.

Saw in pana vaner a yllyn ny descrefa emôcyons Elynor? Dhyworth an termyn may whrug hy desky Lûcy dhe vos demedhys dhe nebonen aral, hag Edward dhe vos frank, bys i'n prŷs may whrug ev jùstyfia an govenek a sewyas an nowodhow, hy a vedha pùptra wosa y gela saw ny vedha hy cosel. Saw pàn o gyllys an termyn may whrug ev pesy hy dorn, pàn gafas hy kenyver dowt, kenyver anken remôvys, ha pàn wre hy comparya hy present savla gans hy stât prŷs cot alena, pàn y'n gwelas delyfrys in fordh wordhy in mes a'y ambos, pàn y'n gwelas ow rejoycya in y franchys, hag orth hy assûrya a'y gerensa mar dender ha mar stedfast dell esa hy worth hy soposya, hy a veu compressys, conqwerrys der hy lowender. Saw dre rêson brŷs mab den dhe vos ûsys yn êsy dhe jaunjyans vŷth bys in stât gwell, yth o otham a nebes ourys dhe goselhe hy spyrys ha dhe spavenhe hy holon.

Yth o Edward i'n eur-na fastys i'n penty bys pedn seython dhe'n lyha; pynag oll wiryow erel a ylly bos demondys dhyworto, ùnpossybyl o rag le ès seython dhe vos rŷs dhe Edward rag enjoya company Elynor; pò dhe vos lowr dhe leverel hanter a'n taclow o res dhe dherivas a'n termyn passys, a'n present termyn pò a'n dedhyow esa ow tos; rag kyn whra nebes ourys a'n lavur cales a gescows heb hedhy collenwel pùb devnyth kevradnys gans dew greatur rêsonus, nyns yw an mater indelha gans caroryon. Ny vŷdh devnyth vŷth dewedhys nefra intredhans, ny vŷdh kemenessans vŷth gwrŷs erna vo va ùttrys ugans treveth.

Maryach Lûcy, an marth parhus hag ancresadow i'ga mesk, heb mar a formyas onen a'n kensa negyssyow rag an garoryon dhe dhebâtya;— ha skentoleth arbednyk Elynor ow tùchya gnas an dhew person demedhys a wrug dhe'n mater in pùb fordh apperya dhedhy avell an cyrcùmstans moyha reveth hag anstyradow a glôwas hy bythqweth. Fatla vowns y tôwlys warbarth ha fatla veu Robert dynys dhe dhemedhy mowes a wrug hy honen y glôwes ow compla hy semlant heb worshyp vŷth—mowes ambosys solabrŷs dh'y vroder, ha'y vroder sconys gans y deylu rag hy les hy—yth esa an negys ow passya hy ùnderstondyng. Dh'y holon hy honen yth o an mater fest plegadow, dh'y imajynacyon yth o wharthus, saw dh'y rêson, dh'y brusyans hy nyns o ken tra vŷth ès desmyk dystyr.

Ny ylly Edward ma's y styrya dre soposya y dhe vetya dre wall, hag ena vanyta an eyl dhe vos hebaskhës dre flattrans y gela, ha hedna nebes ha nebes a ylly lêdya dhe remnant an negys. Elynor a borthas cov a eryow Robert dhedhy in Strêt Harley, pandra ylly y vainorieth gwil rag les y vroder, a pe va gwythresys a dermyn. Hy a dherivas hedna dhe Edward.

"Hèn o kepar ha Robert poran," yn medh ev dystowgh, "ha dre lycklod yth esa preder a'n sort-na in y bedn pàn wrussons y kens oll aswon an eyl y gela. Ha wostallath nag esa Lûcy martesen ma's ow tyby a gafos y weres i'm favour vy. Porposys erel a ylly sordya warlergh hedna."

Ny wodhya ev bytegyns pana bell esa an colm intredhans in exystens; rag in Resohen, le mayth esa ev warlergh forsâkya Loundres, ny'n jeva fordh vÿth dhe glôwes anedhy ma's dhyworty hy honen, ha'y lytherow bys i'n very dyweth a vedha mar venowgh ha mar garadow avell bythqweth. Rag hedna ny gemeras ev an skeus lyha dh'y barusy rag an pÿth a sewyas;— ha pàn dardhas an negys orto wàr an dyweth in lyther dhyworth Lûcy hy honen, ev o dres termyn, yth esa ev ow cresy, clamderys inter an marth, an euth ha'n joy a dhelyfrans kepar. Ev a settyas an lyther-na inter dêwla Elynor.

"*A Syra wheg,*

"Drefen me dhe vos sur tell wrug avy kelly gàs kerenja, me a gonsydras ow honen dhe vos frank dhe nebonen aral, ha me yw mar sur a vos mar lowenek ganj ev, ès dell eren vy ow crejy me dhe vos geno' why. Saw scorn o dhe vy recêva dorn pàn era ow holon ow longya dhe berson aral. Th'eroma a leungolon ow whansa lowena dhe why i'gàs dôwys, ha na vedhama dhe vlâmya mar na vedhon ny nefra cothmans dâ, dell yw compes dre rêson a'n colm ogas intredho ny. Me a ell laveral heb dowt vÿth nag eroma ow perthy drog-volùnjeth vëth tro ha why, ha me yw sur why dhe vos re larj dhe wil drocoleth vëth dhe ny. Gàs broder re wainyas oll ow herenja ha ny aljen ny bêwa heb y gela. Th'on ny nowyth dewhelys dhyworth an alter, hag th'eron ny wàr gàn fordh bys in Dawlish dhe remainya ena nebes seythednow, rag ma whans brâs dhe gàs brodher wheg dhe weles an tyller-na, saw me a bredery y fednen vy kyns gàs trobla der an lînednow-ma, ha me a vëdh bys vycken,

"Gàs cothman caradow ha'gàs whor,

"*Lûcy Ferrars.*

"Me re loscas oll gàs lytherow ha me a vedn danvon wàr dhelergh dhe why gàs pyctour. Me a'gas pës a dhystrôwy oll ow gwanscrefadhow—saw an besow ha'm blew ino why yw wolcùm dhe wetha."

Elynor a redyas ha settya an lyther inter dêwla Edward heb leverel ger vÿth.

"Ny vanaf vy govyn orthys dha vrusyans a'n lyther avell assay," yn medh Edward—"Rag oll an bÿs ny vynsen vy i'n dedhyow passys dysqwedhes dhis lyther dhyworty.—Dhyworth whor yth yw drog lowr, saw dhyworth gwre'ty!—Assa wren vy rudhya a-ugh folednow a'y screfa hy!—hag in gwir me a yll leverel in gwiryoneth dhyworth an kensa whe mis a'gan negys gocky—hèm yw an udn lyther dhyworty may whrug y dhevnyth a'm aqwytya rag fowtys i'n gîss screfa."

"Pynag oll fordh y wharva," yn medh Elynor wosa tecken, —"y yw demedhys in gwir. Ha'th vabm re dhros warnedhy hy honen pùnyshment compes. An anserhogneth grauntys dhe Robert, der avy ragos jy, a'n alowas ev dhe wil y dhôwys y honen; ha hy re beu ow pe dhe udn mab mil buns i'n vledhen dhe wil an very dêda a veu hy rêson rag dyseryta an mab rag y ervira. Scant ny veu hy le pystygys, me a grŷs, dre varyach Robert gans Lûcy, ès dell via hy, mar teffes jy ha'y demedhy."

"Hy a vŷdh dhe voy pystygys, rag Robert o bythqweth hy mab kerha.—Hy a vŷdh dhe voy pystygys ha der an keth rêwl hy a wra gava dhodho dhe uskyssa."

Ny wodhya Edward fatl'o an negys intredhans, rag ny whelas ev dhe gemenessa gans y deylu. Ev a asas Resohen ajy dhe peder eur warn ugans wosa cafos lyther Lûcy, ha ny'n jeva ev ma's udn preder, an fordh moyha uskys dhe Barton. Ny ylly ev strechya dhe ervira towl vŷth, marnas an fordh-na. Ny ylly ev gwil tra vŷth erna ve ev certan a'y dhestnans gans Mêstresyk Dashwood. Ha dre lycklod in spît dh'y avy tro ha Cornal Brandon, in spît dh'y uvelsys ow tùchya y verytys y honen, hag in spît dhe'n cortesy may whrug ev compla y dhowtys, yth hevelly nag esa ev ow qwetyas yêyn recêvans dhyworty. Yth o y dhevar bytegyns dhe wil y bejadow, hag ev a'n gwrug yn teg. Pandra vydna ev leverel adro dhe'n mater wosa bledhen, a dal bos gesys dhe'n desmygyans a wer ty hag a wrageth ty.

Apert o dhe Elynor fatell o Lûcy porposys dhe dhyberth gans tro spîtus warbydn Edward gans hy messach degys dhedhy gans Tobmas; ha nyns o poos gans Edward, war yn tien lebmyn a'y gnas hy, dhe gresy y hylly hy dysqwedhes an omdhegyans moyha casadow ha hegas. Kynth o y lagasow egerys, pell kyns ès ev dhe aswon Elynor, ev a wre ascrîbya hy lack a skians hag anwhecter radn a'y thybyansow dhe fowt adhyscans; hag erna wrug ev receva dhyworty hy lyther dewetha, ev a's consydra dhe vos mowes plesont ha caradow, hag in kerensa ganso y honen. Ny ylly tra vŷth ma's an grejyans-na y sensy dhyworth terry y ambos gensy. An ambos-na, pàn veu dyscudhys, a veu rêson rag sorr y vabm in y gever, ha skyla perpetùal a ancrês hag edrega dhodho y honen.

"Yth esen orth y gonsydra dhe vos ow devar," yn medh ev, "heb predery a'm emôcyons ow honen, dhe alowa dhedhy dhe bêsya gans an ambos pò dh'y dhewedha, awos ow mabm dhe'm dyseryta, ha me heb cothman vŷth i'n bŷs dhe wil gweres dhybm. I'n stât-na, pàn nag esa tra vŷth dhe demptya coveytys pò vanyta, fatl'yllyn vy desmygy, ha hy worth ow inia dhe asa dhedhy kevradna genef ow destnans, pynag oll a ve hedna, yth esa neb tra ken ès kerensa heptu dhe vos orth hy henertha. Hag i'n tor'-ma kyn fe, ny worama convedhes, an rêson rag hy fara, pò in pana vaner esa hy ow tyby y hylly an ambos bos a les dhedhy, hèn yw dhe vos kelmys gans den nag esa hy ow cara, na'n jeva ma's dyw vil bun i'n bŷs. Ny ylly hy ragweles y whre Cornal Brandon ry benfys dhybm."

"Nâ, saw hy a ylly soposya y whre neb tra wharvos rag dha favera, poken y whre dha deylu dha honen omry wàr an dyweth. Ha wàr neb cor, ny gollas hy tra vŷth gans an ambos, rag hy re brovas na wrug an ambos naneyl spralla hy desîr na hy omdhegyans. Yth o fest wordhy an ambos, ha dre lycklod yth esa ev ow qwainya worshyp dhedhy in mesk hy herens; ha mar ny vedha kefys tra vŷth a roweth moy, gwell vedha rygthy dhe dhemedhy ès bos dydhemeth."

Edward heb mar a veu perswâdys dystowgh na ylly tra vŷth bos moy naturek ès omdhegyans Lûcy, na moy apert ès an rêson ragtho.

Elynor a'n rebukyas, kepar dell wrowns benenas pùpprŷs rebukya an anfurneth usy worth aga flattra aga honen, drefen ev dhe spêna kebmys termyn gansans in Norlond, pàn o res ev dhe aswon y fara hedro y honen.

"In gwir dha fara o cabm," yn medh hy, "heb leverel tra vŷth a'm prederow ow honen, drefen oll ow goos nessa dhe vos decêvys dredho. Yth esens y ow tesmygy hag ow qwetyas an dra (dell esta constrînys i'n eur-na) na ylly nefra wharvos."

Ny ylly ev ma's plêdya y golon y honen dhe vos ùncoth dhodho, hag ev dhe fydhya yn cabm dhe nerth y ambos demedhyans.

"Me o gocky lowr dhe bredery, nag esa peryl vŷth me dhe remainya genowgh why, drefen ow fedh dhe vos promyssys dhe venyn aral. Pelha yth esen ow cresy me dhe wodhvos ow bosama ambosys dhe vos lowr dhe wetha ow holon mar salow ha mar sacrys avell ow onour. Me a dyby yth esen orth dha estêmya, saw me a levery dhybmo ow honen nag o ma's avell cothman; hag erna wrug vy dallath dhe wil comparyson inter te ha Lûcy, ny wodhyen pana bell en vy maglys. Wosa hedna, me a sopos, me o cabm rag gortos mar bell in Sùssex, saw nyns o an argùmentys may whrug vy reconcîlya ow honen dhe'n comodyta anodho tabm vŷth gwell ès an re-ma:—Yth yw an peryl dhybmo vy yn udnyk; nyns esoma ow pystyga den vŷth avês dhybm ow honen."

Elynor a vinwharthas ha shakya hy fedn.

Edward a glôwas gans plesour fatell o Cornal Brandon gwaitys dhe vysytya an Penty, rag yth o va whensys dh'y aswon dhe well, ha dh'y assûrya nag o va edregys na felha an Cornal dhe ry benfys Delaford dhodho.—"Hag i'n present termyn, wosa me dhe ry grâssow mar ùngrassys, res yw ev dhe bredery na wrug vy gava dhodho bythqweth ev dhe offra an benfys dhybm."

I'n eur-na yth esa ev owth omsensy coynt na veu va bythqweth i'n tyller-na. Saw mar vohes o y les i'n negys, mayth esa ev in kendon dhe Elynor hy honen, rag oll y skians adro dhe'n chy, dhe'n sentry, dhe efander an bluw, natur an gweres, ha myns an dêgevow, rag Cornal Brandon a dherivas meur a'n mater dhedhy ha hy a woslowas orto gans kebmys rach mayth o hy mêstres a'n devnyth.

Wosa hedna ny remainyas heb determya ma's udn qwestyon yn udnyk, udn caletter dhe assoylya. Y a veu drŷs warbarth dre gerensa a'n eyl dh'y gela, gans an acord fest gwresek a'ga gwir-gothmans; aga skians down a'n eyl adro dh'y gela, a hevelly surhe aga lowena warbarth—ha nyns o otham ma's a neb tra dhe vêwa warnodho. Edward a'n jeva dyw vil buns, hag Elynor onen, ha gans benfys Delaford, hèn o oll aga fosessyon; rag ùnpossybyl o rag Mêstres Dashwood dhe ry tra vŷth dhodhans, ha nyns esa onen vŷth anodhans mar dhown in kerensa dhe bredery y whre try hans ha hanter-cans puns i'n vledhen provia dhedhans bêwnans attês.

Nyns o Edward heb govenek vŷth y whre neb chauns faverus in hy vabm wharvos in y gever; hag yth esa ev ow scodhya wàr hedna rag remnant aga fegans. Saw nyns esa Elynor ow fydhya indelha; rag drefen na ylly Edward demedhy gans Mêstresyk Morton whath, ha nag o y dhôwys a Elynor ma's le avell drog ès ev dhe dhôwys Lûcy Steele, yth esa Elynor ow kemeres own na vydna pegh Robert servya ma's dhe rychhe Fany.

Adro dhe beswar dëdh wosa devedhyans Edward y teuth Cornal Brandon, rag collenwel contentyans Mêstres Dashwood ha rag ry dhedhy an dynyta, rag an kensa prŷs abàn veu hy tregys in Barton, a gafos moy vysytyoryon ès dell ylly ôstya in hy chy. Edward a veu alowys dhe wetha an gwir avell an kensa vysytyor, hag ytho y whre Cornal Brandon kerdhes pùb gordhuwher dh'y jambour coth i'n Park. Hag i'n myttyn ev a whre dewheles alena avarr lowr dhe woderry kensa kescows pryveth an garoryon dhyrag hawnsel.

Ev a bassyas teyr seythen in Delaford, may whre va pùb gordhuwher ombredery yn sad adro dhe'n dyffrans inter whêtek warn ugans ha seytek, hag ena dos dhe Barton. Ena an amendyans in semlant Mary-Àn, caradôwder hy wolcùm dhodho, hag oll an kenerthans a eryow hy mabm o lowr dh'y lowenhe. In mesk cowetha a'n par-na, ha kebmys flattrans, y stauns dywharth a veu bewhës. Ny wrug nowodhow vÿth y dhrehedhes ow tùchya demedhyans Lûcy; —ny wodhya ev tra vÿth a'n wharvedhyans; ytho an kensa ourys a'y vysyt a ve spênys ganso ow coslowes hag ow qwil marthùsyon. Mêstres Dashwood a styryas kenyver tra dhodho, hag ev a gafas chêson nowyth dhe rejoycya adro dhe'n dâ gwrÿs ganso dhe Vêster Ferrars, rag y whrug hedna avauncya les Elynor.

Nyns yw res leverel fatell encressyas opynyon dâ an dus jentyl an eyl a'y gela, kepar dell esens y owth omaswon dhe well. Ny ylly bos nahen. Aga hevelenep ow tùchya penrêwlys dâ ha skians dâ, ow tùchya natur ha maner a bredery, heb ken dynyans vÿth a via lowr dre lycklod dh'aga udnya avell cothmans, heb tra vÿth ken; saw y dhe vos in kerensa gans dyw whor, ha'n dhyw whor kerenjedhek an eyl dh'y ben, a wrug an cowethyans caradow intredhans dhe vos anwoheladow hag uskys, —tra a vydna in ken cyrcùmstancys gortos an oberyans a dermyn hag a jùjment.

An lytherow dhyworth Loundres nebes dedhyow kyns a vynsa gwil dhe oll gwyewen in corf Elynor kerna gans tranjyak, saw y a dheuth i'n eur-na dhe vos redys gans le emôcyon ès wharth. Mêstres Jenyngs a screfas dhe dherivas an whedhel marthys, dhe dardha in mes gans sorr warbydn an flownen, ha devera in mes oll hy fyteth rag Mêster Edward truan, rag hy o pòr certan fatell esa ev ow tôtya wàr an scowt dhybris, hag yth esa ev, dell esa kenyver onen ow leverel, in Resohen ha'y golon trogh ogasty. "Me a grÿs," hy a bêsyas, "na veu tra vÿth bythqweth gwrÿs mar wily; rag nyns o ma's dew dhëdh dhyrag hedna, pàn wrug Lûcy ow vysytya hag esedha nebes ourys genef. Nyns esa den vÿth ow perthy skeus a'n negys, nyns esa Nancy kyn fe. Rag hy, an vowes truan! a dheuth dhybm in udn ola an jorna wosa aga dyberth, in own brâs a Vêstres Ferrars, ha pelha ny wodhya hy in pana vaner a ylly hy drehedhes Plymoth; rag yth hevelly fatell wrug Lûcy benthygya oll hy mona dhyworty kyns ès hy dhe departya rag bos demedhys, may halla hy gwil bobauns brâs ganso, ha ny's teva Nancy seyth sols in oll an bÿs. Rag hedna me a veu plêsys dhe ry pymp gyny dhedhy rag hy dry wàr nans dhe Keresk, hag ena yma hy porposys dhe spêna teyr seythen pò peder seythen gans Mêstres Bùrges, ha govenek dhedhy dhe vetya gans an Doctour unweyth arta. Ha res yw dhybm leverel fatell o Lûcy hegas in gwir pàn na wrug hy hy dry gansans i'n caryach ha hèn o an cabm brâssa a bùptra. Mêster Edward truan! Ny worama y herdhya in mes a'm pedn, saw res yw dhywgh y gerhes dhe Barton, ha Mêstres Mary-Àn a dal whelas y gonfortya."

Moy solem o narracyon Mêster Dashwood. Mêstres Ferrars o an venyn moyha anfusyk in oll an bÿs—Fany druan a sùffras painys brâs in hy holon fin—hag yth esa ev ow ry grâssow y aga dyw dhe vos whath ow pêwa warlergh strocas a'n par-na. Ny ylly offens Robert bos pardonys, saw liesgweyth lacka o pegh Lûcy. Res o heb compla hanow onen vÿth anodhans arta in presens Mêstres Ferrars; ha mar teffa hy i'n dedhyow esa ow tos gava dh'y mab, ny via y wre'ty aswonys rag nefra avell hy myrgh, na ny via cubmyas grauntys dhedhy bys vycken dhe omdhysqwedhes dhyrygthy. An fordh sêcret may feu collenwys an negys a veu consydrys gans rêson dhe wethhe an hager-ober, rag a pe skeus vÿth gwelys anodho gans pobel erel, y fia mainys kemerys rag lettya an maryach. Pelha ev a elwys orth Elynor dhe jùnya orto ow lamentya na veu collenwys ambos Lûcy gans Edward, kyns ès Lûcy dhe vos an main may feu an mysery lêsys pelha i'n teylu. Ev a bêsyas indelma:—

"Ny wrug Mêstres Ferrars compla hanow Edward bythqweth whath, ha nyns usy hedna worth agan sowthanas; saw marth brâs yw dhyn na veu lînen vÿth kemerys dhyworto wàr an ocasyon. Martesen yth ywa sensys yn tawesek drefen ev dhe berthy own a offendya, ha me a vydn hyntya dhodho dre lyther dhe Resohen, fatell eson ny, y whor ha me, ow cresy na vedha dysprêsys lyther a omblêgyans dhyworto, danvenys dhe Fany martesen, ha dysqwedhys gensy dh'y mabm; rag ny oll a wor pana vedhel yw colon Mêstres Ferrars, ha nag usy hy ow whansa ken tra vÿth ès cowethya yn caradow gans hy flehes."

Yth o an paragraf-na a bris rag omdhegyans ha rag devedhek Edward. Ev a veu inies dredho dhe whelas bos reconcîlys, saw in fordh na veu complys gans aga broder ha whor.

"Lyther a omblêgyans!" Edward a grias; "Usons y ow reqwîrya me dhe besy pardon ow mabm drefen Robert dhe dhysqwedhes fowt grâss dhedhy, ha torrva onour tro ha me? Ny allama omblêgya dhedhy. Nyns oma tevys naneyl uvel nag edregys der an pÿth yw wharvedhys. Galsof pòr lowen, saw nyns usy hedna ow servya. Ny worama omblêgyans vÿth a vo ewn ragof dhe wil.

"In gwir te a yll pesy dhe vos pardonys," yn medh Elynor, "drefen te dhe offendya; —ha me a grÿs y vos possybyl ragos dhe gonfessya te dhe lamentya y whrusta bythqweth kelmy ambos demedhyans a sordyas dysplesour dha vabm."

Ev a acordyas y hylly ev gwil indelha.

"Ha pàn vo dha offens gyvys dhis, martesen y whra nebes uvelsys servya pàn wrylly meneges dhedhy te dhe gelmy an secùnd ambos demedhyans, yw in hy lagasow hy, mar anfur ogasty, avell an kensa."

Ny'n jeva ev argùment vÿth warbydn hedna, saw ny ylly ev agria dhe screfa lyther a omblêgyans. Rag hedna, ha rag êsya an negys dhodho, ev a dheclaryas y vos parys dhe omry nebes dhyrygthy. Ytho acordys veu in le a screfa dhe Fany, y whre va mos dhe Loundres ha pesy favour y vabm tro hag ev in hy fresens. "Ha mar towns y ha dysqwedhes," yn medh Mary-Àn, in hy gnas nowyth a ôpynsys, "neb les i'n mater a reconcîlyans, me a vydn cresy nag yw Jowan ha Fany aga honen heb meryt vÿth."

Wosa vysyt dhyworth Cornal Brandon a dry dëdh pò a beswar dëdh, an dhew dhen jentyl a asas Barton warbarth. Y êth dystowgh dhe Delaford, may halla Edward aswon neb tra a'y aneth i'n dedhyow esa ow tos, ha may halla va gwil gweres dh'y batron ha'y gothman owth ervira pana amendyansow o otham anodhans dhe'n chy. Wosa spêna nebes nosow ena, ev a wre procêdya alena dhe Loundres.

Chaptra L

Wosa resystens ewn gwrÿs gans Mêstres Ferrars, garow ha stedfast lowr rag hy delyfra dhyworth an rebuk a vos re garadow, Edward a veu alowys dhe omdhysqwedhes in hy fresens hag ev a veu declarys arta dhe vos hy mab.

Hy theylu agensow a veu pòr dhiantel. Dres lies bledhen yth o dhedhy dew vab; saw cabmweyth Edward ha'y dhyleans, a gemeras dhyworty onen anodhans; dyleans kepar Robert dyw seythen alena, a's gasas hy heb mab vÿth; hag i'n eur-na dre dhasserghyans Edward, hy a's teva udn mab arta.

Kyn feu va alowys unweyth arta dhe vêwa, ny omglôwas ev, bytegyns, diogel ow tùchya pêsyans y exystens, erna wrug ev derivas dhedhy ev dhe vos ambosys dhe dhemedhy i'n present termyn. Yth esa ev ow perthy own y whre an declaracyon a'n negys-na trailya y stât, ha'y ladha mar sodyn avell kyns. Gans ragpreder ownek ytho y feu an ambos dyscudhys, hag ev a veu clôwys gans clorder na veu gwaitys. Kyns oll Mêstres Ferrars a whelas yn sley y gùssulya na wrella ev demedhy Mêstresyk Dashwood, gans pùb argùment a ylly;—hy a leverys dhodho y fedha y wre'ty a roweth uhelha hag a fortyn brâssa, mar te va ha demedhy gans Mêstresyk Morton;—ha hy a grefhas an derivadow dre leverel dhodho fatell o Mêstresyk Morton myrgh den nôbyl neb a's teva deg mil buns warn ugans, saw nag o Mêstresyk Dashwood ma's myrgh den jentyl pryveth na's teva moy ès teyr mil. Saw pàn gonvedhas hy, kyn whodhya ev gwiryoneth hy declaracyon na vedha ev gedys dredho, hy a jùjyas wosa an experyens a'n termyn passys plêgya dhe vos an gùssul welha,—hag ytho warlergh strech ùngrassys lowr dhe affyrmya hy dynyta hy honen, ha lowr dhe lettya skeus vÿth a'y haradôwder, hy a dhyllas hy ordnans a'y acord dhe'n maryach a Edward gans Elynor.

An nessa negys dhe gonsydra o pandra vydna hy gwil rag encressya aga fegans; hag obma yth o apert, kynth o Edward i'n eur-na hy udn vab, nyns o va an mab cotha màn. Kynth o mil buns i'n vledhen

grauntys heb dowt vÿth dhe Robert, ny veu croffal vÿth gwrÿs
warbydn Edward dhe vos ordnys prownter rag dew cans ha hanter
dhe'n moyha; na ny veu tra vÿth promyssys rag an present termyn na
rag an termyn esa ow tos, avês dhe'n deg mil buns rÿs warbarth gans
Fany.

Hèn ow lowr bytegyns, ha moy ès dell esa Edward hag Elynor ow
qwetyas; ha Mêstres Ferrars hy honen, gans hy ascûsyansow hockus, a
hevelly bos an udn person sowthenys na vydna hy ry moy.

Gans pegans lowr obtainys indelha rag aga othobmow, nyns o tra
vÿth moy dhe wortos wosa Edward dhe gafos an benfys, ma's an
prownterjy dhe vos parys. Yth esa Cornal Brandon solabrÿs, hag ev
whensys dh vos a weres dhe Elynor, ow qwil meur a amendyansow
ino; warlergh gortos termyn lowr rag an amendyansow dhe vos
dewedhys, ha warlergh prevy lies tùll ha lies strech dre rêson a'n
wonesyjy dhe dhylâtya, Elynor, dell o ûsys, a dorras an kensa ervirans
a sevel orth demedhy, erna vo pùptra parys, ha'n solempnyta a
gemeras le in eglos Barton yn avarr i'n kydnyaf.

An kensa mis wosa aga maryach a veu spênys gans aga hothman in
Chy Delaford, hag y a wrug kevarwedha an avauncyans i'n prownterjy
alena, ha gedya pùptra wàr an very spot oll dh'aga bodh; y a ylly dôwys
paperyow fos, devîsya lowarthow ha desmygy glesyn efan. Darganow
Mêstres Jenyngs ytho, kynth êns y nebes kemyskys warbarth, a veu
collenwys, rag hy a ylly vysytya Edward ha'y wre'ty in aga Frownterjy
kyns Degol Myhâl, ha hy a gafas Elynor ha'y gour ty dhe vos onen a'n
kesparow lowenha in oll an bÿs. Nyns esens y ow whansa tra vÿth ken
ès maryach Cornal Brandon gans Mary-Àn, ha porva nebes gwell rag
aga buhas.

Pàn vowns y tregys in aga chy, y a veu vysytys gans oll aga goos nessa
hag oll aga hothmans. Mêstres Ferrars a dheuth rag whythra an
lowena, neb a veu mater a sham dhedhy dhe alowa ogasty; ha Fany ha
Jowan aga honen a spênas mona wàr viaj dhyworth Sùssex rag aga
onora.

"Ny vanaf vy leverel, a whor guv, ow bosama tùllys," in medh Jowan
hag y ow keskerdhes myttynweyth dhyrag yettys Chy Delaford,
"hedna a via re dhe leverel, rag certan yw fatell veusta onen a'n
benenas yonk moyha fortydnys in oll an bÿs. Saw res yw dhybm
meneges, y fedhen vy plêsys dhe allos gelwel Cornal Brandon ow
broder. Y bosessyon obma, y diryow, y jy, yma pùptra in stât wordhy ha
dâ dres ehen! Ha'y gosow,—ny welys vy prednyer gwell in ken tyller
vÿth in Conteth Dorset ès usy dhe weles in skyber Delaford! Ha kyn
nag yw Mary-Àn an vowes ewn poran rag y dhynya, me a grÿs

"Yma pùptra in stât wordhy ha dâ."

bytegyns y vos fur ragowgh dh'aga gelwel yn fenowgh dhe ôstya genowgh. Yth hevel Cornal Brandon dhe omsensy y honen attês obma, hag ytho ny yll den vŷth profusa pandra wre wharvos. Pàn vo pobel tôwlys warbarth liesgweyth, heb gweles meur a bersons erel,— ha why a yll hy settya dhyragtho gans an semlant moyha faverùs, hag erel. Wàr verr lavarow, y fia mar dhâ dhywgh dhe ry dhedhy an chauns, mars esta worth ow ùnderstondya."

Saw kyn whre Mêstres Ferrars aga vysytya, ha'ga dyghtya gans caradôwder fâcys, ny vowns y nefra despîtys dre hy gwir-favour na kerensa. Hèn o an frût a folneth Robert ha'n sleyneth a'y wre'ty, hag y feu va gwainys gansans kyns ès lies mis dhe bassya. An furneth honenus a Lûcy, neb a dhynyas Robert kyns oll aberth i'n plît, a veu an chif-main a'y dhelyfrans in mes anodho, rag hy uvelsys cortes, hy attendyans dywysyk ha'y fekyl-lavarow heb cessya, kettel vedha offrys an ocasyon lyha rag aga fractycya, a reconcîlyas Mêstres Ferrars dhe'n venyn dôwsys gans Robert ha'y establyshya ev arta yn tien in hy favour.

Oll omdhegyans Lûcy i'n negys ha'n fortyn dâ neb a'n cùrunas, ytho a yll bos presentys avell exampyl fest sowen a'n taclow a yll bos gwrŷs ow tùchya rycheth der attendyans dydheweth dhe'th les dha honen, na fors mar pŷdh y avauncyans lettys, ha hedna heb sacryfia ken tra vŷth ès termyn ha conscyans. Pàn wrug Robert wostallath whelas dh'y aswon hy, ha pàn wrug ev hy vysytya in Byldyansow Bartlett, ny veu hedna ma's gans an towl ascrîbys dhodho gans y vroder. Nyns o va whensys ma's dh'y ferswâdya dhe hepcor an ambos demedhyans; ha dre rêson nag o tra vŷth dhe fetha, marnas aga herensa aga dew, yth esa Robert ow qwetyas heb mar na vedha res ma's udn metyans pò dew vetyans rag restry an negys. Camdybys o va bytegyns i'n poynt-na hag i'n poynt-na yn udnyk, rag kyn hyntyas Lûcy dhodho y whre y helavarder hy ferswâdya wàr an dyweth, vysyt aral, kescows aral a vedha desîrys pùpprŷs rag conclûdya an mater. Yth esa nebes dowtys pùpprŷs ow remainya in hy brŷs, pàn wrellens kescar, ha ny ylly an dowtys bos remôvys ma's der udn hanter-our moy a gescows ganso. Indelha y fedha fastys y attendyans, ha remnant an negys a sewyas yn naturek. In le a gôwsel a Edward, nebes ha nebes y a dhalathas côwsel a Robert y honen yn udnyk,—devnyth a'n jeva ev moy dhe leverel adro dhodho ès adro dhe dhevnyth vŷth aral. Hag yn scon an devnyth-na a veu a gebmys les dhedhy hy dell o va dhodho ev solabrŷs. Wàr verr lavarow y feu apert dhe'n dew anodhans fatell wrug ev kemeres le y vroder yn tien. Robert a veu prowt a'y gonqwest ha prowt dres ehen a dhemedhy yn pryveth heb cubmyas y vabm. An sewyans dydro yw godhvedhys yn tâ. Y a bassyas nebes mîsyow in lowender brâs in Dawlish; rag hy a's teva lies car ha lies cothman dhe fyllel dhe aswon— hag ev a wrug nebes towlow rag pentiow bryntyn; —hag ow tewheles dhe Loundres alena, y a gafas gyvyans dhyworth Mêstres Ferrars der an main sempel a'y besy—ha'n main-na comendys gans Lûcy. Wostallath, dell o compes, ny wre an gyvyans comprehendya ma's Robert yn udnyk ha Lûcy, nag o kelmys dre dhevar dh'y vabm, hag ytho na wrug terry devar vyth, a remainyas nebes seythednow heb bos pardonys. Saw dywysycter in uvelsys a'y omdhegyans, ha messajys dhyworty ow tampnya hy honen rag offens Robert, ha grâssow rag oll an fowt caradôwder may feu hy dyghtys ganso, a brovias dhedhy wosa termyn an avîsyans hautîn a wrug hy fetha der hy maner ùngrassys; ha hedna a ledyas yn scon, hag in degrês uskys, dhe'n stât uhelha a gerensa hag a roweth. Lûcy a veu mar res dhe Vêstres Ferrars dell o Robert pò Fany; ha kyn na veu Edward bythqweth pardonys a'y borpos kyns dhe dhemedhy gensy, hag Elynor, kynth o hy gwelha agessy in fortyn hag in genesygeth, a vedha recknys avell omherdhyores, Lûcy a vedha consydrys hag aswonys yn egerys dhe vos an flogh kerha. Y a anedhas in Loundres hag a recêvas gweres fest larj dhyworth Mêstres Ferrars, y a wre cowethya yn hegar gans Jowan ha Fany Dashwood, ha mar teun ny settya adenewen an avy perpetùal inter Fany ha Lûcy, may whre aga gwer ty kemeres kevradna, hag inwedh an dyscord menowgh in aga chy inter Robert ha Lûcy aga honen, ny ylly tra vëth passya an kessenyans mayth esens y oll ow pêwa warbarth ino.

Lies huny a vedha ancombrys dhe dhyscudha pandra poran a veu gwrŷs gans Edward dhe gelly an gwir a'n mab cotha; ha pandra wrug Robert dhe eryta an gwir-na wre aga ancombra moy whath. Yth o trevnans bytegys jùstyfies der y sewyansow, kyns ès in y rêsons; rag ny apperyas tra vŷth bythqweth in bêwnans Robert nag in y gows dhe wil dhe bobel cresy ev dhe lamentya brâster y begans, hèn yw, ev dhe gafos re pò y vroder dhe gafos re vohes;—ha mars o Edward jùjys dhyworth y dhywysycter ow collenwel y dhûtas in pùb poynt, dhyworth an encressyans a'y gerensa rag y wreg ha rag y vêny, ha dhyworth y lowena kenyver jorna, nebonen a vynsa cresy ev dhe vos mar gontentys gans y dhestnans avell y vroder ha mar frank avello rag chaunj vŷth in y stât.

Maryach Elynor a's kescaras mar vohes dell ylly bos dhyworth hy theylu, heb rendra an penty in Barton euver yn tien, rag hy mabm ha'y whereth a spênas meur moy ès hanter aga thermyn gensy. Yth esa Mêstres Dashwood ow qwythresa dre dowl moy ès rag plesour gans hy lies vysyt dhe Delaford, rag hy whans dhe dhry Mary-Àn ha Cornal Brandon warbarth o mar vrâs avell whans Jowan, saw liesgweyth mar larj. Yth o hedna hy forpos kerha. Kynth o precyùs dhedhy company hy myrgh, nyns o hy moy ewlek a dra vŷth ès dhe gelly hy flesour in cowethas hy myrgh dh'y hothman wordhy; ha dhe weles Mary-Àn anedhys in chy an mansyon o whans Edward hag Elynor kefrŷs. Y o war a dristans Cornal Brandon, y a wodhya y dhe vos in kendon dhodho, ha pùbonen a bredery fatell vedha Mary-Àn y weryson.

Gans kefrysyans a'n par-na wàr hy fydn—gans skians down a'y dhader—gans certuster a'y gerensa rygthy, a dardhas yn sodyn warnedhy, pell wosa dhe bùbonen erel dhe wodhvos adro dhedhy—pandra aral a ylly hy gwil?

Mary-Àn Dashwood a veu genys rag destnans coynt dres ehen. Genys veu hy dhe dhyscudha fâlsury hy opynyons hy honen, ha dhe gontradia dre hy omdhegyans hy fednrêwlys preferrys. Hy a veu genys dhe gonqwerrya kerensa formys mar holergh in hy bêwnans avell seytek bloodh, ha heb emôcyon vŷth brâssa ès estêmyans uhel ha cowethyans caradow dhe ry hy dorn oll a'y bodh dhe dhen aral!—ha'n den-na kebmys ha hy honen o nebonen a sùffras in dadn an tùll a kensa kerensa; den nans o dyw vledhen a wre hy consydra re goth dhe vos demedhys—hag esa whath ow tôwys avell sawment yêhes an diogelyans a grispows gwlanen!

Saw yth o indelha. In le a godha avell sacryfîs dhe bassyon dydrygh, tra a wre hy yn fol desmygy rygthy hy honen,—in le a remainya rag nefra gans hy mabm ha cafos plesour yn udnyk in unygeth hag in studhyansow, kepar dell dhetermyas hy gans hy brusyans moy doth ha rêsonus,—hy a gafas hy honen ha hy nawnjek bloodh, ow plêgya dhe gowethyansow nowyth, ow collenwel dûtas nowyth, settys in trigva nowyth, gwre'ty, mêstres teylu, ha patrones a bendra.

Cornal Brandon o mar lowen dell o dendylys ganso, herwyth an opynyon a'n re-na esa worth y gara dhe'n moyha. In Mary-Àn ev a gefy an aqwytyans rag pùb anken in termyn passys; hy estêmyans ha'y howethas a dhasvêwas y vrŷs hag a lowenhas y spyrys; ha Mary-Àn a gefy kebmys plesour ow provia y lowena. Hèn o certuster ha delît pùbonen a'ga hothmans. Ny ylly Mary-Àn hanter-cara; hag in termyn hy a veu mar sacrys dh'y gour ty dell o hy kyns dhe Wyllowby.

Ny wrug Wyllowby clôwes a varyach Mary-Àn heb pain; ha'y gesydhyans a veu collenwys yn scon wosa hedna gans pardon dhyworth Mêstres Smyth a'y bodh hy honen. Hy a leverys dhodho a pe va demedhys gans benyn wordhy, ev a via pardonys. Rag hedna ev a gresys mar teffa ev hag omdhon gans onour tro ha Mary-Àn, ev a alsa bos lowen ha rych. Ny ylly bos dowtys y gùdhyjygeth rag tebel-dhyghtyans Mary-Àn dhe vos gwiryon—sur yw kefrŷs ev dhe bredery a Mary-Àn termyn pell gans edrega hag a Gornal Brandon gans envy. Saw ny yllyn ny soposya bytegyns ev dhe vos trist rag nefra, ev dhe forsâkya an gowethas, pò ev dhe godha in dyspêr, na merwel a golon drogh—rag ny wrug ev onen vŷth a'n taclow-na. Ev a vêwas dhe vos jolyf yn fenowgh. Ny vedha y wreg crowsek pùb termyn, ny vedha y jy dygonfort pùpprŷs. Hag ow mêthryn mergh ha keun, hag in pùb ehen a sport ev a gafas lowr a lowender pryveth.

Kyn feu va mar dhyscortes dhe Mary-Àn dhe bêsya ow pêwa wosa hy dhe vos kellys ganso, ev a sensy pùpprŷs rygthy worshyp specyal hag a les vedha dhodho pynag oll dra vydna wharvos dhedhy; ev a's gwrug y sêcret patron a berfethter in benyn, ha lies mowes teg in dedhyow wosa hedna a vedha dysprêsys ganso dre rêson ev dhe bredery na ylly hy bos comparys gans Mêstres Brandon.

Mêstres Dashwood a veu fur lowr dhe remainya i'n penty, heb remôvya dhe Delaford; hag i'n gwelha prŷs rag Syr Jowan ha Mêstres Jenyngs, pàn veu Mary-Àn kemerys dhywortans, Margaret o devedhys dhe'n oos ewn rag dauncya, ha dre lycklod hy a's teva caror.

Y fedha cowethyans perpetùal inter Barton ha Delaford, dell ylly bos gwaitys awos an gerensa grev inter esely a'n keth teylu; hag in mesk an merytys ha'n lowender a Elynor ha Mary-Àn, na esyn ny consydra an lyha dhe vos hebma: kynth êns y whereth hag y tregys ajy dhe wolok ogasty an eyl dh'y ben, y a ylly bêwa heb dyscord ha heb yêynder inter aga gwer ty.

FINIS.

Gerva

abhorryans *m.* abhorrence
acâcya *f.* acacia
actys *m. pl.* acts
affordya *v.* to afford
afrêsonus *adj.* irrational
alowans *m.* allowance
altrewan *f.* stepmother
amendyans *m.* brÿs improvement of mind
ancombrus *adj.* awkward
anêwnadow *adj.* irreparable
ankenya *v.* to upset, to pain
anlettrys *adj.* illiterate
anpardonadow *adj.* unforgivable
anstyradow *adj.* inexplicable
anvenowgh *adv.* infrequently
anvlas *m.* insipidity
anwoheladow *adj.* inevitable
arbenygor *m.* expert, specialist
argraf *m.* impression
arhansek *adj.* financial
arlodheseth *m.* ladyship
asperyta *m.* severity, harshness
attendyores *f.* (*female*) attendant
avîsyans *m.* information, knowledge
awenyth *m.* genius
bancor *m.* banker
banya *v.* to read the banns for someone
baroush *m.* barouche
basket *m.* neusran filigree basket
benfys *f.* benefice, (*clerical*) living
benthygya *v.* to borrow
bledhendalas, *pl.* bledhendalasow annuity
bobaunsus *adj.* affected
brawagh *m.* alarm
bylyardys *m. pl.* billiards

cams *f.* surplice
Cassînô *m.* Cassino (*card game*)
câss *m.* pigoryon dens toothpick case
chambour *m.* omwysca dressing room
clâvjiores *f.* (*medical*) nurse
clevejyans *m.* infection
clomyer *m.* dovecot
cobba *m.* fool, idiot
comen *adj.* common, vulgar
comparyson *m.* comparison
compla *v.* to mention
comyssyon *m.* commission
conqwest *m.* conquest
conceyt *m.* foible, fad
conceytus affected, faddish
conchertô (*also concerto*) *m.* concerto
confessya *v.* to confess
contradia *v.* to contradict
contraryùs *adj.* contrary, hostile
copia *v.* to copy
corn *m.* carow hartshorn (*smelling salts*)
cosyn *m.* cousin
covro *m.* momento
creatus *adj.* creative
crispows, *pl.* crispowsyow waistcoat
cûrat *m.* an bluw the parish curate
damcanieth *f.* theory, speculation
dans *m.* olyfans ivory
das-anedhy *v.* to move (*residence*)
daspredery *v.* to reconsider
decernyans *m.* decernment, taste
dêda *m.* deed
degemeryans *m.* acceptance
Degol *m.* Myhâl Michaelmas (*29 September*)
den-gar *adj.* philanthropic
deraglans *m.* mockery, invective

337

desef *m.* expectation
desmyk *m.* guess, speculation
despîtyans *m.* contempt
det *m., pl.* dettys debt
devedhek *adj.* future
dornscrefa *v.* to write by hand; *m.* hand-
writing
dowr *m.* lavant lavendar water
dowrgledh *m.* canal
dregynus *adj.* mischievous, naughty
dybegh *adj.* sinless, innocent
dyberthva *f.* separation, departure
dybos *adj.* unimportant
dyboster *m.* insignificance
dybowes *adj.* restless
dybystyk *adj.* unharmed
dydhanus *adj.* amusing
dydhrygh *adj.* invincible
dydro *adj.* direct
dyflows *adj.* unaffected
dygessenyans *m.* inconsistency
dylasva *f.* wardrobe
dylavur *adj.* unimployed
dylowrder *m.* insufficiency
dynyans, *pl.* dynyansow attraction
dyreth *adj.* illegitimate
dyseryta *v.* to disinherit
dysclôsya *v.* to disclose
dyskians *adj.* ignorant
dysonester *m.* impropriety
dysswâdya *v.* to dissuade
dystak *adj.* separate, independent
dystrùcsyon *m.* destruction
dystyr *adj.* inexplicable
dywel *adj.* invisible
dyweres *adj.* helpless
ecstatyk *adj.* ecstatic
edyak *m., pl.* edyogyon idiot
effeth *m., pl.* effethow effect
effethus *adj.* effective
emôcyon *m.* emotion, feeling
enebyans *m.* opposition; an Enebyans
(*politics*) the Opposition
enjoyans *m.* enjoyment
enwedhow *pl.* information
E.S., Esel *m.* Seneth Member of
Parliament, MP
essensek *adj.* essential
establyshya *v.* to establish
estryk *m.* absence

estymacyon *m.* estimation, respect
êsyans *m.* accommodation, convenience
experyens *m.* experience
exystens *m.* existence
fâls-mygylder *m.* false indifference
fassyonus *adj.* fashionable
faverus *adj.* favourable
fekyl-minwharth *m.* affected smile,
simper
fevrus *adj.* feverish
fevyr *m.* pedrus putrid fever
forbyddya *v.* to forbid
fordh *f.* an tollborth the turnpike road
frobmans *m.* agitation, nervousness
frobmus *adj.* nervous, agitated
froothus *adj.* fertile
fùndacyon *m.* foundation
furvus *adj.* formal
furvuster *m.* formality
gaja *m.* wager; *in phrase* ow gaja
dhywgh I bet you
galwans *m.* vocation
gesedhek *adj.* satirical, ironical
geslun *m.* caricature
gobrenores *f.* (*female*) tenant)
godolgh *m.* knoll
godrabm *m.* cramp
golhas *m.* washing, laundry
golythyon *pl.* leugh veal cutlets
gonys *m.* cultivation
gorbeskys *v.a.* spoilt
gorhana *v.* to enchant
gorlanwes *f.* luxury
gorôwnter *m.* great uncle
govydnuster *m.* inquisitiveness
gowt *m.* torr colicky gout
gwariel *f., pl.* gwariellow toy
gwariek *adj.* playful
gwary rônd round game (*card game for
unspecified number of players*)
gwederjy greenhouse
gweljow, *pl.* gweljevyow pair of scissors
gwethyades (*female*) guardian;
gwethyades chy housekeeper
gwethyas, *pl.* gwethysy guardian
gwin Constantia Constantia wine
gwlanen flannel
gwrians knitting
gwynkyans (act of) winking
gwiryonsys brŷs integrity of mind

ǵwyfos honeysuckle (*Lonicera periclymenum*)
gylty *adj.* guilty
hackra *superlative of* **hager** *adj.* ugly
hapnya *v.* to happen
hâtya *v.* to hate
hedro *adj.* inconsistent
helavarder eloquence
hewolder vigilance
hobba, *pl.* **hobbys** hobby
holan smyllyng smelling salts
honenblêsys *adj.* self-indulgent
honenus *adj.* selfish
honenuster selfishness
hùrtya *v.* to hurt
imajynacyon imagination
imoral immoral
impossybyl *adj.* impossible
intertainment entertainment, amusement
ispak (*late for* **epscop**) bishop
jeneral general
jerkyn setha shooting jacket
jolyfter cheerfulness
jùstyfia *v.* to justify
keas, *pl.* **keasow** shutter
kefrysyans alliance
keladow deception, concealment
kemenessa *v.* to communicate
kemenessans communication
kemesurek *adj.* symmetrical, regular
kemynadow bequest
kemynro legacy
kenerthans encouragement
kerdhva coos wood-walk
kesassoylyans compromise
kescarores (*female*) rival in love
keschaunj *m.* **kenwerthek** commercial exchange
keskiansek *adj.* conscientious
kesscrefa *v.* to correspond, to exchange letters
kesstrîvyor *m.* rival
kewerder *m.* accuracy
ky *m.* **poyntya** pointer (*dog*)
kyfeyth *m.* **owraval** marmalade
laveral *late form of* **leverel**
lesvab *m.* stepson
lesvroder *m.* stepbrother
lesvyrgh *f.* stepdaughter

leswhor, *pl.* **leswhereth** stepsister
lînednans *m.* drawing
loorgan *m.* moonlight
lymytyans *m.* limitation
lystry *pl.* **pry hawnsel** breakfast crockery
mabyâr *m.* & *f.* **bryjys** boiled chicken
magores *f.* nurse
mailyans *m.* wrapping
mainorieth *f.* agency, mediation
masoberores *f.* benefactress
merth *m.* mirth
meryt *m.*, *pl.* **merytys** merit
metafor *m.* metaphor
methecter *m.* shyness
methek *adj.* shy
mockyans *m.* mockery
mohor *m.* *pl.* **mohorow** mohur (*an Indian gold coin worth 15 rupees*)
moralyta *m.* morality
mùff *m.* muff
mûsyk *m.* music
mysery *m.* misery
nabob *pl.* **nabobys** nabob (*an Indian gold coin worth 15 rupees*)
narracyon *m.* story, account
newtral *adj.* neutral, dispassionate
newtralyta *m.* neutrality
nîcyta *m.* ignorance
nowedhy *v.* to renew
oker *m.* interest (*on money*)
om-ascûsyans *m.* apology
omgontrollyans *m.* self-control
omherdhyores *f.* (*female*) intruder
omrêwlyans *m.* reserve
onester *m.* propriety
opynyon *m.* opinion
ordnans *m.* ordination
ôstyades *f.*, *pl.* **ôstyadesow** (*female*) guest
owrlyn *m.* **lywys** coloured silk
paragraf *m.* paragraph
performor *m.* *pl.* **performoryon** performer
personoleth *m.* personality
perswâdus *adj.* convincing
pertainya *v.* to pertain
pêsus *adj.* permanent
pethyk *m.* rap, knock
pîkê *m.* piqué, piquet (*card game*)
plùmednow *pl.* **shùgra** sugar plums

polytygor *m.* politician
pondra *v.* to ponder
portreyans *m.* portrait
possybylta *m.* possibility
post *m.* deneren penny post
practycya *v.* to practise
prentys *m.* apprentice
presentya *v.* to present
prety *adj.* pretty, nice
prevailya *v.* to prevail
procêdya *v.* to proceed
profecy *m.* prophecy
pryson *m.* kendonoryon debtors' prison
prysclowek *m.* shrubbery
pryvylej *m.* privilege
pùltys *m.* poultice
pùrsûya *v.* to pursue
pyctùresk *adj.* picturesque
pysklyn *m.*, *pl.* **pysklydnow** stew-ponds
ragtowl *m.* intention; premeditation
receyt *m.* prescription
referrya *v.* to refer
reformya *v.* to reform
rèm *m.* rheumatism
remembra *v.* to remembra, to remind
rendra *v.* to render
rêsnans *m.* reasoning
restryans *m.* arrangement
romans *m.* romance
salûn *m.* saloon
scavel *f.* an gow gossip
scoodh *f.* a gig davas shoulder of mutton
scowt *f.* hussy
sêcrecy *m.* secrecy
sêcret *adj.* secret
sedhgrowd *m.* cello
sedûcya *v.* to seduce
sempelder *m.* simplicity
sensacyon *m.* sensation
sensytyf *adj.* sensitive
serhogneth *m.* dependence
sewyans *m.*, *pl.* **sewyansow** result; Consequences (*parlour game*)
shoppa *m.* paperieth stationer's shop
skynen *f.* earring
sownd *m.* sound
sparus *adj.* sparing, frugal
sparuster *m.* frugality
stâbel *m.* stable
stap *m.* step

stedfast *adj.* steadfast
sterycks *pl.* histerics
strech *m.* delay
sùppressya *v.* to suppress
sygerneth *m.* idleness
sygnyfia *v.* to signify
tâlyk *m.* attic
tanvaglen *f.* grate (*of fire*)
tasegyans *m.* patronage
tast *m.* taste
tauntyans *m.* insolence
top, *m.*, *pl.* **topyow** summit
tormentyans *m.* persecution
tour *m.* gôlyas watchtower
tranjyak *m.* ecstasy, insensibility
tregeredhus *adj.* merciful
tremenva *f.* passage
troblus *adj.* troublesome
trufyl *adj.* trifling
tysyk *m.* consumption, tuberculosis
uhelwhans *m.* ambition
ùnpossybyl *adj.* impossible
ùttra *v.* to utter
uvelsys *f.* humility
vanyta *m.* vanity
wharthuster *m.* amusement, humour
wharvedhyans *m.* event, happening
whedhlor *m.* narrator
worstyd *m.* worsted
wrestya *v.* to twist

Henwyn Personek

Ana-Maria Anna-Maria, *infant daughter of Sir John and Lady Middleton*
Betty Betty, *Mrs Jennings's maidservant*
Bonomi Adrian Bonomi the Elder, *Italian architect (1739–1808)*
Brandon, Cornal Colonel Brandon, *of Delaford, Dorset*
Brandon, Mêstres Mrs Brandon, *née Eliza Williams, Colonel Brandon's first love, married against her will to the Colonel's brother, from whom she was later divorced.*
Bùrges, Mêstres Mrs Burgess
Byddy Henshaw Biddy Henshaw, *aunt of Sophia Grey*

Charlotte Mrs Charlotte Palmer (*née Jennings*)

Carey, Mêstresyk Miss Carey, *acquaintance of Sir John Middleton*

Cartwright Mr Cartwright, *a man with whom Mrs Jennings does business*

Colùmella Columella, *a book by Richard Graves (1779)*

Courtland, Arlùth Lord Courtland, *acquaintance of Robert Ferrars*

Cowper William Cowper, *English poet and hymnwriter (1731–1800)*

Dashwood, Elynor Elinor Dashwood, *oldest daughter of Mrs Dashwood*

Dashwood, Fany Fanny Dashwood (*née Ferrars*), *wife of John Dashwood*

Dashwood, Harry Harry Dashwood, *only child of John and Fanny Dashwood*

Dashwood, Henry Henry Dashwood, *heir to Norland estate and father of John, Elinor, Marianne and Margaret*

Dashwood, Jowan John Dashwood, *son of Henry Dashwood and stepson of Mrs Dashwood*

Dashwood, Margaret Margaret Dashwood, *youngest daughter of Mrs Dashwood*

Dashwood, Mary-Àn Marianne Dashwood, *second daughter of Mrs Dashwood*

Dashwood, Mêstres Mrs Dashwood, *second wife of Henry Dashwood*

Dashwood, Mêstres Jowan Mrs John Dashwood, *i.e. Fany Dashwood*

Dashwood, Mêstresyk Miss Dashwood, *i.e. Elinor Dashwood*

Dashwood, Mêstresygow, the Misses Dashwood

Davies, Doctour Dr Davies, *possible suitor of Anne Steele*

Denyson, Mêstres Mrs Dennison

Donavan, Mêster Mr Donavan, *apothecary of Mrs Jennings*

Elîza Miss Eliza Williams, *illegitimate daughter of Mrs Brandon; seduced by John Willoughby*

Elliot Elliot, *acquaintance of Robert Ferrars and son of Lady Elliot*

Elliot, Arlodhes Lady Elliot, *mother of Elliot, acquaintance of Robert Ferrars*

Ellyson; Mêster ha Mêstres Ellyson, Mr and Mrs Ellison, *guardians of Miss Sophia Grey*

Fany; Fanny Dashwood, *wife of John Dashwood*

Ferrars, Edward Edward Ferrars, *oldest son of Mrs Ferrars*

Ferrars, Mêstres Mrs Ferrars, *mother of Edward and Rober Ferrars and of Fanny Dashwood*

Ferrars, Mêstres Mrs Ferrars, *Lûcy Steele after her marriage to Robert Ferrars*

Ferrars, Robert Robert Ferrars, *younger brother of Edward Ferrars*

Gilbert, Mêster ha Mêstres Mr and Mrs Gilbert, *acquaintances of Sir John and Lady Middleton*

Godby, Mêstresyk Miss Godby, *friend of Nancy Steele*

Gray, Mêster Mr Gray, *owner of shop in Sackville Street*

Grey, Mêstresyk Sofia Miss Sophia Grey, *later Mrs John Willoughby*

Gybson Coth Old Gibson

Harris, Mêster Mr Harris, *apothecary of the Palmers*

Jenyngs, Mêstres Mrs Jennings, *mother of Lady Middleton and Charlotte Palmer*

Jowan, John, *infant son of Sir John and Lady Middleton*

Jowan an Gov John Smith, *imaginary parishoner of Edward Ferrars*

Maria Mary, *Christian name of Lady Middleton*

Maria Gell Mary Brown, *imaginary parishoner of Edward Ferrars*

Mêster Tauntyans Mr Impudence, *Mrs Jennings' nickname for John Willoughby*

Morton, Arlùth Lord Morton

Morton; Mêstresyk Onorys Morton the Honorable Miss Morton, *daughter and heiress of Lord Morton*

Myddelton, Arlodhes Lady Mary Middleton, *wife of Sir John Middleton and daughter of Mrs Jennings*

Myddelton, Syr Jowan Sir John Middleton *of Barton Park, Devonshire*

Myternes Mab Queen Mab, *mare belonging to John Willoughby*

Palmer, Mêster Tobmas Mr Thomas Palmer, *of Cleveland, Somerset and husband of Charlotte Palmer (née Jennings)*

Palmer, Mêstres Mrs Charlotte Palmer, *younger daughter of Mrs Jennings*

Pope Alexander Pope, *Engish poet (1688 - 1744)*

Pratt, Mêster Mr Pratt of Longstaple, Devon; *tutor to Edward Ferrars and uncle of the Misses Steele*

Rechat Richard, *cousin of the Misses Steele*

Rychardson, Mêstres Mrs Richardson, *acquaintance of Nancy Steele*

Rose, Mêster Mr Rose, *young acquaintance of the Misses Steele*

Sally Sally, *maidservant at Barton Park*

Scott Sir Walter Scott, *Scottish novelist and poet (1771–1832)*

Shakespeare Shakespeare

Sharpe, Martha Martha Sharpe, *friend of Anne Steele*

Smyth, Mêstres Mrs Smith of Allenham, *Willoughby's rich and elderly cousin*

Sofia *see* Mêstresyk Grey

Sparks, Mêstresyk Miss Sparks, *friend of Anne Steele*

Steele; Mêstresyk Steele Miss Anne or Nancy Steele, *older sister of Lucy Steele*

Steele, Lûcy Lucy Steele, *younger sister of Miss Anne Steele*

Sympson, Mêster Mr Simpson, *young acquaintance of the Misses Steele*

Syr Robert Sir Robert, *uncle of the Ferrars children*

Taylor; Mêstres Mrs Taylor, *acquaintance of Mrs Jennings*

Teylu Carey, the Careys; *family who looked after Margaret Dashwood, while here mother was in Cleveland*

Teylu Dashwood, the Dashwoods, *owners of Norland*

Teylu Ellyson the Ellisons (*the guardians of Sophia Grey*)

Teylu Myddelton, the Middletons, *of Barton Park*

Teylu Palmer the Palmers *of Cleveland*

Teylu Parry the Parrys *friends of Mrs Jennings*

Teylu Rychardson the Rychardsons

Teylu Sanderson the Sandersons *friends of Mrs Jennings*

Teylu Whitaker the Whitakers

Thomson, James Thomson, *Scottish poet (1700–1748)*

Tobmas Thomas, *manservant of Mrs Dashwood in Barton Cottage*

Walker; Mêstresyk Walker Miss Walker, *acquaintance of Mrs Jennings*

Wella William, *middle child of Sir John and Lady Middleton*

Weston; Mêster ha Mêstres Weston Mr and Mrs Weston, *friends of Charlotte Palmer*

Wyllowby John Willoughby *of Combe Magna, Somerset*

Wyllyams, Mêstresyk; *see* Elîza

Henwyn Tyleryow

Allenham Allenham; Lŷs Allenham Allenham Court, *seat of Mrs Williams*

Avignon Avignon

Bargen Tir Kyngham Ŷst East Kingham Farm

Barton Barton; Barton Valy Barton Valley

Brystol Bristol

Byldyansow Bartlett Bartlett Buildings, Holborn

Chy Delaford Delaford House, *Colonel Brandon's seat in Dorset*

Clêvlond Cleveland

Combe Magna, Combe Magna, *John Willoughby's seat in Somerset*

Conteth Dorset Dorset, Dorsetshire

Crows Barton Barton Cross

Dartford Dartford

Dawlish Dawlish

Delaford Delaford, *Colonel Brandon's seat in Dorset; see* Chy Delaford

Dewnan Devon, Devonshire (*the native Cornish name for Devon acc. William Camden*)

Drûry Lane Drury Lane, *theatre in London*

Eynda India

Exchaunj Keresk Exeter Exchange, *site of zoo in London*
Gûn Eglos Uhel High-church Down
Gwlas an Hâv Somerset
Hôlborn Holborn
Honyton Honiton
Keresk Exeter
Kervadhon Bath
Longstaple Longstaple
Loundres London
Lowarthow *pl.* Kensyngton Kensington Gardens
Marlborough Marlborough
Newton Newton
Norlond Norland
Pall Mall Pall Mall
Park Barton Barton Park; *also* an Park
Park Norlond Norland Park
Penty Barton Barton Cottage; *also* an Penty
Plâss Hanover Hanover Square
Plâss Portman Portman Square
Plymoth Plymouth
Pow an Sowson England

Pras Norlond Norland Common
Prownterjy Delaford Delaford Vicarage
Reddyng Reading
Resohen Oxford
Scotlond Scotland
Stanhill Stanhill; *place of residence of the Dashwoods before they moved to Norland*
Strêt an Condyt Conduit Street
Strêt an Park Park Street
Strêt Berkeley Berkeley Street
Strêt Bond Bond Street
Strêt Harley Harley Street
Strêt Sackvyll Sackville Street
Strêt Sen Jamys St James Street
Sùssex Sussex
Tavern Nowyth Loundres New London Inn *(hotel in Exeter)*
Templa, an the Temple *(legal district in London)*
Tir an Abaty Abbeyland
Westmynster Westminster *(school)*
Weymoth Weymouth
Whytwell Whitwell

www.ingramcontent.com/pod-product-compliance
Lightning Source LLC
Chambersburg PA
CBHW022149010726
47493CB00002B/410